공백을
채워라

KUHAKU WO MITASHINASAI

Copyright ⓒ 2012 Keiichiro Hirano/Cork
Originally published in Japan by Kodansha Co., Ltd., 2012.
Korean translation rights is reserved by Munhakdongne Publishing group
under the license granted by Keiichiro Hirano arranged through Cork, Inc..

Korean translation rights ⓒ 2018 by MUNHAKDONGNE Publishing Corp.

이 도서의 국립중앙도서관 출판예정도서목록(CIP)은
서지정보유통지원시스템 홈페이지(http://seoji.nl.go.kr)와
국가자료공동목록시스템(http://www.nl.go.kr/kolisnet)에서 이용하실 수 있습니다.
(CIP제어번호: CIP2018019092)

공백을 채워라

空白を満たしなさい

히라노 게이치로 장편소설

이영미 옮김

문학동네

물린 흔적이라곤 어디에도 없는 잇자국

　　그것들과도
　　너는 싸워야 한다,
　　지금부터

　　─파울 첼란

차례

1장   되살아난 남자 _ 9

2장   살인자의 그림자 _ 67

3장   혼란의 소용돌이 속으로 _ 117

4장   드러난 과거 _ 163

5장   망연자실 _ 213

6장   결정적 증거 _ 267

7장   낙원 추방 _ 319

8장   승자 없는 싸움 _ 373

9장   진상 _ 427

10장 꿈같은 한때 _ 485

11장 공백을 채워라 _ 533

1장

–

되살아난
남자

1. 〈Save Me〉

병원 접수처에 빈칸투성이의 문진표를 제출하면서 데쓰오는 "선생님께는 전화로 미리 사정을 설명했습니다"라고 덧붙였다.

간호사는 '쓰치야 데쓰오'라는 이름을 확인하더니 그의 얼굴을 한번 힐끗 보았다. 그리고 "저쪽 소파에 앉아서 기다리세요"라고 말했다. 의사에게 미리 얘기를 들은 모양이었다.

그는 간호사가 시키는 대로 검은색 소파에 앉으며 '―괜찮아, 틀림없이 도와줄 거야'라고 불안을 억누르듯 스스로를 타일렀다.

이름이 불릴 때까지 그는 넓은 대기실에서 자신이 십팔 개월 일 때 갑자기 세상을 떠난 아버지 생각을 했다.

그의 아버지 쓰치야 다모쓰는 서른여섯 살에 죽었다. 그래서 그는 예전부터 서른여섯이라는 나이를 제 미래를 비추는 어두운 별처럼 올려다보았다.

나도 언젠가 그 나이가 된다. 그게 바로 올해라는 것을 방금 전 문진표의 나이 칸을 보고 처음 깨닫고서, 놀라움에 어리둥절했던 것이다.

돌아가셨을 당시의 아버지가 지금 옆에 나란히 앉아 있다면, 그 사람은 나와 동갑인 셈이다.

그는 텅 빈 옆자리로 거울을 돌아보듯 천천히 눈길을 돌렸다.

아버지의 존재가 갑자기 피부에 와닿았다. 사진으로만 본 모습이 어렴풋하게 뇌리에 떠오르는 정도가 아니라, 한순간 서로 어깨를 스치며 밀치는 듯한, 묵직하면서도 뜨뜻미지근한 감촉이었다.

아버지의 존재를 이런 식으로 의식한 적은 지금껏 한 번도 없었다.

어떤 말을 주고받을까? 동갑내기 남자처럼 평범하게 이야기를 나눌까, 그 대화는 활기를 띨까? ……

데쓰오는 유령이나 사후세계 같은 것을 전혀 믿지 않았다. 그래서 중학교 때 같은 반 친구와 치고받으며 싸운 적도 있다.

중학교 3학년 그의 반에는 점심시간만 되면 교실 한구석에 모여 '곳쿠리상*'에 열중하며 소란을 떠는, 이상하게 오컬트를 좋아하는 아이들이 있었다. 그 아이들의 자리가 마침 데쓰오의 바로 뒤였다. 처음 한동안은 무시했지만 어느 날 더는 참을 수 없어서 냅다 책상을 내리치며 돌아본 후, 너희가 하는 짓은 모조리 속임수라고 정색하며 내뱉었다.

십 엔짜리 동전이 되묻기라도 하듯 '하**'라는 글자 위에 멈추었다. 표정이 굳은 아이들은 그런 주장은 영감이 둔한 사람의 비뚤어진 심보라느니, 아직 과학적으로 증명할 수 없는 것이 있다느니 하며 저마다 빤한 반론들을 쏟아놓았다. 데쓰오는 그 말들을 물리치듯 목소리에 힘을 실어 말했다.

"잘 들어. 우리 아버지는 내가 한 살 때 죽었어. 그런데 난 아버지의 유령을 단 한 번도 본 적 없어! 만약 저세상이나 유령 같은 게 존재한다면, 우리 아버지는 반드시 내 앞에 나타났을 거야. 엄마를 만나러 왔을 거라고! 그렇지만 난 단 한 번도 아버지의 유령을 본 적 없어! 천국이네 유령이네 하는 건 다 헛소리야. 그런 건 절대 없어!"

데쓰오의 말에, 곳쿠리상을 맨 처음 교실로 들여온 창백한 오컬트 마니아 동급생이 그건 너희 아버지가 가족을 생각하는 마

---

* 일종의 강령술. 대나무, 나무젓가락, 동전 등 다양한 도구를 사용한다.
** は, 되묻거나 의심할 때 쓰는 '뭐?' '네?'라는 의미의 말.

음이 부족해서라는 이유를 달았다.

데쓰오는 절대 쉽게 싸우는 아이가 아니었다. 남을 진심으로
때린 일은 그전에도 그후에도 없었고 그때 한 번뿐이었는데, 후
련하기는커녕 기분이 몹시 나빴다. 곧바로 후회했고, 그 광경이
머릿속에 다시 떠오를 때마다 어금니를 꽉 깨물고 사라질 때까
지 기다려야 했다.

어린 시절에는 그도 남들처럼 귀신을 무서워했다. 그러나 죽
은 아버지가 나타날 거라는 생각은 한 번도 해본 적이 없었다.

"아빠는 죽어서 어디로 갔어?"라고 물으면, 어머니 게이코는
하늘나라라거나 무덤 속이라거나 혹은 남겨진 사람들의 마음속
이라거나 이런저런 대답을 해주었다. 그럴 때마다 왠지 기분이
좋아져서 납득했는데, 천국이나 내세에 대해 알게 되면서 아버
지는 틀림없이 그런 세계에 있을 거라고 생각하게 되었다.

그는 매일 잠자리에 들어, "아빠, 안녕히 주무세요"라고 아무
에게도 들리지 않을 만큼 작게 말한 뒤에야 눈을 감았다. 그러나
아버지에게서는 아무 기별도 없었다.

어느 날 그는 시험 삼아 머릿속에 떠오르는 온갖 나쁜 말을 쏟
아내고는 한참 반응을 기다려보았다.

만약 그 다음날, 예를 들면 길을 가다 작은 돌부리에 걸려 넘
어지기라도 했다면, 그는 그것을 하나의 '징표'로 알고 평생 믿

었을 것이다. 그러나 그런 일도 없이 세월이 흘러가는 사이, 언제부터인가 아버지에게 하던 취침 인사도 그만둬버렸다. 이것이 그의 결론이었다.

데쓰오는 죽은 아버지가 남겨진 어머니와 자기를 얼마나 생각했는지를 알아서 상대를 때린 게 아니었다. 알고 싶어도 알 수 없고, 그저 믿을 수밖에 없는 것을 부정당한 바람에 발끈했던 것이다.

때린 것은 상대의 얼굴이지만, 사실은 그 아이가 한 말 자체를 후려치고 싶었다.

그후 데쓰오는 다른 사람과 죽음에 관한 이야기는 절대 하지 않기로 결심했다. 그런 화제가 나와도 못 들은 척 넘겼지만 생각 자체는 바뀌지 않았다.

사후세계는 존재하지 않는다. 유령도 존재하지 않는다. 인간은 죽으면 끝이고, 그후에는 뼈만 남는다. 이것이 모서리가 잘 깎인 강가의 조약돌처럼 단단한 그의 신념이었다.

사 년 전 데쓰오는 뜻하지 않게 다른 사람과 다시 한번 사후세계에 관한 이야기를 나눌 기회가 있었다.

고등학교 동창이자 서로의 결혼식에도 참석했던 친구의 아내가 전신에 암이 퍼져 시한부 선고를 받은 시기였다. 당시 그녀는 고작 스물여덟 살이었다.

문병 간 병실에는 생명 유지에 필요한 모든 것이 난폭하게 쥐
어짜내진 듯 앙상하게 마른 모습의 그녀가 있었다.

　친구 얘기로 선고받은 기간은 넉 달이고, 앞으로 남은 시간은
한 달 정도였지만, 의사가 그녀에게 말해준 기간은 실제보다 석
달이 길었다. 그런 배려가 과연 환자에게 도움이 될지 그는 도저
히 판단을 내릴 수 없었다.

　힘겹게 일어나 침대에 기대앉은 그녀가 데쓰오에게 물었다.

　"저기, 데쓰오 씨, ……인간은 죽으면 어떻게 될까요? 사후세
계라는 것이 있다고 생각해요?"

　데쓰오는 그녀의 얼굴을 응시했다. 한순간의 옅은 미소 때문
에 그녀에게 남겨진 더없이 소중한 생명이 소리내며 타들어가는
느낌이었다.

　"데쓰오 씨 아버님도 일찍 돌아가셨잖아요? 천국에서 지켜봐
준다거나, ……그런 느낌을 받은 적 있어요?"

　데쓰오는 그녀에게서 시선을 돌리지 않은 채 대답했다.

　"네, 있죠, 아무래도. 늘 하늘에서 지켜봐주는 느낌이에요."

　"정말? 그게 천국일까요?"

　"천국인지 뭔지는 잘 몰라도, 그런 세계겠죠, 틀림없이."

　"그렇구나. 데쓰오는 이 사람이랑 다르게 진실만 말하니까 나
도 믿어요. 천국에 가면 이 사람 몰래 데쓰오한테만 살짝 신호
보낼게요."

"질투하면 골치 아픈데."

"아니, 괜찮아요. 늘 나만 질투했으니까. ―아이가 이해할까요? 그게 유일한 걱정이에요. 우리 애가 아직 어려서."

"알죠, 당연히. 아이들이 더 순수하니까."

병원을 나설 때 현관까지 배웅 나온 친구는 눈물을 흘리며 데쓰오에게 고마워했다. 그가 눈물 흘리는 모습을 본 것은 결혼식 피로연에서 마지막 인사를 할 때와 그때, 그리고 꼭 한 달 뒤 치러진 장례식 때, 총 세 번뿐이었다.

데쓰오는 그때 한 거짓말을 후회하지 않았다.

눈앞에서 한 인간이 오직 천국에 대한 믿음만을 버팀목 삼아 필사적으로 죽음의 공포를 이겨내고 있다. 그런 상황에서 어떻게 그것을 '헛소리'라고 할 수 있겠는가?

그런데도 "데쓰오는 진실만 말하니까"라는 그녀의 말은 마음속에 무겁게 남았다.

그래도 그의 본심은 변하지 않았다.

아버지만이 아니었다. 실제로 그녀도 사후에 그에게 '신호'를 보낸 적은 아직 한 번도 없다. 그리고 그도 도무지 그 신호를 계속 기다릴 마음이 들지 않았다.

"……아니에요! 그 사람한테는 더이상 매실장아찌 안 줘요. 작년에 기껏 생각해서 나눠줬더니만, 나중에 길에서 마주쳐도 모른 척하고 인사 한 번 없더라고요. ……"

평일 오후의 대기실은 한산했지만, 바로 앞서 진찰실에 들어간 노파가 최근 일들을 의사에게 모조리 쏟아놓고 있어서 데쓰오의 이름은 좀처럼 불리지 않았다. 의사는 조금 성가신 듯이 그 긴 얘기를 들어주었는데, 굳이 끊지 않는 이유는 그와의 만남을 미루고 싶어서가 아닐까 하는 의심이 들었다.

노파의 이야기에서 관심을 돌린 그는 맞은편 소파에 놓인 스포츠신문으로 손을 뻗으려 했다. 그러다 광고란에 실린 주간지 기사 제목에 놀라 숨을 삼켰다.

기적?! 죽은 사람이 되살아났다! 전국 각지에서 잇따라!

경천동지할 충격 보고서 제1탄!!

가라앉아가던 불안이 또다시 술렁이며 고개를 들었다. 귀까지 벌겋게 달아오르고, 등 한가운데서 땀이 솟구쳤다.

지금 내가 머무르고 있는 이곳의 평온함. 고독한 노파가 늘 찾는 주치의에게 예의를 모르는 이웃 주부에 대한 울분을 못 참겠다는 양 호소하고 있는 이 조용한 일상. ─머지않아 이곳으로도 세간의 이런 떠들썩한 소란이 밀어닥칠까? 나는 호기심 가득한 낯선 사람에게 난데없이 팔을 붙들려 이런 질문을 받게 될까?

"─저기요, 지금 기분이 어때요?"

데쓰오는 얼굴이 보이지 않는 상대에게 반사적으로 주먹을 움켜쥐었다. 점심시간 교실에서 반 친구를 때렸을 때처럼. 마음을 가라앉히기 위해 심호흡을 하고, 주머니에서 아이팟을 꺼냈다. 흘러나온 음악은 퀸의 〈Save Me〉였다.

프레디 머큐리의 목소리. 눈을 감자, 그날 병실에 있던 친구 아내의 얼굴에서 본, 생명이 지글지글 소리내며 타들어가던 모습이 뇌리에 떠올랐다.

크게 울려퍼지는 코러스로 "Save me! ……Save me! ……" 가 반복되고, 세번째에 그 말이 부르짖음으로 변했을 때, 뱃속에 단단한 뭔가가 뭉클하게 밀려든 것처럼 눈시울에 눈물이 맺혔다.

그의 안의 모든 것이 허물어져내리기 시작했다. 최초의 되돌릴 길 없는 진동처럼 눈가의 경련이 멈추지 않았다. 어깨를 들썩이며 필사적으로 억누른 그는 이어폰을 잡아뜯듯이 뽑아내고, 격렬하게 기침을 두어 번 했다. 그런 다음 눈가를 훔치고, 다시 한번 주먹으로 이마를 힘껏 눌렀다. 그 한 지점에 의식을 붙잡아놓으려 했다.

'……난 이런 인간이 아니야. 왜 이렇게 허둥대지, ……잘못한 건 하나도 없잖아? 주눅들지 말고, 그냥 당당하면 돼. ……'

마음이 가라앉을 때까지 한동안 대기실 창으로 파란 하늘을 바라보았다. 너무 맑아서 오히려 이쪽이 비치는 것 같았다. 그러다 다시 정신을 차려보니 죽은 아버지 생각을 하고 있었다.

그의 아버지 쓰치야 다모쓰는 병원과 전혀 연이 없는, 전형적인 건강 체질이었다.

어릴 때부터 유도를 해서 덩치가 좋았고, 일터였던 동네 소규모 공장의 점심시간에는 툭하면 졸라대는 동료들에게 라무네* 병을 손가락으로 눌러 따는 특기를 보여주곤 했다.

경축일인 근로감사의 날, 다모쓰는 아내가 점심으로 차려준 우동을 먹고 누웠다가 그대로 심장이 멎어 죽었다.

아내 게이코는 부엌에서 설거지를 하고 있었는데, 이변을 알아챈 것은 수돗물을 잠근 순간 지금껏 한 번도 들어보지 못한 남편의 코 고는 소리가 들려서였다.

이상해서 다가가 살펴보니 천장을 보고 누운 다모쓰가 움직이지 않았다. 풋잠이 아니라는 걸 곧바로 알아챌 수 있었던 것은 이마 위쪽부터 시시각각 짙은 보랏빛으로 물들어갔기 때문이다.

허겁지겁 구급차를 부르고 다모쓰는 병원으로 실려갔지만 결국 숨을 되찾지 못했다. 사망진단서에는 무정하게 '심장마비'라고만 적혀 있었다. 흔히 말하는 돌연사였다.

아버지의 심장이 멎었을 때, 십팔 개월이었던 데쓰오는 그 주위를 아장아장 걸어다녔다. 어머니에게 그때 얘기를 몇 번이나 들었지만 아무리 애써봐도 머릿속에 떠오르는 것이 없었다.

---

* 청량음료의 한 종류. 유리병에 마개가 유리구슬로 되어 있다.

데쓰오 안에는 늘 한낮의 새하얀 햇살이 있었다. 사소한 거라도 좋다, 뭐든 조금이라도 아버지에 관해 기억나는 게 없을까 하며 그는 곧잘 그 텅 빈 햇살을 응시하곤 했다. 그 공백 속에는 거실이 있고, 방바닥이 있고, 방석이 있으며, 배불리 먹고 낮잠이 든 서른여섯 살 남자가 제 몸에 무슨 일이 일어났는지조차 모른 채 누워 있다.

데쓰오는 늘 그 순간을 쫓듯이, 또한 기다리듯이 찾아왔지만, 얻을 수 있는 것이라곤 어디서인지 모르게 배어나온 죽음의 광경에 대한 상상뿐이었다.

부엌의 설거지 소리. 창으로 비쳐드는 11월의 햇살. 호흡을 멈춘 폐에서 빠져나오는 공기 소리. 불길한 보랏빛으로 물들어가는 이마. ─모든 것이 어머니가 들려준 얘기와 너무나 똑같았다. 결코 그 이상도 이하도 아니었다. 그 보랏빛이 어떤 색이었는지, 코 고는 소리가 어떤 울림이었는지, 아무리 상상해봐도 그로서는 도무지 알 길이 없었다.

그의 기억 이전의 새하얀 장소에는 스스로 만들어낸 아버지의 가짜 시체가 여기저기 덧없이 방치되어 있었다.

데쓰오에게 아버지란 그렇듯 오로지 어머니에게 들은 이야기를 실마리 삼아 존재했다.

살아 있는 인간은 하루하루 활동하며 새로워진다. 변화하고 풍부해진다. 어제와 다른 것을 느끼고, 생각하고, 행동한다. 그것이 오늘을 산다는 의미다.

그러나 죽은 인간은 사사로운 몇몇 일화의 주인공으로, 같은 행동을 몇 번씩 되풀이할 수밖에 없다.

아버지에 관한 이야기 중 가장 인상적인 것은 데쓰오가 태어난 해의 일이다. 평소에는 편지 쓰는 걸 귀찮아해 열 장도 안 쓰던 연하장을 그때는 오십 장이나 사다가 '아들 탄생!'이라고 써서 지인들에게 한 명도 빠짐없이 보냈다고 한다. 결과적으로 그것이 이 세상에서 쓴 마지막 연하장이 되었다.

그렇다보니 데쓰오에게 아버지란 생각날 때마다 삼십육 년 전의 '아들 탄생!'을 기뻐하며 지금도 열심히 연하장을 써내려가는 사람이었다. 설령 지금 데쓰오의 신상에 무슨 일이 생긴다 한들, 아버지는 알지도 못한 채 그저 외동아들의 탄생이 기뻐서 배시시 미소를 머금은 존재일 뿐이다.

데쓰오는 그런 아버지가 덧없게 느껴졌다.

아버지라는 인간에게 뭐가 어찌됐든 의심할 여지 없이 '살아 있었던 증거'라고 할 만한 것이 있다면, 그것은 다름아닌 데쓰오 자신이었다.

어린 시절부터 데쓰오를 보아온 아버지의 지인들은 하나같이 그가 아버지를 닮았다고 입을 모았다.

짙은 양쪽 눈썹이 날개를 펼치고 앞으로 곧장 날아오는 한 쌍의 매 같은 모양이다. 그게 쏙 빼닮았다며 공장 사람 하나가 웃었다. 아무리 온화한 표정을 지어도 늘 한곳을 뚫어져라 보는 것처럼 강한 인상이었다고. 그리고 다들 다모쓰는 '다정했다'며 그리워했다. 데쓰오는 남에게 같은 이야기를 들을 때마다 아버지에 대한 그런 평가를 떠올렸다.

자신은 끝내 알 수 없었던 아버지의 존재가 다른 곳이 아닌 자기 안에 섞여들어 있었다. 데쓰오는 유리창에 흐릿하게 비친 그림자를 바라보며 생각했다.

'나에게는 아들 리쿠가 '살아 있었던 증거'인 걸까? 그런데 이제 그런 가족과의 인연조차 끊어지려 하고 있다. ……'

"─쓰치야 씨, 쓰치야 데쓰오 씨."

접수처 간호사의 부름에 데쓰오는 가방과 재킷을 들고 자리에서 일어섰다.

진찰실에서 나온 노파는 깊은 생각에 잠긴 젊은 남자와 마주치자, 왠지 꺼림칙해하는 기색으로 서둘러 스쳐지나갔다.

"그쪽에 앉으시죠."

진찰실에는 원장뿐이었다. 원장이 각진 은테 안경 너머로 데쓰오를 주시했다.

인사하고 의자에 앉자 원장은 "데라타입니다" 하며 진찰답지 않게 이름부터 밝혔다. 데쓰오는 직장에서의 습관대로 재빨리 명함을 꺼내려다가 곧 생각을 바꾸고 마찬가지로 이름만 밝혔다.

살결이 희고 콧등이 광을 낸 듯 반짝이는 데라타의 얼굴은 왠지 라벨이 붙은 투명한 약병을 떠올리게 했다. 둥근 의자가 삐걱거렸다.

"전화로도 말씀드렸지만, 저는 분명히 삼 년 전 '쓰치야 데쓰오 씨'라는 분의 시신을 부검했습니다. 빌딩 추락사였어요."

"제가 바로 그 쓰치야 데쓰오입니다. 틀림없습니다."

데쓰오는 단호하게 말했다. 데라타가 신경질적으로 눈을 깜박거렸다.

"어떻게 그런 말을 할 수 있습니까?"

"네?"

"증명할 수 있습니까?"

데쓰오는 가시 돋친 질문에 눈썹을 찡그렸다.

"증명이라니, ……나는 나예요, 그걸 어떻게."

데라타가 고개를 갸웃거렸다. 그리고 처음으로 데쓰오에게서 시선을 돌리더니 바지에 붙은 하얀 실밥을 발견하고 손으로 떨어내려 했다. 몇 번을 떨어도 소용이 없자, 결국 손가락으로 집어서 바닥 대신 발치의 쓰레기통에 버렸다. 그 일련의 동작에서 데쓰오는 묘한 갑갑함을 느꼈다.

"당신은 삼 년 전 죽었습니다. —그런데 며칠 전에 되살아났다는 거죠?"

데라타가 얼굴을 들고 다시 한번 확인했다.

"그렇게 말해도 될지 솔직히 저도 잘 모르겠습니다. 혼란스러워서, ……그래서 여기 온 겁니다. 물론 저는 살아 있어요! 보시다시피, ……"

데라타는 데쓰오를 뚫어져라 보고 있었다. 그러다가 나지막이 탄식을 흘리고는 말했다.

"아무튼 다시 정리해서 말씀해주시겠습니까? 맨 처음부터, 그러니까 대체 어찌된 일인지."

데쓰오는 데라타의 얼굴을 똑바로 응시했다. 그리고 처음부터 다시 시작하듯 "네"라고 말한 후, 기억에 의식을 집중했다.

그날 밤의 어둠과 정적이 차츰 깊어갔다. 그는 심호흡을 한 번 하고 천천히 입을 열었다.

2. 상흔

"……떨어진다!"

캄캄한 어둠 속에서 공포에 사로잡힌 순간, 데쓰오는 파이프 의자에 앉아 앞으로 숙이고 있던 몸을 튀어오르듯 일으켰다.

그날 그가 눈을 뜬 곳은 회사 5층의 작은 회의실이었다.

물거품이 터지듯 눈이 뜨이고, 부옇게 흐렸던 시야에 불이 밝혀졌다.

맨 처음 눈에 들어온 것은 자신의 양손이었다. 회색 바지를 부여잡고 주먹을 힘껏 움켜쥐고 있었다.

심장이, 늑골이 우리에 부딪히며 "꺼내줘!"라고 부르짖듯이 거칠게 날뛰었다.

고개를 드니 앞에 보이는 화이트보드에 제품 콘셉트로 보이는 '새로움과 그리움'이라는 글자가 쓰여 있었다. 밑줄을 긋고 마지막에 점을 찍는 것이 부장의 버릇이었다.

'……잠들었나. ……언제부터?'

손목시계로 눈을 돌리니 어쩐된 영문인지 유리에 금이 가 있고, 바늘은 세시 십사분에 멈춰 있었다. 어디 부딪혀서 깨졌지? 블라인드가 올라간 창에는 실내에 오도카니 홀로 남겨진 그의 모습이 비치고 있었다. 벽시계는 열시를 지나고 있었다. 아침이 아니라 밤이었다.

한동안 생각에 잠겨 있던 데쓰오는 머리를 세차게 흔들었다. 아무 기억도 나지 않았다. 이마에 손을 얹고 무슨 회의였을까 고개를 갸웃거리다가 '……어?' 하며 미소가 감돌던 얼굴을 경직시켰다.

아무리 생각해봐도 방금 전 눈뜨기 직전까지 말고는 기억이 더듬어지지 않았다.

풋잠의 끝에 밀려오는, 나락의 밑바닥으로 곤두박질치는 듯한 공포감.

자리에서 일어서자, 머릿속 깊은 곳에서 뭔가가 파열된 것처럼 통증이 퍼졌다. 얼굴이 일그러졌다. 현기증이 나서 눈앞이 새카만 건지 새하얀 건지 분간이 안 될 정도로 어지럽게 번쩍거렸다. 가까스로 형태를 유지하고 있던 기억이 순간 허물어져내리며 뒤섞여버린 듯했다.

사인死因은 회사 건물에서의 추락이었다. 그것을 알고 난 후 데쓰오는 그 '……떨어진다!' 하던 의식이 내내 마음에 걸렸다.

나는 언제 그것을 느꼈을까? 아무 의심 없이 눈뜨기 직전이라고 생각했다. 그러나 사실은 그보다 훨씬 전 아닐까? 되살아나기 전, 오히려 죽기 직전 한창 추락하는 도중이 아니었을까? ……

데쓰오는 하얀 가운을 입은 데라타와 진찰실에 마주앉아 그 회의실에서 있었던 일을 아주 상세하게 이야기했다. 물어봐서만이 아니라, 데라타도 분명 자신이 눈을 뜬 방식에 흥미를 보일 거라고 굳게 믿었다. 의사에게만 가능한 관점으로 비전문가인 자신은 상상조차 할 수 없는 부분을 지적해줄 것이 틀림없다.

"……눈뜨기 직전에는 새카만 어둠이었습니다. 그러나 바로 바깥쪽에서는 뭔가가 눈부시게 번쩍거렸죠. 아마 현실의 빛이었겠지만, ……"

데쓰오는 침묵에 등을 떠밀려 계속 이야기했는데, 그쯤에 다

다르자 갈 곳을 홀연히 잃고 말았다. 데라타는 노골적으로 무관심을 드러내며 맞장구조차 치지 않았다. 그러다가 이제 됐다는 듯이 삼색 볼펜으로 책상을 툭툭 내리친 후 입을 열었다.

"요컨대 꾸벅꾸벅 졸다가 눈을 떴더니 되살아났다는 얘기 아닙니까?"

"아, ……네 뭐, 그렇죠."

머뭇거리는 그에게 데라타는 "인간은 되살아나지 않아요"라고 냉담하게 말했다. "그건 이해하시죠?"

"그러니까 그게……"

"아뇨, '그러니까'가 아니고, 이해하시죠?"

그 말투에 데쓰오는 화가 났다.

"그럼, 여기 있는 나는 뭡니까? 쓰치야 데쓰오의 시체를 선생님이 부검했다면서요? 내가 바로 그 쓰치야 데쓰오란 말입니다! '이해하시죠?'는 무슨, ……그럼, 내가 지금 여기 이렇게 있는 건 뭡니까? 그걸 알고 싶어서 온 거라고요."

잇따라 뭐라고 하려 했지만 말이 나오지 않아 팔만 애타게 움직였다.

데라타의 눈이 이상한 존재를 마주한 것처럼 안경 너머에서 미세하게 움직였다.

"이것 보세요, ─잘 들어요. 난 이 내과 병원의 2대째 원장이에요. 게다가 벌써 십오 년이나 경찰의 변사체 부검에 협조해왔어요. 전적인 선의로 말입니다."

그는 이 정도면 이해하겠느냐는 투로 오만하게 입을 다물었지만 데쓰오는 그가 대체 무슨 말을 하고 싶은 건지 이해할 수 없었다. 데라타는 그 둔한 반응이 짜증스러운 듯했다.

"당신은 여기 있고, 나에게 말하고 있어요. 요컨대 살아 있는 겁니다. 나도 그건 부정하지 않아요. 그렇다면 생각할 수 있는 건 하나뿐이죠. 삼 년 전 내가 부검한 유해는 당신이 아니었다는 겁니다. 안 그래요?"

"그럼, 누굽니까?"

"쓰치야 데쓰오 씨죠."

"글쎄, 쓰치야 데쓰오가 바로 나란 말입니다! 무엇보다 얼굴을, ……기억 못합니까?"

"나 참! 방금 말했잖습니까! 십오 년이나 이 일을 해왔다고!"

데라타는 삼색 볼펜을 거칠게 책상에 집어던지더니 데쓰오를 노려보았다. 그러고는 입을 열려는 그를 제지하며 "아니, 잠깐! 당신 변사체를 본 적이나 있습니까? 변사체요!"라며 오른손을 쫙 펼쳐 내밀었다.

"아뇨, 없는데요, ……"

"없죠? 완전히 달라요, 살아 있는 인간의 얼굴하고는."

"다르다…… 그래서 뭐죠? 그 시체의 얼굴이 이 얼굴이었는지 아닌지 모른다는 뜻입니까?"

"아니!" 데라타가 혀를 찼다. "이봐요, 사람 얘기를 좀 들으세요! 아시겠습니까, 난 그래도 기억하고 있다고요. 그 시체의 얼굴을. 십오 년이나 해왔으니까! 분명 비슷하긴 해요. 하지만 똑같지는 않아요. 당연하죠? 그쪽은 죽었고, 당신은 살아 있으니까! 성형인지 우연히 닮은 남남인지 잘 모르겠지만. ―그보다 대체 당신 속셈이 뭐예요? 그걸 얘기하세요."

"속셈?"

데쓰오는 곤혹스러움에 되물었다.

"당신처럼 자기가 죽었다가 되살아났다고 주장하는 사람이 전국적으로 더 있다는 건 뉴스를 봐서 압니다. 분명히 말하지만, 나는 몹시 불쾌해요. 재미로 사람을 놀리는 겁니까?"

데쓰오는 흥분의 열기로 맥락을 녹여버린 듯한 데라타의 말에서 비로소 그의 동요를 알아챘다. 그는 단순히 수상쩍어하는 것이 아니라 어느새 데쓰오를 두려움의 대상으로 여기고 있었다. 그런 추측이 찬물을 끼얹은 것처럼 데쓰오의 초조함을 순식간에 가라앉혔다. 그래서 자신의 무해함을 증명해야 할 필요성을 느꼈다.

"속셈 같은 건 없어요. 그저 알고 싶을 뿐이에요. 다른 사람들이 어쩌는지는 모르겠습니다. 아무튼 회사에서 자다 깨서 집으로 돌아갔더니, 아내 말이 내가 삼 년 전에 죽었다는 거예요! 선생님, 제 입장에서 한번 상상해보세요. ……처음에는 아내가 어디가 이상해진 줄 알았어요. 그래서 신문 날짜를 보고, 편지에 찍힌 소인을 보고, 잡지를 뒤적이고, 텔레비전도 틀어보고, ……그래도 믿을 수가 없었어요. 그런데 한 살이었던 아들이 네 살이되어 있는 겁니다. 다른 건 몰라도 그것만은 의심할 수 없었어요. 그애는 가짜가 아니에요. 부모니까 압니다."

"그럼, 그 삼 년 동안 당신은 어디 있었습니까?"

데라타가 삼색 볼펜을 다시 손에 들더니 빨간 심지를 눌렀다 뺐다 하며 언짢은 투로 물었다.

"그건…… 모릅니다. 기억이 안 나요."

"요컨대 이런 얘기군요. 당신이 아닌 누군가가 삼 년 전 죽었고 쓰치야 데쓰오로 판명됐다. 나는 그 시체를 부검했다. ―그렇죠? 당신은 때맞춰 실종되었거나 납치당해서 어디선가 살아왔다. 북한이나 비밀조직, 뭐 그런 겁니까? 아무튼. 그런데 지금 그동안의 기억을 잃은 채 가족에게로 돌아왔다. 그런 얘기죠?"

"북한이니 뭐니는 모르겠지만, ……만약 그렇다면 삼 년 전 내가 죽었을 때 눈물을 흘리며 슬퍼한 아내나 어머니는 뭐죠? 장례를 치르는 내내 그 자리에는 저의 시체가 있었대요. 다들 그걸 봤고요."

데라타는 입을 다물었고 관자놀이가 불끈했다. 그러다 문득 뭔가를 떠올린 듯 고개를 들고 물었다.

"혹시, 쌍둥이 형제가 있나요?"

"······네?"

"쌍둥이요. 당신과 똑같이 생긴 일란성쌍둥이."

데쓰오는 그제야 질문의 의도를 깨닫고 부정했다.

"아뇨. 외동입니다."

진찰실의 결벽한 흰색이 데라타의 하얀 가운에 반사되어 눈이 따끔거렸다.

"선생님을 속이려는 건 아닙니다, 절대로. 그것만은 믿어주세요. 저 역시 말이 안 되는 일이라고 생각합니다. 그렇지만, ······"

호소하던 중 데쓰오는 데라타가 줄곧 자기 입가를 응시하고 있음을 알아차렸다. 음식이라도 묻었나 싶어 손으로 훔쳐내다 그 감촉에 놀라 눈이 휘둥그레졌다.

"맞아요, 이 아랫입술 흉터, 기억나세요? 고등학교 유도 시간에 수비를 안 하고 열중한 바람에 얼굴이 바닥에 처박혀서 생긴 상처예요! 앞니가 관통해서 다섯 바늘이나 꿰맸는데. 바로 이거예요! 이런 흉터는 나밖에 없어요!"

데쓰오가 아랫입술을 손가락으로 잡아빼 보여주었다. 데라타는 파고들듯이 그것을 바라보았다. 그 한 점에 기대어 데쓰오의 얼굴에 기억 속 얼굴을 다시 한번 중첩시키려 했다.

"기억 안 나세요?"

데라타의 눈빛이 갑자기 흐릿해졌다. 그는 무심결에 고개를 갸웃거리더니, 청진기가 걸린 뒷목을 긁적이며 뭐라고 혼잣말을 중얼거렸다. 그리고 데쓰오의 질문에 대답하는 대신 살피듯이 물었다.

"─부인이 '눈물을 흘리며 슬퍼했다'고 하던가요?"

데쓰오는 "네?" 하며 지금까지와는 다른 당혹감을 드러냈다.

"그런 얘기는 못 들으셨을 텐데요?"

"직접 말하지는 않았지만, 남편이 갑자기 죽었으니…… 아, 물론 압니다, 선생님이 무슨 말을 하고 싶은지. 삼 년이라는 시간은, ……짧지 않죠. 뭔가가 끝나고 새로운 뭔가가 시작되기에 충분한 기간이에요."

무심코 나온 말이었지만, 자신이 없는 동안 아내가 어떻게 생활했을지 생각해본 것은 이때가 처음이었다. 그러자 최근 며칠 동안 시달린 불안의 한 부분을 마침내 똑바로 마주한 기분이 들었다.

미소가 끊일 줄 몰랐던 아내가 요 며칠은 전혀 웃지 않았다. 그것은 분명 혼란 때문만은 아니었다.

아내는 내가 살아 돌아와서 분명 기쁠 것이다. ─어떻게 순진하게 그렇게 믿겠는가? ……

그러나 데라타는 데쓰오의 말에 약간 의외라는 표정을 지어 보였다.

"그런 뜻이 아니라, ─아니, 그런 뜻도 있을지는 모르지만, 그보다는 남편이 그런 식으로 죽으면, 이라는 뜻입니다."

데쓰오는 숨을 삼키고 등을 곧게 폈다. 실제로 그의 마음을 무겁게 짓누르고 있는 것도 바로 그 문제였다.

"저는 추락사라는 사인이 도무지 믿기질 않아요. 회사 건물 옥상에서 떨어졌다고 들었는데, 그런 곳에 올라갈 일도 없고, …… 생각조차 할 수 없어요. 회사 사람들도 모두 이상하다고 생각했을 겁니다."

"부인께서는 뭐라고 하시던가요?"

"추락사라고만 했습니다. 방금 선생님은 '그런 식으로 죽으면'이라고 하셨는데, 으음, 혹시, ……제가 누군가에게 살해당한 건 아닐까요?"

데쓰오가 몸을 내밀며 진지하게 물었다. 데라타는 몇 번 빠르게 눈을 깜박이더니 다시 데쓰오의 아랫입술 흉터를 보았다. 그리고 잠시 뜸을 들이더니, 그저 "추락사입니다"라고만 했다.

"아뇨, 아무래도 이상해요. ……실은 짚이는 구석이 아예 없진 않아요."

데쓰오는 아직 아내에게도 하지 않은 말을 큰맘 먹고 했다.

"범인이 아닐까 싶은 남자가 하나 있습니다."

그러나 데라타는 그런 사정에 얽히고 싶지 않다는 투로 뚜렷한 거부반응을 보였다.

"그건 내가 들을 얘기가 아닙니다. 난 아무 말도 할 수 없어요. 무엇보다 난 당신이 그 시체와 동일인물이라고 생각하지도 않으니까. 사인에는 그의 사생활이 얽혀 있습니다. 꼭 확인하고 싶으면 경찰서로 가시죠."

그렇게 말한 후, 성가신 일을 어서 마무리지으려는 듯이 청진기를 귀에 꽂았다.

"웃옷을 올리고 배를 보여주세요."

"네?"

"배요."

데쓰오는 시키는 대로 했다. 의사는 앞뒤로 차가운 청진기를 대고, 혈압을 재고, 눈 밑과 입안을 살펴보았다.

스테인리스 재질의 설압자를 비커에 집어넣은 의사가 갑자기 피곤해 죽겠다는 표정으로 말했다.

"내가 할 수 있는 말은 당신이 확실하게 살아 있다는 것뿐입니다. 역행성 건망 증세가 있으니 내과보다는 정신과 진료를 받아보는 게 좋겠군요."

남편을 데리러 데라타 병원으로 가는 차 안에서 쓰치야 지카는 방금 전 저 아이가 왜 그런 말을 했을까 싶어 뒷좌석 카시트에 앉은 리쿠를 룸미러로 바라보았다.

"리쿠, 조심해서 가렴."

리쿠를 데리러 간 놀이방에서 있었던 일이다. 젊은 보육교사는 키가 크고 늘 작업복 소매를 팔꿈치까지 걷어올리고 다녀서 지카는 그녀를 생각하면 늘 희고 가느다란 팔부터 떠올랐다.

리쿠가 저 혼자서 신을 신고 발끝으로 바닥을 콕콕 찍더니 말했다.

"나 이제 아빠 데리러 가요."

"아빠?"

"응!"

"그렇구나. 좋겠네."

절친한 친구 부부에게만 밝힌 데쓰오 얘기를 리쿠가 느닷없이 입 밖에 내는 바람에 지카는 당황했다. 그러나 젊은 보육교사는 모른 척 미소를 머금은 채 리쿠에게서 시선을 떼지 않았다. 의아해하는 모습을 보이지 않았을뿐더러 물어보려고 하지도 않았다. 아마 흔히 있는 일—새아빠 얘기라고 이해했을 것이다.

"자, 그럼 월요일에 또 만나자. 낮잠 잠옷 잊지 말고. 안녕."

"안녕—"

지카는 리쿠의 손을 잡고 아무 일 없었다는 듯이 인사하는 보육교사에게 고개를 숙였다.

그냥 가만히 내버려둬줬으면. 최근 삼 년 동안 지카가 다른 이들에게 가장 절실히 원했던 배려였다. 그들 모자가 아무리 세간의 통례에서 벗어나 있다 해도, 특별취급을 받는 것은 고통이었다. 동정에 반발하는 것이 아니라, 그저 눈에 띄고 싶지 않았다. 사람들이 친절을 가장해 이것저것 파고드는 통에 그녀는 몇 번이나 아무 준비 없이 상처받았다. 원래도 친구가 많지 않았지만 지금은 고독에 완전히 익숙해져 있었다.

—그런데 어느 날, 삼 년 전 죽은 남편이 살아 돌아온 것이다.

그날 밤, 지카는 대체 무슨 일이 일어난 건지, 눈앞에 서 있는 사람이 정말로 데쓰오인지도 알 수 없는 채로 그저 고개만 연신 가로저었다.

평일 늦은 시간이었지만, 생활용품 할인점을 운영하며 데쓰오가 죽은 뒤로 이래저래 도와준 아키요시 부부에게 전화해서 와 달라고 부탁했고, 다음날 아침까지 같이 있었다.

데쓰오보다 여섯 살이 많고 생전에 친형처럼 아껴주던 아키요시 고이치도 처음에는 말문이 막힌 듯했다. 그래도 밤새 이야기를 나누고 돌아갈 무렵에는 현관에서 신발을 신으며 격려하듯 말했다.

"지카, 뭐가 어떻게 된 건지는 모르겠지만 어쨌든 데쓰오 군이 살아 돌아왔어. 기뻐해야지."

지카는 대꾸할 말이 없었다. 거실에 있는 사람이 분명 남편이라는 것은 알 수 있었다. 그러나 "기뻐해야지"라는 말을 듣고서야 비로소 자기는 그 사실이 기쁘지 않다는 것을 알아차렸다.

날이 밝을 때까지 지카는 한숨도 자지 못했다. 그리고 잠에서 깬 리쿠에게 "아빠야"라고 말해줄 수가 없었다.

"아빠 기억 안 나니, 리쿠?"

리쿠는 무릎을 꿇고 말을 건네는 데쓰오를 보고는 애매하게 고개를 갸웃거리며 도움을 청하듯 엄마에게 달려왔다. 데쓰오가 서른두 살로 급사했을 때, 리쿠는 고작 한 살이 갓 지난 아기였다.

"우리 아빠는 천국에 있는 거 아니야?"

지카는 아들의 머리를 쓰다듬으며 "—그러게?"라고 말하면서 고개만 끄덕였다. 그 이상 말이 나오지 않았다.

그때부터 데쓰오는 매일같이 리쿠에게 말을 건네고 안아주려 했지만, 리쿠는 계속 피해다니기만 했다.

그런 리쿠가 왜 아까는 그토록 자연스럽게 "아빠 데리러 가요"라고 했을까? 속으로는 살아 돌아온 데쓰오를 이미 아빠로 받아들인 걸까? 아니면 다른 아이들이 그런 말을 하는 게 내내 부러워서 한 번쯤 흉내내보고 싶었던 걸까? ……

병원 주차장에 차를 대고 나서도 지카는 여전히 마음의 갈피를 잡을 수 없었다.

만약 살아 돌아온 사람이 정말로 데쓰오라면 꼭 해야 할 얘기가 있었다. 그러나 그 얘기를 꺼내면 이번에는 두 사람의 관계가 산 채로 영원히 끊겨버릴지도 모른다. 그것이 두려웠다. 그 얘기를 참아내는 괴로움도 진즉에 한계에 다다라 있었지만.

병원에서 나온 데쓰오는 바로 차를 알아보았다. 지카가 앞유리창 너머로 그를 보고 있었다. 웃으려고 애쓰지만 끝내 웃지 못하는 그녀의 솔직함에 슬픔과 기쁨이 동시에 느껴졌다.

삼 년이라는 세월은 아내에게 분명 긴 시간이었을 것이다. 그리고 지금 아내와 가장 가까운 사람은 내가 아닐지도 모른다. — 그런 예감은 진찰실에서와 달리 가슴 안쪽을 소리 없이 베며 상처를 내는 듯한 통증으로 바뀌어 있었다.

지카는 안전벨트를 풀고 차에서 내려, 가까이 다가오는 데쓰오를 기다렸다.

"고마워. ……멀쩡하게 살아 있고, 건강하대."

데쓰오가 말하자 지카가 희미하게 고개를 끄덕이고 그의 얼굴을 올려다보았다.

"……나는 나야. 쓰치야 데쓰오."

지카의 눈이 붉게 물들었다. 그러나 눈물은 흐르지 않았다.

지카가 천천히 손을 뻗어 집게손가락과 가운뎃손가락 끝으로 데쓰오의 아랫입술 흉터를 어루만졌다.

그날 이후 여태껏 두 사람은 서로의 몸에 손댄 적이 없었다.

그 온기와 탄력이 데쓰오에게 살아 있다는 실감을 가까스로 안겨주었다.

3. 아내가 털어놓은 사실

맨션 4층에서 엘리베이터 문이 열리자, 카푸치노라는 이름의 옆집 치와와가 꼬리를 흔들며 달려들었다.

"오! 잘 있었니?!"

데쓰오는 무심코 들뜬 목소리로 말했다. 그에게는 며칠 만의 재회지만, 실제로는 삼 년이 흘렀다. 상대가 동물이어서인지 그런 계산이 이때만은 자연스레 감정으로 이어졌다. 웅크려 앉아 턱밑을 손가락으로 간질이고 머리를 쓰다듬어주었다.

리쿠는 천적인 카푸치노를 보자마자 "으아악" 소리를 지르고 엉덩이부터 빼면서 뒷걸음치다가 지카의 다리에 몸을 부딪혔다.

"어? 리쿠는 개가 무섭니? 이렇게 작은데. 봐, 귀엽잖아."

옅은 갈색 털로 뒤덮인 카푸치노의 하얀 얼굴은 이름 그대로 부드럽고 촘촘한 우유 거품 위에 코코아파우더로 그려놓은 것 같았다.

지카는 매번 있는 일이라는 듯이 "괜찮아, 아빠가 꼭 잡아줄 거야"라며 앞으로 가라고 리쿠를 재촉했다.

리쿠는 지카의 엉덩이를 방패 삼아 복도 벽에 찰싹 달라붙어서 슬금슬금 나아갔다. 그러는 동안에도 카푸치노에게서 한순간도 시선을 떼지 않았다.

지카의 입에서 아무렇지도 않게 나온 "아빠"라는 한마디에 데쓰오의 표정이 밝아졌다. 그는 엉거주춤한 아들의 모습을 보고 쓴웃음을 지었다.

카푸치노는 발톱을 세운 채 데쓰오의 허벅지에 앞발을 얹고 있었는데, 평소처럼 마구 짖어대지도 않고 웬일인지 눈빛은 생기가 없고 긴 혀에서는 투명한 침이 떨어지고 있었다.

데쓰오의 손은 이미 그 침으로 범벅이었다. 코를 찌르는 역한 냄새에 구역질이 날 것 같았다.

"너, 대체 뭘 먹은 거야? 어? 이렇게 냄새나면 인기 없다."

데쓰오가 카푸치노의 미간을 엄지손가락으로 어루만지며 얼굴을 살폈다.

잠시 후, "카푸치노, ……이리 와"라고 부르는 소리가 들렸다. 데쓰오는 문틈으로 얼굴만 내민 옆집 부인에게 가볍게 고개를 숙였다. 처음 그와 재회한 옆집 부인은 비틀거리며 돌아온 애완견을 끌어안더니 도망치듯 문을 닫아버렸다.

"……또 기겁하게 만들었군."

집 열쇠를 찾던 지카가 가까이 다가온 데쓰오에게 "손 씻어야 돼"라고 말했다.

"악취가 엄청나네. 왜 그런 거지?"

"치조농루래. 말해줄까 했는데."

"치조농루? 개한테도 그런 게 있어?"

"있나봐. 카푸치노도 이젠 할아버지니까."

"아아, ……그렇지. 개에게 삼 년이라면."

세면대에서 손을 씻은 후에도 아까의 그 냄새가 비누 향 속에
여전히 배어 있었다. 데쓰오는 씁쓸하게 웃으며 인간과 달리 그
토록 천진난만하게 기쁨을 드러내준 카푸치노에게 애착을 느꼈
다. 마치 아무 일도 없었던 것 같았다. 그 개에게는 분명 아무 일
도 없었던 것일 터이다.

'저 개의 기억 속에서 나는 과연 어떤 존재일까? 내가 나라는
걸 확실하게 알아봤고, 인간들처럼 삼 년 전 나와 똑같이 생긴
다른 사람이 아닐까 하는 복잡한 생각은 하지 않겠지. ……'

거실로 돌아오니, 탁자 위에 지카가 예전부터 자주 만들던 두부
샐러드와 이 지역에서 나는 매실로 만든 드레싱이 놓여 있었다.

적당한 크기로 찢은 싱싱한 양상추 위에 짙은 녹색 미역이 펼
쳐져 있고, 그 위에 바바루아처럼 윤기가 흐르는 연두부가 얹혔
다. 가다랑어포와 뱅어포, 가늘게 채썬 김이 토핑으로 올라왔고,
반달 모양으로 자른 새빨간 토마토가 둥그런 유리그릇을 휘돌며
치솟는 불길처럼 힘차게 늘어서 있었다.

어쩜 이렇게 음식을 먹음직스럽게 담아낼까. 배에서 나는 꼬
르륵 소리와 함께 데쓰오는 새삼 감동했다. 뭘 만들든 그랬다.
결혼 전부터 가끔 요리를 해줬는데, 지카가 너무 무리하는 게 아
닌가 하는 배려심에 한번은 "어차피 흩뜨려서 먹을 거니까 됐어,

대충 담아"라고 말한 적이 있었다. 그 말에 지카는 도저히 믿기지 않는다는 듯 눈이 휘둥그레져서 말했다.

"이 마지막 손길이 얼마나 즐거운데!"

데쓰오는 늘 앉던 자리에서 닭을 튀기는 지카의 뒷모습을 바라보았다.

살짝 고개를 숙인 까닭에, 가녀리고 아름다운 목덜미가 부엌의 조명을 한 점에 모은 것처럼 하얗게 두드러졌다. 등뒤로 끈을 맨 앞치마는 모아뒀던 온갖 예비용 단추를 장식으로 붙여서 직접 만든 것이다. 아키요시 부인이 놀러와서 보고는 "어머, 예쁘다!" 하며 무척 감탄했었다.

그런 그녀의 여전함이 집안의 변화를 더욱 의식하게 만들었다. 그는 특히 텔레비전 받침대 위에 놓여 있던 두 사람의 신혼여행 사진이 사라진 것을 알아챘다. 병원에서 돌아와 맨 먼저 확인한 것이 그것이었다.

화장실에서 달려나온 리쿠가 하늘색 담요를 망토처럼 목에 감고 펄럭거렸다. 지카가 임신한 지 얼마 안 되었을 때 데쓰오가 일찌감치 백화점에서 사온 것인데, 그 담요에 감싸여 잠든 리쿠를 바라보는 것이 야근 후 밤늦게 귀가한 그에게 가장 큰 마음의 평온이었다.

불과 며칠 전까지 빵빵하게 부푼 기저귀를 몇 시간 간격으로 갈아줘야 했던 리쿠가 삼 년 후 이 리쿠가 된 것이다. 한 살 때 5월 5일* 투구 앞에서 사진을 찍어주려고 몇 번이나 카메라를 들이대도 웃으며 자꾸 다가오기만 하던 그 리쿠가 이 리쿠인 것이다. 신기하긴 했지만, 데쓰오는 두 리쿠가 똑같다는 것을 카푸치노가 자기를 알아봤을 때처럼 곧바로 믿을 수 있었다.

리쿠는 망토 자락을 머리에 뒤집어쓴 채 "으악!" 소리를 내며 닭을 튀기는 지카에게 부딪혔다.

"이런, 위험해. 요리할 때는 안 돼요."

"엄마, 배고파."

"금방 돼. 그런데 그 이상한 꼴은 뭐니?"

"귀신!"

어이없어하는 지카의 표정에 리쿠는 괴성을 내지르며 데쓰오 옆을 스치듯 달려가더니 진갈색 소파로 곤두박질쳤다. 그리고 다리를 버둥거리며 한바탕 자지러지게 웃어대고는, 갑자기 튀어오르듯 일어나 데쓰오가 모르는 최신형 울트라맨과 팔이 가위처럼 생긴 괴수를 집어들고 킥을 차고 펀치를 날리기 시작했다.

모든 걸 잊고 지금 이 삶을 그대로 살아간다. 그러는 건 역시 무리일까, 데쓰오는 생각했다. 잊어버린 것은 잊은 채로 놔두고,

---

* 일본에서는 5월 단오에 남자아이의 건강한 성장을 기원하는 각종 행사를 치른다.

44

아무 일도 없었다는 듯이 네 살이 된 리쿠와 서른네 살이 된 지카, 그리고 서른여섯 살이 된 자신을 받아들이는 것은.……

리쿠는 장난감 두 개를 허공에 들고 싸우게 하면서 소파를 넘어와 식탁의 어린이용 의자에 앉았다.

"부웅—, ……위험해! ……구구구구구, 파—앙."

"그 울트라맨 이름이 뭐니? 아빠도 어렸을 때 많이 봤는데."

데쓰오가 이렇게 말하며 두 개의 피겨 쪽으로 손을 뻗었다. 리쿠는 뺏기지 않겠다는 듯 겨드랑이 밑으로 휙 감췄다.

"아빠한테도 보여줘."

"싫어—"

"잠깐만. 안 뺏을게, ……"

"싫어!"

리쿠는 완강했다. 그러더니 의자 가장자리에 괴수를 세워놓고 또다시 울트라맨으로 공격했다. 가슴에 킥이 명중하자 괴수는 픽 떨어졌지만 금세 되살아나 울트라맨에게 반격했다.

데쓰오의 눈에서는 웃음기가 사라지고 미소의 형태만 남았다.

리쿠는 되살아난 괴수를 울트라맨으로 집요하게 몰아붙였다. 난폭함이 점점 고조되어 금방이라도 피겨를 망가뜨릴 기세였다. 그제야 데쓰오는 그것이 아이 나름의 어떤 표현일지 모른다는 것을 알아차렸다.

"리쿠, ……"

이름을 부르자, 갓 튀긴 닭을 들고 온 지카가 마치 그를 앞지르듯이 "안 돼, 리쿠. 망가지잖아"라며 나무랐다.

"퓨우― ……파―앙."

"울트라맨이 그렇게 심술부리면 어떡해. 괴수가 '아파요, 아파요' 하면서 슬퍼하잖아."

"……파―앙."

리쿠는 마지막으로 울트라맨에게 스치는 정도로 킥을 한 번 날린 뒤, 장난감 두 개를 식탁에 휙 집어던졌다. 닭튀김 접시를 내려놓은 지카가 "그래, 그래, 괜찮아" 하며 집게손가락으로 괴수를 어루만진 후, 둘이 악수하는 형태로 선반에 올려놓았다. 리쿠는 엄마를 바라보았다가, 자기라면 절대 하지 않을 뜻밖의 장난감 배열을 한참 바라보았다.

버섯 된장국까지 올라오자 "잘 먹겠습니다" 하고 셋이 손을 모았다.

데쓰오는 바사삭하며 닭튀김을 덥석 베어물었다가, 휘황찬란하게 빛나는 고기 틈새에서 기름이 확 스며나오는 바람에 혀를 델 뻔했다. "앗, 뜨거!"

두부 샐러드를 접시에 담던 지카가 "괜찮아?" 하며 걱정했다. 살며시 웃는 조그만 입술 사이로 아름답게 늘어선 하얀 이들이 엿보였다. 그 밝은 표정이 사라지는 게 싫어서 데쓰오는 입에 공기를 불어넣으며 더 뜨거운 척했다.

"괜찮긴 한데, ……으윽, 뜨거워, ……갑자기 맥주 생각이 나는데."

"있어. 마실래?"

"그럴까. 지카도 마실 거지?"

"응, 그래."

데쓰오는 튀어오르듯 일어나 부엌에서 캔맥주와 잔을 들고 왔다. 잔 두 개에 나눠 따르고 거품이 가라앉길 기다린 후 딱히 깊은 생각 없이 건배를 하려 했다. 그러다 무슨 명목으로 건배할지 망설이고 말았다.

지카가 데쓰오의 속내를 짐작하고 말했다.

"살아 있는 뎃짱에게 건배."

"……건배. 고마워."

데쓰오가 리쿠 쪽을 돌아보고 유리잔을 내밀며 말했다.

"리쿠도 건배할까?"

리쿠는 외면하며 울음을 터뜨릴 듯한 표정으로 지카를 노려보았다.

"리쿠, 그럼 엄마랑 건배하자. 자, 잔을 들고. 건배― 얼른, 건배―, ……"

리쿠는 한동안 손가락을 깨물며 망설였지만, 잠시 후 오렌지주스잔을 손에 들더니 쨍그랑하며 응했다.

식사 후 지카가 리쿠를 목욕시키고 재우는 동안, 데쓰오는 금요일 밤 방송되는 정보 프로그램에서 자기처럼 '되살아났다'는 센다이의 한 소녀가 가족과 함께 인터뷰하는 장면을 보았다.

"사고 당시 상황은 기억나요?"

"특활부 친구들이랑 횡단보도에서 신호를 기다리고 있었는데, 갑자기 차가 돌진해서……"

"치였다는 건 알았어요?"

"아뇨. ……그냥 순식간이었고, ……"

"자기가 그때 죽었다는 게, 믿어져요?"

방석 위에 앉아 고개를 젓는 소녀의 손을 엄마가 옆에서 꼭 쥐고 있었다. 반대편 옆에는 데쓰오보다 조금 연상으로 보이는 아버지가 등을 구부리고 고개를 살짝 숙인 채 책상다리를 하고 앉아 있었다.

데쓰오는 입에 대고 있던 맥주캔 테두리를 가볍게 깨물었다.

"따님을 재회했을 때, 아버님은 기분이 어떠셨어요?"

"그건, ……말로 표현할 수 없죠. 이런 기적이 일어날 줄은 상상도 못했으니까. ……그냥 한없이 기쁘죠. 그뿐입니다."

화면 오른쪽 위에 '교통사고사 소녀, 기적의 생환?!'이라는 글자가 춤추고, 왼쪽 위에는 스튜디오에 있는 연예인들의 얼굴이 비쳤다.

"지금 제일 하고 싶은 게 뭐예요?"

마지막으로 소녀가 다시 한번 클로즈업되었다. 양 갈래로 묶은 검은 머리카락. 좌우 짝짝이인 외꺼풀 눈. 반쯤 벌어진 입. ……

"음, ……다시 브라스밴드를 하고 싶어요. 클라리넷을 불고 싶어요."

"새 클라리넷을 사야겠네."

아버지가 수줍어하는 딸의 손등을 잡고 약속을 확인하듯 말했다.

'―저 아이는 솔직하게 말하고 있어.'

데쓰오는 그렇게 느꼈다. 저 순진무구한 표정이 거짓이라면, 이 세상에서 대체 무엇을 믿을 수 있겠는가?

"저애를 잘 보십시오! 정말로 저애가 거짓말을 한다고 생각합니까?"

오늘 병원에서 그렇게 말할 수만 있었다면 얼마나 설득력이 있었을까. ……

설령 저 소녀가 온 세상의 비난을 받는다 해도, 양옆에 앉은 부모만은 단연코 그 말을 믿을 것이다. 그들에게는 딸이 살아 돌아온 것이 '그저 한없이 기쁜' 일이니까.

데쓰오는 아빠에게 감싸인 소녀의 손을 바라보며 무의식적으로 코를 긁적였다. 아직까지도 손가락에 옆집 개 냄새가 희미하게 남아 있었다.

지카가 젖은 머리를 넘기며 거실로 돌아왔을 때는 아홉시가 지나 있었다.

평소에도 화장이 옅은 편이지만 목욕 후 달아오른 흰 뺨에는 간신히 맨 살결을 되찾은 해방감이 감돌았다. 살짝 튀어나온 양쪽 뺨이 가느다란 목에 조용한 그림자를 드리웠다. 전에는 뺨에 신경쓰면서 곧잘 거울 앞에서 머리카락으로 가려보거나 손으로 감싸보곤 했는데, 그럴 때마다 몹시 안타까워하는 표정이 데쓰오에게는 이루 말할 수 없이 사랑스럽게 느껴졌다. 흔히 말하는 '미인형'은 아니었지만, 일하는 역내 선물매장에서는 지팡이를 짚을 만한 나이대의 손님들 사이에서 '미인'이라는 평을 들었다.

데쓰오가 물잔을 든 지카에게 말했다.

"삼 년 사이 지카가 굉장히 엄마다워져서 깜짝 놀랐어."

지카가 탁자 맞은편에 앉더니 "그래?"라고 말했다.

"응. 아까 리쿠에게 주의 주는 걸 봐도 그렇고."

"착한 애야, 리쿠는."

"그렇겠지. 나랑 지카의 아이니까."

데쓰오가 애매한 미소를 짓는 그녀에게 숙연하게 말했다.

"내가 곁에 있어주지 못했는데, 리쿠를 너무 잘 키워줘서, ……정말 감사하게 생각해. 고마워. ……내 문제로 머릿속이 꽉 차 있었는데, 그 말부터 먼저 해야 했어."

지카가 얼굴을 획 쳐들더니 십 초쯤 데쓰오의 눈을 바라보았다. 그리고 딱 한 마디 물었다.

"진심이야?"

데쓰오는 허를 찔린 기분으로 대답했다.

"물론 진심이지."

지카는 그 대답에 관해 생각하는 듯하다가 일단 화제를 돌리듯 입을 열었다.

"딸이었으면 또 달랐을 거야. 모녀 사이는 힘드니까. 리쿠는 아무래도 나 어릴 때랑 많이 달라서 오히려 다행이다 싶었어."

"그럴지도 모르지. 난 아버지가 없었으니 아들 키우는 게 불안하면서도 무척 큰 즐거움이었지만. ……아직은 어떻게 대해야 할지 잘 모르겠어."

데쓰오의 말에 지카는 몸이 굳었고 갑자기 웃음을 터뜨릴 것처럼 아래 눈꺼풀이 불룩해졌다. 실제로 웃는 건지 울려는 건지는 알 수 없었지만, 가지런히 닫힌 입술이 연신 미세하게 떨렸다. 데쓰오는 놀라서 그녀를 바라보았다.

"미안해, ……역시 힘들겠어. ……밥 먹을 때는 이대로 다시 원래 생활로 돌아갈 수 있을지도 모른다고 잠깐 생각했는데, ……힘들 것 같아. ……"

지카가 고개를 가로젓더니 괴로운 듯이 오열을 참아냈다. 주차장에서처럼 눈물이 고이기만 할 뿐 출구가 막혀버린 것 같았다. 데쓰오는 그녀가 하려는 말을 짐작했다. 북받치는 슬픔에 좀

처럼 결심이 서지 않았지만, 그다음 말은 이쪽에서 해줘야 한다
는 생각에 각오를 다졌다. 그래서 긴 침묵 후에 입을 열었다.

"……알아. 삼 년이나 지났으니까, ……여러 일을 겪었겠지."

"……"

"망가진 내 시계와 다르게 지카의 시계는 그동안에도 계속 돌
아갔고, ……그러니까, ……음, 이미 시작된 거지, 새로운 인생
이?"

"―무슨 뜻이야?"

"누구, ……사귀는 상대가 있는 거 아니야?"

지카는 눈동자 속에서 분노가 튀어오르는 듯한, 가여워하는
듯한 눈빛으로 데쓰오를 바라보았다. 그리고 "……없어, 그런
사람은" 하며 고개를 저었다.

"나도 앞으로 어떡할지 생각해야 하고, 지카의 마음도 존중해
주고 싶으니까, ……진심을 말해주면 좋겠어. 지금 사귀진 않아
도 좋아하는 사람이 있다거나, ……그런 게 아니라도 나에게서
이미 마음이 떠나버렸다거나. ……"

그녀는 억누르듯 숨을 내쉬고 또다시 머리를 흔들었다. 살짝
고개를 숙였지만, 입가는 "……아니야"라고 짜증스럽게 움직인
것처럼 보였다.

둘 다 한동안 입을 다물고 있었다.

"내 마음은 물론 하나도 변하지 않았어. 지카와 리쿠 모두 진

심으로 이 세상에서 가장 소중하게 생각해. 가능하다면 죽기 전
처럼 결혼생활을 계속하고 싶어. 그건, ……"

"미안, ……" 지카가 말을 자르듯이 입을 열더니, "미안, ……
난 당신을 어떻게 믿어야 할지 모르겠어" 하며 입술을 깨물었다.
"내 마음을 솔직하게 말하는 건, ……힘들 것 같아, 아무래도.
자신이 없어. ……삼 년 동안 계속 괴로워했어. 뎃짱이 옆에 있
으면, 난 또 괴로워질 거야."

지카가 움켜쥔 손의 엄지와 검지를 문지르며 뎃쓰오를 바라보
았다.

"지카, 난 잘 모르겠어. 당신이 대체 무슨 말을 하고 싶은 건지."

"결혼할 때 약속했지? 평생 함께하기로. 반드시 행복해지기
로. ……아니야? 괴로운 일이든 뭐든 다 털어놓고 서로 도우며
살기로."

"약속했지. 지금도 그렇게 생각해."

"거짓말! ……역시 나 때문이야?"

"거짓말이라니, ……뭐가? 분명하게 얘기해봐. 대체 무슨 말
이 하고 싶은 거야?"

뎃쓰오는 당황해서 어쩔 줄 몰랐다.

"정말 몰라?"

"몰라."

"죽었을 때 어땠는지, 아무것도 기억 안 나?"

"기억 안 나. ……그렇지만." 그는 머뭇거린 후 말했다. "난 사고는 아니라고 봐. 병원에서도 생각해봤는데, 어쩌면, ─살해당한 게 아닐지. ……"

"아니야!"

지카가 거세게 고개를 가로젓더니, 급기야 더는 못 참겠다는 듯이 소리쳤다.

"아니라고?"

"아니야. ……내 말 잘 들어, 뎃짱!"

"……뭘?"

"뎃짱은 자살했어!"

몸의 움직임이 뚝 멈췄다. 별안간 눈의 초점이 끊긴 것처럼 데쓰오는 시야가 흐릿해졌다.

"자살했어! 스스로 회사 옥상에서 뛰어내렸다고! 나랑 리쿠를 남겨놓고! 왜지? 왜 자살한 거야? 말해봐, 왜! ……"

4. 난 **그런 인간**이 아니야!

"자살할 정도로 괴로운 일이 있었으면, ─그렇게 힘들었으면, 왜 얘기를 안 했어? 나한테도 말 못할 일이었어? 그게 아니면, ……나라서 말 못한 거야? 내가 원인이야? 제발 부탁이야, 난 괜찮으니 솔직하게 말해줘. 뎃짱, 그 말 하려고 돌아온 거 아니었어?"

"말도 안 돼! 내가 왜 자살 같은 걸!" 데쓰오는 급기야 경련이 인 얼굴로 말했다. "대체 누가 그런 바보 같은 말을 해?"

"경찰."

"경찰에서는 추락사라고 했을 텐데?"

"추락사였고 사건성은 없다. ─그러니 사고나 자살 중 하나일 거랬어."

"그런데 왜 자살이 됐지? 사고사도 부자연스럽지만, 자살은 훨씬 더 이상해. 생각해본 적도 없어. 대체 증거가 뭐야?"

지카가 말없이 일어서더니 그릇장 서랍을 뒤적거렸다.

꺼내온 것은 데쓰오의 검은색 수첩이었다. 이미 수없이 넘겨봤는지, 마치 누가 도와주는 것처럼 메모 페이지가 저절로 펼쳐졌다.

지카의 얼굴은 붉어진 눈만 빼고 창백했다. 데쓰오의 얼굴을 바라보았다가 다시 한번 메모 페이지로 시선을 떨어뜨린 후, 입을 굳게 다물고 그의 앞으로 내밀었다.

괘선을 몇 줄 건너뛰고 한가운데 단 한 마디, '싫다'라고 적혀 있었다.

획 하나하나에서 이 가는 소리가 들려올 듯한 글씨체였다. 뭔가에 필사적으로 저항하고 있다. 게다가 쏟아내자마자 바로 부정당했는지 좌우로 거칠게 그은 선으로 지워져 있었다.

강한 필압을 머금은 종이는 어딘지 모르게 사람의 피부 같았고, 한 장 넘기자 그곳에도, 그리고 그다음 페이지에도 '싫다'고 절규하는 메아리가 울려퍼지고 있었다.

그는 검은 볼펜으로 적힌 글자를 손가락으로 쓸어보았다. 삼 년이 지났는데도 꾹꾹 눌러쓴 펜 자국은 여전히 종이 속에 파묻혀 있었다.

인간은 절대 거짓말을 이 정도 힘으로 써낼 수 없다. 어느 획에서도 머뭇거린 흔적이라곤 찾아볼 수 없었다. 진심을 시험당하고 그것을 온 힘을 다해 증명하려는 것처럼 절박하고도 필사적이었다.

데쓰오는 몸속 깊은 곳에서 암울한 전율이 솟구치는 듯했다.

"……뭐가 싫었어?"

지카가 수첩을 응시하는 데쓰오에게 물었다.

"삼 년 내내 생각했어. ―일 때문이야?"

"아니."

"그럼 역시 나 때문에?"

"아니라니까!"

데쓰오가 강하게 부정했다.

"무슨 소리를 하는 거야! 그나저나, 이게 유서야? 이런 건, ……아니, 아니지, 난 쓰지 않았어! 내 글씨가 아니야! 고작 이런 걸, ……이상하지 않았어? 이게 내 글씨 맞아?"

"뎃짱 글씨처럼 보였어."

"뭐라고? ……이건, ……"

데쓰오는 넘어가는 페이지를 마구잡이로 억누르고 다시 한번 그 두 글자를 응시했다. ―누군가가 나인 척한 것이다. 나처럼 가장하고 마치 나인 양 말하고 있다. 섬뜩한 생각에 그는 몸을 떨었다.

"절대 아니야! 이건 내가 아니야."

"그럼 누구인데?"

"날 죽인 놈이지."

"누군데?"

"……"

"누가 죽었다니, 어떻게 그런, ……짚이는 데라도 있어?"

지카가 의아하다는 투로 되물었다.

데쓰오는 한동안 침묵하다 몇 번 눈을 깜박거리고는, "―없는 건 아니야"라고 중얼거렸다.

"누구? 난 모르는 얘기인데."

"회사 경비원이야."

지카가 눈썹을 찡그리며 되물었다.

"……사에키라는 사람?"

그녀의 입에서 그 이름이 나오자 데쓰오는 깜짝 놀랐다.

"그래, 회사 정원에서 비둘기를 발로 차서 죽였던. ……그런데 당신이 어떻게 알아?"

지카는 무슨 말을 꺼내려다가 마음을 바꾼 듯 대답했다.

"시신을 처음 발견한 사람이야."

"그놈이?"

데쓰오는 눈이 휘둥그레졌다. 그리고 방금 전 지카의 표정이 마음에 걸려서 다음 얘기를 기다렸지만, 그녀는 그를 바라보기만 했다.

"경찰에서 그놈을 제대로 조사 안 했어?"

"왜?"

"왜라니, 그놈은 적반하장 격으로 도리어 나에게 원한을 품었어! 죽기 얼마 전에, 그놈이 회사 정원에서 비둘기를 럭비공처럼 차 죽였다고. 그걸 보고 내가 뭐라고 했더니 내내 나를 따라다녔지. ―회사에도 보고했어."

"그런 일이 있었는지는 몰랐어."

"어쨌든 이상한 놈이야. 난 집안에 그런 얘기를 끌어들이고 싶지 않았어. 단 한 마디도! 부정 타니까! 당신이나 리쿠한테 해를 끼치기 싫었다고."

데쓰오는 시선 둘 곳을 찾았지만 끝내 보이지 않았다. 그러다 별안간 끔찍한 상상에 휩싸여 지카에게 물었다.

"혹시 그놈이 당신에게 무슨 말이라도 한 거야?"

지카가 살며시 고개를 가로저었다.

"정말이야?"

"그렇지만, ……그 정도로 사람을 죽일 수 있을까?"

데쓰오는 지카가 애매하게 말을 돌린다는 것을 알아챘지만 일단 묻는 말에 대답했다.

"글쎄, 원래 이상한 놈이라니까! 경찰에 가서 확실하게 조사해달라고 할 거야. ……첫 발견자가 그놈이었다니 우연의 일치도 유분수지. 이건 너무 이상해! 경찰은 대체 뭘 한 거지?"

"어디까지 기억나?"

데쓰오는 땅이 꺼져라 한숨을 내쉬고 탁자에 팔꿈치를 괴었다. 그리고 다시 기억을 떠올려보려다가 금세 머리를 흔들었다.

"그날 일은 아무것도 기억 안 나. 그전부터, ……지역 특산 캔맥주 신상품 건으로 정신없이 뛰어다녔고, ……그거 말이야, 캔을 통째로 따서 벌컥벌컥 마실 수 있는, ……"

"무척 많이 팔렸어."

데쓰오는 눈이 휘둥그레졌다.

"데쓰오가 살아 있었으면 얼마나 기뻐했겠느냐고 아키요시 씨도 늘 말했어."

"정말? 많이 팔렸어? ……그렇군, ……하긴 시작부터 순조롭긴 했지만, ……"

데쓰오는 방심한 듯이 혼잣말을 흘리고는 북받쳐오르는 기쁨에 살며시 뺨을 풀었다.

"다행이야. 거기에 모든 걸 쏟아부었는데. 회사는? 재정이 회복됐어?"

"회사 일까지는 몰라."

"어어, ……그렇겠지."

데쓰오는 고개를 끄덕이고 다시 그 무렵을 떠올리려 했다.

"황금연휴 때 갔던 발리 여행은?"

지카의 말에 그는 한순간 미간을 찡그렸다가 곧바로 소리 높여 말했다.

"짐바란 호텔!"

지카는 말없이 고개를 두 번 끄덕이고는 "……그 직후였어"라고 말했다.

데쓰오는 수첩을 들척였다. 새하얀 하반기와 대조적으로 전반기는 새카맸다. 날짜란에 다 들어가지 못한 글자들이 밀치락달치락 페이지를 채우고 있었다.

그 일정들에 눈의 초점을 맞출 때마다 기억의 단편이 어른거렸다.

그는 다시 9월과 10월 장을 펼치고 새하얀 종이를 응시했다. —시간이 멈춰 있었다. 자신의 시간이 세상의 시간에서 떨어져나와 그곳에서 꼼짝 않고 있었다. 5월에서 6월로 넘어가는, 엄지와 검지로 잡은 종이 한 장의 감촉에 그의 생명의 유무가 감춰져 있었다. 그것이 너무나 불가사의하게 느껴졌다.

"5월 16일."

지카가 중얼거리듯 말했다. 데쓰오는 고개를 들었다가 공백으로 남은 그 날짜란으로 시선을 떨어뜨렸다. 그리고 또다시 검지로 그날을 만져보았다.

그것이 그가 죽은 날이었다. 그가 이 세상에서 사라져버린 날.

―

그가 관여했던 지역 특산 맥주 발매 시기는 황금연휴 직후여서 그때 이미 초기 매출에 대한 희소식이 들어와 있었다. 전날 외근을 해서 그날은 하루종일 회사에 있었던 모양이다. 그러나 그 빈칸을 아무리 응시해도 떠오르는 것이 전혀 없었다.

"……모르겠어. 머릿속 어딘가에 아직 그 기억이 남아 있는지도 모르지. 하지만 그렇다 해도 어디 있는지. ……어디를 향해 의식을 집중해야 할지. 완전히 공백이야. ……"

지카가 공허한 눈으로 탁자를 바라보며 말했다.

"나는, ……기억해. 그날 일. 평소처럼 역내 매장에서 매실 만주와 단팥묵을 팔았어. 당신을 처음 만났을 때처럼. ……갑자기 휴대전화로 연락이 와서 받아보니 경찰이었지. 지금 당장 미즈오 경찰서로 오라는 거야. ……즉사여서 병원으로 옮기지도 않았고, ……그래서 몹시 화가 났었어. ……"

데쓰오의 뇌리에 구급대원과 경찰 손에 아무렇게나 다뤄지는 자기 사체의 모습이 떠올랐다. 영화나 드라마에 스쳐지나가는 장면 같은 그 가짜 광경 속에서 그는 피를 흘리며 눈을 감고 누워 있었다. 소식을 듣고 달려와 우두커니 서 있는 지카의 모습도 보였다. 되살아나 집으로 돌아온 날처럼 어리둥절한 것인지 공황상태에 빠진 것인지 알 수 없는.……

데쓰오는 가슴이 찢기는 듯한 통증에 얼굴을 찡그렸다. 그리고 그저 믿어주기만을 바라는 일념으로 아내의 눈을 똑바로 바라보며 말했다.

"지카, ……난 자살하지 않았어. 난 그런 인간이 아니야. 알잖아?"

"……"

"결혼해서 집을 사고, 아이도 생기고, 내 인생에서 가장 행복한 때였어! 거짓말이 아니야. 정말로 그렇게 느꼈어. 정말로. 그런데 왜 스스로 목숨을 끊겠어?"

"그걸 모르니까 내가 괴로웠던 거잖아. ……항상 고통스러웠어. 이젠 눈물도 안 나와."

"……무슨 뜻이야?"

"모르겠어. 실은 지금도 울고 있어. 그런데도 눈물이 안 나와. 단 한 방울도."

데쓰오는 깜짝 놀라 지카의 얼굴을 물끄러미 바라보았다.

"나도 당신이 자살할 거라는 생각은 꿈에도 해본 적 없어. 아

무도 그런 상상은 하지 않았다고. 그렇지만 현실로 들이닥쳤으
니 받아들일 수밖에 없잖아. 달리 어쩌겠어? 비난하기 전에 그것
부터 말해봐."

"비난하는 게 아니야. —비난하는 게 아니라고. 단지 날 믿어
달라는 거야. 난 아내와 자식을 나 몰라라 하고 자살할 인간이
아니야. 절대로 아니야! 당신과 리쿠는 나에게 이 세상 무엇보다
소중하다고."

"그렇게 믿었어도, ……자살했다는 말을 들으면 그런 생각이
들 수밖에 없잖아? 왜 좀더 마음을 써주지 못했을까, ……곁에
있던 나 자신이 한심스러웠어. 나 때문일지 모른다고 자책해보
기도 했고, ……나뿐만이 아니라, ……"

지카는 그다음 말을 잇지 못했다.

"누구한테 심한 말이라도 들은 거야?"

지카는 반사적으로 얼굴을 돌리고 조용히 눈을 감았다 떴다.

"어머님 말씀이 심한 건 어제오늘 일이 아니잖아. 아무튼 이제
됐어. 당신 장례식 후로는 안 만나니까."

"전혀? 삼 년 동안?"

"이제 됐다니까. ……됐어. 만나고 싶지 않아."

그토록 험악한 지카의 표정은 데쓰오가 처음 보는 것이었다.
무슨 일이 있어도 절대 웃음기를 잃지 않던 지카가. ……

삼 년이라는 세월이 흐른 것 하나는 분명하다고 그는 통감했

다. 그렇지 않고서야 사람이 이렇게 변할 리 없다.

"우리 어머니가?"

지카는 여전히 메마른 오열에 어깨를 떨 뿐 아무 대답도 하지 않았다.

"당신을 몰아세웠어? 내 일로?"

"어쩔 수 없지. ……홀어머니에 외아들이었으니. ……나도 죄송스러워서 뵐 낯이 없었어. 지금은 전혀 연락 안 해."

데쓰오는 지카를 주시하며 안타깝다는 듯이 말했다.

"그렇게 사이가 좋았는데. ……"

나는 단순히 살아 돌아온 게 아니다. 내 죽음이 망가뜨려버린 세계로 살아 돌아온 거라고 그는 실감했다. 그것을 원래대로 되돌리는 것이야말로 내가 살아 돌아온 이유가 아닐까?

데쓰오는 아직 고향집에 연락하지 않았다. 밤 열시가 조금 지난 무렵. 수화기를 들고 서서 히가시미카와의 고향집 전화번호를 눌렀다. 신호가 다섯 번 가고 막 입을 열려는 순간 자동응답기의 안내음성이 흘러나왔다.

"아, 여보세요, 데쓰오인데, ……음, 나중에 다시 걸긴 할 건데, ……아무튼 어머니! 나 살아 있어요! 살아 돌아왔어요! ……다시 전화할게요. ……나, 확실하게 살아 있어요. ……"

전화를 끊은 데쓰오는 원래 앉았던 맞은편이 아니라 지카 옆자리로 가서 앉았다. 그리고 깍지 낀 그녀의 손 위에 손을 얹었다.

"내가 죽은 건 지카 때문이 아니야. 절대로! 그러니 자책할 것 전혀 없어. 내가 하는 말이니 믿어도 돼."

"……"

"나 말이지, ……오늘 병원에서 깨달았어. 돌아가신 아버지와 올해 같은 나이가 됐다고."

고개를 숙인 지카의 눈가에 머리카락이 드문드문 드리워졌다.

"나는 아버지가 일찍 돌아가시는 바람에 경제적으로 고생했고, 어쩔 수 없는 외로움을 느꼈어. 그런데 왜 리쿠가 나와 똑같이 자라게 만들겠어? 있을 수 없는 일이야. 내 꿈은, 내가 알 수 없었던, 부모님이 둘 다 건재하는 행복한 가정을 꾸리는 거였어. 그건 지카도 마찬가지잖아? 그게 우리 두 사람의 결혼이었다고. —여러모로 어려운 일들이 있겠지만, 나와 함께 다시 한번 시작해줬으면 해. 당신에게 괴로운 경험을 안겨줬지만, 이젠 아닐 거야. 그만큼 더 열심히 노력할게. 난 여기 있고, 이번에는 절대 지카 곁을 떠나지 않을 거야."

데쓰오가 그녀의 손을 움켜쥐고 고개를 숙였다.

지카는 오래도록 생각에 잠겼다. 몇 번 뭐라고 말하려다 오열에 가로막혔고, 가까스로 입을 열었다.

"자살이 아니라면, ……다행이야. 살아 돌아와줘서, ……다행이야."

데쓰오는 눈을 질끈 감은 채 그 말을 들었다.

"……고마워."

"그렇지만 살해당했다는 건 잘 모르겠어. 정말 그랬다면 보통 일이 아닌데, ……"

데쓰오가 얼굴을 들었다.

"엉뚱한 얘기 같겠지만, 사고나 자살이나 살인 중 하나라면, 난 살해라고 생각할 수밖에 없어. 자살은 확실히 아니고, 사고일 리도 없어. 옥상 같은 데 올라갈 일도 없고, 사고라면 다들 그렇게 얘기했을 테니까. ─사에키는 워낙에 이상한 인간이야. 그런 작은 이유로도, ……아마, ……"

데쓰오는 어떻게 말을 이어가야 할지 몰라 입을 다물었다.

지카가 그의 손을 밀어내고, 얼굴에 드리운 머리칼을 걷어내며 미간을 찡그렸다. 그리고 그의 눈을 보며 말했다.

"정말 그렇다면, ……걱정이네. 살아 돌아온 걸 알면 또 죽이러 올지도 모르잖아."

데쓰오는 눈을 휘둥그레 떴다. 갑자기 무슨 소리라도 난 것처럼 둘이서 동시에 뒤돌아보았다. 데쓰오가 자리에서 일어나 창밖을 살피러 갔다. 그리고 빈틈없이 커튼을 치고 심호흡을 한 번 한 후 말했다.

"올 테면 오라지. 그러면 내가 자살 따위 하지 않았다는 게 증명될 테니까. 지카와 리쿠도 이제 죄책감을 가지고 살아갈 필요 없어. 우리 가족은 순수한 피해자니까."

2장

—

살인자의
그림자

5. 개봉된 죽음

도지마 제관이 있는 고바초행 시내버스는 센코 호수 정류장에서 노파 한 명을 태웠다. 문이 닫히려는 순간, 뒤쪽 사각지대에서 땀범벅인 덩치 큰 남자가 갑자기 나타나 차체를 뒤흔들 기세로 올라탔다.

뒷문 가까이 앉아 있던 데쓰오는 그 모습을 보자마자 자기도 모르게 좌석에서 벌떡 일어섰다.

'―사에키!'

버스표를 잡아뜯다시피 뽑은 남자가 긴박한 눈빛의 데쓰오를 노려보았다. ―사에키가 아니었다. 키나 덩치는 비슷하지만 얼굴은 전혀 다르다. 데쓰오는 오작동한 경보 같은 심장박동에 내몰린 채 자리에 털썩 주저앉아 창밖으로 시선을 돌렸다. 남자는 미심쩍은 듯이 데쓰오를 내려다보며 앞자리로 이동했다.

버스가 움직인 후에도 데쓰오의 뇌리에는 지카가 금요일 밤 겁먹은 표정으로 입에 담았던 "또 죽으러 올지도 모르잖아"라는 말이 다시 떠올랐다.

데쓰오는 그 다음주가 되자마자 진상을 밝히기 위해 당장 회사로 찾아갈 작정이었다. 그러나 막상 월요일 아침이 되자 도무지 거실 소파에서 일어날 수가 없어서 결국 수요일인 오늘까지 집에 틀어박혀 있었다.

자기 자신의 무게에 짓눌려 꼼짝 못하는 기분이었다. 감기인가 했지만 열도 없고 오후가 되니 편안해져서, 어쩌면 죽음의 후유증이 아닐까 하는 생각이 들었다.

그러나 조금 전 땀범벅인 덩치 큰 남자를 봤을 때 당황한 걸로 봐서는 오히려 공포 때문이었는지도 모른다. 사에키가 범인이라면, 재회는 실로 큰 위험이다. 그것을 머리보다 몸이 먼저 민감하게 알아채고 필사적으로 말리려 한 게 아닐까?

지카는 스스로를 재촉하려는 데쓰오에게 "여유를 좀 가져. 무리하지 마"라고 뒤에서 달래듯이 말했다.

데쓰오가 오늘 집에서 나올 수 있었던 것은 걱정하는 그녀를 오히려 안심시켜주고 싶었기 때문이다. 조금씩이라도 자신다움을 회복하고 싶었다. 그녀에게 사랑받고 의지가 되는 사람으로 하루바삐 돌아가고 싶었다.

'사에키는 굳이 자살로 가장해 나를 죽였어. 맞닥뜨려도 남들 앞에서 갑자기 공격하지는 못하겠지. 오히려 도망치려나? 사람들이 보는 앞에서 내가 먼저 추궁해야 할까? ……'

차창에 얼굴을 바짝 붙인 데쓰오는 맑게 갠 하늘빛으로 물든 센코 호수를 바라보았다.

센코千光라는 이름 그대로 천 갈래 만 갈래 빛을 머금은 호수 위를 빨간 부리가 달린 검은 새가 유유히 가로질렀다. 그뒤로 좌우로 펼쳐진 물결이 거대한 지퍼처럼 부채꼴로 퍼지며 끝없이 뻗어갔다.

신비롭고 강력한 어떤 힘이 손끝으로 잡고 조용히 끌어당기는 지퍼. 단 한 번의 죽음으로 영원히 생명을 잃어버린다. 그런 불합리한 세계가 저곳에서부터 서서히 말려올라가고, 그 아래서는 완전히 새로운 기적의 세계가 당장이라도 모습을 드러내려 한다. 그런 상상이 부풀어올랐다. 나는 저 눈부신 빛 속에서 생환한 게 아닐까? 맞은편 기슭에 보이는 벚나무 가로수의 신록처럼 새롭게 출현하는 이 세계에서, 인간은 몇 번을 죽어도 그때마다 싱그럽게 재생하는 게 아닐까. ……

금요일 밤 지카와 대화한 후 데쓰오는 자신의 유품이 담긴 종이상자를 개봉했다. 자살로 가장한 살인의 증거품을 찾아낼 수 있을지도 모른다고 기대하면서.

상자는 옷장 깊숙이 감춰져 있었다. 지카의 성격답게 가위로 똑바로 자른 테이프가 붙어 있어서 손톱으로 벗기려 하니, 매번 강한 저항에 부딪혀 덧없이 튕겨나갔다.

상자 안에는 오래 입은 양복과 청바지, 지카에게 생일선물로 받은 스웨터, 퀸 CD 전집, 앨범 몇 권, 컴퓨터, 그가 관여했던 캔 제품 등이 방충제와 함께 가지런하게 담겨 있었다. 텔레비전 받침대에서 사라진 두 사람의 신혼여행 사진도 찾아냈다.

데쓰오는 일단 안에 든 것들을 모조리 끄집어내 바닥에 펼쳐 놓았다.

사용할 사람이 죽어서 쓰일 곳을 잃고 이 세계에서 배제되었던 유품들은, 갑작스레 살아 있는 시간의 흐름 속으로 되돌아와 놀란 표정이었다.

데쓰오는 티셔츠 위에 양복을 걸치고 천장을 보고 드러누워 유품들 속에 파묻혔다. 그때부터 쭉 햇볕에 말렸는데도 짙고 자극적인 나프탈렌 냄새가 여전히 버스 안 데쓰오의 몸에서 피어올랐다.

데쓰오는 그 묵직한 냄새를 맡으며 자신의 유품 하나하나를 홀로 상자에 담았을 지카의 모습을 떠올렸다. 일을 계속하면서, 갓 한 살이 되어 이리저리 돌아다니는 리쿠를 쫓아가 데려다 앉히면서, 아마 그녀는 조용한 밤시간 남몰래 자살한 남편의 뒷정리를 했을 것이다. 더이상 자기 눈에 띄지 않게. 그러면서도 무참하게 좀먹어 망가지지 않도록 배려해준 것일까.

원망스러웠겠지, 데쓰오는 처음으로 생각했다. 살해당했다면 지카의 감정이 또 달랐을 테지만, 범인을 증오하고 번민하는 모습 역시 그 나름대로 가여울 것 같았다. 그리고 설령 살해당했다 해도 자신이 살아서 그녀 곁을 지켜주지 못한 것이 미안했다.

데쓰오를 가장 흥분시킨 유품은 일할 때 쓰던 컴퓨터였다. 드러누워서 그것을 바라보던 그는 별안간 유품 더미 속에서 튀어오르듯 벌떡 일어나 재킷을 입은 채 황급히 LAN 케이블을 찾으러 갔다. 아무리 경황이 없다 해도 왜 진즉에 그 생각을 못했을까? 컴퓨터 안에는 유품과 다른 그의 삶의 흔적이 풍부하게 남아 있을 터였다.

화면을 열고, 제일 먼저 이메일을 확인했다.

5월 16일 오후 3시 14분이 그의 사망 시각이었는데, 소식이 전해지기까지 시차가 있었는지 그달 말까지 상당한 수의 이메일이 와 있었다. 모두 누군가가 열어본 상태였다. 서비스 제공업체와의 계약이 종료된 시점이 8월 중순 무렵인지, 그동안 지인이 보낸 메일은 뜸해진 한편 광고 메일은 개의치 않고 계속 들어왔다. 그의 생일인 6월 30일에는 인터넷 통신판매 사이트에서 보낸 생일 축하 포인트 안내가 여러 개 와 있었다.

사망한 지 이틀 뒤인 5월 18일 아침 '긴급, 답장 부탁드립니다!'라는 제목의 거래처 메일이 와 있었다. 그후로 연락이 없는 걸 보면 회사에서 누가 사정을 설명하고 뒷일을 이어받은 것이리라.

메일 답장이 없어 독촉했는데 상대는 이미 죽은 후였다. 그런 때 사람들은 어떤 표정을 지을까? 물론 놀랐을 것이다. 그러나 의외라고 해야 할지, 당연하다고 해야 할지, 아무리 상상해봐도 슬퍼하는 표정은 떠오르지 않았다.

사체를 직접 본 것도 아니고 그저 '죽었다'는 말을 전해들은 것만으로 그 사람에게 나는 순식간에 '죽은' 존재가 된다. 사람의 죽음은 슬픈 것이라고 다들 당연시한다. 그러나 사람이 단지 '죽음'이라는 한마디를 들었다고 전원을 켜듯 간단히 슬퍼할 수 있을까?

그 사람 말고도 그런 지인은 많았을 것이다. 한때 친했다가 오랫동안 못 만난 사람들에게 '아직 어딘가에 있다'와 '이제 어디에도 없다'의 차이는 대체 무엇일까? 두 번 다시 만나지도 연락하지도 않는 사람은 실은 죽기 훨씬 전부터 이미 죽은 것이나 다름없지 않을까? 단지 '죽음'이라는 말을 듣느냐 아니냐의 차

이일 뿐.……

6월 초에 온 '오랜만이에요'라는 메일 한 통에 데쓰오는 왠지 모를 불온한 느낌을 받았다. 보낸 사람의 이름이 없고, 메일 주소도 낯설었다.

클릭하자 화면에 형형색색의 이모티콘이 만발했다.

'루비의 리나예요. 메일 주소가 바뀌었으니 등록 부탁해요. 가게에 또 놀러오세요♪ 쓰치야 씨가 만든 이시자와 맥주를 지난번에 사봤답니다~☆ 캬~ 맛있더라.'

데쓰오는 순간적으로 눈썹을 찡그리다 생각난 듯 "아아, ……"하고 입을 열었다. 꽤 오래전 거래처 담당자와 한 번 간 술집의 호스티스였다.

술집에 가면 늘 대화가 잘되지 않고 어색하기만 해서 데쓰오는 제 발로는 절대 가지 않았다. 메일을 보낸 사람은 스스로 '통조림 마니아'라고 밝힌 특이한 아가씨였는데—좋아하는 프로그램이 〈타모리 클럽〉*이라고 했다—, 잇따라 옆에 와서 앉은 호스티스들 중 유일하게 대화가 끊기지 않은 상대였다. 명함을 교환하긴 했지만 연락을 주고받은 것은 그 직후 딱 한 번이고 얼굴도 잊어버렸다. 그런데 왜 하필 그 타이밍에 메일이 왔을까?!

---

* 일본의 만능 연예인 타모리가 사회를 맡은 심야 버라이어티 장수 프로그램.

이 메일도 당연히 읽은 상태였다. 지카는 이걸 보고 무슨 생각을 했을까? 술집 같은 데 흥미 없다더니. —이렇게 생각했을까? 하나를 보면 열을 안다고, 이런저런 망상을 부풀리며 외도를 의심했을지도 모른다. 하지만 그것이야말로 전혀 사실무근이었다. 그는 비스듬히 위를 바라보며 한동안 생각에 잠겼다 고개를 떨어뜨리고 한숨을 내쉬었다.

자살 운운할 때가 아니다. 죽어버리면 이런 사소한 것 하나도 제대로 해명할 수 없다.

데쓰오는 머뭇머뭇 브라우저를 열고는 '즐겨찾기' 목록으로 시선을 돌렸다. 이런 상황에서 성인사이트 제목이 너무나 무신경하게 두드러져 보였다. ……이것도 봤을까? 봤겠지, 틀림없이. ……

지카는 그런 쪽으로 딱히 잔소리가 심한 편은 아니었다. 그러나 '유유癒乳의 낙원'이라는 사이트는 아무래도 황당했을 게 틀림없다. 이런 한심한 단어가 사후 나라는 인간의 '감춰진 욕망'을 대변한다는 것은 정말이지 끔찍한 악몽이었다.

지카는 가슴이 작았고, 데쓰오는 전혀 개의치 않는다고 말해왔다. 그 말은 진심이었고 그것과 이것은 별개의 문제였다. 심지어 '거유巨乳의 낙원'이 아니라 '유유의 낙원'이다. 그게 더 기분 나쁠지도 모르지만, 아무튼 크기의 문제는 아니다. 양보다 질이랄까. 아니, 아니지, 그런 뜻도 아니고, ……

정신을 차려보니 데쓰오는 눈앞에 있지도 않은 아내를 상대로 그렇게 횡설수설 변명하고 있었다. 그래서 술집 아가씨가 보낸 메일과 함께 그런 종류의 링크도 당장 지워버리려 했다. 그러다 황급히 키보드 위의 손길을 멈췄다.

이것은 자살을 부정하는, 한심하지만 설득력 풍부한 증거가 아닐까? 죽기로 결심했다면 이런 것들은 흔적도 없이 처리했을 것이다. 지카도 오히려 그렇게 생각하지 않았을까? 자살하려는 인간이 자신의 치부에 이토록 무방비할 리 없다고.

버스는 파친코 가게와 주유소, 신축 맨션이 줄줄이 늘어선 역 남쪽의 큰길을 쉬지 않고 달렸다. 장마를 앞둔 오후의 햇살이 창틀에 눈부시게 반사되며 승객들을 한 사람 또 한 사람 선잠으로 끌어들였다. 사에키로 잘못 봤던 덩치 큰 남자의 뒷모습도 어느새 버스의 움직임에 따라 이리저리 흔들리고 있었다.

회사 앞 정류장까지는 이제 십 분쯤 남았다. 데쓰오는 도착하기 전 다시 한번 확인할 요량으로 가방에서 클리어파일을 꺼냈다. 병원에서의 반성을 되살려 자기 상황을 보다 잘 설명하기 위해 관련 정보 몇 가지를 출력해왔다.

인터넷에서 '되살아난 사자死者'라는 말을 검색하니 21만 건이나 되는 결과가 나왔는데, 대부분은 이번 일과는—아마도—관계가 없었다. 아이티에서 장례식 도중 되살아난 노인 이야기, 엘비스 프레슬리가 시애틀에서 도넛을 먹고 있는 모습이 목격됐다는 이야기, 티벳의 『사자의 서』 해설, 초등학생 앙케트에서 '인간은 한 번 죽어도 되살아난다'고 대답한 수가 전체의 30퍼센트나 되었다는 뉴스, 그것은 '언제든 간단히 리셋할 수 있는 게임의 악영향'이라는 분석, 그에 대한 비판, D. H. 로런스의 소설 『죽은 남자』 소개. ……

데쓰오의 경우와 유사성이 있는 사람들의 기사는 검색 첫 페이지에 집중되어 있었다.

죽었다 살아난 사람의 수는 확인된 경우만 전국적으로 십여 명에 달했지만, 그처럼 아직 밝혀지지 않은 사람까지 포함하면 몇 명이 될지 알 수 없었다. 정보 프로그램에서 본 중학생 소녀는 그중 제일 유명해서 어느 사이트에나 언급되고 있었다. 나이와 성별, 죽은 날짜와 생환한 날짜 등에서는 공통점을 발견할 수 없었다.

기사 다발을 들척이던 그는 그중 한 장을 앞으로 꺼냈다. 제목은 '칠 년 전 급성 심부전으로 사망한 남성, 사실은 타살이었다?!'였다. 칠 년 전 자택에서 사망했고 부검 결과 '병사 추정'으로 판단된 지바의 부동산회사 사장이 지난달 19일 돌연 되살아나 경찰을 찾아 와서는 자신이 살해당했다고 주장하며 소송을 제기했다고 한다. 술을 마시고 침대에 누워 있는데 남녀 두 명이 습격했다는 것이다. 그가 범인으로 지목한 사람은 시신의 첫 발견자인 그의 아내였다.

기사에는 그후 경찰 조사에서 술집을 운영하는 그의 아내가 남편의 사망으로 약 2억 엔에 달하는 생명보험금을 수령했다는 내용이 나와 있었다. 그러나 데쓰오가 빨간 표시를 해둔 부분은 오히려 그뒤에 이어진 '법의학에 밝은 저널리스트'가 덧붙인 견해였다.

변사체가 발견되면, 법률상 검찰관이 부검하게 되어 있는데, 실제로는 '검시관'이라 불리는 경찰관이 그것을 대행하고 있습니다. 범죄 유무를 판정하는 것은 검시관의 '오관五官'=오감五感입니다. 범죄성이 의심되는 사체는 사법해부를 하도록 넘기지만, 그렇지 않을 경우 경찰에 위촉받은 부검의가 사체 부검 소견서를 쓰면 끝입니다. 일본의 검시·해부 관련 예산은 국제적으로도 이상할 정도로 적어서 부검 오인으로 인한 범죄 누락이 이전부터 문제시되고 있습니다.

'데라타라는 그 의사는 과연 얼마나 성실하게 내 시체를 부검했을까? 해부할 필요성은 없었다고 했는데, 설마하니 이렇게 허술하고 엉성할 줄은 꿈에도 몰랐어. 보나마나 다들 모르고 있을게 틀림없어.'

검색해보니 비슷한 의심스러운 사례가 그밖에도 여러 건 눈에 띄었다.

살인으로 밝혀지면 데쓰오의 주변도 틀림없이 순식간에 술렁거릴 것이다. 가족을 포함해서 되살아왔다는 현실을 지금처럼 조용하고 느긋하게 받아들일 여유가 없어지리라.

"—다음은 고바초 앞, 고바초 앞입니다. ……"

그래도 이젠 돌아갈 길이 없다. 회사에 가면 자살이 아니었다는 사실이 명백해질 것이다. 그리고 나를 죽인 범인이 그 남자라는 사실이. ……

낯익은 공장 풍경이 앞유리창 너머로 펼쳐졌다.

데쓰오는 마음을 굳게 먹고 고개를 끄덕인 후, 아직 아무도 누르지 않은 하차 버튼으로 팔을 뻗었다.

6. 내 자리는 이제 없다

공장과 붙어 있는 6층짜리 회사 건물은 회색 화강암 타일로 마감되어 있어서 직원들이 자주 '비석 같다'고 농담을 하곤 했다. 그 벽면에 강렬한 햇빛이 반사되어 반짝거렸다.

파란 하늘에는 금속판을 재단하고 가공하는 리드미컬한 충격음이 쉴새없이 울려퍼졌다. 창은 모두 닫혀 있지만 고개를 들면 금방이라도 몇몇 직원과 눈이 마주칠 것 같았다. 다들 안에서 일하고 있다. 데쓰오는 자기만 따돌림당한 듯한 외로움을 느꼈다.

옛 상사에게 면담을 요청할 생각이었는데, 막상 건물 앞에 서니 시체가 어디서 발견되었는지부터 알고 싶어졌다.

부검의인 데라타 말에 따르면, 정면이 아니라 공장 반대편 건물의 서쪽이었다고 한다. 인기척이 없는 곳이라 걷다보니 창 없는 벽에 가죽구두 소리가 반사되어 울렸다.

데쓰오는 시야 끝자락에 회사에서 만든 공업용 도료 깡통 하나가 덩그러니 놓여 있는 것을 알아차렸다.

담배꽁초를 버리는 통인가? 다가가서 속을 들여다본 그는 숨을 삼켰다. 바짝 마른 조그만 해바라기 꽃다발이 깡통 주둥이에 고개를 늘어뜨리고 있었다.

데쓰오는 곧 그것이 무엇인지 이해했다. 무의식적으로 입가에 손을 얹고 메마른 헌화 주변을 뚫어져라 바라보았다. —이곳에서 내가 죽은 것이다. 그는 서 있던 자리에서 조심스럽게 옆으로 비켜섰다. 콘크리트 바닥은 거무스름했지만 혈흔 같은 것은 남아 있지 않았다.

건물 옥상을 올려다보았다. 강렬한 햇빛이 찌를 듯이 날카롭게 견제했다. 눈을 세차게 깜박거리며 우뚝 솟은 건물의 옥상 가장자리로 간신히 시선을 던졌다.

'……저기인가. ……'

물리적 거리가 순식간에 낙하의 공포로 변했다. 아무것도 없는 허공으로 몸을 던진 찰나의 전율이 명치 깊숙이 스치고 지나갔다. 저항 없이 잇따라 아래쪽으로 장소를 양보해갔다. 멈추지 않는다! 바람이 쉴새없이 빠르게 뭐라고 속삭였다. 귀기울일 틈조차 없이 눈앞으로 육박해오는 지면. 그 순간, 온몸을 뒤흔들며 울려퍼진 무지막지한 파열음! ……

콘크리트 바닥은 죽음 자체인 양 입을 굳게 다물고 있었다. 그러나 숨을 죽이고 뚫어져라 내려다보니 삼 년 전 충격으로 생긴 시간의 균열이 반투명한 흔적을 여전히 머금고 있는 듯했다. 그 갈라진 틈에서 신선한 시간이 스며나와 과거를 비춰주는 웅덩이를 만들고 있었다.

데쓰오는 무릎이 꺾인 듯이 그 자리에 주저앉아 양 손바닥을 지면에 댔다. 세시 십사분 여기서 망가진 시계. —어떤 자세로 쓰러져 있었을까? 뺨을 땅에 대고 엎드려 있었을까? 아니면 똑바로 누워서 하늘을 올려다보고 있었을까? 머리가 깨져서 뇌의 내용물이 이리저리 튀고, 흘러나오는 피를 멈출 방법도 없이. ……

되살아나던 때와 같은 두통이 데쓰오를 엄습했다. 팽창된 내측에서 문득 뭔가가 어른거렸다. ……흰색 책상. ……5층 회의실. ……창으로 햇빛이 비쳐들고, 시계는 오후 두시 사십분을 지날 무렵이었다. 사망 시각 약 삼십 분 전이다.

"싫다"라는 목소리가 들렸다. 그는 별안간 벌떡 일어나 회사 출입구로 뛰기 시작했다.

기억이 떠오르기 시작한다! 과거의 공백에 서서히 기억이 차오르고, 몇몇 광경이 뜻밖에 시원스레 뻗어가는 물결처럼 그 면을 씻어냈다.

옥상 같은 형태가 보이고 희고 큰 물탱크가 갑자기 눈앞으로 육박했다. 심하게 흔들리는 발밑에는 시커먼 그림자가 짙게 드리워졌고, 파란 하늘이 거대한 증인처럼 그를 내려다보고 있었다. 마지막에 보인 게 뭐였지? 그 순간 거의 다 보일 듯했고, 동시에 금방이라도 사그라져버릴 것 같았다.

데쓰오는 구둣발을 미끄러지듯 내디디며 유리문을 밀고 건물 안으로 뛰어들어갔다. 직원들이 무슨 일인가 싶어 이쪽을 바라보았다. 개의치 않고 엘리베이터로 향했다. 안에서 나온 낯익은 개발부 직원이 움찔하며 옆으로 비켜났다. 데쓰오는 6층을 누르고 '닫힘' 버튼을 연타했다. 대화에 정신을 뺏기면 그 순간 틀림없이 모든 기억이 영원히 사라져버릴 것이다!

사장실이 있는 6층에서 튀어나가듯 내린 순간, 복도를 걸어오던 옛 상사 안자이와 정면으로 마주쳤다.

"쓰치야!"

안자이가 바로 불렀지만 데쓰오는 그 소리를 뿌리쳤다.

"이봐, ……쓰치야! ……"

복도 끝 계단을 뛰어올라갔다. ─시간 안에 올라갈 수 있을까? 층계참 모서리를 돌아 더 위로 올라갔다. 그 앞으로 불투명유리가 끼워진 스테인리스 문이 보였다. 숨을 헐떡이며 손잡이로 달려들었다. 오른쪽으로 돌리려 했지만 문이 잠겨 있었다. 문을 밀었다 당기고 어깨로 부딪혀봐도 도저히 열리지 않았다.

"빌어먹을!"

문 너머에 틀림없이 흰색 물탱크가 있을 것이다. 맞은편에는 뜨거운 바람을 뿜어내는 에어컨 실외기. ……금간 콘크리트 바닥, ……누군가로부터 도망치고 있었다. 사람 그림자. 그래서 철책으로 달려갔고, ……그리고, ……

순식간에 기억의 썰물이 빠져나갔다. 문 하나로 가로막힌 건너편 광경이 눈 깜짝할 사이 새하얀 어둠 속으로 삼켜졌다.

데쓰오는 있는 힘껏 문을 내리쳤다. 빌어먹을! 그리고 그 자리에 허물어지듯 주저앉았다. 불투명유리에서 각이 꺾인 부드러운 햇살이 비쳐들어 땀이 밴 그의 머리 위로 내려앉았다.

주먹을 허벅지 깊이 박고 심호흡하며 턱을 들었다. 넥타이를 느슨하게 풀다가 불현듯 천장에 설치된 반원 모양의 검은색 돌출물에 시선이 멈췄다.

천천히 일어나 바로 아래 서서 돌출물 표면에 비친 자기 모습을 바라보았다.

'—방범카메라구나, ……'

갑자기 희망이 다시 숨쉬기 시작했다. 게다가 그것은 새로운, 보다 확실한 희망이었다.

내가 죽었을 때도 이 카메라가 있었을까? 그 영상만 있다면, 그 사람 그림자가 누구인지 밝혀낼 수 있다! 남아 있을까? 어디 있을까? ……

걸음을 내디디려던 그는 그제야 자기가 빈손이라는 것을 알아차렸다. 아무래도 시체 발견 현장에 가방을 내동댕이치고 온 모양이었다.

일단 가방부터 찾으려고 층계참을 돌아선 순간, 바로 아래까지 몰려온 직원들과 맞닥뜨렸다. 모두 숨죽이고 이쪽을 주시하고 있었다. 침묵이 이어졌다. 이윽고 맨 앞에 있던 안자이 부장이 입을 열었다.

"5층 회의실에서 얘기하지. 우리 둘이서만. —괜찮지?"

가방은 사무직 직원이 가져다주었다. 그의 얼굴에 노골적인 호기심이 드러나 있었다.

데쓰오는 아까 순간적으로 "쓰치야!"라고 부른 안자이 부장에게 뒤늦게 감탄했다. 원래 겁이 없는 사람이긴 했지만, 주말에 죽었다 되살아난 사람에 관한 텔레비전 방송을 본데다 실은 지난주 야간용 뒤쪽 출입구 방범카메라에 데쓰오의 '유령'이 찍혔다는 소문이 사내에 퍼져서라고 했다.

"유령?" 데쓰오는 의아해하다가 되살아난 밤에 찍혔음을 알아차리고 "아까 제 발소리 부장님도 들으셨죠? 다리도 멀쩡히 달려 있어요"라며 바짓자락을 올려 보였다.

중학생처럼 한가운데 탄 가르마와 탄탄한 몸집의 나르시시스트다운 안자이의 외모는 언뜻 보기에는 예전과 다르지 않았지만, 마주앉아 얘기를 나누다보니 삼 년 새 흰머리가 급격하게 늘었음을 알 수 있었다.

데쓰오는 뒤쪽 출입구가 아니라 옥상 방범카메라에 대해 묻고 싶었다. 그러나 회의실에 들어온 후부터 죽은 당일의 기억이 계속 어른거려서 그쪽에 정신을 뺏기고 말았다. 역시 이 방에 있었던 모양이다. 누군가와 함께. 사에키인 줄 알았는데, 혹시 부장이었나? ……

자료를 들먹이며 납득시킬 필요도 없이 환생에 대한 안자이의 판단은 명료했다. 이 사태 자체는 이해되지 않지만, 여러 사례가 있으니 '잠정적으로' 받아들인다는 것이다. 늘 망설임 없이 유연한 태도를 견지하는 그답게 믿음직스러운 말이었다.

데쓰오는 대화가 끊긴 틈을 타서 말했다.

"이시자와 맥주가 잘 팔렸다고 하던데요."

"잘 팔렸어. 자네가 열심히 해준 덕분이야."

데쓰오의 얼굴에 미소가 번졌다.

"몇 번씩 야마나시까지 발품 판 보람이 있었군요! 물론 부장님의 영단 덕분이지만. ─얼마나 나갔습니까?"

"전년 대비 세 배 정도였나."

"그렇게나!? 대단하네요. ……그랬군요, 마지막까지 꼭 지켜보고 싶었는데."

"지금도 잘 팔려."

"그럴 테지만, 당시의 흥분 같은 건, ……"

데쓰오는 가방에서 클리어파일을 꺼내 '이시자와 맥주—성공의 열쇠는 끝까지 고집한 본연의 맛과 독창적인 캔 디자인'이라는 인터뷰 기사를 찾았다.

"이것도 읽었어요."

기사는 데쓰오가 발안한 흡입구 전체가 열리는 맥주캔 이야기를 다루고 있었다. 기사 첫머리에 '흰 수염을 적시며 캔째 벌컥벌컥 들이켜고 싶었다'라는 제품 콘셉트가 실려 있었다.

1994년 주세법 개정 이후 전국 각지에서 지역 맥주들이 탄생했는데, 최근 몇 년 사이 저렴한 발포주가 인기를 끌면서 수많은 업체가 고전하고 있습니다. 그런 와중에 이시자와 맥주는 순조로운 판매 현황을 유지하고 있습니다. 성공 이유 중 하나로 꼽을 수 있는 요소가 바로 이 특징적인 캔 디자인인데요. 맨 처음 이 캔을 고안해낸 계기는 무엇이었나요?

도지마 제관 소노다 씨—원래부터 맥주를 좋아했는데, 가게에서 큰 맥주잔에 마시면 그렇게 맛있던 맥주가 캔으로 마시면 아무래도 뭔가 부족한 느낌이었습니다. 오랫동안 그 이유를 몰랐습니다만, 이시자와 맥주에서 생산한 필스너를 맥주 공장에서 마셨을 때 흡입구가 그 이유가 아닐까 하는 생각이 퍼뜩 떠올랐죠. 거품이 풍성하게 일고 향이 좋은 맥주도 캔으로는 그런 요소를 전혀 즐길 수 없어요. 그렇다면 차라리 컵처럼 위를 다 열어버리는 게 좋겠다는 생각이 들었습니다. 뚜껑을 따기 전에 캔을 한 번 흔들어주면 딱 적당한 거품이 일어납니다. 잘될 때까지 수없이 실험을 거듭했어요. 그 덕분에 엄청난 맥주 배가 생겼죠(웃음).

정말이지 이 이야기 그대로였다. 다만 모두 데쓰오의 얘기고, 소노다는 그 기획에 전혀 관여하지 않았다.

애당초 데쓰오가 순조로운 플라스틱 부문에서 장래성이 희박한 제관 부문으로 이동하게 된 원인도 이 소노다라는 동기 때문이었다.

전 부서에서 일할 때 데쓰오는 신규 영업으로 업소용 세제 플라스틱병과 관련해 꽤 큰 일거리를 따온 적이 있었다. 자신도 전혀 의식하지 못했던 '테두리'라는 말의 미카와 방언을 동향 출신인 상대 회사 담당자가 우연히 지적하면서 뜻이 잘 맞은 것이 계기였다. 그때부터 끈기 있게 매일같이 찾아다니다가 드디어 반년 만에 계약을 성사시킨 것이다. 그후로 그 회사와 다른 제품 거래도 시작하면서 그쪽을 소노다가 담당했는데, 사내에서는 이상하게 데쓰오가 아니라 소노다 쪽이 더 높은 평가를 받았다.

데쓰오는 그 점이 늘 의문이었다. 그런데 얼마 지나지 않아 부서에 터무니없는 유언비어가 퍼진 것을 알고 그제야 상황을 이해했다. 데쓰오가 그 계약을 따낼 수 있었던 것은 상대 회사의 담당자와 뇌물을 주고받았기 때문이라는 소문이었다.

데쓰오는 격분했다. 당장 상사에게 면담을 청하고 자신의 결백을 호소했다. 그때 소문을 퍼뜨린 장본인으로 넌지시 암시된 인물이 소노다였다.

의혹은 불식되었지만, 데쓰오는 그때 한 번 회사를 그만둘 생각을 했다.

소노다가 입만 나불거리는 타산적인 인간이라는 것은 전부터 알고 있었다. 당연히 분노를 느꼈다. 그러나 그런 인간이 떠들어대는 근거 없는 소문을 동료들이 다 같이 믿고, 아무도 자신을 감싸주려 하지 않았다는 사실이 훨씬 더 큰 충격이었다. 너무나 실망스럽고 지겨워져서 상사에게 사표를 제출하고 책상 정리까지 시작했다. 그때 사정을 전해듣고 그를 달래며 제관 부문으로 데려와준 사람이 바로 안자이였다.

"소노다가 인수인계를 맡았던 모양이야."

이제 와서 새삼 문제삼을 마음은 없었지만, 데쓰오는 아무래도 웃는 표정이 어색해졌다. 안자이의 표정이 갑자기 험악해졌다.

"삼 년간의 공백을 메울 생각으로 찾아온 거면 상관없지만, 소노다에게 실적을 가로채였다는 얘기를 하고 싶다면 잘못 짚었어."

"아뇨, 그럴 생각은, ……"

"아니라면 됐어. 그 친구도 고생했어. 잘 팔리긴 했지만, 뚜껑 쓰레기가 생기느니 어쩌느니 불평도 많았으니까. 자네가 내동댕이친 일의 뒤처리를 잘해줬지."

데쓰오와 띠동갑 정도로 나이차가 나는 안자이가 타이르듯 말을 이었다.

"자네가 기획했고 가장 열심히 일한 건 나도 잘 알아. 하지만 자네 이름을 내세울 순 없어. 그 정도는 이해하겠지."

데쓰오는 일단 시선을 아래로 떨어뜨린 후 물었다.

"제가 자살해서요?"

"대외적으로는 사고사로 돼 있어. 그렇지만 시대가 시대인만큼 어디서 어떻게 얘기가 새어나갈지 모르지. 인간적으로는 나도 자네를 동정해. 하지만 업무적으로 모두에게 피해를 끼친 건 사실이야. 뭐라 하는 건 아니야. 다만 뒷일을 이어받은 소노다에게 괜한 원망만은 품지 말라는 거야."

"그럴, ……생각은 없습니다. 하지만 부장님, 전 자살 같은 건 안 했어요. 정말입니다. 그것만은 믿어주세요. 전 살해당했어요!"

"누구한테?"

"확신은 없지만, ……"

"소노다라고 하진 마."

데쓰오는 생각지도 못했던 말에 "아뇨"라며 고개를 저었다.

"사에키라는 남자입니다."

"사에키?"

"경비원요. 비둘기를 죽였던, ……"

"아 그래, ……그런 직원이 있었지."

"지금은 없습니까?"

"못 본 지 오래됐어. 그런데 그자가 왜 자네를 죽였지?"

"적반하장으로 저에게 원한을 품은데다, 잠복하고 기다리기까지 해서 심하게 말다툼을 했는데, ……"

"냉정하게 생각해, 쓰치야."

안자이가 안쓰러워하는 눈빛으로 말했다. "—냉정해져야지. 혼자만의 과한 확신이 자네를 궁지에 몰아넣었잖아?"

데쓰오는 당혹감을 드러냈다.

"혼자만의 과한 확신이라뇨, —그렇게 보였나요, 부장님에게는?"

"그렇게 보지 않아서 나중에 비난받았어. 아주 호되게! 자네의 그런 면을 왜 꿰뚫어보지 못했느냐, 왜 이해해주지 않았느냐. 자네의 자살로 내가 사람들에게 얼마나 많은 비난을 받았는지, ……내 입으로 이런 얘기 하게 만들지 마."

"그건 오해예요. 부장님 잘못은 전혀 없어요. 자살한 것으로 알려져서, 그래서 돌아보니 제가 그런 인간으로 보였을 뿐이라고요! 하지만 아니에요. 전 자살 따윈 하지 않았어요."

"증거는?"

"기억이 날 것 같기도 해요. 좀전에 깜박하고 말 못했는데, 옥상으로 나갈 수만 있다면. ……옥상 쪽 방범카메라, 그거 제가 죽었을 때부터 있었나요?"

"있었지."

"경찰에서 영상을 잘 살펴봤을까요?"

"그걸 보고 자살이라고 판단했겠지."

"부장님은 보셨어요?"

"안 봤어. 그걸 내가 왜 보나?"

"영상은 아직 남아 있을까요?"

안자이가 탄식하며 "경찰서로 가, 그건. 경찰서로. ……"라고 말했다.

데쓰오는 순간 할말을 잃었지만 곧바로 이어갔다.

"옥상은요? 꼭 가보고 싶습니다. 나중에 자물쇠를 열어주실 수 있나요?"

"안 돼."

"왜죠?"

"어쨌든 안 돼."

안자이가 팔짱을 끼고 등받이에 몸을 기대더니, 의미심장한 표정으로 데쓰오를 바라보았다.

"이봐, 쓰치야, ─내 말 잘 들어. 사람 한 명이 죽으면 그만큼의 구멍이 뚫리는 법이야. 큰 구멍이 있는가 하면 작은 구멍도 있겠지. 그런데 그 구멍을 언제까지고 내버려둘 순 없잖아. 다함께 열심히 메우지. 안 그러면 매번 거기 발이 걸릴 테니까. ─안 그래?"

"……"

"회사의 구멍. 가족의 구멍. 남겨진 이들의 마음에 생긴 구멍. —자네는 그게 가까스로 막힌 때 돌아왔어. 억지로 비집어 열려고 하면 망가져버려."

데쓰오는 그가 하고자 하는 말을 이해하려고 애썼다. 그러다 달리 해석할 도리가 없어서 깊은 실망감과 함께 물었다.

"회사에는 이제 제 자리가 없다는 뜻입니까?"

그 말을 꺼낸 순간, 피부 어딘가가 찢기는 듯한 통증이 생생하게 느껴졌다.

"그건 나 혼자 판단할 일이 아니야. 그렇지만 회사도 삼 년 전과 달라. 아마 자네가 상상하는 것보다 훨씬 좋지 않을 거야. 자네가 추진했던 지역 맥주는 잘 팔렸지만, 업계 전체의 불황은 어쩔 수 없어. 자네도 굳이 침몰하는 배로 돌아올 이유는 없잖아?"

"저는 이 일이 좋습니다. 보람도 느끼고요. 전과 같은 대우는 바라지 않습니다. 처음부터 다시 열심히 하겠습니다! 그러니, ……"

"자네는 소노다 부하직원의 부하가 될 거야. 그걸 참을 수 있겠어?"

안자이는 난처해하는 표정을 지었다가, 차츰 화가 치솟는지 다시 '내 입으로 이런 얘기 하게 만들지 말라니까' 하는 눈빛을 띠었다.

데쓰오는 한층 무력감에 빠져들었다. 자신이 없는 동안 있는

얘기 없는 얘기가 숱하게 나왔을 것이다. 소노다가 "역시 내가
말한 대로죠?"라느니 어쩌느니 큰소리라도 쳐댔을까? 예전 부
서에서 있었던 불미스러운 일에 대해서는 분명하게 반론했다.
'뇌물'이라니, 구체적이지만 전혀 기억에 없는 죄목이다. 그것
을 부정함으로써 나는 그런 인간이 아니라고 주장할 수 있었다.
그런데 이번에는? ―이번에는 '자살'이다. 마찬가지로 전혀 기
억에 없는 일이지만, 그것은 삼 년간 사실로 믿어져왔다. 게다가
그때와 달리 지금 그 '자살'을 부정할 근거는 나는 그런 인간이 아
니라는 말뿐이다.

"아무튼 이 자리에서 결론을 내긴 힘들어. 예외 중의 예외니
까. 사장님과도 얘기해보겠네."

"……알겠습니다. 잘 부탁드립니다."

데쓰오는 한동안 멍하니 앉아 있었다. 그리고 책상에 펼쳐둔
자료들을 챙기기 시작했는데, 오히려 그동안의 침묵을 서둘러
정리해버리고 싶은 심정이었다. 가방을 들고 일어서자, 안자이
가 앉은 채로 그의 전신을 새삼 훑어보더니 가족처럼 친근한 투
로 말했다.

"'몸뚱이 하나로'라는 말을 곧잘 하는데, 어디를 가든 결국 자
네가 마지막으로 머물 곳은 사지 멀쩡한 몸뿐이야. 이번에는 꼭
소중히 여겨."

데쓰오는 안자이의 눈을 바라보았다. 그리고 고개를 끄덕인

건지 인사를 한 건지 애매한 동작으로 말없이 고개를 숙였다.

7. 사에키라는 남자

회의실에서 나와 혼자 엘리베이터를 탄 데쓰오는 "어머, 무서워. ······"라는 여자 목소리에 등뒤 벽에서 기댈 곳을 찾았다. 몇 층인지는 알 수 없지만, 자기에 관한 소문 때문이라는 것은 짐작이 갔다.

되살아난 뒤로 지금껏 아무도 면전에서 그런 말을 한 적은 없었다. 하지만 그러는 것도 무리는 아니었다. 업무시간인데도 어울리지 않게 엉뚱한 웃음소리가 들려왔다. 마치 사람들의 본심이 이어진 검은 터널로 들어가는 듯했다.

'─그날의 낙하도 이렇게 고독했을까? ······'

데쓰오는 지금 자신이 그때와 거의 같은 거리를 천천히 더듬어가고 있음을 알아차렸다. 수군거림이 뚝 끊긴 1층을 지나 밖으로 나오자, 이제 다시 여기로 돌아올 수 없나 싶어 또다시 외로움이 북받쳐올랐다. 이 지역에 살기 시작한 것도 따지고 보면 이 회사에 취직해서였다.

손으로 해를 가리며 하늘을 올려다보았다. 저 하늘은 삼 년 전 그날을 틀림없이 다 지켜보았을 것이다. 그 사람 그림자가 누군

지도 안다. 그 남자가 아닐까? 사에키라는 그 남자. ─

갑자기 등뒤에서 인기척이 느껴졌다. 데쓰오는 움찔하며 홱 비켜섰다. 상대도 놀라서 소리질렀다. 뒤돌아보니 공장장 곤다가 서 있었다.

"곤다 씨, ……"

"자네, 정말 살아 있었어? 좀전에 소문 듣고 설마 했는데."

"살아 있다고 해야 할지, 되살아났다고 해야 할지."

데쓰오가 웃으며 말했다. 성격이 괴팍하다고 모두가 꺼리는 사람이지만 데쓰오와는 은근히 잘 맞아서 늘 자연스럽고 편하게 이야기를 나눴다.

"우리 딸이 등교거부 했을 때, 자네 부부가 걱정하면서 식사 초대를 해줬잖아? 부인이 집에서 직접 음식을 하고."

"네? ……아아, 네. 곤다 씨가 워낙 걱정하셔서. 아이짱은 잘 지내죠?"

"그날 아침까지 실컷 음악을 들려줬지."

"아, 그랬죠. CD장을 하도 열심히 보길래. 나이와 다르게 은근히 옛날 록음악을 좋아하던데요."

"지금도 들어. 나는 통 뭔지 모르겠지만. 부인이 자네 CD를 유품으로 줘서 우리집에 있다네."

"아, 그래요? 그렇군요. 몰랐습니다."

"다시 살아왔으니 돌려줘야겠군."

"아뇨, 괜찮습니다. 그냥 가지라고 하세요."

"자네가 죽고 나서도 부인이 우리 애한테 아주 친절하게 대해 줬어. 참 좋은 사람이야."

"그랬군요. ……아내도 분명히 아이짱에게 위안을 받았을 겁니다."

데쓰오는 편하게 말하려 했지만, 감개무량한 곤다의 표정을 보고 비로소 이 뜻밖의 대화의 의미를 이해했다.

"자네, 정말 뎃짱 맞지!"

곤다가 데쓰오의 팔을 아플 정도로 힘껏 두드리며 진짜라고 확신한 듯이 말했다.

"맞죠. 달리 누구겠어요."

"이런 기적도 다 있군."

"사실 저도 뭐가 뭔지 잘 모르겠습니다."

"얼마 전 자네 기일에도 저기 꽃을 올리고 향을 피웠는데."

"아아, ……곤다 씨였군요. 아까 봤어요. 기쁘군요, 그걸 다 기억해주시고."

"그걸 어떻게 잊겠나! 미리 말해두지만 매년 그랬어. 작년에 도 재작년에도. 그런데 올해로 끝이군. 잘됐어, 정말 잘됐어."

둘은 운송구 옆 흡연실로 자리를 옮겨 한동안 얘기를 나눴다.

부장 말대로 제관 부문 실적은 신통치 않은 듯했다. 공장의 누가 정리해고를 당했느니 보너스가 얼마나 줄었느니 하는 얘기를 해주는 틈틈이, 곤다는 몇 번이나 "자네가 있을 때는 공장 직원들도 훨씬 의욕적이었는데"라고 말했다. 그리고 소노다에 대해서는 "그놈은 글러먹었어"라는 한마디만 내뱉듯이 던졌다.

프레스기계 사고로 손가락 세 개를 잃은 곤다는 엄지와 집게만으로 쥔 담배를 다 피운 뒤 연기를 내뿜으며 말했다.

"이봐, 뎃짱. 난 자네가 자살했다고 생각하지 않아."

뎃쓰오는 갑자기 미소가 바닥난 표정을 지었다.

"자네는 살해당했어."

곤다가 물을 채워둔 깡통에 담배꽁초를 버렸다. 뎃쓰오는 저도 모르게 곤다의 양팔을 붙들었다.

"실은 저도 그런 생각으로 오늘 회사에 온 겁니다!"

"자네가 자살할 리 없어. 그렇게 나약한 인간이 아니야, 자네는. 그건 내가 제일 잘 알아. 절대로 아니야."

"곤다 씨, ……고맙습니다."

"살해당한 거야. 누가 죽였는지 기억나나?"

"그게, ……기억이 안 나요."

"사에키야."

뎃쓰오는 몸의 떨림이 멈추지 않았다.

"그놈은 자네가 죽자마자 경비회사를 그만두고 행방을 감췄어. 지금 어디 있는지는 모르지만, 자네가 찾는다면 나도 돕지."

"정말요? ─사에키는 둘째 치고, 실은 부탁이 하나 있어요."

"뭔데?"

"회사 옥상에 올라가보고 싶습니다. 가보면 여러 기억이 떠오를 것 같은데, 문이 잠겨 있어서. 부장님도 허락 안 해주시고요."

"옥상이라. ―그래, 알았네. 내가 열쇠를 구해놓지."

"고맙습니다! 이제 여기서 의지할 사람은 곤다 씨뿐이에요."

"걱정 마. 난 자네를 좋아하니까. 아무튼 사에키부터 잡아야지. 도망치게 내버려둘 순 없어. 자넨 그러려고 되살아난 거야."

그렇게 말하며 두 손가락으로 팔을 힘껏 움켜잡는 곤다에게 데쓰오는 몇 번이나 고개를 끄덕여 보였다.

공장 사람들에게서 '환생' 축하를 받은 데쓰오는 회사를 나서자 곧장 경찰서로 향했다.

자신을 죽인 사람이 사에키라는 곤다의 단언이 용기를 불어넣어주었다. 역시 그랬다! 게다가 곤다가 먼저 확신하고 꺼낸 말이었다. 절대 데쓰오의 믿음에 동조한 것이 아니다. 지카와 안자이에게 설명하기는 힘들었지만, 사에키를 잘 아는 사람이라면 그에게 살해당했다는 주장이 절대 엉뚱하지 않다는 걸 분명 이해할 것이다.

데쓰오는 경찰에 재수사를 요청할 작정이었다. 특히 옥상 쪽 방범카메라 영상을 보고 싶었다. 동시에 자신과 가족에 대한 안전조치도 요청해야 했다. 사에키를 쫓을 생각이었는데, 어느새 이쪽이 쫓기는 상황이다. 곤다도 상황이 그렇게 흘러갈까 걱정스러웠는지, 일단 경찰서부터 찾아가라고 헤어질 때 집요하리만치 다짐을 두었다.

'─결국 나는 무슨 이야기를 하고 온 걸까? ……'

이야기를 마치고 미즈오 경찰서를 나와서야 데쓰오는 긴장감에서 해방되어 스스로도 감당하기 벅찬 왜곡된 흥분을 자각했다.

처음 경무과 접수처에서는 완전히 정신 나간 인간 취급을 받았는데, 옆에 서서 이야기를 듣고 있던 형사가 여자 직원에게 뭐라고 귀엣말을 하자 바로 3층 조사실로 안내해주었다.

젊은 형사는 정중한 태도로 실은 며칠 전 데쓰오의 부검의였던 데라타에게 전화를 받고 그가 병원을 찾은 이야기를 전해들었다고 했다. 그래서 데쓰오는 서론을 생략하고, 자신이 자살한 걸로 되어 있지만 타살이 의심된다. 범인은 전에 회사에서 경비로 일했던 사에키라는 남자 같다고 호소했다. 형사가 차분한 얼굴로 맞장구쳤지만, 데쓰오는 그것만으로는 충분치 않은 느낌에 "이름은 잘 모릅니다만, ……"이라고 미리 말해두었다. 그러자 형사는 부주의함을 깨달았는지 황급히 '사에키'라는 메모 옆에 '이름 불명'이라고 덧붙여 썼다.

방범카메라 영상은 지역 경찰서 담당자에게 확인해보고 연락주마고 약속했다.

그리고 잡담 같은 투로 그가 죽고 지카가 어떻게 생계를 꾸렸는지 염려하더니, 생명보험 가입 유무를 물었다.

"보험이 있긴 했으니 보험금을 탔을 겁니다. 그러고 보니 그 얘긴 못 들었는데. ……다시 살아왔으니 돌려줘야 할까요?"

한 시간가량 대화하며 마음을 꽤 터놓은 상태라 데쓰오는 반쯤 농담처럼 물었다. 그러나 형사는 전혀 웃지 않고 눈을 치뜨며 바라보기만 할 뿐이었다.

미즈오 경찰서 앞 정류장에서 버스 시각표를 보니 오래 기다려야 할 것 같아 집까지 걸어가기로 했다.

해가 기울기 시작한 주택가의 좁은 길을 걸으면서 데쓰오는 문득 들고 다니던 파일 속 보험금 사기 기사를 떠올렸다. 혹시 그 형사는 그걸 의심한 걸까? 자살 자체가 위장이고, 죽은 것처럼 가장했다고?

'설마, ……' 데쓰오는 발걸음을 멈췄다. '나를 의심하는 건가? 나와 지카 둘 다? 그렇지만 부검은 그쪽에서 했으니, …… 그 의사도 한통속이라는 얘긴가?'

뒤에서 울리는 자전거 벨소리에 보도 가장자리로 비켜섰다. 그 소리가 마치 어리석은 생각으로 치우치는 자신에게 보내는 경고처럼 느껴졌다. 근처 술집의 종업원인 듯한 젊은 여자가 장바구니를 가득 채운 채 데쓰오 옆을 스쳐갔고, 한동안 향수 냄새가 남아서 떠다녔다.

얘기를 들어주는 게 기뻐서 뭐든 묻는 대로 대답했는데, 돌이켜 생각하니 친절해 보이던 그 형사의 태도에 뭔가 꿍꿍이가 있었던 것 같은 기분이었다. 방범카메라 건은 내가 직접 지역 경찰서로 찾아가 교섭해야 할까. 그때 사에키 일도 다시 설명하고.

데쓰오는 걸어가면서 좀전에 경찰서에서 말한, 사에키와 주고받았던 대화를 떠올렸다. ……

죽기 일주일쯤 전이었다. 그날 데쓰오는 밤늦게까지 새 맥주 캔 생산라인의 차질을 조정하느라 공장에 남아 있었다. 원래 공업용 도료캔을 제조해온 회사가 처음 음료캔을 시도하는 것이라 시작부터 말썽의 연속이었다. 모양새도 특이했다. 1억 엔을 투자한 신규 사업이니 실패하면 목을 매는 수밖에 없다고 안자이 부장이 진담도 농담도 아닌 투로 말하곤 했다.

새벽 한시에야 간신히 공장을 벗어난 데쓰오는 완전히 녹초가 되어 한동안 차를 몰 기력조차 없었다. 안전벨트를 맨 것까지는 기억이 났다. 그런데 잠깐 눈을 붙이려고 한 기억도 없이 까무룩 의식을 잃었던 모양이다.

새하얀 굉음 속에 갇혀 있었다. 바깥세상과 완전히 격리되어 있지만 결코 조용하지는 않았다는 것을 데쓰오는 잠이 깬 직후 들려온 잔향殘響으로 알아챘다. 몸속의 혈류 소리를 귀청이 찢어질 듯한 크기로 계속 들은 것 같은 피로감이 느껴졌다. 그래서 의식을 되찾은 차 안이 너무나 고요해서 놀랐다.

운전대에 손을 얹고 인기척이 전혀 없는 주차장의 어둠을 응시했다. 그러다 시동을 막 걸려는 순간, 조수석에서 난데없는 목소리가 들려왔다.

"죽은 줄 알았습니다, 쓰치야 씨."

흠칫 놀라 돌아보니 경비원 사에키가 앉아 있었다.

"뭐야? 남의 차에 제멋대로 타다니. 대체 무슨 짓이야! 당장 내려!"

사에키는 지방을 산더미처럼 쌓아놓은 양으로 시트에 털썩 주저앉아 있었다. 유니폼에서 강렬한 악취가 풍겼고, 턱살에 파묻힌 옷깃에 곧 새로운 땀 한줄기가 스며들기 직전이었다.

사에키는 찌그러진 듯 가는 눈으로 앞을 보며 입을 열었다.

"비둘기를 차 죽인 게 그렇게 나쁜 일인가요?"

"뭐?"

사에키가 회사 정원에서 비둘기를 럭비공처럼 차 죽이는 모습을 보고 비난한 것이 그 전날이었다.

"잔혹하다고 당신이 말했죠. ─흥, 그거야 자기 맘 아닙니까. 그 비둘기는 하필이면 회사 정원에서 교미를 했단 말입니다. 역겨운 소리를 지르면서 아침부터 밤까지. 게다가 추접스럽게 알까지 낳고. 그 비둘기를 어떻게든 처리하라고 나한테 시킨 사람은 이곳 사장이에요. 그래서 내가 처리했죠. ─그뿐이잖습니까.

내친김에 갑갑한 마음도 좀 달랬고. 솔직히 그렇게 명중할 줄은 몰랐지만. 그 감촉. 날아서 도망치지 않았던 건 알을 품고 있었기 때문이겠죠. 물론 알도 짓뭉개버렸지만. —왜 날 그런 눈빛으로 보죠? 애당초 이 세상 인간들이란 비정한 법이에요. 그래요, 석궁으로 도요새를 쏘는 놈도 있고, 가위로 길고양이 다리를 자르는 놈도 있고, ……뭐 상관없잖습니까. 사회 밑바닥에는 동물을 학대하는 기쁨밖에 없는 비참한 인간들이 훅훅 숨을 몰아쉬며 힘겹게 인생을 견뎌내고 있어요, 안 그래요? 공중에서 똥이나 떨어뜨리고 병원균을 퍼뜨리는 능력밖에 없는 해로운 새와 인간의 생명, 과연 어느 쪽이 소중하다고 생각하실지? 나처럼 사회에서 완전히 혐오받는 인간이 똑같이 혐오받는 비둘기를 살아가기 위한 최소한의 활력을 얻기 위해 차 죽였다. —난 건강해졌고, 다시 내일을 살아갈 기력이 솟아났단 말입니다. 왜, 그런 시도 있잖습니까."

전날에는 가만히 입다물고 있던 이 남자의 섬뜩한 요설에 데쓰오는 목소리조차 나오지 않았다. 그런데도 가까스로 "제거하라는 지시를 받은 건 몰랐으니, 기분 나쁘게 들렸을지도 모르겠지만"이라고 입을 열었다.

"들렸을지도 모른다? 들렸을지도?"

사에키가 눈을 깜박이며 눈에 들어간 땀을 눈물처럼 짜냈다.

"기분 상했다면 사과할게요. 하지만 다른 방법으로 울분을 푸는 게 더 좋지 않겠어요?"

"당신한테 그런 말을 들을 이유가 없어요. 난 비둘기를 발로 차 죽이고 싶었으니까. ―당신이야말로 왜 그렇게 바보처럼 일만 합니까? 네? 내 생각을 말하자면, 그쪽이 훨씬 이상해요."

"다들 일하고 있잖아요, 열심히."

"다들이라니, 누구 얘기죠? 나도 포함입니까? 당신은 남들도 일하니까 일하는 겁니까?"

"다른 사람들이 어떻든, 난 열심히 일해서 가족을 행복하게 해줄 책임이 있어요."

"아하. ―그런데 그 '행복'이란 대체 뭡니까?"

데쓰오는 귓속으로 좀도둑이 숨어든 듯한 불쾌감을 느꼈다. 그러나 그것을 쫓아낼 만한 반론이 좀처럼 정리되지 않았다.

"지금은 당신과 그런 토론을 할 기분이 아니에요. 계속 잠을 못 자서 지쳤다고요. 안 내릴 거면 그냥 있든가요. 경찰을 부를 테니까."

데쓰오는 그렇게 말하고 안전벨트를 풀려고 했다. 그 순간 사에키가 손을 뻗어 버클을 움켜잡았다. 데쓰오는 꼼짝도 하지 못하고 말했다.

"뭐하는 짓이야! 당장 치워!"

그러나 사에키는 무표정인 채 코 막힌 소리를 내며 숨을 내쉴 뿐이었다.

8. 유전자가 울고 있다

"밤이 되면 내 유전자들이 훌쩍훌쩍 몸속에서 울기 시작해요. 지금도, 이봐요, 안 들려요? 누구든 좋으니 빨리 어느 여자의 유전자와 합체시켜달라고, 이런 데서 사그라지고 싶진 않다고 말이죠. 나는 그것을 헛되이 달랠 뿐이에요. 불쌍하지만 그러긴 힘들다고. 일단 돈이 없어요. 돈은 중요해요, 누가 뭐래도. 게다가 이렇게 못생겼고 성격도 음침하죠. 나이는 벌써 마흔이 넘었고. 뭐, 전망이 제로예요. 당신도 그렇게 생각하죠? 하긴 날 이렇게 만든 것부터가 유전자겠지만."

데쓰오는 가슴 앞으로 안전벨트를 움켜쥔 채 사에키의 말에 미간을 찌푸렸다. 이 남자는 대체 무슨 얘기를 하려는 걸까? 유전자가 울고 있다고?

사에키는 여전히 심호흡할 때마다 듣는 쪽까지 갑갑해지는 콧소리를 냈다. 꽃가루 알레르기를 방치한 끝에 손쓸 방법이 없어진 듯했다.

"이러쿵저러쿵 허울좋은 소리를 늘어놔도 인간의 호불호만은 어쩔 수 없어요. 안 그렇습니까? 난 세상 사람들이 나를 싫어하는 권리를 존중해요! ―절대적으로! 좋아하라고 누가 강요할 수 있습니까? 개중에는 이런 나에게 동정이나 연민을 품어주는 사람도 있어요. 그렇지만 좋아지느냐 마느냐는 전혀 별개의 문제죠. 당연해요! 나도 좋고 싫은 게 있으니까. 남이 이러쿵저러쿵 참견하는 소린 절대 듣고 싶지 않아요."

사에키는 일단 입을 다물었다가, 여전히 눈을 마주치지 않은 채 말을 이었다.

"—이를테면 난 당신이 싫어요. 사라져주면 얼마나 속시원할까 싶죠."

사에키는 절대로 놓치지 않겠다는 듯 안전벨트 버클을 꽉 움켜쥐고 있었다. 말투는 조용했지만, 말이 끊길 때마다 차 안의 분위기가 긴박해졌다.

지금 이 상태로 습격하면 여지없이 당한다. 누가 와주지 않을까 밖을 내다봤지만 주차장은 찬물을 끼얹은 듯이 고요했다.

"당신 생각을 하는 것만으로도 속이 메슥거려요. —아마 당신이 부러운가보죠. 질투일지도 모르고. ……가족을 부양하는 게 행복이라니! 천만에, 그렇게 굳게 믿는 것 자체가 행복인 겁니다."

데쓰오는 한 귀로 듣고 흘려버리려 했다. 그러나 아까는 주저했던 말이 이번에는 금방이라도 튀어나올 것처럼 목구멍으로 세차게 밀려들었다. 이상하게도 그는 분노보다 오히려 수치심에 휩싸여 있었다.

"그럼, 당신에게 행복은 대체 뭐야?"

사에키가 어이없다는 듯이 눈을 치떴다.

"뭐라고요? 내가 행복해 보입니까? 쓰치야 씨는 좀 모자란 사람인가요? 네? 뭐, 굳이 말하자면, ……근처에서 중학생쯤 되는 여학생을 유괴해 내 마음대로 뭐든 시킬 수 있다면 행복할지도 모르죠. 그리고, ……'사쿠라다 문 밖의 변'*처럼 부패한 늙은 정치인을 암살한다거나. 내가 만약 막부 말기에 태어났다면 틀림없이 역사에 이름을 남겼을 겁니다. 다들 나 같은 인간에게 기대를 걸죠. 비둘기를 제거할 때처럼."

데쓰오는 구역질이 올라올 것 같았다.

"그런 얘길 일부러 하는 겁니까? 당신은 환자야."

"그런 당신은 대체 뭡니까, 쓰치야 씨? 나더러 환자라고? 그럼, 당신은 정상인 줄 아나?"

"나뿐 아니라 누구라도 그렇게 생각해요."

"이건 내 마음속 얘기예요. 날 부정하지 마시죠. 난 절대 남에게 부정당하고 싶지 않아요. 나는 절대 비정상적인 인간이 아니에요. 끝까지 내 생각을 밀어붙인단 말입니다! ─물론 실행한다는 말은 한마디도 안 했어요. 그건 망상이죠. 나는 그런 부류의 바보가 아니에요. 다들 날 업신여기지만, 분명히 말해 이런 삼류회사에서 일하는 당신들보다 내가 훨씬 우수한 인간이에요. 그것만은 말해둡시다. 그럼 왜 이런 데서 일하느냐? 인간의 호불호 탓이죠. 저 녀석은 도무지 생리적으로 안 맞는다고 다들 날 까닭

---

* 1860년 낭인 무사들이 이이 나오스케 행렬을 습격해 암살한 사건.

없이 싫어하니까. 그건 어쩔 도리가 없어요. 그런 인간의 마음은 그 입장이 돼보지 않으면 알 수 없겠죠. 그래서 내 쪽에서도 호불호를 솔직히 밝히며 살아가는 겁니다."

뭐라고 목소리를 내기 전에 말들이 잇따라 혀 위에서 걸려 넘어져버리는 듯했다. 그래서 데쓰오는 갑갑하고 조바심이 났다.

불현듯 그는 허리 언저리에 슬그머니 부풀어가는 열기를 알아차렸다. 내려다보니 버클을 쥔 사에키의 손등이 닿아 있었다. 무심코 문 쪽으로 몸을 물렸다. 차 안은 어두웠지만 반소매 아래로 드러난 사에키의 팔에는 자해한 듯한 흉터가 수도 없이 보였다. 그 통증이 어느새 벌레처럼 데쓰오의 몸을 기어다녔다.

"음, 뭐든, ⋯⋯내가 해줄 수 있는 일이 있을까요? ⋯⋯그렇게 힘들다면, ⋯⋯"

그 말을 입 밖에 내자마자 데쓰오는 후회했다. 이렇게 섬뜩한 놈한테 대체 무슨 소리를 한 거지?

사에키 역시 데쓰오의 그 말에 놀란 모습이었다. 그러나 여전히 앞을 향한 채 시선을 마주치지 않고 말했다.

"쓰치야 씨, 당신은 친절한 사람이군요. ⋯⋯그래서 사람들이 좋아하나요?"

"물론 날 싫어하는 사람도, ⋯⋯있어요. 당신도 그렇다며?"

"그래도 가족에게는 사랑받죠. 가족도 사랑하고."

"가족은 내 삶의 보람이니까요."

사에키는 축적된 지방 덩어리가 다시 조금 높아진 것처럼 무거운 한숨을 내쉬었다.

"난 정말 무기력한 인간이에요. 그리고 고독하죠. 그렇지만 이런 나도 이따금 생각해요. 난 대체 뭘 위해 살아가는 걸까? 행복하지 않으면서 왜 자살도 하지 않고 태평하게 살아가는가? —내 생각에는 말이죠, 인간이 살아가는 이유는 결국 '번식'뿐이에요. 파리나 바퀴벌레와 다를 게 하나 없죠. 아닙니까? 인류가 멸종하지 않는 한, 개개인이 어떻게 되든 그건 사실 아무 상관 없어요. 낳자, 늘리자. 그저 숫자의 문제일 뿐이잖아요?"

"인간은 파리가 아닙니다. 바퀴벌레도 아니고. 그런 데 비유하니 우울해질 수밖에요."

"난 파리나 바퀴벌레가 좋아요. 이미 말했을 텐데, 당신의 호불호에 날 복종시키려 하지 마요. 그것만은 부탁합니다! —일리가 있다는 건 인정해요. 인간은 파리와는 다르게 쓸데없는 생각을 하니까. 자고 먹고 배설하고, 생식하고 번식한다. 그것만으로 되는가? 당신은 아까부터 그거면 된다고 말하고 있죠. 그게 행복이라고. 파리는 당신이에요."

"······난 파리가 아닙니다."

"난 당신처럼 단순한 인간이 아니에요. 시각이 좀더 폭넓은 인간이죠. 이 지구 곳곳에 칠십억 마리나 되는 인간이 번식하고 있다. 지금 이 순간에도 어디서 누군가가 죽는다. '그래서 어쩌라고?' 싶겠죠. 아무도 그것들을 일일이 슬퍼할 순 없어요. 사십육억 년이라는 지구의 시간 속에서 사람 하나 죽은 것이 대체 무슨 의미가 있겠습니까? 중요한 건 전체일 뿐이죠. ―알겠습니까, 정치든 경제든 결국에는 인간의 번식 경쟁이에요. 지금 신흥국에서는 인간들이 우글우글 번식을 시작하죠. 한편, 일본으로 불리는 이 일대는 이제 쇠퇴해갈 뿐이에요. 늙은이들이 젊은이들의 먹이를 눈에 불을 켜고 정신없이 먹어치우고 있어요. 그 돼지들은 뒤처리는 전부 뒤를 이을 인간에게 떠넘기고, 배를 가득 불린 채 행복하게 죽어가는 겁니다. 그에 반해 당신 같은 사람은 죽을 힘을 다하고 있잖습니까. 녹초가 되고, 무슨 생각조차 하기 힘들고, 자기가 뭘 하고 있는지조차 알 수 없죠. 행복? 그게 뭡니까? 결혼? 그건가요? 아이가 태어난다? 남들 같은 집에 살고, 남들처럼 먹고. ……그래봤자 돼지 패거리가 거품경제 시절 구가하던 행복의 몇 분의 1밖에 안 되겠지만."

데쓰오가 장황한 이야기를 차단하듯 언성을 높였다.

"그만 됐어요! 지긋지긋해. 그런 얘기는 귀에 딱지가 앉을 만큼 들었어요. 난 이제 그런 생각 안 하기로 했어요. 어쩔 수 없잖아요, 태어나는 시대를 선택할 순 없으니까! 우리집은 아버지가 일찍 돌아가시는 바람에 어머니 혼자 날 키우려고 공장에서 땀을 뻘뻘 흘리며 일했어요. 요즘 노인이라고 하나같이 당신이 말하는 그런 인간은 아니라고."

"그 아버지에 그 아들이다, 그겁니까?"

"지금 경기가 나쁘긴 하지만, 이러쿵저러쿵 떠든다고 뭐가 바뀌죠? 난 지금 하는 일을 성공시키고 싶어요. 그뿐입니다. 당신 같은 인간은 자신의 나태함을 변명하기 위해 온갖 비관적인 얘기만 늘어놓는 거고!"

"허 참, ……참으로 애처롭군요. 세상 물정 모르고 현실을 직시하지 못하는 인간이란. 이 정도면 사람 좋다는 말도 못하겠어요. 난 모든 사람이 나만큼 총명해져서 같이 절망하고 같이 멸종해가는 꿈을 꾸고 있는데 말입니다. 역시 힘들까요? 네, 쓰치야 씨?"

"당신은 파리처럼 살아도 좋을지 모르지만, 난 싫어요. 난 인간이에요! 오늘을 열심히 살아간다고요. 우리 아버지처럼 더 살고 싶어도 죽어버린 사람도 있어요. 그런 생각을 하면 살아 있는 것만으로도 감사하죠."

"절망적이군요."

데쓰오가 분연히 말했다.

"행복이란 당신이 생각하는 그런 게 아니야!"

"그럼, 뭡니까?"

"그건, ……집에서 아내와 오늘 있었던 일을 이야기하거나, 잠든 아들의 얼굴을 보거나, ……그런 사사로운 것들의 축적이라고요."

"고작 그런 겁니까? 고작? 그걸 평생토록 지속하려고 그렇게 필사적인 겁니까? 아하. ……파리보다는 벌이라고 해야 하나? 그런 쾌감은, 걸핏하면 쓸데없는 생각을 하는 인간을 위해 입력된 것일 뿐이에요."

"그만 됐어!"

"사실은 쓰치야 씨도 의심하고 있을 텐데? 나는 왜 이렇게 필사적으로 일하지? 이렇게 피곤하고, 변변한 보상도 없는데. ―아니, 그런 생각을 하면 안 돼. 일할 수 있는 것만도 행복이니까. 세상에는 훨씬 불행한 인간도 있어. ……"

"나가! 경찰을 부르겠어!"

데쓰오는 휴대전화가 든 가방을 찾았지만, 그것은 조수석에 앉은 사에키의 엉덩이에 깔려 있었다.

"비켜!"

"당신이 방금 전에 말했죠, 뭐 해줄 수 있는 일이 있느냐고. 날 돕는다 생각하고 부탁 하나만 들어주겠습니까?"

"아니! 싫어! 당신과 같은 공기를 마시고 있다는 생각만으로도 불쾌해요!"

데쓰오는 그렇게 말하고 차문을 열었다. 조용하기만 한 줄 알았는데 멀리 큰길을 달려가는 자동차 소리가 희미하게 들려왔다.

"들어보기라도 해요."

"시끄러워!"

"당신이 그렇게까지 말하는 걸 보니, 당신 부인은 대단히 멋진 여자인 것 같군요. 실은 전부터 상상했어요. 그래서 말인데, 간곡히 부탁드리건대, 부디 부인의 유전자와 나의 유전자를 합체해주실 수 있을까요?"

"뭐?!"

"걱정하실 것 없어요. 난 이래 봬도 성욕 처리를 잘하는 편이니까. 하지만 내게는 친밀한 세계가 없어요. 생식을 할 수 있을 만한 세계가. 치근덕거리진 않을 겁니다. 유전자만 남길 수 있으면 충분해요. 유전자 차원의 결합! 그 왜, 남자가 파리로 변하는 영화 있잖습니까. 그 이야기에 절절하게 공감이 갔어요. 틀림없이 지금과는 다른 심경을 느낄 듯한 기분이 들어요."

"이 자식!"

데쓰오가 핏발 선 눈으로 사에키의 멱살을 움켜잡았다.

"두 번 다시 내 가족을 입에 담지 마!"

"다들 개인의 생존 권리는 소중하다고 말하잖습니까. 그렇지만 나는 진정한 복지는 개인이 아니라 유전자 단위라고 생각해요. 내 유전자의 생존 권리는 어떻게 되는 거죠?"

"알 게 뭐야! 이 쓰레기 같은 놈!"

"이렇게 보잘것없는 유전자도 유인원 시대부터 면면히 이어져 왔어요. 생식하면서! 그런데 내 유전자더러 도태되라고 말하는 겁니까? 이건 유전자의 제노사이드란 말입니다. 당신 부인의 유전자와 내 유전자를 결합시켜줄 수 없나요? 파리가 싫으면 그냥 수술과 암술이라고 생각해주세요. 부탁입니다."

사에키의 하복부가 부풀어오른 것을 보고 데쓰오는 온몸에 소름이 돋을 정도로 강렬한 혐오감에 휩싸였다. 그래서 더 말하지 못하도록 움켜잡은 옷깃을 정신없이 비틀었다.

"이, 이 새끼! 돼지는 너야!"

다음 순간, 사에키가 땀에 젖은 차가운 손으로 데쓰오의 팔을 움켜쥐더니 사나운 힘으로 밀쳐내며 운전대에 세게 짓찧었다. 그러고는 픽 하는 콧소리를 내고 차에서 내렸다.

"거기 서!"

안전벨트를 푸느라 애를 먹는 사이, 사에키는 앞유리창 너머로 딱 한 번 이쪽을 돌아보았다. 아무 말도 없었지만 그 눈에는 음울한 증오가 서려 있었다.

데쓰오는 회사 쪽으로 걸어가는 그를 쫓아가려 했다. 그런데 그 자리에서 움직일 수가 없었다. ……

'一그때 쫓아가서 잡았어야 해. 거기서 놓쳤기 때문에 나중에 내가 살해당한 거야. 그래, 그놈은 분명히 사라져주길 바란다고 말했어. ……'

데쓰오는 집 앞에 멈춰 섰다. 그때 어떻게든 대처했다면 사태는 틀림없이 변했을 것이다. 운명이 달라졌을 것이다! 나는 살해

당하지 않고, 지극히 평범하게 삼 년 후인 오늘을 살아가고 있을
것이다.

　그 뒷모습을 다시 한번 어둠 속에서 찾아내야 한다. 그러지 않
으면 언제까지고 앞날이 불안할 수밖에 없다.

　데쓰오는 딱 한 가지, 일부러 형사에게 말하지 않았던 일을 떠
올렸다.

　그때 그는 너무 화가 난 나머지 사에키의 목을 조르려고 했다.
그 기억을 순간적으로 덮어버린 탓에, 마치 살의를 품었던 사람
이 자신인 듯 기묘한 양심의 가책을 느끼고 있었다.

3장

–

혼란의
소용돌이
속으로

9. 기습

"—그 사람이 죽였다니까."

미즈오 역 선물매장에서 매실 만주 상자를 정리하던 지카는 그 목소리를 듣는 순간 누군가가 몸을 잠가버린 듯 손끝 하나 움직일 수 없었다. 퍼뜩 정신을 차렸을 때는 이미 늦었다.

그녀는 갇힌 몸속에서 고독하게 달아올랐다. 조바심을 낼수록 어디를 어떻게 해야 다시 몸이 움직일지 알 수 없었다. 숨이 막혀 울음을 터뜨리고 싶었지만, 눈물의 출구는 여전히 굳게 닫혀 있었다. 옆에서 보면 그냥 가만있을 뿐이다. 그러나 그녀는 자기 자신의 깊은 바닥에서 물에 빠진 것처럼 필사적으로 허우적거리고 있었다.

일 년 전쯤까지는 이런 발작에 자주 시달렸다. 가장 끔찍했던 경험은 리쿠를 데리고 횡단보도를 건널 때였다. 빨간불이 들어왔는데도 발을 내디딜 수 없었다. 노호 같은 클랙슨 소리와 함께 육박해오는 자동차를 눈앞에 두고, 죽어라 팔을 잡아끄는 리쿠에게 끌려가면서 그녀는 누구에게도 들리지 않는 비명을 끝없이 질러댔다.

지카는 진정해야 한다고 마음속으로 되뇌었다. 저 사람들은 절대 나를 손가락질한 게 아니다. 그냥 오전에 본 드라마 재방송 얘기다. 내 얘기가 아니다. 남편이 자살한 건 아무래도 아내 탓이 아니겠냐니 어쩌니 수군대는 이야기가 또다시 되풀이되는 게 아니다. ……

스며나온 시간의 부피가 순식간에 불어나 과거와 현재가 마구잡이로 뒤섞였다. 그러다 칠 년 전 여기서 데쓰오를 처음 만났을 때의 기억이 서서히 솟아올랐다.

"—시식해보시겠어요?"

지카는 그날 진지한 표정으로 선물매장 전체를 세 바퀴 돌아본 끝에 마침내 자기 가게 앞에 걸음을 멈춘 손님에게 그렇게 말을 걸었다. 그 사람이 바로 데쓰오였다.

"아, 고맙습니다."

데쓰오가 한 손으로 매실 만주와 단팥묵이 찍힌 이쑤시개를 받아들더니 지카의 얼굴을 바라보며 두 개를 동시에 입안에 넣었다. 그러다 놀란 그녀의 표정에 퍼뜩 정신이 들었는지 아무것도 꽂혀 있지 않은 이쑤시개 두 개를 바라보았다.

"괜찮으면, ……하나 더 드시겠어요?"

데쓰오가 입가를 가리며 "아뇨, 만주 열 개짜리랑 단팥묵 하나 주세요"라고 말했다. 그런 다음 지갑을 꺼내고 음식물을 삼킨 후 "고향집에 선물로 사가려고요"라고 덧붙였다.

다음날, 데쓰오는 지카 앞에 다시 한번 나타났다. 이번에도 매장을 한 바퀴 돌았지만 선물을 고르는 것 같지는 않았다. 지카는 바로 눈치챘지만, 어쩌면 이상한 손님일지 모른다는 생각에 그냥 "어서 오세요"라고만 했다.

"매실 만주 열 개짜리 주세요."

"한 상자면 될까요?"

"아 네, ……어제도 샀는데, 밤에 배가 고파서 먹어버렸어요."

데쓰오가 가방을 든 채 손짓하며 말했다. 볼록하게 부푼 귓불이 순식간에 닭 볏처럼 붉게 물들었다. 지카는 그 고지식해 보이는 야무진 눈과 코가 부드럽게 주름을 잡으며 짓는 미소에 마음이 끌렸다. 목소리는 가슴 깊은 곳에서 울려나왔고, 어딘지 모르게 천진스러운 배음倍音이 깃들어 있었다.

그녀는 만주를 포장하면서 "고향이 어느 쪽이세요?"라고 물었다.

"아이치 현입니다."

"나고야?"

"아뇨, 미카와 쪽이에요."

"아아, ⋯⋯미카와."

그녀는 그 지명이 바로 와닿지 않아서 애매하게 고개를 끄덕였고, 대화는 그것으로 끝나버렸다. 대신 낱개로 파는 매실 만주 한 개를 덤으로 봉지에 넣어주었다.

나중에 데쓰오가 그 한 개, 딱히 그에게만 준 것도 아닌 연분홍색 만주를 자신에 대한 호의의 징표처럼 받아들였다는 사실을 알고 지카는 어이가 없었다. ─그러나 그런 확신이 없었다면 세 번째로 가게를 방문했을 때 차를 마시자고 청하는 일도 없었을 것이다.

데쓰오를 알아갈수록 지카는 그때 그가 어떻게 그렇게 과감할 수 있었는지 신기했다. 그리고 신기한 나머지 그의 말대로 자신이 정말로 그 분홍색 만주 하나에 어떤 기대를 담았을지도 모른다는 생각이 들었다. 그날 그녀는 집으로 돌아와 컴퓨터로 '미카와'라는 지명을 검색해보았다. 그래서 세번째 만났을 때는 말보다 앞서 자연스러운 미소가 떠올랐던 것이다. ⋯⋯

지카는 움직일 수 없게 되어버린 몸속에서 현기증이 날 정도로 그런 광경에 휩싸여 있었다. 그리고 '하필 이런 때'라는 생각에 견딜 수 없이 괴로웠다.

처음 만났을 때뿐 아니라, 데쓰오가 회사 건물 옥상에서 추락사했을 때도 지카는 이곳에 있었다. 그 두 번의 기습이 그녀의 인생을 갈라놓았다. 데쓰오를 만나기 전과 만난 후. 그리고 같이 지낸 시간과 헤어진 후―

첫 제사 전까지는 이곳에서 보이는 역의 인파 속에서 곧잘 데쓰오의 모습을 발견하곤 했다.

어디를 가는지, 그는 그녀가 전혀 모르는 장소를 향해 곁눈질 한 번 하지 않고 걸어갔다. 오가는 사람들의 물결이 몇 번씩 그를 삼켜버렸다. 그 모습을 놓치지 않으려고 가까스로 좇아가는 사이, 눈을 깜박이는 순간적인 틈을 파고든 커다란 어둠이 그를 홀연히 이 세계에서 사라져버리게 만들었다.

손님이 적은 평일 오후에는 무슨 기적이 일어나서 데쓰오가 다시 불쑥 선물매장으로 들어오지는 않을까 자주 생각했다. 그리고 일부러 매장을 한 바퀴 돌고 나서 내 눈앞에 멈춰 선다. 그런 그에게 시식용 만주를 건네는 시점부터 인생을 다시 한번 시작할 수 있다면. ―아니면 건네지 않는 시점부터. ……

그러나 그런 덧없는 공상도 최근 반년 사이에는 떠오르지 않았다.

데쓰오의 모습이 기억 속에서 조금씩 흐릿해져갔다. 그와 함께 살았던 과거의 자신과 소원해졌다. 그것을 의식할 때마다 쓸쓸해졌지만, 그만큼 슬픔과 괴로움을 잊는 시간도 길어졌다.

혹독한 소문도, 면전에서 던지는 무신경한 말도 차츰 멀어져 갔다. 그때마다 엄습했던 발작도 가까스로 치유된 상태였다.

그런 그녀에게 데쓰오의 귀가는 새로운 기습이었다.

"다른 애는 다들 잘하잖아? 대체 너만 왜 그 모양이야? 창피해 죽겠다."

엄마의 목소리가 들렸다.

"거기 계속 서 있어. 안 들어와도 돼."

그녀는 돌이킬 수 없는 공황에 삼켜지는 느낌이었다. 있는 힘껏 쓰러지면 가위눌림에서 풀려날 수 있을지 모른다. 공포심을 버리고 닥치는 대로 앞이나 옆으로 체중을 실으면. 물론 아프겠지만, 그러면 어떻게든 헤어날 수 있을지도 모른다. 어떻게든. ……

"지카, 괜찮아?"

앞에 서 있는 사람은 'SWAN SONG'이라고 적힌 긴팔 티셔츠를 입은 할인매장 주인 아키요시였다.

"……안녕하세요. 죄송해요, 잠깐 멍했네요. ……"

"정말 괜찮아? 안색이 안 좋은데."

"괜찮아요. —배달 오셨어요?"

"응, 이쪽에 술 가져올 일이 있어서."

지카는 억지로 밝은 미소를 지으며 물었다.

"데쓰오는 일 잘하고요?"

"어, 응, 열심히 하지. 아직 처음이라 좀 그렇지만."

"정말 고맙습니다."

"아니야, 우리에게도 도움이 되는걸, 뭐. 아르바이트비 정도밖에 못 줘서 미안하지만."

"별말씀을요. 일하게 해주신 것만으로도 행복하죠."

아키요시가 손목시계로 눈길을 돌리더니 물었다.

"지카, 점심시간이 따로 있나?"

"네. 십오 분쯤 후에요."

"시간 괜찮으면 근처에서 점심이나 같이 먹을까?"

"네? 아아, ……네."

"그럼 저쪽 빌딩 식당가에나 가보지. 먼저 가 있을 테니 전화할래?"

"그럴게요."

"이따 봐."

아키요시는 평소와 다름없어 보였지만 자리를 뜨면서 왠지 그녀를 안심시키려는 듯한 눈빛으로 고개를 끄덕여 보였다. 데쓰오가 죽은 후 그는 자주 이렇게 찾아와서 한참 얘기를 나누다 가곤 했다.

자신이 지금 어느 시간에 있는지, 또다시 금방이라도 놓쳐버릴 것 같았다. 지금 이 순간 어딘가에 데쓰오가 살아 있다. 그런 실감이 갑자기 흐릿해졌다. 다시 발작이 일어났을 때 그는 어떻게 나를 도와줄까? 결국 최근 삼 년과 똑같지 않을까. ……

지카와 아키요시는 점심 장사를 하는 선술집에서 '오늘의 메뉴'인 고등어 소금구이 정식을 먹었다. 옆자리와 간격이 좁았지만, 가게 안에 회사원들이 북적거려서 적당한 소란함이 두 사람의 대화를 덮어주었다.

"실은 오후에 데쓰오 군에게 휴가를 내라고 했어."

"……무슨 일 있었어요?"

"아니, 좀 피곤해 보여서. 살아 돌아온 뒤로 한 이 주간 마음 편할 때가 없었잖아? 집에서는 어때? 영 마음에 걸리네."

"무리하지 말라고 했는데, ……제가 말하면 오히려 역효과라서. 안심시키려고 겉으로는 안 드러내요. ……"

"데쓰오 군 성격상 그럴 테지. 지카가 최근 삼 년간 얼마나 괴로웠을지 엄청 마음을 쓰더라고. 당연한 거겠지만."

아키요시가 젓가락을 내려놓고 천천히 차를 마셨다. 그리고 입을 열었다.

"다시 한번 사랑받고 싶어해, 지카에게도, 리쿠에게도. —물론 범인에 대한 원한도 있겠지만."

지카는 얼른 먹어치우려는 듯 말없이 젓가락으로 고등어 살을 발랐다.

그러고는 냅킨으로 입가를 훔치고 살며시 표정을 누그러뜨리며 말했다.

"뭘 어떻게 해야 원래대로 돌아갈 수 있는지, ……아직 모르 겠어요. 너무 복잡해서."

"그럴 테지."

"그날 아침 뎃짱은 평소처럼 밝게 '다녀올게!'라면서 집을 나 섰고, 난 리쿠랑 현관에서 배웅해줬어요. ……그때부터 세시 십 사분까지―자살하기 전까지 대체 무슨 일이 있었는지, 그 공백 에 대해 수도 없이 생각했어요. 사실은 그날 아침에도 무슨 신호 를 보냈는데 내가 알아채지 못한 건 아닌지. ……아 참, 몇 번이 나 한 얘기죠. ……죄송해요."

"헤어나기 쉽진 않겠지. 나만 해도 설마라는 말밖에 안 나왔으 니까. 설마 데쓰오 군이, ……설마 그럴 리가."

지카는 또다시 심상찮은 징조를 느끼고 손으로 가슴 언저리를 눌렀다. 발작 이야기는 아키요시에게 하지 않았다. 보이고 싶지 않은 모습이었다.

"자살한 게 아니라 살해당했다니까 그렇게 고민한 게 전부 지 나친 생각이 돼버려서, ―그냥 착각하고 무의미하게 괴로워한 것뿐이라는 걸 알고 나니까, ……뭐랄까, ……"

"그렇군, ……" 아키요시가 팔짱을 끼고 천장을 올려다보았 다. "지카 말이 맞아. 나도 내가 뭘 석연찮아했는지 지금 알았어."

"만약 그이가 살아 돌아오지 않았다면, 전 평생 괴로워했을 거예요."

"데쓰오 군이 구해주러 온 건지도 모르겠군."

아키요시가 중얼거리듯 말했다.

"지금 그 친구는 그 잘못된 세계에서 살아온 지카를 본래의 올바른 세계로 필사적으로 다시 데려가려 하고 있어."

지카는 점원이 탁자에서 쟁반을 치우고 차를 따라줄 때까지 기다렸다가 입을 열었다.

"지금은 믿어도 되겠죠? 뎃쨩이 하는 말을."

아키요시는 팔짱을 낀 채 한동안 움직이지 않았다. 이윽고 눈을 끔벅하더니 딱 한마디 했다.

"자기가 그렇다고 하니까."

지카는 잠시 뜸을 들인 후 고개를 끄덕였다.

"그이의 한마디 한마디에 뭔가 다른 의미가 있지 않을까 되짚어보는 게 버릇이 됐어요."

"경찰에서 사에키를 잡아주면 다행인데, 통 움직일 것 같지 않고. 방범카메라 영상도 보기만 했지 보관은 안 했다고 말한 모양인데."

"네. ……"

"지금처럼 혼자 힘으로 범인을 찾아내려고 애쓰는 게 안타까워. 찾아내면 또 어쩌겠어? 난 그게 제일 걱정이야. ―지카, 데쓰오 군에게 사에키 얘기를 했나?"

지카의 표정에 그늘이 드리웠다.

"아뇨. ……이름을 알고 싶어했는데, 곤다 씨가 벌써 알아봐 준 것 같아서요. 명함의 휴대전화 번호도 이미 바뀌었고."

"걸어봤어?"

"혹시나 해서 공중전화로. 받으면 바로 끊으려고요."

"그렇군. ―지카랑 있었던 일은?"

아키요시가 찻잔을 들고 안을 힐끗 들여다보았다.

"말 안 했어요. 괜히 부채질하는 꼴이 될까봐, ……무서워요. 아키요시 씨 말대로 막상 붙잡으면 돌이킬 수 없는 상황이 벌어 질 것 같아서. 그럴 사람은 아니지만, 내 일까지 알면, ……그이 가 아는 게 좋은 건지 안 좋은 건지도 모르겠고."

"하긴, 말 안 하는 게 나을지도 모르지. ―그리고 사에키가 돌 아올 가능성도 염두에 둬야 해. 집까지 아니까. 무슨 일이 생기면 언제든 연락해."

"……고맙습니다."

아키요시의 가게에서 일찍 퇴근한 데쓰오는 우편함에서 자기 앞으로 온 편지 한 통을 발견하고 놀랐다. 보낸 사람은 '환생자 의 모임 사무국'이었다.

집으로 들어오자마자 뜯어보니 컴퓨터로 작성한 편지지가 안 에 들어 있었다. 계절 인사에 이어 다음과 같은 내용이 적혀 있었다.

우리는 전국 각지에서 숨결을 되찾아 삶으로 복귀하신 여러분을 위해 '환생자의 모임'을 결성했습니다. 회장인 저도 그중 한 사람입니다.

미증유의 사태에 직면해 사회가 크게 동요하는 와중에 환생자 개개인은 미력한 나머지 일찌감치 매스컴의 희생양이 되었고, 이유 없는 차별의 대상이 되어가고 있습니다.

이 모임의 목적은 호적, 고용, 사회보험 등 앞으로의 생활에 지장을 초래할 여러 문제를 법률 전문가와 함께 해결하는 것입니다. 동시에 온갖 곤란에 맞닥뜨린 여러분에게 '마음 교류의 장'이 될 수 있기를 고대합니다.

자세한 사항은 마지막에 첨부한 URL의 홈페이지를 참조해주십시오.

환생자 여러분에게는 사태의 중대성을 감안해 실례를 무릅쓰고 인터넷상의 이름으로 이메일 주소와 자택 주소 등을 조사해서 안내해드리고 있습니다. 개인정보 관리에 충분히 주의하고 있지만, 미심쩍은 점이 있으면 연락 주시는 대로 바로 파기하겠습니다.

별지의 7월 제1회 총회 안내를 봐주십시오. 여러분의 참석을 진심으로 고대하겠습니다.

데쓰오는 마지막 부분을 다시 한번 읽고 이런 일이 허용될 수 있나 싶어 얼굴을 찌푸렸다. 그나저나 내 이름이 인터넷에 나온다니, 대체 어떻게 된 일일까? 누가 멋대로 목록이라도 만들었을까? 거기 주소가 나왔나?

편지지를 쥔 채 막 컴퓨터를 켜려는데, 현관 인터폰이 울렸다.

데쓰오는 마른침을 삼켰다. 눈이 자연스럽게 편지지의 문장을 덧그리듯 따라갔다.

벨이 다시 한번 울리자 숨죽인 채 현관으로 향했다. 외시경으로 문밖을 내다보고는, 소리도 못 내고 눈을 휘둥그레 떴다.

문이 열렸다. 상대는 데쓰오를 보자마자 난데없이 있는 힘껏 뺨을 후려쳤다.

10. 어머니와 아내

"—어머니, ……"

데쓰오는 그 자리에 못박힌 듯이 서 있었다. 맞은 뺨이 통증으로 마비되고, 어머니의 삼 년 동안의 심적 고통이 침투하는 것처럼 뜨겁게 달아올랐다.

게이코는 눈을 붉게 물들이고 입가를 바르르 떨면서 말했다.

"불효를 저질러놓고, 또 이렇게 효도를 하다니. ……용케 돌아왔구나, 정말로. ……네 아버지가 아직 이르다고 이 세상으로 돌려보낸 게 틀림없어."

거실 탁자에 손수 만든 된장소스 포크커틀릿을 비롯해 새우튀김 주먹밥과 어묵 같은 어머니의 선물이 빽빽하게 늘어섰다. 데쓰오는 집에 오는 길에 쇠고기덮밥을 먹었지만, 같이 집어먹다보니 젓가락질이 멈추지 않았다. 포크커틀릿을 먹고, 새우튀김 주먹밥을 볼이 미어지게 밀어넣고, 코로 숨을 내쉬며 꼭꼭 씹었다.

"천천히 먹어. 그러다 목메어서 또 죽으면 곤란하니까."

"그게 농담이야?"

데쓰오가 어이없다는 듯이 웃었다. 그래도 어머니는 한없이 기뻐 보였다. "잘됐구나, ……정말 잘됐어"라는 말을 대화 틈틈이 중얼거렸다.

데쓰오는 사인은 언급하지 않은 채 되살아났을 때 이야기를 했다. 그리 간단하게 이해되지는 않는 이야기일 텐데도 "그래, 그래" 하며 받아들여주는 게 신기했다.

그러던 중 자신이 지금도 어머니에게 걱정을 끼치고 있다는 걸 알아차렸다. 또다시 자살할지 모른다. 그런 불안 때문에 불필요한 탐색을 꺼리는 것이리라.

그럴 생각은 꿈에도 없었다. 그리고 나의 어머니는 다른 어머니 이상으로 그럴 수밖에 없다는 것을 데쓰오는 새삼 깨달았다. 다음 순간 최악의 돌발 사태가 벌어질지 모른다. 아버지의 돌연사가 그런 염려증을 어머니 마음속에 확실히 남긴 것이다.

자신의 죽음이 그것에 박차를 가해버렸다고 생각하니 더욱 가슴이 아팠다. 어머니는 변함없이 쾌활했지만, 그런만큼 홀로 늙어가는 여성의 연약함이 걱정스러웠다.

통화 이후 상경할 때까지 이 주가 걸린 것은 할머니가 입원중
이라 병원에서 간호를 했기 때문인 듯했다. 위암이라고 했다.

"이제 연세가 있으니, 몸이 안 좋아지는 것도 당연하지."

"수술은?"

"했어. 그랬더니 마취에서 깨어난 후 이상하게 변했지 뭐니."

"무슨 말이에요?"

"섬망이라고 하나? 이상한 소리를 하거나 난폭해지는 거."

"치매예요?"

"그건 아니고, 일시적인 증상 같아. 노인이 위암 수술을 하면
간혹 그렇대. 그래서 계속 병원에 있다보니 부재중 전화도 못 들
었잖니. 그랬는데 '나야'라는 목소리가 나올 줄이야. 왜, 유명한
'나야 나' 전화 사기인 줄 알았다니까."

"어―, ……몰랐어요, 목소리로?"

"글쎄, 넌 이미 죽었잖아. 전화가 올 거라고 누가 상상이나 했
겠어? 거긴 발신번호 표시도 안 뜨고."

"정말요? 그럼, 어떻게 알았어요?"

"잡지 기자인가 뭔가 하는 사람이 찾아와서 되살아온 아드님
얘기를 듣고 싶다잖아. 그래서 깜짝 놀랐지."

"그런 사람이 왔어요? ―방금 집에도 그런 안내문이 왔는데."

데쓰오는 조금 전 뜯은 '환생자의 모임' 편지를 어머니에게 보
여주었다.

"누가 내 존재를 세상에 알린 모양이에요."

"그래, 잘됐구나. 여러모로 한번 상담을 받아봐."

데쓰오는 누가 주소를 조사한 사실을 어머니가 딱히 기분 나빠하지 않는 데 당황했다. 그가 살던 시골의 정서이긴 했지만.

"음, ……좀 생각해볼게요. —얘기가 되돌아가는데, 할머니는 어때요?"

"아직은 가끔 이상한 소리를 해. 나고야에 할머니 사촌이 있었잖니? 사이판에서 전사한 줄 알았는데 이 년이 지나서 돌아온 사람. 포로로 잡혔었다면서. 그거랑 네 얘기가 뒤죽박죽된 모양이야. 데쓰오도 나라를 위해 싸우다가 다행히 잘 돌아왔다는 거야."

"정말 괜찮으신 거예요?" 데쓰오가 쓸쓸하게 웃었다.

"전쟁 때는 그런 일이 많았잖니. 장례식까지 치르고 다른 사람이랑 결혼했는데 남편이 살아 돌아왔네 어쩌네 하는 얘기."

"그랬겠지만, 난 나라를 위한 일도 하지 않았고 싸우지도 않았잖아요."

"일했으니 어쨌거나 나라에 도움이 되긴 했겠지. 네가 만든 캔을 사람들이 사용하고, 그걸로 벌어들인 돈으로 세금도 냈잖아."

"그야 그렇지만, ……"

데쓰오가 고개를 갸웃거렸다.

어머니가 "얘, 그만 먹을래?" 하더니 탁자 위를 정리하기 시작했다. "냉장고에 넣어두마."

"아니, 됐어요, 내가 할게요. ─지카랑 리쿠도 만나실 거죠?"

어머니가 포크커틀릿 팩에 뚜껑을 덮으며 "오늘은 이만 갈게"라고 말했다.

"왜요? 모처럼 오셨는데."

"할머니도 혼자 계시고. 다음에는 네가 집으로 오렴."

"가긴 하겠지만, ……지카도 기뻐할 텐데."

"나랑 지카는 생각하는 게 좀 달라."

"뭐가요? 어쩌다 그렇게 된 거예요?"

어머니의 눈동자에 험악한 빛이 감돌았다.

"그애는 네가 죽은 이유를 모르겠다고 했어. 자살 같은 걸 할 사람이 아니다, 이렇게 행복한데 자살할 이유가 없다고. 아무리 제정신이 아닌 상황이라고 해도 제일 가까이서 살아놓고 그게 말이 되는 소리니? ─난 네가 자살한 것도 이해가 가. 엄마잖아. 넌 뭐든 지나치게 열심히 노력하는 면이 있고, 강한 척하면서 우는소리를 절대 안 하는 애야. 지카는 왜 그걸 모를까? 내가 가장 이해할 수 없는 게 바로 그거야."

"아니에요, 어머니! 아니야. 지카 말이 맞아요. 난 자살 같은 건 안 했어요. 너무 충격적인 얘기일지 모르지만, ……난 살해당했어요. 지금 그 범인을 찾고 있고."

어머니는 반사적으로 얼굴을 찡그렸지만, 곧바로 가여워하는 눈빛으로 바꾸며 말했다.

"그만둬라, 그런 일은."

"왜요? 곧 찾아낼 수 있어요. 범인이 누군지도 알아요. 그 사람 고향집 주소도 겨우 알아냈고, ……"

"혹시 그렇게 생각한다면, 경찰에 맡겨."

"경찰은 아무것도 해주지 않아요! 그래서 내가 하는 거라고요! 이러고 있는 동안에도 날 죽인 놈은 어딘가에서 파렴치하게 잘살고 있단 말이죠."

데쓰오가 흥분을 주체 못하고 말했다.

"그럼 내가 가마. 널 죽인 사람이 있다는 데로. 어딘지 말해."

"어머니한테 그런 일 시키고 싶지 않아요. 무슨 일을 당할지 모르니까."

"너야말로 그렇잖니, 데쓰오! 너야말로! 엄마는 혼자야! 남편도 자식도 다 죽고! 넌 대체 부모를 몇 번이나 슬프게 해야 직성이 풀리겠니? 몇 번이나 괴롭혀야! ……"

어머니의 얼굴이 붉게 달아올랐다. 그리고 현관에서는 참았던 눈물이 두 눈에 흘러넘쳤다.

"어딘지 말해, 그 범인 주소를 알려줘. 내가 갈 테니까!"

"됐어요, 그건. ……알았어요, ……알았다고. 어머니를 슬프게 하진 않을게요. 주소는 경찰에 넘길게요."

"약속해."

데쓰오는 숨을 크게 내쉬고 고개를 끄덕인 후 티슈갑을 어머니 쪽으로 내밀었다. 어머니는 티슈 두세 장을 잡아뽑아 눈물을 훔치고 코를 닦았다.

역까지 배웅하려고 현관으로 나가자, 앉아서 신발을 신으려던 어머니가 리쿠의 운동화를 집어들었다.

"아이고, 귀여워라. ……어머나? 신발 밑창에 껌이 붙었네."

게이코가 가방에서 물티슈를 꺼내더니 커다란 껌딱지를 떼어 내려 했다. 붙은 지 얼마 안 된 듯한 분홍색 껌딱지는 마치 작은 발바닥에 생긴 종양 같았다.

"그냥 놔두세요. 손 더러워져요."

"딱해라. 이렇게 큰 게 붙어 있었으면 걷기 힘들었겠네."

어머니는 그렇게 말하며 부드럽게 늘어지는 껌에 엄지를 갖다 대며 물티슈로 뜯어냈다. 데쓰오의 코끝에 속이 울렁거릴 것 같은 달콤새콤한 냄새가 스쳐지나갔다.

조용했다. 현관의 자동등이 꺼져서 감지기 쪽으로 손을 뻗었다. 다시 불빛에 드러난 어머니의 자그마한 등을 바라보았다. 그러다 뭔가를 알아차린 듯 무릎을 꿇었다.

"어머니, ……머리가 좀."

"응, 원형탈모증이야. 미용사 말로는 네 군데쯤 생겼다더라."

어머니는 뒤돌아보지 않은 채 말했다.

"보이면 좀 덮어주렴."

데쓰오가 살며시 손을 뻗어 파마 기가 남은 머리칼로 훤히 드러난 두피 부분을 덮었다. 머리카락이든 뭐든, 내 손으로 어머니의 몸을 만져본 게 얼마 만일까?

"……난 나를 잘 모르겠어요. 살아 있을 때는 아무도 날 자살할 사람으로 보지 않았고, 나도 그랬어요. 그런데 지금은 다들 그렇게 생각해요. 그래서 화가 났었는데, 어머니까지 그렇게 말하니까 그런가 싶기도 하고, ……"

"내가 뭐든 해줄 수 없었을까 생각했단다. 아버지한테도 늘 그런 마음이고. 그때 제대로 심장마사지라도 해줬으면 살 수 있지 않았을까. 그래서 원통해. ……너도 마찬가지고. 내가 곁에 있었더라면, 그런 생각을 수도 없이 했어. 지카도 안쓰럽다만 뭘 물어봐도 계속 모르겠다고만 하니. ……네가 너무 딱하고 가여웠어."

"글쎄, ……그건 아니라고요."

"됐다. 봐라, 깨끗해졌지."

데쓰오는 깊은 애정으로 아들의 모든 것을 이해하려 애쓰는 어머니의 노력이 자살이라는 오해를 서글플 정도로 견고하게 다져놓았다고 느꼈다. 그 응어리는 되살아온 아들이 제 입으로 아무리 얘기해도 풀릴 줄 몰랐다.

"……고마워요. 손 씻어야겠네."

데쓰오는 그렇게 말하며 팔을 내밀었다. 그리고 어머니의 손을 단단히 잡고 깊이 꺼진 곳에서 구해내듯 천천히 끌어당겨 일으켜주었다.

집으로 돌아온 지카는 냉장고에 든 음식 선물을 금방 알아차렸다.

"오늘 어머님 오셨어?"

"응, 부재중 메시지를 이제야 들었나봐."

"벌써, ……가셨어?"

"응, 할머니가 몸이 안 좋대."

데쓰오는 수술 얘기만 간단하게 했다. 지카도 "걱정이네"라며 그늘진 표정을 지을 뿐 더는 말이 없었다.

겉보기에는 조금 그로테스크한 된장소스 포크커틀릿이 저녁 식탁에 올라왔다. 처음에는 조금 머뭇거리던 리쿠도 나중에는 정신없이 먹었다. 아무래도 입안이 끈적거리는지 별로 좋아하지 않는 양배추 샐러드에까지 젓가락을 뻗었다.

어머니가 손수 만든 음식을 잘 먹어줘서 기뻤다. 그러나 친가와 외가 양쪽 '할머니'를 만난 기억이 없는 리쿠는 그 존재조차 이해하지 못했다.

데쓰오는 문득 리쿠와 같이 목욕하면서 직접 설명해줘야겠다는 생각이 들었다. 죽기 전에는 보통 데쓰오가 리쿠를 목욕시키곤 했다. 그 무렵에는 아직 대화를 나눌 수 없었지만.

그는 죽기 며칠 전, 마지막으로 같이 목욕했던 한 살 무렵 리쿠의 모습을 떠올렸다.

얕게 받아둔 목욕물 속에서 오리 장난감을 가지고 십오 분쯤 놀아줬다. 리쿠는 가까스로 "아아빠"라고 말할 수 있게 되었다. 머리 위에 미지근한 물을 샤워기로 뿌려주자 한껏 들떠서는 어른과 와트 수가 다른 전구처럼 순식간에 환한 웃음꽃을 밝혔다.

눈과 코 한가운데가 주름도 잡히지 않은 채로 일그러졌다. 살짝 도톰한 양쪽 눈이 가느다랗게 찌그러지며 검은 눈동자만 남았다. 그리고 웃음소리와 함께 드러난 틈이 벌어진 앞니. ─단지 애정을 가지고 대하는 것만으로 사람은 이토록 기뻐한다. 인간에게는 그런 성질이 이미 갖춰져 있다. 그런 사실 자체가 가슴속으로 부드럽게 와닿은 듯한 안락감.

데쓰오 자신의 동심까지 순식간에 활기를 띠었다. 두 눈동자를 안쪽으로 모으고 입을 부풀리며 풋 하는 이상한 소리를 내니 리쿠는 뛰어오를 듯이 흥분했다. 미끄러져 넘어질까 걱정스러워서 양손으로 허둥지둥 끌어안으니, 뒤에서 보고 있던 지카가 "이제 만족해?"라며 미소지었다. ……

"─그럼, 아빠랑 같이 목욕할까, 리쿠?"

저녁식사 후 데쓰오가 장난스러운 말투로 물었지만 리쿠의 반응은 싸늘했다. 데쓰오는 평소와 달리 물고 늘어졌다.

"리쿠도 남자아이니까 남자끼리. 어때?"

데쓰오가 웅크려 앉아 자그마한 양어깨를 잡은 순간 리쿠가

"엄마!"라고 소리치며 울부짖기 시작했다. 그 심상치 않은 격렬한 울음에 데쓰오는 어찌할 바를 몰랐다. 어깨에서 손을 떼도 마룻바닥을 몇 번이나 쾅쾅 구르고 양팔을 휘저으며 갈라진 소리로 울어댔다. 지카가 "그래, 그래. 엄마랑 목욕하자, 응?" 하고 달래도 턱을 쳐들고 침을 흘리며 고개를 흔들 뿐이었다.

늦은 밤, 데쓰오는 늘 자는 거실 소파에 스탠드를 켜고 멍하니 앉아 있었다. 침실로 들어갔던 지카가 그 모습을 보고 다가왔다.

"괜찮아?"

"어, ……응. 좀 우울하네. 그렇게 격렬하게 울어댈 줄이야."

"한잔할래? 같이 마셔줄게."

"내일 출근은?" 데쓰오는 몹시 가여워하는 표정을 짓는 지카를 올려다보았다.

"많이는 못 마시고 조금만. 내가 만들어줄게."

지카가 부엌에서 투명한 플라스틱 셰이커에 이것저것 섞더니, "아류야" 하고 웃으며 양손으로 골고루 흔들었다. 빨간색과 노란색 베네치아 글라스 두 개를 쟁반에 담아 왔다. 거품이 풍성하게 인 우유 한가운데 조그만 민트 잎이 떠 있었다.

"칼루아밀크?"

"그런 셈이지. 잎은 필요 없으면 빼."

"오, 맛있는데. 술술 넘어간다고 마셨다간 취할 것 같다."

두 사람은 바닥에 앉았다. 이윽고 지카가 천천히 입을 열었다.

"부모라고, ……아이 마음을 다 알 수 있는 건 아니야."

데쓰오는 술잔 속에서 머리를 살짝 드러낸 얼음을 보았다.

"나랑 리쿠 얘기야? 아니면 어머니랑 내 얘기?"

"그냥 다. 나랑 우리 엄마도 그렇고, 나랑 리쿠도 그렇고. —재우면서 내가 얘기했어. 아빠는 리쿠를 아주아주 좋아한다고."

"……고마워. 정말로."

"지금 짐을 넣어둔 방을 정리해서 아이 방으로 만들까 해."

"응, 그럴 예정이었지."

"그럼 뎃짱도 다시 안방 침대에서 잘 수 있고."

"음, ……근데 리쿠가 쫓겨나면 정말로 날 미워하지 않을까?"

"그럴지도 모르지."

지카가 미소지었다. 그리고 소파로 올라가 드러눕더니 데쓰오를 바라보며 말했다.

"이런 데서 자면 피곤이 안 풀리지?"

데쓰오는 그녀의 눈을 바라보았다. 그리고 소파에서 늘어뜨린 그녀의 손을 조심스럽게 잡았다.

착각이 아닐까 의심스러웠다. 그러나 지카는 조용히 손을 맞잡으며 그를 바라보던 눈을 감았다. 데쓰오는 얼굴을 가까이 대며 입을 맞췄다. 혀가 맞닿고 서로의 몸에 팔이 휘감겼다.

11. 관계

데쓰오가 없었던 삼 년 사이 지카는 서른세 살이 되었다. 그녀의 입술은 천 같은 것으로 감싸서 어디 어두운 곳에 소중히 간직해둔 것처럼 그대로였다.

한순간 데쓰오는 그녀의 입술이 뜨겁지도 차갑지도 않은 것을 뜻밖으로 느꼈다. 이내 그 의미를 알아차리자 온몸으로 환희가 뻗어나갔다.

만약 그가 차디찬 사체였다면 지카의 입술이 닿는 순간 분명 그 열기에 놀랐을 것이다. 그러나 지금 그녀가 내뿜는 것과 똑같은, 살아 있는 인간의 열기가 큰 흉터가 두드러져 보이는 그의 입술에도 깃들어 있었다. 그녀가 따뜻한 것처럼 그 또한 따뜻했다.

그는 죽음의 세계로부터 자신의 입술을 되찾은 것이다. 그 입술이 뜨겁지도 차갑지도 않은 한 그는 살아 있고, 지카도 살아 있다. 예전에 그런 생각은 단 한 번도 해본 적이 없었다. 그런 생각으로 그녀에게 키스해본 적도 없이 한 번의 인생을 마치고 말았다.

지카의 입술에는 달콤한 칼루아밀크의 잔향이 감돌고 있었다. 그 향이 맞닿은 입안의 맑은 타액 언저리에서 어렴풋하게 어른거렸다.

데쓰오는 좁은 소파로 기어올라가 지카를 끌어안았다. 이곳이 처음은 아니었다. 이사한 지 얼마 안 됐을 무렵, 그는 새집 거실이라는 색다른 공간에 왠지 모르게 흥분해서 도중에 침대로 옮겨가려는 지카를 고개를 저으며 붙든 적이 있었다. 처음에 지카는 그 의미를 이해 못하는 표정이었다. 그러다 설명하기 힘들어하는 그의 태도를 보고서야 "······여기서 하고 싶어?" 하고 알아챘다. 데쓰오는 쑥스러운 듯이 고개를 끄덕였지만, 제안을 철회하지는 않았다.

지카는 고지식한 사람이 웬일인가 신기해하는 표정을 지었지만 곧 "좋아" 하며 그에게 맞춰주었다. 부자연스러움을 극복하려고 조금 도를 넘어서기도 하면서 행위를 마친 후 잠시 휴식을 취하던 두 사람은 재미있긴 했지만 역시 침대가 안정적이라는 결론에 이르렀다. 데쓰오도 그것으로 만족해 또 하고 싶다는 말은 하지 않았다. 그런 사사로운 유희조차 그에게는 모험이었다.

그것 또한 잊고 싶지 않은 추억이었다. 게다가 오직 부부끼리만 아는, 부부에게만 가치 있는 비밀이었다.

지금 소파 위에서 지카를 끌어안고 있는 데쓰오의 뇌리에 그때의 기억이 스쳐지나갔다. 그러나 그때보다 훨씬 긴장해 있었다.

앞으로 여는 면 잠옷 너머로 연약한 지카의 몸이 느껴졌다. 뼈와 근육이 구태여 훨씬 부드럽고 상처받기 쉬운 것으로 감싸여 있다는 느낌이었다. 단추를 풀자 아직 물기를 머금은 흰 살결이 시트러스 계열의 보디샴푸 향기를 내뿜었다.

데쓰오는 수줍은 듯 시선을 피하는 것 같은 유방을 만졌다.

"유유의 낙원?"

정신없이 매달려 빨고 있는데 지카의 중얼거림이 들려왔다.

"어, ……아아, ……"

그녀는 더 말하지 않고 웃고 있었다. 데쓰오 역시 아무 말도 할 수 없었다.

지카가 한숨 섞인 소리를 흘렸다. 몸에서 빠져나간 힘이 갈 곳을 잃고 양쪽 손발 끝으로 모여들었다. 저도 모르게 소리가 커지면 둘이 동시에 얼굴을 마주보았다.

"리쿠, ……깨서 나오면 어쩌지?"

데쓰오도 신경쓰였지만 여기서 멈출 수는 없는 노릇이었다.

"응, ……조용히 할게."

어스름한 불빛 아래 지카의 하얀 이가 보였다. 데쓰오는 혹시 모르니 확인한다는 듯이 소파 등받이 너머로 거실 문을 바라보았다. 불투명유리 너머의 복도에 인기척은 없었다.

지카는 애써 소리를 억눌렀다. 데쓰오의 하복부도 차츰 조급해져갔다.

두 사람 다 알몸이 되었다. 몸의 어디를 어떻게 해주면 좋은지 서로 훤히 알았다. 그것조차 죽으면 남몰래 사라져버릴 그들 삶의 일부분이었다.

데쓰오는 결혼 후 아무래도 매너리즘에 빠져들었던 절차 하나

하나를 아쉬워하듯 충실하게 더듬어갔다. 지카의 몸도 그에 대해 반응하며 응답해갔다.

죽은 뒤로 삼 년이 흘렀다. ─데쓰오는 처음으로 그렇게 실감했다. 다른 때도 아닌 바로 이 순간 그는 공백의 길이를 깨달았다. 그는 삼 년 만에 지카를 안았다. 지카에게 안겼다. ……

두 사람을 흥분시키는 것은 언제나 친밀감이었다. 무리한 교태나 분위기 연출 같은 것이 모두 떨어져나가고, 마지막에 남는 그 친숙한 정만이 그들을 서로의 눈앞에서 자유롭게 풀어주었다.

지카는 그의 몸을 구석구석까지 기억하고 있었다. 손을 대는 방식도 혀의 움직임도 예전 그대로였다. 데쓰오는 이제는 필요조차 없을 그런 기억이 그녀 안에 그토록 고스란히 남아 있다는 데 감격했다. 맨 처음 키스로 입술을 되찾은 것처럼 지금 그는 전신을 생生으로 회복시켜갔다.

다시 키스했을 때, 지카의 입술은 마찰 때문에 데쓰오의 입술보다 더 뜨거워져 있었다.

입구를 찾아 신중하게 밀어넣자 지카의 미간에 희미하게 힘이 들어갔다.

"괜찮아? 아파?"

"조금, ……괜찮아. 천천히 해."

데쓰오는 그녀를 끌어안으며 몸을 살며시 움직였다. 느릿하게 한 번씩 왕복하는 사이, 쾌감이 마비되듯 1밀리미터씩 퍼져나갔다. 지카의 숨결도 서서히 거칠어졌다.

"점점 좋아져. ······평소처럼 해도 돼."

'삼 년간'이라는 말이 데쓰오의 뇌리에 빈번하게 떠올랐다. 그 시간의 의식 그대로 자기 자신을 조금씩 잃어갔다.

지금 우리는 과연 어디 있는 걸까? 어디서 만나 어디서 교차하는 것일까? 이 단순하고 무수한 반복. 그렇기에 더더욱 매번 영원으로 녹아들 것 같은 그 시간. ─우리 둘은 처음으로 맺어졌던 그날 밤으로 되돌아간 게 아닐까? 아니면 리쿠를 만들기 위한 관계인 걸까? ······죽기 전, 발리 호텔의 침대 속? ······어쩌면 삼년간 고독했던 지카의 몽상 속에 있는 건 아닐까? 아니면 그의, 몽상일 수조차 없었던, 이 세상에 대한 미련. ······

지카는 뺨에 떨어진 물방울이 처음에는 땀인 줄 안 것 같았다. 눈을 뜨고 알아차리고는 데쓰오의 얼굴을 양손으로 잡고 엄지로 눈물을 닦아주었다. 데쓰오는 말없이 입을 맞추며 그녀의 뺨을 적셨다. 잠시 후 그는 절정에 다다랐다. 그가 살아 있다는 것을 심장박동이 온 힘을 다해 호소했다. ······

리쿠가 깰까 걱정돼서, 둘 다 일을 마친 후 여운에서 몸을 떼어내듯 잠옷을 챙겨 입었다.

"괜찮았어?"

지카가 소파에 엎드린 채 고개를 끄덕였다.

"……난 좋았어. ─당신은?"

"되살아났지."

데쓰오가 그렇게 말하자, 지카가 일어나서 그의 가슴을 가볍게 때렸다.

비좁은 소파에 몸을 딱 붙이고 누웠다. 데쓰오는 팔베개를 한 채 말없이 천장을 바라보고 있었다.

어머니가 다녀가고, 리쿠가 울어젖히고, 지카와 이렇게 되고, ……바쁜 하루였지만 이 세 가지 일이 무관하지 않은 기분이 들었다.

지카는 아무래도 자식에게 심하게 거부당한 남편이 딱했던 모양이다. 그런데 리쿠야말로 어쩌면 이렇게 될 것을 예감하고 그렇게 소란을 피웠는지도 모른다.

리쿠가 방해된다고 생각한 적은 단 한 번도 없었다. 그러나 지카와 이렇게 둘만의 시간을 갖고 싶었던 것은 분명하다. 엄마를 뺏긴다. 그 어린 불안감을 결과적으로 적중시켜버린 셈이라 데쓰오는 얼마간 양심의 가책을 느꼈다. 그것은 아버지가 없었던 그의 어린 시절에는 한 번도 겪어보지 못한 감정이었다.

데쓰오는 잠든 지카의 숨소리를 들으며 얼굴을 아래로 돌렸다. 먼저 잠들어버리는 쪽은 늘 그녀였다. 그 졸음은 남자의 동적인 피로와는 달라서 몸속 깊은 곳의 단단한 힘이 풀린 후에야 밀려들었다.

깊은 잠에 빠지면 지카의 목은 항상 살짝 위를 향한다. 데쓰오는 무방비하게 잠든 그 얼굴을 삼 년 만에 지그시 바라보았다.

지카가 이번 일을 유도한 것처럼 느껴졌다. 별로 기억에 없는 일이었다.

이것으로 지카가 완전히 받아들여줬다는 의미가 될까? 우리는 이제 예전과 같다고?

데쓰오는 천장을 올려다보았다. 지카의 가슴속에 여전히 뭔가 감춰져 있는 듯한 느낌을 떨쳐낼 수 없었다.

'삼 년간'이라는 말이 또다시 머릿속에 떠올랐다.

되살아난 지 얼마 되지 않았을 때, 데쓰오는 그것이 새 애인의 존재일 거라고 생각했다.

그러나 그녀는 단호히 부정하고, 그에게 사인이 자살이었다고 밝혔다. 얼마 동안 그는 그것이 지카가 감추고 있던 어떤 것이라고 납득했다. 그러나 그토록 강력한 거절 후에 지카가 자기를 다시 받아들여준 배경에는 여전히 자신이 알 수 없는 뭔가가 있다는 기분이 들었다.

생각할 마음조차 없었는데도 데쓰오는 불현듯 지카가 지난 삼 년간 누군가와 잤을까 하는 불쾌한 상상을 했다. 이 행복한 순간 왜 그런 상상이 떠오르는 걸까? —그러나 어쩌면 반대일지도 모른다. 그녀와의 관계를 회복한 지금에야 그런 생각이 비집고 들어올 여지가 생겼는지도. 사실 이때까지—최근 이 주 동안 그는 그런 의념에 치우칠 것 같을 때마다 몸부림과도 같은 질투의 괴로움을 맛보았다. 그리고 자신의 그런 옹졸함을 증오했다.

설령 그렇다 해도 뭐가 잘못인가? 남편은 이미 죽었고, 그녀는 고독했다. 누구와 어떤 관계를 맺었든 그 일에 대해 그는 지금도 마땅히 죽은 자로 존재해야 했다. 간섭할 권리 따위는 없다. 데쓰오와 어머니가 어디서 뭘 하든 죽은 아버지가 전혀 참견할 수 없었던 것처럼. 덕분에 실제로 그는 자유로웠다. ……

데쓰오는 지카의 잠든 숨소리가 들리지 않는 것을 알아차렸다.

"……잠들었었나봐."

지카가 눈을 뜨더니, 몸을 비틀며 데쓰오의 가슴에 머리를 올리고 귀를 갖다 댔다.

"심장 소리가 또렷하게 들려."

"응. ―내 시계도 이제 움직이니까."

데쓰오는 지카를 안심시킬 마음으로 말했지만 그녀는 갑자기 움직임을 멈춰버렸다.

"리쿠, 깨지 않았을까? ……지카, ……지카, 괜찮아?"

지카가 몸을 흠칫 떨더니 굳은 표정으로 그를 올려다보았다.

"미안. 또 잠들 뻔했어."

"이렇게 금세? 어지간히 피곤했던 모양이네. 그만 잘래?"

지카가 살며시 고개를 끄덕이고 몸을 일으켰다. 그리고 신경 쓰듯 거실 문을 돌아보았다. 데쓰오도 눈을 돌렸지만 캄캄한 복도에 리쿠의 모습은 보이지 않았다.

지카가 한동안 침묵한 후 입을 열었다.

"뎃짱은 유령을 싫어하지만, 난 뎃짱이 죽은 후에도 내내 뭔가가 계속 남아 있는 느낌이 들었어. ……그렇지만, ……난 다른 사람들처럼 당신이 천국에서 늘 지켜봐주길 바라진 않았어. ─자살이었으니까. 나와의 관계는 이미 끝나버린 느낌이었거든. 내가 원인이 아니었다 해도 난 이미 마음속에 없었구나 싶었고. 우리를 뿌리치고 혼자 가버렸구나 싶어서. ……"

그러고 나서 지카는 부드럽고 온화한 표정으로 말을 이었다.

"그렇지만 돌아와줘서…… 다행이야."

데쓰오는 지카의 얼굴을 바라보며 고개를 힘차게 끄덕였다.

"뎃짱, 나와 리쿠를 지켜줘."

"꼭 지켜줄게."

"약속해줘."

"약속해."

"잘됐다. 무엇보다 그 말이 듣고 싶었어. ……또, ……"

"또?"

"사에키라는 사람, 우리 쪽에서 힘들게 찾을 건 없어."

지카가 고개를 들지 않은 채 말했다. 데쓰오는 천장을 바라보며 지카의 머리에 손을 얹었다. 그리고 그 말에 동의한다기보다는 그저 의견을 이해했다는 듯이 고개를 살며시 끄덕였다.

12. '인간이잖아.'

전철의 소음을 갈라놓듯 갑자기 찰칵하는 카메라 셔터 소리가
울렸다.

데쓰오는 꾸벅꾸벅 졸다가 깜짝 놀라 깨어났다. 통로 맞은편
에 앉은 두 사람이 휴대전화를 들여다보며 못 참겠다는 듯 웃어
대고 있었다. 데쓰오는 재빨리 얼굴을 숙였다.

'나를 찍은 건가? 나를 아나? ……'

우쓰노미야 선을 타고 사에키의 고향집으로 향하는 중이었다.
지금 그자가 어디 있는지는 모르지만, 곤다 공장장이 경비회사
사람을 통해 고향집 주소를 알아봐주었다.

오늘도 같이 가겠다고 우겼는데 데쓰오가 달래듯이 거절했다.
도움을 주고 싶어하는 마음은 기쁘고 든든했다. 그러나 무슨 일
이 벌어질지 모르는 살인범 수색에 더는 끌어들이면 안 된다는
생각에 신중해졌다. 며칠 전 곤다의 외동딸과 재회한 일 때문이
기도 했다.

내 선에서 정리해야 한다. 데쓰오는 예측할 수 없는 사태가 발
생했을 때 자기 판단으로 대처하고 싶었다. 왠지 모르게 불길한
예감이 들었다. 그리고 거의 무의식적으로 거기서 일어나는 일
을 감추고 싶은 마음이 들었다.

우려하던 일이 일어나기 시작했다.

잡지 기자라고 밝힌 남자가 집으로 세 번이나 찾아와 취재 요청을 했다. 거절했더니 이번에는 일터에까지 들이닥쳤는데, 대면하기도 전에 아키요시가 화를 내며 쫓아버렸다.

발단은 도지마 제관을 찾아갔던 날 낯선 직원이 블로그에 올린 글인 것 같았다.

삼 년 전 자살한 사람이 오늘 난데없이 회사에 출현! 완전 쫄았음……

회사명과 그의 이름은 나오지 않았지만, 예전 게시물에서 장소와 제품 등을 알아볼 수 있어서 눈 깜짝할 사이 모든 것이 드러났다.

'환생자'로 불리는, 되살아난 사람들은 국내외에서 새로 발견될 때마다 신종 전염병 환자처럼 크게 보도되었다.

누구도 납득할 수 없지만, 실제 사례가 쌓여가는 만큼 인정해야 한다는 분위기가 차츰 퍼져나갔다. 신비를 믿게 만드는 것은 결국 논리가 아닌 숫자였다.

처음에 뭣 모르고 이름을 밝힌 몇 명은 이미 성별과 출신지, 현주소, 경력, 사인 등이 죄 까발려져 인터넷에 올라왔다. 그 목록에 어느새 데쓰오의 이름도 덧붙었다.

이 자식, 자살했지? 이놈 말고도 되살아나게 해줘야 할 사람이 숱한데 왜 하필 이 자식이야?

자살이라는 사인 때문에 '쓰치야 데쓰오'란에는 다른 환생자들과는 뚜렷이 다른 비난의 말들이 무성했고, 인터넷 여기저기 암처럼 전이되기 시작했다. 데쓰오는 억울함에 몸부림쳤다.

'아니야, 난 자살 같은 건 안 했어! 살해당했다고! 아무것도 모르는 주제에! 죽고 싶은 놈은 멋대로 죽어버리라고? 가족이 불쌍하다고? 나도 죽고 싶지 않았어! 내가 왜 자살을 해! ……'

데쓰오는 고민 끝에 얼마 전 편지를 받은 '환생자의 모임'에 메일을 보내 상담을 요청했다. 그 조직 역시 인터넷에서 주소를 알아낸 건 마찬가지지만, 편지 내용이 사실이라면 법률 전문가가 있다고 하니 어떻게든 방법을 강구해줄 터였다. 메일을 주고받다가 역시나 이상하다 싶으면 연락을 끊으면 그만이다. 거의 지푸라기라도 잡는 심정이었다.

답장은 바로 왔다. 그리고 놀랍게도 단 하룻밤 사이 '쓰치야 데쓰오'라는 이름은 어디서 검색해도 전혀 나오지 않게 되었다. 그는 그 신속함과 철저함에 감동하면서도 약간은 섬뜩했다. 그 후 바로 그의 정보가 부활하긴 했지만 사무국도 민첩하게 대응했다.

사이타마 신도심 역에서 승객들이 대부분 내리고 차 안이 갑자기 한산해졌다. 맞은편의 두 사람도 어느새 사라지고, 그 기회를 틈탄 오후의 햇살이 제 세상인 양 긴 좌석을 점령했다.

데쓰오는 일어서서 차창을 스쳐가는 교외 풍경을 바라보았다. 5, 6층짜리 건물들이 무리지은 맨션 지대, 요새처럼 거대한 쇼핑몰, 드넓은 강변, 주택가, 초등학교, 선술집 체인점, 예식장, 묵혀둔 땅.……

피곤했다. 여전히 거실 소파에서 자는데, 요즘 들어 열대야가 기승이라 좀처럼 잠을 자지 못했다. 가까스로 잠의 밑바닥에 가라앉아도 금세 갑갑해져 다시 떠오르고 말았다. 그후에는 아무리 애써도 마치 튜브를 탄 것처럼 떠다닐 뿐 좀처럼 잠에 빠져들 수 없었다.

아키요시의 가게에서 주5일 근무를 하면서 비는 시간 틈틈이 몇 번이나 지역 경찰서를 찾아갔고, 늘 똑같은 '수사중'이라는 답변만 듣고 쫓겨났다.

옥상 쪽 방범카메라 영상도 '압수하지 않았다'는 말뿐이었다. 어제도 "몇 번을 말해야 이해하시겠습니까? 우리도 보관 문제가 있으니 필요하지 않은 건 갖고 오지 않아요"라고 진저리난다는 듯이 말했다. 그래도 여전히 물고 늘어지는 데쓰오에게 형사는 마지막에 타이르듯 말했다.

"받아들이기 힘든 심정은 이해하지만, '인간이잖아'라는 말이 있잖습니까? 인간은 누구나 잘못을 해요. 살아서 돌아왔으니 됐잖아요. 이쯤에서 그런가보다 하고 받아들이시는 게 어떨까요? 선생님을 위해서 하는 말이에요."

전철이 코너를 돌면서 물결치듯 흔들려 연결통로 너머 옆 차량의 승객까지 보였다. 지금은 아무도 그를 보고 있지 않았다.

'인간이잖아? 웃기는 소리. 젠장, ……내가 자살했다는 소식을 들었을 때도 다들 설마 하면서도 그런 식으로 받아들였나? 아무리 행복의 절정에 있다 해도 갑자기 자살할 수 있다. 인간이잖아! 이해할 수 없는 그런 점도 인간의 일면이라고? ……지카는 분명 그렇게 받아들이고 견뎌냈겠지. 내가 죽은 이유를 전혀 짐작할 수 없었을 테니까. 하지만 어머니는 달라. 인간이니 뭐니하는 생각은 없었겠지. 나라는 인간을 누구보다 잘 이해하고, 아들한테 그런 면이 있었다고 납득한 거야. 맙소사! ……그래서 두 사람은 서로를 이해할 수 없게 된 거군. 사실은 자살하지도 않은 나의 죽음을 둘러싸고 각자 오해해서. ……'

데쓰오는 침통한 표정으로 고개를 저었다. 사에키가 미웠다. 미워서 견딜 수가 없었다. 그자만 만나지 않았으면 이런 일도 없었다. 왜 그때 비둘기를 차 죽이는 모습을 보고 쓸데없이 나무랐을까? 그냥 내버려두면 됐을걸.

그자는 나를 자살로 위장해 죽이고, 가족들을 불행의 나락에 떨어뜨렸다. 그리고 지금도 어딘가에서 파렴치하게 잘살고 있다! 그런 불합리한 일은 절대 용납 못한다. ─

어떻게든 사에키가 죄를 인정하고 보상하게 해야 분이 풀릴 것 같았다. 사실은 어머니 말대로 경찰에 모든 것을 맡기고 싶었다. 그러나 몇 번이나 찾아가서 얘기해도 매번 냉담하게 거절당하는 마당이니, 최소한 수사에 착수하는 상황까지는 스스로 만들어두는 수밖에 없었다.

가미오카 역은 플랫폼에 지붕도 없는 작은 역이었다. 사에키의 고향집까지는 걸어서 이십 분쯤 걸리는 거리였다.

데쓰오는 한 손에 지도를 들고 쇠락한 상점가에 들어서서 길을 헤맸다. 일요일이라 셔터는 다 내려져 있었지만, 대부분은 월요일, 화요일에도 열릴 것 같지 않아 보였다. 낡아빠진 듯한 느슨한 틈새 곳곳에 쇳녹이 둥지를 틀고 있었다. 이따금 자동차가 지나갈 뿐 주위에 인기척은 전혀 없었다.

조금 전까지 맑게 개어 있던 하늘이 회백색으로 뒤덮이며 어렴풋하게 햇빛이 스몄다. 흔히 어중간한 장마라고들 하는 상태가 유지되며 비다운 비가 좀처럼 내리지 않는 날이 이어지고 있었다.

데쓰오는 문득 누군가에게 미행당하는 기척을 느끼고 휙 뒤돌아보았다.

아무도 없었다. —그러나 기억 속에서 그를 좇는 것이 있었다. 그날 옥상에서 그를 몰아붙였던 백주의 눈부신 그림자. 거기서 모습을 드러낸 것은 비둘기를 차 죽인 광포한 사에키의 얼굴이 아니었다. 어찌된 영문인지 차 안에서 목이 졸려 괴로워하는 사에키의 얼굴이었다.

제정신을 잃고 마구 목을 조르는 사람은 데쓰오 자신이었다. 그리고 사에키가 그를 뿌리치지 않고 그대로 축 늘어지는 광경이 눈앞에 떠올랐다. ─데쓰오는 전율하며 몇 번이나 고개를 가로저었다.

'대체 뭐지, 이 이상한 망상은? 불길한 예감인가? 혹시 그자는 이미 죽은 게 아닐까? ……이미 죽었다라. 그런 생각은 지금껏 해본 적이 없는데. ……'

불가사의한 생각이 데쓰오를 엄습했다. ─실은 그 죽은 얼굴이 진짜 기억이고, 차에서 튀어나가 어둠 속으로 사라져간 사에키의 모습은 꿈 아니었을까?

그는 비틀비틀 알 수 없는 방향으로 걸음을 내디디려는 자신을 황급히 붙들어 세웠다.

'대체 무슨 생각을 하는 거지? 그게 아니야. 그놈이 나를 죽였어! 그런데 내가 그놈을 죽였다니, ……난 지금 정상이 아니야.'

데쓰오는 그날 밤 분명히 사에키의 목을 졸랐다. 그러나 죽이겠다는 생각은 한순간도 머릿속에 없었다. 그에게서 흘러나오는 역겨운 말을 멈추게 하려는 마음뿐이었다. 밸브를 잠그듯이 목구멍을 막아서. ……

그후 회사에서 사에키와 마주친 적이 있었나? 데쓰오는 도무지 기억해낼 수 없었다. 기억은 그대로 단숨에 옥상으로 그를 몰아붙이는 '그림자'로 건너뛰었다.

역을 벗어난 순간부터 데쓰오는 사에키라는 인간의 내부에 무단으로 발을 들여놓은 듯 기묘한 감각에 휩싸였다. 현실에 있는 마을인데도 어딘지 모르게 그 남자의 기억 속 마을과 닿아 있는 느낌이었다. 그런 느낌이 피부에 들러붙는 것처럼 그를 휘감았다.

저 낡고 초라한 문구점에서 어린 사에키가 공책이나 연필을 샀을지도 모른다. 혹은 지금은 거무죽죽하고 찢어진 비닐 차양을 드리운 저 고깃간 앞에서 막 튀겨낸 크로켓을 덥석 베어물어 혀가 델 뻔하거나. ……전철을 내릴 때까지 데쓰오는 이곳에서 그 어둡고 끔찍한 사에키의 얼굴과 우연히 맞닥뜨릴까봐 경계하고 있었다. 그래서 심장박동이 빨라졌다. 그런데 지금 그에게 달려오는 것은 만난 적조차 없는 소년 시절의 사에키였다. 그것은 데쓰오를 몰아붙이려 했던 옥상의 그 그림자처럼 우울하고 눈부셨다.

데쓰오의 의식은 기억이 침전된 깊은 바닥에서 휘저어지며 갑자기 혼탁해졌다. 중학교 시절 주먹을 휘둘렀던 오컬트 마니아 동급생의 얼굴이 별안간 뇌리에 어른거렸다.

그때도 때리고 싶었던 건 아니다. 단지 죽은 아버지가 모습을 드러내지 않는 것은 가족을 생각하는 마음이 부족해서라는 말을 지워버리고 싶었을 뿐이다. 얻어맞은 소년의 얼굴이 서서히 일그러지며 질식 직전의 사에키 얼굴로 변해갔다. 때리며 덤벼들었던 자신이 차 안에서 사에키의 목을 조르는 자신과 겹쳐졌다. ......

데쓰오는 도움을 청하는 듯한, 그러면서도 남이 볼까 꺼리는 눈빛으로 주위를 둘러보았다. "'인간이잖아'라는 말이 있잖습니까? 인간은 누구나 잘못을 해요"라는 형사의 말이 들려왔다. 아니면 내 안에 다른 누구에게도 없는 끔찍한 충동이 감춰져 있는 걸까?

데쓰오는 집요한 망상을 뿌리치듯 다시 한번 고개를 흔들었다. 스스로 생각한다기보다 누군가가 그렇게 시키는 것 같았다.

만약 내가 지카를, 리쿠를 '지켜줄' 만한 인간이 못 된다면? '잘못'을 저질러버린 인간이라면?

그는 자신이 안고 있는 기억의 공백에서 지금까지와 다른 불안을 느꼈다. 지카와 밤을 보내며 가까스로 되찾은 삼 년의 실감이 무너지기 쉬운 다리처럼 그를 캄캄한 골짜기 아래로 붕락시켰다.

'......사에키는 그길로 목이 졸려 죽은 걸까? 아니면 내가 옥상에서 그놈을 떨어뜨렸나? 사람들이 장례를 치른 사체는 사실은 내가 아니라 사에키였을까? 어리석긴! 그게 말이 돼? 무엇보다 내가 사에키를 왜 죽여? 아니, 아니야. 머리가 이상해진 거야.

160

난 죽이지 않았어. 살해당했다고! 그리고 되살아났어. 다른 환생자들처럼! 내가 그를 죽였다면, 왜 내가 죽었다 다시 살아나지? ……되살아났다? 그래, 난 되살아났어. ……'

만약 자신이 사에키를 죽였다면 파멸이다. 이번에는 살아 있어도 모든 걸 잃게 된다.

다 알면서 모두가 그 비밀을 필사적으로 지키려는 거라면, ……만약 그렇다면, 나는 말없이 그에 가담해야 옳을까? 경찰은? '수사중'이라는 말은 대체 누구의 무엇을 '수사중'이라는 걸까?

데쓰오는 머리를 감싸며 그 자리에 웅크렸다. 그리고 '……아니야'라는 말만 되뇌었다.

4장

—

드러난
과거

13. 사람이 사람을 죽일 때

사에키의 고향집 찾기가 끝내 헛수고로 돌아간 날에서부터 일주일쯤 지났다.

저녁이 되어 퇴근한 데쓰오는 조용하고 캄캄한 현관에 한동안 방심한 듯 우두커니 서 있었다. 지카와 리쿠의 신발이 보이지 않았다. 뭔가 이상했다.

발뒤꿈치로 운동화를 벗은 그는 무슨 일이 벌어진 건지도 모른 채 거실 문을 열었다.

난데없이 파열음이 울려퍼지고, 어둠 속에서 사람 그림자가 꿈틀거렸다. 한 사람이 아니라 여러 명이다! 데쓰오는 순간적으로 방어자세를 취했다. 곧이어 실내가 갑자기 환해졌다.

리쿠를 안고 있는 지카. 아키요시 부부. 곤다 씨와 그의 딸 아이쨩. ……

폭죽의 화약 냄새가 자욱한 실내에 유쾌한 웃음소리가 울려퍼졌다.

데쓰오는 한 사람 한 사람의 얼굴을 둘러보았다. 모두 혼란스러워하는 그가 언제쯤 안심하고 기쁨을 드러낼지 이제나저제나 기다리고 있었다.

6월 30일. ─죽었다 되살아난 데쓰오는 오늘 정말로 아버지의 향년과 같은 서른여섯 살이 된 것이다.

깜짝 생일파티를 기획한 사람은 지카였다. 오늘 아침에도 눈치 못 채게 시치미떼느라 힘들었다고 웃는 얼굴로 털어놓았다. 그 말을 듣고서야 데쓰오는 왠지 모르게 데면데면했던 분위기를 이해했다.

"깜짝 놀랐네. ……아무튼 기쁜걸. 고마워!"

데쓰오는 쑥스럽게 웃으며 말했지만 마음은 들뜨지 않았다. 기운을 북돋워주려는 것이다. 사람들끼리 무슨 의논을 했을까? 단순히 아직 살아 있는 세계에 잘 적응 못하는 환생자 한 사람을 격려하려는 것일까, 아니면 삼 년간의 공백을 다 함께 없었던 일로 하려는 것일까. ……

일곱 사람이 바짝 끼어앉은 식탁에 지카가 오븐에 구운 닭과

밤을 넣은 카레맛 매시트포테이토, 루콜라 샐러드 등을 차렸고, 다 함께 이시자와 맥주로 건배했다. 물론 캔째로. 곤다의 딸은 우롱차, 리쿠는 사과주스를 마셨다.

온화한 대화가 오가며 다들 웃는 가운데, 접시에 담긴 음식들은 빠르게 줄어들었다.

"아이 누나, 빨리 위Wii 하자, 빨리!"

어른들의 대화를 참을성 있게 견뎌낸 리쿠가 식사를 끝내도 되는지 지카에게 확인하더니, 더는 일 초도 못 참겠는지 아이의 팔을 잡아당겼다. 두 발을 버티며 잡아당겨서, 손을 놓치면 그대로 엉덩방아를 찧을 것 같았다.

"어머, 리쿠, 누나 팔 빠지겠다. ―케이크도 있는데."

지카가 말을 건네자 리쿠는 칭얼거리듯 몸을 흔들었다.

"그럼 같이 케이크 먹고 놀까, 리쿠?"

아이가 약속하듯 팔을 흔들자 리쿠는 "응, ……알았어" 하며 얌전해졌다. 리쿠가 아이를 잘 따르는 모습을 보며 데쓰오는 자기가 없는 사이 그애가 얼마나 자주 이 집을 찾아와줬는지 실감했다. 고등학교에 가긴 했지만 출석은 여전히 기분 내키는 대로 하는 모양이었다.

데쓰오는 딸기 케이크의 초를 단숨에 껐다. 이것저것 먹어봤지만 결국 딸기 생크림 케이크가 제일 맛있다고 말해서 죽기 전 지카에게 '꼬맹이'라고 놀림을 받았다. 그것을 기억하고 있었던 것이다.

데쓰오는 어린 시절 라무네를 마실 때마다 어머니가 "너희 아빠도 라무네를 그렇게 자주 마셨단다. 좋아하는 것까지 유전되나"라고 했던 말을 떠올렸다. 사실 데쓰오는 딱히 라무네를 좋아하진 않았다. 그러나 그리운 회상에 젖어드는 어머니의 얼굴이 좋아서 같이 마트에 갈 때마다 일부러 라무네를 사달라고 졸랐다. 리쿠에게도 언젠가는 딸기 케이크가 그런 특별한 음식이 될지도 모른다. 데쓰오에게는 유난히 좋아하는 음식이라기보다 케이크 중에서 좋아한다는 의미였지만.

만약 데쓰오의 아버지가 지금 살아 돌아온다면, 뜻밖에 이렇게 말할지도 모른다.

"네 엄마는 그렇게 말했을지 모르지만, 난 유독 라무네를 좋아한 게 아니야. 라무네밖에 없어서 그랬지."

그 말에 데쓰오는 웃으며 이렇게 대답할 것이다.

"에이, 그런 거였어요?! 그럼 나도 아버지 취향 물려받은 티를 안 냈어도 됐는데!"

아버지도 서른여섯 살 생일에 이렇게 케이크를 먹었을까 생각해봤다. 십팔 개월이었던 나는 그 케이크를 핥아먹을 정도는 되었을까?

케이크를 먹고 나서 각자 선물을 건넸다. 지카는 양복에 어울

릴 법한 검은색 가죽구두, 아키요시 부부는 인터넷 경매에서 낙
찰받은 1985년 퀸의 마지막 방일訪日 콘서트 팸플릿, 곤다 부녀
는 아이가 고른 작업복 스타일의 남색 폴로셔츠를 주었다. 데쓰
오는 기쁨에 얼굴이 환해졌다.

리쿠는 파란색 크레용으로 '아빠 생일 축하해요'라고 쓴 도화
지를 내밀더니 금세 얼굴을 홱 돌렸다. 글씨 밑에는 데쓰오를 그
린 듯한 얼굴과 생물인지 뭔지 알 수 없는 것이 그려져 있었다.

"우아, 고맙다, 리쿠! 이게 아빠니? 대단한데! 아주 잘 그렸
어! 이건? 이건 뭐지?"

데쓰오는 감격해서 도화지를 손가락으로 가리키며 물었다. 리
쿠는 "비밀이야—" 하며 도망쳤지만, 지카뿐 아니라 다른 사람
들이 모두 자기를 바라보는 걸 알아채고는 빠른 말투로 "돈부라
코*"라고 대답했다.

"돈부라코? 그게 뭐야? 모모타로?"

"돈부라코라니까! 돈부라코도 몰라? —으응, 빨리 위 게임하
자, 아이 누나. 케이크도 다 먹었잖아."

아키요시를 비롯한 손님들은 동정하는 듯한 눈빛으로 그 대화
를 지켜보았다.

---

* 일본의 전래동화 『모모타로』에 나오는 의태어로 둥실둥실 떠오는 모양을 의미
한다.

지카가 옆에 붙어서 리쿠에게 이 그림을 그리게 한 것이 틀림없었다. 지카도 나름 애쓴 것이다. 그도 하루빨리 리쿠에게 사랑받고 싶었지만 그럴 기미는 아직 보이지 않았다.

리쿠에게 이끌려 텔레비전 앞으로 가던 아이가 물었다.

"리쿠, '돈부라코'가 뭐야? 누나한테만 알려줘."

리쿠는 게임 준비에 온 신경이 가 있으면서도 대답했다.

"……유스케가 모래밭에서 돈부라코라고 했더니 마에다케 선생님이 웃었어. 그래서 다음에는 내가 돈부라코가 됐는데, 그러니까 돈부라코가 엄청 많이 살아났단 말이야."

아무도 무슨 말인지 도통 알아듣지 못했지만, 그래도 '살아났다'는 말만은 귀에 또렷하게 들어왔다.

지카가 커피를 내리는 동안, 데쓰오는 텔레비전에 온 정신이 팔려 신나게 떠들어대는 리쿠를 바라보았다. 그리고 딱히 누구에게랄 것 없이 말했다.

"우리 아버지는 서른여섯 살 때 갑자기 심장이 멈춰서 돌아가셨어요. 아무런 징조도 없이, 정말이지 어이없이. ……그래서 어린 시절부터 나도 언젠가 그렇게 죽지 않을까 늘 불안했죠. 학교 건강진단 때 나눠주는 문진표를 보면 항상 아버지가 심장병으로 사망하지 않았는가라는 질문이 있잖아요? 그걸 볼 때마다 역시 의학적으로도 걱정거리가 되는구나 생각했죠. ─지금 이러고 있는 동안에도 내 심장은 쿵쿵 뛰고 있어요. 하지만 다음 심장박동이 반드시 울린다는 보장은 어디에도 없죠. 제아무리 정밀한 기계라도 팔십 년, 구십 년씩 고장 한 번 안 나고 움직이는 경우는 거의 없어요. 한번쯤은 어딘가 고장나서 멈출지도 모르죠. 하지만 인간의 심장은 그 단 한 번으로 끝나버리니까. 그게 바로 다음 박동일지도 모르고. ……그런 생각을 하다보면 머리가 이상해질 지경이라 어쨌든 이래서는 안 된다, 좀더 제대로 살아야 한다는 마음에 초조해지죠. ─아버지보다 나이가 많아지는 게 상상이 안 돼서 나는 서른여섯 살이 되기 전에 죽지 않을까, 딱 서른여섯 살에 죽지 않을까, ……그런 묘한 선입견을 가졌어요. 병사는 아니어도 결국 그 불안이 현실이 됐지만. ……아무튼 나는 그런 이유 때문에 죽음이 너무나 두려운 사람이었어요. 생명은 소중하니 어쩌니 하는 추상적인 얘기가 아니라 그저 두려웠죠. 말로 할 수 없을 만큼. 그래서 난 자살 따윈 생각해본 적도 없어요. 그건 있을 수 없는 일이에요. ……"

식탁에는 지카가 커피를 따르는 소리만 들렸다. 아키요시가 포크를 쥐고 접시에 남은 스펀지케이크 가루를 모으다가 갑자기 손을 멈추고 얼굴을 들었다.

"데쓰오 군, ─이런 자리에서 꺼낼 얘기는 아니지만 너무 궁금해서, ……얼마 전 가게 쉬었던 일요일에 어디 갔었어?"

"……"

데쓰오는 입을 떼지 못한 채 눈을 몇 번 깜박였다. 지카가 뜻밖의 얘기라는 듯 데쓰오를 바라보았다.

"곤다 씨가 사에키의 고향집 주소를 알아봐줬다는 얘기는 들었어. 데쓰오 군, 설마 그날 혼자 찾아갔던 거야?"

데쓰오는 한동안 입을 다물고 있었다. 그러나 사람들의 얼굴을 흘낏 둘러본 후 고개를 끄덕였다.

"찾아내진 못했지만요."

"왜 그랬어? 나한테 상의 한마디 없이."

아키요시가 당혹스러울 만큼 강한 말투로 불만을 쏟아놓았다.

"뭐든 나한테 상의하라고 했잖아? 그게 일하게 해주는 조건이라고. 단 하나도 빠짐없이. 내가 도움이 될지 안 될지는 데쓰오 군이 판단할 일이 아니야. 내가 판단해."

아키요시의 아내가 "어머, 뭐예요. 웬 잘난 척이래?"라며 의아한 듯 남편을 말렸다. 곤다도 고개를 갸웃거리며 "아키요시 씨, 그건 좀 지나친 말 아닌가?"라고 말했다.

아키요시가 엄한 표정으로 말했다.

"곤다 씨, 데쓰오 군을 부채질하지 마세요. 사에키 고향집을 찾아갔다가 혹시라도 사에키 본인과 맞닥뜨리면 어쩔 겁니까?"

아키요시는 이 자리에서 곤다에게도 확실하게 말해두고 싶어하는 기색이었다. 곤다가 당연하다는 듯이 말했다.

"추궁해야지. 자백시키는 수밖에 없잖아요."

"부인하면 어쩔 겁니까? 보나마나 그럴 텐데."

아키요시는 곤다의 대답도 기다리지 않고 데쓰오에게 물었다.

"자네는 어쩔 셈이었지?"

"어쩔 셈이라뇨, ……그냥, 고향집 위치를 확인하고 싶었을 뿐인데."

"그게 아니라, 마주치면 어쩔 셈이었냐는 얘기야."

"그건, ……"

"죽였을지도 모르잖아."

아키요시의 말에 데쓰오는 눈을 휘둥그레 떴다. 다른 사람들도 흠칫 놀란 듯이 아키요시를 바라보았다. 게임하며 놀던 아이도 깜짝 놀라 돌아보았다.

"무슨 소리예요, 취했어요?" 아키요시의 아내가 그를 밀치며 말했다.

"뎃짱이 그럴 리가 있나! 당신, 지금 제정신이야?" 곤다가 어처구니없어했다.

"사에키와 우연히 맞닥뜨리면 어떻게 헤어질 거냐, 난 그걸 묻는 거야."

"어떻게 헤어지냐니, ……"

데쓰오는 몹시 동요하고 있었다.

"추궁해봤자 경찰에 데려가기도 쉽지 않아. 그런 상황에서 그 자리를 어떻게 수습할 생각이었지? 날 사에키라고 생각하고 여기서 한번 해봐. 우연히 맞닥뜨려서 얼굴을 마주했다, 그다음은?"

"……"

식탁에 앉은 모두가 입가를 희미하게 떨 뿐 입을 떼지 못하는 데쓰오를 바라보았다.

—눈앞에 사에키가 있다. 그 사에키가! ……

아키요시는 한순간도 시선을 떼지 않고 데쓰오를 지켜보았다. 그러더니 몸을 앞으로 내밀고 식탁을 탁 내리치며 말했다.

"알겠나, 데쓰오 군? 틀림없이 이렇게 된다고. 몇 분이고 이어져. 이 침묵을 어떻게 수습해야 좋을지, 난 아무리 생각해봐도 모르겠단 말이지. 그대로 사에키를 놓쳐버리면 미래에 무슨 일이 벌어질지 몰라. 과거는 과거대로 원한이 있어. 그 틈새에 끼어서 사정없이 압박당하면, 그러면 인간은 어떻게 할까?"

"……"

"물론 죽이고 싶다는 생각까지는 안 할지도 모르지. 하지만 이 놈만 사라지면 이 상황에서 해방된다, 편해진다, 그런 생각이 든다고! 아니야? —난 말이지, 사람이 사람을 죽일 때 실은 그럴 거라고 생각해. 죽이겠다는 당치않은 생각까진 하지 않더라도 오로지 사라져주기만 바라게 되면, 앞뒤 생각 없이 그런 수단을 선택하게 돼. 그게 뭐든 상관없어. 내가 제일 걱정하는 건 바로 그거야! 자네에게 죽일 마음이 있다거나, 자네가 사람을 죽일 만한 인간이라거나, 그런 얘기가 아니라고. 자기도 모르는 사이 이러지도 저러지도 못하는 상황으로 스스로를 몰아붙이고 마는 거야. 난 그런 자네를 못 본 척할 수가 없어!"

아키요시는 목소리를 필사적으로 억누르면서도 마지막에 또 식탁을 두 차례, 이번에는 손바닥으로 내리쳤다. 그의 말은 데쓰오가 줄곧 숨겨온 마음속 비밀을 들춰내 눈앞에 들이미는 것 같았다.

사에키를 벌써 죽여버린 건 아니다. 고향집을 찾았던 그때는 죽이려고 했다. ─그런 상황일까? 죽였다는 그 이상한 의념은 앞으로 죽일지도 모르는 스스로를 무의식적으로 만류하는 의념이었던 걸까? 이미 죽였다. 그러니 죽일 필요가 없다고. ······

"어처구니없군! 사람을 죽이는 놈은 애초부터 근성이 그렇게 생겨먹은 거야. 사에키가 그렇지. 눈을 보면 알아. 아무렇지 않게 비둘기를 차 죽이는 인간이니까. 하지만 뎃짱은 달라. 그 정도는 당신도 충분히 알 텐데?"

곤다가 험악한 목소리로 말하자 리쿠까지 이변을 알아차렸다.

"그런 말은 누구에게도 할 수 없어요. 나도 그런 상황이 되면 무슨 짓을 저지를지 몰라요."

"당신, 그런 인간이야? 그럼 이 친구더러 대체 어쩌라는 거야? 경찰이 손놓고 있으니 어떻게든 자기 힘으로 해보려고 노력하는 거라고. 나도 증언하러 갔었어. 사에키가 범인이라고. 하지만 경찰은 나 몰라라 시치미만 떼지. 그래서 이 친구가 자기는 자살한 게 아니라고 명예를 걸고 증명하려는 거잖아?"

"그렇게까지 말씀하시는 곤다 씨는 왜 데쓰오 군을 혼자 보냈습니까?"

"나도 같이 가려고 했어!"

곤다가 두 개뿐인 오른손 손가락으로 아키요시에게 날카롭게 삿대질을 했다.

"데쓰오 군, 왜 나한테는 말하지 않았지?"

데쓰오가 아키요시에게서 시선을 피하듯 그의 아내에게 힐끗 눈을 돌렸다. 그리고 입을 열었다.

"아키요시 씨와 곤다 씨에게는 가족이 있잖아요. 끌어들일 순 없었습니다. 상대는 살인자예요. 그리고, ……지나친 생각이에요, 내가 사에키를 죽이다니."

"지나치고말고. 자네 말이 맞아. 나도 나름대로 지난 삼 년간 끊임없이 생각했어. 왜 힘이 되어주지 못했을까! 이제 더는 반복하고 싶지 않아. 자네가 날 믿어주지 않는다면, 우리 가게에 고용해서 편의를 봐줄 이유도 없겠지."

내치는 듯한 아키요시의 말이 데쓰오의 가슴 깊이 박혔다. 지카는 옆에서 입을 굳게 다물고 있었다.

"당신은 데쓰오 군이 자살했다고 믿어서 그런 거야. 난 처음부터 살해당했다고 생각했어. 죽은 직후는 물론이고. ……당신도

176

사에키가 어떤 놈인지 알잖아. 그놈이 지카 씨에게 무슨 짓을 했는지."

데쓰오는 곤다의 말을 놓치지 않았다. 아키요시가 곤다를 제지하듯 날카로운 눈빛을 띠었다.

그 순간, 데쓰오는 지금까지 전혀 의심해보지 않은 것이 있음을 알아차렸다.

곤다는 왜 그토록 사에키가 범인이라고 확신할까? 그날 밤 차 안에서 있었던 일조차 제대로 모르면서.

'지카와 사에키 사이에 무슨 일이 있었나? 곤다 씨가 그걸 알고 있어? 아니, 곤다 씨뿐 아니라 여기 있는 모두가?'

데쓰오는 지카를 돌아보았다. 그녀는 그의 시선에서 도망치듯 자리에서 일어나더니, "자, 리쿠, 이제 그만 자야지, 밤이 늦었어"라고 말했다. 리쿠가 "딱 한 번만"이라고 사정했지만 지카는 웬일로 엄한 표정을 지으며 "안 돼"라고 말했다.

"이제 됐어. ……그만하면 충분해."

아이가 걱정스러운 듯이 지카를 바라보았다.

아키요시의 아내는 식탁의 침묵을 감당하기 버거웠는지 "저어, 우리도 그만 갈까요"라고 남편을 이끌었다.

데쓰오는 또다시 두통 발작에 사로잡혀 이를 악물었다. 그리고 어디 도움을 청해야 하는지도 모른 채, 뒷정리하는 리쿠를 돕는 지카의 뒷모습을 바라보고 있었다.

14. 유혹자

모두 돌아간 후 밖에서는 곧 비가 내리기 시작했다. 커튼 너머 밤거리가 흥건히 젖어들면서, 가만히 고개를 숙이고 견뎌내는 듯한 기척이 느껴졌다.

리쿠를 재우고 거실로 돌아온 지카가 개수대를 보더니 식탁에 앉은 데쓰오에게 말했다.

"설거지했어?"

"응."

"고마워. 생일 주인공인데."

데쓰오는 고개를 살짝 숙이며 가로저었다. 그러고는 얼굴을 들고 말했다.

"할 얘기가 있어."

지카가 부엌 불을 끄고 복도 문을 닫았다. 그런 다음 아무 말 없이 남편과 마주앉았다.

고요한 거실에서 데쓰오의 눈은 깊은 생각의 밑바닥에서 가까스로 떠오르려 하고 있었다.

"아까 곤다 씨가 한 얘기, ⋯⋯당신은 사에키를 알고 있었지? 왜 말 안 했어? 무슨 일이 있었던 거야, 대체?"

지카는 입을 굳게 다물고 데쓰오를 바라볼 뿐 눈도 깜박이지 않았다.

178

말보다 침묵이 더 잔혹하게 그녀를 궁지로 몰아넣으려 했다.

"먼저 이것만은 확실히 해두고 싶어. 난 어쨌든 무슨 일이 있어도 지카 편이야. 앞으로도 계속 함께하고 싶어. 계속 그래주길 바라. 그것만은 믿어주면 좋겠어."

데쓰오의 말에도 지카는 여전히 꼼짝하지 않았다.

"사에키는 지카에게 불쾌한 흥미를 품고 있었어. 만난 적도 없으면서! 말은 안 했지만, 구역질나는 소리까지 했다고!"

"뭐랬는데?"

"……말하고 싶지 않아. 그런 말 입에 담기도 싫어!"

데쓰오는 그렇게 거부했지만 이래서는 결말이 나지 않을 것 같아 생각을 고쳤다. 그래서 주먹을 불끈 쥐고 말했다.

"그놈은 지카와 자기를 생식시켜달라고 했어. 자기 유전자를 지카의 유전자와 결합시켜 남기고 싶다고. 자기 입으로 스스로를 파리에 비유하면서. 그래! 그놈은 사체에 들끓는 파리야. 생각만 해도 온몸에 소름이 돋는다고!"

지카는 머리칼을 묶어서 훤히 드러난 이마에 그늘을 드리우며 몸을 보호하듯 한쪽 팔로 가슴 언저리를 감쌌다. 그러더니 흘러넘치는 기억에 농락당하는 듯한 눈빛으로 변했다.

"처음에는 장례식에 찾아와서 따뜻한 말을 해줬어. 그때 '조만간 시간을 내서 쓰치야 씨 얘기를 나누고 싶다'는 거야. 명함을 건네면서. 사장님과 부장님은 당신이 열심히 일했고, 자살할 만한 원인은 전혀 짚이지 않는다고만 했어. ……그래서 열흘쯤 지나서 내 쪽에서 연락했지. 당신이 자살한 이유를 어떻게든 알고 싶었으니까."

데쓰오는 자기 영정사진이 올려져 있고 어머니와 아키요시 등이 분향하는 옆에서 지카와 사에키가 대화를 주고받는 정경을 떠올렸다. 그리고 그 과거에 관여할 수 없는 답답함에 지금 이 순간 마치 관 속에 누워 있는 기분이 들었다. 그 속에 갇힌 채 격리당해 있다. 장례식 자체가 흡사 괴사된 시간을 살아온 시간에서 절단해내는 의식 같았다.

"……그래서 사에키는?"

지카가 나지막하게 심호흡한 뒤 고개를 들었다. ……

─그날, 사에키는 패밀리레스토랑 흡연석에서 담배를 피우고 있었다. 일요일 오후라 가게는 학생이나 가족 동반 손님들로 북적거렸다.

약속시간 오 분 전 지카가 도착했을 때, 재떨이에는 이미 담배꽁초가 세 개나 쌓여 있었다. 유모차를 탄 리쿠도 함께였다.

사에키는 담배를 손가락에 낀 채 손을 들어 지카에게 신호를 보냈다. 지카는 가볍게 고개를 숙이고 자리에 앉았다. 리쿠가 같이 온 게 예상 밖이었는지 당황해하는 눈치였다. 그는 한 살배기 리쿠의 얼굴을 찬찬히 살펴보고 코를 씰룩거렸다.

"아이가 있으니 담배를 꺼야겠네요."

배려하는 듯한 그의 한마디가 지카는 왠지 섬뜩하게 느껴졌다. 옆 탁자에서는 아직 이십대로 보이는 젊은 부부가 유치원에 다닐 만한 여자애 둘을 데리고 점심도 저녁도 아닌 식사를 하고 있었다. 잡거빌딩 지하에 있는 가게라 시계를 보지 않으면 시간을 전혀 알 수 없었다.

"나와달라고 해서 죄송합니다."

"아뇨, 저도 만나고 싶었어요. 어때요, 기운 좀 차리셨습니까?"

지카의 얼굴이 굳었다. 사에키는 그것을 민감하게 알아채고 한동안 입을 다물었다. 웨이트리스가 주문을 받으러 오자 메뉴도 보지 않고 "생맥주 두 잔"이라고 말했다.

"아, 저는 차로 와서. 우롱차 주시겠어요?"

"우롱차 하나랑 생맥주 하나면 될까요?"

"네."

"차를 갖고 왔어요? 그 흰색 레거시?"

"……네."

"잘 알죠. 쓰치야 씨가 회사에 늘 타고 다녔으니까."

사에키는 코 막힌 소리를 내며 갑갑하게 숨을 쉬었다. 지카는 갑갑한 정도가 아니라 불안해지기 시작했다.

음료가 나오자 사에키는 건배하는 시늉을 하고 3분의 1쯤 마시더니 소파에 등을 기대고 앉았다.

"쓰치야 씨의 이시자와 맥주, 잘 팔리는 것 같던데요. 회사 사람들 모두 흥분 상태예요. 하지만 난 아무래도 그걸 마시면, ……"

"저기." 지카가 말을 가로막듯이 입을 열었다. "남편이 자살한 원인을 알려주시겠어요?"

사에키는 경련하듯 왼쪽 눈을 깜박거리더니 다시 맥주를 마신 후 말했다.

"으음, 쓰치야 씨가 회사에서 미움을 샀거든요."

뜻밖의 말에 지카는 가슴이 에이는 듯한 통증을 느꼈다.

사에키는 지카에게 데쓰오가 플라스틱 부문에서 제관 부문으로 이동한 계기인 뇌물 수수 누명에 대해 얘기했다. 지카는 처음 듣는 얘기라 언제쯤 일인지 자세하게 묻고, 그 무렵 데쓰오의 표정이 어땠는지 떠올려보려 했다.

반년을 공들였던 업무용 세제 병 영업이 성공한 시기였다.

그때는 데쓰오도 진심으로 기쁜 눈치였다. 만면에 웃음을 머금고, 웬일로 집에서도 자주 맥주를 마시며 "아—, ……" 하는 감탄사를 흘리곤 했다. 한동안은 흥분해서 잠도 깊이 못 잤고, 한밤중에 혼자 일어나 지카의 요리책을 보며 난데없이 비프 스트로가노프를 만든 적도 있었다. 아침에 일어나니 가스레인지 위에 압력솥이 놓여 있었다. 뚜껑을 열어본 그녀는 무슨 마법이라도 본 것처럼 놀라워했다. 큼지막하게 자른 그 채소들의 모양새가 어딘지 모르게 데쓰오의 몸과 비슷했다. 그래서 한참 웃음이 멈추질 않았다. 데쓰오도 웃었다. 똑같이 잠을 못 이뤄도 나중에 이시자와 맥주 때처럼 바닥까지 피폐한 느낌은 아니었다.

부서 이동 얘기는 물론 알고 있었지만, 데쓰오는 업무적으로 좋은 평가를 받아서 제관 부문을 재건하는 비장의 카드로 발탁되었다고 설명했다. 그래서 그녀는 그가 큰 역할을 맡았다고만 믿었고, 격려의 말을 건넸다.

그 비프 스트로가노프는 이동 전이었을까? 아니면 후였을까? 성취감에 한껏 취해 있을 때일까? 굴욕적인 누명 때문에 번민하는 소용돌이 속에 있을 때일까? 왜 나에게 말하지 않았을까? 왜 나는 그걸 알아채지 못했을까? ……

"그 일로 계속 괴로워했나요?"

지카가 참지 못하고 사에키에게 물었다. 사에키는 지카의 가슴 언저리를 눈으로 훑더니 입가를 일그러뜨렸다.

"괴로워했겠죠, 자살할 정도니까. 정말 아무것도 모르는군요, 부인은? 예상은 했지만. 흠, 그렇군요. ……난 말이죠, 쓰치야 씨에게 여러모로 상담을 해주었어요. 쓰치야 씨는 고독했으니까. 대화 상대라곤 나뿐이었죠. 자기가 파리나 바퀴벌레 같다고 했어요. 들어본 적 없습니까, 그런 얘기도? 결국 인간 수컷이라고, 단지 암컷과 생식해서 자기 유전자를 남기는 존재일 뿐이다. 그걸 행복이라 믿고 살아가는 수밖에 없다. —비통한 얼굴로 그런 말을 했죠."

사에키는 그렇게 말한 후 자기 쪽을 바라보는 리쿠에게 시선을 돌렸다. 그리고 왼팔에 무수하게 난 벤 자국 중 가장 최근 생긴 딱지를 무의식적으로 긁어 생채기를 냈다. 지카는 피가 번지기 시작한 그 팔을 겁에 질린 듯 바라보았다.

"쓰치야 씨는 자기는 반드시 행복해져야 한다는 망상에 사로잡혀 있었어요. 어지간히 불행하다고 느껴서 그랬나? 결혼하고, 아이를 낳고, 집을 사고. ─근거도 없이 그런 것이 행복이라고 굳게 믿더군요. 부모 세대처럼 고풍스러운 내 집 마련의 망령에 씌어서. 딱했죠, 옆에서 보기에. 그렇잖습니까, 가정이 제일이라는 건 호경기 시대의 잠꼬대 아닙니까. 돈 있고 일 있으니까 그런 속 편한 소리를 할 수 있는 거죠. 그런데 지금 이 시대는 어떻습니까? 세계 어딘가에서 금융위기가 발생해요. 일본은 하나같이 쇠멸의 길을 걷고 있고요. 버러지 같은 개인이 죽어라 일해본들 아무 소용 없어요. 불가항력이에요. 힘없고 가난한 자들은 무력하게 도태되어갈 뿐이죠. 마지막 의지처로 가족에게 매달리려 해도 그 가족을 유지하기 위해서는 죽을힘을 다해 일해야 해요. 쓰치야 씨는 말이죠, 삶에 살해당한 겁니다. 그것도 행복한 삶에. 가족은 쓰치야 씨에게 터무니없이 무거운 짐이었어요. 내게 자주 원망의 말을 했죠. 그것도 증오심을 가득 담아서. ─그렇지 않다면, 이렇게 아름다운 부인과 건드리면 터질 듯 연약한 아이를 버리고 자살할 리 없겠죠. 아아, 이제 지긋지긋해! 이제 싫어! 자랑은 아니지만, 난 은근히 예언했어요. 이건 가족에 대한 자폭 테러 같은 겁니다. 사회에도 마찬가지고요. 연간 삼만 명이나 되는 사람들이 묵묵히 그런 자폭 테러를 수행하고 있어요. 주위에는 온통 예비군투성이죠. 이제 모든 걸 청산해버리자! 하지만 적어도 이 원한만은 모두에게 알리리라! 글쎄, 부인, 죽을 때 소리가 정말 엄청났어요. 파파파팍! 하는 폭발음이었다니까요. 인간이 뛰어내리면 그런 소리가 나더군요. 절규 대신 전신을 파열시켜요. 정말 놀랍더군요."

"그만 됐어요, 그만, ……알겠습니다."

지카는 몸을 떨면서 새빨갛게 달아오른 얼굴로 아래를 내려다보았다. 눈물이 흘러내려 몇 번을 닦아도 멈추지 않았다. 옆자리의 젊은 부부가 놀란 눈빛을 주고받았다.

사에키는 또다시 맥주를 마시고 꺼억 소리를 내며 트림을 하더니, 한동안 온갖 이야기 소리로 파묻힌 가게 안을 바라보았다. 그리고 옆에 있는 가족을 노골적으로 부자연스럽게 오래도록 본후, 다시 리쿠를 바라보았다.

계산서를 들고 나가려는 지카에게 그가 팔을 뻗었다. 지카는 땀이 밴 그의 손이 손등에 닿는 순간 격렬한 혐오감에 휩싸여 재빨리 손을 빼냈다. 사에키는 딱히 반응하지 않고 계산서를 쥐었다.

지카는 자제력을 잃어갔다. 사에키가 휴대전화를 꺼내더니 사진 찍는 자세를 취했다. 지카가 반사적으로 "안 돼!" 하며 막으려 했지만, 셔터 소리는 나지 않았다. 사에키는 수신 내역을 확인한 뒤 코를 한 번 강하게 훌쩍거린 후 지카에게 말했다.

"내가 당신을 다시 웃게 해줄게요. 그런 마음으로 여기 왔어요. 나한테 의지하세요. 당신과 나는 같은 종류의 인간이에요. 같은 비밀을 안고 있는 인간이죠. 난 알아요."

15. 행복으로 가는 지름길

사에키가 다시 지카 앞에 나타난 것은 사십구재 법회 후였다.

원래부터 몸집이 크지 않았던 지카는 그사이 체중이 6킬로그램이나 빠졌다.

입에 뭘 넣어도 음식처럼 느껴지지 않았다. 밥이라도 먹어야겠다는 생각에 질냄비에 밥을 지어 예전에 좋아했던 소금주먹밥을 만들었는데, 혀에 느껴지는 맛과 콧속을 스치는 냄새와 씹는 식감이 모두 제각각이라 도무지 하나로 어우러지지 않았다. 혀가 타액과 함께 잘 버무려내도 시간이 아무리 지나도 음식처럼 느껴지기는커녕 오히려 점점 더 멀어졌고, 삼킬 때는 온몸에서 요란하게 거부했다.

무의미를 먹는 것 같았다.

리쿠를 가졌을 때도 입덧이 심했는데, 위가 뭔가 받아들일 여유를 잃어버렸던 그때의 감각과 달리, 지금은 어디선가 갈망하고 있는데도 입에 들어오는 것을 죄다 건전지나 세제 같은 것으로 착각하고 토해내려는 것 같았다.

임신중에는 괴로움의 중심에 미래의 환희가 있었다. 그녀는 음식을 먹는 행위를 통해 이 세계와 새로운 생명을 매개했다. 그러나 데쓰오가 죽은 후에는 메울 도리가 없는 공허만 남았다. 정신을 차려보니 그녀 자신이 그 공허로 질질 끌려들어갈 지경에 놓여 있었다. 오히려 그녀야말로, 금간 콘크리트나 메마른 산호초처럼, 샌드위치나 채소주스를 들이밀어도 제 힘으로는 거둬들일 방법을 모르는 것 같았다.

오로지 말들만 서슴없이 그녀의 고독 속으로 난입했다.

지금까지 한 번도 대화해본 적이 없는 맨션 주민이 엘리베이터 안에서 불쑥 "요즘 젊은 사람들은 죽는 걸 너무 간단히 생각해요. 전쟁 끝나고 먹을 게 없었던 시절에는 어떻게든 살아남으려고 발버둥쳤는데. 다 같이 도와가며 열심히 살았지"라고 타이르듯 말했다. 어디선가 데쓰오의 자살 소문을 들은 모양이었다. 백발을 흐트러짐 없이 올백으로 빗어넘긴 그 남자는 문이 열리자마자 눈도 마주치지 않고 냉큼 내렸다.

친구 몇 명은 "지금은 괴롭겠지만, 재혼하면 괜찮아져. 틀림없이 또 좋은 사람이 나타날 거야. 너도 아직 젊잖니!"라고 판에 박은 말로 격려했다. 악의가 전혀 없는, 반대 입장이었다면 그녀도 입에 담았을 만한 말이었지만, 실제로 들으니 짜증스러울 정도로 무신경하게 느껴졌다.

아키요시 부부나 직장 동료들에게 따뜻한 말을 꽤 많이 들었을 테지만 그런 말은 거의 기억나지 않았다. 고맙긴 해도 마음에 담아놓고 되새기는 일은 없었다.

그날 지카는 센코 호숫가에 있는 데쓰오 무덤에 성묘를 갔다.

여러 해 전 미즈오 시에서 시작한 일종의 공동묘지인데, 지름이 25미터쯤 되는 둥그런 터의 중심에 녹나무 한 그루가 서 있다. 그것을 에워싸듯 심어놓은 잔디 아래 유해를 묻는 것이다.

핵가족화로 묘지 매입과 유지가 곤란해진 시민들에게 호평받아 신청이 쇄도해서 일치감치 두 개 구역이 증설되었다. 지카는 그중 한 구역을 데쓰오의 생명보험금으로 매입했다. 유해는 나눠 절반은 히가시미카와에 있는 가족 묘지에 묻었다.

그 무렵 그녀는 평일 한가한 오후에 리쿠를 유모차에 태우고 이 호숫가를 자주 산책했다. 그날은 구름이 조금 끼었지만 덕분에 기온은 딱 적당했다. 구름 사이로 내리쬐는 햇빛이 센코 호수에 조용히 내려앉았다 사라져갔다.

휘늘어진 벚나무 가로수가 힘차게 신록을 싹틔우고 있었다.

그 아래 벤치에서 별안간 누가 "지카 씨"라고 불렀다.

놀라서 돌아보니 사에키가 앉아 있었다.

그전에도 몇 번 전화가 왔다. 받지 않았지만, 데쓰오에 대한 기억이 한 가지 더 떠올랐다. 회사에서 찾은 유품도 건네주고 싶으니 편한 시간을 알려달라고 메시지를 남겨놓았다.

그녀는 메시지를 방치했다. 패밀리레스토랑에서 만났을 때 받은 상처가 아직도 생생했다. 데쓰오는 낯을 안 가리고 누구와도 잘 지내는 편이었지만, 정말 이런 사람과 회사에서 가깝게 지냈을지 의심스러웠다.

사에키가 담배를 발로 비벼 끄고 자리에서 일어섰다.

"몇 번씩 전화해도 답이 없어서 걱정했어요. 여기는 다른 사람들 눈이 있으니 저기 지붕 달린 탁자 자리로 가시죠."

지카는 여기를 어떻게 알았을까 경계하며 말했다.

"할 얘기가 있으면 여기서 듣겠습니다."

"아니, 그럴 수야 없죠. 다른 사람들 눈도 있으니. 바로 저기예요, 걱정할 거 없어요." 사에키는 그렇게 말한 뒤 앞장서서 걷기 시작했다. 그리고 돌아서서 얼굴을 보지도 않은 채 "그나저나 많이 말랐네. 제대로 먹긴 합니까?"라고 말했다.

지붕이 달린 벤치는 높은 울타리로 에워싸여 밖에서는 잘 보이지 않았다. 그늘이라 조금 서늘했다. 지카는 잠든 리쿠의 얼굴을 들여다보며 시계를 보았다. 유품만 받아 바로 돌아갈 생각으로 출구 근처에 앉았다.

사에키는 거대한 나무 그루터기를 본뜬 탁자 위에 검은색 가방을 내려놓고, 안에서 종이 한 장을 꺼냈다.

"회사에 남아 있더군요, 웬일인지."

데쓰오의 타임카드였다. 지카는 말없이 집어들어 바라보았다. 그날—세상을 떠난 5월 16일에는 아침 여덟시 오십사분 출근했다. 퇴근 기록은 공백으로 남아 있었다.

"전날은 밤 열한시 반에 퇴근한 것으로 찍혀 있더군요. 그전에도 매일 열다섯 시간 정도 일했어요. 이런 건 과로 축에 들지 않나? 회사측에선 산업재해로 소송당할까 두려워서 이걸 넘겨주지 않은 겁니다. —하지만 소송은 무리겠죠. 뭐라고 주장하든 쓰치야 씨는 제 발로 나서서 죽을 각오로 일했으니까."

지카는 타임카드에서 눈을 떼지 않았다. 매일같이 밤늦게 돌아와 "아—, 오늘도 열심히 일했다!"라며 쾌활하게 웃던 데쓰오를 떠올렸다. 지카가 걱정하면, "아니야, 입사 이후 지금이 가장 보람 있어. 하고 싶었던 일이라 바빠도 즐겁고. —괜찮아"라고 말했었다. 그것도 단지 나를 안심시키기 위해 한 말이었을까? 지금 새삼 숫자로 다시 드러난 다망함은 아무리 봐도 예사롭지 않았다.

"죽기 일주일 전쯤이었나, 한밤중에 쓰치야 씨랑 대화를 나눴어요. 네, 정말이지 웃음밖에 안 나올 정도로 완전히 녹초가 됐더군요. 본인도 본인이지만, 주위 사람들도 한심하다는 생각에 어처구니가 없었죠. 당신은 그 모습을 보고도 아무렇지 않던가요?"

지카는 타임카드의 출퇴근시간을 확인하며 그날그날 데쓰오의 표정을 떠올리려 애썼다. 나는 왜 "괜찮다"는 남편의 말을 그렇게 쉽게 믿었을까? 설마 이런 일이 벌어질 줄은 꿈에도 모른 채. ―

아무 말 없는 지카가 거북했는지 사에키가 다시 입을 열었다.

"곤다라는 고집 세고 삐딱한 공장장을 압니까? 쓰치야 씨는 그 사람과 잘 지내려고 참으로 눈물겹도록 신경쓰는 것 같더군요. 회사 사람들이 모두 그 사람 때문에 애를 먹었으니까. 그날도 늦게까지 그 공장장과 옥신각신했어요. 그 사람을 미워해도 될 겁니다."

"곤다 씨는, ……저도 잘 알아요. 남편이 존경하고 잘 따랐어요. 부인이 안 계셔서 고생했고, ……"

데쓰오는 분명 곤다를 '성깔 있는 사람'이라고 평가했다. 그러나 '성깔은 있지만 성실하고 좋은 사람'이라는 뜻이라 절대 나쁘게 말한 것은 아니었다. 사에키의 말은 뜻밖이었지만, 지카는 다음 얘기를 들을 기력을 잃어가고 있었다. 유모차 안의 리쿠에게 눈길을 던지고 타임카드를 흰색 헝겊 토트백에 넣었다.

그녀가 돌아갈 채비를 하는 것을 알아챈 사에키가 조급해진 듯 입을 열었다.

"일을 소개해주러 왔어요. 여자 혼자 살아가긴 힘들 테니까."

사에키가 A4용지를 지카에게 내밀었다. 의아하다는 듯 돌아
본 지카는 순식간에 눈빛이 험악해졌다. 화려한 분홍색으로 디
자인된 사이트에 속옷 차림의 젊은 여자들 사진이 견본처럼 늘
어서 있었다.

"얼마 전부터 내가 하는 가게예요. 벌이가 괜찮아서 경비원 일
도 그만둘 생각이죠. 딜리헬스* 알죠? 전화로 지명받으면 집으로
가서 서비스하는 겁니다. 처음 봤을 때부터 확신했는데, 지카 씨
는 이 일을 시작하면 틀림없이 엄청나게 인기를 끌 겁니다. —무
리할 것 없어요. 자기 페이스대로 조금씩 해나가면 되니까. 물론
사생활은 보장됩니다. 즐기면서 편하게 벌 수 있어요."

지카는 격렬한 분노에 기겁한 것처럼 그 자리에서 꼼짝할 수
없었다. 무시할 생각이었지만 솟구쳐올라온 말을 그대로 내뱉고
말았다.

"이런 짓 안 해도 살 수 있어!"

사에키는 무거운 듯 엉덩이 위치를 바꾸더니 양쪽 눈썹을 치
켜세웠다.

"당신, 같은 여자면서 이런 처지인 사람들을 경멸하는 겁니

---

* 딜리버리 헬스의 준말로 출장 성매매의 일종.

192

까? 이 사람들도 나름대로 말 못할 사정이 있어서 이런 일을 하며 사는 거예요. 그 정도 상상도 못합니까? 어떻게 그렇게 세균 대하듯 하죠. 오만하고 우둔한 인간으로 보일 뿐인데."

"내 문제예요. 난 이런 일을 하고 싶지 않다는 말이라고요."

"이게 나쁜 일입니까? 네? 난 당신에게 이런 삶이 어울린다고 생각하는데. 지금까지와는 완전히 다른 인생! 인간의 첫번째 목적인 번식은 이미 끝냈으니까." 사에키가 리쿠 쪽으로 눈짓했다. "이제부터는 교미 흉내만 내며 쾌감을 탐하고 돈을 벌어도 좋잖아요."

지카는 눈을 부릅뜨며 일어서려 했지만 사에키가 틈을 주지 않고 말을 이었다.

"행복. ─그래요, 쓰치야 씨가 연연했던 행복이란 것을 나름대로 생각해봤어요. 인간의 행복이란 결국 자신의 가치관과 자기 자신이 합치되는 실감이잖습니까?"

사에키가 핥는 듯한 눈길로 그녀를 응시했다.

"돈이 최고라고 생각하는 사람은 돈을 손에 넣은 순간 행복을 느끼잖아요? 인간은 지배하는 쪽과 지배당하는 쪽으로 나뉜다고 생각하는 사람은 지배하는 신분이 되면 그럭저럭 행복할 테고. 아닙니까?"

지카는 사에키의 말에 돋친 바늘에 걸려든 것 같았다. 서서히 당겨지는 듯한 작지만 예리한 통증이 가슴에서 느껴졌다.

"자신의 가치관과 자기 자신이 합치된다. ─뒤집어보면, 그러지 못한 인간은 영원히 불행하다는 얘기죠."

"······"

"쓰치야 씨가 믿었던 가치관이란 대체 뭡니까? ─결혼해서 집을 사고, 남들보다 조금 나은 가정을 꾸린다. 그 사람은 얼토당토않은 그런 가치관과 자기가 합치되기를 비참할 정도로 간절히 바랐어요. 늘 쫓겨 거친 숨을 몰아쉬면서. 그런 가치관을 쓰치야 씨에게 심어놓은 건 이 사회죠. 오로지 인간의 번식만을 목적으로 하는 사회. 그런 주제에 이 사회는 이미 완만하게 멸망해가고 있어서 그런 가치관이 실현될 여지가 전혀 없어요. 알겠습니까? 우리 가게 아가씨는 모두 현명하게 그 사실을 알아차린 애들이에요. 돈도 시간도 충분해요. 지금의 당신과 달리 몸도 탱탱하고 피부도 아주 그만이죠. 생기 넘치게, 건강하게 웃는단 말입니다. 왜 그럴까요? 행복해서죠! 이런 비참한 세상에서는 그렇게 사는 게 이득이란 걸 알아요. 그게 그애들의 가치관이죠. 그것과 완전하게 합치된 거야! 당신도 이제 그만 자기 현실을 똑바로 직시하는 게 어때요? 난 당신에게 행복으로 가는 지름길을 알려주고 싶어요. 알겠습니까? 네? 가치관에 현실을 억지로 맞추려 들면 안 돼요. 현실에 가치관을 맞춰야지. 그러면 편해질 수 있어요."

"내 현실은, ······그런 게 아니야."

"참 나, ······그러니까 남편이 자살하지. 스스로를 재검토해보는 게 어때요?"

"나는!" 지카가 필사적으로 가로막듯 소리쳤다. 양어깨를 심하게 떨면서도 차분하게 말했다. "나는, ……지금도 무슨 일이든 남편과 상의해요. 우리 일은 둘이 의논해서 결정해요. 남편은 당신 의견에 반대할 거예요. 나도 남편의 그런 의견이 옳다고 생각하고요."

사에키가 실소를 흘렸다. "의논하다니. 죽었잖아요, 이미?"

"그래도 의논해요. 목소리가 또렷하게 들려요! 당신은 모르겠지만."

"뭔 소리인지. 혹시 영계靈界의 전파라도 수신합니까?"

사에키가 다박나룻이 난 입가를 누그러뜨리고 일정하지 않은 리듬으로 다리를 떨어대기 시작했다.

"그런 게 아니에요. ─몰라도 상관없어요. 이만 가볼게요."

"의논이라니, 대체 무슨 소리인지, 쓰치야 씨가 자살하기 전에 당신과 의논했습니까?"

자리에서 일어난 지카는 억울함과 증오에 새빨개진 눈으로 사에키를 내려다보았다.

"어땠죠? 당신한테 아무 말도 안 했죠?"

지카는 금방이라도 그 자리에 무너져내릴 것 같았지만 가까스로 버텨냈다. 그의 말이 맞다. 살아 있을 때는 아무 의논도 하지 않았다. 데쓰오는 아무 얘기도 해주지 않았다.

"제멋대로 죽었잖아요, 당신에게 아무 말도 없이. ─난 쓰치야 씨를 비난하는 게 아니에요. 안쓰러운 겁니다. 자살했든 사람을 죽였든 뭘 했든 상관없잖습니까. 모든 걸 있는 그대로 받아들이는 가치관의 문제예요. 자살하고 싶었다면, 자살에 성공해서 행복하지 않겠습니까? 그렇게 생각해보면 어떨까요?"

그 말에 지카는 몇 초간 침묵했다. 그리고 아무 말도 하지 않고, 슬픔을 차디찬 경멸로 덮어 감춘 후, 리쿠와 함께 자리를 떴다.

데쓰오는 양손을 굳게 깍지 낀 채 아내 앞에서 고개를 숙이고 있었다. 코끝에서 탁자로 눈물방울이 뚝뚝 떨어졌다. 사에키가 자신에 대해 한 얘기가 너무나 터무니없어서 그때마다 세차게 고개를 저었다. 사에키의 주장은 역겹고 비열했다.

그러나 데쓰오는 그보다 "남편과 상의해요"라는 지카의 말에 더 심한 타격을 입었다. 왜일까? 마치 자신이 정말로 자살한 것 같았다. 고민을 아내에게 전혀 털어놓지 않고! ……

지카는 입을 다물고 침묵 속에서 골똘히 생각에 잠겨 있었다. 데쓰오는 눈물을 거칠게 훔쳐내고 그녀를 바라보았다.

"내 목소리가, ……들렸어?"

지카가 데쓰오의 눈을 바라보며 입술을 깨물었다.

"나도 뭐가 뭔지 알 수 없었어. ……대신 갈수록 사에키라는 사람의 목소리만 수없이 머릿속에서 울려퍼졌지. —나의 현실, ……나의 행복, ……그 말이 맞을지도 모른다. 사고방식을 바꾸고 가치관을 바꾸면 이 고통에서 벗어날 수 있다. 나를 옭아맨 온갖 것에서 해방된다면 얼마나 편할까 싶고."

지카는 한마디씩 확인하듯 말하다가 갑자기 환하게 웃었다. 아름답고 고른 치열이 데쓰오를 두려움에 떨게 만들었다. 이어서 위압하는 듯 강렬한 빛이 담긴 눈으로 데쓰오를 바라보았다.

"당신에게 내가 정말로 무슨 의견을 말해줄 자격이 있을까, 당신은 이미 죽었는데 그 말을 들을 의무가 있을까 싶었지. —나랑 리쿠를 마지막까지 아끼다가 사고나 병으로 죽었다면 몰라도, ……자살한 사람인데."

"글쎄, 몇 번이나 얘기했지만, ……정말 아니라니까."

데쓰오는 이어서 평소처럼 "살해당했다"고 말하려고 했다. 그런데 왠지 말이 목에 걸려 나오지 않았다.

지카는 데쓰오의 말에 미세하게 고개를 갸웃거리는 듯했다.

"시기적으로도 도움이 됐다고 생각해. 반년 정도는 아무것도 할 수 없었으니까. 일 년쯤 지난 무렵 누군가에게 다른 표현으로 들었다면, ……그때 내가 조금 약해져서 자포자기했다면, ……다른 반응을 보였을지도 모르지. 거부하는 게 당연하다. 그렇게 생각진 않았으면 좋겠어."

그렇게 말하고 지카는 또다시 활짝 웃었다. 이번에는 조금 전보다 훨씬 밝아서, 마치 최근 일터에서 있었던 우스운 일이라도 이야기하는 것 같았다.

"그도 그럴 것이, 세상이 그 사람 말과 같을지 모른다는 생각이 들 때가 많아졌거든. 아주 많이! 당신은 상상조차 할 수 없는 불쾌한 일들을 난 혼자 수없이 견뎌냈어! 리쿠가 날 살게 해준 거야! 내 생명의 은인이지. 지금도 분명 날 지켜주려고 할 거야."

데쓰오는 또다시 눈물을 글썽이며 고개를 힘주어 끄덕였다.

"난 최대한 이렇게 웃었어. 리쿠를 어두운 아이로 만들고 싶진 않았으니까." 지카의 말이 갑자기 빨라졌다. "사에키란 사람한테는 그뒤로도 연락이 왔지만 수신거부를 해놨어. 그런데 어느 날 내 사진이 딜리헬스 사이트에 실렸다는 걸 알았어. 근처에 전단지도 뿌려졌고. ─자주 가는 세탁소 아저씨가 알려주더라고."

"신용금고 옆에 있는?"

"그래. 인간이다보니 그런 일도 있다고 따뜻하게 말해줬어. 그러더니 이래 봬도 자기 역시 인간이다보니 그런 데 흥미가 있다면서 히죽거리는 거야."

데쓰오는 말문이 막혔다. 그렇게 성실하고 점잖아 보이던 백발의 세탁소 주인이? 그러나 그 말마따나 인간이다보니 그가 그렇게 말하는 장면이 전혀 상상이 안 되는 건 아니었다. 데쓰오는 혼란스러웠다.

"그래서 일단 아키요시 씨에게 상의했어. 사에키라는 사람을 잘 아는 곤다 씨에게도. 두 사람 다 몹시 화를 냈고 그 사람을 불러내려 했지만 연락이 닿지 않았어."

"그래서?"

"얼마쯤 지나니 사이트 자체가 사라졌어. 그후로는 감감무소식이고."

눈물도 흘리지 않았는데, 지카의 눈꺼풀은 울어서 부은 것처럼 빨갛게 물들었다. 결혼 후로 데쓰오는 지카가 슬퍼서 흘리는 눈물을 한 번도 본 적이 없었다. 지금 이 순간 그것을 알아차렸다. 리쿠가 태어났을 때는 기쁨에 겨워서 눈물을 흘렸다. 데쓰오도 같이 울었다. 그러나 둘 다 상대가 보는 앞에서 슬퍼서 운 적은 단 한 번도 없었다.

행복해서라고, 데쓰오는 당연하다는 듯이 믿어왔다. 지카는 언제나 밝게 웃었다. 그러나 아까 한 "거부하는 게 당연하다. 그렇게 생각하진 않았으면 좋겠어"라는 말에는 지카의 진심이 깃들어 있었다. 말할 수 없었던 일, 울 수 없었던 일이 실은 많지 않았을까. 지금도 지카가 눈물을 흘리지 못하는 것은 여전히 뭔가 막혀 있어서가 아닐까.

데쓰오는 자기 감정도 정리하지 못한 채, 그저 "……얘기해줘서 고마워"라고만 말했다.

지카가 고개를 저었다. 둘 다 그대로 오래 침묵을 지켰다.

이윽고 데쓰오는 방금 들은 이야기에서 마음에 걸렸던 점을 물어보았다.

"사에키 얘기를 했을 때, 곤다 씨가 당신한테 난 자살한 게 아니라 그자에게 살해당한 거라고 말하지 않았어?"

"그런 말 안 했어."

"그렇군, ……되살아난 나를 보았을 땐 곧바로 자기는 사에키가 나를 죽였다고 생각한다고 말하던데. 그래서 당신한테도 그렇게 말했을 줄 알았어."

지카는 고개를 갸웃거릴 뿐이었다.

데쓰오는 그것이 무슨 의미인지 이리저리 생각하다 지쳐버렸다. 그래서 텔레비전 받침대 위 액자로 시선을 돌렸다.

삼 년 전 5월 단오에 찍은 사진이었다. 거기 가만있으라고 몇 번을 말해도 자꾸 이쪽으로 달려오려는 한 살배기 리쿠의 웃는 얼굴이 데쓰오에게 더이상의 생각을 허락하지 않았다.

16. 산산이 부서진 과거 그리고 미래

데쓰오는 빛으로 넘쳐나는 센코 호숫가 잔디밭에 시체처럼 누워 있었다.

똑바로 누워 벌써 한 시간 가까이 꿈쩍하지 않았다. 일요일 아침부터 가족끼리 이곳을 찾은 사람들은 물론이고, 그 스스로도

'시체 같다'고 느꼈다.

이른 아침, 그는 곤다가 구해준 열쇠로 회사 옥상에 올라갔다. 그 결과를 여전히 받아들일 수 없었다. 삼 년 전 제 발로 추락해서 죽었던 그 장소에서 또 한번 떠밀려 지면에 곤두박질친 느낌이었다.

과거뿐 아니라 미래까지 산산이 부서져 시간 속에서 갈 곳을 잃고 말았다. 그래서 자신의 마지막 의지처인 양 생일날 밤 이후로 몇 번이나 되풀이해온 말을 마음속으로 중얼거렸다.

'나는 지카와 리쿠를 행복하게 해줘야 한다. ⋯⋯'

장마가 끝나 쾌청해진 하늘의 푸른빛은 완벽했다. 데쓰오는 모든 것을 드러내고 그저 그 하늘에 압도당했다. 지금 그에게는 두 가지뿐이었다. 대지에 되울리는 희미한 심장박동과 세면대에 떨어진 치약 거품처럼 하얀 저 구름의 흐름. ⋯⋯

그 옥상에 가기만 하면 틀림없이 기억날 것이다. 그날 대체 내가 어떻게 살해당했는지. ―경찰 수사는 전혀 진척이 없고, 방범 카메라 영상도 입수하지 못한 상태였다. 사에키의 행방조차 알 수 없는 지금 상황에서 데쓰오가 기댈 수 있는 것이라곤 기억뿐이었다. 기억해내고 싶다! 어떻게든 내가 살해당한 그 장소에 설 수만 있다면 돌파구가 열릴 것이다.

지카에게도 계획을 이야기했다. 그녀는 몰래 옥상에 올라간다는 것을 꺼림칙해했지만, 데쓰오의 죽음 후 영 쌀쌀맞던 회사의 태도를 떠올리고는 결국 '알겠다'며 이해해주었다. 곤다에게 전화를 걸어 잘 부탁한다고 하면서도 그 말에는 의지와 동시에 억제하려는 울림 또한 깃들어 있었다. 데쓰오는 그녀의 이름으로 새로 개통한 휴대전화를 건네받았다.

흥분과 긴장 탓에 데쓰오는 어젯밤 거의 잠을 이루지 못했다. 기억 속에서는 그날 옥상의 광경이 현기증 날 정도로 어른거렸다. 흰색 물탱크와 으르렁거리는 에어컨 실외기. 맑게 갠 하늘. 6층 아래의 콘크리트 지면. 그리고 무엇보다 그를 바짝 추격하던 검은 그림자. ……

기억을 떠올린다는 것은 결국 그 그림자를 사에키의 모습으로 인지한다는 것이다.

지카의 고백을 들은 후로 사에키에 대한 데쓰오의 증오는 더욱 격해져갔다. 실제로 보지도 못한, '행복으로 가는 지름길'을 설파하는 사에키의 얼굴이 집요하게 떠올라 마음을 헤집어놓았다.

그자만 없었다면, 우리 부부는 이런 불행을 겪지 않았다!

자신이 사에키를 죽이지 않은 것은 사실인 듯했다. 그런데도 질식한 사에키의 얼굴이 그토록 생생하게 뇌리에 떠오른 것은 아마 소망 탓일 거라고 데쓰오는 생각했다. 어쨌든 사라져주기를 바랐다. 현재나 미래는 물론이고, 자신의 과거에서도 흔적 없이 완전하게 소멸해주기를.

아키요시는 사라지기를 바라는 감정이야말로 '살의'라고 말했다. 그런 걸까? 사람은 죽이고 싶어서 죽이는 게 아니다. 사라져주길 바라기에 이른바 그 절차로서 죽인다. ……

사에키야말로 차 안에서 나에게 이렇게 말하지 않았던가?

"—이를테면 난 당신이 싫어요. 사라져주면 얼마나 속시원할까 싶죠."

데쓰오는 곤다의 차를 타고 회사로 가면서 동쪽 하늘 아래가 오렌지빛 띠처럼 물든 광경을 바라보았다. 지평선에 늘어선 민가의 실루엣이 또렷하게 도드라졌다. 밤은 발치부터 서서히 타들어갔지만, 머리 위에는 별 몇 개가 여전히 남은 짙은 자줏빛 하늘이 펼쳐져 있었다.

아무도 없는 회사에 두 사람의 운동화 소리가 울려퍼졌다. 불은 켜지 않은 채 곤다가 앞장서고 데쓰오가 뒤따라갔다. 한 마디도 주고받지 않았다. 데쓰오는 5층 회의실에서 엘리베이터를 타고 6층으로 올라가 사장실 앞을 가로질러 옥상까지 가는 길을 떠올렸다. 그날 사에키에게 쫓기던 나는 도움을 청하며 고함을 지르지 않았을까? 그 소리를 알아챈 사람이 아무도 없을까? ……

옥상 문 앞에 서자 고개를 들지 않으려고 조심하며 방범카메라로 눈길을 던졌다. 곤다는 그걸 알아챘는지 "괜찮아"라고만 말했다.

문이 열리자 데쓰오는 의식을 집중하고 옥상 한가운데로 나갔다. 그리고 주위를 둘러보았다.

"어때, 기억이 좀 날 것 같나?"

데쓰오는 방심한 듯 입을 반쯤 벌린 채 대답하지 않았다.

"뎃짱? 살해당했을 때가 좀 떠오르나, 응?"

데쓰오는 불안한 발걸음으로 물탱크로 다가가 표면을 살짝 만져보았다. 한 번 스쳤을 뿐인데 손바닥이 먼지로 새카매졌다.

"차분하게 잘 생각해봐. 사에키는?"

데쓰오는 곤다의 목소리를 건성으로 흘려들으며 난간 같은 것도 없는 옥상 가장자리까지 걸어갔다. 왜일까? 그는 아래를 내려다보았다. 20미터 아래의 지면이 갑자기 눈앞에 펼쳐졌다. 바로 그때, 뒤에서 다가온 곤다가 데쓰오의 팔을 강하게 밀었다.

데쓰오는 움찔하며 몸을 경직시켰다. 그리고 새파랗게 질려 돌아보았다.

곤다의 표정은 이른 새벽의 어둠에 묻혀 잘 보이지 않았다. 그 입가가 움직이며 "—떨어져"라고 말했다.

데쓰오의 팔은 두 개뿐인 그의 손가락에 단단히 잡혀 있었다. 밀린 것처럼 느낀 것은 잡으려고 손바닥을 댄 순간의 촉감 때문이었다.

"……괜찮아요."

곤다가 손을 뗐다. 눈만 두드러진 그 얼굴에 지금껏 본 적 없는 암울한 그늘이 드리워 있어 데쓰오는 또다시 섬뜩해졌다.

긴장해서 반걸음 물러선 그는 다시 한번 몸을 내밀었다. 시야가 옥상 테두리를 넘어선 순간, 그는 갑자기 발 디딜 곳을 잃었다. ─떨어진다!

바로 그 찰나, 공황이 육박해오는 검은 그림자 하나를 출현시켰다. 뒤에서 쫓아왔다. 데쓰오는 필사적으로 발버둥치며 그 그림자를 막아내려 했다.

'─싫어!'

두 눈을 부릅뜨고 주먹을 쥐었다. 보일 것 같았다. 이제 곧, 그게 누구인지, ……

"뎃짱, 기억났어? 사에키야, 아니야?"

데쓰오가 손을 들어 곤다의 말을 가로막았다. 그러나 성가시다는 듯 뿌리치려 했던 그 손끝이 갑자기 현실에 닿아버린 것처럼 느껴졌다. 그림자는 별안간 곤다와 겹쳐졌고, 그 순간 완전히 놓쳐버리고 말았다.

"아아, ……제길!"

데쓰오가 고함을 내지르며 허리 언저리를 주먹으로 내리쳤다. 침착함을 잃고 옥상 한가운데까지 갔다가 다시 가장자리로 돌아왔다. 그리고 이번에는 정말로 부주의하게 아래를 내려다보았다. 곤다가 몹시 놀란 듯이 팔을 뻗었다.

"떨어져, 떨어진다니까!"

데쓰오가 날카롭게 돌아보았다. 그는 사에키가 저지른 살인이라고 믿어 의심치 않는 이 남자가 몹시 짜증스럽게 느껴졌다.

"난 여기서 곧장 밑으로 떨어졌어요. 그렇죠! 즉사였다니까 머리부터 곤두박질쳤겠죠. 파파팍! 가스 폭발 같은 엄청난 소리가 났다면서요. 내가 파열하는 소리요! 70킬로그램짜리 물체가 떨어졌으니까! 그 소리에 놀라 직원들이 모두 튀어나왔고!"

데쓰오는 그렇게 말한 후 곤다에게 바짝 다가섰다. 곤다가 몸을 뒤로 젖혔다.

"사에키가 날 밀어서 떨어뜨렸다. —그렇죠? 그런데 어떻게 그놈이 첫번째 발견자가 될 수 있죠? 왜 그걸 알아차리지 못했지! 이렇게 어리석을 수가! 사람들이 달려갔을 때, 그놈은 이미 내 시체 옆에 있었어요! 왜죠?"

곤다는 그 단순한 모순을 처음 알아차린 듯이 미간을 찌푸렸다. 그리고 무의식적으로 등뒤를 돌아보았다.

"비상계단요? 그렇게 빨리 내려갈 수 있겠어요? 그런 뚱뚱한 놈이!"

데쓰오는 그렇게 말하고 옥상 난간에 서서 두 손으로 힘껏 사람을 밀어내는 시늉을 했다. 그런 다음 "파파팍!" 하고 소리를 높였다. 곤다는 이 친구가 머리가 이상해졌나 하는 표정으로 데쓰오를 바라보고 있었다.

데쓰오는 뛰기 시작했다. 6층으로 내려가서는 비상계단으로 튀어나가 정신없이 뛰어내려갔다. 지금, 사람들은 이상한 폭발음에 놀라 서로 마주보고 있다. ─4층. ……무슨 일인가 싶어 한 사람, 두 사람 상황을 살피러 나간다. ─2층. ……소리난 곳은 서쪽이 분명하다. 현관을 나와 왼쪽으로 돌아가면 현장이 보인다. 피투성이인 내 시체가 보인다! ─1층. ……

데쓰오는 자신이 죽었던 그 장소에 멈춰 섰다. 검게 메마른 해바라기가 여전히 남아 있었다. 숨이 가빴다. 이마에서 땀이 솟구쳤고, 침을 삼키며 무릎에 손을 짚었다. 사에키 같은 체격이라면 틀림없이 시간이 더 걸렸을 것이다. 그리고 현장으로 달려온 직원들을 첫번째 발견자인 척하며 태연하게 맞았다. ……

데쓰오는 한동안 그대로 가만있었다. 이윽고 천천히 몸을 일으켜 건물 옥상을 올려다보았다. 하늘에 어느덧 빛이 깃들고 이쪽을 내려다보는 곤다의 그림자가 두드러졌다. 잔혹하리만큼 맑고 깨끗한 침묵이었다. 잠시 후 곤다도 비상계단으로 내려왔다. 역시나 숨을 헐떡였다. 두 사람은 지금도 거기 데쓰오의 시체가 쓰러져 있는 양 거리를 두었다.

"곤다 씨는, ……왜 사에키가 범인이라고 생각하죠?"

데쓰오는 그때까지 절대 입 밖에 내지 않았던 질문을 던졌다. 곤다는 간발의 차이도 없이 "너!"라고 말했다. 다들 알고 있듯이, 이 고집 세고 삐딱한 공장장이 화났을 때 나오는 버릇이었다.

"그럼, 또 죽일 사람이 누가 있나? 엉? 근본을 놓치면 안 돼.

계단을 내려오니 어쩌니, 정작 앞뒤가 안 맞는 건 그런 사소한 것이 아니라 자네가 자살했다는 거잖아? 자네는 그런 인간이 아니야. 내가 가장 잘 알아. 그럴 리가 없어! 난 자네 집에도 갔었고, 자네의 행복을 이 두 눈으로 똑똑히 봤어! 과로 때문에 자살했느니 어쩌니 멋대로 지껄이는 놈도 있었지. 하지만 그때는 다 함께 열심히 일하고 있었잖아. 싫은데도 회사에 맞추려고 억지로 일하는 게 아니었어! 모두 앞장서서 밤늦게까지 일했어. 자네도 그랬잖아? 심지어 사람들을 격려하면서! 아니야? 한창 바쁜 시기였다면 또 몰라도, 이미 이시자와 맥주가 발매되고 결과를 기다리는 일만 남았었다고! 그래서 자네도 한숨 돌리고 발리로 가족여행을 갔던 거잖아?"

곤다는 침을 튀기고 마구 삿대질을 하며 말했다. 그 눈은 아까의 침묵처럼 서글프도록 맑았다.

데쓰오는 전신이 격렬하게 지면에 내동댕이쳐진 듯한 충격을 느꼈다. 사에키가 지카에게 말해줬다는, 곤다에 대한 비난을 떠올렸다. 사에키와 차 안에서 대화한 날 밤에도 데쓰오는 직전까지 공장에서 곤다와 격렬한 의견을 주고받았다.

그가 죽은 후, 사내에는 아마도 과로사 소문이 돌았을 것이다. 그런 소문을 수군거리며 모두 이해할 수 없는 자살을 납득하려 했다. 그들 중 누군가가 곤다를 대놓고 비난했을지도 모른다. 당신 때문이라고. 아니면 그보다 훨씬 더 나쁘게 수군대는 험담을 듣고 신경쓰게 된 것일까. 그럴 때마다 곤다는 분명 지금처럼 속으로 되뇌었겠지. ……

곤다가 거듭 다짐하듯 또다시 데쓰오의 팔을 붙들고 몸을 흔들었다.

"뎃짱, 이건 자네 자신의 문제야! 자네가 정신을 똑바로 차려야지. 어?"

데쓰오는 눈을 희미하게 뜬 채 아무 말 못하고 우두커니 서 있기만 했다.

곤다와 함께 별다른 대화 없이 싸구려 음식으로 아침을 먹은 후, 집으로 돌아가지 않고 혼자 센코 호수에 들렀다. 왠지 그냥 호수를 보고 싶어서였는데, 큰맘 먹고 호숫가에 있는 자기 무덤에도 들러보기로 했다.

이곳에 공동묘지를 건설한다는 이야기가 나왔을 때 지카에게 "묘지를 사버리면 비싸고 관리도 힘들 테니, 난 죽으면 거기 묻히고 싶어"라고 말했던 기억이 났다. 그냥 별 뜻 없이 즉흥적으로 한 말을 지카는 유언으로 받아들인 듯했다.

홈페이지에서 본 대로 고분처럼 생긴 완만한 성토盛土 한가운데 아직 어린 녹나무 한 그루가 서 있었다. 주위는 푸른 잔디로 덮여 있고, 울타리 없는 원형 부지가 돌바닥으로 말끔하게 둘러싸여 있었다. 발밑에는 개인의 이름이 적힌 금속판이 늘어서 있

었다. 은퇴 후 재취업한 듯 보이는 관리인이 '쓰치야 데쓰오'라
는 이름이 적힌 장소를 알려주었다.

데쓰오는 웅크려 앉아 고인이 된 자기 이름을 손으로 쓸어보
았다. 올록볼록 새겨진 획들이 지문과 비밀 이야기를 나누듯 손
가락 안쪽에 느껴졌다. 옆자리의 이름표는 꽤 지저분했다. 그는
깨끗한 자기 손끝을 내려다보았다.

"쓰치야 씨 부인께서 자주 성묘 오셨어요."

"……그렇군요."

"선생님은? 형제분이신가요?"

데쓰오는 애매하게 대답하고 일어선 후 말을 돌리듯 물었다.

"여기 오면 다들 어디에 절을 하죠? 저 나무인가요, 묻힌 장소
인가요, ……아니면 이 이름표에?"

관리인이 목에 건 수건으로 땀을 훔치며 말했다.

"제각각이지만, 아무래도 저 나무를 향해 합장하는 분이 많은
것 같더군요. 왠지 저세상과 통하는 것처럼 보이잖습니까."

"그런가요. ……저는 반대로 생각했습니다. 저세상으로 가는
게 아니라 이곳에 계속 머무른다는 뜻으로요. 흙으로 돌아가 다
시 새로운 신록을 키우고, ……"

"유골은 그렇겠지만, 혼은 다른 데로 가잖아요?"

관리인이 확신에 찬 투로 단호하게 말했다. 데쓰오는 그 말에
반발하고 싶었지만 굳이 입 밖에 내지 않았다. 대신 잠시 혼자

있고 싶다고 말했다.

묘지에서 나오자 그는 지쳐서 주저앉듯 잔디 위에 드러누웠다. 기분좋은 곳이었지만 그렇게 누워 있는 사람은 그뿐이었다. 그런데도 그는 마음속으로 난 괜찮다고 생각했다.

유골이 분해될 수 있도록 옥수수가 주원료인 셀룰로스 납골함을 쓴다고 조금 전 관리인이 설명해주었다. 히가시미카와의 집안 묘지에 묻힌 유골은 돌담 안에서 언제까지나 뼈 상태로 남아 있을 터였다. 사후 자신의 뼈가 그렇게 반씩 다른 운명을 맞았다는 사실에 그는 묘한 느낌이 들었다.

이곳에서 그는 사람이 아니라 장소의 한 구획이 되어 있다. 정신이 아득해질 만큼 긴 시간이 지나면 적어도 쓰치야 데쓰오의 뼈라고 부를 수 없는 무언가가 된다. 그것을 사라진다고 하는 걸까?

데쓰오의 등 밑에는 싱그럽게 우거진 잔디와 태양열을 머금은 단단한 흙이 있었다. 이 감촉과 하나가 되는 것이다. 이 순간에도 흙속에서는 박테리아가 활발하게 활동중이다. 잔디 뿌리가 뻗어나가고, 지렁이나 애벌레가 구멍을 파들어간다. ─그는 공포를 느꼈다. 동시에 어딘가 통절한, 위안 비슷한 느낌을 받았다.

곧이어 휴대전화가 울렸다. 발신자는 곤다였다. 데쓰오는 한순간 머뭇거린 후, "여보세요?"라고 응답했다.

"······뎃짱인가?"

"네. 웬일이세요?"

"아니, 그게, ······미안하네."

"—네?"

"미안해. 용서해줘."

"용서라니, ······아까 일 말인가요?"

"아까 일도 포함해서, ······아무튼 미안하네. ······미안해.
······"

한동안 둘 다 침묵하다가 곤다가 그대로 전화를 끊어버렸다.

데쓰오는 다시 센코 호숫가 잔디밭에 시체처럼 드러누웠다.

똑바로 누워서 꿈쩍하지 않고, 스스로 자신을 '시체 같다'고
느꼈다.

그러다 어느새 또다시 무력하게 마음속으로 중얼거렸다.

'나는 지카와 리쿠를 행복하게 해줘야 한다. ······'

5장

–

망연자실

17. 전혀 기억에 없는 목소리

"그렇군요. 대강 알겠는데, ……쓰치야 씨, 전에는 도지마 제관에서 이시자와 맥주 영업을 하셨죠?"

"맞습니다! 기획부터 모든 걸 저 혼자 했습니다."

"저도 즐겨 마시는 터라 인터넷에서 한번 검색해봤어요. 그런데 이상하게도 제가 본 기사에는 소노다 씨라는 분이 담당자로 인터뷰를 했던데요."

"아아, ……실은 발매 후 회사를 그만둬서 그 사람이 인수인계를 했습니다."

"괜찮으면 이유를 여쭤봐도 될까요? 이력서에도 그후 삼 년간은 공백이던데."

"음, ……건강 문제가 조금 있어서. ―그렇지만 지금은 아무 문제 없습니다."

"정신적인 문제였나요? 우울증 같은?"

"아뇨, 그건 아니고. ……"

면접 담당자는 데쓰오의 다음 말을 기다리다가 이윽고 포기한 듯 서류에 뭐라고 흘려 썼다.

아키요시의 가게에서 일하는 짬짬이 일자리를 알아보기 시작해 이번이 벌써 여섯번째 면접이었다. 지금까지는 전부 솔직하게 털어놨는데, 결과는 모두 불합격이었다.

데쓰오는 차별받고 있다고 느꼈다. 아무리 면접을 잘 봐도 환생자라고 밝히는 순간 담당자의 낯빛이 돌변했다.

그것은 그가 난생처음 겪는 위압적인 거절이었다. 마주앉아 대화를 주고받는 관계가 그 단 한 마디에 순식간에 무너져버렸다. 그뒤에 남는 것은 오로지 신기해하는 호기심뿐이다. 그제는 면접 본 사무실에 우산을 놓고 와서 다시 들어갔더니, 담당자와 여자 직원이 그가 입을 댄 찻잔을 만져도 좋을지 찜찜하다는 투로 상의하는 중이었다.

그래서 오늘은 대충 얼버무릴 작정이었다. 도지마 제관을 그만둔 이유는 보다 좋은 환경을 적극적으로 찾아보기 위해서였고, 그후 다른 회사에서 정규직 직원으로 일했다. 그곳을 퇴사한 이유도 그럴듯하게 설명할 생각이었다. ─그런데 집에서 꼼꼼하게 준비하고 연습까지 했는데도 막상 닥치니 그런 말이 도무지 나오지 않았다. 반성하고 마음을 돌린 것이 아니다. 몸이 먼저 반발했다.

"뭐, 그건 그렇고, ……한 가지만 더요. 저희는 주택 판매 영업이라 자동차 운전을 꼭 해야 하는데, 면허는 있으세요? 이 부분도 공백인데요?"

"면허는 있는데, 실은 실효 상태입니다. 지금 절차를 확인하는 중입니다."

담당자가 의아하다는 듯이 고개를 갸웃거렸다. 데쓰오는 무릎 위로 주먹 쥔 양손을 문질렀지만, 결국 진상을 털어놓는 방법밖에 떠오르지 않았다.

"사실 전 이른바 '환생자'입니다. 삼 년 전 한 번 죽었습니다. ─사고로요. 그런데 놀랍게도! 두 달 전쯤 되살아났죠. 그래서 다시 일자리를 찾는 중이라 그렇습니다."

최대한 쾌활하게, 웃음을 자아낼 수 있게 설명했다. 담당자는 미소짓긴 했지만, 우스워서라기보다 동요를 감추기 위한 것이 분명했다.

데쓰오는 뒤죽박죽 이야기하는 자신에게 갑갑함을 느꼈다.

"그렇군요. 으음, ……뉴스로만 들었던 터라 놀랍습니다만, ……그렇군요. ……"

"보시는 대로 건강에는 전혀 문제가 없고, 가족도 있는 몸이니 채용해주시면 회사를 위해 최선을 다하겠습니다! 부디 잘 부탁드립니다."

"알겠습니다. 결과는 가능한 한 빨리 전화로 알려드리죠."

"네, 꼭 부탁드립니다! ―부탁합니다."

그리고 오늘 아침, 데쓰오는 약속대로 이른 연락을 받았다. 결과는 '채용 보류'였다.

"운전이 안 되면 아무래도 힘들다는 게 위에서 내린 판단입니다. 안타깝습니다만."

"면허 문제가 해결되면 다시 검토해주실 수 있나요?"

"음, ……지금은 뭐라고 말씀드리기가, 아무튼 그렇게 알고 계시고. ……네, 앞으로 건승하시길 기원합니다."

담당자가 뒷걸음치듯 전화를 끊었다. 데쓰오는 도망치는 뒷모습을 눈으로 좇듯이 휴대전화 화면을 바라본 후, 한숨을 내쉬고 매장으로 돌아갔다.

그날 이후로―곤다와 둘이 옥상에 올라간 날 뒤로 모든 것이 변해버렸다.

기분이 늘 가라앉아 있고, 뭘 해도 즐겁지 않았다. 그리고 재차 타격을 입듯 지금 그는 환생 이후 가장 큰 곤란에 직면해 있었다.

며칠 전 갑자기 은행에서 지카 앞으로 우편물이 왔는데, 내용인즉슨 데쓰오의 사망 시 지불한 단체신용 생명보험의 보험금 전액을 반환해달라는 것이었다. '피보험자가 생존하기 때문'이라는 사유였다. 데쓰오의 죽음은 당시 '자살'로 인정되었지만 계약한 지 일 년이 넘어서 지급 제외 조항 적용을 면할 수 있었다.

데쓰오와 지카는 한 달 안에 3,600만 엔을 반환하라는 요구를 받았고, 다시 대출을 받으면 매달 약 15만 엔을 지불해야 했다. 역내 선물매장에서 일하는 지카의 수입과 도지마 제관 시절 데쓰오의 수입을 보태도 빠듯한 액수에 삼 년간의 '체납액'이 덧붙은 금액이었다.

데쓰오는 곧바로 '환생자의 모임' 사무국과 상담했다. 전화를 받은 부대표는 같은 내용의 상담이 여러 건 들어와 있으니 일단은 바로 응하지 말고 지시를 기다려달라고 했다. 그리고 7월 말로 예정된 '환생자의 모임' 총회에서 이 문제를 다룰 테니 꼭 나와달라고 다짐을 두었다.

교섭을 대신해준다니 마음이 놓였지만 상황을 낙관할 수는 없었다. 환생자의 모임에서는 정부에 구제책을 요청하고 매스컴에 호소하는 한편, 소송도 고려할 필요가 있다고 생각하는 듯했다.

어쨌거나 데쓰오는 보다 안정된 일을 찾아야 할 필요성을 통감했다. 아키요시의 가게에서는 시급 800엔으로 하루 일곱 시간, 주 5일 일해도 월수입이 11만 엔 정도였고, 그보다 더 달라는 말은 도저히 할 수 없었다.

지카는 이른 아침 회사 옥상에 몰래 올라갔다 돌아와서는 "역시 기억나지 않았다"고만 하고 말수가 적어진 데쓰오에게 그 이상 묻지 않았다. 뭔가 변화를 감지하고, 그가 먼저 말해줄 때까지 기다리는 눈치였다.

그녀는 지금까지보다 훨씬 긍정적으로 밝게 행동했다. 생명보험금 반환에 대해서는, "당신이 돌아온 게 무엇보다 잘된 일이니 집을 팔아 지금 생활 수준에 맞는 데로 이사하자"고 분명한 격려의 뜻을 담아 말했다. 데쓰오는 그런 그녀가 사랑스러웠지만 집을 파는 데는 반대했다.

만에 하나 나에게 또다시 무슨 일이 생긴다면? 그런 생각을 하면 아내와 아들이 길거리에서 헤매지 않도록 이 집만이라도 남겨주고 싶었다. 사에키가 유혹한 업계에서 지카가 일하지 않은 것은 그녀의 인간성과 노력 덕분이라고 그는 믿고 있었다. 그러나 집이라는 공간이 그런 삶의 태도에 기반이 되어준 것도 사실이었다. 그런 생각은 데쓰오에게는 하나의 위안이기도 했다. 자신은 죽어버렸다. 그러나 자신이 살아 있었다는 사실이 형태로 남아 두 사람을 지켜주었다.

데쓰오와 지카는 며칠씩 밤늦도록 이 일을 의논했다.

이 맨션을 살 때도 둘이서 숱하게 고민하다 가까스로 결정했었다. 부동산 사무소는 보통 그렇듯이 예산을 넘어서는 비싼 물건만 보여주었고, 일단 좋은 집을 보고 나면 기준을 원래대로 되돌리기가 쉽지 않았다.

갑작스러운 빈집 정보에 휘둘려 여기저기 수도 없이 물건을 보러 다녔다. 일요일 아침부터 졸린 눈을 비벼가며 신축 맨션 추첨에 줄을 서기도 했다. 도저히 형편이 허락하지 않는 집을 구경한 후 "여기는 좀 그렇지, ……" 하며 꿈꾸는 듯한 흥분을 가라앉히곤 했다. 전자계산기를 꺼내고 생활비를 좀더 절약할 방법이 없을까 궁리하며 가계부를 노려보았다. 불어날지 모른다는 농담을 해가며 은행 통장을 흔들던 일이 제법 또렷하게 기억났다. 둘은 낳으려던 아이를 하나만 낳을 생각도 해봤다. 그러던 어느 날 이 맨션을 소개받았을 때, 둘이서 시선을 마주치고는 조금 무리하더라도 이곳에 살고 싶다는 마음으로 하나가 되었다. 그것은 거의 운명적인 설렘이었고, 입주를 희망하는 사람이 또 있다는 부동산 업자의 귀띔이 경쟁심을 더욱 부채질했다.

이 맨션은 그때까지 모호했던 가족의 미래를 손으로 만지고 발로 걸을 수 있게 해주었다. 도면보다 훨씬 넓게 느껴지는, 볕이 잘 드는 거실에 처음 들어섰을 때, 데쓰오의 귀에는 몇 년, 몇십 년 뒤 가족의 밝은 대화 소리와 웃음소리가 들려왔다. 그것을 실현하는 것이야말로 남편이자 아버지인 자신의 책임이라고 느꼈다.

일찍 아버지를 여읜 데쓰오와 어려서부터 어머니와 사이가 좋지 않았던 지카는 가족이라는 것을 그려볼 때 왠지 모르게 늘 불안했다. 다른 사람들이 당연하게 아는 것을 우리만 모르는 게 아닐까 은근히 걱정스럽기도 했다.

과거의 불행에 현재를 가로채이지 않기 위해서는 미래의 행복으로 뛰어드는 것 말고 달리 방법이 없다. 우리에게는 그런 확고한 공간이 필요하다고 데쓰오는 믿었다. 그리고 그것을 만들어낼 사람은 다름아닌 자기 자신이라고 생각했다.

남편이 자살했다는 풍문은 지카에게 수없이 깊은 상처를 입혔고, 그럴 때마다 이사 생각도 피할 수 없었다. 특히 사에키가 예의 전단지를 건넸을 때는. 그러나 이 집을 쉽게 놓아버리면 온 힘을 다했던 데쓰오의 노력이 보답받지 못한다는 기분이 들었다.

단체신용 생명보험으로 대출금은 다 갚았다. 그것이 현실적으로 도움이 되었다.

추억의 인력引力이 자신의 인생을 정체시키고 있음은 알았다.

이 집은 이제 아무리 시간이 지나도 오지 않을 미래의 형태를 띠고 있다. 데쓰오와 그녀와 리쿠. 집의 구조와 넓이는 이 세 가족을 위한 것이었다. 그래서 더더욱 거실에 있으나 침실에 있으나 어느 방엔가 데쓰오가 있는 듯한 기척이 느껴졌다. 그것이 고통으로 느껴지는 날이 있는가 하면, 위안으로 느껴지는 날도 있었다. 이곳을 떠나면 데쓰오의 기척까지 남겨두고 떠나버리게 된다. 새로운 낯선 주인이 돌아다닐 때마다 데쓰오의 기척이 스러지고 사라져간다. 그건 너무 가여웠다.

그러나 지금은 다르다. 데쓰오가 돌아왔고, 이 맨션은 죽은 데쓰오의 유일한 거처가 아니라, 살아 있는 그가 한때 그녀와 함께 지낸 공간이 되었다. 추억이 있긴 하지만 이제 다른 추억을 다른 공간에서 새로 만들어낼 수 있다.

지카는 며칠 전 의논하면서 행복은 여기만 있는 게 아니라고 새삼 다시 말했다. 삼 년간 줄곧 생각해왔다. 두 사람 다 자신들에게 걸맞은 미래가 아니라 미래에 걸맞은 자신들로 살려고 했다. 그래서 늘 왠지 모르게 불안했던 것 같았다. 그녀는 데쓰오를 설득하듯 이렇게 덧붙였다.

"역시 우리 사정에는 좀 무리였던 것 같아. ……"

그러나 데쓰오는 그 말에 거부반응을 보였다.

"이 집을 산 것 자체가 처음부터 잘못됐다는 뜻이야?"

"그렇게 말한 적 없어. 그냥 무리였던 게 아닐까라는 거지."

"왜? 어디가? 잘해낼 수 있었잖아? 이렇게 검소한 생활까지 우리에게 무리라고 한다면, ……도대체."

지카의 마음은 분명 이해했다. 그런데도 그 순간 갑자기 분노에 불이 붙어 거의 증오까지 깃든 혹독한 비난을 쏟아내고 말았다.

"우리에게 걸맞은 미래라는 게 대체 뭔데? 그거야말로 사에키가 말했다는 '행복으로 가는 지름길'이잖아! 뭐가 다른데? 말해봐! 대체 왜 그런 소릴, ……이건 집을 팔까 말까 하는 의논이야! 제발 행복했던 우리의 과거까지 부정하진 말라고!"

자신의 한마디 한마디가 지카에게 깊은 상처를 주고 있다는 것을 그녀의 표정을 통해 뼈저리게 느낄 수 있었다. 하필이면 그녀를 사에키에 비유해서 몰아붙이다니, 그런 자신이 믿기지 않았다. 나는 대체 뭘 하는 걸까? 삼 년 내내 절망의 구렁텅이에서 슬퍼한 아내를, 살아 돌아온 지금 또다시 슬프게 만들고 있다. 간신히 리쿠와 둘만의 평온한 생활에 익숙해지기 시작했는데. 난 뭘 위해 살아 돌아온 걸까? 나에게 그럴 만한 가치가 있을까? 두 사람을 행복하게 해주려는 것 아니었나? ……

데쓰오가 매장으로 돌아오자 히가라는 이십대 후반 '아르바이트 선배'가 할 얘기가 있다며 뒤로 불러냈다.

"어디서 농땡이를 부린 겁니까?" 히가가 창백한 얼굴에 그늘을 드리우며 말했다.

"창고에서 재고 확인을 했는데요."

"그렇게 오랫동안요?"

데쓰오가 의아해하는 표정을 짓자, 히가가 손에 든 것을 내밀었다.

"이 클레임, 쓰치야 씨가 받았나요?"

"아, ……네."

데쓰오가 고양이 캔을 받아들었다. 비린내 나는 내용물이 새어나와 라벨지가 흐물흐물해져 있었다.

"왜죠?"

"왜긴요, ……보시다시피 곰팡이가 피어서요."

"그 할머니는 완전 블랙 컨슈머예요. 말도 안 되는 이유를 대고 사과를 받아내려는 것뿐이라고요. 그러니까 그런 말을 들어주면 안 돼요. 그냥 돌려보내야지."

"그런가요? —하지만 이건 거짓말이 아닌 것 같은데요."

"왜죠?"

"보면 알잖습니까. 나는 전에 제관회사에서 일했어요. 이런 통조림식 제품은 드물게나마 이런 일이 생겨요. 특히 저렴한 수입품은. 그래서 그렇게 설명했어요."

"그런 소리를 하니까! 나중에 다시 와서 나를 무릎 꿇리는 거 아닙니까!"

"……무릎을 꿇려요?"

데쓰오는 격앙한 히가의 모습에 놀랐다. 그 클레임을 응대한 사람은 때마침 매장에 있었던 데쓰오였다. 집에서 키우는 고양이에게 주려고 땄더니 곰팡이가 피어 있었다고 했다. 당장 덤벼들 듯이 서슬이 퍼렜지만, 정중히 사과하며 제조사에 보고하겠다고 말하고 새 제품 세 개와 교환해주자 기분이 풀렸다. 그것이 사태를 악화시키지 않는 최선의 방법이라 판단했고, 무엇보다 제품에 곰팡이가 핀 것은 분명한 사실이었다.

그런데 데쓰오가 마침 매장을 비웠을 때 그 손님이 "세 개는 너무 많아서요"라며 웃는 낯으로 돌려주러 온 모양이다. 그런데 그것을 받아든 히가가 "이런 일은 이번으로 끝내주세요"라고 쓸 데없는 말을 덧붙인 것이다. 그래서 손님은 또다시 손쓸 수 없을 정도로 격분했고, 결국 다른 손님 앞에서 히가를 무릎까지 꿇렸다고 했다.

데쓰오는 더 얘기를 들어줄 기분이 아니었다. 예의 블랙 컨슈머에게 왠지 모를 동정심이 들었다. 고독하고 병든 눈빛이었다. 그런 것을 전혀 이해하지 못하고 일을 꼬일 대로 꼬이게 만든 히가가 바보 아닌가 하는 생각이 들었다. 무릎을 꿇린 것도 앞뒤 못 가린 성급한 결론이라기보다는 일을 크게 만들기 위해 일부러 그런 것이라고 볼 수밖에 없었다.

데쓰오는 전부터 히가에게 좋은 감정을 품고 있진 않았지만, 윗사람이면서 나이는 아래인 그의 난감함도 이해가 갔다. 회사에서는 아주 드문 일도 아니지만 쭉 아르바이트만 해온 히가는 그 점에 유달리 민감했다. 게다가 히가는 데쓰오가 환생자인데다 한술 더 떠 '자살한' 사람이라는 소문에 강한 반감을 품고 있었다. 일을 시작했을 무렵에는 데쓰오에게 예전 수입을 집요하게 묻는 바람에 입을 다물어버리기도 했다. 그리고 데쓰오의 일

자리를 만들어주려고 아키요시가 아르바이트생을 두 명이나 내보냈다며 기회가 있을 때마다 싫은 소리를 늘어놓았다.

"안 그러면 수습이 안 되는 상황이었다고요. 쓰치야 씨가 먼저 사과하는 바람에! 본인은 상관없을지 모르지만, 가게 생각도 좀 해주세요."

"생각해서 한 일이에요. 그래서 그 손님도 잘 알아듣고 돌아갔잖습니까. 캔 하나를 돌려주러 온 건 앞으로도 이 가게를 잘 이용하고 싶어서가 아닙니까? 다른 건에서는 어땠는지 모르지만, 바른 행동을 하러 온 것까지 뭐라고 하면 영원히 옥신각신하게 돼요."

"그게 쓰치야 씨가 판단할 일인가요? 사장님이랑 좀 아는 사이라고 뭔가 착각하는 거 아니에요?"

"아키요시 씨 가게가 아니었더라도 난 오늘과 똑같이 대응할 겁니다! 그보다 손님이 무슨 말을 했든 무릎을 꿇어선 안 되죠. 왜 그랬죠? 그건 사과의 영역을 넘어서는 행동이에요. 상대에게 그릇된 만족감을 심어줄 뿐이라고요. 심지어 정말로 만족하지도 않고요. 그런 행동은 절대 해선 안 돼요."

데쓰오는 자기 생각을 있는 그대로 입 밖에 냈다. 도발할 마음은 없었지만 말을 참을 수가 없었다. 히가는 한층 창백해져서 온몸을 떨었다. 그러고는 나지막한 목소리로 밉살스럽게 내뱉듯이 말했다.

"스스로 목숨을 버리는 인간한테 설교 같은 건 듣고 싶지 않아요."

데쓰오의 목 근육이 뻣뻣하게 굳었다. 한동안 그는 침묵에 얽매여 있다가, 이윽고 말없이 히가 앞을 떠났다.

밖에서 돌아온 아키요시가 히가의 보고를 듣고 다른 직원에게도 자초지종을 물은 후 마지막으로 데쓰오에게 말했다.

"데쓰오 군 말이 옳아. 히가도 뭐, 나쁜 녀석은 아닌데, 한번 자기 생각을 정해버리면 고집이 있어서. 이해해줘. 나도 따로 말해뒀으니."

아키요시는 히가가 데쓰오에게 마지막으로 던진 말에 대해서는 듣지 못한 것 같았다. 데쓰오도 굳이 알릴 생각은 없었다.

"괜찮습니다."

"정말이지? 요즘 영 얼굴이 안 좋던데, 뭐든 고민이 있으면 말해. 8월에는 직원 가족들과 다 함께 바비큐 파티 같은 거라도 할 생각이니 괜찮으면 그때 오고. 가끔 기분전환도 좋지."

"네, ……고맙습니다."

데쓰오는 근처 공원에서 혼자 늦은 점심을 먹었다. 작고 한적한 공원이고 모래밭이 거무죽죽하게 굳어 있었지만 이곳에 오면 왠지 마음이 조금 놓였다.

지카가 만들어준 도시락에는 탄두리치킨과 토마토 양상추 샐러드가 들었고, 대각선으로 나눈 밥의 절반은 노른자 채, 절반은 깨로 덮여 있었다. 치킨은 평소 그가 좋아하는 음식으로, 식욕이 없는 데쓰오를 위해 지카가 만들어준 것이었는데, 그는 거의 맛을 느끼지 못하고 도시락을 비웠다. 지카는 데쓰오의 감정 폭발을 되도록 오래 끌고 가지 않으려고 애썼지만 표정은 그늘져 있었다. 그녀와 함께 있으면서 괴롭다고 느낀 것은 처음이었다.

도시락을 먹고서 페트병에 든 우롱차를 마시고 멍하니 있었다.

아까 들은 히가의 말이 다시 떠올랐다. 그리고 집 대출금을 떠올리고, 면접 불합격 통지를 떠올렸다. 면접관을 떠올리니 하필이면 웃는 얼굴이었다. 살아 돌아온 이후 일어난 일들이 그의 뇌리에 끝없이 흘러넘치기 시작했다. 회사에서 재회한 부장의 초조한 듯한 눈빛. 옛 동료들의 싸늘한 태도. 몇 번을 요청해도 재수사를 해주지 않는 경찰. 사에키가 지카에게 한 짓. 그리고 자신이 살해당했음을 마땅히 증명해줬어야 할, 그 이른 아침의 회사 옥상. 그날 곤다가 한 말. ……

데쓰오는 머리를 흔들고 하늘을 올려다보며 "아—, ……" 하는 소리를 흘렸다. 그러자 갑자기 목구멍에 숨어 있던 말이 뚜껑이 열린 것처럼 입 밖으로 새어나왔다.

"죽고 싶다. 이제. ……"

데쓰오는 자신이 뱉은 말에 놀라 허둥거렸다.

그 말은 쏟아지기 시작한 세찬 첫 빗방울처럼 묵직하게 그의 가슴을 때렸다. 게다가 이어서 두 방울, 세 방울이 떨어지며 순식간에 그를 말의 빗물로 흠뻑 적셨다.

몸 안쪽에서 그의 목소리를 빌린 누군가가 일제히 소름끼칠 정도로 중얼대기 시작했다. ……죽고 싶다, ……죽고 싶다, ……죽고 싶다. ……

데쓰오는 무릎에 올려둔 도시락을 엎으며 튀어오를 듯이 일어섰다. 그 소리를 어떻게 멈춰야 할지 알 수 없었다.

18. 절망적인 반복

'죽고 싶다'는 말은 굶주린 들개처럼 그의 의식에 집요하게 엉겨붙었다. 뿌리치려 할수록 더욱 휘감겨들었다.

머리를 몇 번이나 때렸다. 그대로 자기 자신이 점령당해버릴 것 같았다.

'침착해, 침착해, ……그건 아니잖아? 그냥 가벼운 기분으로 중얼거린 것뿐이야. 죽고 싶다느니 죽을 만큼 괴롭다느니 하는 말은 누구나 해. 그뿐이야. 심각하게 생각할 것 없어. 그냥 싫다는 것뿐이지, 그 이상의 의미는 없어. ……'

생각 자체를 멈추고, 어떻게 해서든 머리를 다시 하얗게 비워야 했다.

바닥에 떨어진 도시락을 주워 모래를 털었다. 그리고 종이봉지에 넣은 후 도망치듯 걸음을 내디뎠다.

눈앞이 빙빙 도는 것 같았다. 오래된 선거 포스터와 서점 입구의 신간 잡지, 세탁소 간판, 자전거를 탄 주부, 전화 통화하는 금발의 젊은 남자 등이 잇따라 그의 시야를 스쳐갔다.

그는 큰길 횡단보도로 나가 보행 신호를 기다리면서 땅을 울리며 바로 눈앞을 가로지르는 덤프트럭에 시선을 던졌다. 뒤에 남은 배기가스 냄새가 콧속 깊이 숨어들었다.

그는 처음이 아니라고 느꼈다. 그렇다, 전에도 이렇게 두려움에 떨면서 오가는 자동차들을 지켜본 적이 있었다. 죽기 전, ……죽기 얼마 전쯤이었을까? ……생각해내려고 기억을 더듬으니 뇌리에 또다시 그 말이 떠올랐다.

'죽고 싶다'—그 말이 잇따라 꼬리를 물고 머릿속 구석구석에서 솟구쳐올라 도저히 수습할 길이 없었다.

그날 저녁 무렵 세찬 비가 내려서, 걸어서 퇴근한 데쓰오는 집에 도착할 때쯤에는 물에 빠진 생쥐 꼴이 되었다.

"어머, 빨리 씻어야겠다. 얘기했으면 마중 나갔을 텐데."

먼저 들어와서 저녁을 차리던 지카가 가방을 건네받으며 놀라면서도 조금은 걱정스러운 표정으로 말했다.

"리쿠, 좀 도와줄래?"

거실에서 리쿠가 튀어나왔다. 그 모습이 한 살 무렵의 리쿠 모습과 겹쳐졌다. 죽기 전 5월 단옷날, 갑옷과 투구 앞에 앉히고 몇 번이나 사진을 찍으려 해도 금세 신이 나서 카메라를 향해 달려오던 리쿠.……

지금은 텔레비전 옆에 장식되어 있는 그 사진에서조차 가만 있지 못하고, 이름을 부르자마자 그 속에서 튀어나온 것 같았다. 그러나 발걸음은 더이상 뒤뚱거리지 않았다.

데쓰오는 지금 아들 앞의 자기 모습이 도저히 아버지답지 않음을 자각했다. 그것을 얼버무릴 여유가 없었다. 고개를 숙이고 묵직해진 운동화를 짓밟듯이 벗었다. 발밑에 물이 스며나와 고였고, 표면장력으로 부풀어오른 테두리가 조용히 둥글게 퍼져나갔다.

리쿠는 흠뻑 젖은 데쓰오의 모습에 유령이라도 본 것처럼 놀라 우뚝 멈춰 섰다.

"리쿠, 수건 좀 가져와. 그리고 목욕물도 받아줄래?"

"왜 그래?! 왜 젖었어?"

리쿠가 데쓰오 대신 지카에게 물었다.

"우산을 안 들고 갔대. 아빠 감기 걸리니까 목욕물 좀 받아."

리쿠는 대답도 없이 달려갔다. "목욕물을 받겠습니다"라는 급탕기 안내음성이 들리더니, 리쿠가 흰색 수건을 품에 안고 다시 달려왔다.

데쓰오는 한동안 그 얼굴을 바라본 후 웃음기도 없이 "고마워"라고 말했다. 리쿠는 여느 때처럼 반발하지 않고 그냥 말없이 수건을 내밀었다.

냉랭해진 몸을 뜨거운 물에 담근 데쓰오는 두 손으로 얼굴을 짓뭉개듯 문질렀다. 그리고 뒤로 드러누우면서 머리를 물속에 담갔다.

피어오르는 수증기가 이따금 무지갯빛으로 가늘게 반짝거렸다. 귀까지 물속에 잠기자 환기구의 빗소리도 탈의실의 세탁기 소리도 들리지 않고, 자신의 숨소리만 헤드폰으로 듣는 것처럼 선명해졌다.

데쓰오는 눈을 감았다. 천장 불빛에 눈꺼풀 안쪽이 검붉게 어른어른했다.

천천히 숨을 들이마셨다. 토해내기까지 스스로도 의식 못한 긴 공백이 흘렀다. 그 무음의 시간, 그는 자기가 죽은 듯한 착각이 들었다. 괴괴함 속에서 숨을 내쉬는 순간을 언제까지고 미룰 수 있을 것 같은 기분이었다.

이윽고 별안간 숨을 내뿜자 허덕이는 것처럼 괴로운 소리가 들렸다. 무거운 물건을 필사적으로 들어올려 아주 잠깐 견디다가 쿵 지면에 떨어뜨린다. 그렇게 용쓰는 것 같은 호흡이었다.

데쓰오는 그 소리에 가만히 귀기울이며 그때도 그랬었다고 떠올렸다. 죽기 이 주 전 지카와 리쿠를 데리고 강행했던 발리 여행. 호텔 수영장에서 눈부신 태양에 온몸을 드러내고 눈을 감고 있던 그도 지금과 똑같은 괴로운 숨소리를 듣고 있었다.

지카와 교대로 리쿠를 돌본 터라, 두 사람은 지금처럼 서로 떨어져서 느긋하게 쉬고 있었다.

데쓰오는 작은 어린이용 튜브를 허리에 두르고 혼자 수영장에 떠 있었다. 햇수로 이 년째 같은 일을 진행하면서 그는 오로지 휴가 때 떠날 가족여행만을 기대하며 지친 몸에 채찍질을 했다. 매일같이 늦게 퇴근하는 탓에 지카 혼자 이리저리 뛰어다니는 리쿠를 챙기느라 고생이 이만저만이 아니었다. 이번 여행은 그의 딴에는 사과이자 감사의 표시였다.

새어나가지 않게 단단히 움켜쥐고 있던 피로가 한계에 다다라 손가락 틈새로 뚝뚝 떨어지기 시작했다. 어떻게든 견뎌내야 했다. 실제로도 그의 몸은 가까스로 견뎌냈다.

드디어 끝났다. 이제는 피로에 몸을 내줘도 상관없었다. 지금이야말로 저항 없이 피로에 몸을 내맡기고, 가끔씩 기지개를 켜며 그 권태를 온몸으로 느끼고 싶었다.

데쓰오는 그 충실한 피로를 근거로 자신이 단 한 번뿐인 인생, 단 한 번뿐인 삼십대를 온전히 살아가고 있다고 믿으려 했다. 나는 최선을 다해 살아가고 있다. 그의 아버지는 살지 못했던 삼십대. 과연 그 자신도 마지막까지 살아낼 수 있을지 여전히 의심스러운 삼십대. 이 얼마나 행복한 일인가! 고생을 마다않고 열심히 일했고, 어떤 일도 허투루 하지 않았다. 그래서 이렇게 지쳤다. 이렇게 녹초가 되었다. ―그러니 금방이라도 끊어질 것 같은, 도 저히 정상적이지 않은 이 호흡도 걱정할 것 없다.

데쓰오는 이 행복한 한때 자신이 그런 식으로 숨쉬고 있다는 것이 놀라웠다. 그러나 그것은 이 년이나 이어진 고된 일에 대한 대가였다. 그렇기에 비현실적일 정도로 밝은 이 햇빛이 한없이 감미로운 것이다. ……

물속에 머리를 담그고 있던 데쓰오는 그런 회상을 떨쳐내고 천천히 눈을 떴다. 그리고 똑바로 앉아 이마에 맺힌 땀을 훔쳤 다. 욕조의 물이 수면을 가르는 듯한 큰 소리를 내며 흔들렸다. 세탁기 소리가 들리고, 환풍기에서 빗소리와 함께 으르렁거리는 뇌운 소리가 들려왔다.

그는 다시 자신의 숨소리에 귀기울였다. 이제 그것은 마치 아 무 일도 없었던 것처럼 조용히 가라앉아 있었다.

저녁 식단은 채소튀김과 고등어 소금구이였다.

리쿠는 지카가 채소를 먹으라고 권할 틈도 없이 놀이방에서 1박으로 가는 '뻐꾸기 집' 얘기를 열심히 하고 있었다.

"근데, 뻐꾸기가 뭐야?"

"새 이름이야. 뻐꾹뻐꾹하고 운단다."

리쿠는 지카가 흉내낸 새소리가 재미있다는 듯 웃어댔다.

"리쿠, 집 떠나서 혼자 잘 수 있겠니?"

"잘 수 있어."

지카의 물음에 리쿠는 아무렇지도 않다는 표정으로 아래를 내려다보았다. 살아 돌아온 데쓰오는 리쿠가 겁이 많다는 것을 알아챘다. 그 점은 어린 시절의 그와 많이 비슷했다. 아버지가 없으면 그런 걸까, 아니면 본래 걱정 많은 성격이 유전된 걸까. 겉으로는 강한 척하면서 불안을 드러내지 않는 점도 똑같았다.

데쓰오는 자신의 유년기를 떠올리며, 어머니와 둘뿐이던 긴밀한 생활에 갑자기 낯선 남자가 아버지라고 나타났다면 분명 지금의 리쿠보다 훨씬 강하게 반발했을 거라고 생각했다. 리쿠는 그나마 잘 참아내는 편일 것이다. 마땅히 그렇게 생각해야 했다.

리쿠는 데쓰오의 시선이 신경쓰이는지 아까부터 이쪽을 힐끔거렸지만, 눈이 마주치면 도망치듯 바로 피해버렸다.

이 아이를 위해서라도 나는 어쨌든 살아가야 한다. 데쓰오는 또다시 마음속으로 다짐했다. 농담으로라도 '죽고 싶다'라는 말은 절대 해선 안 된다.

'무엇보다 내게는 죽고 싶은 마음이 없지 않은가. ……'

두 사람이 잠든 후, 데쓰오는 거실 텔레비전을 틀어놓고 새 이력서를 썼다.

어제의 면접을 떠올리며 도지마 제관 퇴사 후의 공백을 어떻게 메울지 고민했다. 삼 년 전이 아니라 바로 얼마 전 퇴사했다고 쓰면 되지 않을까? 만일 그쪽에서 문의해도 안자이 부장이 그 정도 임기응변은 발휘해줄 것 같았다.

지카의 말도 일리가 있다. 이 동네를 떠나 오늘까지의 일을 다 잊고 지극히 평범한 인간으로 새로운 인생을 시작한다면 이런 식의 불쾌한 경험은 하지 않을 것이다.

햇수가 지나고 경기도 나빠져서 이 맨션은 매입 당시보다 가격이 상당히 많이 떨어졌다. 팔아도 빚이 수백만 엔은 남는다. 그것을 갚아나가며 다른 임대맨션에서 살아야 할까? 어느 정도 되는 집을 얻을 수 있을까? 학생들이 사는 원룸보다 조금 나은 정도일 거라고 상상하니 아무래도 기분이 우울해졌다.

볼펜 끝으로 한동안 책상을 두드리다가 이윽고 체념한 듯이 옆으로 쓰러뜨렸다. 나 혼자면 어떤 집이든 상관없다. 그러나 가족과 함께라면 얘기가 다르다. 동년배들은 평온하게 나름의 여유를 갖고 아이를 키우고 있다. 그래서 데쓰오는 솔직히 열등감이 들었다. 그러나 리쿠가 장래에 품게 될 열등감을 상상하면 그 정도는 정말 하찮은 것이었다.

데쓰오는 의자 등받이에 기대어 거의 들리지 않게 줄여둔 텔레비전 음량을 높였다. 흰색 커터셔츠를 입은 외국인들의 얼굴이 화면을 가득 메웠고, 오른쪽 위에 '환생자' 문제로 흔들리는 기독교단의 현상황이라는 글자가 춤을 추었다.

최후의 심판 날이 가까워졌습니다! 죽은 자가 살아나고 있습니다! 아시겠습니까? 지금 계시고, 전에도 계셨고, 앞으로 오실 분! 알파이자 오메가인 분! 이 세상은 당장이라도 신의 구원의 힘과 메시아의 권위로 통치되려 합니다! 왜 죽은 자가 되살아나는가? 신의 나라가 도래하고 있기 때문입니다!

당신이 아는 사람 중 환생자가 있습니까?

이 사람입니다! 바로 이 사람! 마테오는 되살아났습니다!

인터뷰어의 질문에 한 청년이 카메라 앞으로 떠밀려나왔다.

나는 새벽에 그 나팔 소리를 들었어요! 회개해야 합니다, 당신도! 안 그러면 파멸의 낙인이 찍힐 겁니다. 불행이에요, 불행! 불행입니다! 당신이 살아 있는 것은 명색일 뿐, 실은 죽은 겁니다. 죽은 것은 그가 아니에요. 그는 부활했어요! 우리가 죽은 겁니다!

화면이 바뀌어 바티칸 산피에트로 광장에 서 있는 여자 리포터를 비췄다. 와이프wipe **기법으로 왼쪽 상단에 일본 스튜디오의 사회자가 나타나 말을 건넸다.**

네, 참 열광적이라고 할 수 있겠는데요. 직접 취재해보니 분위기가 어떻습니까?

리포터가 귀에 낀 이어폰을 누르며 사 초 정도 뒤에 대답했다.

네, 마지막으로 보신 것은 상당히 극단적인 신자들인데, 길거리 카페 등에서 이야기를 들어보면 좀더 냉정하게 현상황을 받아들이는 사람도 많습니다. 이탈리아인이 다 그렇다고 생각하지 않았으면 좋겠다고 하고요. 그건 유럽연합의 다른 나라들과 마찬가지입니다. 그러나 로마 거리 곳곳에 저런 연설이나 집회가 열려 시민의 불안을 부채질하고 있는 건 사실입니다. 제가 사는 지역의 작은 교회에도 연일 삼백명이 넘는 사람이 고해를 하러 몰려들어서 번호표까지 나눠주는, 평상시에는 상상도 못할 사태가 이어지고 있습니다.

호, ……삼백 명요? 다들 양심의 가책이나 불안이 많은 모양이군요. 네, 고맙습니다. 계속해서 부탁드립니다.

화면은 해설자 세 명이 나란히 있는 스튜디오로 바뀌었다.

—자, 이런 상황인데, 어떻습니까, 지금 영상을 보시니?

음, 아무래도 기독교 국가에는 '최후의 심판'이라는 인식이 있으니 공황에 빠지기 쉽죠. 신이 최종적으로 인간을 지옥행과 천국행으로 나누는데, 그전에 죽은 자가 되살아난다고 성서에 쓰여 있습니다. 일본에서는 오히려 환생자의 호적 복귀 같은 것이 행정적인 문제로 논의되는 상황입니다만. ……애당초 법률과 정치에서 상정하지 않았던 일이라 한번 죽었던 사람의 거취 문제는 매우 어렵죠. 저는 일본 인구가 앞으로 계속 줄어드는 추세이고 고령화 문제도 있으니 젊은 환생자는 편견을 버리고 신속히 노동시장으로 재흡수하는 게 옳다고 생각합니다만.

특집방송이 지방의 B급 식도락 경연으로 바뀌자 데쓰오는 텔레비전을 껐다.

베란다 유리문 너머로 여전히 내리는 호우 소리가 들렸다. 이 따금 천둥도 쳤다.

그는 '최후의 심판'을 이해할 수 없었다. 세상의 종말이 온다는 뜻일까? 아니면 이미 현재 진행형으로 와 있나? 내가 그 증거 중 하나일까? 만약 이 세상이 끝난다면, 이따위 이력서가 대체 무슨 의미일까?

텔레비전에서 본 젊은 이탈리아인 환생자가 마음에 걸렸다. 그는 로마 축구팀의 빨간색 유니폼을 입고 있었다. 몹시 마르고, 머리가 짧고, 좌우에서 사람들에게 끌어안긴 어깨는 원통에서 막 꺼낸 상장처럼 안으로 말려 있었다. 뺨에는 미소가 감돌았지만, 눈은 쉴새없이 동요하며 카메라 렌즈를 피했다. 데쓰오는 그 모습에서 깊은 공감을 느꼈다.

환생자들은 모두 제자리를 찾지 못해 힘겨워한다.

데쓰오는 안자이 부장의 말을 잊을 수 없었다. 한 사람이 죽으면 그만큼의 구멍이 뚫린다. 그 구멍을 언제까지고 내버려둘 수는 없다. 메우지 않으면 매번 거기 발이 걸릴 테니까.

단순히 발만 걸리는 게 아니다. 땅이 구멍투성이가 되면 살아 있는 인간들은 근심 없이 여유롭게 이 세상을 살아갈 수 없는 것이다.

죽은 자가 살아 돌아옴으로써 모두 압박감을 느끼고 있다. 세상이 좁아지고 갑갑해졌다고. 실제로 데쓰오가 살아 돌아오는 바람에 아키요시의 가게에서는 아르바이트생이 두 명이나 일자리를 잃었다. 히가가 집요하게 하는 말이다.

데쓰오는 책상에 팔을 괴고 한동안 생각에 잠겼다. 그것은 살아 있는 인간이 살아 돌아온 인간에게만 느끼는 감정일까?

'……사에키는 나에게 사라져주면 좋겠다고 분명하게 말했다. 나도 그놈이 사라져주길 바랐다. 아키요시 씨는 그것이 살의라고 했지만. ……뇌물 수수 누명을 씌운 소노다도 내 존재가 눈엣가시였겠지. 나라는 존재 자체에 압박감을 느끼고 있었다. 그래서 나를 부서에서 내쫓고, 그 구멍을 메우고, 녀석은 속이 후련해졌다. ……'

데쓰오는 주위 사람들이 자신에게 느꼈을 압박감과 자신이 주위 사람들에게 느낀 압박감을 동시에 떠올려보았다. 그러자 가슴이 갑갑해졌다. 무디고 묵직한 피로감에 마치 동물 탈처럼 갑갑한 옷을 입고 있는 느낌이었다.

"긍정적으로 생각해야 해. ……긍정적으로."

스스로를 이렇게 타일렀다.

다시 이력서를 쓰기 시작했지만, 다 써놓고 막판에 몇 번이나 글씨를 틀렸다. 그때마다 그는 종이를 구겨서 쓰레기통에 집어던졌다. 그 손놀림이 점점 거칠어졌다.

심호흡을 했다. 땀이 밴 손으로 볼펜을 쥐고 처음부터 다시 쓰기 시작했다. ―그러는 중에도 머릿속에 온갖 광경이 소용돌이

쳤다. 뇌물 수수 누명 건을 따지고 드니 "지금 무슨 소리야?"라
며 시치미떼는 소노다. 생산 라인을 조정하자고 끈질기게 요청
했을 때 곤다가 보인 불만스러운 눈빛. 이시자와 맥주공장이 있
는 야마나시를 오가는 길. 캔 라벨 디자이너와 벌인 입씨름. 지
카에게 추근거렸다는 성실해 보이던 세탁소 주인. ……그뿐이
아니다. 자다 깨서 울던 어린 리쿠. 힘들게 구한 맨션. 이삿짐 종
이상자 뜯기. 퇴근하면 지카가 꺼내놓던 생활적인 상담을 모두
뒤로 미뤘던 것에 대한 반성. ……사에키가 한 말. ……망가진
채 멈춰 있는 시계. ……살아 돌아온 후 오늘까지 해온 모든 일
의 허망함. ……또 틀렸다. ……어렵게 다시 시작했는데, 또,
……이번에도 또, ……또, ……

데쓰오는 문득 양쪽 손발이 젖은 느낌이 들었다. 머리 꼭대기
부터 차가운 물이 스며들어 몸서리가 쳐졌다.
고개를 든 그는 소스라치게 놀라 저도 모르게 비명을 질렀다.
캄캄한 밤, 맨션의 비상계단이었다. 잠옷 차림에 맨발로 꼭대
기층까지 뛰어올라와서는 어느새 몸을 내밀고 금방이라도 아래
로 뛰어내리려 하고 있었다.
아슬아슬한 순간 그는 "싫어!" 하고 있는 힘껏 소리쳤다.
떨어진다! ―그 순간 악몽에서 깨어났다. 데쓰오는 자신이 확
실하게 살아 있음을 확인한 후, 완성하지 못한 이력서 위로 얼굴

을 처박았다.

19. 귀향

데쓰오는 이제 자신이 대체 어떤 사람인지 알 수 없었다. 자신이 누구 안에 있는지 알 수 없었다. 누가 자기 안에서 생각하고 있는지도 알 수 없었다. 지금까지 무엇을 했고, 앞으로 무엇을 하려는 건지, 그 모든 것을 전혀 알 수 없었다.

되살아나서 처음 데라타 병원에서 진찰받을 때 그는 확신을 가지고 "나는 나예요"라고 말했다. 그러나 지금은 그 '나'가 기묘한 모조품처럼 느껴졌다.

'혹시 죽었다가 삼 년 후 되살아난 게 아니라, 본래 세계와 아주 조금 다른, 전혀 다른 세계로 잘못 들어서버린 게 아닐까? ......'

아키요시의 가게 창고에서 종이상자를 쌓아올리다가 데쓰오는 문득 그런 생각을 해보았다.

나는 역시 사에키에게 살해당했다. 그러나 뭔가 잘못돼서 내가 자살했던 세계에 되살아났다. 그래서 앞뒤가 안 맞는 것이다! 내가 거짓말하는 게 아니다. 지카도 사실대로 말하고 있다. 이 세계의 나는 애초에 자살할 만한 인간이었고, 그래서 어머니도 그렇게 생각했다! 그 증거로 부장은 소노다를 높이 평가했고, 점잖던 세탁소 주인은 음흉한 눈빛으로 지카의 몸을 훑어보았다. 무엇보다 그렇게 잘 따르던 리쿠가 나를 까닭 없이 싫어한다!

'아니, 애당초 나는 죽지 않은 게 아닐까? 그날 회사 회의실에서 꾸벅꾸벅 졸다가 정체 모를 세계로 납치된 것이다. 이곳은 일본과 똑같이 만들어진 가짜 나라다! 예를 들면 중국의 오지 같은 곳에 실험적으로 만들어진 세계가 아닐까? 그래서 뭔가 조금씩 이상한 거다. 조악한 중국제 복사품이라서! 무엇보다 난 아직 바다를 보지 못했다! 내륙의 오지이기 때문일까. ……드디어 알았다! 그렇다면 본래 세계의 지카는 내가 돌아오길 기다리고 있지 않을까? ……'

데쓰오는 흥분을 가라앉히지 못하고 주위를 둘러보았다. 모든 것이 가짜고, 사실은 일본인이 아니라 중국인이 진짜 행세를 하는 게 아닐까? ─그러다 몸서리가 쳐질 만큼 감동하고, 곧이어 어처구니가 없었다. 즉흥적으로 떠오른 재미가 되레 허무함을 몰고 왔고, 냉정을 되찾자 두려워졌다.

SF영화처럼 꿈속에서 다시 한번 맨션 옥상에서 뛰어내리면 본래 살던 세계로 돌아갈지도 모른다. 회사 5층 회의실에서 깨어나 퇴근한 나를 지카와 한 살배기 리쿠가 환한 미소로 맞아줄 것이다. 그 그리운 세계로! ……

데쓰오는 그런 망상이 끊임없이 흘러나오는 자신의 머리가 이상하게 느껴졌다. 마침내 나 자신을 잃어가고 있다. 엉겁결에 터무니없는 생각을 떠올리고 실행하려 들면 어쩌지? 지금 바로 뛰어내려야 한다! 그렇게 믿고. ―이것이야말로 악몽이었다.

데쓰오는 환생자의 모임에 매달리는 마음이 강해졌다. 처음에는 정체를 알 수 없는 수상쩍은 조직이라고 느꼈지만, 인터넷 댓글에 대한 대응이나 생명보험금 반환 문제 등으로 상담하면서 차츰 신뢰가 깊어졌다.

그 점은 지카도 마찬가지였다. 다만 처음 모임에서 데쓰오에게 연락해온 경위를 여전히 석연치 않아했다. 인터넷에서 멋대로 주소를 알아내 편지를 보낸다는 건 아무리 생각해도 정상적이라고 할 수 없었다.

데쓰오가 죽은 후 지카는 리쿠와 같은 유치원을 다니는 한 아이의 엄마에게서 신흥종교 집회에 가자는 요청을 몇 번이나 받았다. 그때 그녀가 겪은, 등을 살며시 어루만지는 듯한 다정함과 그대로 팔을 붙잡고 놔주지 않을 듯한 강제성은 데쓰오를 대하는 환생자의 모임의 태도와 매우 비슷했다.

지카는 7월 말 누마즈에서 열리는 환생자의 모임 총회에 같이 가겠다고 나섰다. 강연회와 교류회, 건강진단 등을 포함해 사흘 일정이었다. 데쓰오는 한번 분위기를 보고 첫날 돌아올지 계속 있을지 결정하겠다면서, 지카의 동행을 사양했다.

잠시 혼자 있고 싶었다. 자신과 같은 처지인 환생자들을 만나 최대한 솔직하게 속을 터놓고 얘기를 나누고 싶었다. 어떤 고독감은 결국 당사자끼리만 이해할 수 있다. 그것을 처음으로 솔직하게 털어놓고 서로 격려해주고 싶었다.

지카가 따라오면 리쿠도 같이 가게 된다. 그것도 문제였다. 데쓰오는 수많은 환생자와 리쿠를 만나게 하고 싶지 않았다. 안 그래도 소심한 리쿠는 감당할 수 없는 충격을 받을 것이다. 어른이라도 그럴 테니까.

그뿐 아니라, 리쿠에게 사람은 죽어도 다시 살아날 수 있다고 가르치고 싶지 않았다. 아무래도 잘못된 사실처럼 느껴졌다.

그런 것이 평범해질 리 없다. 환생자가 늘어나고 있지만, 되살아나지 못한 인간이 여전히 훨씬 많다. 인터넷상에서 흔히 말하듯이 이 현상은 컴퓨터의 프로그래밍 오류 같은 것이 아닐까. 환생자는 버그 취급이었다. 누가 어떻게 그 버그를 제거할지는 상상할 수 없지만, 언젠가는 수습될 일시적 현상이라는 예감이 들었다.

데쓰오는 지카에게 환생자 모임 총회 참석 전에 히가시미카와의 고향집에 들르고 싶다고 말했다. 그 말을 듣고 지카는 데쓰오의 심중을 헤아렸다. 같이 가지 않는 게 편하다면 리쿠랑 집에서 기다리겠다, 대신 연락은 자주 해달라고 했다. 하루종일 연락이 없으면 아키요시와 함께 데리러 가겠다고. 데쓰오는 고개를 끄덕인 뒤 "그렇게 해줘"라고 대답했다.

정오가 조금 지나 도카이도 선 도요사와 역에 내리니 어머니가 로터리에 차를 세우고 기다리고 있었다. 전화로 도착 시각을 알리면서도 마중나올 필요 없다고 분명히 말해두었는데.

"괜찮다니까, 힘들잖아요."

"너 왜 이렇게 삐쩍 말랐니. 몰라볼 뻔했네. 밥은 잘 챙겨 먹는 거야?"

조수석에 올라타는 데쓰오에게 어머니가 말했다.

"응, ……잘 먹어요. 괜찮아."

데쓰오는 몰라볼 정도인가 싶어 당황했다. 어머니에게는 아내에게처럼 금세 웃는 표정을 지을 수 없었다.

비상계단에서 뛰어내릴 뻔한 악몽을 꾼 후, 그는 갑자기 닥쳐오는 외로움에 어머니와 할머니를 만나고 싶은 마음을 억누를 길이 없었다.

환생자의 모임이 불안한 미래를 구제해주길 바랐지만, 고향에는 상처난 과거를 치유해줬으면 하는 바람이 있었다. 낯익은 역에 내려선 그의 가슴속에 벌써부터 어린 시절의 마음이 숨결을 되살려갔다. 자신의 심지만 되찾는다면 어리석은 생각에 사로잡히는 일은 결코 없을 것이다.

집앞까지 오자 어머니가 "어머―, 저기 봐라. 할머니가 마중

나오셨네. 이런 무더위에, 병상에서 일어나신 지도 얼마 안 됐으면서"라며 가볍게 클랙슨을 울렸다.

할머니는 차고 앞에 뒷짐을 지고 서서 웃는 건지 눈이 부신 건지 알 수 없는 표정을 짓고 있었다. 위암 수술을 했는데도 걱정한 만큼 야위지는 않았다.

"할머니 지금 몇 살이시지?"

"여든아홉인가. ……장수하시지. 아버지 집안은 다들 명이 짧은데."

차에서 내린 데쓰오는 귀가 어두운 할머니를 위해 "할머니! 저 왔어요!"라고 큰 소리로 말하며 팔을 어루만졌다.

"용케 돌아왔구나. 어떻게 된 거야?"

"나도 잘 모르겠는데, 다시 살아났어요."

"그래? 그래, ……잘됐구나."

"응, 잘됐죠."

"그래, ……잘됐어."

"잘됐어요, 정말."

"그러게. ……잘됐어."

"잘됐죠!"

세 번씩이나 큰 소리로 반복한 덕분인지 조금 기운이 났다. 혹시 우시지 않을까 했는데 그런 기미 없이 차분한 표정이었다.

할머니가 차에서 내린 어머니에게 "정말로 히사시가 돌아왔구나"라며 미소지었다. 데쓰오는 어머니와 얼굴을 마주보았다.

"어머니, 히사시 씨가 아니에요. 데쓰오예요, 손자 데쓰오!"

"그래, 그래, 데쓰오구나. 내 손자 데쓰오야. 잘못 알았구먼. 데쓰오였어."

"그래요, 할머니. 전쟁에서 돌아온 히사시 씨가 아니고요."

"그렇구나. ……그래, 데쓰오가 살아 돌아왔구나."

데쓰오가 쓸쓸하게 웃으며 "할머니 괜찮은 거예요?"라고 작은 목소리로 어머니에게 물었다.

"글쎄. 다들 위 말고 머리를 절제한 거 아니냐고 하더라만."

"역시 치매인가?"

"아직 혼자서 막 돌아다니진 않으니까 괜찮아."

집으로 들어간 후 어머니에게 이끌려 불단에 분향부터 했다.

평소에는 무뚝뚝하게 치던 방울을 막대기를 쥐고 조금 뜸을 들이다가 살며시 울렸다.

지잉 소리와 함께 주위 공기 속으로 동그란 파문이 퍼져나갔다.

귀기울이던 데쓰오는 난생처음 그 소리가 좋다고 생각했다.

거무스름해진 황금색 방울이 윤곽을 부풀리듯 미세하게 떨렸고, 마지막에는 언제 정지했는지 확인할 수 없었다.

여운이 오래도록 꼬리를 끌었다. 그는 굳이 매듭을 짓듯이 다시 한번, 이번에는 아무렇게나 방울을 두드리고 마음속으로 세

번 나무아미타불이라고 읊조렸다.

눈을 뜨니 아버지의 위패와 옆에 놓인 사진이 보였다. 데쓰오를 한쪽 팔에 안고 당시 살던 아파트 현관 앞에서 다리를 어깨 넓이로 벌리고 서 있었다. 누렇게 색이 바랬지만 회색 바지에 몸에 딱 붙는 흰색 스포츠셔츠를 입은 아버지의 모습은 오히려 더 젊어 보였다.

그때의 아버지와 지금의 데쓰오는 똑같이 서른여섯 살이다. 그후 얼마 지나지 않아 건강해 보이는 이 몸은 갑자기 생명을 가로채이고, 하릴없이 불태워져 재가 되었다. 데쓰오는 그보다 빠른 서른두 살에 역시나 재가 되었고, 어찌된 영문인지 지금은 다시 건강한 몸을 되찾았다.

나도 아버지처럼 언젠가 젊은 몸으로 갑자기 죽을지 모른다. ―소년 시절부터 데쓰오를 위협해온 이런 생각은 설마하니 부자가 2대째 연달아 그럴 리는 없을 거라고 부정하는 마음과 늘 반씩 자리를 차지했다.

인간의 죽음은 수명을 다하거나 그에 못 미치거나 둘 중 하나다. 천천히 찾아오거나 불시에 찾아오거나.

데쓰오는 수명을 다한 죽음을 두려워한 적은 없었다. 그러나 수명에 못 미쳐, 도중에 갑자기 맞는 죽음은 두려웠다. 늦든 빠르든 누구나 언젠가 죽는다. 그러나 그것이 언제인가는 큰 문제이며, 자기만 일찍 죽고 다른 친구들은 그후로도 오래 살아간다는 상상은 마음을 몹시 괴롭혔다.

그것이 그가 살면서 느낀 초조함의 근원이었다. 그는 자신이 살아 있다는 확실한 실감을 원했다. 그저 막연히 하루하루를 지내는 것이 아니라, 뭔가에 몰두하며 자기라는 인간을 온전히, 남김없이 쓰고 싶었다.

내 몸이 아버지처럼 아까운 상태에서 불태워진다. 그런 상상을 하면 몸이 먼저 울부짖듯 반발했다. 싫다, 고. 나의 이 심장은 다음 박동을 뛰지 못하고 너무나 갑작스럽게 멈춰버릴지도 모른다. 적어도 그런 불안을 위로해주는 것이 있다면, 바로 생의 충실감이었다! 언제 죽어도 여한이 없다. 나는 지금 최선을 다해 살아가고 있으니까. 아버지가 지었다는 '데쓰오徹生'라는 이름대로 그는 삶에 철저히 순수하고 싶었다.

'그래서 나의 인생은 어땠지? 결국 늘 불안한 상태가 아니었을까. ……'

데쓰오는 방석 위에서 등을 구부리고 삼십 분 넘도록 책상다리를 하고 앉아 있었다. 등뒤에서 발소리가 들림과 거의 동시에 향 연기가 흔들렸다.

"넌 말보다 부처님께 절하는 법을 먼저 익힌 애였어. '부처님, 부처님……' 하면서 자주 합장했는데, 기억나니?"

"아뇨, ……전혀."

"네가 죽고 할머니는 매일같이 여기서 눈물을 흘리며 향을 피웠지. 밤중에 뜬금없이 일어나서 목탁을 두드리고. 치매라고 하면 벌받아."

"할머니가 그랬어요? ……여기 내 위패나 영정 같은 것도 있었나?"

"있었지만 이제 치웠지. 계속 기도를 올리다가 혹여나 또 성불하면 안 되니까."

데쓰오가 웃으며 돌아보니, 당찬 어머니는 평소와 달리 더 말을 잇지 못하겠다는 표정이었다. 데쓰오는 몸을 어머니 쪽으로 살짝 돌리고 고개를 숙였다가 다시 들고 말했다.

"어머니는, ……내가 죽었을 때 왜 바로 자살이라고 생각했어요?"

어머니는 전에 집에 찾아왔을 때처럼 곧바로 대답하지 않고 데쓰오의 얼굴을 말없이 물끄러미 바라보았다. 그러고는 양손으로 주먹을 쥐고 데쓰오의 눈앞에 내밀었다.

"손."

"손?"

데쓰오는 이상하다는 듯이 어머니의 두 주먹을 바라보았다. 꽉 움켜쥔 손바닥에 손톱이 파고들어 핏기가 사라졌다.

"이렇게 하고 죽었더라. 양손을 꽉 움켜쥐고. 넌 어려서부터 괴로운 일을 혼자 견딜 때마다 그랬어. ……사고나 타살이나, ……그런 거였다면 뭐든 붙잡으려고 손을 활짝 펼쳤겠지? 그런

데 꽉 움켜쥔 걸 보고, 아아, 이애는 스스로 뛰어내렸구나 생각
했지."

데쓰오는 어머니의 눈을 오랫동안 바라보았다. 그리고 그냥
"……그렇군요"라고만 중얼거렸다.

20. 못다 산 인생

그날 데쓰오는 고향집에서 하룻밤 묵으며 어머니 할머니와 하
염없이 옛 이야기에 빠져들었다.

이야기 도중 그는 지카와 리쿠가 없는 세 사람만의 대화가 무
척 정겹게 느껴져서 휴대전화 카메라로 십오 분가량 촬영했다.
그가 살아 돌아왔기 때문만은 아니었다. 할머니가 앞으로 몇 년
이나 더 사실까 생각하니 이렇게 직접 만나 이야기를 나눌 기회
도 손에 꼽을 정도밖에 남지 않았을 거라는 생각이 들었다.

여덟시가 되자 요즘 들어 더 일찍 잠자리에 든다는 할머니는
그의 심정과는 반대로 딱히 아쉬운 기색 없이 화장실에 들렀다
가 곧장 방으로 들어갔다.

데쓰오는 어머니와 둘만 남은 뒤로도 침묵이 끼어들 틈조차
없을 정도로 많은 이야기를 나누며 실컷 웃었다. 이야깃거리가
바닥날 때쯤 되어서야 자신이 지금의 리쿠처럼 네 살이었을 때

일을 겨우 물어보았다.

"부모 눈으로 볼 때는 어땠어요?"

"글쎄, 손이 많이 안 가는 편이었다고 해야겠지? 할머니도 늘 그러셨어. 별로 응석을 부린 기억도 없고."

"그래요?"

"집중력이 있었어. 엄마를 기쁘게 해주려고 그림을 그리거나 찰흙으로 뭘 만들기도 하고, 뭐든 열심이었지."

데쓰오는 선풍기 앞에 앉아 상반신에 바람을 맞으며 어머니 이야기를 들었다. 최근 산 듯한 선풍기가 놀라울 정도로 조용해서 마치 소리를 줄인 영상을 보는 것 같았다.

팔에 앉은 모기를 보고 기회를 노리다가 재빨리 탁 내리쳤다. 이 집에는 옛날처럼 모기가 많았다. 그는 손바닥에 짓뭉개져 죽은 모기를 내려다보았다. 욕심껏 피를 잔뜩 빨아들였는지 가느다란 손금이 도장을 찍은 것처럼 빨갛게 두드러졌다. 되살아난 후로 자기 피를 눈으로 보기는 처음이었다.

휴지를 뽑아 닦고 버리면서 "내가 그렇게 어른스러웠나?"라며 고개를 갸웃거렸다.

"물론 사내애고 한창 설쳐댈 나이니까 툭하면 저기서 씨름 상대를 해주곤 했어."

"아—, 그건 기억나요. 다다미 두 장을 씨름판으로 삼았었죠. 아버지 역할까지 하느라 힘드셨겠어요."

유치원에서 실컷 놀고도 성이 차지 않았던 그는 씻고 잠옷으로 갈아입은 어머니에게 곧잘 놀자고 조르며 덤벼들곤 했다.

부드러운 지방의 감촉과 얼굴을 파묻은 길이 잘 든 잠옷의 촉감이 그의 머릿속에 되살아났다. 비누 향이 밴 무명천 냄새. ……그런 그리운 것들이 일제히 그의 가슴속을 가득 채웠다.

지금 눈앞의 늙은 어머니와는 당연히 씨름을 하지 않는다. 아직 마흔 전이었던 그때와는 달리 어머니의 몸은 이제 그다지 탄력도 없고, 강하지도 않고, 향긋한 냄새도 나지 않을 것이다. 데쓰오의 덩치도 이렇게나 변했으니.

어머니와의 관계가 아무리 길게 이어진다 해도, 그 한때는 더없이 소중한 단 한 번뿐인 시간이었다. 남편이 죽고 세번째 여름을 맞은 어머니와 어느 정도 철이 들었지만 아직 사계절의 변화에 대한 의식은 모호했던 나. ─두 번 다시 없을 그 은밀한 기억도 그날 회사 옥상에서 내던져진 이 몸뚱이와 함께 지면에 떨어져 분쇄되어버린 것이다.

그 순간 나는 현재를 잃고 미래를 잃었다. 그뿐 아니라 과거에 가까스로 존재했던 것까지도 전부 잃고 말았다. 그리고 지금 그는 그 모든 것은 아닐지라도 최소한 그 시절 어머니와의 추억과 함께 현재의 어머니를 마주하고 있다. 그 사실이 행복하게 느껴졌다.

"물론 널 위한 마음도 있었지만, 아버지를 위한 것이기도 했어. 그 사람이 살아 있었으면 아들이랑 이렇게 놀았겠지 싶었거든. 아버지는 널 정말 예뻐했단다."

데쓰오는 뜻밖이라는 눈빛을 띠었다.

"그런 생각은 못해봤는데. ……그랬구나. 아버지를 위해서였던 거군요."

"그래. 너한테 해준 거 모두. 야단치면서 머리를 때렸을 때도 그랬고."

"난, ……어머니가 자식 교육을 위해 '아버지 역할'을 맡은 것뿐이라고 생각했어요. 쓰치야 다모쓰라는 한 인간을 대신했다는 생각은 못했네요."

"넌 기억 못하잖니, 아버지를."

"그렇다면 어머니는 두 사람 몫의 인생이었겠네요."

"평소에는 딱히 생각하지 않아. 음, 텔레비전에서 유도 경기를 할 때 아버지를 위해 봐줘야겠다고 생각한 적은 없지만, 아무래도 널 대할 때는 달랐지. 많이 닮았구나 싶어서 옛 기억이 떠오르기도 했고."

데쓰오는 지카도 그렇게 자신을 생각하며 대신 리쿠와 놀아준 적이 있을까 생각해보았다.

환생 후 지카와 처음으로 몸을 섞은 뒤 그녀가 불쑥 중얼거린 말을 그는 잊을 수 없었다. "난 다른 사람들처럼 당신이 천국에서 늘 지켜봐주길 바라진 않았어"라고 그녀는 말했다. "―자살이었으니까. 나와의 관계는 이미 끝나버린 느낌이었거든. ……"

데쓰오는 천천히 좌우로 고개를 돌리는 선풍기를 바라보며 입을 열었다.

"어머니가 그렇게 아버지가 못다 산 인생까지 살았다는 걸 알았더라면, 내 사고방식도 달라졌을지 몰라요. ……나도 나대로 아버지 몫까지 살아야 한다는 마음이 있었으니까. 보는 사람마다 많이 닮았다고 했고."

"넌 그 말에 반발했잖니."

"그래요? 그랬나?"

"나한테도 말한 적 있어. '나에게는 내 인생이 있다. 아버지의 분신이 아니다. 엄마 말대로 모든 걸 죽은 아버지가 도와주는 게 아니다. 인간은 죽으면 끝이고, 지금도 어디선가 지켜봐주고 있다는 건 말도 안 된다!', 그렇게."

데쓰오는 어머니의 말에 다시 놀란 표정을 지었다.

"그런 말을 했어요? 언제?"

"했어. 초등학교 졸업할 무렵. 반항기였지. 넌 기억 안 나니?"

"기억 안 나요. ─아니, 안 했을 것 같은데, 그런 말은."

"아하하, ……그래? 넌 기억 안 나니? 그 말을 들은 나는 잊을 수가 없는데."

데쓰오는 정말로 전혀 떠오르지 않아 어머니 혼자 만들어낸 기억이 아닐까 의심했다. 어머니의 걱정이 굴절되어 반영된…… 그러나 당시 같았으면 과연 할 법한 말이기도 했다.

"했나. ……"

"네 아버지가 가여웠지. 잊히고 사라져버리는 것 같아서. 그것
도 가장 사랑했던 너에게. 살아 있는 아버지를 짜증스럽게 여기
는 건 어느 집이나 마찬가지겠지만, 죽은 아버지한테도 그러는
건가 싶고. ―하지만 네 말에도 일리가 있었어. 나도 네게서 네
아버지 모습을 찾으려 들었으니까. 너야말로 엄마한테 무의식중
에 죽은 아버지가 돼주려고 했던 거 아니니? 그래서 반성하고,
그후로는 절대 그런 표현을 안 했단다."

데쓰오는 자기 마음속을 주의깊게 살피는 듯한 눈빛으로 한동
안 침묵한 후 입을 열었다.

"그렇구나. ……기억나진 않지만, 어머니가 그랬다고 하면 그
랬겠죠."

"커가면서 오히려 아버지의 갑작스러운 죽음을 신경쓰기 시작
해서 점점 더 그런 말은 하지 말아야겠다고 생각했지. 네가 뭐든
지나치게 열심히 하는 건 그런 탓도 있잖니?"

데쓰오는 입을 굳게 다물고 생각에 잠겼다.

"네가 일찍 죽었을 때 아무래도 아버지가 떠오르더구나. 데쓰오
를 왜 이렇게 일찍 데려가나 싶어서. 너무 화를 내니까 미안해서
돌려준 거 아닐까? 아버지는 싸우고 나서는 늘 다정해졌거든."

되살아온 사람은 나만이 아니에요, 라고 데쓰오는 말하려고
했다. 그러나 막상 입 밖으로 나온 말은 반대였다.

"어머니 서슬 덕분인지도 모르겠네, 이렇게 된 것도."

"남편을 일찍 여의고 하나뿐인 아들까지 앞세우면 아무래도 제정신일 수 없겠지. 왜 내 팔자만 이 모양이냐는 원망이 절로 나오기 마련이야."

데쓰오는 어머니를 힐끗 돌아보고 다시 고개를 숙이고는 살며시 두 번 끄덕였다.

정적이 찾아들자, 어머니가 보리차를 한 모금 마시고 컵을 손에 쥔 채 물었다.

"너, 아직도 널 죽인 사람을 찾아다니니?"

데쓰오는 그 진지한 눈을 보고 고개를 가로저었다.

"아뇨, ……이젠 아니에요." 그렇게 말하면서 그는 처음으로 자신이 사에키의 추적을 그만두었음을 자각했다.

"그래, 그럼 다행이고."

어머니는 그렇게만 말했다. 아마도 오늘은 여기까지라고 생각해 그 이상의 추궁을 자제하는 것 같았다.

다음날, 데쓰오는 어머니와 함께 아버지의 무덤을 찾아 성묘한 후 누마즈로 향할 예정이었다.

할머니는 일찍 일어났지만 토스트 반쪽과 따뜻한 우유, 삶은 달걀로 간단히 아침을 먹고 다시 잠들었다가 데쓰오가 집을 나설 무렵 일어나서 나왔다.

현관 앞에서 데쓰오에게 "또 오너라"라는 말로 배웅하는 얼굴도 그다지 감상적이지는 않았다. 그저 뒷짐을 지고, 웃는 건지 아침해가 눈부신 건지 알 수 없는 표정으로 그의 뒷모습이 보이지 않을 때까지 차고 앞에 서 있었다.

이번 귀성에서는 할머니의 반응이 가장 의외였다. 좀더 호들갑스럽게 울거나 웃으며 살아 돌아왔다고 기뻐해줄 줄 알았는데, 마지막까지 더없이 조용했다. 왜냐, 어떻게 된 거냐고 집요하게 묻지도 않았다. 그러나 텔레비전에서 환생자 이야기가 나오면 고개를 살며시 빼고 무표정하게 화면을 바라보았다. 그리고 어머니가 "어머니, 죽었다가 데쓰오처럼 다시 살아나면 어떡할 거예요?"라고 귓가에 대고 물으면, 주름이 자글자글한 얼굴에 더 주름을 지으며 "이젠 됐어"라며 웃을 뿐이었다.

긴 언덕길을 침착하게 한 걸음씩 천천히 걸어내려가듯이, 할머니는 이 세상에서 멀어져가고 있다. 할머니의 등은 거리 때문에—살아 있는 자신에게서 멀어졌기 때문에 지금 저렇게 작아 보이는지도 모른다.

그 길에는 물론 끝이 있다. 그러나 그것은 생명을 암흑으로 삼켜버리는 무서운 '죽음'이 아니라, 오히려 존재하는 것을 소리 없이 스러지게 하는 새로운 '무'일 듯한 기분이 들었다.

데쓰오에게는 자신의 그런 생각도 의외였다. 일찍이 가족의 죽음을 경험한 그는 죽음에 연관되는 모든 허울좋은 말을 타기해왔다. 그럴 리 없다. 제아무리 미사여구로 치장해도 죽음은 원통하고 영원히 끝나지 않는 절망일 터였다. 입으로는 제아무리 달관해도 막상 죽음이 앞에 닥치면 누구나 반미치광이가 된다. 그것이야말로 인간의 보편적인 모습이다.

그러나 데쓰오는 지금 할머니가 살아가는 이 평온을 거짓이라 몰아붙일 수 없었다. 그것은 참고 기다리며 '죽음'을 받아들이기보다는 그렇게 '무'의 마중을 받으려는 자세로 보였다.

죽는 게 아니라 없어진다. ─그렇게 생각하면 어느 정도 마음의 위로가 될까?

센코 호숫가의 공동묘지에서 데쓰오는 자기 뼈가 끝내 흙속에서 분해되어가는 모습을 상상하고, '사라진다'는 것에 대해 생각했다. 요컨대 '없어진다' '무가 된다'는 것. ─그것은 의심의 여지 없이 공포였다. 그러나 그때조차 나는 무의 평온함에서 '어떤 통절한, 위안 비슷한 것'을 느낀 것이 아닐까. ……

'쓰치야 가土屋家'라고 새겨진 화강암 묘석은 여름햇살에 타들어갈 듯한 열기를 머금고 있었다. 데쓰오는 '屋'라는 한자 가장자리의 거미 알 자국이 신경쓰여 손가락으로 문질러서 지웠다. 꽃을 올리고, 묘석에 물을 끼얹었다. 영원히 젊은 서른여섯 살의 피부처럼 잘 닦인 돌 표면이 흘러내리는 물을 힘차게 튕겨냈다.

향냄새와 오래된 꽃 그릇의 물냄새가 뒤섞여 코를 찔렀다. 어린 시절에는 늘 어머니와 나란히 이곳에 섰다. 최근 삼 년간은 어머니 혼자였겠지.

데쓰오는 합장하고 어제 모기 물린 팔을 긁으며 말없이 묘지를 바라보았다. 그리고 어머니에게 물었다.

"여기, 어디로 뼈를 넣죠?"

"뒤쪽이 열려."

"한번 볼까. 내 뼈."

"어리석긴. 그만둬." 어머니가 말이 끝나기 무섭게 제지했다. "또 죽을라."

"왜?"

"기분 나쁘잖아, 자기 뼈를 보다니. 우라시마 다로*처럼 유골함을 연 순간 이상한 일이 벌어지면 어쩔래?"

데쓰오는 어머니의 주장이 이해되지 않았지만, 그런 이야기를 들으니 왠지 찜찜해져서 보고 싶던 마음이 사라져버렸다. 그리고 지금껏 상상도 못했던 생각이 갑자기 떠올랐다. 혹시 아버지가 자신처럼 환생하는 일은 없을까?

그런 즉흥적인 착상에 데쓰오는 흠칫 놀랐다. 그리고 이곳에 둘이 아니라 셋이 서 있는 기척을 느끼고 무심코 주위를 둘러보

---

* 일본의 설화. 자신이 구해준 거북을 따라 용궁을 방문해 환대를 받고 사흘 후 귀향했더니 지상에서는 삼백 년의 세월이 지나 있었다는 내용이다.

았다.

지금의 나처럼 서른여섯 살인 아버지. 그 아버지가 바로 옆에 있다. 나를 쏙 빼닮은 똑같은 모습과 얼굴로. —데쓰오는 어머니를 돌아보았다. 어머니가 무슨 일인가 하는 표정으로 이쪽을 보고 있었다. 다음 순간, 그는 기묘한 의념에 사로잡혀 자신의 양손을 살펴보았다. 턱을 끌어당기고, 가슴 아래 몸을 바라보고, 얼굴을 만졌다.

"뭐하는 거니?"

어머니의 물음에 데쓰오가 머뭇머뭇 물었다.

"나, ……누구로 보여요?"

"뭐?"

"쓰치야 데쓰오 맞죠? 아닌가? 쓰치야 다모쓰야?"

"지금 무슨 소리를 하는 거니?" 어머니가 어이없다는 듯이 말했다.

"그러니까, 누구냐고요?"

어머니는 이상하다는 듯이 "넌 쓰치야 데쓰오잖아?"라고 말했다.

데쓰오는 머릿속을 정리하려는 듯 입을 뻐끔히 벌리고 있다가 마침내 "그렇지. ……그야 그렇지"라고 말했다.

"괜찮니?"

"아니, ……왠지 아버지도 살아 돌아올 수 있지 않나 하는 생각이 들었어요. 그래서 실은 내가 살아 돌아온 아버지 아닌가 싶어서."

급기야 어머니는 대체 무슨 소리인지 모르겠다는 표정을 지었다. 이윽고 어머니는 실소를 터뜨리며 말했다.

"아버지가 너보다는 훨씬 늠름했어."

역에 도착하자 차에서 내리기 전에 어머니가 갈색 봉투를 건넸다.

"이게 뭐예요?"

안에 든 것은 은행 통장과 인감이었다. 예금주는 '쓰치야 데쓰오'라고 되어 있었다.

"네가 보내준 돈 안 쓰고 모아뒀으니까 생활비에 보태렴. 백엔숍에서 아르바이트하는 걸로는 생활이 어렵지?"

"백엔숍이 아니라 할인점이에요. ―됐어요, 이건. 어머니, 이 돈은 왜 안 썼어요? 왜요?"

"만일을 대비해서 모아뒀어."

"됐으니까 할머니랑 쓰세요."

"네가 더 곤란하잖아. 괜찮으니 가져가. 난 연금도 나오잖니. 아이 키우는 데도 돈이 들어갈 텐데."

"환생자 모임에서도, ……지원책을 의논해볼 거예요."

"정 받기 싫으면 빌렸다고 생각하고 가져가. 언제라도 좋으니 여유 생겼을 때 돌려주면 되잖아."

데쓰오는 통장을 펼쳤다. 분명 도움이 될 만한 금액이었다. 그는 망설인 끝에 "고마워요"라고 감사인사를 했다. 어머니가 고마웠다. 동시에 내가 없는 동안 이것을 지카에게 건네줄 마음은 없었구나 하는 생각이 들었다.

"어머니, ……지카를 비난하지 말아주세요. 많은 일이 있었겠지만, ……다시 우리집에 놀러오시고요."

"난 아무것도 걸릴 것 없어. 그애만 괜찮다면."

"물론이죠."

데쓰오는 어머니의 감정이 조금이나마 풀린 것만으로도 귀성한 보람이 있다고 생각했다.

플랫폼으로 전철이 들어오자 어머니는 더는 못 참겠다는 듯이 소음을 뚫고 데쓰오에게 소리쳤다.

"아버지처럼 죽은 지 한참 된 사람도 살아 돌아올 수 있다고 생각하니?"

데쓰오는 돌아서서 애원하는 듯한 그 눈을 바라보았다. 그리고 전철이 멈춰 서자 살며시 미소지으며 대답했다.

"글쎄요. 환생자 모임에 가면 알아볼게요. 그런 예가 있는지. 다양한 사람이 올 테니까, 알아낼 수 있는 것도 많을 거예요."

6장
–

결정적
증거

21. 환생자들

환생자 모임의 첫 총회는 누마즈 역에서 버스로 사십 분쯤 떨어진 곳에서 열렸다.

데쓰오는 트롤리케이스에 사흘분 짐을 싸왔는데, 고향집에서 발견해 나중에 천천히 보려고 챙겨온 오래된 앨범 두 권 때문에 한층 무거워져버렸다.

지카에게는 어젯밤과 오늘 아침 문자를 보냈다. 여긴 문제없으니 걱정 말라는 답장과 함께 주먹밥을 한입 가득 맛있게 물고 있는 리쿠의 사진이 왔다. 기분 탓인지 지카가 아니라 카메라 너머 그를 향해 미소짓는 듯했다.

버스는 앞쪽으로 살짝 보이는 후지산 정상을 향해 계속 달려
갔다. 중심가에서 멀어질수록 승객이 뜸해졌다.

창밖을 내다보니 때마침 도메이 고속도로변 산을 개간해서 만
든 어마어마한 규모의 러브호텔가로 접어드는 참이었다. 호텔들
은 버스가 달리는 국도변은 물론이고 좌우로 갈라진 골목길들에
도 비좁게 어깨를 맞대고 있었다. 하나같이 현실감이 결여된 외
관에, 누가 지었다기보다 절로 번식해가는 듯 보였다.

토요일 오전이라서인지 자동차가 빈번히 드나들었다. 유럽의
궁전 같은 호텔에서 나온 파란색 세단 조수석에는 젊고 몸집이
작은 정장 차림의 여자가, 운전석에는 여자보다 스무 살 이상은
많아 보이는 통통한 남자가 앉아 있었다. 두 사람 다 뭐라 표현
할 수 없이 개운하고 밝고 환한 표정이었다.

"여기 유명해요. 주말에는 시즈오카뿐 아니라 도쿄에서도 일
부러 찾아온다더군요."

뒤에서 누가 갑자기 말을 건네서 데쓰오는 그만 유리창에 이
마를 부딪히고 말았다.

"아아, 그렇군요. 좀 굉장하네요."

"아까 그 아가씨 예쁘죠? 저런 두꺼비 같은 뚱보가 어디가 좋
은 건지, 원. 부럽습니다."

데쓰오는 얼굴을 붉히며 처음으로 상대의 얼굴을 똑바로 보았

다. 친숙한 말투지만 그의 속내를 꿰뚫어보고 은근히 재미있어 하는 분위기도 느껴졌다.

큼지막한 검은 테 안경을 쓰고 이마 한가운데 가르마를 탄 동년배 남자였다. 마른 체구에, 원래는 흰 피부인데 갑자기 햇볕에 그은 듯 콧잔등이 우툴두툴했다.

남자가 천연덕스럽게 데쓰오를 바라보며 물었다.

"혹시 당신도 환생자 아닙니까?"

"네? 맞는데요. 그걸 어떻게? 아아, —그쪽도?"

데쓰오는 의자 등받이를 잡고 몸을 더 비틀었다.

"네. 아니 뭐, 여기서 더 가면 총회 장소인 파라디 누마즈밖에 없거든요. —저 앞에 있는 사람들도 마찬가지 아닐까요?"

"아아, ……"

정신을 차려보니 남은 승객은 네 명뿐이었다.

"저는 기노시타라고 합니다. 성함을 여쭤봐도 될까요?"

"쓰치야입니다. 쓰치야 데쓰오."

"쓰치야 씨—중학교 때 좋아했던 애랑 같은 성이네요. ……저기, 환생자의 모임이라는 걸 어떻게 생각하세요?"

"글쎄요, ……아직 잘 모르겠습니다."

"버스를 탄 건 운전면허가 실효 상태라서죠?"

"맞습니다. 네. 기노시타 씨도?"

"아마 다들 그럴 겁니다. 그런데 이런 산골짜기로 장소를 정하다니, 장난하나 싶더군요."

데쓰오는 처음으로 같은 처지의 사람을 만났다는 사실에 흥분했다.

"정말 그렇죠. 다들 어떻게 올까요?"

"전 도쿄에 사는데, 평소에는 일부러 자동차를 타고 다녀요. 무면허로 체포되면 인터넷이나 매스컴에서 다뤄주겠지 싶어서요. 그렇게라도 하지 않으면 정부가 계속 이 모양으로 꾸물거릴 테니 진척이 전혀 없을 것 같아서요. 권리란 규칙을 깨야 얻을 수 있잖습니까? 미국의 흑인 인권운동이 버스에서 흑인이 금지된 좌석에 앉은 일에서 시작된 것처럼요. 환생자 무면허 운전도 마찬가지예요."

"그렇군요, ……그런 부분은 앞으로 모임에서도 대처하겠죠."

데쓰오는 맞장구를 치면서도 말끝을 흐렸다. 기노시타가 실소를 흘리며 고개를 저었다.

"과연 믿을 만할지. 상당히 의심스럽습니다. 전 IT 벤처기업에서 일했어요. '식사회.com'이라고 아세요?"

"아뇨, ……"

"미팅을 원하는 사람이 언제 어디서 몇 명 모이는데 여자 두 명이 부족하다는 식으로 글을 올려요. 그걸 보고 가고 싶은 사람이 참가하는 시스템이죠. 미팅 주최를 자주 부탁받았는데, 사람 모으는 게 여간 일이 아니잖아요. 매번 비슷비슷한 사람끼리 모이게 되고. 그래서 인터넷으로 모으면 좋겠다 생각했죠."

"아하, ……그렇군요." 데쓰오가 감탄한 듯이 고개를 끄덕였다. "그래도 좀 위험하지 않나요, 여자들 쪽에선?"

"그 점이 가장 신경쓰는 부분이죠. 사이트 수입이 미팅 장소로 쓸 만한 술집 같은 곳의 광고로 이뤄지니까 말썽이 생기면 곤란해요. 회원등록을 한 사람에 한해 미팅을 주선하는 식으로 이래 저래 손을 씁니다. 제가 죽고 대표가 바뀌어서, 지금은 앞으로의 방향을 모색중이에요. 부모님에게 받은 유산이 꽤 있어서 이것저것 구상하고 있습니다."

"그러시군요."

"환생자의 모임은 인터넷 정보를 멋대로 삭제하고 그러잖아요. 그게 왠지 찝찝하단 말이죠."

데쓰오는 자신도 그런 의뢰를 했던 입장인만큼 어떻게 반응해야 할지 곤란했다. 그래서 계속 뒤를 보고 있는 자세가 힘들다는 듯 일단 앞으로 돌아앉았다.

"어, 벌써 다음인가?"

기노시타는 딱히 신경쓰는 기색도 없이 버스 안내방송을 듣고 하차 버튼을 눌렀다. 데쓰오는 지갑을 꺼내 동전을 헤아렸다.

"그나저나, 쓰치야 씨는 어쩌다 죽었습니까?"

기노시타의 말투에 거리낌이라곤 없었다. 환생자끼리니 상관없지 않느냐는 투였지만, 데쓰오는 모임에서 그런 얘기가 나오면 어떻게 대답해야 할지 여전히 결론을 내지 못했다.

살짝 뒤돌아본 데쓰오의 안색을 보고 기노시타가 '아뿔싸' 하는 표정을 지었다.

"대답하기 뭣하면 신경쓰지 마세요. ─전 물에 빠져 죽었어요, 바다에서."

기노시타가 버스가 멈출 때까지 기다리지 않고 자리에서 일어서며 말했다.

"이안류離岸流라고 아십니까? 해수욕장 같은 데 보면 파도가 갑자기 무시무시한 기세로 난바다로 빠져나가는 부분이 있어요. 이시가키 섬 해변에서 물놀이를 하다가 '어, 어' 하는 사이 파도에 삼켜져 그대로 죽었죠. 물에 빠져 죽을 줄은 꿈에도 몰랐으니 지금 돌이켜봐도 영 실감이 안 나요."

기노시타가 멍하니 자기 얘기에 귀기울이는 데쓰오에게 내리라고 재촉했다. 데쓰오는 버스가 선 것도 몰랐다.

"아─, 드디어 도착했네! 하긴, 제 경우에는 산골짜기도 괜찮겠어요. 바다였으면 기억이 떠올라 공황 상태에 빠질지도 모르니까."

기노시타가 밖으로 나가자마자 기지개를 켜면서 말했다.

"누구나 어떤 식으로든 죽잖습니까? 그런데 설마하니 바다에서일 줄은 꿈에도 몰랐어요. 어릴 때 바다에 놀러가서도 마지막에 여기서 죽을 거란 상상은 전혀 못했고. 해난사고 뉴스를 봐도 남의 일이라고만 생각했죠. 운명이란 정말 불가사의해요."

버스 에어컨에 서늘해져 있던 몸이 갑작스러운 태양열에 놀랐다. 화창한 날씨라 주위 산들에서 물이 끓듯 떠들썩한 매미 울음소리가 들려왔다.

데쓰오는 기노시타의 시원시원한 요설이 부러웠다. 자기 죽음에 아무 책임이 없다면 보통은 이럴 것이다. 완전한 불가항력, 완전히 무구한 사자死者라면, 환생은 오히려 마땅하게까지 느껴지는 기적일 것이다. 죽은 것이야말로 착오였다고 느낄 것이다.

데쓰오는 트롤리케이스 바퀴 소리로 침묵을 얼버무렸다.

잠시 후 멈춰 서서 기노시타를 돌아보고 말했다.

"저는 사고였어요. 회사 공장 위에서 추락했죠."

기노시타는 몸을 뒤로 젖히듯 고개를 크게 끄덕이며 웃었다.

"죽는 방식도 저마다 다르군요. 당연한가. 아무튼 그쪽도 운이 나빴네요."

모임 장소는 거품경제 시기에 지어진 리조트 호텔로, 반년 전 경영 부진으로 헐값에 내놓은 것을 최근 들어 전국에 체인을 둔 선술집 기업이 매수한 듯했다.

부지에는 테니스코트 여덟 개, 18홀 골프 코스, 파도 수영장, 헬스장이 있고, 건물 안에 천연온천 노천탕이 남성용, 여성용으로 갖춰져 있었다. 마침 리모델링 공사 직전이라 환생자의 모임

회장의 연고로 특별히 사흘간 무료로 이용하게 해준다고 했다. 수영장은 초록색 바닥이 그대로 보였고 그밖의 레저시설도 방치된 느낌이었지만 건물 내부는 깨끗하게 청소되어 있었다. 실버타운 경영 등 사회복지 사업에 관심이 많은 경영주가 환생자의 모임 '구제'에도 적극적인 것 같다고, 접수처로 향하는 길에 기노시타가 자기가 아는 정보를 죄다 데쓰오에게 알려주었다.

3층 홀 앞의 접수처에 대학생과 초로로 보이는 여자 두 명이 앉아 명부를 보며 참가자를 확인했다. 데쓰오는 순서를 기다리는 동안 초대장을 꺼내면서 여기 있는 사람들 모두가 환생자일까 싶어 주위를 둘러보았다.

"그게 뭡니까?" 기노시타가 종이를 들여다보았다.

"아, 네. 초대장요. 일단 가져와봤는데."

"초대장?"

마침 그때 차례가 되어 두 사람은 바로 앞으로 나아갔다. 데쓰오가 "쓰치야 데쓰오입니다"라며 종이를 내밀었다.

접수처의 젊은 여자가 의아하다는 듯 건네받더니 쓱 읽고는, 아무것도 쓰여 있지 않은 뒷면을 확인했다. 그리고 옆 사람에게 "이거……"라고 물었다. 초로의 여자가 "어?" 하며 돋보기를 고쳐 쓰고, 문장을 따라 고개를 세로로 몇 번 왕복하더니 마지막에는 역시나 뒷면을 뒤집어보았다.

"왜 그러세요?" 데쓰오가 묻자 초로의 여자가 "쓰치야 데쓰야 씨죠?"라고 확인했다.

"네."

"쓰치야, ……쓰치야, ……아, 있네요. 네. 이 서류를 한 부 들고 안으로 들어가세요. 좌석은 자유예요. 이름표가 들어 있으니 목에 걸어주시고요."

앞에서 기다리던 기노시타가 같이 행사장으로 들어서며 "초대 장이 왔어요?"라고 물었다.

데쓰오는 "네" 하며 보여주었다. 대강 훑어본 기노시타도 역시나 뒷면을 확인했다.

"……흐음."

"기노시타 씨 댁에는 안 왔습니까?"

"제가 직접 인터넷으로 신청해서요."

"이게 우편으로 와서 그러신 거죠?"

"아뇨. 흠, 우편이라, 주소를 어떻게 알고요?"

"인터넷상의 정보를 봤다던데."

"네?"

행사장에는 파이프의자 이백 개가량이 줄지어 있었다. 두 사람은 오른쪽 가운데의 빈자리를 찾아 앉았다. 장내는 조용했고, 고개를 살짝 숙인 참가자들이 열심히 자료를 들척이는 소리만 울려퍼졌다. 스태프들은 이리저리 바쁘게 뛰어다녔다.

"그런 일이 있을 수 있나요?"

기노시타가 작은 목소리로 물었다. 데쓰오는 다시 한번 초대
장 문구를 내려다보았다. 어찌된 일일까? 나한테만 온 걸까?

두 번 접어 주머니에 집어넣자 기노시타가 "사람마다 다른가?
나는 못 받았는데"라고 말했다. "그나저나 참석자가 꽤 많네요."

"모두 환생자는 아니겠죠?"

"아니겠죠, 아마. 같이 온 가족도 있을 테고. 취재도 나왔어요."

재촉받은 데쓰오가 안쪽으로 시선을 돌렸다. 삼각대에 세운
카메라와 완장을 찬 기자들이 보였다.

"행사 내용이 텔레비전에 나오나요?"

"그런가봐요."

데쓰오는 난처했다. 기노시타가 "어―, 정치인도 몇 명 왔네.
이름이 뭐더라, 저쪽에 사임한 전 재무성 부대신……" 하며 고
개를 내밀었다. 그러다 갑자기 데쓰오의 귓가에 대고 속삭였다.

"유명인이 은근히 많네요. 텔레비전에 자주 나오던, 센다이에
서 교통사고로 죽었던 여자애도 왔어요."

"어디요? ―아, 정말이네."

"아! 그리고 저 사람, 저기, 저 외국인. 밤색 머리."

"누구죠?"

"몰라요? 이 년 전인가 교토 상가에 불이 났는데, 그때 도망쳐
나왔는데 주인 할머니를 구하러 다시 불속으로 뛰어들었다가 죽
었어요. 마침 쓰치야 씨가 죽었던 시기와 비슷하네요. 전 죽기

278

전 오키나와에서 뉴스를 봤죠. 아마 폴란드인일 텐데, ……아, 라도스와프 씨!"

"아뇨, 모릅니다. ……그런 사람이 있었어요?"

"되살아났다고 뉴스가 됐었죠. 완전 '성인^{聖人}' 대접이에요."

데쓰오는 흰색 셔츠를 입고 구레나룻을 기른 오십대 안팎의 그 남자를 바라보았다. 덩치가 크고 사과 한 알을 완전히 감쌀 정도로 손이 컸다. 심상치 않게 높은 코의 끝이 살짝 갈라져 있었다. 이렇게 떨어져 있는데도 눈이 매우 투명하다는 걸 확연히 알아볼 수 있었다.

앞자리에 있던 중년 여자도 뒤쪽을 힐끗거리다가 결국 못 참겠는지 라도스와프라는 이름의 그 폴란드인에게 말을 건넸다. 그는 부드럽게 미소지으며 고개를 가로저었다. 기노시타가 알려준 영웅적인 일화에 감동받은 데쓰오는 그의 침착하고 조용한 분위기에 무척 마음이 끌렸다.

"라도스와프 씨는 일본어를 하나요?"

데쓰오가 기노시타에게 물었다.

"물론 하겠죠, 일본에서 공부했다니까. 전공이 중세 비교문학 일걸요, 아마. 저런 사람은 우리 일본인들보다 일본에 대해 잘 알아요."

데쓰오는 그 사람과 몹시 얘기를 나눠보고 싶었다. 자신과는 너무나 대조적인 죽음이지만, 그의 깊고 온화한 눈꼬리 주름에는 데쓰오를 부끄럽거나 비굴하게 만드는 구석이 없었다. 오히려 동경을 품게 했다.

외국 땅에서 남의 목숨을 구하려고 타오르는 불길 속에 뛰어든다. 그런 사람 앞이라면 나도 모든 걸 털어놓고 새롭게 태어날 수 있을지 모른다.

행사장 출입문이 닫혔다. 이제 총회 시작이 얼마 남지 않았다.

22. 재생된 공백

개회 인사는 사회자 겸 부대표로, 데쓰오의 사망보험금 반환과 관련해 전화로 조언해준 남자가 맡았다. 이어서 조금 전 기노시타가 이름을 떠올리려 애썼던 정치인이 축사를 하기 위해 연단으로 올라갔다.

비둘기떼를 풀어놓은 것처럼 기자석에서 일제히 카메라 셔터 소리가 들렸다. 마이크를 잡고 가두연설을 다니느라 갈색으로 그은 정치인의 광대뼈에 플래시 불빛이 반사되어 기름지게 번쩍거렸다. 참가자들은 그 엄중한 분위기에 자세를 바로잡았다.

"전 재무성 부대신 고가사키입니다. 이번 환생자의 모임 창설을 진심으로 축하드립니다. 현재 우리 일본에서 가장 중요한 존재인 여러분을 직접 만나뵙게 되어 매우 감동스럽습니다."

옆에 있던 기노시타가 기억이 떠오른 듯 "아아" 하며 고개를 끄덕이더니 데쓰오에게 귀엣말을 했다. 고가사키라는 저 사람은 재작년 부대신 취임 직후 소비자가 아니라 소비하지 않는 사람에게 세금을 부과하는 '무소비세'라는 제도 도입을 당당하게 내놓는 바람에 사임 직전까지 내몰렸던 모양이다. 데쓰오는 그 소동은커녕 그의 존재도 몰랐다.

"실은 이 환생자 문제와 관련해 저는 한 가지 예감이 있었습니다. 그것이 바로 지금 확신으로 바뀌었습니다. 여러분, 행사장을 찬찬히 둘러봐주십시오. 뭐 알아채신 것 없습니까? ─그렇습니다, 고령자가 한 사람도 없습니다! 심지어 중학생 소녀까지 있습니다!"

듣고 보니 맞는 말이었다. 동반자들이 있긴 하지만, 제일 나이많아 보이는 사람도 예순이 넘지 않은 것 같았다. 분명 새로운 발견이었다.

나이는 그렇다 치고, 죽었다 돌아온 시기도 다 비슷할지 데쓰오는 생각했다. 아버지처럼 몇십 년 전 타계했다가 환생한 사람도 있을까?

"일본의 가장 큰 문제는 고령화입니다. 노동인구가 무시무시한 속도로 줄어들고 있습니다. 그래서 저는 돈을 모으기만 하고 쓰지 않는 노인들의 소비를 이끌어내고자 '무소비세' 도입을 주장했던 것인데, ……뭐, 오늘 그 얘기는 하지 않겠습니다만, 아

무튼 저는 여러분의 환생을 일종의 '섭리'라고 믿습니다. 신인
지 자연인지 알 수 없지만, 그렇게 생각할 수밖에 없습니다. 부
디 다시 사회로 복귀해 열심히 일해주시기 바랍니다. 그것이 바
로 여러분이 환생하신 의미입니다. 저는 이 모임의 취지에 전적
으로 찬성합니다. 환생자의 인권 옹호를 위해 온 힘을 다하겠습
니다. 함께 손잡고 노력해봅시다!"

고가사키가 과장스럽게 양팔을 펼쳐 보이며 축사를 마무리했
다. 또다시 귀 아픈 셔터 소리가 울리고 플래시가 작렬했다. 박
수에는 애원하는 듯한 열렬함과 함께 약간 당혹스러운 기색도
군데군데 섞여 있었다. "부탁드립니다, 선생님!" 하는 함성도 솟
았다.

"노인을 먹여 살리기 위해 되살아나다니, 참 꿈도 희망도 없군
요. 인구동태 이야기를 하려면 천만 명쯤은 환생해야 의미가 있
을 것 같은데."

기노시타가 데쓰오에게 어깨를 붙이며 쓸쓸하게 웃었다. "천
만 명이라, ……환생자가 말이죠"라고 중얼거리면서도 데쓰오
는 그 숫자가 상상조차 되지 않았다.

"—고가사키 선생님, 멋진 축사 진심으로 감사드립니다. 우리
환생자들에게 무엇과도 바꿀 수 없는 대단히 든든한 말씀이었습
니다. 국가에 대한 우리 모임의 요구를 선생님의 힘으로 반드시
실현할 수 있다는 확신을 얻었습니다. ……"

고가사키의 축사에 이어 환생자의 모임의 대표 오타가 인사말을 하러 올라왔다. 그리 큰 덩치는 아니지만 무슨 운동을 했거나 젊은 시절 상당히 가혹하게 단련한 듯한 체격이었고, 특히 목에서 어깨에 이르는 선에는 지금도 나지막하고 봉긋한 근육이 남아 있었다. 온화해 보이지만 상대의 말을 딴 데로 돌리지 않을 듯한 분위기를 풍기는 사람이었다.

"안녕하십니까. 오늘 이렇게 많은 '동료'를 만나게 되어 진심으로 기쁘게 생각합니다. 저 역시 환생자입니다. 예전에 수산 가공 회사를 경영하다가, 사 년 전 쉰두 살 때 심근경색으로 급사했습니다. 되살아난 것은 두 달 전입니다. ─오늘 이 자리에는 백사십삼 명의 환생자가 참석하셨습니다. 대단한 일입니다. 전국에, 그리고 전 세계에 이보다 몇십 배는 많은 환생자가 있고, 지금 이 순간에도 계속 늘어나고 있습니다. 이 현상은 이제 막 시작일 것입니다. 세상은 변했습니다. 우리는 인류 역사상 가장 축복받아야 마땅할 인간인데도 이 사회의 준비 부족으로 매우 부당한 차별을 받고 있습니다. 왜 되살아났는가? 사람들은 이렇게 질문합니다. 그리고 그것이 불명확하다는 이유로 섬뜩하다, 이상하다고들 합니다. 그러나 우리는 반대로 질문하고 싶습니다. 인간은 애당초 무엇을 위해 태어나는가? 이 질문에 어느 누가 명확한 대답을 줄 수 있겠습니까? 사람의 수만큼 많은 답이 있습니다. 그러나 누구도 그래서 인간이 섬뜩하다고 말하지는 않습니다."

행사장에서 열광하는 박수가 끓어올랐다. 데쓰오도 무심코 고개를 끄덕거리며 손뼉을 쳤다. 정말이지 맞는 말이라고 생각했다. 연단을 향하던 카메라들이 일제히 청중 쪽으로 렌즈를 돌렸다.

"되살아난 의미. ―태어난 의미와 마찬가지로 각자가 생각하면 될 일입니다. 그러나 그러기 위해 우리의 기본 인권이 하루바삐 회복되어야 합니다. 환생자의 모임은 환생자가 처한 곤란하기 이를 데 없는 현상황을 사회에 호소하고 정당한 권리를 회복하기 위해 설립되었습니다. 우리는 다 함께 손잡고 단결해서 미래를 개척해나가야 합니다. 설령 죽음을 한 번 경험했지만 우리는 지금 살아 있습니다. 더럽지도 않습니다. 불결하지도 않습니다. 우리야말로 삶의 의미를 온몸으로 깨달은 인간입니다. 생명의 존엄성을 누구보다 잘 아는 인간입니다! 부당한 차별에 단호히 맞서 싸웁시다. 이 사회를 다시 살아갈 가치가 있는 장소로 바꿔나갑시다!"

연설이 끝날 때까지 채 기다리지 못하고 아까보다 훨씬 큰 박수갈채가 쏟아져나왔다. 카메라 셔터 소리와 플래시 불빛이 절정에 달했고, 팽팽한 긴장과 설렘이 행사장을 가득 메웠다.

이어서 축전을 읽어나가는 동안에도 한동안 떠들썩한 술렁임은 가라앉지 않았다.

오길 잘했다는 생각에 데쓰오도 가슴이 설렜다. 만약 오늘 집에 틀어박혀서 이 순간을 함께하지 못했더라면 어땠을지 상상하니 두려워졌다. 그의 미래는 분명 여전히 고독하고 삭막했을 것이다. 집을 나서기 전에는 내심 불안했지만 기우였다.

같은 처지의 사람이 이렇게나 많다. 나는 결코 혼자가 아니다. 텔레비전이나 잡지 보도로 익히 알고 있었지만, 살아 있는 사람들을 피부로 직접 접해보니 그것만으로도 용기가 샘솟았다.

내 옆에 숨을 쉬고, 손뼉을 치고, 진지한 눈빛으로 앞일을 생각하는 환생자들이 있다.

모두 당당하게 새 출발을 하려 한다. 나에게 불가능한 것이 무엇이겠는가? 나는 누구보다 건강하고, 가족이라는 삶의 의미도 있다.

어쨌거나 앞을 향해 걸음을 내디디기에는 충분할 터였다.

총회는 고문 변호사의 강연으로 이어져 국적·호적의 복귀 절차와 운전면허증·보험증 등의 재발행 절차 등이 배포 자료와 함께 상세히 설명되었다. 본인 동일성 확인은 근친자의 증언으로 충분하겠지만, 경우에 따라서는 DNA 감정도 필요하다고 했다. 난항을 겪었던 중국 잔류 고아의 신원 확인 사례를 예로 들었고, 그밖에 해외의 유사 사례로 9·11 미국 동시다발 테러와 수마트라 앞바다의 쓰나미 희생자가 나중에 '살아 있다'고 판명된 일화도 소개되었다.

데쓰오가 궁금했던 생명보험금 반환 문제는 자료에 기재되어 있을 뿐 딱히 언급되지 않았다.

강연은 한 시간 남짓 이어졌고, 마지막에 십오 분가량 질의응답 시간이 주어졌다. 다음날에도 개별 상담 스케줄이 있지만 여기저기서 활발하게 질문이 나왔다.

맨 처음 마이크를 잡은 사람은 이 년 전 태풍 때 소비자금융회사 간판에 머리를 맞고 죽은 남자인데, 유족이 절에 200만 엔이나 되는 거금을 내고 받은 계명戒名을 환불받을 수 있겠느냐는 질문이었다. 행사장은 간판 얘기에서 한 번 술렁였고, 200만 엔이라는 계명 가격에 또다시 술렁거렸다.

변호사는 민법 95조의 착오로 인한 무효를 근거로 들어 아마 가능할 거라고 답변하면서, 법률문제로 삼지 말고 절의 평판을 방패 삼아 오히려 살아 돌아온 '축하'로 환불을 요청하는 방법이 현명하지 않겠냐고 조언했다. 현실적이고 뻔뻔한 권유에 장내에 그날 처음으로 웃음이 솟구쳤다. 이어서 오십대에 뇌경색으로 죽었다는 남자가 사이가 좋지 않던 둘째 아들에게 넘어간 유산을 되찾을 수 있을지 물었다.

세번째 질문자가 자리에서 일어서자 기노시타가 "우아, 미인이네. 저런 사람이 죽다니 아깝네요!" 하며 데쓰오에게 동의를 구했다.

이목구비가 또렷한 이십대 후반의 여자로, 그런 얼굴이 흔히 그렇듯 광대뼈 아래가 살짝 불룩한 편이라 '미인'인지 아닌지에 대해서는 의견이 갈릴 것 같았다. 그 말이 그다지 와닿지 않았던 데쓰오는 이 사람은 저런 얼굴을 좋아하나 싶어 취향의 일부분을 접한 느낌이었다.

여자는 사인을 언급하진 않고, 죽기 전 일했던 은행에 복직하고 싶다고 붉은 눈에 눈물을 글썽이며 애절하게 호소했다. 그전 질문자들과는 확연히 달랐다. 목이 메어 말문이 막힐 때마다 마이크를 쥔 오른손이 떨렸고, 의식하듯 재빨리 주위를 둘러보았다. 행사장의 정적에는 어딘가 평범하지 않은 그 모습을 꿰뚫어본 분위기가 깃들어 있었다.

데쓰오는 도지마 제관에서 안자이 부장에게 복직을 거절당했을 때 깨끗이 물러났던 것이 새삼 이상하게 느껴졌다. 저 사람처럼 어떻게든 예전으로 돌아가고 싶은 필사적인 마음이 왜 내게는 없었을까. —회사를 나서면서 분명 실망감을 느꼈지만, 지금에 와서 떠오르는 것은 오히려 안도감이었다. 그때는 의식 못했는데, 그때 그는 턱을 들고 숨통을 크게 열고 심호흡을 했었다. 그때 올려다본 하늘의 푸른빛이 마음속에서 떠나지 않았다.

강연 후 잠시 휴식을 취하며 숙박 예정인 사람은 스태프에게 방 열쇠를 받았다. 데쓰오는 어떻게 할지 결정하지 않은 상황이었지만 라도스와프 씨와 얘기를 나누고 싶고 변호사와의 개별 상담도 희망해서 일단 그날은 그곳에 묵기로 했다. 기노시타는 "어차피 한가하다"며 처음부터 2박 3일 일정으로 모든 프로그램에 참가할 예정이었다. 개회식만 보고 일찌감치 돌아가는 사람도 있었다.

숙박 장소는 6층짜리 건물이었다. 데쓰오의 방은 5층으로 정원에 면한 파도 수영장 바로 위였다. 커튼을 걷자 골프 코스나 테니스코트 같은 시설이 한눈에 내려다보였고, 푸른 나무들 너머로 태평양이 은화처럼 조그맣게 어른거렸다.

"혼자 묵긴 아까운 방이네. 지카랑 리쿠도 데려오면 좋았을걸."

데쓰오는 상쾌한 기분으로 혼잣말을 했다. 저 드넓은 잔디 위를 리쿠와 맘껏 뛰어다니면 얼마나 즐거울까? 이제 그만하자고 사정해야 할 정도로 끌려다닐 텐데. 리뉴얼 오픈하면 가족끼리 묵으러 올까. 수영장도 있으니 여름이 좋겠지. 리쿠는 이제 수영할 줄 알까? 발리에서는 무섭다고 울기만 했는데. ……

지카에게 사진을 첨부한 메시지를 보낸 뒤 퀸 사이즈 침대에 대자로 드러누웠다. 방도 구석구석 깨끗해서 전혀 폐업한 호텔 같지 않았다. 밝은 빛 속에 어렴풋하게 피어오른 먼지가 서서히 낙하하며 반짝거렸다.

다음 프로그램은 사십 명씩 세 개 그룹으로 나뉘어 참가자 개개인의 체험을 이야기하는 것으로, 시작까지 아직 사십 분 정도가 남아 있었다.

그는 잠들면 안 된다고 생각하며 눈을 감았다. 호텔 주위는 조용하고 매미 소리만 요란했다.

툭, 지이잉, 툭, 지이잉…… 파리가 창에 부딪히는 소리가 들렸다. 언제 숨어들었지? 한순간 의식이 멀어진 틈에 그 날갯짓 소리가 가까워지더니 파리가 이마 가장자리에 간질이듯 내려앉았다. 고개를 흔드니 날쌔게 날아올랐다 금세 다시 돌아왔다.

'—쯧, 모처럼 기분좋게 쉬는데, ……'

혀를 차며 일어선 데쓰오는 파리를 손으로 떨쳐내고 창문을 열러 갔다. 무더운 바깥 공기가 에어컨을 틀어놓은 방에 소리 없이 흘러들었다. 파리는 한동안 천장 구석에 매달려 있다가 곧 다시 예리하게 원을 그리듯 날기 시작하며 집요하게 데쓰오에게 들러붙었다.

'아— 진짜, 밖은 저쪽이야, 저쪽. 나가, 빨리!'

손을 획획 내저으며 마침내 밖으로 날아간 것을 눈으로 확인한 그는 창문을 닫고 한숨을 쉬었다. 그리고 돌아서는데 문 밑에 끼워진 갈색 봉투 하나가 눈에 띄었다. "뭐지, 저건?"

들어보니 겉봉투에 손글씨로 '쓰치야 데쓰오'라고 쓰여 있었다. 어디선가 본 듯한 글씨였다. 안을 열어보니 케이스 없는 DVD 한 장이 들어 있었다.

세미나 전에 봐두라는 뜻인가? 데쓰오는 시계를 보고, 혹시나 해서 들고 온 노트북컴퓨터를 꺼냈다.

큼지막한 거울 앞 책상으로 이동해 컴퓨터에 DVD를 넣었다. 재생을 기다리는 동안 데쓰오는 거울 속 자신과 몇 번이나 눈을 마주쳤다. 묘한 착각이었지만, 아주 잠시 거울 쪽에서 먼저 이쪽을 바라보고 있는 기분이 들었다.

디스크가 고속으로 돌아가는 맑은 소리가 나고 동영상이 시작되었다. 재생 시간은 십 분이 조금 넘었다.

비상구로 보이는 문이 나왔다. 음량을 높였지만 소리는 나오지 않았다. 컬러이긴 한데 화질이 거칠고 밝기가 고르지 않았다. 화면 위에 (5/16 15:08:07)라는 일시 표시가 떠 있었다.

5월 16일. ―데쓰오는 순식간에 표정이 굳었다. "이건, ……"

팔을 괸 자세 그대로 꼼짝할 수 없었다.

'내가 죽은 날 회사 옥상이다. 방범카메라. ……게다가 바로 그 시간……'

카운터는 초 단위로 정확히 그때를 향해 갔다. 데쓰오는 망가진 손목시계가 가리키고 있던 15:14라는 자신의 사망 시각을 떠올렸다. ―앞으로 육 분 남짓밖에 남지 않았다.

갑자기 화면 왼쪽 밑에서 회색 양복을 입은 남자가 모습을 드러냈다. 곧장 문으로 가더니 멈춰 서서 오른손 집게손가락으로 콧등을 긁었다. 그러더니 손잡이를 잡고 굳은 듯이 그대로 가만있었다. ―그날의 자신이었다.

그 스테인리스 손잡이의 감촉이 갑자기 생생하게 떠올랐다.

그리고 지금껏 도저히 행방을 알 수 없었던 죽음 직전 기억의 단편이 공백 속에 어른거리기 시작했다.

문에 달린 불투명유리 너머로 보이던 그 눈부신 햇살.

'그래, ……분명히 서 있었어, 저기. ……그리고 눈부신 빛에 놀라서, ……'

화면 속 그는 그 기억대로 손잡이에서 손을 확 떼며 뒤로 물러났다(15:10:28). 그리고 주위를 둘러보며 갈팡질팡했다. 멈춰 서서 고개를 갸웃거리고, 또다시 걸음을 내디뎠다. ―약 삼십 초간 그러고 있었다. 그후 정확히 카메라 한가운데 섰을 때, 오른손으로 얼굴 절반을 거머쥐듯 덮었다(15:11:42). 마치 뭔가 괴로운 신생아가 얼굴을 마구 긁적일 때와 비슷했다. 머리를 옆으로 거세게 흔들었다(15:12:02). 왼손은 힘껏 움켜쥐고 있었다. 이윽고 오른손이 얼굴에서 떨어졌을 때는, 표정이 기묘하게 온화했다(15:12:47).

곧이어 눈을 부릅뜨고 다시 손잡이를 움켜잡더니 문을 활짝 열어젖혔다. 화면이 밝은 빛에 휩싸였다(15:13:01). 데쓰오는 그 빛을 기억하고 있었다!

'안 돼! 멈춰!'

소리 없는 비명을 질렀다.

그러나 화면 안의 그에게는 그 소리가 닿지 않았다. 그는 흘러넘치는 듯한 옥상의 빛 속으로 빨려들어갔다. 그리고 그대로 모습을 감춰버렸다(15:13:09).

데쓰오는 바닥을 쿵 소리나게 굴렀다. 열어젖힌 문이 묵직하게 흔들리고, 그럴 때마다 밖에서 비쳐드는 햇빛이 바닥 위에서 커졌다 작아졌다 했다. 인기척은 없었다. 이윽고 마지막 한줄기 바람에 파파팍! 소리가 들릴 듯한 기세로 문이 닫히고, 옥상은 완전히 격리되었다. 화면은 다시 맨 처음과 같은 상태로 돌아갔다(15:13:31).

그를 쫓는 사람은 아무도 없었다. 그리고 (15:14:00).……

머리부터 거꾸로 떨어졌다. 중력의 무리가 일제히 그에게 들러붙어 격돌하는 순간까지 단숨에 삼켜버렸다. 허공을 찢는다! 밑이 빠진다! 공포로 명치가 짓뭉개지면서 그는 필사적으로 외쳤다!

'─떨어진다!'

……카운터 표시는 그것이 이미 끝나버렸음을 나타냈다. 영원히 끝나지 않을 그의 사후 시간은 그렇게 개시되었고, 이미 수십 초가 지나 있었다.

자신이 죽은 직후의 세계. ─데쓰오는 그것을 방심한 듯 바라보았다. 그의 시계는 이미 망가져서 멈췄다. 그러나 아무도 없는 그 장소에는 불투명유리를 통과한 부드러운 오후의 햇살이 아무 일 없었다는 듯 드리워져 있었다. 깜빡 빠져든 겉잠과도 같은 평

292

온. 건물 밑에는 폭발음과 함께 파열된 자신의 피투성이 시체가 쓰러져 있다. 놀라서 튀어나온 직원들이 주위에서 할말을 잃고 입을 다물거나 비명을 내지른다. ……

동영상은 그대로 끝났고, 이윽고 카운터 시간이 멈췄다.

데쓰오는 컴퓨터에 얹고 있던 손을 책상으로 내린 후 천천히 몸을 일으켰다.

자살이었다. ―누구에게 살해당한 것이 아니다. 그날 그는 스스로 자신을 살해했다. 그렇게 확실하게 자각하고 나니, 훨씬 전부터 이미 알고 있었던 기분이 들었다.

그는 의자 등받이에 무너져내리듯 기대어 거울 속 자신을 마주보았다.

저 남자가 바로 삼 년 전 쓰치야 데쓰오를 죽인 범인이었다. 그가 이유를 추궁하려 했지만, 남자는 심한 타격에 무너져내려 무력한 눈동자를 떨기만 할 뿐이었다.

23. 사후세계

데쓰오는 그 DVD 동영상을 연달아 세 번 재생했다. 그러나 새로운 뭔가를 발견하거나 떠올리지는 못했다.

그저 제대로 돌아가지 않는 머리로 '왜일까?'라고만 되풀이했다. 나는 왜 자살했을까? 왜? 그사이 말에서 의미가 빠져나가고 덧없이 소리만 읊조렸다.

컴퓨터를 닫은 그는 한동안 멍한 눈빛으로 앉아 있었다. 그러다 일단 세미나에 참가해야겠다고 생각했다. 흘러드는 시간을 배웅하다 말고 가까스로 붙들어 세운 느낌이었다. 큰 충격을 받은 후 흔히들 뭐라도 사소한 일에 관심을 기울이며 기댈 곳을 찾듯이, 데쓰오는 막힘없는 기세로 나갈 채비를 하고 혹시 몰라 화장실까지 들렀다.

그리고 처음으로 대체 누가 이 DVD를 가져왔을까 생각했다. 그 사람은 데쓰오의 죽음 직후 공백에 대해 틀림없이 알 것이다.

문을 열기 전 외시경으로 복도를 한번 살펴보고 손잡이를 돌렸다. 아무도 없었다. 방에서 나와 엘리베이터로 향하니 기노시타가 혼자 서 있었다.

"저도 막 나가려는 참이었어요. 쓰치야 씨 방은 전망이 좋을 것 같네요. 이쪽은 최악이에요. 바로 밑은 도로고. 언덕배기를 깎아지른 모퉁이라 높이는 10층쯤 되는데, 그냥 높기만 해봐야 소용없잖습니까. 바꿔달라고 할까. 어차피 텅텅 비었을 텐데."

데쓰오는 몇 초간 아무 말 없이 기노시타를 바라보았다. 그리고 같이 엘리베이터를 타고 2층까지 내려갔을 때 '아니다'라고 느꼈다. ―이 남자일 리 없다.

문이 열리자 복도는 세미나실을 찾는 환생자들로 넘쳐났다.

모두 안내문을 보며 우왕좌왕하고 있었다.

"저 사람들 다 한 번 죽었다 되살아난 셈이네요. 나도 똑같은 처지긴 하지만 아무래도 좀 섬뜩해요. 좀비잖아요, 좀비." 기노시타가 쓸쓸하게 웃었다.

데쓰오는 "……아, 네" 하고 조금 늦게 맞장구를 쳤다. 그 '좀비' 중 누군가가 그의 과거를 가져온 것이 틀림없었다.

두 사람은 나란히 '봉황실'에서 열리는 세미나에 참가했다. 분위기를 부드럽게 만들려는 배려인지 입구에서 스태프가 사과사탕 두 개를 건네주었다.

참가자는 들은 것보다 조금 적은 서른 명 정도였다. 데쓰오와 기노시타는 중간 자리에 나란히 앉았다. 왼쪽 끝에서 라도스와프 씨의 모습도 보였다. 저런 '성인' 같은 사람과 내가 과연 대화를 나눌 자격이 있을까 하는 생각에 데쓰오는 갑자기 주눅이 들었다.

탁자를 치우고 의자만 말굽 모양으로 늘어놓았다. 상담사 자격이 있다는 여자 스태프가 한가운데 앉아서 진행자 역할을 맡았다.

맨 처음 마이크를 받은 사람은 가가와 출신의 오십대 남자로, 급성 간염으로 사망했다가 이 년 만에 되살아나 원래 다니던 토목회사에서 다시 일하기 시작했다고 했다.

데쓰오는 한동안 그 남자의 이야기에 귀기울였지만, 정신을 차려보니 어느새 예의 DVD 생각을 하고 있었다.

어쨌든 자살 동기는 여전히 알 수 없다. 부패한 고양이 캔 클레임 건으로 히가와 비참한 언쟁을 했을 때처럼, 어떤 계기가 있어서 '죽고 싶다'는 생각을 했을까? ―그는 말도 안 된다며 곧바로 부정했다. 어쩌면 그런 생각이 한두 번쯤 머릿속을 스쳐갔을지도 모른다. 그러나 농담 삼아 가볍게 입에 올리는 것과 '죽음'을 결단하고 실제로 건물 옥상에서 뛰어내리는 것은 차원이 다르다. 가볍지 않았다고 해도 그렇다. 누군가를 증오해서 '죽이고 싶다'고 생각하는 것과 정말로 상대를 '죽이는' 것의 차이나 마찬가지다. 인간에게는 감정을 억제하는 의지력이 있으니까.

무엇보다 사신에게 자살할 '용기'가 도저히 있었을 것 같지 않았다. 죽는 것은 무섭다. 그것이 거짓 없는 솔직한 심정이었다. 게다가 그렇게 높은 곳에서 아래를 보고 주저 없이 뛰어내리다니. 무슨 엄청난 일이라도 있었을까? 옥상으로 올라가기 직전에는 회의실에 있었다. 그렇다면 역시 안자이 부장을 만났던 걸까? ……

"―고민요? 아내가 고민이죠. 내가 죽은 후 아무래도 나를 무의식적으로 무척 미화했던 모양인데, 다시 같이 살기 시작하고부터 현실의 나에 대한 불만이 끊이질 않습니다. 결국에는 '당신, 진짜 내 남편 맞아? 남편인 척하는 가짜 아니야?'라는 말까지 나올 지경입니다. 정말 힘들어요. ……"

귀청을 찢을 듯한 마이크 하울링에 데쓰오의 정신이 세미나 자리로 돌아왔다. 그리고 그 말의 조각에 고개를 끄덕였다.

생각해보면 데쓰오는 어머니가 아버지에 대해 나쁜 얘기를 하는 것을 한 번도 들은 적이 없었다. 데쓰오에게는 어머니가 해주는 이야기가 아버지 그 자체였는데, 그 이야기는 많든 적든 틀림없이 미화됐을 것이다. ―지금, 향년 서른여섯 살의 아버지가 그처럼 환생해 눈앞에 나타난다면 그 남자는 그의 상상과 전혀 다를지도 모른다. 나는 그 아버지를 무심코 '가짜'라고 판단하지 않을까? 아니, 어머니도 그 아버지를 '가짜'라고 오해하지는 않을까?

'지카도 처음에는 나를 나라고 믿지 못했다. ―그러나 내 경우는 미화가 아니다. 죽음의 방식이 나의 모든 걸 망쳐버렸으니까. ……'

무슨 엄청난 일이라도 있었을까, 조금 전 그는 그렇게 자문했었다. 그러나 얼핏 그럴듯한 상상이긴 하지만 그것만큼 위화감이 드는 사고방식도 없다.

엄청난 일? 무슨 일이 생기면 사람은 '이제 그만 죽자'라고 생각하게 될까? 아니, 다른 사람은 아무래도 상관없다. 바로 내가 문제다. 자살이란 가족과 영원히 인연을 끊는 것이다. 지카와도, 리쿠와도, 어머니와도! 대체 무슨 이유로 그런 결단을 했지? 그

럴 정도로 큰일이 있었다면 당연히 주위 사람들도 알 것이다. 그
러나 아무도 그런 얘기는 하지 않았다. 숨기는 걸까?

병일까, 나는? 데쓰오는 처음으로 냉정하게 생각했다. 그런 자
각은 눈곱만큼도 없었고 남에게 지적당한 적도 없었다.

예를 들면 술에 취해 뜻밖의 말실수를 했다고 치자. 나중에 남
이 알려줘도 전혀 기억나지 않는다. 술이 센 데쓰오는 그런 경험
이 거의 없지만, 그것과 비슷한 얘기가 아닐지 일단 상상해보기
로 했다. 그러나 그렇다 해도 한도가 있다. 아무리 취했어도 아
무 일 없는 인간이 술집 창문에서 잇따라 뛰어내릴 리 없다. 무
슨 일이 일어난 게 아니라면. ……무슨 일이. ……

나는 지금까지 살해당했다고 단호하게 주장해왔다. 특히 지카
에게. 그는 고개를 숙이고 눈을 질끈 감았다.

'다들 속으로는 알고 있을까? 아키요시 씨와 부인도 직성이 풀
릴 때까지 놔두자며 불쌍히 여기고 지켜봐주는 것일까? 혈안이
되어 사에키의 고향집까지 찾아가려 하다니, 난 바보일까? 생일
날 밤 아키요시 씨가 그렇게 엄하게 타이른 것은 더는 봐줄 수
없다는 뜻이었을까? 곤다 씨도 마음속으로는 자살이라고 느껴서
그토록 정색하며 사에키가 범인이라고 주장한 것이다. 자기가
궁지로 몰아넣은 게 아닌가 하는 죄책감에 괴로워하면서. ……
나는 얼마나 우스꽝스러운 인간인가? 부끄럽다, ……이대로 사
라져버리고 싶다. ……'

"—생명은 소중합니다. 절대 함부로 다룰 수 없습니다. 환생한 지금 제가 드는 생각은 이게 다입니다."

얘기를 마친 남자에게 참가자들이 공감 어린 박수를 보냈다.

갑갑한 듯 목 언저리를 풀어헤친 데쓰오에게 옆에 앉은 기노시타가 "괜찮아요?"라고 물었다.

"아아, ……네."

"몹시 덥네요. 처음에는 춥더니. 에어컨이 오래됐나."

데쓰오는 의자에 앉은 자세를 고치고 이마의 땀을 팔로 훔쳐 냈다.

마이크는 이어서 교통사고로 죽었던 그 유명한 센다이 소녀에게 넘어갔다.

늘 그렇듯이 부모님이 곁에 있었다. 아버지는 검은색 폴로셔츠, 어머니는 남색 원피스를 입었고, 딸은 하늘색 보더셔츠 위에 흰색 반소매 블라우스를 겹쳐 입었다. 가슴에 단 이름표에는 '노모토 고이시'라고 적혀 있었다.

"그날 특별활동이 있어서 여섯시쯤까지 학교에 있었어요. 여름방학 직전이라 밖이 아직 환했죠."

지극히 평범한 옷차림이지만 데쓰오에게는 세 사람의 분위기가 어딘지 전과 달라진 것처럼 느껴졌다. 그러다 나란히 목에 건 수정 목걸이에 시선이 멈추었다.

"신호를 기다리는데 별안간 차가 달려들고, 눈앞에 무지갯빛이 확 퍼졌어요. 그러더니 갑자기 주위가 시커메지고, 어디선가 은빛 새 깃털 하나가 날아와서 떨어졌죠."

실내는 찬물을 끼얹은 듯 고요해졌다. 한동안 멈춰 있던 에어컨이 다시 으르렁거리며 찬바람을 토해내기 시작했다. 데쓰오는 무슨 얘기인가 의아해하며 소녀를 바라보았다.

"그러더니 그 깃털이 획 떠올라서 발밑에서 원을 그렸어요. 깜짝 놀라 뒷걸음쳤는데, 깃털이 원 안에 떨어져 있었죠. ……아래를 내려다보니 내가 병원 침대에 누워 있고, 아빠랑 엄마가 울고 있었어요."

"엄마가 여전히 노란색 앞치마를 두르고 있는 것도 봤댔지?"

어머니가 딸 옆에서 얼굴을 들여다보며 끼어들었다. 소녀가 고개를 끄덕였다.

"천국은 엄청 눈부셨는데, 그 빛이 마치 따뜻한 담요처럼 부드러워서 눈을 감을 필요가 없었고, ……위를 향하고 있는데도 또다시 그 원이 보이고, 아빠와 엄마가 매일같이 울고 있는 모습이 보였어요. 그런데, 어디선가 '아직 안 돼. 원래 세계로 돌아가'라는 목소리가 들렸죠. ……"

"남자 목소리? 아니면 여자 목소리?" 진행자가 미소지으며 물었다.

소녀가 대답을 못하고 머뭇거리자, 어머니가 "남자였지?"라며 재촉했다. 소녀는 주시하는 사람들의 눈빛을 신경쓰듯 곧바로 "남자였어요"라고 대답했다. "······그랬는데, 음, 어디선가 은빛 앵무새가 날아와 부리로 내 옷깃을 물었어요. 몸이 두둥실 가벼워졌고, 구멍 저편으로 끌려갔죠. ······그리고 어느새 집 앞에 서 있었어요."

'······저애는 언제부터 이런 말을 하게 됐을까?'

데쓰오는 몹시 놀랐다. 그는 환생한 지 얼마 안 됐을 무렵 텔레비전에서 본 그 소녀의 솔직함에 자신이 얼마나 큰 위로를 받았는지 떠올렸다. 그때는 더듬거리면서도 그토록 순수하게 자기 경험을 이야기했는데.

"되살아날 때까지 사 년이 걸렸는데, 그동안 계속 아까 말한 눈부신 장소에 있었니?" 진행자가 고개를 갸웃거렸다.

"시간은, ······알 수 없어요. 아마 천국에는 시간이 없을 거라고 생각해요."

"생각해요가 아니라, 실제로 없어."

가장자리 쪽에서 낮고 탁한 목소리가 들렸다. 사람들이 일제히 돌아보자, 이마에 큰 점이 있고 금테 안경을 쓴 남자가 다리를 꼬고 앉아 턱을 살짝 쳐들고 말을 이었다.

"저애가 본 것은 천국이 아니고, 그보다 한참 전이에요. 산으로 치면 2부능선이나 3부능선쯤일까. 정말로 천국까지 가버렸으면 살아 돌아올 리가 없지."

추호의 의심도 없는 말투에 데쓰오는 미간을 찡그렸다. 참가자들도 동요를 보였다. 잠깐 틈이 생긴 후 오십대 후반의 성실해 보이는 남자가 "그럼 저는 뭘까요? 저애랑 다르게 제가 본 건 드넓은 초원 같은 장소였고, 주위는 기묘한 색조의 푸른 산으로 둘러싸여 있었는데"라고 이마의 주름을 치켜세우며 질문했다.

금테 안경을 쓴 남자는 말이 채 끝나기도 전에 흠흠하며 고개를 몇 번이나 끄덕거렸다.

"막 죽은 후의 세계가 각양각색으로 다른 건 당연한 일. 흔히 말하는 '천국'으로 향하면서 제각각 다른 길을 거치지. 다양한 걸 보는 게 맞아. 현세의 업을 정화하기 위해 혼이 저마다의 여행을 하게 되니까. 그렇지. 가혹하고 긴 여행, 즐겁고 짧은 여행. 전부 인생과 마찬가지야. 인생에는 똑같은 게 하나도 없잖아? 그런데 왜 사후세계는 하나뿐이라고 생각하지? 이 세계보다 사후세계가 더 좁다고 생각하나? 그렇다면 크나큰 오해야."

"어떻게 그런 말을 할 수 있죠? 직접 봤어요?"

예의 '미인' 전직 은행원이 갑자기 남자의 얘기를 가로막듯이 일어섰다. 옆에서 기노시타가 오호 소리를 냈다.

"다들 봤지. 그런 연구도 엄연히 있고."

"대체 무슨 소리죠? 연구? 난 사후세계 같은 건 못 봤는데."

"그거야 당신이 천국이 아닌 쪽에 떨어졌으니 그럴 테지. 안된 일이지만."

"잠깐, 실례합니다." 진행자가 끼어듦과 동시에 여자가 비명

302

처럼 외쳤다.

"내가 왜 지옥에 떨어져! 그따위 사기를 칠 거면 당신이나 지옥에 가버려! 당신, 가짜 환생자지? 사실은 죽은 적도 없지? 그리고." 이어서 센다이 소녀를 노려보며 말했다. "너도 마찬가지야! 어른들을 업신여기는 것도 유분수지! 은빛 새 좋아하네! 이 거짓말쟁이!"

흥분한 여자에게 진행자가 허둥지둥 다가갔다. 소녀는 야위고 작은 몸을 공포로 긴장시켰다. 옆에 있던 어머니가 험악한 투로 말했다.

"잠깐만, 당신 지금 뭐하는 거야? 남의 집 애한테."

"괜찮아요, 괜찮아. 잠깐 저쪽 방에서 쉬시죠."

진행자가 스태프에게 신호를 보내고, 흐느끼는 여자를 함께 부축해 복도로 데리고 나갔다. 실내가 술렁거리고 모두 불안한 듯 눈을 굴렸다. 금테 안경 남자만 태연했다.

데쓰오는 일련의 대화를 말없이 듣고 있었다. 그가 가장 엮이고 싶지 않은 화제였다. 그러나 퇴장하는 그녀의 모습을 보자니 너무 가엾어서 화가 났다.

"지옥에 떨어지다니, 너무 심한 거 아닙니까? 해서 되는 말이 있고 안 되는 말이 있어요. 무슨 증거로 그런 말을 합니까? 다들 마음이 불안한데 어떻게 그런 말을. 나 역시 죽은 뒤의 일은 하나도 기억나지 않아요!"

갑자기 자리를 박차고 일어나 말하는 데쓰오를 모두가 놀라서 돌아보았다. 기노시타도 옆에서 눈이 휘둥그레졌다. 센다이 소녀의 부모는 적의가 담긴 눈으로 데쓰오를 노려봤지만 소녀는 그저 어쩔 줄 몰라했다. 비난을 받은 금테 안경 남자가 데쓰오에게 턱짓하며 말했다.

"당신은 논외야. 물질주의에 정신이 침범당한 거지. 잘 생각해보라고. 그저 잊어버린 걸 테니까. 꿈도 마찬가지잖아. 전부 기억할 순 없어."

"꿈은 내 뇌가 꾸는 겁니다. 그런데 죽으면 대체 무엇이 사후 세계를 보죠?"

"그야 영혼이지."

금테 안경 남자가 냉소하며 말했다. 데쓰오는 울컥 화가 치밀었지만 냉정해지려고 애썼다.

"어떻게 당연하다는 듯이 그런 말을 할 수 있죠?"

"봤으니까요, 직접." 대각선 앞쪽에 앉아 있던 다른 청년이 갑자기 넌더리 난다는 표정으로 말했다.

데쓰오는 허를 찔려 그쪽을 바라보았다.

"본인이 잊어버렸다고 일방적으로 단정짓는 건 좋지 않아요. 경험했다는 사람들도 있다고요. 당신의 경험이 절대적인가요? 나도 봤어요."

이어서 젊은 여자가 타이르듯 말했다. 금테 안경 남자가 곧바로 말을 받았다.

"잊어버리는 경우는 대체로 죽음의 방식에 문제가 있는 사람이지. 댁은 어떻게 죽었습니까?"

사람들의 눈빛이 열풍처럼 데쓰오에게 몰려들었다. '자살'이라는 말이 가슴속을 스치며 그를 경직시켰다. 금테 안경 남자는 그 반응에서 뭔가를 꿰뚫어본 듯 "남에게 말할 수 없는 죽음인가?" 하며 교활한 눈빛으로 더더욱 오만하게 물었다.

라도스와프 씨도 이쪽을 보고 있었다.

"그런 건, ……당신과 관계없잖습니까. ……사고였어요, 회사 공장에서."

데쓰오가 그렇게 얼버무리자마자, 등뒤에서 막힌 코를 힘겹게 뚫는 것처럼 삑 하는 소리가 들렸다. 불쾌한 뭔가가 기억의 어두운 밑바닥을 쥐새끼처럼 휩쓸며 달려갔다.

"자, 여러분, 죄송하지만 잠시 휴식하죠! 네, 십오 분 뒤에 다시 돌아와주세요."

황급히 돌아온 진행자의 목소리에 실내의 긴장이 일단 누그러졌다. 한동안 아무도 자리를 뜨지 않았지만, 이윽고 못 견디겠다는 듯 한 사람 또 한 사람 자리에서 일어나고, 말소리도 새어나오기 시작했다. 데쓰오는 하릴없이 의자에 털썩 주저앉았다.

"보기보다 대담하네요, 쓰치야 씨. 뭐, 실제로 저세상을 봤다는 사람도 있으니 그런 거 아니겠습니까? ─그나저나 그 미인은 어떻게 됐을까? 위로해주러 가볼까요."

기노시타가 웃으며 말하고는 기지개를 켠 다음 자리에서 일어났다.

금테 안경 남자는 사람들에게 둘러싸여 다리를 꼰 채 의기양양한 얼굴로 뭐라고 말하고 있었다. 그러나 지금 데쓰오가 신경 쓰이는 것은 그가 아니었다.

데쓰오는 의자 등받이에 팔을 걸고 조금 전 예의 콧소리가 난 쪽을 천천히 돌아보았다.

비만한 몸에 얼굴만 까칠하게 야위고 구레나룻을 기른 남자가 이쪽을 물끄러미 보고 있었다.

데쓰오는 미동도 하지 못하고 그를 바라보았다.

'—사에키. ……'

24. 지카의 '비밀'?

데쓰오는 사에키가 일어서서 밖으로 나가는 모습을 십 초쯤 멍하니 보고만 있었다. 그리고 그 뒷모습이 사라지기 직전에야 허둥지둥 뒤쫓아갔다.

과거가 멀어져가려 했다. 어떤 형태든 그 남자가 공백의 일부임은 틀림없었다. 의자를 밀어 헤치고 복도로 나가자, 방금 전 데쓰오의 발언에 한마디 항의했던 여자가 "잠깐 시간 괜찮으세요?"라며 힐난하는 듯한 눈빛으로 다가왔다. 데쓰오는 그녀를 손으로 제지하고 무시했다.

사람들의 등 너머 창가 벤치로 향하는 사에키의 데님셔츠가 보였다.

데쓰오는 혼란스러웠다. 나는 저 남자에게 살해당한 게 아니다. 오히려 저 남자가 내 자살을 맨 처음 확인했다. ……

사에키의 어깨를 잡고 돌려세우긴 했지만 말이 선뜻 나오지 않았다.

"—왜 여기 있지?"

사에키는 갑갑한 듯 입으로 호흡하며 코를 일그러뜨렸다. 삼년 전에 비해 몹시 피폐한 몰골이었다. 머리는 귀에 닿을 만큼 자랐고, 구레나룻 뿌리에 빨간 뾰루지가 몇 개나 돋아 있었다.

사에키가 멸시하는 듯한 눈빛으로 데쓰오를 보며 말했다.

"뭐요, 당신? 난데없이 사람을 심문하는 것처럼. 병적이군요."

여기 있다는 것은 이 남자도 환생자라는 뜻일까? 이 남자도 한번 죽었나?

데쓰오는 그의 어깨에서 손을 뗐다. 푸른 나무로 뒤덮인 커다란 유리창에 휴식중인 환생자들이 이쪽을 엿보는 모습이 비쳤다. 사에키가 비아냥거리는 미소를 지으며 말했다.

"사고사라. 거참, 왜 당당하게 자살이라고 말 못하죠? DVD는 봤습니까?"

"너였어!"

"나는 실시간으로도 봤죠. 경비실에서. 저 사람 뭘 하나 하는
데 잠시 후 파파팍! 소리가 들렸으니까."

"그래서, ……네가 첫번째 발견자?"

"뇌가 터져나오고, 순식간에 피가 흥건히 퍼져갔죠. 경비원이
란 게 워낙 재미도 뭣도 없는 직업인데, 그런 일이 다 있더군요.
좀처럼 보기 힘든 광경이라 복사해뒀죠. 흔한 기회가 아니잖습
니까, 이제 곧 자살하려는 사람을 보는 건. 몇 번이나 봤어요. 당
신, 의외로 태연하던데요. 코 같은 데를 긁으면서, 이렇게."

사에키가 영상 속 데쓰오를 흉내내면서 오른손 집게손가락으
로 콧등을 긁어 보였다. 데쓰오는 반사적으로 시선을 피했다.

"그랬는데 당신이 다시 살아났다는 겁니다. 게다가 자기가 살
해당했다고 철석같이 믿고 범인을 찾아다닌다나. 고집 세고 삐
딱한 곤다라는 공장장이 낯빛이 바뀌어 뛰어들어왔다고, 경비회
사의 옛 동료가 알려줬어요. 우습더군요, 아무래도."

"그날 나한테 무슨 일이 있었는지 알고 싶어. 부탁이야, 아는
게 있으면 뭐든 좋으니 말해줘! 내가 왜 그렇게 됐는지, ……"

데쓰오는 설마하니 자기가 사에키에게 이렇게 애원할 줄은 꿈
에도 몰랐다. 사에키도 어안이 벙벙한 듯했다.

"기억 안 납니까, 전혀?"

"······기억 안 나."

사에키는 고개를 젓는 데쓰오를 빤히 살피다 웃음을 터뜨렸다.

"그래서 내가 죽었다고 생각했나? 바보군요. 보나마나 되살아나서 입장이 난처하게 됐으니 나한테 누명을 씌운 줄 알았는데."

"아냐! 그게 아니라고. 정말 당신 아니었어? 날 죽인 사람이?"

이제 와서 새삼 꺼내고 싶지 않은 얘기지만, 순간적으로 확인하고 싶어졌다.

사에키는 데쓰오 안에서 무거운 뭔가를 천천히 들어올리듯이 말했다.

"날 죽이려 한 건 당신 아닙니까. 차 안에서 목을 졸라서. 오히려 당신이 나를 몰래 옥상으로 불러내서 떨어뜨리려 했던 거 아닌가요?"

"내가 왜, ······아니야!"

데쓰오는 얼굴이 벌게져서는 부정했다. 저도 모르게 움켜쥔 바지 주머니 속에서 종이가 부스럭대는 소리가 들렸다. 놀란 그는 접수처에서 미심쩍어했던 예의 초대장을 꺼냈다.

"이것도 네가 보낸 건가?"

"남의 친절을 뭐 그런 식으로 표현합니까. 당신은 사람이 덜 됐어요. 툭하면 흥분하는 성격도 여전하고······"

"네놈 때문이야!" 데쓰오가 억누른 목소리로 말했다. "네가 날 조바심 나게 만들어! 내 아내한테 한 짓을 가슴에 손을 얹고 생각해봐!"

깊숙한 곳에 무수한 바늘이 박힌 듯 데쓰오의 몸이 굳어갔다. 온몸에서 예리한 통증이 어렴풋하게 느껴졌다. 사에키가 옆에 있는 벤치에 걸터앉았다.

"내가 한 짓? 아아, 일자리 소개 말인가요? 그것도 친절이었어요. 부인에게 살아갈 방법을 제안한 것뿐인데. 당신이 자살하고 정말 안쓰러울 만큼 어두운 표정으로 하루하루를 보내고 있었으니까. 홀몸으로. ―사회란 잔혹해요. 저 여자는 남편이 자살했는데도 매일 쾌활해 보이더라. 그런 사람에게 얼마나 끔찍한 처사가 기다리는지 압니까? 저 여자는 틀림없이 남편이 죽어서 속이 후련할 거다. 애당초 부부 사이도 안 좋았을 거다. 섹스리스였다. 그게 아니면 인간다운 감정이 없는 게 틀림없다. 우리처럼 섬세하고 마음이 따뜻한 인간과는 다르다. 혹시 저 여자가 죽인 건 아닐까? 보험금도 엄청 챙겼다던데."

"그만해!" 데쓰오가 참지 못하고 말을 가로막았다.

"나한테 그만하라고 해봤자 소용없잖습니까, 세상 사람들이 그런다는 거니까. ―과연 자살자의 유족에게는 웃을 권리도 없는 걸까요? 네? 당신은 이런 세상이 지겨워서 부인과 아이를 내팽개치고 냅다 자살했잖아요? 아 참, 어머니도 일찍 남편을 잃었다죠. 장례식에서 목놓아 흐느끼더군요. 그렇지만 난 자살은 당신 자유라고 생각해요. 남이 이러쿵저러쿵할 문제가 아니죠."

데쓰오는 무력감에 압도당하면서도 필사적으로 저항했다.

과거와 현재 사이에 가로놓인 울타리를 넘을 수만 있다면 그는 그날의 자기 팔을 움켜쥐고 절대 놓지 않을 것이다. 만약 막을 수만 있다면, 절대 자살하게 놔두지 않는다! 자살할 자유? 그런 건 지금껏 한 번도 원한 적이 없다.

데쓰오는 죽은 뒤 클릭 한 번으로 언제든 원하는 만큼 사에키 앞에서 자살 직전의 몇 분을 연기했을 자기 모습을 상상했다. 그것은 시체가 농락당하는 듯한 굴욕이었다.

"세상은 마음의 상처가 완전히 치유되는 것을 절대 허락하지 않아요. 언제까지나 곪아가고 근지러워하면서 평생 괴로워해야 한다고, 어처구니없을 정도로 음흉하게 믿고 있단 말이죠. 겉으로만 밝게 행동한다면 그나마 봐줄 만하다. 하지만 정말로 밝게 사는 건 당치않다. 얼마나 박정한 여자인가. 자기에게도 책임이 있다는 생각은 안 하나. ―나처럼 심약한 인간은 몸이 부들부들 떨리죠. 자기 같으면 분명 평생 상처를 안고 살아갈 거라는 기분 나쁜 망상, 대관절 말이 됩니까? 그런 경우에 처해본 적도 없는 주제에. 결국 인간은 자기보다 불행한 누군가가 반드시 필요한 겁니다. 그렇지 않으면 불안해서 미쳐버릴 테니까."

데쓰오는 움켜쥐고 있던 주먹을 조용히 펼쳤다. 그날 밤 주차장의 차 안에서와 똑같았다. 이 음침하고 무기력하고 비굴한 남자의 말에 이따금 어설프게 마음이 움직여버리는 스스로가 당혹스러웠다. 그리고 정신 차려보면, 이 남자의 말을 마치 자신이 내뱉은 것인 양 몇 번이고 마음속으로 되뇌고 있다. ……

데쓰오는 그런 자신에게 격렬한 혐오감을 느끼고, 희미해지던 증오를 되살려냈다.

"너도 내 아내에게 숱한 상처를 줬잖아? 이유가 뭐야? 왜 그렇게 무자비한 말을 했지?"

"난 세상의 그런 가치관을 바보처럼 정직하게 따른들 점점 불행해지기만 할 거라고 가르쳐준 것뿐이에요. 되레 사회가 체면 따위 개의치 않고 불행하게 만들고 싶어하니까. 더러운 표류물처럼 세파에 끊임없이 떠밀려오르는 나 같은 인간은 익히 아는 사실이죠. ─그런데 부인은 그 불행한 우리 안에 계속 머무는 데 이상할 정도로 집착했어요. 왜일까요?"

"일자리 얘기는 그만해! 아내가 상처받은 건 너한테서 내가 생전에 가족을 짐으로 느끼고 미워했다는 말을 들어서야! 내가 언제 그런 말을 했지? 내가 언제 그런 고민을 상담했느냐고!"

사에키는 뭔가에 강하게 짓눌린 것 같은 눈빛으로 의아하다는 듯 데쓰오를 올려다보았다. 그리고 말했다.

"늘 말했잖습니까."

"그럴 리 없어!" 데쓰오는 도무지 이해가 안 가는 말에 눈을 부릅떴다. "인간은 파리나 마찬가지로 그저 번식하기 위한 존재라느니 어쩌느니, 전부 네가 나한테 한 말이잖아!"

"내가 아니에요. 당신이 그렇게 말했어요. 회사 정원에서 비둘기를 차 죽이는 광경을 보고 내가 뭐라고 했더니."

"내가 왜 비둘기를 차 죽여! 비둘기를 죽인 건 너야!"

데쓰오는 급기야 고함을 지르고 말았다. 어느새 휴식 시간이 끝나서 주위에 사람들이 보이지 않았다.

머리가 이상해질 것 같았다. 이자는 대체 무슨 말을 하는 걸까? 일부러 혼란을 불러일으키려는 걸까? 아니면 자신과 상대의 언동을 구별 못하는 걸까? 기억력에 이상이 있나? ─누구의? 어느 쪽의? ⋯⋯

'이 남자는 대체 누구지? 아니, 아니야! 이 남자가 엉터리로 지껄이는 거야. 이놈이 비둘기를 죽인 건 곤다 씨도 알아!'

사에키가 텅 빈 복도로 시선을 돌렸다.

"좀 비켜주시죠. 난 한 번 죽었다 되살아난 인간들이 얼마나 얼빠진 헛소리를 하는지 궁금해서 와본 거니까. 그 안경 쓴 사기꾼과 당신의 대화 장면은 꽤 볼만했어요. 엉겁결에 당신에게 가세하고 싶어졌지만."

그렇게 말하더니 양쪽 무릎에 손을 짚고 자기 체중이 감당 안된다는 양 힘겹게 일어섰다.

창밖은 나무들의 녹음으로 뒤덮였고, 빛으로 넘쳐나는 우거진 나뭇잎에 유지매미 소리가 골고루 스며들며 퍼졌다.

데쓰오는 비틀거리듯 한 발짝 물러섰다. 사에키가 옆을 지나가며 중얼거렸다.

"나는 부인을 강간할까 생각한 적도 있어요. ─하지만 남이 인정하지 않는 일은 굳이 강요하고 싶지 않았어요. 좀더 진심으로 부인과 융합될 수 있을 것 같았죠. '친밀한 세계'에서의 수정을 늘 꿈꿨어요. 그런 나를 부인은 멸시했지만. ……상관없어요. 난 타인의 호불호를 절대 간섭하지 않는 인간이니까. 그래서 이유 없이 나를 싫어할 권리도 존중하죠. 하지만 멸시하는 건 좀 불손하지 않습니까? 내가 사랑받지 못하는 인간이라는 것 정도는 익히 알아요. 그렇지만 나도 부인의 처사에 큰 상처를 받았죠. 왜 그랬는지, 쓰치야 씨 당신은 아시겠습니까?"

데쓰오는 천천히 돌아보며 입을 다문 채 그를 응시했다.

"부인에게는, 당신이 죽을 때까지 몰랐던 비밀이 있어요."

"비밀?"

어릴 적부터 자주 들은, 죽은 아버지를 쏙 빼닮았다는 데쓰오의 눈썹이 날개를 활짝 펼친 매처럼 사에키를 향했다. '비밀'이라는 말이 숨어든 곳에는 환생 후 데쓰오 자신도 이따금 느껴온 한 가지 억측이 잠재되어 있었다. 지카에게 뭔가─여전히 숨기는 것이 있지 않나 하는.

"그게 무슨 소리야? 내 아내 때문에 네가 상처받다니, 무슨 뜻이야?"

"부인은 나와 같은 종류의 인간이에요, 틀림없이."

314

"까불지 마!" 데쓰오가 내뱉듯이 말했다. "지카의 비밀과 내 자살이 무슨 관계라도 있다는 거야?"

데쓰오가 혼란 속에 물었다. 사에키는 어깨 너머로 눈만 돌리 며 말했다.

"모른다면, 당신이 부인이라는 인간을 이해 못한다는 증거예 요. 직접 가서 물어봐요."

그러고는 '봉황실'로 들어가며 "뭐, 상관없잖습니까. 내일이면 다 알게 될 겁니다"라고 의뭉스럽게 수수께끼 같은 말을 남겼다.

데쓰오는 그날 나머지 일정에 참가하지 않고 저녁식사 때까지 방에서 혼자 시간을 보냈다.

귀를 한층 맑게 만드는 정적을 견디기 힘들어 볼 생각도 없는 텔레비전을 나지막하게 켜두었다.

유독 매미가 많은 지역이었다. 해가 기울어가는데도 아직 부 족한 오늘의 몫을 어떻게든 채우겠다는 듯이 더더욱 요란하게 울어댔다. 저 몇 마리 중 한 마리는 내일이면 이미 살아 있지 않 겠지. 밤사이 땅바닥으로 굴러떨어질 것이다.

어릴 때 곧잘 맨손으로 나무에 붙은 매미를 잡았다. 그때 매앰 매앰 하며 온몸을 힘차게 떨어대던 매미의 감촉이 땀이 밴 오른 손에 되살아났다. 소리가 잦아들고, 갈퀴가 난 발이 죽어라 손바 닥을 긁어댔다.

'……정말로 매미가 있나?'

데쓰오는 묘한 감촉에 놀라 오른손을 살펴보려 했다. —팔을 들어올렸는데, 팔꿈치 아래가 없었다. 눈으로 보고 있는 와중에도 위팔이 썩은 나무처럼 흐무러지며 떨어져버렸다.

소리가 나오지 않았다. 매미는 더더욱 요란하게 울어대다가 이윽고 썩은 손가락 틈새로 잇따라 탈출하기 시작했다. 한 마리가 아닌가? 눈앞으로 날아든 것은 매미가 아니라 무수한 파리떼였다!

대체 무슨 일인가 싶어 데쓰오는 주위를 둘러보았다. 어느새 호텔은 먼지투성이인 눅눅한 폐허로 변해 있고, 그곳에 그는 시체가 되어 외따로 누워 있었다. 목덜미로 뭔가가 기어갔지만 그것조차 볼 수 없었다.

'이번에는 시체로 깨어나버렸다! 게다가 이런 곳에서! 아무도 발견 못할 텐데!'

움직이려 할 때마다 온몸이 조금씩 무너져내렸다. 통증은 없지만 그만큼 맥없이 뭉개지는 무른 감각이 더욱 불쾌했다.

아까 본 파리가 이마에 내려앉아 알을 낳으려고 했다.

'멍청이! 난 살아 있어!'

데쓰오는 공황 상태에 빠졌다. 모든 창에 울타리가 달려 있고 그 그물망에도 파리가 떼지어 있었다.

'저 파리들은 울타리를 자유롭게 드나든다! 저놈들은 건너편

에 있는 나에게도 떼로 몰려들어 엉망진창으로 만들려 한다!'

신음을 흘리는 그의 옆에서 별안간 휴대전화가 울렸다. 살 수 있다! 이 전화만 받으면! 여기가 어디인지 전할 수만 있다면! 데쓰오는 마지막으로 안간힘을 다해 왼팔을 들어올렸다. 그 팔이 어깨에서 툭 떨어져버릴 듯한 순간, ─그는 가까스로 눈을 떴다.

또 악몽이었다. 그는 숨을 헐떡이며 휴대전화를 찾아 더듬거렸다. 그를 구원한 것은 지카의 전화였다.

7장

—

낙원
추방

25. 비인간적인, 너무나 비인간적인

"여보세요, —통화 괜찮아?"

아내의 목소리에 데쓰오는 악몽의 흔적을 토해버리듯 숨을 크게 몰아쉬었다.

"……응, 괜찮아."

"끝날 때 됐겠다 싶어서. 뉴스에서 개회식 봤어. 당신을 찾아봤는데 못 찾겠더라."

"어, 텔레비전에 나왔구나? 카메라가 많아서 당황했어. 정치인도 오고."

"내가 그 모임을 너무 걱정했나봐. 초대장이 좀 이상해서,

······"

데쓰오는 지카의 직감이 옳았다고 생각했다. 그 초대장은 사무국이 아니라 사에키가 보낸 것이니까. —지카에게 '비밀'이 있다는 사에키의 말은 무슨 뜻일까? 역시 악의로 헛소리를 지껄인 걸까. 그러나 지카가 뭔가 숨기고 있다는 것은 다른 누구보다 그 스스로가 막연하게 느끼는 바였다.

어쨌든 그보다 먼저 해야 할 말이 있다. 그리고 그것은 전화로 간단히 할 수 있는 말이 아니었다.

"걱정할 거 없어. 대표도 의욕적이고 성실해 보이고, 변호사의 도움도 받을 수 있을 것 같아. 아무튼 안심해. 꼭 할 얘기가 있는데, 그건 집에 가서 천천히, ······"

왠지 의미심장한 표현이었지만, 지카는 뭔가 짐작했는지 "응, ······알았어"라고만 했다. 그리고 "리쿠도 잘 지내"라고 덧붙였다.

"아빠가 인사 전했다고 말해줘."

데쓰오는 그렇게 말하면서 지카보다 리쿠에게 사실을 전달하는 것이 훨씬 어려울 거라고 생각했다. 무엇보다 과연 리쿠가 아는 것이 좋을지도 자신할 수 없었다.

저녁식사 자리에 얼굴을 내밀긴 했지만, 대화도 변변히 나누지 않고 한 시간 정도로 끝내고 방에 돌아왔다. 사에키는 보이지 않았다. 데쓰오는 샤워중 문득 이런 의심이 들었다. 지카의 사진이 업소 전단지에 무단으로 사용된 것처럼 방범카메라 영상에도 사에키가 어찌어찌 손댄 게 아닐까? 나를 쫓아올라온 자기 모습을 지워버린 것은? ……

잠옷을 입고 젖은 머리를 닦으며 침대에 앉았다. 중대사임이 분명한데도 왜인지 당장 컴퓨터로 달려들어 확인하고픈 충동이 일지 않았다.

데쓰오는 몸을 뉘고, 출장 가서 홀로 묵었던 호텔의 고요함을 곰곰이 떠올려보았다. 도지마 제관을 다니던 시절에는 꼭대기층에 대중탕이 있고 복도에 전기스탠드와 여러 종류의 베개가 나란히 있는, 구석구석 신경쓴 신식 비즈니스호텔에 자주 묵었다.

밤중에 왠지 마음이 싱숭생숭해져 풀을 빳빳이 먹인 호텔식 침구에 하반신을 묻고 이리저리 채널을 돌리다가 무료 시청 시간을 꽉 채워 성인 채널을 보기도 했다. 그렇게 주체할 수 없이 남아돌던 시간도 그의 인생의 일부가 틀림없었다. 나는 생애 총 몇 시간 정도 성인 잡지와 성인 비디오를 봤을까? 몇 시간이나 멍하니 아무것도 하지 않고 보냈을까? 아니, 몇 시간 정도가 아니다. 며칠? 몇십 일? ……

데쓰오는 맥이 풀린 듯한 웃음을 흘렸다. 마시다 만 페트병 뚜껑을 돌리자 탄산 빠지는 소리가 났다. 힘껏 기지개를 켜고 한동안 천장만 바라보았다. 그리고 마침내 마음에 걸리는 일을 한차레 정리할 작정으로 거울 앞 컴퓨터로 향했다.

DVD를 느린 재생으로 틀어 영상을 뚫어져라 살펴보았다.

그날의 그는 화면에 나타났다 사라질 때까지 단 한 번도 계단 쪽을 돌아보지 않았다. 그가 튀어나간 문은 너무나 부드럽게 움직였고, 완전히 닫힐 때까지 어디에도 잇댄 흔적 같은 건 보이지 않았다.

의심하려 들자면 좀더 공들여 손봤을 가능성이 아예 없지는 않았다. 그러나 데쓰오는 이미 그 정도로 끈질기게 의심할 기력을 잃어버렸다.

그는 이상하게 침착해진 심정으로 '자살'이라는 결론을 최종적으로 받아들였다.

그런 결단을 내림으로써 자기 내면의 미로에서 가까스로 빠져나올 수 있을 듯한 기분이었다. 사인은 확실하게 밝혀졌다. 그렇다면 앞으로 마주해야 할 것은 동기다.

다시 한번, 이번에는 오후에 회사 옥상에 올라가보면 뭔가 떠오르지 않을까? 안자이 부장의 얘기도 다시 들어보고 싶었다. 그날 회의실에서 무슨 일이 있었는지. ……

데쓰오가 잠자리에 든 것은 자정이 지나서였다.

그토록 심한 동요에 휘둘렸는데도, 그날 밤 그는 환생한 뒤로 가장 깊은 잠에 빠져 한 번도 눈을 뜨지 않았다. 커튼을 걷고 아침햇살에 구석구석까지 드러난 잠을 되짚어봐도 악몽이 훑고 지나간 흔적은 어디에도 없었다.

　이튿날 오전에는 건강진단과 변호사와의 개별 법률상담이 있었고, 오후에는 6층 대형 홀에서 참가자 전원이 함께하는 점심식사 겸 친목회가 열렸다. 뷔페식이었고, 의자를 많이 준비해서 둥근 탁자를 에워싸고 느긋하게 이야기를 나눌 수 있도록 해놓았다. 변호사와의 면담이 길어진 바람에 데쓰오는 건배사에 아슬아슬하게 맞춰 행사장으로 들어갔다.

　생명보험 건은 현재 살아 있는 이상 '부당이득'이 되므로 반환해야 한다, 단 유예기간 설정 등의 완화조치를 국가에 요청할 여지는 있다는 쪽으로 마무리되었다. 그래도 변제가 불가능한 경우는 개인파산을 신청하라고 변호사가 담담한 말투로 설명했다.

　"개인파산, 요?"

　"그렇습니다. 쓰치야 씨는, ……서른여섯 살이군요. 앞으로 전 직장과 같은 수준의 급료를 받는 회사에 재취업하기는 아무래도 힘들 수도 있죠. 경기가 이렇다보니까요. 다니던 회사에 복직할 생각은 해보셨습니까? 환생자 문제가 완전히 미지의 현상이었던 때와 달리, 요즘은 기업측도 긍정적으로 받아들이는 경우가 많아요. ─아, 그러고 보니 산업재해 보험금은? 아무 얘기도 없던가요?"

　데쓰오는 뜻밖의 질문에 말문이 막혔다. 그리고 사실을 밝혀야 한다는 것을 충분히 알면서도 결국은 그냥 "나중에 확인해보겠습니다"라며 적당히 얼버무렸다.

먼저 와서 탁자에 앉아 있던 기노시타가 데쓰오에게 손짓했다. 그는 눈 깜짝할 사이 신봉자를 끌어모은 듯한 금테 안경 남자 쪽으로 눈짓을 하더니, "이쪽 자리가 낫겠어요. 저 사람들 성가셔 보여서" 하며 쓸쓸하게 웃었다.

"그 '미인'은 안 찾아도 됩니까?"

데쓰오가 기분전환도 할 겸 팔꿈치로 가볍게 찌르고는 웃으며 물었다. 기노시타는 시치미떼는 반응을 보였는데, 가능성이 없어서 포기했다기보다는 이미 가능성을 얻어낸 후의 여유 같았다.

데쓰오는 먼저 탁자에 앉아 있던 일곱 명에게 인사하면서 금테 안경 남자 쪽을 보았다. 센다이 소녀의 가족도 보였다. 다들 남자의 이야기에 푹 빠져 있는데 소녀 혼자 신경쓰인다는 기색으로 이쪽을 힐끗힐끗 살폈다. 그러다가 데쓰오와 눈이 마주치자 곧바로 시선을 떨어뜨렸다가 슬그머니 다시 들었다.

행사장은 밝고 활기가 넘쳤다. 공사중인 발코니에 면한 창문에 푸른 하늘을 배경으로 구름이 미풍에 밀려 서서히 서쪽으로 흘러갔다.

데쓰오는 사람들과 서로 맥주를 따라주며 오전에 받은 건강진단 이야기를 나눴다. 장소는 어제 세미나가 열렸던 2층 '봉황실'이었고, 키, 몸무게, 혈압, 시력·청력 검사, 심전도, 소변검사,

……등등을 하느라 문진표를 들고 선 사람들의 물결이 마치 제 관공장의 컨베이어 벨트 같았다.

"꼭 인체실험 데이터 수집 같더군요. 다들 우리가 어떻게 살아났는지 궁금하겠죠."

"모르모트 취급일까요? 개인정보를 유용하려나."

"아뇨, 이대로 여기 감금되어 해부당할걸요. 분명해요."

이윽고 허물없이 대화를 나누게 된 환생자들이 생선 내장처럼 쌉쌀한 맛이 나는 안주에 술이 당기는 듯 맥주를 한 손에 들고 그런 농담을 주고받았다. 데쓰오도 같이 어울리면서 뭐든 마음먹고 들면 웃지 못할 일이 없구나, 하며 인간의 다부짐에 감탄했다.

"다들 별 이상은 없으셨죠?" 맞은편 남자가 딱히 누구에게랄 것 없이 물으며 데쓰오의 얼굴을 보았다.

"복부비만 기미가 약간 있다고 하긴 했어요."

"약간이면 다행이지! 나 좀 보세요!" 질문한 남자가 큼지막한 배를 문질러 보였다.

행사장에 울려퍼지는 목소리는 먹고 마실수록 점점 부풀어올랐고, 그와 함께 탁자를 오가는 이야기 소리도 한층 커졌다.

데쓰오 옆에 있던 남자가 나지막한 소리로 "저도 사후세계 같은 건 못 봤어요"라고 말을 걸었다. 데쓰오는 술잔을 비우고 눈을 반짝였다.

"아아! 어제는 정말 고립무원이었는데."

"다들 저 신흥종교 신자 같은 사람한테 동조하니까 내가 이상한가 싶더라고요. 쓰치야 씨는 용기 있더군요. 그후에도 내내 그런 얘기뿐이었어요. 나가시고 나서도."

"좀 이상하지 않아요? 저 사람들." 맞은편 여자가 얼굴을 찡그리며 말했다.

"사후세계를 본 사람이 저렇게 많다니 솔직히 놀랐습니다."

"지어낸 얘기일 거예요, 무의식적으로. 죽으면 다 끝이라고 생각하면 아무래도 무섭잖아요. 믿고 싶은 심리겠죠."

맞장구가 이어졌다. 데쓰오가 입가를 종이냅킨으로 말끔히 닦고 말했다.

"저도 평소에는 굳이 반론하지 않아요. 하지만 어제는 그 여자분이 너무 딱해서요. 지옥에 떨어졌다니, 어떻게 그런 말을."

"겁주는 수법인 거죠. 신흥종교에서는 종말론 같은 걸 좋아하잖아요." 기노시타가 추임새를 넣었다.

"물론 저도 죽으면 끝이라고 생각하면 무섭지만, ……저세상이란 게 있어서 몇만 년, 몇억 년씩 산다면 그건 또 어떨까요? 과연 행복할지, ……"

"난 싫어요. 자살하고 싶어질지도."

"천국에서 목을 매면 어떻게 될까? 지옥에 떨어질까, 그때야말로?"

옆에 있는 남자가 익살을 떨듯 목을 비틀었다. 데쓰오는 희미

328

하게 짧은 미소를 머금었다.

"천국에는 시간이 없을 거예요!" 한 사람이 웃었다.

"없을 거예요, 가 아니라 없어요!" 다른 한 사람이 금테 안경 남자 흉내를 냈다. 온화한 분위기 속에서 탁자를 둘러싼 사람들끼리 "왠지 미팅 같네요" 하며 전화번호와 이메일 주소를 주고받았다.

"미팅 얘기가 나왔으니 말인데, 기노시타 씨는 '식사회.com'을 운영하던 사람이에요."

데쓰오가 소개하자 "어, 나 가입했었는데! 진짜예요?"라고 누군가 놀란 듯 말했다. 그래서 다시 좌중이 들끓었다. "—네, 지금은 아니지만, 죽기 전에는. ……"

데쓰오는 화장실에 갔다가 자리로 돌아온 후, 실은 자기 탁자 바로 옆에 사에키가 앉아 있었음을 알아차렸다. 처음부터 있었나? 어제와 똑같은 데님셔츠를 입고 있었다.

데쓰오는 여러 사람을 상대로 이야기하는 그의 모습을 처음 보았다. 그래서 자기 탁자보다 그쪽이 더 신경쓰여 귀를 쫑긋 세웠다.

사에키는 탁자들을 돌아다니던 대표 오타에게 전날의 인사말에 관해 말하고 있었다.

"삶이 멋지다는 건 사는 게 좋은 사람이나 하는 말이죠. 운동을 좋아하는 사람이 운동은 멋지다고 하는 거나 마찬가지 아닙니까. 처음부터 좋아하지 않는 인간에게는 이해가 안 가는 이야기예요."

탁자를 둘러싼 모두가 이상한 것을 보는 눈빛으로 사에키의 얼굴을 바라보았다.

"사는 게 좋지 않은 사람도 있을까요?"

한 여자가 화난 투로 반론했다. 사에키는 성가시다는 듯 그녀에게 눈길을 돌렸다.

"당신, 불교가 누가 시작한 종교인지 압니까?"

"불교? 네? ……부처? 석가모니잖아요?"

"부처는 일체개고一切皆苦라고 했어요. 삶은 전부 고통이라고. 일껏 죽었는데 다시 태어나거나 하지 않게 하려는 종교란 말입니다, 불교는."

오타가 맥주병을 내려놓고 팔짱을 끼며 고개를 갸웃거렸다.

"산다는 건 좋고 싫고의 문제가 아니잖아요. 삶은 인간의 의무예요. 마땅히 살아야 합니다."

사에키는 다시 무표정하게 상대를 바라보았다.

"죽고 싶은 인간에게 사는 게 의무라는 주장은 얼빠진 소리예요. 아무리 의무라고 해봤자 따르지 않겠다고 결정하면 그만 아닙니까? 게다가 죽음은 모든 의무로부터 사람을 해방시켜요. 죽으면 모든 게 무의미해요. 나는 자기 목숨을 어떻게 하든 개인의 절대적 자유라고 봅니다."

"목숨은 단 하나뿐이니, 소중하지 않겠어요?"

다른 남자가 가까스로 미소를 잃지 않고 반론했다. 사에키가
코웃음 쳤다.

"그런 의미에서 여기 있는 인간들의 목숨은 가치가 조금 떨어
지겠군요. 두 개나 있었으니까. —이것 역시 전적으로 개인적인
얘기입니다. 인류 전체를 보면 목숨이 넘쳐나니까요. 지금은 너
무 많아서 식량이 부족해진 지경 아닙니까. 멸종하지만 않는다
면, 그중 몇 퍼센트가 자살한다고 무슨 문제가 되겠습니까?"

데쓰오는 '자살'이라는 말에 아까의 대화와 달리 민감하게 반
응했다.

묘한 느낌이었다. 사에키는 마치 데쓰오가 되어 자살자의 주
장을 멋대로 대변하고 있는 것 같았다. 게다가 그 자신의 본심
따위는 전혀 개의치 않고.

"내일이면 다 알게 될 겁니다." 사에키가 말했다. 혹시 저 남
자는 여기 자살자가 한 명 있다고 폭로하려는 게 아닐까? 하나같
이 판에 박은 양 '목숨은 소중하다'고 말하지만, 여기 그런 목숨
을 스스로 버린 인간이 있다고. 사람들을 일부러 도발해 분노를
산 후에 그걸 고스란히 나에게 돌리려는 것일까? ……데쓰오는
그 순간의 사람들 눈빛을 상상하고 수치심에 볼을 붉혔다.

"대체 뭐죠? 아까부터 무슨 말이 하고 싶은 거예요? 듣기 불

쾌한데요."

부처 얘기를 했던 여자가 결국 못 참고 쏘아붙였다. 사에키는
매우 깊은 생각에 잠긴 표정으로 등을 들썩이며 숨을 쉬었다.

"나는 당신들이 그 발로 짓밟고 있는 당신들 자신의 그림자입
니다."

"뭐?"

짜증스러운 침묵이 술잔을 넘어뜨린 것처럼 탁자로 번져갔다.

"인간은 모두 언젠가 죽어요. 그런데 그 죽음을 마냥 기다리는
인간은 훌륭하고, 자기 의지로 목숨을 매듭짓는 인간은 부당하
다니, 얼마나 야비한 가치관입니까? 버려지나 마찬가지죠."

"그건 살아갈 용기가 없는 인간이나 하는 말이에요. 나태한 겁
쟁이라서 삶의 의무를 등지고 죽음으로 도망치는 거죠."

"다람쥐 쳇바퀴 돌기예요. 삶 자체에 가치가 없다면 용기 내서
살 의미도 없잖습니까. ……만약 인간에게 쓸데없는 의식이란
게 없다면 행복 같은 새빨간 거짓말을 발명할 필요도 없었겠죠.
우연이든 필연이든 죽을 때까지 묵묵히 살아갈 수 있었을 텐데."

진절머리 난다는 듯 한 사람이 자리에서 일어서자 두 사람이
따라 일어섰다. 목숨은 하나라고 말했던 남자도 "뭐, 그럼 상관
없네요. 그러거나 말거나. 죽고 싶은 사람은 죽으면 그만이지.
말릴 권리가 없다는 말이 맞는지도 모르겠군요"라고 내뱉듯이
말했다.

데쓰오의 이름은 결국 나오지 않았다. 그 사실에 안도하면서 그는 사에키가 몹시 애처롭게 느껴졌다.

사에키는 데쓰오에게 몇 번이나 '친밀한 세계'라는 말을 했다. 그것이 진정으로 의미하는 바는 그 자신만 알겠지만, 데쓰오는 사에키가 사랑받지 못하는 인간이라는 것을 지금처럼 뼈저리게 깨달은 적이 없었다. 새삼 그렇게 느낀 것은 아마도 단둘이 얼굴을 맞대고 감정이 흐트러진 상태가 아니라 무관한 입장으로 옆에서 지켜보았기 때문일 것이다.

그런데 데쓰오는 기묘하게도 지극히 정당한 그 반론자들에게 왠지 모를 반발심이 일었다. 그들 한 사람 한 사람의 말은 더없이 지당했지만, 왠지 쌍수 들고 공감할 수는 없었다. 오히려 이 순간까지 그토록 증오해온 사에키가 난감해하며 내뱉는 말에 마음이 크게 동요하고 말았다.

"취했어요?"

"네? ……아, 잠깐 딴생각을 했네요."

옆에서 말을 거는 바람에 정신이 들었다. 어느새 기노시타가 대화의 중심을 차지하고 있었다. 그다지 억양이 강한 말투가 아닌데도 다들 그 야유조의 이야기에 푹 빠져 있었다.

언뜻 옆 탁자를 보니 사에키는 사라지고 없었다. 데쓰오는 그의 의자 밑에서 레드와인이 몇 방울 떨어진 듯한 얼룩을 발견하고 뚫어져라 바라보았다. ─혈흔이었다. 탁자에 동석한 사람들은 알아채지 못한 채 찜찜한 기분을 견뎌내고 있었다.

데쓰오는 불길한 전율에 휩싸여 "앗" 하고 입을 벌렸다. 주위를 둘러봤지만 사에키의 모습은 없었다. 자리에서 일어서니, 그제야 발코니로 향하는 그의 뒷모습이 보였다.

'―안 돼!'

데쓰오는 정신없이 휘청거리며 뒤따라갔다. 행사장의 소음 한가운데서도 귓가에는 오로지 괴로운 듯한 그 숨소리만이 집요하게 울려퍼졌다.

26. "그런데, 그게 뭐가 재미있습니까?"

사에키는 공사중인 발코니로 나가 울타리가 헐린 한쪽 모퉁이로 향했다.

밖에는 여러 사람이 있었고, 데쓰오는 젊은 스태프 사이를 헤치며 사에키를 쫓아갔다.

"아, 죄송합니다. 이곳은 공사중이라 위험하니 안으로 들어가주세요"라는 소리가 뒤에서 들렸다.

흰 콘크리트 바닥이 태양빛을 반사시켜 마치 거울 위를 걷는 것 같았다. 호흡할 때마다 불룩하게 부풀어오르는 사에키의 등이 땀으로 젖어 있었다.

폐자재가 쌓인 한쪽 모퉁이에 다다랐을 때, 데쓰오의 목에서 급기야 커다란 외침이 터져나왔다.

"멈춰! —저 사람, 위험해요! 말려요!"

사에키는 돌아보지 않았다. 데쓰오는 콘크리트 흙먼지에 미끄러질 뻔하면서 아슬아슬하게 그의 팔을 움켜잡았다. 소매 밑에서 뜨뜻미지근한 것이 스며나왔다. 피였다. 사에키는 데쓰오보다는 그 통증에 만류당한 듯 뒤돌아보았다.

"뭐하는 거야!"

"당신이야말로 뭐합니까?"

사에키는 어처구니없다는 듯 힘없는 미소를 흘렸다.

"어쨌든 그만둬!"

데쓰오는 놓치지 않으려고 팔을 잡아끌었다. 손안에 또다시 열기가 스며들었다.

"당신은 정말 별난 사람이군요. 네? 개인의 자유 아닙니까. 어째서 당신에게 말릴 권리가 있죠? 이렇게 날씨가 좋은데. 자살하기에 더없이 좋은 날이잖습니까."

"자유가 아니야! 궁지에 몰려서 그런 생각을 하는 것뿐이야!"

"오만하군요, 당신. 인간의 자유의사를 뭘로 보는 겁니까? 나는 기필코 끝까지 내 생각을 따를 겁니다. 바로 이 내가, 이날, 이 장소를 선택했어요. 당신이 뭔데 간섭하려 하죠?"

사에키는 지금까지와 확연히 다르게 거리낌없이 분노를 드러냈다. 데쓰오는 급기야 초조해져서 팔에 힘을 준 채로 "누구 없어요! 좀 도와줘요!" 하며 뒤돌아보았다.

문 앞의 젊은 스태프들은 싸움이라도 났나 생각하는 듯 어쩔 줄 모르고 머뭇거렸다. 오히려 행사장 안의 몇 사람이 창밖 상황을 알아채고 옆 사람에게 귀엣말을 하며 이쪽으로 시선을 돌리기 시작했다.

사에키가 예상 밖으로 갑자기 팔의 힘을 뺐다. 그에 이끌리듯 데쓰오의 손도 느슨해졌다. 사에키는 똑바로 서 있었다. 얼굴도 조금 전과는 완전히 다르게 침착하고 고요했다.

데쓰오는 허를 찔린 듯 우두커니 서 있었다. 그의 그런 모습은 처음이었다.

"아직도 못 알아챘니?"

사에키가 별안간 타이르는 듯한 말투로 입을 열었다. 늘 괴로운 듯 뻑뻑거리는 소리를 내던 콧김이 갑자기 맑아지고 미간의 주름이 부드럽게 펴졌다.

데쓰오는 무슨 영문인지 알 수 없었다.

"……뭘?"

"내 얼굴을 보고도 모르겠어?"

이마에서 흘러내린 땀에 데쓰오의 눈이 따끔거렸다.

"널 죽인 건 나야."

"……!"

데쓰오의 뺨이 잡아당겨진 듯 심하게 경련하기 시작했다.

"내가 죽였어, 너를."

"……뭐야?"

사에키의 얼굴이 부드럽게 일그러졌다.

"모르겠니? 난 네 아버지야, 데쓰오."

"무슨 소릴 하는 거야, 당신, ……"

"네가 십팔 개월 때 죽었다가 환생한 네 아버지야. 왜 못 알아보지! 나 같은 건 기억 안 나니? 널 만나러 돌아온 거야, 데쓰오!"

데쓰오는 온몸의 힘이 빠져 그 자리에 맥없이 주저앉을 지경이었다. 채 터뜨리지 못한 폭소처럼 복근이 거세게 두 번 물결쳤다.

사에키가 팔을 들어올리자, 붙들고 있던 데쓰오의 손이 힘없이 툭 떨어졌다.

사에키는 히죽 웃은 후 검지로 콧등을 가볍게 긁어 보였다. 예의 방범카메라에 남겨져 있던, 죽기 직전 데쓰오의 몸짓이었다!

사에키의 손가락에 맺혀 있던 피가 조롱하듯 코에 희미한 흔적을 남겼다.

데쓰오는 자신의 모든 것을 망쳐버릴 것 같은 무시무시한 격분에 휩싸였다.

"뭐야, 넌, ……너라는 인간은!"

데쓰오는 이미 사에키의 팔을 놓은 손을 헛손질하듯 몇 번이나 다시 쥐었다. 사에키가 데쓰오의 눈을 똑바로 보며 싸늘하게 말했다.

"나도 살아봤어요. ―그런데, 그게 뭐가 재미있습니까? 끝내 도무지 알 수 없었어요. 이제 그만두겠습니다. 기분만 나빠질 뿐이에요."

사에키는 그렇게 말하더니 발코니 끄트머리까지 갔다. 아래를 내려다보고는 곧바로 팔을 돌리며 균형을 잡으려 했다. 데쓰오는 몸이 움직이지 않았다. 그 직후, 사에키는 자신의 체중에 이끌리듯 머리부터 허공으로 낙하했다.

파파팍! 끔찍한 파열음이 들렸다. ……

데쓰오는 휘청거리며 두세 걸음 물러나 제자리에 주저앉았다. 무심코 얼굴을 감싸려다 오른손에 묻은 핏자국에 움찔 놀라 고개를 돌렸다.

달려온 사람들이 그의 어깨를 흔들며 쉴새없이 뭐라고 말을 걸었다. 발코니 끄트머리에 서서 아래를 내려다보고, 팔을 크게 휘두르며 행사장 쪽으로 신호를 보냈다.

"사람이 뛰어내렸어! 구급차!"

어디선가 고함소리가 들려왔다. 행사장 유리창에는 무수한 얼굴들이 들러붙어 있었다.

데쓰오는 지금 당장 멈춰도 이상하지 않을 만큼 격렬한 심장박동에 갇혀 있었다. 그리고 방금까지 사에키가 서 있던 자리를 명하니 바라보았다. 이미 빈틈없이 들어찬 눈부신 햇빛이 왕성한 매미 소리와 함께 흘러넘치고 있었다. 지금 이 시간은 과거의 그 어떤 뒤탈도 없이 말갛고, 난맥에 따라 기억만 명멸할 뿐이었다.

데쓰오가 일어선 것은 콘크리트 바닥에 뜨겁게 달궈진 엉덩이 때문이었다.

스태프가 몰려드는 사람들을 발코니 입구에서 가로막고 있었다. 대표가 사에키가 뛰어내린 자리에서 아래를 내려다보고는 눈을 감고 고개를 흔들더니 데쓰오에게 다가와 말했다.

"괜찮아요? 그 피는?"

그의 말에 따라 데쓰오는 아무 말 없이 손바닥을 펼쳐 보여주었다. 땀과 뒤섞여 아직 마르지 않은 선혈은, 마치 거기서도 한 생명이 폭발을 일으킨 듯 보였다.

"—그래서, 자살한 사에키 씨가 그 DVD를 쓰치야 씨에게 전달하려고 여기까지 왔다는 말인가요?"

"네, ……"

저녁식사 후 데쓰오는 호텔로 찾아온 형사에게 그날 두번째로 조사를 받았다.

목격자가 많았고, 마침 휴대전화로 행사장 안을 촬영하던 참석자가 사에키가 데쓰오를 뿌리치고 스스로 뛰어내리는 광경을 동영상으로 찍어놓아서 상황 자체에는 의심의 여지가 없었다.

사에키는 자살을 기도했고, 데쓰오는 막으려 했지만 실패했다. ―그래서 첫번째 조사는 아주 간단히 끝났는데, 그후 데쓰오가 자신이 '사에키에게 살해당했다'고 지역 경찰서를 몇 번씩 찾았 던 사실이 밝혀져 다시 조사가 이뤄진 것이다. 데쓰오가 끈질기 게 요청했던 방범카메라 영상을 죽은 사에키가 가지고 있었다는 점도 석연치 않은 듯했다.

데쓰오는 나중에 성가셔지지 않도록 지금까지의 경위를 숨김 없이 털어놓았다. 그러나 내면적인 문제에는 입을 다물었다. 사 에키의 존재를 통해 자신과 지카가 경험한 복잡한 감정을 말로 잘 표현할 자신이 없었다. 말해본들 형사들은 혼란스럽기만 할 테고, 적어도 오늘 사건의 사실관계 확인에는 전혀 불필요한 부 분일 터였다.

삼십 분가량 이것저것 물어본 형사가 정리한 내용은 다음과 같이 간결했다.

"요약하면, 사에키 씨라는 사람은 정신적으로 상당히 불안정 했고, 생전에 비둘기 건으로 원한을 품어 쓰치야 씨를 괴롭혔다. 자해 습관도 있었다고요? 그것이 환생 후까지 이어져 여기까지 따라온 끝에 결국 자포자기로 자살했다, 그런 얘기인가요?"

데쓰오는 위화감을 느끼고 수 초간 답변을 주저했지만 이로써 조사에서 벗어날 수 있다면 상관없다고 생각했다. 자칫 잘못하 면 깊은 수렁에 빠져들 것 같았다.

그는 피로에 눈 밑이 거뭇거뭇해진 얼굴로 "네" 하고 고개를 끄덕였다. 형사 쪽에서도 그렇게 시원스레 대답해주기를 기다린 것 같았다.

호텔에는 저녁 무렵부터 정보를 접한 취재진이 몰려와 혼란에 박차를 가했다. 입구에서 저지하긴 했지만 멋대로 부지에 숨어 들어와 사진을 찍는 사람도 있었다.

안 그래도 깊은 산속의 폐업한 호텔인데다 환생자들의 모임이 열렸다는 점에서 세간의 불온한 상상력을 자극할 만한 여지가 충분했다. 게다가 자살자가 나왔다니. 달려온 취재진의 분위기는 개회식 때와 완전히 달라져, 신흥종교 교단 시설을 포위하듯 흥분이 감돌았다. 유출된 대화 내용도 어마어마했다.

사에키가 자살한 후 몸이 좋지 않다고 호소해 병원으로 옮겨진 사람이 여럿이었다. 부랴부랴 짐을 싸서 호텔을 떠난 사람도 적지 않았다.

인기척이 사라지고 밤이 되자 건물은 정적에 휩싸였다. 오후의 북적임이 거짓말인 것처럼, 호텔은 환생자들을 여전히 안에 남긴 채 조용히 원래의 폐허로 돌아가려 했다.

"피곤할 텐데 협조해주셔서 감사합니다. 용건이 또 생기면 다시 연락드리겠습니다. ―이제 미즈오로 돌아가시나요?"

형사가 조서를 정리하며 물었다.

"내일 갈 예정입니다."

"그렇군요. 조심해서 귀가하십시오."

일어서려는 형사를 데쓰오가 "저기" 하고 불러 세웠다.

"네?"

"궁금한 게 하나 있는데, ―죽은 사에키 씨는 환생자였나요? 어디서 이미 한 번 죽었던 건가요?"

"행방불명 상태였나봅니다. 실종신고가 돼 있었어요. 그사이 어땠는지는 알 수 없고요. 가족과 연락이 닿지 않아서."

데쓰오는 한동안 형사를 올려다본 후, "……그렇군요" 하며 고개를 끄덕였다.

데쓰오는 사에키의 자살 후 어떻게 시간을 보냈는지 기억나지 않았다.

방으로 돌아가 휴대전화 배터리가 닳은 것을 보고 충전기를 연결하니 지카의 부재중 전화가 셀 수 없이 떴다. 그래서 간신히 정신을 차리고 곧바로 아내에게 전화를 걸었다.

환생자 모임에서 자살자가 나왔다는 보도는 곧장 지카에게 최악의 상상을 하도록 만들었다.

남편이 아닐까? 바로 전화를 걸어 확인하려 했지만, 아무리 걸어도 "지금은 전화를 받을 수 없습니다"라는 감정 없는 기계음의 응답뿐이었다. 육성이 들리지 않았다. 그녀는 반미치광이처럼 그날로―데쓰오가 회사 옥상에서 추락사한 5월 16일로 다시 끌려갈 듯한 상태에 저항하고 있었다.

정신을 똑바로 차려야 했다. 긴급 연락처로 알려준 대표의 휴대전화로 전화를 걸었고, 네번째에 가까스로 연결되어 무슨 일인지 설명을 들었다. ─데쓰오는 아니었다. "죽은 사람이 제 남편은 아니죠?"라고 몇 번이나 확인하고 나서야 그녀는 간신히 안도했다. 그러나 자살한 사람이 사에키고, 데쓰오가 그걸 막으려 했다는 이야기는 어둡고 섬뜩한 혼란을 남겼다.

왜 그 사람이 거기 있었을까? 남편과 무슨 일이 있었던 걸까? 그녀는 가슴 가득 침울한 억측을 품었다. 자신이 사에키에게 살해당했다던 데쓰오의 필사적인 호소와 어딘가에서 이어지는 기분이 들었다.

전화를 받은 지카의 목소리는 데쓰오에게 공황 직후의 피폐함을 안겨주었다.

자신이 자살한 줄 알았다는 지카의 얘기는 의외였지만, 곧 당연한 일이라고 생각을 고쳤다. 걱정 끼쳐 미안하다고 사과하고, 이곳에 온 후 사에키와 있었던 일을 설명했지만, 자신의 자살 얘기는 집에 돌아가서 할 생각이라 군데군데 애매함을 남겼다. 그것은 지카도 이해하는 모양인지 아무튼 무사하니 다행이라는 말만 하고 전화를 끊었다.

일찌감치 침대에 들었지만 잠을 이룰 수 없었던 데쓰오는 한

밤중에 혼자 정원으로 산책을 나갔다. 1층 로비에서는 자동판매기 불빛에 기대어 자원봉사자 학생 스태프 넷이 바닥에 앉아 술판을 벌이고 있었다.

잔물결 하나 없이 잔잔한 파도 수영장에는 가까스로 건물 조명이 닿아 주위의 그늘이 고요하게 비치고 있었다. 그 앞쪽은 발을 내딛기도 불안할 정도로 캄캄했다.

사에키의 시체가 있던 곳은 부지 밖 절벽 아래 도로였는데, 아무래도 그쪽으로는 발길을 옮길 수 없었다.

매미 소리가 어둠 깊숙이 잦아들고, 이따금 뭔가에 놀란 듯 지이잉 날아오르는 소리가 들렸다. 풀숲에서 떼 지어 우는 벌레 소리는 우렁차고 활기가 넘쳤다.

부지 안의 조명이 모두 꺼져서 정원수 가지와 산책길 울타리, 수영장 펜스 등이 오로지 반달 빛에 기대어 제 위치를 드러내고 있었다. 데쓰오는 이토록 짙은 어둠이 제 세상처럼 점령한 곳을 걸어본 기억이 없었다.

산책길을 지나 테니스코트로 들어가 별생각 없이 어슬렁거렸다. 네 개짜리 하드코트에 그의 운동화 소리만 울려퍼졌다. 불현듯 금테 안경 남자의 말이 떠올라 자신이 마치 천국으로 가기 전 '2부능선이나 3부능선' 언저리를 걷고 있는 기분이 들었다.

왼쪽 팔꿈치가 가려워 오른손으로 탁 내리쳤다. 막 빨아들인 피 한가운데 뭉개진 채 죽은 모기가 있었다. 물론 모기의 피가 아닌 데쓰오의 피다. 고향집에서도 몇 번이나 보았던 그 광경이 마치 오후에 벌어진 사건의 예고 같았다.

"널 죽인 건 나야." 사에키는 죽기 직전에 말했다. "난 네 아버지야, 데쓰오"라고.

그는 양손으로 머리를 힘껏 누른 후 눈을 질끈 감고 그 말을 소멸시키려 했다.

그자가 환생한 아버지일 리 없었다. 나는 절대 그런 남자에게서 태어나지 않았다. 어머니가 그런 남자를 사랑했을 리 없다! 그리고 나는 절대 그런 남자에게 살해당하지 않았다. 그런 인간에게 진 게 아니다! ……

데쓰오는 오른손으로 머리를 내리쳤다. 모두 그자의 거짓말이다. 엉터리다! 몇 번이고 몇 번이고, 오후의 기억이 허물어질 때까지 계속 머리를 때렸다.

—바로 그때, 그리 멀지 않은 어둠 속 어딘가에서 비명 같은 소리가 흘러나왔다.

고개를 돌려 귀를 기울였지만 들리는 건 벌레 소리뿐이었다.

그는 발소리를 죽여 소리난 쪽으로 걸음을 내디뎠다. 펜스 너머 탈의실 같은 작은 건물이 보였다. 그곳 창에 불이 희미하게 밝혀져 있었다.

또다시 소리가 들렸다. 이번에는 무슨 소리인지 확실해졌다.

숨을 죽이고 건물 그늘에서 안을 들여다보았다. 손전등이 벽

쪽으로 놓여 있고, 간접조명으로 어스름하게 부푼 어둠 속에 수영 팬티 모양의 하얀 엉덩이가 떠올랐다. 그것이 단단히 조여졌다 느슨해졌다 할 때마다 방금 전 들은 비명 같은 소리와 살이 찰싹거리며 맞부딪치는 소리가 났다.

"괜찮아, 괜찮아, ……"

벽에 손을 짚고 신음하는 여자의 소리에 떨리는 듯한 흐느낌이 섞여 있었다. 그것을 달래가며 스스로도 쾌감에 매달리려 드는 남자의 필사적인 목소리는 데쓰오의 귀에 익었다.

―기노시타였다. 상대는 분명 그 '미인'이다.

"괜찮아, ……괜찮다니까, ……"

음탕한 기운이 데쓰오의 가슴 밑바닥에서 몸부림쳤다.

사에키가 마지막으로 입에 담은, "―그런데, 그게 뭐가 재미있습니까?"라는 말이 서글프게 되살아났다.

27. 아담과 이브가 사라지고 난 에덴

다음날 아침식사 자리는 한산했다.

데쓰오는 오타 대표의 인사에 "오타 씨야말로 괜찮으세요?"라며 오히려 마음을 써줬다. 이럴 때는 타인을 배려하는 여유만이 제정신을 잃지 않게 해줄 것 같았다.

"책임을 느낍니다. 내가 그때 설득하려 들지 말고, 좀더 너그럽고 대범하게 얘기를 들어줬더라면 마음을 돌렸을지도 모르죠. ─설득하려면 끝까지 철저하게 해야 했어요."

"저야말로 그렇죠. ……죄송합니다, 어제 일에서 아직 마음이 정리되지 않네요."

"당연해요. 하지만 직접 나서서 말리려고 하셨으니 그 이상 자책할 필요는 전혀 없습니다. 깊이 생각하면 안 돼요."

"……고맙습니다."

"그나저나 앞길이 다난해졌군요. 세상에 우리를 인정받을 생각으로 만든 모임인데, 오히려 쓸데없는 편견을 심어주고 말았어요."

"힘을 내야죠. 저는 개회식에서 오타 씨가 하신 얘기에 감동받았습니다."

"그렇게 말씀해주시니 기쁩니다만. ─아무튼 손을 맞잡고 헤쳐나갑시다."

라운지를 떠날 무렵 데쓰오는 기노시타와 예의 '미인'을 마주쳤다. 두 사람 다 밤을 새우고 새벽녘에야 잠깐 눈을 붙인 듯한 얼굴이었다. 여자는 살짝 뻗친 긴 머리로 뺨을 가리고 속옷도 입지 않은 채 흰색 티셔츠를 걸치고 있었다.

기노시타는 겸연쩍은 듯이 "안녕하세요"라고 인사를 건넸다. 그 표정에는 어젯밤의 불안한 설렘의 흔적과 맺어져버린 관계를

벌써부터 약간 부담스러워하는 듯한 노곤함이 묻어났다. 데쓰오
는 한밤중에 자기가 엿본 광경을 고백하지 않았다. 선 채로 출발
시간이 언제냐고 묻고, 앞으로도 연락을 주고받기로 약속하고
작별 인사를 나누었다. 여자는 머리카락 사이로 눈을 치뜨며 데
쓰오를 보더니 도망치듯 인사했다.

데쓰오는 출발 전 정원을 다시 한번 봐두고 싶어서 방에 들어
가기 전 밖으로 나갔다. 이곳이 왠지 마음에 들어 리뉴얼 후 지
카와 리쿠를 데리고 다시 오려고 했는데 이제 힘들겠다 싶었다.

밖은 쾌청하고 약간 서늘했고, 이른 아침부터 햇빛을 간절히
기다렸다는 듯 매미들이 일제히 울어대기 시작했다.

가만히 멈춰 있는 파도 수영장 주위를 돌았다. 벗겨지기 시작
한 잔디밭 한 귀퉁이에 접어들 즈음, 데쓰오는 나무 그늘 벤치에
서 혼자 커피를 마시는 흰 셔츠의 남자를 보았다. 폴란드인 라도
스와프 씨였다.

그와 대화를 나누지 못한 것이 못내 아쉬웠던 터라 데쓰오는
그 요행에 표정이 밝아졌다.

"안녕하세요?"

등뒤에서 인사를 건네자 라도스와프는 살짝 놀란 듯이 돌아보
았다. 그리고 일본어로 "안녕하세요"라고 응했다.

그는 다시 수영장으로 시선을 돌렸는데, 산책중 인사를 건넨

줄로만 알았던 데쓰오가 그대로 우두커니 서 있는 모습을 보고 "앉으시겠습니까?"라며 벤치 자리를 비워주었다.

"방해하는 거 아닌가요?"

그는 '전혀'라는 몸짓을 했다.

"고맙습니다."

데쓰오가 옆에 앉자 라도스와프가 정원을 한차례 둘러보며 물었다.

"'파라디'라는 이 시설의 이름이 무슨 뜻인지 아십니까?"

데쓰오는 부끄러운 듯이 "아뇨"라며 고개를 저었다.

라도스와프가 조용히, 약간 비꼬는 투로 말했다.

"영어로 하면 파라다이스. ─낙원입니다."

"아, 그렇군요. 몰랐습니다."

"프랑스어예요. 일본에는 굉장히 많죠, 이런 외래어 명칭이."

"그렇죠, 뜻은 다들 모르지만. 우리집 근처에도 '브레 도레'라는 빵집이 있어서 늘 가는데, 뜻을 생각해본 적은 없어요."

"'브레 도레'는 황금의 밀이라는 뜻이에요."

"아아, 그래요? 오호, 아내에게 알려줘야겠네요! 프랑스어도 하시나요?"

"프랑스어와 영어, 러시아어를 합니다. 폴란드어는 마이너 언어라서요. 그쪽은?"

"저는 전혀. ……아 참, 저는 쓰치야 데쓰오라고 합니다. 처음

뵙겠습니다."

"처음 뵙겠습니다, 라도스와프 타타르체크입니다. 일본인이
발음하기에는 혀가 꼬이는 이름이죠. 그냥 라데크라고 불러주
세요."

"라데크 씨"라고 한번 불러보자 갑자기 거리가 가까워진 기분
이었다. "일본어를 무척 잘하시네요."

"무척은 아니에요. 책으로 공부한 거라 되레 간단한 표현을 몰
라서 어려운 말을 써버리기도 하죠. 분명 어색한 부분이 있을 겁
니다."

라데크는 겸손하게 웃어 보이고는 커피 캔을 겨드랑이에 꼈
다. 그리고 아까까지 하던 생각을 되짚어보는 기색으로 잠시 입
을 다물었다.

간절히 고대하던 기회였지만, 막상 닥치니 데쓰오는 무슨 얘
기를 꺼내야 좋을지 알 수 없었다. 실은 외국인과 이렇게 마주하
고 대화를 나누는 것도 처음이었다.

라데크는 바깥의 빛이 아닌 기억의 편린에서 눈부신 뭔가를
본 듯 아래 눈꺼풀이 불룩해지고 눈가에 주름이 잡혔다.

"어릴 때 학교에서 '낙원'이라는 시를 썼어요. 그 생각을 하고
있었죠."

"낙원? 어떤 시인가요?"

"번역이 잘될지. ……아담과 이브를 내쫓고 나서, 신은 홀로

에덴에서 외로웠다. 두 사람의 배신을 미워하고, 두 사람에 대한 불관용을 후회했다. 에덴의 아름다움은 이제 누구를 위한 것도 아니다. 그후 지금까지 신은 홀로 외롭다. ─그런 내용입니다."

데쓰오는 숨을 삼켰다. 기독교 쪽 지식은 거의 없었지만, 그럼에도 라데크의 말에 신기하게 강렬한 감동을 받았다.

"대단한 시네요! 저는 기독교인이 아니지만, 뭐라고 할지, ……잘 표현 못하겠지만 아무튼 굉장히 감동했습니다. 소름 돋았어요. 이것 보세요! ─몇 살 때 쓰신 거죠?"

"열 살 때요."

"조숙하셨군요. 선생님이 놀라지 않았나요?"

"아뇨, 야단맞았어요."

라데크가 실눈을 떴다.

"왜요?" 데쓰오는 양쪽 눈썹을 치켜세웠다.

"잘못된 생각이라고 하더군요. 신을 너무 하찮게 본다고. 폴란드인은 거의 가톨릭입니다. 나도 그렇고요. 하지만 어린 내가 마음속에 그린 신의 모습은 그런 거였어요."

데쓰오는 고개를 끄덕인 후 신중하게 말을 고르며 물었다.

"라데크 씨는, ……사후세계에 대해 기억하시는 게 있나요?"

그제 세미나에서 그도 데쓰오와 같은 방에 있었다.

"아뇨, 전혀. 하나도 기억나지 않습니다. ─쓰치야 씨랑 마찬가지죠."

그는 그렇게 말하고 고개를 젓고는 숨을 한 번 가다듬은 후 말을 이었다.

"기억나는 건, ……죽음의 공포뿐이에요."

데쓰오는 마른침을 삼켰다. 라데크는 앞으로 내디디려던 걸음을 주저하듯 다시 시 얘기로 돌아갔다.

"한 삼십 년 넘게 그 시를 잊고 살았어요. 그런데 오늘 아침 문득 떠올랐죠. 여기, 사람들이 사라진 '파라디'를 보다가. 기억이란 정말 기묘해요."

데쓰오는 이 성인 같은 폴란드인이 나지막하고 온화한 목소리로 해주는 이야기에 강렬하게 매료되었다. 어쩐지 크고 깊은 정신을 바로 옆에서 접하는 기분에 긴장과 황홀이 용솟음쳤다.

"어제 사건의 영향도 있을 겁니다."

데쓰오의 말에 라데크가 동의했다.

"큰 충격이었죠. ─쓰치야 씨는 돌아가신 분과 아는 사이였나요?"

"네. 대화를 나눈 건 손에 꼽을 정도지만. ……제가 일했던 회사의 경비원이었습니다. 그는, ……괴로워했어요. 마지막 순간 저에게 말했죠. 살아봤지만, 결국 그게 뭐가 재미있는지 알 수 없었다고, 시시해서 이젠 그만두겠다고."

데쓰오는 사에키의 속마음을 '괴로워했다'고 표현한 자신이 놀라웠다. 자연스럽게 입 밖으로 튀어나온 그 말이 옳은 건지는 알 수 없었다.

라데크는 움푹 들어간 눈을 감았다. 그리고 터키석처럼 파란 눈을 다시 뜨고 말했다.

"누구도 인간의 고뇌할 권리를 부정할 순 없어요. 그건 잔혹한 일입니다. 우리는 늘 치유를 너무 서두르고, 자기가 사는 세계를 증오에서 지켜내는 데 필사적이라, 타자의 고뇌에 대한 존중을 잊기 쉽습니다."

그 말은 이해됐는지조차 불분명한 채로 데쓰오의 가슴 깊숙이 박혔다. 라데크는 시선을 피하지 않고 말을 이었다.

"고뇌를 부정당한 인간은 비극적인 방법으로 그것을 증명하는 궁지에 내몰립니다. 대부분의 경우, 우리는 절대 부정할 수 없는 심각한 사태가 일어난 후에야 비로소 그의 고뇌를 알게 되죠."

데쓰오는 곧바로 대답하지 않았다. 그리고 반쯤 혼잣말처럼 중얼거렸다.

"사에키는 몇 번이나 저에게 인간과 이 세상에 대한 경멸을 말했어요. 왜 내가 그걸 인정하지 않는지 조바심 내듯이."

"삶에 긍정적인 인간이든 부정적인 인간이든 같은 세상을 살아가고, 같은 인간으로 인생을 살아갑니다. 자기 세상을 우롱당하고 인생을 폄하당하면, 살고자 하는 인간은 당연히 반발하기 마련이죠. 자기를 지키기 위해서요. 무가치한 세상에서 무가치한 인생을 산다는 것을 우리는 도저히 견디지 못해요. 그것은 끔찍한 일입니다."

"사에키의 이야기는 단지 불쾌함에 그치는 게 아니라, 가끔은
뭐랄까, 마치 나 자신의 속마음을 말하는 느낌이 들었어요. 전혀
기억에 없는 생각인데도. 그래서 더더욱 견디기 힘들었습니다."

"누구나 무조건적으로 이 세상의 훌륭함을 긍정할 수 있는 건
아니에요. ─에두른 이야기겠지만," 라데크가 약간 생경한 발음
으로 말했다. "유럽에는 그노시스주의라는 사상이 있어요. 이 세
계는 악인에 의해 창조된 악랄한 적의로 가득한 장소이며, 인간
은 머나먼 선한 신의 세계로 탈출해야 한다는 사고방식입니다.
전쟁이나 페스트로 사람들이 다수 죽어나가던 중세에는 그 말이
맞다고 느낀 사람이 많았죠. 나는 폴란드인이라 그 심정을 이해
할 수 있어요. 폴란드의 역사는 매우 참혹했어요. 우리 고향 마
을도 절망을 경험했죠. ……그노시스주의자들은 이단으로 근절
됐지만 사상은 남았죠. 아주 강렬한 사상입니다."

데쓰오는 미간을 찌푸린 채 고개를 숙였다. 그리고 풀죽은 표
정으로 말했다.

"사에키는 제가 아니라 라데크 씨 같은 분과 얘기를 나눠야 했
는지도 모르겠어요."

"그렇게 생각하진 않습니다. 나에게 무슨 힘이 있겠습니까?"

라데크의 단호한 대꾸에 데쓰오는 말문이 막혔다. '라데크 씨
와'가 아니라 '라데크 씨 같은 분과'라는 의도였지만, 오해를 산

것은 단지 언어의 이해 문제가 아니라 그가 제멋대로 내린 평가를 라데크가 훤히 꿰뚫어보았기 때문이라는 느낌이 들었다.

라데크는 입을 다물어버린 데쓰오를 배려하듯 표정을 부드럽게 풀었다.

"간단한 일이 아니에요."

"네, 그야 물론. ……기독교에서는 자살이 죄라고 들었습니다. 사에키는, ……그는 마지막에 죄를 범한 셈일까요?"

"그가 기독교인이라면 자살은 죄입니다. 우리는 신이 만든 이 세상과 인간을 사랑해야 합니다. 서로 밀접하게 맺어진 관계죠. 물론 나 자신도 예외는 아니에요. 그노시스주의와 기독교의 첨예한 대립각이 그 지점이었죠. 나는 사에키 씨의 신앙에 대해 모릅니다만. ……"

"요컨대 자살자는 죄인이라는 건가요?"

라데크가 조금 내키지 않는다는 듯 입가에 힘을 주었다.

"이건 어디까지나 나의 사고방식입니다. ─만약 신이 인간을 만들었고, 그 인간이 자살한다면, 책임은 신에게 있어요. 그렇게 만들었으니까, 자기를 본떠서. ……가끔 이런 생각을 해요. 신은 전지전능합니다. 신에게 불가능은 없죠. 그렇다면 신은 자살할 수 있을까 하는 생각. 신은 유有입니다. 존재예요. 만물이 존재하는 근거죠. 그런 신이 자살해버린다면, 모든 것이 무無가 되겠죠."

데쓰오는 '신의 자살'이라는 발상에 놀랐다. 그런 생각은 지금껏 한 번도 해본 적이 없었다. 그래서 이어지는 부분이 너무 난해하게 느껴졌다.

그는 애매한 이해 속에서 언뜻 떠오른 반론을 말해보았다.

"설령 신이 죽어도, 신이 만든 이 세상은 계속 남아 있지 않을까요?"

"신과 함께 현재가 사라지면 과거도 존재하지 않게 됩니다. 왜냐하면 과거는 이미 소멸했고, 우리는 그것을 단지 현재에서만 알 수 있으니까요. 우리에게는 기억이 있지만 그것을 떠올리는 것은 현재예요. ─그러나 쓰치야 씨의 사고방식이 인간에게는 더 자연스럽죠. 인간이란 그리 생각하는 법이니까요. 신이 죽어도 신이 만든 세상은 남는다고. 언젠가 인류가 아담과 이브가 사라지고 난 에덴동산을 발견했을 때, 그곳이 이 정원처럼 몹시 황폐하고, 실은 신이 아주 오랜 옛날에 자살했다는 걸 안다면 깜짝 놀라겠죠. 그렇지만 인간의 역사를 되돌아보며 여러 가지를 납득할 거예요. 히로시마나 아우슈비츠도 신의 자살 후 일어난 일이라고 생각한다면 말이죠."

라데크는 고개를 살짝 갸웃하고 생각에 잠겨 말을 이었다.

"만약 신에게 자살이 불가능하다면, 신을 본떠 만들어진 인간은 신을 배신하고 자살할 자유를 얻은 셈이겠죠. 인간은 물론 신과 같지 않아요. 비슷할 뿐이죠. 신과 다른, 인간 특유의 뭔가가 인간을 자살하게 만들어요. 인간이 신이 만든 세상이나 신이 만든 스스로가 마음에 들지 않아서 삶을 포기하려 한다면, 신은 안타깝고 섭섭하겠죠. ─난 그렇게 생각합니다."

"저는, ……종교가 없는 사람이라 신에 대한 죄라는 사고방식을 사실 잘 모릅니다. 그렇지만, ……사랑하는 사람에 대한 죄라면 알 것 같아요."

"사랑하는 사람이 자살한다면 슬프겠죠. 하지만 나는 비난하진 않습니다. 만약 신이 그녀를 죄인으로 벌한다면 나는 신이 아니라 그녀의 편에 서고 싶어요. 인간으로서 말입니다. 그리고 신에게는 용서해달라고 하겠죠. ……나는 이미 신앙을 잃었는지도 모르겠어요."

데쓰오는 라데크가 갑자기 '그녀'라고 한 것이 마음에 걸렸다. 외국어를 하다보니 나온 실수였을까? 단순한 대명사가 아니라 구체적인 누군가를 가리키는 것 같았다. ─그러나 그 자리에서 더 캐묻지는 않았다.

데쓰오 안에서 고백의 열기가 억누르기 힘들 만큼 부풀어올랐다. 사에키의 이름이나 인간 일반을 빌려 자살을 논하는 게 아니라, 이제 자기 자신의 경우를 이 성인 같은 폴란드인에게 꼭 말해주고 싶었다.

입을 열려다가 한 번 말을 삼켰다. 그리고 다시 결심을 굳히고 말했다.

"실은 저도 자살했습니다."

라데크는 그 갑작스러운 말의 행방을 지켜보듯 데쓰오를 응시했다.

"사고로 죽었다는 건 거짓말입니다. 제 발로 회사 옥상에서 뛰어내렸어요."

"왜죠?"

"모르겠습니다. ─정말로 모르겠어요. 거짓말이 아니에요. 왜 자살했는지, ……전혀 기억이 안 납니다. 죽기 직전의 기억이 공백이 됐고, ……환생 후 내가 삼 년 전 죽었고, 게다가 자살했다는 얘기를 아내에게 들었어요. 그때는 믿지 않았죠. 있을 수 없는 일이니까. 주위 사람들이 모두 나를 자살할 만한 인간으로 여기고 있다고 생각하면 억울해서 견딜 수가 없었어요. ─그런데 결국은 자살이었어요. 제가 죽기 전에 찍힌 방범카메라 영상을 봤습니다. ……자살이었어요. ……자살이었습니다."

그렇게 두 번 반복하자 지금까지 움직이지 않던 내면의 어딘가에서 순식간에 격렬한 감정이 분출되었다.

"정말이지 알 수가 없어요! 저는 절대 자살 같은 걸 할 인간이 아니에요! 자살하지 않을 이유가 수도 없이 많아요. 저에게는 소중한 아내와 아이가 있습니다. 아이는 제가 죽었을 때 고작 한 살이었어요. 가까스로 '아빠' 소리를 하던 무렵이었다고요! 어떻게 그런 애를 남겨두고 자살할 수 있겠습니까? 집을 산 지도 얼마 안

됐어요. 회사 일도 잘되고 있었어요. 저는 제관회사에서 일했고, 이 년에 걸쳐 실현해낸 맥주 캔이 발매된 직후였고, 그 맥주는 제가 죽은 후 인기상품이 됐죠. 제가 그걸 얼마나 기대했는데! 형처럼 다정한 친구도 있고, 고향집에는 저와 각별한 나이드신 할머니와 어머니가 있어요! 그중 하나만 들어도 저의 자살을 막기에 충분해요. 자살할 이유는 단 한 가지도 없어요! 물론 살다보면 안 좋은 일이 한두 가지쯤 생기죠. 그렇지만 누가 어떻게 생각했든 죽을 정도는 아니에요! 저는 십팔 개월 때 아버지를 심장발작으로 잃었어요. 그래서 아버지가 되어 가족을 행복하게 해주는 게 꿈이었다고요! 죽는 것도 너무 두려웠어요. 지금 당장 죽어도 후회 없을 만큼 열심히 살자고 늘 생각했죠. 저에게 목숨은 더없이 소중했어요. 사에키 같은 놈과는 달라요! 그런데 제가 왜 자살을 하죠? 너무 이상해요. 저는 자살할 인간이 아니에요! ……"

가슴이 말의 기세에 짓눌려 찢어질 듯이 아팠다. 데쓰오의 얼굴에는 스스로 탈출하고자 하는 인간의 절박하고 비장한 빛이 어렸다.

28. 죽음은 오만하게, 인생을 물들인다

"난 당신 심정이 이해됩니다."

데쓰오가 얘기를 끝내자 라데크가 나지막하게 말했다.

한껏 고양되어 있던 데쓰오에게 그 말은 생각보다 위로가 되어주지 못했다.

이 성인 같은 남자가 자신의 존재 전부를 건 방금 이야기에 그저 겉치레로 잠깐의 위안을 건네려 한 거라면, 이 관계에서 얻을 수 있는 것은 이제 없을 터였다. 제멋대로 한 기대에 찬물이 끼얹어지면 데쓰오는 갑작스럽고도 엉뚱한 고백을 주체하지 못해 몹시 부끄러워질 수밖에 없다.

라데크가 폴란드어로 같은 나라 사람에게 거짓말을 한다면 간파할 수 없을지도 모른다. 그러나 아무리 달변이라도 일본어로 거짓말을 하는 한 데쓰오는 그 터진 솔기를 알아챌 터였다. 데쓰오는 다음 한마디를 마른침을 삼키며 기다렸다.

"나는 나 자신과 절대 어울리지 않는 방식으로 죽었어요. 난 남을 위해 스스로를 희생하고 죽을 만한 인간이 아니었죠. 정말이지 아무리 생각해도 나답지 않은 죽음이었어요. 그래서 쓰치야 씨 심정을 이해할 수 있다고 생각한 겁니다."

라데크의 파란 눈동자는 그날의 푸른 하늘을 비춘 것처럼 투명했다. 데쓰오는 그 말이 의외라고 느꼈다.

"다시 살아났을 때, 나는 화재로 불타버린 하숙집 앞에 서 있었어요. 그곳은 빈터였죠. 그래서 당연히 상황을 이해할 수 없었어요. 아무것도 모른 채 이렇게 생각했죠. ―아아, 다행이다, 나는 한참을 망설인 끝에 결국 그 불속으로 뛰어들지 않았구나. 모든 게 화재 후 내가 그렇게 좋아하던 이불 속에서 꾼 악몽이었어. 다행이야. 정말 다행이야, 그런 바보짓을 하지 않아서. ……진심으로 그렇게 생각했어요."

라데크의 얼굴에 흐릿한 미소가 살짝 스쳐갔다.

"불이 났을 때, 나는 책을 읽으며 방바닥에서 꾸벅꾸벅 졸고 있었어요. 『이세 이야기』*였죠. '옛날, 미나세에……'로 시작하는, 내가 좋아하는 대목이었어요. 노년에 접어들어 더이상 플레이보이 노릇을 할 수 없게 된 아리와라노 나리히라**는 우마노카미***로 칠 년간 고레타카 친왕****을 섬겼죠. 친왕은 권력 싸움에서 패해 실의의 나락에 빠져 있었어요. 미나세의 별궁으로 자주 매사냥을 나갔는데, 그때 나리히라가 그 유명한 '이 세상에 벚꽃이 아예 없었더라면, 봄을 지내는 우리네 마음이 그 얼마나 한가로우랴'라는 노래를 읊었죠. 그는 어디까지나 보편적인 내용을 노래하며 어지러이 흩날리는 벚꽃이 혹여 친왕의 마음을 불안하게 만들까 염려했을 겁니다. 난 그 대목에서 매우 섬세한 다정함

---

* 와카를 중심으로 한 짧은 이야기 125대목으로 이루어진 헤이안 시대 설화집.

** 헤이안 시대의 귀족, 시인.

*** 일본 고대 율령제에서 사마노카미와 함께 관마의 사육과 조련을 담당하던 우두머리.

**** 적출인 황자·황손의 칭호.

을 느꼈어요. 그런데 친왕이 도읍지에 있는 집으로 돌아가 배웅 인사 삼아 술을 청했을 때, 나리히라가 오늘은 일찍 돌아가고 싶다는 솔직한 심정을 노래로 전했어요. 피곤했겠죠, 아마도. 충분히 이해가 갑니다. ―그런데 그후, 젊은 고레타카 친왕이 너무나 갑작스럽게 출가해버리죠. 나리히라는 큰 충격을 받아요. 그래서 눈 내리는 추운 계절에 히에이 산기슭으로 친왕을 만나러 가죠. 그곳에서 만난 친왕이 너무나 딱하고 가엾어서 '꽤 오래도록 곁을 지키며 옛 추억을 떠올리고 들려드렸네'라고 노래합니다. 꽤 오랜 시간을 같이 보내며 옛 추억담 등을 나눴다고. 무슨 얘기를 나눴는지는 쓰여 있지 않아요. 미나세에서 한 사냥처럼 즐거웠던 일들을 차분하게 얘기했겠죠. 전 정말 그 장면을 몇 번이나 읽으며 감동했어요. ―미안합니다. 이건 여담이에요. 너무 깊이 생각하진 말아주세요. 내가 마지막으로 읽은 책 얘기일 뿐입니다."

"아뇨, ……예전에 학교에서 배운 기억이 나는데, 그때는 아무 느낌도 못 받았어요. 지금 라데크 씨가 다시 말씀해주시니 처음으로 마음 깊이 사무칩니다."

데쓰오는 '너무나 갑작스러운' 그 출가가 왠지 자살과 비슷하게 느껴졌다. 다만 그후에 사랑하는 사람과 그렇게 대화를 나누었다는 점은 달랐지만.

"정말 아름다운 문장이에요. 한 글자 한 구절 다 암송할 수 있어요. ……아마 그 때문이겠지만, 나는 환생 후 나리히라의 절명시를 수없이 떠올렸습니다. '결국에는 가야 할 길임을 전부터 듣고 알았으나 이토록 빨리 닥칠 줄이야'라는 노래죠. 정말이지 그런 심정이었어요. ―화재를 맨 처음 알아차린 건 냄새 때문이었죠. 탄내를 맡고 2층에서 내려가려 할 때는 벌써 계단이 시커먼 연기에 휩싸여서 아무것도 보이지 않았어요. 저는 두려움에 떨었죠. 방으로 다시 들어가 창밖으로 뛰어내렸어요. 한밤중이었어요. 건물 밖으로는 아직 내부만큼 연기가 솟지 않았지만, 현관 유리문 안으로 불길이 보이기 시작했습니다. '불이야! 불이야!'라고 큰 소리로 외쳤죠. 불을 끄려고 했지만, 아무래도 힘들 것 같았어요. 그러다가 평소 나에게 잘해주시던 할머니가 빠져나오지 못한 걸 알아차렸어요. '할머니! 할머니!' 하고 소리쳐 불러도 전혀 답이 없었어요. 나는 할머니의 집을 알았습니다. 조금 더 안쪽이었죠. ―그때 난생처음 한순간에 '영원'을 경험했어요. 그 '영원' 속에서 헤맸죠. 그리고 뭔가에 떠밀린 것처럼 타오르는 불길 속으로 뛰어들었어요. ……등뒤에서 비명이 들려왔어요. '안 돼, 무리야, 멈춰!'라는 소리도 들렸죠. 전깃불이 꺼진 집 안은 캄캄했고, 방바닥을 밟는 감촉만 느껴졌어요. 곧바로 내가 완전히 잘못된 행동을 하고 있다는 걸 깨달았습니다. 돕겠다느니 도망치겠다느니 하는 생각을 할 상황이 아니었죠. 연기 때문에 숨을 쉴 수도, 눈을 제대로 뜰 수도 없었어요. 이대로 죽는 거라고 확신했죠. 집이 통째로 땔감이 되어버린 듯 무시무시한 소리가 들렸어요. 순식간에 온몸이 열기의 격통에 침식당했어요. ……나는 가스를 들이마셨죠. ……그리고 그대로 타 죽었어요. ……"

라데크는 천천히 아래를 내려다보며 입을 다물었다. 그리고 고개를 흔들고, 마음을 가라앉히려는 듯 숨을 크게 들이마셨다.

"무서웠겠군요. ……정말 엄청나게."

"무서웠어요. 오로지 그뿐이에요. 울부짖었을지도 몰라요. 그런 기분이 드는데, 기억이 잘 안 납니다. ……다시 살아나서는 폴란드 대사관으로 갔죠. 접수처에 있던 여자가 뭐라고 말하기도 전에 나를 알아보고 놀란 표정을 짓더군요. 나는 딱 한 마디, '다시 살아났습니다'라고 했죠. 그녀는 안에서 나오더니 내 손을 잡고 끌어안았어요. 전혀 모르는 사람인데 말예요. 나를 존경하고 자랑스러워했다더군요. 그때 처음 내가 죽은 뒤 어떤 평판을 얻었는지 알았어요. ……그때부터 내 고통이 시작됐습니다."

"고통요?"

"고통이죠. 오해받는 건 고통 아닌가요? ─나는 그후 신문기사나 텔레비전 뉴스 등을 수없이 봤어요. 돌아가신 할머니의 유족도 만났죠. 사과와 감사인사를 들었어요. 정성 가득한 식사 대접도 받았죠. ……많은 사람이 내 인간성에 감동하고 나를 이상화하고 있었어요. 편지도 수백 통이나 왔고요. 일본인의 한 사람으로서 감사의 뜻을 전하고 싶다고, 수많은 사람이 그렇게 말했습니다. ……어떻게 해야 좋을지 알 수 없었죠. 난 내가 한 행동을 가슴속 깊이 후회하고 있었어요. 그 할머니는 고독했죠. 그리고 친절했어요. 그렇지만 나하고는 그다지 깊은 관계가 아니었어요. 내 목숨과 할머니의 목숨, 두 개를 탁자 위에 놓고 하나를 고르라고 한다면 망설임 없이 내 목숨을 선택했을 겁니다. 나는 영웅도 뭣도 아니에요. 단지 경솔했을 뿐이죠. 나는 절대 그런 인간이 아니에요. 과거에는 부도덕한 짓도 했어요. 그렇게 죽었다고 그런 죄가 상쇄되는 건 아니라고 생각합니다. ……"

데쓰오는 라데크를 응시했다. 두 줄기 주름이 팬 넓은 이마가 무방비할 정도로 훤히 드러나 있었다. 그의 말에서는 어떤 숨김도 거짓도 느껴지지 않았다. 그래서 데쓰오는 그가 더욱 좋아졌다.

라데크는 '아담과 이브가 사라지고 난 에덴동산'을 바라보듯 한여름 햇빛에 무작정 짙푸르기만 한 녹음을 바라보았다. 그들에게는 전혀 느껴지지 않는 머리 위 산들바람이 나무들을 어렴풋이 흔들고 있었다. 일단 가라앉았던 매미 소리가 다시금 그 거구 같은 울림을 천천히 일으켜세웠다.

"쓰치야 씨, 내 죽음이 나의 수많은 죄를 상쇄하고 내 인생을 전면적으로 긍정하게 만들 수 없듯이, 당신의 죽음이 당신이 행한 훌륭한 일을 모두 헛되게 만들고 당신의 인생을 모조리 부정하는 일은 절대 없습니다. 절대 없어요."

라데크는 말의 심지를 단단히 움켜쥔 듯한 목소리로 데쓰오의 눈을 바라보며 말했다. 데쓰오는 눈물을 글썽였다.

"죽음은 오만하게 인생을 물들이죠. 우리는 자기 인생을 색칠하는 갖가지 잉크병을 갖고 있어요. 정성껏 여러 가지 색을 칠해가죠. 그러다가 우연히 마지막에 넘어뜨려버린 잉크병 색이 내 인생 전체를 한 가지 색으로 물들여버린다? 그건 잘못된 소리예요. 내 경우 그것은 우행이라고조차 할 수 없는 자기희생이었죠. 쓰치야 씨의 경우는 자살이었고. 그렇지만 그건 인간이 살아 있는 동안 행하는, 헤아릴 수 없을 만큼 많은 행위 중 고작 하나 아닌가요?"

데쓰오는 입술을 깨물고 소리 없이 눈물을 흘렸다. 그리고 고개를 살며시 끄덕이고는 옛날부터 자주 했던 생각을 자연스럽게 떠올렸다.

"제 아버지는 지금 저와 같은 나이였을 때 돌연사했습니다. 갑자기 심장이 멈춰서. ─혹시 '급사병'이라는 말을 아시나요?"

"급사병? 병명인가요?"

"아뇨, 급사병이라는 건, ……뭐라고 설명할까, 갑자기 덜컥 죽는 겁니다. 별안간 푹 고꾸라지듯이 말이에요. ……돌연사와 같은 뜻이죠."

데쓰오는 자기가 말해놓고도 그 요령 없는 설명이 우스꽝스러웠다. 그래서 눈을 감고 목을 옆으로 푹 꺾는 몸짓으로 설명을 보충했다. 라데크의 표정이 누그러졌다.

"저는 아직 한 살이었으니 아버지에 관한 기억이 전혀 없어요. 어머니 얘기를 듣고, 사진을 몇 장 봤을 뿐이죠. 그렇다보니 제게 아버지란 몇몇 에피소드와 사진으로 만들어진 존재예요. ……예를 들어 저의 아버지는 제가 태어났을 때 너무 기쁜 나머지 평소에는 거의 보내지 않던 연하장에 '아들 탄생!'이라고 써서 굉장히 많이 보냈다고 해요. 저는 그 얘기를 수도 없이 떠올렸죠. 제 안에서 아버지는 일 년 내내 연하장을 쓰고 있어요. 이런 얘기를 하는 지금도 아버지는 '아들 탄생!'이라는 그 연하장을 쓰고 있죠. 제가 죽었던 삼 년간은 쓰지 않았을지 모르지만, 제가 되살아남과 동시에 다시 연하장을 쓰기 시작했어요. 제 머릿속에서. ……그게 제가 떠올리는 아버지다운 모습이에요. 그런 사람이었구나, 라고 늘 상상했죠. 하지만 다른 에피소드를 들었다면, 아버지다운 모습은 좀더 다른 것이 되었겠죠. ……다른 색으로 물들었을지도 몰라요. 만약 어머니가 거짓말쟁이라면 저는 실제 아버지와 동떨어진 아버지상을 품은 셈이죠. 거짓말은 하지 않았더라도 분명 미화되긴 했을 테고."

"소중히 간직하세요, 어머님이 말해주신 그 추억을. 그것 자체가 의미 있습니다."

데쓰오는 라데크가 말하고자 한 의미를 생각하며 "—네" 하고 고개를 끄덕였다.

"죽은 사람은 생전에 인상적이었던 일로 상징될 수밖에 없습니다. 무엇을 했느냐보다, 했던 일 중에서 무엇이 두드러지느냐의 문제죠. ……저는 원래부터 죽음의 방식에 연연하는 사고를 꺼렸어요. 그것은 위험한 유혹입니다. 삶에 대한 집착을 단념시켜버리죠."

"그럴지도 몰라요. ……알 것 같습니다."

"어떤 인생이든 죽음의 방식만 훌륭하면 훌륭한 인생이다. ― 이것은 사람을 파멸시키는 사상이에요. 전쟁이 일어나면 정치인은 그런 사고방식을 철저하게 주입시키죠. 설령 지금까지의 인생이 불우했더라도 마지막에 국가를 위해 싸우다 죽으면 국가는 당신이 훌륭한 인간이었다고 전면적으로 인정한다고. 끔찍하고 비열한 교사教唆예요. ……나는 괴로움으로 가득한 인생을 살다가 죽음의 방식 하나로 마지막에 모든 걸 역전시킬 수 있다고― 자기 일생을 다시 깔끔하게 물들일 수 있다고 꿈꾸는 인간을 동정합니다. 그 진지한 단순함을 사랑해요. 표면적으로는 그렇지 않았지만, 자신이 본질적으로 훌륭한 인간이었다고 마지막 순간이나마 증명하고픈 심정을 이해합니다. 그러나 동의하진 않아요."

데쓰오는 라데크 안에 다정하고 올바른 정신이 힘차게 살아 숨쉬는 것을 느끼고 감동으로 온몸이 떨렸다. 그래서 그의 말을 뒤집어서 자신에게 적용해보았다.

'―어떤 인생이든 죽음의 방식만 비참하면 비참한 인생이다.

그것이 자살자인 지금의 나다. ……'

라데크는 그런 사고방식에 '동의할 수 없다'고 했다. 자살했다고 그 인간이 본질적으로 자살할 만한 인간이었다고는 결코 말할 수 없다. 그렇게 말해서는 안 된다. —데쓰오는 구원받은 느낌이었다. 그것이야말로 그가 지금 가장 이해받고 싶은 점이었다.

그러나 곧바로 생각이 바뀌어, 자신의 마음을 다시 냉철하게 살피지 않을 수 없었다.

라데크가 치솟는 불길 속으로 뛰어들어 타 죽은 것을 아무리 후회한다 해도, —아니, 오히려 그렇기에 더더욱 그를 향한 경외심은 점점 더 강해졌다. 그렇기에 더더욱, 역시나 성인처럼 느껴졌다. 그는 한순간 '영원'을 경험하고, 그 '영원' 속에서 헤맸다고 한다. 헤매고 또 헤매고 한없이 헤맸지만 결국 마지막 순간 결단을 내렸다. 망설임 없이 결단하는 인간보다 그가 훨씬 위대하게 느껴졌다.

마지막 순간 그를 밀어붙인 것은 무엇이었을까? 그것이야말로 그의 인간성이 아닐까? 개성이 아닐까? ……

"라데크 씨와 얘기를 나눌 수 있게 되어 정말 다행입니다. 앞으로 어떻게 살아가야 할지 조금 보이는 기분이에요. 그런데도 여전히 이런 의문이 듭니다. 다람쥐 쳇바퀴 돌기 같지만, 나는 왜 자살했을까? ……자살하기 직전의 제 영상을 봤어요. 건물 방범카메라에 찍혀 있었죠. 제가 전혀 기억 못하는 공백 동안 일어난 일입니다. 저는 옥상 문 앞에서 잠시 주저했어요. 아마 저 역시 그 한순간 '영원'을 경험했겠죠! 그 '영원' 속에서 저도 분명 헤맸을 겁니다. 그런데 왜 거기서 멈추지 않고 자살을 선택했을까요? 제 안의 뭔가가 그렇게 만든 게 아닐까요? 저는 라데크 씨도 그렇다고 생각합니다. 라데크 씨는 역시 성인이에요. 저는 존경합니다. 라데크 씨 안의 무언가가 그 티 없이 맑은 '영원' 속에서 라데크 씨를 불길 속으로 뛰어들게 만들었어요. 제가 너무도 알고 싶은 게 바로 그것입니다. 그것은 라데크 씨가 그런 인간이었다는 뜻이 아닐까요? 자살한 것은 역시 제가 그런 인간이었다는 뜻이 아닐까요?"

라데크가 진지한 표정으로 고개를 가로저었다.

"그때의 나는 그랬다고 말할 수 있을지도 모르죠. 그러나 사흘 전의 나는 달랐을지 몰라요. 지금의 나는 분명 다르겠죠. 그런 기회가 열 번 있다고 할 때, 나는 그런 선택을 한 번밖에 하지 않을지도 몰라요. 그 선택이 우연히 첫번째에 해당했다, 그렇게 생각할 수는 없을까요? 그래도 내가 성인일까요?"

"설령 그렇더라도 첫번째에 해당했다는 것이 중요하지 않습니까?" 데쓰오가 몸을 내밀었다. "인생에 같은 일이 몇 번씩 일어날 리는 없어요. 전부 한 번뿐이지 않을까요? 그 한 번에 무엇을 하느냐, 그것이 그 사람을 뜻하지 않을까요?"

라데크는 한동안 데쓰오를 가만히 바라보았다. 그리고 데쓰오의 말을 가슴속 깊숙이 가라앉히려는 듯 천천히 눈을 깜박거리고는 말했다.

"그 말에는 지금 당장 대답하기 힘들어요. 그러나 설득력은 느꼈습니다. 시간을 좀 주시죠. 깊이 생각해보고 싶습니다."

두 사람은 그때부터 긴 침묵 속에서 방금의 대화를 되새겼다. 발밑의 나무 그늘이 물러나 이제 태양이 무릎까지 바짝 다가와 있었다.

라데크가 시계를 보며 "슬슬 가봐야겠군요"라고 말했다.

"많은 얘기를 나눠서 정말 기뻤습니다. 고맙습니다."

"저야말로 고맙습니다. ―쓰치야 씨, 저와 친한 일본인 친구가 자살대책 NPO에서 일하고 있어요. 한번 상담해보면 좋을 것 같습니다. 굉장히 유능한 사람이에요. 많은 자살자를 봐왔으니 당신에게도 분명 도움되는 조언을 해줄 겁니다."

데쓰오는 같이 자리에서 일어서며 "고맙습니다. 꼭 소개해주세요. 저도 앞으로 나아가고 싶으니까요"라고 말했다. "라데크 씨는 폴란드로 돌아가시나요?"

"그럴 생각이에요."

"그렇군요. ……아쉽습니다."

"이메일을 주고받죠. 가끔 제가 일본어를 떠올리도록 해주세요."

"물론입니다! 네, 꼭!"

라데크는 마지막으로 큼지막한 손을 데쓰오에게 내밀면서 말했다.

　"친구가 됩시다."

　데쓰오는 감격해서 "네, 기꺼이! 친구가 되죠"라고 마치 그런 모국어를 처음 써보는 기분으로 말한 후, 두 손으로 라데크의 손을 맞잡았다.

8장

–

승자 없는
싸움

29. 물린 흔적이라곤 어디에도 없는 잇자국

파라디 누마즈를 나선 데쓰오가 집에 도착한 것은 점심때가
지나서였다.

엘리베이터 문이 열리자마자 옆집 치와와가 비실거리며 다가
오는 광경에 기시감이 들었다.

"오, 이리 와, 카푸치노."

그는 트롤리케이스를 옆에 세워두고 우편물 다발을 옆구리에
끼고서는, 또 침냄새가 배겠지 염려하면서도 털썩 무릎을 꿇었
다. 구슬을 닦듯 머리를 어루만져주자, 카푸치노는 코를 킁킁거
리며 과장된 분장을 한 듯한 갈색 눈꺼풀을 반쯤 감고 기분좋은

듯이 턱을 쳐들었다.

이 개만은 살아 돌아온 데쓰오를 처음부터 전혀 경계하지 않
고 생의 세계로 환영해주었다. 당연하다. 개가 사람의 생사를 알
리 없다. 그저 자기 눈앞에 있느냐 없느냐 그뿐일 것이다.

얼굴을 가까이 대자 예의 불쾌한 냄새가 코를 확 찔렀다. 몸의
털도 성겨져서 다리미만한 작은 몸에 여전히 깃든 열기가 애처
로웠다. 엄지로 미간을 간질이듯 어루만졌다.

"넌 모르겠지만, 난 한 번 죽었었어. 그것도 제 발로 회사 옥상
에서 뛰어내려서. ……왜 그랬을 것 같니?"

카푸치노의 검은 눈동자가 마주보는 그의 얼굴을 고스란히 담
아냈다. 아무래도 꺼림칙했는지 개는 갑자기 시선을 홱 돌리더
니 일부러 그러듯이 하품을 했다.

"네가 알 리 없겠지. 실은 나도 몰라. 그래서 난처해."

데쓰오는 인기척을 느끼고 얼굴을 들었다. 옆집 부인이 자기
개의 꼬리를 사랑스러운 듯이 바라보고 있었다. 신기하게 그날
이후로 그녀와는 한 번도 마주치지 않았다.

데쓰오는 일어서서 인사한 후 품에 안고 있던 카푸치노를 건
네주었다.

"손 더러워졌죠?"

"아, 아뇨." 웃으며 대답하고 트롤리케이스로 팔을 뻗었다.

"……저기, ……"

"네?"

"쓰치야 씨, 다시 살아나신 거죠? 환생하신 거죠?"

"아, 네, ……그렇습니다."

"개는 어떨까요?"

"네?"

"개도 다시 살아날 수 있을까요?"

"……글쎄, 어떨까요? 아직 들어본 적은 없는데."

"이 녀석도 이제 나이가 나이인지라 걱정이에요. 우리는 자식이 없어서."

그렇게 말한 부인이 품에 안은 카푸치노에게 뭐라고 작게 말을 건넸다.

데쓰오는 정치인 고가사키가 말한, 나이든 환생자는 없다는 이야기를 떠올렸다. 이 개도 엄연한 고령자다. 카푸치노가 그냥 입다물고 있으라고 눈짓하듯 동그란 몸을 비틀며 주인의 품속에서 이쪽으로 얼굴을 돌렸다.

사람이 아닌 존재는 자신에게 다가오는 죽음을 어떻게 느낄까? 걸을 때 예전처럼 다리가 빨리 움직이지 않는다. 이가 부실해져 사료를 만족스럽게 씹을 수도 없다. 개는 그런 현상을 어떻게 느낄까?

데쓰오는 조금 전과 반대되는 생각을 했다. 카푸치노는 실은 개 특유의 민감한 코로 자신의 구취 같은 냄새를 내 몸에서도 맡은 게 아닐까? 삼 년간 시체로 지낸 내 몸에서. 그래서 같은 세계의 주민으로 받아들여준 것이 아닐까. 저승사자가 마중나왔다고 착각한 건 아닐까? ─

옆집 부인이 "자, 집에 갈까?" 하고 카푸치노에게 말한 후 데쓰오에게 고개를 숙였다.

홀로 복도에 남겨진 데쓰오는 방금 카푸치노를 쓰다듬었던 양손을 뚫어져라 내려다보았다. 그리고 자신이 살아 있음을 새삼 확인하듯 몇 번이고 쥐었다 폈다 했다.

지카가 집으로 돌아왔을 때는 창밖의 빛이 반투명한 황색을 어렴풋이 띠기 시작했다. 데쓰오는 음악도 틀지 않고 편안히 앉아 리쿠가 한 살 때 찍은 단옷날 사진을 보고 있었다.

"어서 와. ……어, 리쿠는?"

"다녀왔어. 지금 놀이방에 픽업 갈 거야."

"그래? 왜 차 안 가지고 다녀?"

"어? ……그냥 어쩌다보니."

지카가 고개를 갸웃거리며 웃었다. 그리고 "아─, 덥다" 하며 얼음을 넣은 컵에 수돗물을 받아 마시며 위를 올려다보았다.

데쓰오는 최근 한 달 동안 지카가 왜 자동차 운전을 피하는지 의아하게 여기고 있었다.

그녀도 정신적으로 어려운 시간을 보내고 있다. 그것을 이해하기에, 납득하기 어려운 변덕에도 약간의 죄책감이 느껴져 깊이 캐묻지 않았다. 혹시 어디 몸이 아픈 건 아닐까? 데쓰오는 부엌 조리대 너머로 그녀를 바라보며 처음으로 그런 걱정을 했다.

지카가 컵을 헹구고 돌아보더니 입을 열었다.

"어땠어?"

데쓰오는 시간을 신경쓰며 "픽업 시간 아직 괜찮아?"라고 확인했다.

"응."

"결론이 났어."

지카는 그 한마디로 모든 것을 이해한 것처럼 보였다. 데쓰오는 자신이 줄곧 이때를 기다려온 듯 느껴졌다.

"내 사인 말인데, ……"

"응."

"자살이었어, 역시나."

데쓰오의 가슴이 괴롭게 뛰었다.

"틀림없어?"

"틀림없어. 방범카메라 영상을 봤으니까. ……내 발로 회사 옥상에서 뛰어내렸어."

두 사람의 목소리에, 그 한마디 한마디에 더없이 익숙한 집안의 공기가, 미세하게 흔들렸다.

"그래. ……알았어. 그런데 어디 있었어, 그 영상이? 계속 찾아다녔잖아."

"사에키가 갖고 있었어. 경비실에서 복사한 모양이야. 직접 가져왔더군, 환생자 모임에."

지카는 표정을 흐트러뜨리지 않으려고 사념의 무게를 견뎌내고 있었다. 석양이 그녀의 곧은 콧마루를 확연하게 증명해주었다.

"그런데 왜 자살했는지는 여전히 생각 안 나. 도무지 짚이는 게 없어."

"부서 이동 건은?" 지카가 곧바로 물었다.

"뇌물 수수 누명 쓴 것 말이야?"

"그것 때문에 이동하게 됐었다며."

"물론 속이 뒤집힐 만한 사건이었지만, 그렇다고 자살할 생각까지 할 리 없어. 난 결백했으니까. 죽으면 반론도 할 수 없을 테고. 나 없이 자기들 좋을 대로 떠든다고 상상만 해도 돌아버릴 지경이었는걸."

"자길 괴롭힌 사람에게 자기가 얼마나 괴로웠는지 깨우쳐주고 싶은 생각은 없었어? 죽음으로 항의하고 싶다거나?"

"그런 생각은 안 해!"

데쓰오는 그녀의 말이 끝나기가 무섭게 고개를 저었다.

"자살해도 눈 하나 깜짝 안 할 거야, 그런 놈은. 게다가 죽기 훨씬 전 일이잖아! 그후에 나는 이시자와 맥주로 내 능력을 확

380

실하게 증명했어. 내 생활 태도로 그 일을 뛰어넘고 싶었으니까. 난 그런 옹졸한 인간이 아니야! 나중에 수치스러운 자기혐오에 빠진 건, 내가 아니라 뒤에서 험담해댄 놈들이었다고."

데쓰오는 그렇게 말한 후, 지카가 탁자에 앉을 때까지 기다렸다가 말을 이었다.

"난 원래부터 목숨을 아까워했어. 진심이야. 오래 살고 싶었어. 보통 사람들보다 훨씬 삶에 집착했어. 무엇보다 당신과 리쿠를 남겨두고 자살하다니, 있을 수 없는 일이야. ……억울해, 어쩌다 이 지경이 됐는지."

"우울증 아니냐는 얘기도 있었어. 부서 이동을 하면 그러는 사람이 꽤 있대."

"당신 눈에는 그래 보였어?"

"아니. ……피곤해 보인다 싶긴 했지만."

"피곤하기야 했지. 하지만 그보다 훨씬 바쁜 시기도 있었잖아. 죽을 만큼 괴로웠다면 나도 말했겠지."

"말 안 했을 거야."

"뭐?"

"당신은 회사 일이 힘들어도 나한테 말 안 했어. 집안일을 나 혼자 떠맡는 것도 마음에 걸려했고."

"그렇다면 더더욱 불가능해. 내가 죽으면 당신에게 영원히 떠맡기는 셈이잖아. 안 그래? ……아니, 같이 생각해주는데 자꾸 반론만 해서 미안한데. ……"

데쓰오는 자신이 그녀를 몰아붙이는 것 같아 괴로웠다. 지카
는 고개를 가로젓더니 기죽지 않고 말을 이었다.

"봐, 지금도 인정 안 하잖아. 뭐든 별것 아니라고 바로 스스로
를 설득하고, 절대 우는소리를 안 해."

"……"

"당신도 무리했을 거야. 그 사에키라는 사람은 당신이 행복하
게 사는 것에 지나치게 매달렸다고 말했지만, ……"

"그런 인간의 말을 진지하게 받아들이면 안 돼!" 데쓰오가 참
지 못하고 말을 잘랐다. "그놈 말이 설득력 있긴 했지. 마치 그게
내 진심이었던 것처럼 말이야. 그렇지만 그건 그놈의 표현 문제
야. 사에키가 마지막에 뭐라고 했는 줄 알아? 하다하다, 사실은
자기가 살아 돌아온 내 아버지라고 했다고. '난 네 아버지야, 데
쓰오'라고. ……구역질이 나. 그놈은 단지 우리 마음을 엉망진창
으로 헤집고 싶었을 뿐이야. 이제 잊어버리자. 그런 존재는 우리
과거에서 깨끗이 지워버려야 해. 이름도 꺼내선 안 돼. 나도 안
꺼낼 거야, 절대."

데쓰오는 "부인은 나와 같은 종류의 인간이에요"라던 사에키
의 말을 떠올렸다. 지카에게 '비밀'이 있다는 말도. 그러나 그 말
을 신경질적으로 뿌리쳤다. 그리고 마치 눈앞의 사에키에게 직
접 반론하듯 말했다.

"무엇보다, 행복해지고 싶지 않은 인간이 과연 이 세상에 있을까? 누구나 그렇게 생각해. 그것은 지극히 평범한 바람이야."

"—나 때문이야?"

지카가 이야기의 맥락을 단번에 건너뛰며 갑작스럽게 물었다. 그 절박한 눈빛에 데쓰오는 말문이 막혔다.

"혹시 나 때문에 자살한 거 아니야? 솔직히 말해줘."

지금까지 몇 번 그녀의 입에서 나온 질문이었다. 그러나 그럴 때마다 꼭 끌어안듯이 되풀이해온 "난 살해당했어"라는 변명은 이미 자격을 박탈당한 후였다. 훤히 드러난 그녀의 죄책감은 역시나 훤히 드러난 그의 자책감과 곧바로 맞닿았다. 그 예리한 통증에 데쓰오는 얼굴을 찡그렸다.

"왜 당신 때문이겠어?"

"나한테 아무 의도가 없었어도, 당신이 전혀 당한 게 없다고 생각해도, ……정작 우리 눈앞에 있는 것은 당신이 자살했다는 사실이잖아. 언제나 곁에 있었던 사람은 나고. ……"

"아니야! 지카 때문이 아니야. 당사자인 내가 말하잖아! 난 정말로 지카에게 감사하는 마음뿐이야. 결혼해서 행복했어. 다른 사람과의 결혼은 상상도 할 수 없어. 환생해서 당신에게 이미 다른 짝이 있을 거라고 지레짐작하던 내가 어때 보였는지 떠올려봐. 부끄럽지만. ……이런 거, ……음, 표현을 잘 못하겠지만, 난 진심으로 당신을 사랑해. 이루 말할 수 없이 소중하다고!"

데쓰오는 손을 움직이고, 목소리를 뒤집고, 눈을 부릅뜨고, 웃어 보이기까지 하면서 필사적으로 말했다. 그것이 그의 거짓 없는 마음이었다.

그러나 굳게 다문 지카의 입술은 열릴 줄 모르고 그저 떨리기만 할 뿐이었다.

데쓰오는 자리에서 일어나서 그녀 곁으로 다가가 두 손을 잡았다. 그리고 자신의 모든 존재를 그녀 앞에 내던지고 용서를 구했다.

"자살해서 미안해. ……고생시키고, 슬프고, 외롭게 만들어서, ……정말로, ……미안해."

지카는 데쓰오의 손을 꼭 쥔 채 아래를 내려다보며 뚝뚝 눈물을 흘렸다. 데쓰오는 눈이 휘둥그레져서 끊임없이 흘러넘치는 그 따뜻한 눈물을 바라보았다. 지카도 놀란 것 같았다. 가슴에 경련이 일고, 코로는 더이상 숨을 쉴 수 없어 입으로 간신히 호흡을 했다.

그렇게 한동안 지카의 오열 소리만 들렸다. 이윽고 살며시 고개를 한 번 끄덕이고 얼굴을 들더니, 다시 한번 고개를 끄덕이고 "고마워"라고 했다.

데쓰오는 젖은 뺨에 얼굴을 비비며 입을 맞췄다. 그리고 서로 힘껏 끌어안았다.

긴 시간이 지나고 몸을 떨어뜨린 두 사람은 교대로 티슈를 뽑아 눈을 닦았다.

시계를 본 지카가 갑자기 정신을 차린 듯이, "리쿠 데리러 가야 해"라고 말했다. 데쓰오가 먼저 일어나서 그녀의 팔을 잡고 일으켜 세운 후 "나도 갈게"라며 나갈 채비를 했다.

도보로 이십 분쯤 걸리는 그 길을 데쓰오는 환생 후 처음으로 지카와 나란히 걸어갔다.

라데크 얘기를 하고, 그가 소개해준 자살문제 전문 NPO 법인에서 상담을 받아보겠다고 했다. 지카는 옆에서 그를 올려다보며 찬성했다.

"나도 뭐든 도와줄 테니까, 앞으로는 같이 생각하자."

데쓰오가 지카의 얼굴을 응시하며 속삭이듯 말했다.

"고마워. 표현이 좀 이상하지만, 자살이라고 인정하니 오히려 마음이 좀 편해졌어. 이젠 그냥 잊어버릴까 하는 생각도 들고. ……"

놀이방 앞까지 오자 데쓰오는 "난 저쪽 편의점에서 기다릴게. 선생님들은 아직 내가 환생한 줄 모를 테니 설명하기도 그렇고"라며 걸음을 멈추었다.

지카는 고개를 끄덕이고는 "그럼 우유랑 달걀 좀 사다줘"라고 부탁했다.

장 보기는 금방 끝났고, 딱히 서서 읽을 만한 잡지도 없었다.

데쓰오는 기다리기 지쳐 슬슬 놀이방을 몰래 살펴보러 갔다.

지카는 광장 쪽으로 놓인 신발장 앞에 서서 젊은 선생님과 대화중이었다. 오렌지빛 석양이 드리워진 놀이방 마당은 이리저리 뛰어다니는 아이들 목소리로 활기가 넘쳤다.

리쿠가 바로 눈앞에 있었다. 데쓰오는 울타리에 있는 나무 그늘에 몸을 숨겼다.

남자아이 하나가 둥그런 밧줄에 휘감겨 드러누워 있었다. 리쿠가 럭비공을 본뜬 커다란 노란색 플라스틱 놀이기구를 안고 오더니 그것을 누워 있는 아이의 가슴에 대며 말했다.

"특수 구조부대입니다. 큰일났습니다, 고사키가 죽었습니다! 알겠습니다. '돈부라코'로 지금 바로 구조하겠습니다! 캡슐에 들어가주세요!"

리쿠가 그러는 동안 가만있던 아이가 웃으며 눈을 떠버렸다.

"엇, 아직 살아나면 안 돼!"

리쿠가 캡슐을 들어올리더니 다시 엄숙하게 가슴 위에 내려놓았다. 그리고 사람이 되살아나는 상황을 뜻하는 매우 희한한 소리를 입으로 냈다.

"리쿠, 엄마가 기다려!"

데쓰오는 그 기묘한 놀이를 복잡한 심경으로 지켜보았다. 저렇게 어린 나이에 이미 죽음을 의식하고 있다. 자신의 어린 시절과 똑같았다.

인간은 어느 날 갑자기 죽는다. 언젠가 저 아이도 자기처럼 그런 상상으로 괴로워할 때가 올까? 지카가 자세히 설명해주지는 않았지만, 리쿠는 아빠가 사고로 한 번 죽었었다고 이해하고 있는 것 같았다.

그렇대도 상관없다. 아직 어리니까 어쨌든 계속 살아가기만 한다면, 그의 죽음을 없었던 일로 만들 수 있을지 모른다. 서서히 시간을 들여 가족 모두가 잊고, 본래의 평온한 삶을 되찾는다. ―그렇다, 내가 환생했으니 리쿠는 더이상 자살자의 자식으로 살아가지 않아도 된다. 어두운 비밀 때문에 남에게 주눅들 필요도 없다.

선생님이 부르자 리쿠는 데쓰오가 보고 있는 것을 알아채지 못한 채 튀어오를 듯이 지카에게 달려갔다. 데쓰오는 그 조그만 등을 바라보다가 불안해졌다.

'두 번 다시 저 아이 앞에서 갑자기 사라지면 안 된다. 그러기 위해서라도 내가 자살한 이유를 이대로 불분명하게 놔둬선 안 된다. 분명하게 밝히고 마주해야 한다. 나는 지금이야말로 행복을 되찾아가고 있다. 그래서 더욱 두렵다. 나는 말 그대로 행복의 절정에서 무슨 영문인지 모르게 갑자기 자살해버린 사람이니까. ……'

30. 범람하는 자화상

"어서 오십시오. 많이 더우시죠? 지독한 더위네요."

NPO 법인 '프로그'의 대표 이케하타가 손수 문을 열고 데쓰오를 맞고는 얼린 물수건을 바통처럼 건넸다. 데쓰오는 실례한다며 현관에 서서 땀범벅인 얼굴을 닦았다. 결이 성긴 물수건은 얼얼할 정도로 차가워서, 달아오른 뺨의 열기가 금세 가라앉았다. 물수건은 순식간에 손바닥 위에서 후줄근하게 퍼졌다.

사무실은 도쿄 요쓰야 역 근처에 있는 오래된 잡거빌딩 3층이었다. 신발을 벗고 안으로 들어가자 스태프 대여섯 명이 일손을 멈추고 데쓰오에게 상냥하게 인사를 건넸다.

안쪽 별실로 안내받았다. 데쓰오에게 슬리퍼를 내줬지만 이케하타는 무명색 면바지 자락을 걷어올리고 타일카펫 위를 맨발로 걸어갔다. 그 모습이 잔디를 밟는 것처럼 기분좋아 보였다. 발가락에는 검고 곧은 털이 잡초처럼 나 있었다. 양말 같은 걸 신으면 답답하잖아, 라고 스스로 말할 것처럼 묘한 존재감이 느껴지는 발이었다.

맨발이 딱히 희한할 건 없지만, 데쓰오는 이케하타가 역시나 독특한 사람이라고 느꼈다.

라데크의 소개로 인사 대신 미리 이메일을 보내 지금까지의 경위를 자세하게 설명했다. 그후 바로 전화가 와서 삼십 분가량 통화했다. 딱히 농담을 하지도 않았는데 말끝이 부하게 부풀어 오르는 재미가 있어서 몇 번이나 웃음이 새어나올 뻔했다.

통화중 가장 먼저 아무것도 기억나지 않는다고 호소하는 데쓰오에게 이케하타는 의외로 냉정한 답변을 했다.

"실은 자살 미수자 중에도 아슬아슬한 순간 구조받고 나중에 자기가 왜 자살하려고 했는지 모르겠다고 말하는 사람이 꽤 있어요. 주위에서도 '저 사람이 왜?'라며 믿기지 않아하죠. '마의 삼십 분'이나 '공백의 삼십 분'이라고도 합니다. 그래서 우리는 전부터 돌아가신 분들 중에도 틀림없이 그런 경우가 많을 거라고 생각했어요. 아직까지는 증명할 방법이 없지만."

"공백의 삼십 분, ……요?"

"실제 시간의 길이는 다양한데, 추상적으로 그렇게들 말하죠."

"그때 자기가 한 일을 모르는 걸까요? 아니면 알긴 아는데 나중에 잊어버리는 걸까요?"

"양쪽 다 가능성이 있어요. 몸이 멋대로 먼저 달려가 의식이 뒤에 남겨지는 경우도 있고, 자각은 하지만 떠올리지 못하는 경우도 있고. 정신의학에서는 '해리解離'라는 용어를 씁니다. 전쟁이나 자연재해처럼 매우 끔찍한 사건을 겪은 뒤 자기방어의 일환으로 그 기억을 차단해버리는 것이죠."

"그럼, ……병일까요, 제 경우는?"

"쓰치야 씨 경우는 일단 머리를 세게 부딪혀서 죽었고 그후 되

살아났다는 점도 특이하죠. ……아무튼 한번 들르세요. 필요하
면 병원을 소개해드리겠습니다."

묻고 싶은 것이 끝도 없었지만 데쓰오는 그쯤에서 일단 물러
났다. ―여기까지가 이케하타에 대해 전화 목소리만으로 알고
있던 부분이었다.

이케하타는 진료용 차트처럼 생긴 파일을 나무 탁자에 내려놓
고 데쓰오에게 앉으라고 권했다.

머리를 짧게 바짝 잘랐고 굵은 눈썹이 은근히 말끔하게 손질
되어 있었다. 눈썹은 윤기가 감도는 분홍빛 이마 밑에서 한층 두
드러져 보였다.

이케하타는 마흔 살까지 대학병원 정신과에서 일했고, '죽고
싶다'는 환자를 많이 접하다보니 투약 치료에 앞서 사회환경 개
선과 개인의 '삶의 방식 정리'의 필요를 절실히 느껴 사 년 전 이
NPO 법인을 설립했다고 한다. 지금은 의료행위 범위 밖에서 할
수 있는 일을 중심으로 활동하고 있고, 오늘 면담도 '치료가 아
니다'라고 미리부터 다짐을 두었다.

스태프가 냉커피를 내왔다. 잔을 흔드니 새카만 물결 틈새로
네모난 얼음 조각이 얼굴을 내밀었다가 가라앉으며 청량한 소리
를 냈다.

정성껏 손질한 진녹색 관엽식물 화분이 몇 개 놓여 있었다. 한
쪽 벽은 책장으로 채워져 있고, 개구리 모형이 놓여 있었다.

맞은편 새하얀 벽에는 고흐의 그림 〈한 켤레의 구두〉 포스터 액자가 걸려 있었다. 벗어던져진 가죽구두 그림과 이케하타의 맨발 조합이 데쓰오는 왠지 우스꽝스럽게 느껴졌다. 그 옆에는 역시나 어느 미술관에서 사온 듯한 고흐의 자화상 엽서가 십여 장 붙어 있었다.

이케하타가 파일을 들척이는 동안 데쓰오는 그것들을 멍하니 바라보았다. 자주 보는 유명한 그림이 있는가 하면, 저런 것이 있었나 싶은 그림도 있었다.

그러다 우연히 파란 옷을 입고 짧은 머리칼을 바짝 세운 그림 속 고흐와 눈이 마주쳤다. 몸은 옆을 보고 얼굴만 반쯤 이쪽을 향하고 있었다. 청년 같은 고독한 인상이지만 찬찬히 살펴보니 왠지 모르게 노쇠한, 진즉에 생을 깊숙이 지나와버린 사람 같은 분위기가 있었다.

"─넌 괜찮아."

별안간 그런 소리가 들린 기분에 데쓰오는 화들짝 놀랐다. 그림 속 고흐가 말을 건 줄 알았지만, 반대로 그가 그림에 말을 걸었는지도 모른다.

고흐와 직접 마주하고 있다기보다 거울 속 고흐를 보는 기분이었다. 그러다가 자화상이니 당연하다는 단순한 사실을 알아차렸다. 분명 고흐도 거울을 보면서 그렸을 것이다. 그래서 자화상은 보는 사람에게도 왠지 자기 그림 같다는 느낌을 주는 걸까. ……

그 옆에는 유명한 '귀를 자른 사건' 후에 그린 〈파이프를 물고 귀에 붕대를 한 자화상〉이 있었다. 붉은 배경에, 무슨 목적인지 눈높이에서 색을 두 가지로 나눠 칠했는데, 위는 오렌지색이고 아래는 빨간색이다. 미술을 잘 모르는 데쓰오도 아는 그림이지만, 이렇게 배경으로 시선이 간 것은 처음이었다.

데쓰오는 나란히 붙어 있는 두 개의 얼굴을 몇 번씩 비교해보았다. 붕대를 감은 고흐는 별로 서글픈 표정도 없이 한차례 소동을 끝내고 멍하니 있는 느낌이었다. 자신도 환생 사실을 안 후 세면대 거울 속에서 자주 저런 표정을 지었다고 데쓰오는 생각했다.

"고흐를 좋아하세요?"

"아주 좋아합니다."

이케하타는 진부하지만 그렇다니 어쩌니 쓸데없는 말을 덧붙이지 않고 시원스레 단언했다.

"자화상이 저렇게 많았군요. 몰랐습니다."

"상당히 다르죠? 유화만 해도 사십 점 가까이 있다더군요."

"그렇게나 많아요? 화법도 다양하네요. ……"

이케하타는 벽을 응시하는 데쓰오를 바라보았다.

"쓰치야 씨는 어떤 게 진짜 고흐라고 생각하세요?"

데쓰오는 의아해서 돌아보았다. 질문의 뜻을 알 수 없었다. 그러다 문득 짐작이 가서 "아아"라며 입을 열었다.

"혹시 위작이 있나요? 가짜? 전부 진짜인 줄 알았는데."

"아뇨, 전부 진짜예요."

"……?"

"다 고흐예요. 고흐가 그린 고흐 자신이죠."

이케하타가 아무 속임수도 없다는 듯 가슴 앞에서 양손을 펼쳐 보였다. 데쓰오는 당혹스러운 미소를 지었다. 무슨 얘기를 하고 싶은 걸까? ……

"이상하게 들릴지 모르지만, 귀를 자른 이 고흐만 고흐라고 생각하는 사람도 많아요. 고흐하면 이거다, 라고 말이에요. —자살 때문이죠."

데쓰오는 탁자 위에 조용히 잔을 내려놓았다.

"그런데 유족은 과연 이걸 영정으로 삼고 싶어할까요? 내가 아는 빈센트는 이게 아니다, 좀더 평범한 표정인 이런 그림에 가깝다. 다들 정신이 이상했다고 하지만 진정한 빈센트는 다르다, 이거나 이거, 이런 표정을 오래도록 기억해주기 바란다. —그렇게 생각하진 않았을까요?"

"유족들은 아마 그럴 테죠."

"그렇지만 모두 고흐예요. 한쪽이 진짜고 다른 쪽이 가짜라고 말할 순 없어요. 전부 진짜 고흐죠. 그토록 성실했던 화가가 가짜 자신의 모습을 그릴 리 없어요. 자신의 가면을 그려봤자 의미가 없으니까."

데쓰오는 대화의 꼬리를 붙들고 있었지만 그것이 어디로 내달리려는지는 읽어낼 수 없었다.

"여러 가지 얼굴이 있었다는 뜻인가요?"

"네. 고흐뿐 아니라 인간은 다 그렇잖아요? 표리부동이니 뭐니 하는데, 이중인격까지 갈 것도 없이 사실 사람은 자신이 접하는 상대의 수만큼 얼마든지 다른 얼굴이 될 수 있어요. 누구를 만나든 '나는 나'라며 억지를 부린다면 커뮤니케이션이 이뤄질 수 없으니까."

"상대에 따라 나눠 쓴다?"

"나눠 쓰는 게 아니라 자연히 그렇게 되는 겁니다. 음, 어떤 사람과 함께 있을 때 긴장되고 땀이 나는 건 자율신경의 작용이지 스스로 조절할 수 있는 문제가 아니니까요. 자기 자신을 구석구석 완벽하게 장악해서 어떤 인격을 조작한다는 건 애초에 무리예요. 상대와 반복적으로 접하는 중에 서로 말투나 화제, 거리감 같은 것이 차츰 파악되죠. 감정의 흐름도 안정되고요. ―예를 들면 쓰치야 씨도 자녀분을 대할 때는 목소리 톤이나 표정, 성격이 아무래도 지금과는 다르겠죠?"

"그야, ……아이를 상대하자면요."

"그런 쓰치야 씨의 모습도 의식적으로 연기하는 게 아니에요. 마음도 몸도 저절로 그렇게 되잖아요?"

"마음도 몸도, ……"

"시험 삼아 지금 자녀분을 떠올려보시죠."

"지금요?"

데쓰오는 이마를 찡그린 채 이케하타의 얼굴을 바라보았다. 그리고 곧 시키는 대로 시선을 돌려 기억 속에서 리쿠를 찾아보았다. 그 부름에 응한 것은 지금의 리쿠가 아니라 생후 육 개월쯤 지나 데쓰오를 인식하기 시작한 무렵의 리쿠였다. 아직 말도 못하고, 가까스로 또렷해진 미소와 함께 "아—" "아우—" 하며 띄엄띄엄 옹알이를 할 뿐이었다. 그래도 놀이방으로 데리러 온 데쓰오를 보면 안겨 있던 선생님의 품속에서 표정이 환하게 밝아졌다. 그 모습만 떠올려도 데쓰오의 뺨에 금세 미소가 깃들었다. 이케하타는 그 모습을 놓치지 않았다.

"바로 그거예요! 바로 이 순간의 쓰치야 씨. 이건 나눠 쓴 것도 연기도 아닌, 자연스럽게 생겨난 자아잖습니까?"

"그렇, 네요."

"그 인격이 여기서 저를 접하는 인격과 순식간에 교체되었다. 그리고 지금은 다시 원래대로 돌아갔다. 부인과 단둘이 있을 때는 어떤가요? 또다른 내가 되지 않나요?"

"다르긴 한데, ……무슨 얘기인가요, 이건?"

데쓰오가 씁쓸하게 웃으며 물었다. 이케하타는 뺨을 가볍게 누그러뜨리고 이야기를 이었다.

"회사 상사나 동네 친구와 각각 다른 자아로 교제한다. 인터넷상에서는 더더욱 다를지도 모르죠."

"하지만, ……뿌리는 같지 않나요? 나는 나니까. 물론 때에 따라 기분이 바뀌고, 말투도, 표정도 뭐 변하긴 하겠지만, …… 진정한 나는 하나예요."

"인격이라는 말에 저항감을 느끼시나요? 다중인격 같아서?"

"그런 면도 있죠."

"실은 우리도 인격이라는 말은 적당하지 않다고 생각해요. 사고방식이나 라이프스타일까지 생각하기 시작하면 기준이 애매해지니까. ―우리는 대인관계마다 달라지는 그 다양한 자아를 '개인'에 대조되는 개념인 '분인'이라고 부르죠. 분수의 분分자에 사람 인人자. 개인을 정수로 치면 분인은 분수인 셈이에요. 개인은 한 사람, 두 사람으로 셀 수 있죠. 그 각각의 사람 안에 복수의 또다른 분인이 존재한다. 쓰치야 씨 안에도, 예를 들면 부인과의 분인이 3/10, 자녀와의 분인이 3/10, 이웃 주민과의 분인이 1/10, ……뭐 그런 식으로 다양하겠죠? 분모야 뭐든 상관없지만."

테쓰오의 머릿속에 홀케이크를 잘라놓은 모양의 원그래프가 떠올랐다.

"저는 그렇게 나를 내주기 아까워하며 사람을 사귀진 않아요. 너무 삭막하잖습니까. 누구든 10/10으로 대하려고 마음먹어요."

"물론 그때그때는 그렇죠. 바로 그렇기 때문에 어느 분인이든 표면적으로 만든 것이 아니라 진짜인 겁니다. 전부 진짜 나예요. 캐릭터를 연기하거나 가면을 쓰는 것과는 달라요. ―전체 자아를 다시 한번 살펴보세요. 부인과 있을 때의 나는 이웃과 있을 때의 나보다 아무래도 소중하지 않나요?"

"뭐, ……그렇죠."

"어느 쪽이 즐거운가요? 이웃과 있을 때와 부인과 있을 때."

"물론 아내와 있을 때죠."

"왜 그럴까요? 부인의 존재 덕분에 쓰치야 씨 자신이 변하기 때문이에요. 아까 자녀분을 떠올렸을 때처럼. 즐겁게 살아가는 분인이 되는 거죠. 인간은 누군가와의 관계 속에서 늘 그 사람을 위한 분인을 만들어가요. 상대도 마찬가지죠. 상대 안에 당신을 위한 분인이 생겨납니다. 한 세트로 말이나 감정을 주고받아요. ─그렇기에 개성이란 유일하게 불변하는 핵 같은 것이 아니에요. 어떤 분인을 어떤 비율로 품고 있느냐, 전체의 균형 문제죠. 오 년 전의 나와 지금의 나가 다르다면 만나는 상대가 바뀌어 분인의 구성 비율이 변했기 때문이에요."

데쓰오는 찡그린 미간에서 힘을 빼지 못하고 깊은 생각에 잠겼다.

내 안에 여러 가지 내가 있다. ─무슨 말을 하려는지는 어렴풋이 알겠다. 아니, 사실 자주 듣는 얘기다. 인간에게는 다면성이 있다. 그건 그럴지도 모른다. 그러나 한 가지 석연치 않은 점이 남았다. 그렇다면 자아는 어디 있는 걸까? 여러 가지를 접하고, 느끼고, 생각하는 그 실체는?

혼돈 속에서 반론의 말이 툭 튀어나왔다.

　"하지만 집에 혼자 있을 때는 어떻죠? 그때의 나야말로 진정한 내가 아닐까요? 다른 사람에게 맞춰주는 내가 아니라."

　이케하타가 의아하다는 듯 고개를 갸웃거렸다.

　"쓰치야 씨는 자녀나 부인과 있을 때, 스스로를 억누르고 표면적으로 상대에 맞추기만 하나요? 진심으로 즐거워하거나 기뻐하고, 때로는 화를 내거나 슬퍼하지 않습니까? 부인이나 자녀와 함께 있다가 혼자가 되면, 조금 전까지는 거짓된 나였고 드디어 진정한 내가 됐다고 생각해요?"

　"그럴 리가요." 데쓰오가 뿌리치듯 말했다. "물론 가족과 있을 때도 진정한 나예요. 그게 아니라, ……뭐랄까, 본래의 나라고 할까, ……뭐라고 표현해야 할지 답답한데, ……"

　"완전히 새로운 사고방식이라 받아들이기 힘들지 모르지만, 인간은 혼자 있을 때도 늘 똑같은 나로 생각하지 않아요. 그때그때 다른 분인으로 생각하죠. 누군가와 함께 있었을 때의 분인의 여운, 인격의 자취 같은 것으로요."

　"……어렵네요."

　"어렵지 않아요." 이케하타가 고개를 저었다.

　"난 게이입니다."

　뜬금없는 고백에 데쓰오는 눈을 깜박거렸다. 그리고 이렇게 당황하는 반응은 실례라고 생각하고 취소하듯 황급히 맞장구를 쳤다. 이케하타는 그런 반응에 익숙하다는 듯 눈웃음을 지었다.

"나는 혼자 있을 때 자주 그 사실을 생각해요. 젊을 때만큼은 아니지만, 아직도 가끔씩. ─편견을 가진 지인들을 만난 후에는 내가 게이라는 사실을 복잡하게, 조금은 비관적으로 생각하는 경향이 있죠. 그들과의 분인으로서 생각하기 때문이에요. 그 분인을 질질 끌며 그 분인의 내면으로 생각해버리죠. 하지만 게이 친구나 애인과 즐거운 시간을 보낸 뒤에는 그렇지 않아요. 훨씬 단순하고 긍정적으로 느껴지죠. 게이 친구들과의 분인으로서 생각하게 되니까요. 같은 문제에서도 생각하고 느끼는 방식은 분인에 따라 달라요. 발상이나 감정의 흐름, 논리의 추이 등등. 그리고 혼자가 된 뒤에도 여러 분인이 쉴새없이 번갈아가며 대화를 하겠죠."

데쓰오는 상반신을 받치듯 팔짱을 끼고 한동안 가만히 있었다. 그리고 위를 보고 아래를 보고 하면서 이케하타의 말을 이해하려 애썼다.

더없이 솔직한 투로 털어놓은 이케하타의 고백에 단단히 굳어 있던 경계심이 풀렸다. 그래서 괜한 고집을 부리는 게 아니라, 영 떨쳐내기 힘든 자신의 위화감을 어떻게 전하면 좋을지 냉정하게 생각하려 애썼다. 이케하타는 그의 그런 심중을 헤아린 듯 말을 이었다.

"유전적으로 이어받은 조건도 분명히 있죠. 그렇다고 그게 그대로 개성이 되는 건 아니에요. 다양한 환경, 다양한 사람과의 교제가 영향을 줍니다."

"네, 물론 압니다."

"그 각각의 환경, 대인관계에 따라 분인이 형성됩니다. 그 결과 지금의 쓰치야 씨가 있는 거고요. 처음에는 부모와의 분인뿐이죠. 그후 친척과의 분인, 놀이방 친구와의 분인, 초등학교 친구와의 분인, 고등학교 은사와의 분인, ……점점 수가 늘어갑니다. 다 다른 분인으로요. 지금은 중학교나 고등학교 시절의 분인은 거의 쓸모없을 테지만, 동창회 같은 데 나가면 갑자기 그 분인이 활성화되면서 옛날로 돌아간 기분이 들잖아요?"

"그 말씀도 알겠어요. ……여러 사람의 영향을 받긴 했겠죠. 그렇지만 그런 것에 근거해 나라는 하나의 인격이 완성되는 거 아닌가요? 이케하타 씨의 경우에도 동성애자라는 사실은 어디서든 변하지 않을 테고, ……진정한 나의 생각이나 기분이 동요되는 것을 굳이 분인이니 뭐니 구별하고 따로 떼내어 생각해야 할까요?"

이케하타는 전직 의사답게 청진기로 환자를 진찰하는 듯한 표정을 지었다. 데쓰오는 자신의 내면이 신중하게 탐지되는 것을 느끼고 도중에 목소리를 낮췄다.

"그게 바로 종래 인간을 파악하던 방식입니다. 쓰치야 씨도 그렇고요. 그렇게 해서 만사가 잘 풀린다면 아무 문제 없겠죠. —

그렇지만 쓰치야 씨, 안타깝게도 당신은 자살했어요."

그 말이 가슴을 찢듯이 데쓰오의 내부로 파고들었다. 윤기가 감도는 이케하타의 분홍빛 이마에 혈관이 두 갈래로 갈라져 푸르게 돋아 있었다.

"왜 분인 개념을 말하는가? ─사람이 자살하는 것을 막기 위해서입니다. 그래서 이 얘기를 하는 겁니다. 그래도 아직 도무지 알 수 없는 게 있어요. 우리는 쓰치야 씨 증언을 몇 번이나 다시 읽고, 스태프와 논의도 했죠. 그렇게 해서 이해해가는 중입니다. 이제는 한 걸음 앞까지 와서 제자리걸음을 하는 상태예요. 그것은 환생한 자살자인 쓰치야 씨만 알 수 있겠죠. 그러니 상담만 할 게 아니라, 오히려 우리에게 알려주셨으면 합니다. 협조해주세요. 부탁드립니다."

31. 고흐를 죽인 범인

데쓰오는 자세를 안정시키려고 허리에 양손을 얹고는 탁자로 시선을 떨어뜨린 채 한동안 입을 다물었다. 시야 밖에서는 계속해서 이케하타의 목소리가 들렸다.

"살아가려면 인간은 어떻게든 스스로를 긍정해야만 해요. 자기를 사랑할 수 없게 되면 사는 게 괴로워지고 맙니다. 그런데

말이죠. 자기를 전면적으로 긍정하고 온전히 사랑하기란 좀처럼
힘들어요. 어지간한 나르시시스트가 아닌 한, 이런저런 싫은 점
이 눈에 들어오고 말겠죠. 그러나 누구와 있을 때의 내가 좋다고 말
하는 건 그리 어렵지 않아요. 그 사람 앞에서는 절로 쾌활해진
다, 밝아진다, 사는 게 기분좋다. 전부는 아니지만 적어도 그런
나는 사랑할 수 있죠. 그렇다면 그 분인을 발판 삼아 살아가면
됩니다. 만약 그런 상대가 두세 사람이라면, 발판은 두 개가 되
고 세 개가 되겠죠. 그래서 분인화라는 발상이 중요한 겁니다."

　데쓰오는 이케하타의 눈동자에 이끌리듯이 천천히 고개를 들
었다.

　"네, 하긴…… 도움이 되는 생각 같긴 하군요."

　그는 처음으로 이케하타의 설명을 이해했고, 심지어 마음이
움직였다. 그래서 잇따라 물었다. "─그런데 아까 도무지 알 수
없다고 하신 부분은 뭔가요?"

　이케하타가 팔꿈치를 받치고 몸을 내밀며 진지한 표정으로 말
했다.

　"우리는 지금도 자살미수를 되풀이하는 사람을 많이 알고 있
어요. 그들에게도 같은 얘기를 합니다. 자기의 모든 것을 사랑하
지 않아도 좋다, 일단 좋아하는 분인을 찾아내는 것부터 시작해
라, 그 분인을 소중히 여기라고. 효과가 상당히 좋아요. 그러나
그것만으로 반드시 자해행위가 멈추는 건 아니죠. ─누구나 품

는 매우 단순한 의문이에요. 그들은 하나같이 '죽고 싶다'고 호소합니다. 정말 간절하게요. 그러면서도 확실하게 죽는 방법은 절대로 택하지 않아요. 왜 그럴까요?"

데쓰오는 한동안 숨도 쉬지 않고 생각했다. 그러다 숨을 내쉬면서도 그저 고개를 갸웃거릴 수밖에 없었다.

"자살미수를 되풀이하는 사람에게 직접 물어볼 수는 없어요. 왜 확실한 방법을 택하지 않느냐고 말할 순 없으니까. 그러나 거기 이 문제의 열쇠가 있다는 건 다들 알죠. 진정으로 죽을 생각은 아닐 테니까."

"아마, ······그럴 테죠. 습관적으로 손목을 긋거나 하는 거 말이죠?"

"맞습니다. 그런데 쓰치야 씨, 당신은 확실한 방법으로 자살했고, 게다가 죽을 생각이 없었다고 말하고 있어요. ─지금부터는 나의 직감적인 얘기라 의미가 있을지 잘 모르겠지만, ─쓰치야 씨는 단지 자살 의도가 없었다는 말만 한 게 아니에요. 자신이 어떤 남자에게 살해당했다고 믿었어요. 지금도 그때 자기를 쫓아왔던 '그림자'의 수수께끼를 알고 싶어하죠. 그것은 무엇이었을까? 누구였을까?"

데쓰오의 뇌리에 파란 하늘 아래 마주했던 사에키의 얼굴이 선명하게 떠올랐다. 그러나 그것은 그를 죽이려고 쫓아왔던 망상 속의 사에키가 아니라 자살 직전의 사에키였다. 사에키의 팔에서 피가 흘러내렸다.

데쓰오는 고통을 억누르듯 얼굴을 찡그리며 말없이 고개를 끄덕였다.

이케하타는 충분히 시간을 두고 말했다.

"실은 얼마 전, 고흐는 자살한 게 아니라 살해당했다는 색다른 설을 봤어요."

데쓰오가 눈썹을 실룩이며 벽에 늘어선 고흐의 자화상에 시선을 던졌다.

"범인이 누구일 것 같나요?"

데쓰오는 모르겠다며 고개를 저었다.

"동생 테오예요."

"······테오?"

"그래요. 미술상이었던 남동생이죠."

"아, 네. 들어본 적 있어요."

"유명한 얘기인데, 고흐 생전에 팔린 그림은 단 한 점이었어요. 난 왠지 예전부터 그게 마음에 걸렸죠. 안 그래요, 아무리 그 시대 사람들이 이해를 못했다 해도 고흐잖습니까. 그림이 저렇게 훌륭한데다 모네나 로트레크처럼 절찬해준 화가도 있었는데, ······기묘하지 않나요? 엄청나게 많이 팔리진 않았어도 최소한 열 점쯤은 팔렸을 만하지 않아요?"

"듣고 보니 그렇군요."

"그렇죠? 쓰치야 씨가 영업했으면 팔렸을 겁니다, 틀림없이."

"아닙니다, 송구스럽지만, ……그 동생이 장사가 서툴렀나요?"

"아마도. 그는 형을 금전적으로, 정신적으로 계속 뒷받침해줬어요. 사랑스러운 남자죠. 그러나 결혼 후 자기 가정의 행복을 생각해야 하는 상황이 되자 형제 사이에 불온한 그림자가 드리워졌죠. 그래서 동생이 죽였다는 얘기가 나온 겁니다."

"구체적인 증거가 있습니까?"

"아뇨, 상황증거뿐이에요. 고흐는 죽기 직전 매우 의욕적으로 창작 활동을 했어요. 자기 그림에 대한 이야기도 열심히 했죠. 곧 죽으려는 인간처럼 보이지 않았어요. 그러니 예상 밖의 사건이었겠죠. 그외에도 집 밖에서 흉부를 쐈다는 총상이 부자연스럽다거나, 큰 부상인데도 동생에게 연락하지 않았다거나, 기묘한 부분들이 있어요. ─그러나 자살은 자살이겠죠. 나는 틀림없다고 봅니다. 그에게는 자해 습관도 있었어요."

"그렇군요."

"다만, 테오가 죽였다는 설의 오해 방식이 매우 흥미로워요. 고흐가 스스로를 쏜 직후에 관련해 수수께끼가 있는 게 분명합니다. 그 '공백의 시간'에 과연 무슨 일이 있었을까? 고흐를 죽인 진범은 누구인가? ─그 미스터리에서 테오는 의외로 이 사람이 아닐까, 독자가 무심코 착각해버리는 등장인물일지 모르죠."

"가장 있을 수 없는 일이기 때문인가요?"

"바로 그겁니다. ─그런데 공통점이 있는지는 모르겠지만, 쓰치야 씨도 자신이 자살한 게 아니라 살해당했다고 믿고 있었어요. ……저의 단순한 발상일까요?"

데쓰오는 다시 벽의 자화상으로 눈을 돌렸다.

"시점을 조금 바꿔볼까요. 고흐는 타살이 아니라 역시 자살이었다. ─그렇다 치고, 그럼 이중 어느 고흐가 어느 고흐를 죽였을 것 같습니까?"

"어느 고흐냐는 말은?"

"어느 고흐가 범인이고, 어느 고흐가 피해자였는가."

데쓰오는 선문답 같은 그 말에 또다시 당황했다. 이케하타는 자화상을 바라보며 일부러 눈의 초점을 흩뜨리고, 지금까지 알아채지 못한 뭔가를 읽어내려 했다.

다시 벽으로 시선을 돌렸을 때 데쓰오는 그 변화에 놀랐다. 눈앞에 늘어선 고흐의 자화상이 갑자기 지명수배범들의 사진처럼 느껴졌다.

회색 펠트 모자를 쓴 근직한 신사풍의 고흐. ……파란 잉크로 찍어낸 목판화 작품 같은 고흐. ……어둡고 깊은 물속에서 서서히 떠오른 익사체 같은 고흐. ……표정을 어딘가에 두고 온 듯 삭발한 머리의 고흐. ……

데쓰오는 그중 한 자화상에서 눈을 뗄 수 없었다. 노란색 밀짚모자를 쓰고 남색 재킷을 입은 자화상이었다. 다른 강렬한 자화상에 비해 매우 수수하고 평범한 인상이었지만, 다음 그림으로 눈길을 옮기려 할 때마다 왠지 자꾸만 시선을 다시 끌어당겨 좀더 자세히 보라고 재촉하는 듯했다. 〈밀짚모자를 쓴 자화상 1887년 3~4월〉이라는 그림이었다.

데쓰오는 "이 고흐가, ……"라며 그 그림을 가리키고, 조금 망설인 끝에 "이 고흐를" 하고 예의 〈파이프를 물고 귀에 붕대를 한 자화상〉을 가리켰다.

이케하타는 의외라는 듯 눈썹을 꿈틀거리며 데쓰오를 돌아보았다.

"네? 이 밀짚모자 그림요? 이게 범인으로 보입니까?"

"네, ……굳이 말하자면, 그냥 인상 때문이지만."

"반대는요? 붕대를 한 이쪽 고흐가 죽인 게 아니고?"

"아뇨. 붕대를 한 고흐는 무서운 느낌이 전혀 없어요. 눈빛이 다정하고, 뭉게뭉게 피어오르는 저 파이프 연기도 유머러스하고. ……'힘들었죠'라는 말이라도 건네고 싶어져요."

이케하타가 혼란스러운 기색으로 다시 한번 확인했다.

"그럼, 여기 밀짚모자를 쓴 쪽은요? 이쪽이야말로 수수하고 얌전해 보이는데."

"그렇긴 하지만, ……다른 그림과 달리 조금 겁먹은 듯한, 꺼림칙해하는 분위기가 있어서. ……어디까지나 인상이 그렇다는 거예요. 저는 그림을 잘 모르니 아마 엉뚱한 소리일 겁니다."

"아뇨. ……"

이케하타는 바로 고개를 젓더니, 신음소리를 흘리고 한동안 가만히 생각에 잠겼다. 그리고 스스로 결론을 내지 못한 채 데쓰오에게 그 기묘한 질문의 의도를 밝혔다.

"보통은 반대로 말해요. 이 병든 고흐가 정상적인 다른 고흐들을 죽였다고. 범인은 스스로 자기 귀를 잘라버리는, 위험하고 딱한 광기에 사로잡힌 고흐라고. 무슨 짓을 저지를지 알 수 없으니까요."

"아아, ……그럴 수도 있겠네요."

데쓰오가 자신 없이 미소지었다. 그러나 역시 동의하기 힘들다는 듯이 말을 받았다.

"그렇지만 그런 끔찍한 일을 할 만한 얼굴로는 보이지 않아요. 그저 이미 벌어져버린 일에 어리둥절한 것뿐이고. 혼자 붕 떠서, ……오히려 다른 고흐들에게 괴롭힘당하는 것 같기도 해요."

"요컨대, ……다른 모든 고흐가 한꺼번에 달려들어 이 광기의 고흐를 죽이려 했다?"

이렇게 말하던 이케하타가 갑자기 뭔가에 얻어맞은 것처럼 눈이 휘둥그레졌다.

데쓰오는 곤란한 듯 머리를 긁적이며 애매하게 동의했다.

"그래, 반대야! ―요컨대 단독범이 아니라 공범이었다, 그런 뜻이죠?"

"아니, 잘 모르겠습니다. 그게 무슨 뜻이죠?"

이케하타는 데쓰오가 되물은 말을 듣지 못했는지 고개를 끄덕였다 갸웃거렸다 했다. 그러나 갸웃거리는 쪽이 차츰 줄어들고, 끄덕이는 쪽이 많아졌다.

그리고 데쓰오를 돌아보더니 여우비처럼 신비로운 빛을 얼굴 가득 머금었다.

"미안해요, 혼자 멋대로 흥분해서. ─설명해드리죠. 정신과 의사로 일하던 무렵부터 나는 늘 상습적인 자살미수를 벌이는 사람은 병든 분인이 건강한 분인에게 상처를 입히는 거라고 생각해왔어요. 나뿐만 아니라 아마 세상 사람 누구나 그렇게 생각할 겁니다. 병이─사람 안에 살고 있는 병자가 그 사람에게 상처를 입히는 거라고."

"네."

"─하지만 그렇게 생각하면 근본적으로 알 수 없는 것이 한 가지 있습니다. 병든 분인은 왜 다른 분인들에게 그렇게 공격적인가? 왜 자신의 거처인 몸을 스스로 망가뜨리는 짓을 하는가? 어쩌다 한 번 그러는 게 아니에요. 몇 번씩 집요하게 그런단 말이죠. ─그게 바로 우리가 계속 고민해온 문제예요. 그런데! 쓰치야 씨는 방금 그게 아니라고 했어요. 오히려 반대라고. 병들지 않은 분인들이 병든 분인을 죽이려 한다고. ……좀 당혹스러운 발상의 전환이지만, 그 말이 맞을지도 모릅니다. 아니, 대단한 발견이에요! 그렇다면 이해가 가죠. 그렇다면. 병든 분인에게 더 이상 괴롭힘을 당하고 싶지 않다. 그러니 다 같이 결탁해서 죽이려 든다. 그런 얘기죠?"

데쓰오는 차츰 이해가 됐지만 마지막에 고개를 끄덕이기는 주저되었다. 흥분한 이케하타가 잡아당겨서 열어야 하는 문을 죽어라 밀어서 열려고 하는 듯한 위화감이 느껴졌다. 자신도 모르는 사이 데쓰오가 그 문 앞까지 안내한 모양이다. 그렇다면 그 마지막 문을 여는 방법은 자신이 알고 있지 않을까 싶었다.

"'죽이는' 게 아니라 '없애는' 것 아닐까요?"

이케하타의 이야기는 생일날 밤 아키요시가 했던 '사람이 사람을 죽일 때'라는 말을 떠올리게 했다. "죽이겠다는 당치않은 생각까진 하지 않더라도 오로지 사라져주기만 바라게 되면, 앞뒤 생각 없이 그런 수단을 선택하게 돼."—아키요시는 그렇게 말했다.

그때 데쓰오는 아키요시에게 반발심을 품었다. 그러나 그가 죽음을 무로 재인식한 것은 분명 그후였다. 그때부터 조금씩 실감하고 줄곧 생각해온 것들이 너무도 갑작스럽게 이케하타의 말과 부딪쳐 뒤섞이기 시작했다. 게다가 그것은 혼돈의 소용돌이 속에서 지금껏 보이지 않던 어떤 광경을 출현시키려 했다!

"죽이려 한 게 아니라, 이쪽의 밀짚모자 고흐들이 붕대 고흐를 없애려 한 게 아닐까요? 다들 이 병든 고흐가 부담스러웠고, 이 고흐만 없으면 좀더 살기 편할 거라며 괴로워한 거죠. 야쿠자 영화 같은 데서도 '죽이는' 걸 '없앤다'고 하잖습니까. 성가신 녀석은 어쨌든 없어져주고 사라져주길 바라는 마음뿐이니까, ……"

이케하타가 느닷없이 "그거야!"라고 말하더니 손뼉을 탁 치며 튀어올랐다. 데쓰오는 무심코 몸을 뒤로 젖혔다.

"'죽이는' 게 아니라 '없앤다'! 왜 그 생각을 못했지? 그걸 오역했으니 아무리 생각해도 이상할 수밖에. ……그러니 잘 풀릴 리가 없지. 언제나 거기서 우왕좌왕했어요. ……"

이케하타는 다시 의자에 털썩 앉더니, 지금까지 만나온 여러 상담자를 떠올리는 듯한 얼굴로 몇 번씩 고개를 끄덕거렸다. 그리고 마지막에는 갑자기 진지한 표정으로 바뀌어 데쓰오에게 악수를 청했다.

"쓰치야 씨 죽음의 수수께끼도 반드시 알아낼 수 있습니다."

강한 어조로 그렇게 말했다.

데쓰오는 어안이 벙벙했다. 그런데도 이상하게 그의 말을 믿을 수 있을 것만 같은 기분이었다.

32. 지워진 글자

그후 데쓰오는 이케하타와의 대화 내용을 매일같이 생각했다.

'공백의 삼십 분'은 여전히 공백으로 남아 있었다. 그러나 기억의 깊은 밑바닥에서 뭔가 움직이는 기미가 느껴졌다. 그때 회사 옥상에서 무슨 일이 있었는지, 아주 작은 계기를 통해 떠올릴 수 있을 것 같았다.

"왜 분인 개념을 말하는가? ─사람이 자살하는 것을 막기 위해서입니다."

이케하타와 면담한 날 밤, 데쓰오는 폴란드로 돌아간 라데크에게 감사 이메일을 보냈다.

답장이 곧바로 왔다. 말뿐 아니라 일본어 작문 실력도 대단한 그는 데쓰오가 언급한 '분인'이라는 사고방식과 관련해 이렇게 썼다.

고흐의 자화상 이야기, 매우 흥미롭습니다.

'죽이는 나'와 '죽임을 당하는 나'를 나눠 생각한다는 발상에 눈이 번쩍 뜨일 정도로 놀랐습니다. 나는 시인 보들레르를 떠올렸습니다. 그는 『악의 꽃』이라는 시집에서 이렇게 노래했습니다.

나는 상처이자 칼이다!

나는 때리는 주먹이자 얻어맞는 뺨!

찢기는 사지이자 찢는 형차刑車!

그리고 사형수이자 사형집행인이다!

그는 스물네 살 때 자살을 시도했습니다. '나는 타인에게 무익하고 자신에게는 위험하므로 자살한다.' 이것이 유서 내용입니다. 실패로 끝났죠. 그러나 쓰치야 씨와 이케하타 씨의 생각에 따른다면, 그는 '자살'이 아니라 '자살미수'를 시도해보고 싶었는지도 모릅니다.

외국인인 내가 또 한 가지 매우 공감한 점은 '마음의 오역' 이야기입니다.

외국어에 한정된 것이 아닙니다. 모국어에서도 나는 늘 '마음의 오역'을 하고 있습니다. 그리고 그 '오역'된 말에 좋든 싫든 영향을 받습니다.

나는 그 황폐해진 낙원(파라디)에서 쓰치야 씨에게 『이세 이야기』에 대해 말했습니다.

당시 일본인들은 '지금의 이런 내가 싫다'고 막연하게 느꼈을 때, 그런 마음을 '자살하고 싶다'가 아니라 '출가하고 싶다'라는 말로 번역하는 습관이 있었겠죠. 출가란 사회적 분인을 '없애는' 일입니다. 그 분인을 만들어내는 사람들과의 관계를 끊고 두 번 다시 그 분인이 활성화되지 않도록. 간단하지는 않죠. 그러나 그 덕분에 자살을 피할 수 있었던 사람이 많았을 겁니다.

논리정연하면서도 섬세한 문장이 외국어 억양이 살짝 남은 라데크의 깊은 목소리에 실려 데쓰오의 가슴속에 울려퍼졌다. 데쓰오는 몇 번이나 그 메일을 다시 읽었다. 그래서 내용을 충분히 이해할 수 있었다.

데쓰오는 라데크가 다시 일본에 와주면 좋겠다고 진심으로 바랐다. 그와 가까이 지내며 교제할 수 있다면 얼마나 멋질까. 라데크와 마주할 때 나는 진지하고 정직했으며 그 어느 때보다 사려 깊었다. 그 분인으로 좀더 많이 살고 싶었다. 리쿠의 성장에도 틀림없이 좋은 영향을 줄 것이다. 나는 그런 사람에게서 '친구가 되자'는 말을 들은 것이다. 얼마나 기뻤는지! 그리고 실제로 이렇게 아름답고 친근한 메일을 보내주었다.

지카도 라데크가 화재로 죽었을 때의 뉴스를 생생하게 기억하고 있어서, "그 라데크 씨?" 하며 놀라워했다.

데쓰오는 마치 자기 일처럼 자랑스러웠다. 그에게 가족을 소개하고 싶었다. 지카와 리쿠에게도 그라는 인간을 알게 해주고 싶었다.

지카가 저녁 설거지를 마치고 젖은 손을 닦으며 거실로 돌아왔다. 그리고 바닥에 납작 엎드려 그림 그리기에 푹 빠져 있는 리쿠에게 말했다.

"리쿠, 기껏 목욕했는데 또 크레용 범벅이 됐잖아."

지카가 사준 커다란 스케치북은 어느새 두 권째까지 거의 다 찼다. 리쿠는 여전히 도화지를 복숭아투성이로 만들고 있었다.

"선생님이 걱정했어. 놀이방에서도 복숭아에 푹 빠져 있다고."

지카가 곤란한 듯 웃으며 데쓰오에게 말했다.

"복숭아 아니야. 돈부라코야!"

리쿠가 달려와서 큰 소리로 정정하더니, 다시 뛰어가 허공에서부터 무릎을 꿇으며 도화지에 달려들었다.

"모모타로?"

"모모타로랑 칠석 이야기가 뒤죽박죽됐어. 수많은 복숭아가 은하수로 둥둥 떠온대."

"복숭아 아—냐, 돈부라코!"

리쿠가 온몸을 좌우로 흔들어대며 정정했다.

"미안, 돈부라코랬지. ……다른 애들은 괴물을 물리치는 장면을 그리는데 리쿠만 복숭아, 가 아니라, 돈부라코만 그린대."

"은하수로 떠온다니 상상력이 대단한데. 게다가 하나가 아니라 저렇게 많이. ……"

리쿠는 그림에 매달리기 시작한 후로 그렇게 좋아하던 위 게임에 눈길조차 주지 않았다. 매일같이 놀이방에서 돌아오기 무섭게 바닥을 크레용 범벅으로 만들며 도화지에만 매달렸다.

"그림에 재능 있는 거 아닐까?"

데쓰오가 리쿠의 모습을 물끄러미 바라보며 말했다.

"리쿠야, 커서 화가 될래?"

지나치게 진지한 데쓰오의 말투에 지카가 미소지었다.

"아니야, 재능이 있다니까, 분명히. 아니면 저렇게 많이 그리지도 못해."

데쓰오가 의자에서 벌떡 일어나 빨려들 듯이 리쿠 옆에 책상다리를 하고 앉았다.

은하수로 보이는, 색색의 별들이 아로새겨진 노란 띠가 도화지 한가운데 그려져 있었다. 오른쪽은 도깨비 섬인지, 뿔이 난 빨간 남자가 알몸으로 서 있었다. 하늘에는 초승달이 떠 있고, 이유는 모르겠지만 그 눈물이 날아가는 새의—꿩일까?—머리를 직격했다.

왼쪽에는 미소를 머금은 태양, 강가에는 남녀가 서 있다. 도깨비도 그렇지만 어린애들이 흔히 그리는 막대기 같은 몸과 달리 살집이 제대로 붙어 있는 모습에 데쓰오는 감탄했다.

두 남녀는 눈이 휘둥그레져서 강에 떠내려오는 복숭아를 보고 있었다. 속이 투명하게 비쳐 보이는 복숭아 속에 머리에 하얀 띠를 두른 남자가 웃고 있었다. 다음 복숭아 속에는 피 묻은 개 한 마리가 옆을 보고 있었다.

"리쿠, 이 개는 모모타로의 개니?"

리쿠가 "카푸치노"라고 대답했다.

"카푸치노? 다친 거야?"

"카푸치노는 도깨비가 죽였는데, 돈부라코로 다시 살아났어!"

데쓰오는 지카와 눈을 마주쳤다. 도무지 종잡을 수 없는 얘기였다.

"이건 모모타로니?" 데쓰오가 물었다.

리쿠는 데쓰오의 질문을 무시하는 게 아니라 그 말이 아예 들리지 않은 것 같았다.

"아니야? 복숭아에 들어 있는데, 머리띠를 동여매고."

"머리띠 아니야."

"그럼 뭔데?"

"붕대."

"붕대?"

데쓰오는 커피테이블에 올려둔 고흐 엽서로 눈길을 돌렸다. 이케하타가 집에 가서 보라며 벽에서 떼내 건네준 것이다. 맨 위에는 〈파이프를 물고 귀에 붕대를 한 자화상〉이 있었다.

"리쿠야, 이거 보고 그렸니? 고흐?"

"고흐?"

지카도 가까이 다가와서 리쿠 바로 앞에 앉았다.

"리쿠, 이건 누—구?"

리쿠는 그리고 있던 별 하나를 마저 칠하고 "아빠"라고 대답했다.

"아빠? ……아빠!?"

데쓰오가 자신을 손가락으로 가리키며 되물었다. 리쿠는 고개를 끄덕이는 대신 데쓰오를 올려다보았다.

동의를 얻을 수 있을지 걱정스러운 얼굴이었다. 데쓰오는 아들의 그런 표정을 처음 보았다.

"아빠였구나! 하하, 아빠도 복숭아를 타고 돌아왔네!"

데쓰오가 웃으며 리쿠의 양어깨를 흔들었다. 리쿠는 눈을 부라리고 고개를 돌리며 쑥스러운 듯이 몸을 꼬았다.

리쿠가 자신에게 조금은 마음을 열어준 기분이었다. 리쿠 안에 드디어 아빠에 대한 분인이 싹트기 시작했는지도 모른다.

이런 리쿠라면 잘 헤쳐나갈 수 있겠다고 데쓰오는 느꼈다. 바람 속에서 그는 성냥불을 두 손으로 고이 지켜내듯, 그는 아직 미숙한 리쿠의 그 분인을 소중히 지켜내고 싶었다. 지금까지는 엄마에게 얘기로만 듣던 죽은 아빠의 분인이 너무 커서 살아 있는 아빠를 위한 분인을 미처 만들어내지 못했던 게 아닐까. 시간이 지나면서 그것이 조금씩 자라난 것이다.

데쓰오는 자신에 대한 리쿠의 무뚝뚝함을 갑자기 이해할 수 있을 것 같았다. 그렇다! 그게 틀림없다. 나를 미워한 게 아니다. 단지 서로에 대한 분인이 싹트지 않았을 뿐이다. ……

데쓰오는 얼굴이 순식간에 환해지는 느낌이었다. 리쿠는 아이 수준에서 어떻게든 이 기묘한 현실을 이해하려 애쓰고 있다. 이 그림에는 분명 그런 의미가 있는 것이다. 죽은 인간이 복숭아에 감싸여 다시 돌아온다. 과즙을 듬뿍 머금은 달콤한 복숭아 열매에서 신선하고 생기 있게 다시 태어난다! 리쿠의 생각은 얼마나 기특한가!

데쓰오는 무심코 그 조그만 몸을 끌어안고 머리를 쓰다듬었다.

"리쿠, 넌 천재구나!"

"앗! 아이, 크레용이 삐져나갔잖아! 아빠, 방해하지 마!"

리쿠가 울음을 터뜨릴 듯한 표정으로 무릎을 꿇은 채 폴짝 뛰어오르며 불평을 쏟아냈다.

"미안, 미안. 괜찮아, 요렇게 잘 칠하면 모를 거야."

데쓰오는 리쿠의 손을 감싸쥐고 복숭아 윤곽을 한층 부풀리며 얼버무렸다. 크레용이 부러지지 않게 단단히 쥐었다.

"으음, 벌써 아홉시가 넘었어, 리쿠. 이제 코 자야지. 그림은 내일 다시 그리고."

지카가 손뼉 치며 재촉하자, 마무리하기 좋도록 색칠을 마친 리쿠가 의외로 순순히 정리를 시작했다. 데쓰오는 어지럽게 흩어진 크레용들을 상자에 챙겨 넣는 것을 도왔다. 리쿠가 넣은 짧은 분홍색 옆에 긴 빨간색을 넣었다. 그 고요한 순간, 그는 더할 나위 없는 행복을 느꼈다.

'나는 아버지가 이렇게 지켜봐주길 바랐어. 이렇게 아버지로서 지켜봐주고 싶었어. ……'

자리에서 일어선 리쿠에게 "잘 자"라고 인사하자, 리쿠는 갑자기 졸음이 쏟아지는지 지카의 손에 매달리며 "안녕히 주무세요"라고 말했다. 손으로 문지른 눈 밑에 분홍색 크레용이 흐릿하게 묻어 있었다.

호우가 쏟아진 그날—비에 흠뻑 젖어 집에 돌아왔을 때부터 리쿠의 태도가 조금씩 부드러워졌다. 그러나 오늘은 특별했다. 상당히 진전되었다. 머리를 쓰다듬어도, 손을 잡아도 싫어하지 않았다. 데쓰오는 새삼 그것을 떠올리며 기뻐서 어쩔 줄 몰랐다.

방으로 들어가는 리쿠를 배웅한 후 그는 무심코 혼자 승리의 포즈를 취했다. 그리고 리쿠가 늘 하는 몸짓을 흉내내며 소파에 온몸을 던져 다이빙했다.

데쓰오는 거실에 혼자 남아 고향집에서 들고 온 옛날 앨범을 펼쳤다.

생후 오 개월에 기저귀 가는 사진으로 시작해 마지막은 고등학교 졸업식 사진으로 끝났다. 전부 합해도 앨범은 두 권밖에 되지 않았다. 리쿠가 태어나 석 달 동안 찍은 사진보다 훨씬 적은 양이었다.

데쓰오는 자신이 이 세상에 살았던 기록이 이렇게 숭숭 비어 있나 하는 생각에 쓸쓸한 마음이 들었다. 이것보다는 기억이 시간의 눈금에 촘촘하게 남아 있다. 언젠가 과학이 진보하면 아직 선명하게 남은 기억을 인쇄할 수 있게 되지 않을까?

초등학생 무렵까지는 그나마 어머니가 기회가 생길 때마다 사진을 찍어주었다. 소풍이나 수학여행에 동행한 사진사가 찍어준 사진도 있었다. 그러나 중학교 때 사진은 운동회 날 반 친구 아버지가 친구와 함께 찍어준 것 한 장이 다였고, 고등학교 때 사진은 졸업식 날 누군가가 당시 유행했던 일회용 카메라로 찍어준 사진 네 장뿐이었다.

끝까지 훑어보고 나서 다시 첫 장으로 돌아갔다.

왼쪽 아래 사진 한 장에 데쓰오의 시선이 멈췄다. 한 살 난 그가 어머니의 무릎에 앉아 있었다. ―지금의 데쓰오와 같은 나이였던 생전의 아버지가 찍은 사진이 틀림없다.

데쓰오는 어머니의 이런 표정을 본 적이 없었다. 아버지와 함께 있을 때는 늘 이랬을까. 부드럽게 다문 입술 끝이 살며시 위를 향하고 있다. 그 입술 끝이 아직 젊은 흰 뺨을 지나며 아래턱을 살짝 끌어올렸다.

기다리고 있다. ―그렇다, 어느 사진이든 정면을 보고 찍은 것은 셔터가 눌리길 기다리는 사람의 얼굴이다. 어머니의 그 편안한 미소는 뭔가 하고 있는 아버지를 기다릴 때도 틀림없이 나타났을 것이다. 이것이 아버지와 함께하던 어머니의 분인일까. 아버지가 갑자기 죽은 후로 어머니는 두 번 다시 이렇게 아버지를 기다릴 수 없었다. 그 분인으로 사는 것이 불가능해지고 말았다.

데쓰오는 자신이 아버지를 어디까지 인식하고 있었을지 생각해보았다. 리쿠를 키운 경험에 비춰보면 이 무렵 아버지와 어머니는 확실하게 구별할 수 있었을 것이다.

어린 데쓰오에게 아버지를 대하는 분인이 서서히 형태를 이루어갔을 무렵이다. 그리고 아버지의 돌연사는 그 분인을 미숙한 채로 중단시켜버렸다.

투명 비닐로 사진 위를 덮는 무거운 옛날식 앨범에 담긴 그의 사진 옆에 어머니 글씨로 짧은 메모가 되어 있었다. 그 사진 옆에는 '데쓰오, 한 살'이라고만 쓰여 있었다.

데쓰오—그를 이렇게 부르는 사람은 이 세상에 어머니와 할머니뿐이었다. 그는 그런 단순한 사실을 문득 알아채고, 가까이 있던 팩스 용지에 볼펜으로 휘갈기듯 써내려갔다.

데쓰오—어머니, 할머니

그리고 생각나는 대로 자기 호칭과 그 호칭을 부르는 사람들을 짝지어 종이 가득 써나갔다.

뎃짱—지카
아빠—리쿠
데쓰오 군—아키요시 씨
쓰치야—안자이 부장
쓰치야 씨サン—라데크 씨
쓰치야 씨さん—이케하타 씨를 비롯한 다수

이렇게 써보니, 과연 자신은 저마다 다 달랐다. '뎃짱'과 '쓰치야'는 확연히 다르다. '아빠'와 '쓰치야 씨サン'도 다르다.

지금 이런 생각을 하는 나는 과연 누구일까? 이케하타를 대하던 분인의 흔적? 거기에 라데크 씨를 대하는 분인도 곁들여 있을까. 그래서 이런 생각을 할 수 있는 걸까?

그래도 이케하타의 말처럼 하나하나의 분인이 완전히 동떨어져 있다는 것은 도저히 납득할 수 없었다. 역시 어딘가에 공통된 부분이 있지 않을까?

데쓰오는 '뎃짱'을 동그라미로 감싸고, '아빠'를 그것과 겹치도록 역시 동그라미로 감쌌다. 지카와 함께할 때의 나와 리쿠 앞에서의 나. ―서로 뒤섞인 부분이 분명히 있을 것 같은 기분이었다. 그렇게 분인끼리 서로 영향을 주고받는다. 제일 진하게 겹치는 부분이 지금의 나일까?

데쓰오는 한동안 A4 용지를 바라보았다. 벽에 붙은 고흐의 자화상처럼 각각의 호칭이 다른 얼굴을 갖고 있었다.

'이 A4 종이 한 장이 나 자신인가. 이 종이의 윤곽이 내 몸의 윤곽이고. ……'

데쓰오는 종이를 사람 형태로 오릴까 하다가, 그렇게까지 하지 않아도 이해했기에 그만두었다. 대신 아무래도 신경쓰이던 자기 호칭을 하나 더 써넣었다. 그리고 옆으로 막대기를 긋고, 그렇게 부르는 인간의 이름을 한 획 한 획 주저하며 적었다.

당신—사에키

　사에키의 얼굴이 눈앞에 떠올랐다. 가슴속에서 파리떼가 날아다니는 양 격렬한 혐오감에 사로잡혔다. 왜 이런 호칭을 써버렸을까! 그것은 단순히 '사에키'에 대해서만이 아니라, '당신'이라고 불리는 자신까지 포함한 전체에 대한 불쾌함이었다. 이런 분인이 존재한다. 그것이 다른 분인까지 더럽히려 한다!

　마침 그때 지카가 거실로 돌아왔다.

　데쓰오는 지카의 눈을 피해 '당신—사에키'의 조합을 황급히 지워버리려 했다. 펜을 몇 번이나 왕복시키며 새카맣게 칠했다. 지워야 해! 필사적으로 팔을 움직이며 그는 마음속으로 중얼거렸다.

　'—싫다.'

　다음 순간, 부주의하게 힘이 들어간 펜 끝이 탁자의 작은 흠집에 걸리며 종이가 찢어졌다.

　"……!"

　데쓰오는 놀라서 양손을 뗐다. 종이는 비스듬하게 찢겨버렸고, '당신—사에키'라는 글자뿐 아니라 그 옆의 호칭 몇 개도 같이 찢기고 말았다.

　무슨 일이 일어났는지 몸이 먼저 이해한 것처럼 데쓰오의 이마에 땀이 축축하게 번졌다. 그래서 제 몸의 상처를 틀어막듯 찢어진 종이를 맞붙여 손으로 짓눌렀다.

이어서 벌떡 일어나 식기장 서랍을 마구 뒤적였다.

"왜 그래?"

지카가 걱정스럽게 물었다. 멈춰버린 손목시계를 응시하고, 죽기 전까지 쓰던 검은색 수첩을 끄집어냈다. 그리고 거칠게 페이지를 들척였다.

'싫다'라는 글자가 끌로 새기듯이 적혀 있었다. 그 글자 역시 검은색 볼펜으로 까맣게 지워져 있었다.

데쓰오의 기억에서 한 가지 광경이 홀연히 되살아났다.

"……생각났어."

그는 망연해져 지카를 돌아보았다.

"생각났다니, ―자살했을 때가?"

데쓰오가 말없이 고개를 끄덕이고는, 자신이 죽은 5월 16일 페이지를 펼치고, 그보다 한 달 후인 6월 16일을 확인했다. 거기 한시의 약속이 덩그러니 적혀 있었다.

데쓰오는 입을 벌린 채 위를 올려다보았다. 바로 이것이 계기였다.

9장

–

진상

33. 되살아난 기억

데쓰오는 도지마 제관으로 가는 고바초행 시내버스 안에서, 여름방학을 맞아 센코 호숫가를 달리는 중학생들을 바라보고 있었다.

흰색 반팔 셔츠에 남색 반바지를 입은 남자아이 열다섯 명 정도. 하나같이 땀범벅이었다. 새빨개진 얼굴로 데쓰오의 귀에까지는 들리지 않는 구호를 외치고 있었다. 두 줄로 서서 뛰는데, 뒤로 갈수록 턱이 들리고 앞사람과의 간격이 벌어지는 것 같았다.

저 아이들을 불러세워서 '자살한 사람'에 대해 어떻게 생각하느냐고 물으면 뭐라고 대답할까? 예를 들면 선두에서 달리는 상급생처럼 보이는 저 소년. 덩치는 작지만 한눈에 보기에도 모두에게 존경받을 듯한, 날렵하고 용감하게 생긴 까까머리 소년은? 멈춰지지 않는 몸을 그물로 끌어당기듯 갑자기 안정시킨 후, 상기된 코를 벌름거리며 의아하다는 듯 이쪽을 바라보겠지. 그리고 턱 끝에서 땀방울이 선향 불똥처럼 떨어지기도 전에 자신이 믿는 바를 확실하게 말할 것이 틀림없다. ─"생명은 소중하다고 생각해요"라고.

그의 생명은 지금 맑고 깨끗하다. 저 땀은 그 맑고 깨끗한 생명에서 직접 떨어져내린 방울인 것이다.

맨 끄트머리에서 달리고 있는, 쫓아가기 급급해 보이는 저 통통한 소년은 어떨까? 역시 같은 대답을 할까? 아니면 주위를 신경쓰며 기어드는 목소리로 "……힘들었을 것 같아요"라고 말할까?

데쓰오는 미간에 주먹을 대고, 수면의 반사가 아로새겨진 듯한 눈을 감았다.

나라면 그렇게 말하지 않았겠지. 언젠가 인터넷에서 본 것처럼 "죽고 싶은 사람은 죽으면 그만 아닙니까"라고 차갑게 쏘아붙였을지도 모른다. 일부러 도발하는 말투로 큰소리치고, 반론하면 기다렸다는 듯이 받아칠 것이다. "살고 싶지만 못 산 사람도 있어요!"라고. 아버지를 떠올리며 확신에 차서. 훗날 자신이 자살하리라고는 꿈에도 모른 채. ……

도지마 제관을 찾는 것은 환생 후 세번째였다.

그는 자살하기까지 있었던 일들을 제법 기억해냈다.

옛 상사였던 안자이에게 전화를 걸어 사정을 얘기하고 다시 한번 면담 시간을 내달라고 부탁했다. 이제 자살이라는 사실은 받아들인다. 다만 마지막으로 도저히 기억나지 않는 부분을 떠올리고 싶다. 거절해도 끈질기게 매달릴 작정이었는데, 안자이는 잠시 침묵하더니 "알았네"라고 승낙했다. 두시로 시간도 정했다.

버스가 출발함과 동시에 데쓰오의 몸이 앞뒤로 흔들렸다. 액셀러레이터를 밟는 기사의 버릇이 특이해서 신호에 걸릴 때마다 차 안에 작은 사고 같은 파도가 일었다.

데쓰오는 뜨거운 창에서 조금 떨어져 손에 들고 있던 고흐 엽서로 시선을 떨어뜨렸다.

어젯밤 늦게 그는 자신이 '고흐를 죽인 범인'으로 간주했던 〈밀짚모자를 쓴 자화상〉에 대한 뜻밖의 소식을 접했다.

네덜란드의 반 고흐 미술관에 따르면, 지금까지 자화상으로 여겨졌던 이 작품은 노란빛이 감도는 머리칼이나 둥그스름한 귀 모양 등 몇 가지 특징으로 보아 실은 고흐 본인이 아니라 동생 테오를 그린 그림으로 판명되었다는 것이다.

데쓰오는 놀라서 당장 이케하타에게 이메일을 보냈는데, 아침이 되니 흥분이 생생하게 전해지는 답장이 와 있었다.

깜짝 놀랐습니다! 전혀 몰랐어요. 고흐가 동생에게 살해당했다는 설과 쓰치야 씨가 이 고흐(실은 테오?)가 병든 고흐를 없애려 했다고 느낀 것이 보기좋게 들어맞았군요! 이런 일도 다 있네요.

그래도, 나는 역시 이 그림은 테오가 아니라 빈센트라고 생각합니다. 백 년이 넘는 세월 동안 세상 누구도 그것을 의심하지 않았어요. 너무나 고흐 자신이었으니까요.

나는 이것이 고흐 안에 있던 테오와의 분인이 아닐까 해석합니다. 테오와 함께 있을 때의 고흐. 테오를 생각할 때의 고흐. 테오가 끊으려야 끊을 수 없을 만큼 융합되어 있던 고흐.

테오가 죽인 게 아니에요. 테오와의 분인이 고흐를 죽였다고 하는 것은 충분히 이해가 갑니다. 테오를 만나고 편지를 쓸 때마다 고흐는 늘 미안했겠죠. 비굴함에 괴로워하기도 했어요. 그런 고흐가 동생에게 의존하지 않으면 살아갈 수 없는 자신, 예술가이며 병들었던 자신에게 상처를 내고 마지막에는 죽이고 말았다.

가장 사랑하는 사람과의 분인이 그 사랑 때문에 자신 외의 다른 분인을 죽이려 한다. 자신을 통째로 상처낸다. 없애려 한다. 그건 너무나 슬픈 일입니다.

데쓰오는 〈밀짚모자를 쓴 자화상〉을 응시했다. 그래서 이렇게 겁먹은 눈빛인가. 이렇게 꺼림칙해하는 표정인가. ―테오와 마주하면, 고흐는 가면을 쓰지도 연기를 하지도 않고 자연스럽게 이런 모습이 되었을 것이다. 고맙고, 미안하고, 또한 사랑해 마지않았기에. ……

데쓰오는 최근 사서 읽기 시작한 고흐와 테오가 주고받은 편지들을 엮은 책을 떠올리며 자화상 엽서들을 가방 위에 펼쳤다. 그리고 애처로운 〈파이프를 물고 귀에 붕대를 한 자화상〉을 집어들려는 순간, 급브레이크가 그 한 장을 발밑으로 떨어뜨리고 말았다.

새빨갛게 칠해진 배경이 마치 바닥에 번진 피 같았다. 다친 고흐는 여전히 멍한 얼굴로 위를 향해 놓여 있었다.

가방 위에 남아 있는 다른 고흐들은 사라진 고흐에 대해 약속이나 한 듯 입을 다물고 있었다. 아무 일도 일어나지 않은 것 같았다. 혹은 마치 없었던 일처럼 애써 잊으려 했다.

데쓰오와 재회한 안자이는 처음에는 굳은 표정이었지만 "바쁜데 시간 내주셔서 감사합니다"라며 고개를 숙이자 입을 다문 채 미소지었다. 양쪽 입꼬리가 그가 늘 서류에 빨간 펜으로 체크하는 '√' 표시처럼 애매함이라곤 눈곱만큼도 없이 위를 향했다. 그 '√' 표시는 문제없음, 오케이라는 사인이었다.

"건강해 보이는군."

"네. 덕분에."

"그런 소리 마. 아무 도움도 못 주고 쫓아 보내서 마음이 편치 않으니까."

"아니에요." 데쓰오가 바로 고개를 저었다. "죽은 인간이 되살아나다니, 있을 수 없는 일이니까 무리도 아니죠. 제가 이상한 소리를 하기도 했고."

안자이가 흠흠 맞장구를 치며 의자에 앉았다.

"사에키라는 남자가 환생자 모임에서 자살했다는 뉴스는 봤어. 또 어쩌다 그런 일이 생겼담? 자네를 스토킹했었나?"

"스토킹과는 다른 것 같습니다. ……제 존재 자체를 몹시 짜증스러워했어요."

"그놈한테 살해당했던 건 아니지?"

안자이는 '네' 혹은 '아니요'의 명료한 대답을 원했다.

"네, 아닙니다. 살해당하지 않았어요. 제가 찾던 방범카메라 영상을 사에키가 갖고 있었습니다. 제 눈으로 확인했고요. ……자살이었어요."

안자이는 납득한 듯 "그렇군" 하며 고개를 끄덕이더니, 잠시 뜸을 들였다가 다시 살며시 고개를 끄덕였다.

"그리고 드디어 생각났습니다. 그날 일이. —그날, 저는 부장님과 이 방에 있었어요. 거래처와의 약속을 어겨서 같이 사과하고 온 뒤였습니다. 제가 실수로 그 약속을 수첩에 한 달 뒤 날짜로 적어놨거든요. 5월 16일이 아니라 6월 16일로. 그걸 모르고 죽었다가 이삼일 전에야 알았습니다."

"분명히 수첩에 적었다고 말했었지."

"5월 16일은 공백이었어요. 그런데도 부장님은 절 야단치지 않았습니다. 죄송하다고 했지만, 그저 '신경쓰지 마'라고만 하셨죠."

안자이의 눈이 기억에 사로잡힌 듯 멍해졌다.

"그리고 '업무량을 줄일까?'라며 마음을 써주셨어요. 저는 '아뇨, 괜찮습니다'라고 대답했고."

"내가 야단치진 않았지?"

"야단치지 않았습니다."

"……나 때문인가, 자살한 게?"

데쓰오는 말보다 앞서 고개를 크게 흔들며 부정했다.

"아닙니다. 부장님 때문이 아닙니다."

"나한테 거짓말하지 마. 정말 아니야?"

"절대 아닙니다. 저는 부장님께 감사하고 있어요. 제 은인이세요. 이전 부서에서 설자리를 잃은 저에게 구원의 손길을 뻗어주셨잖습니까. 은혜를 원수로 갚아서 정말, ……죄송합니다."

"바보 같긴. 사과하지 마. ─대체 그뒤에 무슨 일이 있었던 거야? 알려줘."

데쓰오는 하얀 수조 안에서 꼬리지느러미를 흔드는 금붕어를 체로 떠올리듯 숨을 삼키고, 말의 방향을 기억으로 돌렸다.

"부장님이 나간 뒤 한동안 여기 혼자 남아 있었습니다. 몇 번

이고 다시 수첩을 살펴보며 왜 그렇게 큰 실수를 저질렀는지 자
책했죠. 부장님에게 야단맞지 않은 만큼 오히려 더요. 마침 발리
로 가족여행을 다녀온 후라 휴가 후유증인가 했습니다. 드디어
이시자와 맥주가 발매되고, 이제 시작인 시기에, ……내가 뭘 하
는 건가 싶어서. ―저는 그 여행으로 긴장을 풀고 다시 열심히
일에 매진할 생각이었어요. 그런데, ……솔직히 여행에서 돌아
오니 전보다 훨씬 피곤하게 느껴졌습니다. 시차가 거의 없는데
도 몸이 무겁고. 실컷 놀고 와서 피로 때문에 일에 집중하지 못
하다니, 있을 수 없는 일이라고 생각했죠. 나이 탓인가 싶기도
했고. ……"

"나한테는 여행이 좋은 휴양이 됐다고 했는데."

"솔직하게 말할 수 없었어요, 회사 사람에게나 가족에게나.
……실패했다고 느꼈죠. 과연 이 상태로 버텨낼 수 있을까. ―그
렇지만 그리 심각한 상황은 아니라고 생각했어요. 훨씬 바쁘고
피곤했던 때도 있었으니까. 힘내자고 마음을 다잡았죠. 그런데
바로 약속을 잊는 실수를 했고, ……그때 난데없이 목소리가 들
려왔어요."

"목소리?"

"나는 왜 이렇게 필사적으로 일하지?―라는 목소리. 사에키
였습니다. 제 바로 뒤에 서서 마치 제 목소리처럼 그렇게 말했어
요. 저는 깜짝 놀라서 돌아봤죠. 그런데, ……없었습니다. 사에

436

키는 없었어요. 이 방에는 저 혼자뿐이었죠."

안자이가 의아한 눈빛을 띠었다.

"제가 제 입으로 중얼거린 말이었습니다."

"그 녀석이 언제 그렇게 말한 적이 있나?"

"네. 회사 주차장에서 난데없이 제 차에 올라타서 말했었죠. 그것이 제 본심이라고, 멋대로 단정지어 말했어요. 저는 그런 생각을 해본 적도 없는데. ―정말 생각해본 적도 없어요. 그런데 그 뒤로 점점 묘한 일이 벌어졌죠. 일하고 있으면 시도 때도 없이 그 의문이 솟아오르는 겁니다. 문득 눈앞의 현실이 흐릿해지고 특별한 의미가 사라져버려요. 이런 게 정말 의미 있을까? 그런 생각이 스치면 열의는 순식간에 상온으로 식어버리고, 한동안 아무것도 손에 잡히지 않았어요. 실은 훨씬 전부터 그렇게 느꼈던 게 아닐까? 예전 부서에서 불합리한 평가를 받고, 회사에서도 장래성을 기대하지 않는 이 제관 부문으로 이동했고, ……"

다음 말을 머뭇거리는 데쓰오에게 안자이가 "괜찮아, 사실이니까"라고 재촉하듯 말했다. 데쓰오는 고개를 살짝 숙였다.

"그 경비원은 사람의 마음속을 순찰하며, 좀도둑처럼 숨어 있던 저의 그런 의혹에 손전등을 비춘 것뿐이 아닐까……"

안자이가 입을 삐죽이며 팔짱을 꼈다.

"그런 생각으로 치달을 때도 있지. 살다보면."

"네. 흔하게들 느끼는 불안이라고 몇 번이나 스스로를 타일렀습니다. 그런데도 멈추지 않……, 멈추지 않았……" 데쓰오는 간단한 단어를 거듭 더듬었다. "멈추지 않았습니다, 도무지. 죄송합니다. ……그러기는커녕 점점 일뿐 아니라 생활 전반에 그런 무기력이 번져갔어요. 두려워진 마음에 저는 저항했죠. 이런 생각을 하면 난 못쓰게 된다. 물리치듯 마음속으로 다짐했습니다."

데쓰오는 그렇게 말한 후 책상 아래서 주먹을 움켜쥐었다. 손바닥에서 핏기가 사라져갔다.

"이런 생각을 하는 건 내가 아니다. 나는 그런 인간이 아니다! 수도 없이 스스로를 그렇게 타일렀습니다. ……그러면 평소에는 그럭저럭 기분전환이 됐죠. 아이를 떠올리려고 했어요. 아직 말도 제대로 못하는 어린애가 집에서 기다리는데 대체 무슨 생각을 하는 거냐고. ─그런데 그날은 달랐습니다. 아무리 기분을 바꿔보려 해도 그런 생각에 사로잡혀서 헤어날 수 없었어요. 저는 제 머리를 손바닥으로 몇 번이나 때렸습니다. 그 통증으로 한순간 고통이 마비되는 느낌이 들었죠. 그런데 드디어 사라졌구나 싶은 순간, 또다시 그 목소리가 들려오는 겁니다. '나는 왜 이렇게 필사적으로 일하지?' 너무 화가 나서 다시 있는 힘껏 저를 때리고, 수첩에 제 기분대로 '싫다'라고 써넣었습니다. 주술처럼 내 몸에 새겨넣고, 두 번 다시 어리석은 생각이 솟아나지 않도록. ……그런데 그 글자를 응시하다보니 마치 등에 얼음이 들어간 것 같은 한기를 느꼈죠. 뭐가 싫다는 걸까? 나는 나도 모르게,

그래서는 안 되는 것이 '싫다'고 써버린 건 아닐까? 이것이 사에키가 말했던 나의 진심이 아닐까? 소름끼쳤어요. 저는 글자를 미친듯이 볼펜으로 마구 그어댔어요. 그런 생각을 하는 저를 어떻게든 없애버리고 싶은 마음뿐이었어요. ……"

"그게 사람들이 '유서'라고 생각했던 구절이었나?"

데쓰오는 뻣뻣하게 고개를 끄덕이고는 수첩을 꺼내 펼쳐 보였다.

안자이는 한쪽 뺨에만 힘을 주고 생각에 잠겨 있었다.

"—그런데?"

"아무리 지워도 목소리는 머릿속에서 사라지지 않았어요. 대신 방금 긁적거린 볼펜으로 전신의 혈관을 갈기갈기 찢어버린 것처럼 탁하고 뜨뜻미지근한 통증이 퍼져나갔죠. 땀이 나고, 입 안에서 피맛이 나고, ……그래서 옥상에 올라가 기분전환을 하려고 생각했습니다."

"왜 하필? 옥상에 자주 갔었나?"

"아뇨, 한 번도요. 왜 그랬는지, ……죄송합니다, 그건 지금도 잘 모르겠는데, 아무튼 옥상으로 올라갈 생각을 한 건 어렴풋이 기억납니다. 자살할 생각은 아니었어요. 아닙니다. 그냥 밖으로 나가 파란 하늘 아래서 햇볕을 쬐면 새로워질 것 같은 기분이 들었어요. 심호흡을 하고 마음을 가라앉히고, ……정신을 차려보니 옥상 문 앞에 서 있었죠."

"……"

"불투명유리로 비쳐드는 햇빛에 놀라 정신이 들었습니다. 그리고 왜 옥상으로 나가려고 했을까 의아해져서 한동안 우왕좌왕하며 생각을 했죠."

데쓰오는 온몸을 휘감는 듯했던 그 빛을 떠올리며 실눈을 떴다. 그러나 그다음을 더듬어보려 하면 뇌리를 스치는 것은 방범 카메라의 영상뿐이었다.

"그런데 그다음이, ……기억나지 않아요, 여전히."

안자이가 와이셔츠 천이 팽팽해지도록 끼고 있던 팔을 풀고 따뜻한 투로 말했다.

"이제 그건 상관없지 않나? 최후의 순간을 떠올려본들 자네만 괴로울 텐데."

그 배려에 감동해 데쓰오는 입가가 떨렸다. 그러나 각오는 변하지 않았다.

"그림자가 보였습니다. 그때."

"그림자?"

"네. 그 그림자에 쫓기고 있었어요. ……저는 그것이 사에키인 줄 알고 그 녀석에게 살해당했다고 확신했었죠. 하지만 실제의 사에키가 아니라, 그 녀석의 존재 자체에 쫓겼던 건 아닐까요? 삶에 대한 그놈의 무기력, 그놈의 증오가 내 안으로 점점 섞여들어서, ……그것에서 필사적으로 도망치려 했던 게 아닐까

440

요, ……아니면 이미 너무 물들어버려서 나도 모르는 사이 삶 자체에서 멀어져버린 게 아닐까요. ……그걸 밝히지 않고 남겨두면 언제 또 그 그림자가 제 앞에 나타날지 모릅니다. 그러면 그때도 전 또다시 어쩔 도리 없이 자살해버릴지 모르고요! 두려워요, 그게. 정체 모를 것이 또다시 절 삼켜버릴지도 몰라요. 그래서 어떻게든 지금 그 그림자와 대면해야 하는 겁니다. 그러지 않으면 저는 저의 자살을 딛고 일어설 수 없습니다! 자살을 과거로 돌릴 수가 없어요!"

안자이는 말없이 데쓰오를 마주보다가 벽시계 초침이 대여섯 번 움직였을 때쯤 "옥상에 가보겠나?"라고 물었다. "지금. 그러면 기억나지 않을까?"

데쓰오는 "네" 하며 고개를 끄덕였다. "그 부탁을 드리려고 왔습니다. 사실은 이른 아침에 한 번 공장장……"

"알아. 곤다 씨와 몰래 숨어들었지?" 안자이가 표정을 부드럽게 풀었다.

"그렇습니다. ……알고 계셨군요."

"그때는 전혀 기억이 안 났어?"

"안 났어요. 다만, 살해당했다고 하는 건 무리가 있다고 처음으로 느꼈습니다."

"그렇군. 마침, ……" 안자이가 시계를 확인했다. "이 무렵이었지. 세시. 가보자고. 나도 같이 갈 테니."

"부탁드립니다. ……그러면 제 자살은 분명히 끝날 거예요."

"자네만이 아니야. 나도 지난 삼 년간 대체 원인이 뭔지 고민했어. ……곤다 씨도 부르지. 그 사람도 사내에 이런저런 소문이 돌아서 괴로워했으니까."

데쓰오는 동의하듯 고개를 숙였다. 안자이가 자리에서 일어나 데쓰오를 남겨두고 방을 나갔다. 그러다 문득 걸음을 멈추는가 싶더니 돌아보며 다짐을 두었다.

"금방 돌아올 테니 여기 가만있어."

34. 최후의 일념

안자이가 나가자 회의실은 갑자기 고요해졌다. 멀리 공장에서 돌아가는 기계 소리가 들려올 뿐 오가는 직원도 없었다. 비스듬히 아래를 향한 블라인드에 한차례 어루만져진 햇빛이 창문 발치에 무릎을 끌어안듯 머물러 있었다.

데쓰오는 주머니에서 그날 찼던 시계를 꺼내 왼쪽 팔목에 감았다. 뭐든 좋다. 한 가지라도 더 떠올리고 싶었다. 시곗바늘은 금간 유리 밑에서 여전히 세시 십사분에 멈춰 있었다.

탁자에 팔을 괴고 머리칼을 쓸어올리듯이 이마를 받쳤다.

기분이 가라앉았다. 고요해질수록 누군가 보고 있는 기척이 느껴져 천천히 뒤돌아보았다.

아무도 없었다. 그래도 신경이 쓰여 다시 한번 확인한 순간, 뭔가가 쏜살같이 시야를 스치고 지나갔다. 반대 방향으로 몸을 틀었다. 자리에서 일어나기까지 하면서 실내를 한 바퀴 빙 돌아봤지만, 역시나 아무도 없었다.

뭐지? 기분이 나빠져 창으로 다가갔는데, 그 순간 마치 훤히 보고 있었던 것처럼 "금방 돌아올 테니 여기 가만있어"라는 안자이의 목소리가 귓속에 울려퍼졌다.

데쓰오는 양어깨를 강하게 짓눌린 듯 의자로 돌아갔다. 그리고 불과 몇 분 전 들은 말을 깜박 잊어버릴 뻔했던 스스로에게 몹시 놀랐다.

"여기 있어"라는 그 말은 지금의 데쓰오보다는 삼 년 전 그를 향해 던져진 것 같았다. 갈 곳을 잃은 채 속절없이 가슴속을 방황하던 말이 드디어 말을 건넬 상대를 찾아낸 느낌이었다.

'여기'란 분명 안자이의 기억 속 회의실이다. 몇 번을 돌이켜봐도 거기 있어야 할 부하직원이 사라지고 텅 빈 회의실. ─그러나, 데쓰오는 생각했다. 오히려 지금 '여기'가 그날의 회의실로 뒤바뀌어버린 게 아닐까? 어딜 봐도 그때와 똑같았다. 문이 닫혀 바깥세계와 격리되고, '여기'에서만 시간이 과거로 거꾸로 돌아갔다. 실은 나는 방금 거래처에 사과하고 돌아온 게 아닐까? 부장이 동행해주고, 딱히 나무라지도 않고 밖으로 나갔다. ……

이대로 조용히 회의실에서 나가 아무도 이변을 눈치채지 못하도록 오후 업무를 마치고 귀가한다면 그 자살은 없었던 일이 될지도 모른다. "다녀왔어"라며 현관에서 구두를 벗으면 아직 한 살인 리쿠가 환하게 웃으며 달려올 것이다. 그 무구한 눈동자는 이제, 오늘밤 넋을 놓고 울어서 빨갛게 부은 엄마의 얼굴을 볼 필요가 없지 않을까?

한참 기묘한 생각에 빠져 있던 데쓰오는 다시 뒤돌아보았다. 하얀 벽을 향해 눈을 부릅뜨고는 몇 번이나 고개를 가로저었다.

'만약 방금 거래처에서 돌아온 게 정말이라면, 나는 곧 같은 짓을 되풀이할 것이다. 아무 일 없이 집에 간다 해도, 언젠가 미래에, 행복의 절정에서 틀림없이, ⋯⋯부장이 돌아올 때까지 무슨 일이 있어도 여기서 움직이면 안 된다. 그리고 같이 옥상으로 올라가 그 그림자를 마주해야 한다. ⋯⋯'

데쓰오는 말로 의자에 몸을 동여맸다. 지금 '여기'에는 그 말고는 아무도 없다. 그것은 그를 말려줄 사람이 아무도 없다는 뜻이었다.

벽시계를 보았다. 왼쪽 팔목의 시계가 가리키는 사망 시각인 오후 세시 십사분까지 앞으로 이 분가량 남았다. 그는 손가락으로 책상을 두드리다가 스스로 알아채고는 멈추었다. 마음을 가라앉히기 위해 기도하듯 양손을 깍지 끼고 눈을 감았다.

아무것도 하지 않는데도 호흡이 거칠어졌다. 발리 호텔의 수영장에서 들었던 신음소리와도 비슷하게. —

벽시계의 초침이 옛날식 통조림 검품 작업처럼 시간을 일 초씩 두드리며 그 소리를 확인했다. 분명 여느 때와 같은 속도일 텐데, 데쓰오는 밀려오는 그 시간에서 자기가 조금씩 늦어지는 기분이 들었다.

앞을 보며 맞아들였을 시간을 어느새 옆으로 돌아선 몸으로 쫓고 있었다. 시간을 따라갈 수 없었다. 앞뒤를 놓치고 무심코 그냥 흘려보낸 일 초를 신경쓰는 사이, 또다시 가차없이 시간이 흘러들었다.

이마에 비지땀이 번졌다. 손가락을 깍지 낀 채 마구 비비며 그는 또 몇 초를 덩어리째 과거로 놓쳐버리고 말았다. 수십 초가 또 속수무책으로 흘러갔다. 일 분이 지나고, 몇 분이 지났다. ……시간이 대체 어디로 흘러가는지 알 수 없었다. 자신이 있는 여기가 어딘지도 알 수 없었다. ……

가슴속 어딘가가 파열된 것처럼 불안이 흘러넘쳤다. 그날의 자신이 의식 밑바닥에서 별안간 다시 숨쉬기 시작했다. 나는 두 가지 시간에 동시에 살아 있다. 하나의 나는 과거를 그대로 따라서 곧 자살하려 한다. 또하나의 나는 그것을 알아채고 말리려 한다. —말려야 할까? 만약 여기서 멈춰버리면, 가까스로 채워지던 마지막 기억을 이번이야말로 영영 잃어버릴 것이 틀림없었다.

안자이와 곤다를 믿고 나를 맡겨야 한다. 만일의 경우 두 사람이 나를 말려줄 것이다. 그 그림자와 맞서지 않는 한 나의 자살은 끝나지 않는다. 두 번 다시 눈앞에 나타나지 못하게 그 그림자를 없애버려야 했다. 그 기회는 지금 말고는 다시 없다. ······

빈혈에 사로잡힌 것처럼 눈앞이 번쩍거리고 어지러웠다.

"······한동안 연락도 못하고 미안하네, 뎃짱. ······" 곤다가 손목을 단단히 잡고 있었다. "뎃짱이 사에키 놈의 자살을 막으려 했다는 얘기를 듣고 진심으로 고개가 숙여지더군. 훌륭해, 자네는. ······"

"쓰치야, 엘리베이터가 아니고 계단이었지?"

안자이의 목소리였다. 5층 비상구 문을 열자, 기다리고 있던 열기 덩어리가 건물로 밀려들어오며 데쓰오의 몸에 거세게 부딪혔다. 그는 휘청거리며 실눈을 떴다.

핑음이 울리는 공장 지붕. 지금 보고 있고, 자살 직전에도 보았던, ······6층까지는 엘리베이터가 아니라 계단으로 갔다. 데쓰오는 처음으로 그것을 떠올렸다. 호우가 내리던 밤, 맨션에서 뛰어내리려 했던 그 악몽은 이 계단을 떠올리게 하려는 것이었을까? 지금처럼 '공백의 삼십 분'에서 헤매면서. ······

6층에서 다시 건물 안으로 들어가 옥상으로 이어지는 계단을 올라갔다. 그날 이쯤에서 숨이 몹시 가빴다. 데쓰오는 무심코 움켜잡은 난간의 감촉으로 그 사실을 떠올렸다.

다 올라가자 곧장 문으로 향했다. 자신이 그 방범카메라 영상이 된 기분이었다. 불투명유리는 햇빛을 머금고서 그의 방문을 조용히 기다리고 있었다.

안자이가 들고 온 열쇠로 자물쇠를 열었다. 그가 물러서서 자리를 내주자 데쓰오는 손잡이로 팔을 뻗었다. 어느새 곤다의 손이 떨어져 있었다.

움켜쥔 금속 표면에서 뜨뜻미지근하고 미끄러운 감촉이 느껴졌다. 다름아닌 데쓰오 자신의 땀 때문이었지만, 뇌리를 스친 것은 자살 직전 붙잡았던 사에키의 피투성이 손목이었다.

"난 네 아버지야"라고 사에키는 마지막에 말했다. 그 조롱 섞인 목소리의 기억에 데쓰오는 그때처럼 손을 툭 떨어뜨렸다. 그리고 문에서 물러나, 실소의 앙금 같은 것을 콧숨과 함께 흘렸다.

'—사소한 실수였어. 일정을 잘못 기록하는 바람에 거래처를 화나게 만든 거야. 단지 그뿐이야. ……인간이잖아, 누구나 실수는 해. 그러니 깊이 생각할 것 없잖아? ……'

고개를 숙이고, 심장이 뛸 때마다 심해지는 두통을 한 손으로 짓눌렀다. 그의 감정에 꿰뚫린 상처는 작았다. 그러나 일단 출혈이 시작되자 아무리 막으려 해도 기세는 점점 거세졌다.

'누구 하나 나의 행복을 의심하지 않았다. —그래서 더더욱 나의 자살은 용서받기 힘들었다. 대체 뭐가 불만이었어. 제멋대로고 무책임하다고. 나에겐 안정된 직장이 있었다. 결혼해서 집을 사고, 자식도 얻었다. ……그 이상의 행복은 없었다. ……그렇다, 그 이상의 행복은 없다. ……하지만 이제는, ……'

데쓰오의 발치에 어느새 붕대를 감은 고흐의 자화상이 떨어져 있었다. 그것도 기억이었다. 건물 옥상에서 떨어져 머리가 깨진 것처럼 배경이 핏빛으로 물들어 있다. 냉정하게 입을 다문 다른 고흐의 얼굴들 하나하나가 환생 후 거울 속에서 본 그 자신의 얼굴로 변해갔다. 아무것도 기억나지 않는다고 입을 굳게 닫아왔다. 그리고 이제야 띄엄띄엄 입을 열기 시작했다.

'……나는 이 행복을 위해 살아왔을까. 지금도 살아 있고, 앞으로도 계속 살아갈 것이다. 이 행복을 위해. ……그리고 언젠가 죽을 것이다. ……달리 무슨 소망이 있지? 지금 당장 죽는다 해도 나는 편안할 것이다. 그렇게 생각하지 않는다면 잘못이다. ……그런데 뭐가 재미있지? 지겹다, 이젠, ……'

데쓰오는 여기까지 생각하고 "……싫다"라고 소리내어 중얼거렸다.

'아니야, ……이건 잘못된 기억이야. 내가 아니야. 사에키가—그놈이 내 안에서 나로 위장해 말하는 거야. 그 녀석과의 분인이 나를 이상하게 몰아가고 있어. 그날도 분명히 이랬겠지. "당신" 하면서 불러내서! 이케하타 씨도 말하지 않았나, 인간은 늘 똑같은 나로 생각하는 게 아니라고. ……'

데쓰오는 걸음을 내디디며 다시 손잡이로 손을 뻗었다.

'……밖으로 나가 심호흡이나 하면 그만이다. 나는 내 행복을 믿을 수도 없을 만큼 지쳐버렸던 걸까? 리쿠를 안아올릴 때마다 왜 그놈의 목소리가 들려오지, 빌어먹을, ……'

문을 밀어서 열자 맑고 파란 하늘이 시야를 점령했다.

데쓰오는 온몸이 떨렸다. 그날도 바로 이런 하늘이었다.

금속으로 된 거대한 심장이 박동하듯, 머리 위에서 공장 기계음이 울려퍼졌다.

태양이 눈부셨다. 금간 콘크리트 바닥에 그의 존재를 확증하듯 빈틈없고 짙은 그림자가 드리워져 있었다.

곤다와 둘이 이른 아침 몰래 숨어들었을 때와는 달리, 실외기가 으르렁거리며 뜨거운 바람을 내뿜고 있었다.

발밑이 흔들렸다. 앞으로 나아간 데쓰오는 크게 심호흡을 하려다 버티지 못하고 양 무릎에 손을 짚었다. 지독한 피로감이 몰려왔다. 가까스로 고개를 든 그는 뒤에서 육박해오는 인기척에 숨을 삼켰다.

여전히 열려 있는 문을 돌아보았다. 안자이와 곤다도 의아한 듯 그쪽으로 시선을 돌렸다. 이상한 점이라곤 전혀 없었다. 그러나 몸을 일으킨 데쓰오의 눈은 순식간에 험악해졌다.

'저 그림자, ……나를 여기까지 몰아붙인, 저 그림자!'

햇빛에 타들어간 눈동자가 검은 그림자를 줄기차게 난반사시켰다. 격렬한 증오에 휩싸인 데쓰오는 두 눈을 부릅떴다.

"―당신도 속으로는 인생에 실망하고 있어요."

사에키의 목소리였다. 그러나 정말로 사에키가 그런 말을 했을까? 그것은 마치 데쓰오 자신이 내뱉은 말처럼 몸속에 울려퍼졌다.

"당신의 그 행복으로 소리 없이 다가오는 죽음의 공포와 삶 자체의 긴장을 정말로 극복할 수 있습니까? 다른 누구보다 당신 자신이 그걸 믿지 않아요. 그래서 허무하다. 내 말이 맞죠?"

'아니야!'

데쓰오는 격분하며 부정했다. 당장이라도 그 검고 섬뜩한 그림자 속에 사에키의 얼굴이 나타날 것 같았다. 햇빛이 그 정체를 폭로하려 했다. 머리 위에 펼쳐진 맑고 파란 하늘이야말로 그 증인이었다!

'난 너 따위와 달라! 역시 네가 날 죽인 거야! 처음부터 알고 있었어! 직접 손을 쓰진 않았어도, 네놈은 말로 날 죽였어! 아니, 너와 엮여버린 내가 나 자신을 궁지로 몰아넣고 파멸시킨 거지. 그래! 너 같은 인간의 존재가 나를, ……'

데쓰오는 눈을 뻘겋게 물들이며 조금씩 다가갔다. '당신―사에키'라는 글씨가 뇌리를 떠나지 않았다.

'나를 여기서 떨어뜨린 건 내 안에 있는 너에 대한 분인이었어! 인생에 지칠 대로 지쳐버린 나 자신! 그렇지!'

"이봐, ……쓰치야, 괜찮아?"

안자이의 목소리가 들렸다. 데쓰오는 발을 벋디딘 채 딱딱하게 굳은 것처럼 꼼짝하지 않았다.

'나는 오늘로 내 자살을 끝낸다! 살아가기 위해! 죽고 싶지 않아! 두 번 다시 내 손으로 나를 죽이고 싶지 않아!'

그림자는 조금도 기죽지 않고 눈앞까지 육박해왔다. 튀어오르듯이, 쾌활하게! 그러나 이상하게 아무리 가까이 다가와도 내려다볼 수 있을 정도로 작았다. 데쓰오는 방어 태세를 취했다. 그리고 비로소 또렷하게 그 그림자의 모습을 확인했다.

"……!"

너무 놀라 말을 잃었다. 그림자 속에서 나타난 것은, ……리쿠였다.

데쓰오의 뺨이 꿈틀거리며 경련하기 시작했다. 사에키가 아니었다. 내내 그를 쫓았던 그림자의 정체는 리쿠였다! 그의 '행복'이자 삶의 보람이며, 그를 아버지로 만들어준 유일한 존재인 리쿠! ……

'왜지? 아니, 이게 아니야! 이런 게 아니야! 내가 어떻게 이 행복을 의심할 수 있지? 왜 이 행복에 만족 못하지? 나는 그런 인간인가? 자, 이리 와, 리쿠!'

데쓰오는 양손을 펼치며 꿇어앉으려 했다. 그 순간, 그의 가슴속을 간질이듯 예의 끔찍한 속삭임이 다시 튀어나왔다. "—당신도 속으로는 인생에 실망하고 있어요."

데쓰오는 있는 힘껏 주먹을 쥐었다.

'아니야! 그럴 리 없어! 썩어빠진 거야, 내 마음이! 절망적이
야! ……오지 마, 리쿠! 오면 안 돼, 지금은! ……이건 진정한 내
가 아니야! 아니라고! 빌어먹을, 없애야 해! ……확실하게 없애
고, 깨끗해진 뒤에 안아줄게!'

"허무하다. —내 말이 맞죠?"

'아니야!'

그는 도움을 청하듯 얼굴을 쳐들었다. 그리고 리쿠의 등뒤에
서 있는 지카를 보고 멈칫거렸다. 그의 어머니도 서 있었다. 그
옆에 할머니도 있었다. 아키요시 씨. 안자이와 곤다. 그리고 오
로지 사진으로만 알고 있는, 죽은 아버지까지! ……

그들은 그가 가장 사랑하는 사람이었다. 모두 흑백사진처럼
색이 없고 움직이지 못했다. 그리고 발밑부터 서서히 잿빛 그림
자에 갉아먹혀 사라져갔다.

데쓰오는 그들의 얼굴에 역력히 드러난 경멸의 빛에 동요했
다. 그들은 어떻게 지금이 행복하지 않다는 말을 할 수 있느냐며
냉담하게 경멸하고 있었다.

단 한 사람, 리쿠 혼자 씩씩하게 달려왔다. 5월 단옷날, 사진을
찍으려고 몇 번을 앉혀놔도 이쪽으로 달려와버리던 그때처럼!
자살한 날 아침에도 리쿠는 출근하는 나를 이렇게 현관까지 배
웅 나오지 않았을까?

'잘못됐어, 이런 나는! ……없애버려야 해. ……'

파란 하늘이 크게 회전하며 햇빛이 그의 얼굴에 정면으로 내리쬐었다.

"……쓰치야, ……괜찮아? 어이, ……"

"뎃짱!"

시야가 아주 잠깐 안정되었을 때, 그는 온화한 5월의 파란 하늘을 또렷이 보았다.

'……아니야, 그게 아니었어. ……아아, 그게 아니야! 왜 마지막 순간까지 알아채지 못했을까. ……사에키가 아니었어. 나를 몰아붙이고 죽인 건 사에키와의 분인이 아니었어. 다른 분인들을 모조리 물귀신처럼 끌어들여 도망치듯 옥상에서 뛰어내린 것은 그런 내가 아니었어. ……그래, 반대였어! 나를 쫓아온 그림자는 리쿠, 너였구나. 금방이라도 넘어질 듯 불안정한 걸음걸이로, 웃는 얼굴로, 열심히. ……아, 혹시 너는 나를 붙잡으려 했던 거니? 멈춰요! 하면서. 출근하는 나를 늘 현관에서 붙들던 것처럼! ……나는 왜 이렇게 필사적으로 일하지? ―그 말은 사에키가 아니라 나를 걱정해준 너의 목소리였니? ……'

새하얀 공백이 데쓰오를 품에 따뜻하게 끌어안았다. 건물 옥상, 파란 하늘, 모든 것이 색을 잃고, 형태를 잃고, 아무 소리도 들리지 않았다. 진공 같은 세계에서 리쿠의 모습이 멀어져갔다. 그토록 열심히 쫓아왔는데. ……

'리쿠, 난 너를 사랑했어. 거짓말이 아니야! 나는 단지 이 행복을 지키고 싶었을 뿐이야. 믿었어! 그래서 이상한 생각에 사로잡혀버린 참담한 나를 없애버리려고 필사적으로 발버둥쳤지. 그렇잖아, 이런 나로는 살아갈 수 없잖아! 네 아버지 자격이 없잖아! ……'

옥상 가장자리가 별안간 발밑에 출현했다. 데쓰오의 구두 바닥이 불안정한 마지막 발판을 벋디뎠다.

"—가장 사랑하는 사람과의 분인이 그 사랑 때문에 자신 외의 다른 분인을 죽이려 한다. 자신을 통째로 상처낸다. 없애려 한다. 그건 너무나 슬픈 일입니다. ……"

이케하타의 목소리가 들렸다.

"왜? 도대체 왜 자살한 거야? 말해줘, 왜!"

지카의 목소리가 공백의 구석구석까지 울려퍼졌다.

'드디어 생각났어, 지카. ……'

"쓰치야, ……쓰치야, ……"

'—떨어진다!'

파란 하늘로부터 버림받았다. 더는 안쓰러워서 못 보겠다는 듯 외면하는 것을 알 수 있었다. 허공에서 기다리던, 굶주린 듯한 중력이 쏜살같이 그의 몸으로 달려들었다. 절망적인 공포에 주먹을 꽉 움켜쥠과 동시에 데쓰오의 몸은 두 사람의 팔에 꼼짝 못하게 끌어안겨 멈추었다.

'드디어 생각났어. ……생각났다고, 리쿠. ……마지막에 아빠가 무슨 생각을 하면서 죽었는지. —살고 싶다! 그런 생각을 했어. 살고 싶다! ……이상하니? 하지만 정말로 그랬단다. ……죽고 싶다가 아니라 살고 싶다. ……반대였단 말이야. ……아빠는 자살했지. 스스로 자기를 죽이고 말았어. ……왜냐하면 잘못돼버린 나를 없애고 싶었으니까. 정상으로 돌아가 리쿠랑 엄마랑 같이 행복하게 살고 싶었으니까. ……그래, 살고 싶었단다, 리쿠. ……살고 싶었어. ……'

35. 종점까지 멈추지 않는 전철

미즈오에서 차로 한 시간쯤 걸리는 와카나 강 상류의 캠핑장은 여름방학 마지막 주말을 맞아 가족 단위 캠핑객과 대학생들로 북적였다.

데쓰오의 가족을 포함한 아키요시 일행도 역시 반에는 도착할 요량으로 조금 서둘러 출발했는데, 생각보다 원활하게 삼십 분만에 도착해놓고 주차장으로 이어지는 외길에서 사십 분이나 기다리는 어이없는 상황이 벌어졌다. 다 함께 바비큐 준비를 하고 정오 전 고기를 굽기 시작했다. 숯불을 피울 때부터 옆에서 거든 아이들에게 간식거리를 주고 허기를 대충 때우며 기다리게 했다. 리쿠도 초등학생 '형'들을 따라 그물을 옮기거나 돌을 주워 오는 등 바지런히 움직였다.

아키요시가 직원들 가족을 데리고 이곳을 찾는 것은 연례행사였다. 올해는 전부 스무 명 정도로, 술을 전혀 못하는 선참 직원이 소형 버스에 사람들을 태우고 운전해서 왔다. 고양이 캔 건으로 데쓰오와 관계가 껄끄러워진 히가는 일주일 전쯤 갑자기 아르바이트를 그만둬버렸다.

사방이 산으로 둘러싸인 절구 모양 땅에 물확*의 물처럼 맑은 정적이 펼쳐져 있었다.

와카나 강 하류로 난 출구에는 빨간 철교가 걸려 있고 삼십 분에 한 번꼴로 전철이 오갔다. 흘러가는 강물 소리가 그 소음을 깨끗이 삼켜버려 사람들 귀에는 와닿지 않았다.

애매미 소리가 팔팔한 몸통의 진동 그대로 허공을 힘차게 흔들어댔다. 크고 흰 구름이 떠 있지만 틈새로 엿보이는 하늘은 새파랬다. 바비큐에 신난 사람들의 대화와 어디 멀리서 들려오는 흥 깨진 카스테레오 음악이 왕성한 빛 속에서 뒤섞이고, 그 뒤에 남은 울림은 왠지 깨나른하고 은은했다.

데쓰오는 나일론 시트가 깔린 접의자에 걸터앉아, 멀리서 지카가 깎아준 복숭아를 받아 먹는 리쿠를 바라보았다. 리쿠에게

---

* 돌을 우묵하게 파서 물을 담아두게 한 물건.

주려고 넉넉하게 사다가 강물에 시원하게 담가뒀는데 다른 아이들도 좋아하는 바람에 '리쿠 아빠'의 주가가 올라갔다. 데쓰오가 복숭아에 세로로 칼집을 넣어 씨를 축으로 한 바퀴 돌리고 손으로 비틀어서 정확히 두 쪽으로 나누는 방법을 가르쳐주자, 아이들은 곧바로 시도해보기 시작했다. 그 모습을 바라보는 것이 즐거웠다. 리쿠는 바비큐 파티를 하는 동안에도 "복숭아는 안 먹어?" 하며 연신 재촉했고, 드디어 강에서 끌어올리자 신이 나서 한참을 폴짝거렸다.

하늘을 올려다보며 구름 아래를 바라보았다. 배어나온 땀이 방울로 맺히는 소리가 들리는 기분이었다. 이마 가장자리에서 땀방울이 미끄러져내려 귓구멍으로 흘러갔다. 데쓰오는 골프 퍼팅처럼 그 방향에 집중하다가 아슬아슬한 순간 손가락으로 훔쳐냈다.

강가의 희고 둥근 자갈을 밟으며 다가오는 발소리가 들렸다. 이마에 차가운 것이 닿았다. 이시자와 캔맥주였다. 손으로 받아들고 자세를 돌려보니 옆에 서 있는 사람은 아키요시였다.

"고생했어."

"아키요시 씨야말로 고생하셨어요."

"다들 엄청 잘 먹네. 고기를 10킬로그램이나 가져왔는데 다 바닥났어."

아키요시가 그렇게 말하며 옆 의자에 앉아 자기 어깨를 주물렀다. 데쓰오는 맥주 캔을 익숙한 손놀림으로 한 번 흔들고는 뚜껑을 통째로 땄다.

"오오ㅡ, 거품이 굉장한데. 역시 개발자는 다르군."

아키요시가 데쓰오를 흉내내 캔을 흔들고 뚜껑 고리를 잡아당겼다. 맥주 거품이 기세 좋게 솟아올랐지만 한 줄기만 흘러내리고 그대로 가라앉았다.

"누가 해도 거품이 잘 나도록 되어 있어요. 수백 번이나 시험했거든요."

"잘 만들었어, 이 캔. ……데쓰오 군이 죽고 나서는 이 뚜껑을 딸 때마다 대체 왜 그랬을까 하는 생각이 들었지만 말이야."

갓 구워낸 수플레 같은 거품이 잇따라 희미한 소리를 내며 터졌다. 아키요시는 엄지와 중지로 캔을 쥔 채 말없이 건배하고 3분의 1 정도를 마셨다. 그런 다음 하얀 거품이 묻은 수염을 손등으로 훔쳐냈는데, 그런 대수롭지 않은 몸짓이 왠지 모르게 멋스러웠다.

색 바랜 청바지에 깁슨의 더블넥 기타가 프린트된 검은색 티셔츠를 입고 있었다.

"곤다 씨한테서 전화 왔더군. 데쓰오 군이 드디어 마지막 순간을 떠올렸다고."

아키요시가 데쓰오를 돌아보며 말했다.

"떠올랐습니다." 데쓰오가 고개를 끄덕였다. "곤다 씨가 뭐라던가요?"

"듣긴 했는데, 무슨 얘기인지 잘 모르겠더라고. 곤다 씨는 나름대로 이해한 것 같았지만. —요약하자면 사에키가 잘못했다, 그렇지만 쫓아온 건 가족이다. 아니, 가족이 아니다. 그림자가 어쨌다. ……"

아키요시는 고개를 갸웃거리며 씁쓸하게 웃다가 아래를 내려다보며 갑자기 심각한 표정을 지었다.

"난 데쓰오 군이 고생 끝에 스스로 낸 결론을 믿어. 그런데 가족에게 쫓겨 자살했다는 건 무슨 뜻일까?"

아키요시는 그렇게 말하고는 지카와 리쿠에게 시선을 던지고 나지막이 탄식했다. 데쓰오는 맥주 캔을 팔걸이의 주머니에 내려놓은 후 고개를 가로저었다.

"곤다 씨는 오해하고 있어요. 제 설명이 부족했겠지만."

"무슨 일이 있었던 건지 내게도 알려줄 수 있나?"

"네."

안 그래도 아키요시에게 그 이야기를 할 생각이어서 데쓰오는 주저하지 않았다. 무의식적으로 폴로셔츠 옷깃을 잡고 살짝 부채질하자 기름기 밴 숯불 냄새가 콧속을 스쳐갔다.

"무슨 얘기부터 해야 할지. ……음, 그래요, ……실은 얼마전부터 자살대책 NPO 법인에서 활동하는 이케하타 씨라는 분에게 상담을 받고 있는데, 그분이 제일 먼저 저에게 한 말이 어떤 내가 어떤 나를 죽이려 했느냐, 거기서부터 생각해야 한다는 거였어요. 누가 누구를. ―주어와 목적어를 명확히 밝혀야 한다고. '나는 나 아닌가'라고 당연하게 생각하는데, 정말로 그런가? 죽이려는 나와 죽임을 당한 나를 구별해야 하지 않을까? ―그것이 출발점이었죠."

아키요시는 선뜻 이해되지 않는 기색이었다. 고개를 끄덕이지 않은 채 말보로를 끄집어냈다. 데쓰오는 그에게 먼저 불을 붙이라고 손짓했다.

"한 인간의 내면에는 여러 가지 내가 있어요. 아키요시 씨 안에도 제 안에도. 그런 여러 가지 나는 제멋대로 분열하는 게 아니고, 대하는 상대에 따라 생겨난다는 겁니다."

데쓰오는 '분인'에 대해 자기가 이해한 바를 아키요시에게 설명했다. ―가면이나 캐릭터처럼 표면적으로 나눠 쓰거나 연기하는 게 아니라, 그 모두가 '진정한 나'다. 개성이란 불변하는 유일한 것이 아니고 분인의 구성 비율이며 누구를 대하는가에 따라 변해간다. 혼자 생각할 때도 늘 똑같은 나로 생각하는 게 아니고, 누군가와의 분인이 잇따라 갈마든다. ⋯⋯

아키요시는 담뱃불을 붙일 자세를 취한 채로 시종 미간을 좁혔다 폈다 했다. 아키요시가 어느 부분에서 발이 걸렸는지 데쓰오는 훤히 알 수 있었다. 그것은 데쓰오 자신도 처음에는 도저히

460

이해할 수 없었던 부분이었다.

데쓰오는 이케하타와 나눈 대화를 떠올리면서 그 의문 하나하나에 대답해나갔다. 설명 군데군데 이케하타의 표현이 그대로 섞여들었고, 뜸들이는 방식이나 얘기를 전환하는 방식도 영향을 받았다.

도지마 제관에서 마지막 기억을 회복한 후, 데쓰오는 두 번 더 이케하타를 만나러 갔다. 그래서 지금은 데쓰오 안에서 이케하타와의 분인이 특히 크고 신선했다. 아키요시와 이야기를 나누는 지금은 당연히 아키요시와의 분인이다. 그러나 이케하타와의 분인도 끊임없이 짙게 스며나왔다.

아키요시가 빈 맥주 캔에 담뱃재를 떨며 중얼거렸다.

"……데쓰오 군한테 이런 얘기를 들을 줄이야. 예전과는 많이 달라졌어."

"그게 바로 제가 방금 한 이야기일 겁니다. 제 안의 분인 구성 비율이 변했죠. 이케하타 씨나 라도스와프 씨 같은 사람들을 만나서."

아키요시는 빨대로 셰이크를 마시듯 담배를 빨아들이며 그제야 유보해둔 맞장구를 쳤다.

"하긴, ……그렇게 생각할 수도 있겠지. 나도 지금은 돌아가신 아버지를 볼 때마다 왠지 속이 뒤집히고 짜증스러웠어. 그건 아버지보다 아버지 앞에 있는 나 자신이 마음에 안 들었던 거라고 말할 수도 있을 테지. ……옛날 지인들이 나에게 아내와 결혼한 뒤로 많이 둥글둥글해졌다던데, 그것도 그 분인 때문일까? 아내와의 분인의 영향인가. ……"

"저보다 아키요시 씨가 더 빨리 이해하시는 것 같네요. 저는 시간이 좀 걸렸는데."

"설명을 잘한 거겠지. ─그래, 밴드도 멤버가 교체되면 음악이 변한다잖아. 그런 의미인가?"

"아, 네, 그럴지도 모르죠. 새로운 멤버가 들어와서 '화학반응이 일어났다'느니 어쩌느니 얘기하잖아요."

"그래 맞아, '화학반응'. 다들 그 말을 참 좋아해. 그것도 그래서인가. ……"

아키요시는 좋아하는 음악 얘기에 빗대어 생각해본 후, 갑자기 이해됐다는 듯 한동안 혼자 웃었다. 그러다 담배꽁초를 캔 속에 획 던지고, 다시금 진지한, 그러나 아까보다는 조금 편해진 표정으로 물었다.

"그래서? 어떤 데쓰오 군이 어떤 데쓰오 군을 죽인 거지?"

데쓰오는 복숭아즙으로 끈적거리는 옷을 닦아주는 엄마를 기다리며 서 있는 리쿠를 바라보았다. 나이 많은 '형'들이 부르는 소리에 신경쓰면서도 얌전히 지카 앞에 서 있다. 엄마를 정말로 좋아하는구나라고 데쓰오는 느꼈다. 리쿠를 보고 있으면 어린 시절 어머니와의 분인이 긴 잠에서 깨어난 듯한 반가움이 느껴졌다.

"……지카가 임신하고, 리쿠가 태어나고, 전 행복했죠. 아이를 원했었고, 제 경우에는 아빠가 된다는 게 각별한 일이었으니까. ……어떻게든 이 아이를 행복하게 해줘야 한다. 그런 생각을 하지 않은 날이 없었죠. 아빠와 함께 성장한다는, 지극히 당연하지만 저는 겪지 못한 경험을 아들에게 안겨주고 싶었어요. 이제 아빠가 되었으니, ……일도 전보다 열심히 하려 했고, 조금 무리해서 집도 샀죠. 만에 하나 저한테 무슨 일이 생기더라도 최소한 삶의 기반은 남겨주고 싶었거든요. 그런 와중에 저 자신의 인생도 안정되어가는 느낌이었고요."

"그런 건 나도 옆에서 지켜봐서 알지. 더없이 행복해 보였어."

"실제로도 행복했어요. ……그런데 회사에서는 저의 그런 의욕이 조금 겉돌았어요. 제관 업계 자체가 힘들어져서 회사로선 매우 중요한 국면인데, 직원들은 이상할 정도로 위기감이 없었어요. 정말로. 뭐라고 제안해도 성가시게만 받아들이고, 제가 솔선해서 움직이면 협력은커녕 비아냥거리고, 귀찮아하고, 훼방을 놓고. ……물론 좀더 능숙하게 사람들의 의욕을 이끌어내는 방법이 있었을 테고, 제가 주는 신뢰가 부족해서였는지도 모르지만, ……그렇다고 저 혼자 공을 세우려고 했던 건 아니에요. 누군가 열심히 했다면 기꺼이 따라갔을 겁니다. 그런데 아무도 하려 들지 않으니까, ……"

데쓰오는 몸짓까지 해가며 호소하듯 말했다. 말이 이어지지 않아도 손은 한동안 가슴 언저리에서 움직였는데, 이윽고 그것도 태엽이 풀린 것처럼 멈춰버리더니 무릎으로 툭 떨어졌다.

"그 결과가, 소노다라는 동료가 퍼뜨린 아무 근거 없는 뇌물 수수 소문이었어요."

"그 얘기는 자네가 죽은 후에 들었어."

아키요시가 다시 발을 벌리고 데쓰오 쪽으로 몸을 돌리더니 답답하다는 듯이 말했다.

"왜 그때 나한테 그 문제를 얘기하지 않았지? 물론 그랬다고 도움이 됐을지는 몰라. 모르지만, 말하는 것만으로도, ……지카도 자네가 말해주지 않았다는 사실을 제일 슬퍼했어."

데쓰오는 살짝 아래를 내려다보듯 고개를 두 번 끄덕이고 고개를 갸웃거리며 말했다.

"왜 그랬을까요, ……걱정 끼치고 싶지 않은 마음도 물론 있었지만, 그보다 좀더 앞선 문제였어요. ……아무튼 그때 한 번, 이루 말할 수 없는 회의감이 들었습니다. 소노다는 상관없어요. 원망스럽긴 해도, 원래 그런 사람이니까. 더 억울했던 건 다른 직원들까지 그놈의 유언비어를 믿고 한통속으로 험담을 했다는 겁니다. 이유가 뭘까. ……그렇게 열심히 일하며 업무 면에서도 성과를 냈는데, 사람들의 반응은 냉담했죠. 소노다 같은 놈이 퍼뜨린 터무니없는 소문을 사실로 받아들이고, 결백을 증명했는

464

데 저에게 계속 거짓말쟁이라고 하는 사람도 있었어요. 당시 상사도 저보다 소노다를 더 높이 평가했죠. 입만 살았지 정작 하는 일은 아무것도 없는 녀석인데. ……"

데쓰오는 한심스럽다는 듯이 웃었지만 입가는 떨리고 있었다.

"사표도 썼어요. 그때 제관 부문의 안자이 부장님이 만류해주셨죠. ……고민했습니다, 아주 많이. 제안은 정말로 기뻤어요. 구원받은 기분이었죠. 하지만 회사가 캔을 포기하고 플라스틱 부문으로 사업 비중을 옮겨 어떻게든 살아남으려고 했던 시기라, 부서를 이동해도 장래가 밝지 않다는 건 분명했어요. 제 손으로 보람을 찾아내기는 어려워 보였고, 출셋길이 막힌 상황에서 가족을 먹여 살릴 수 있을지도 불안했죠. 주택대출도 빠듯하게 받아버렸고. ……그만두는 게 옳았을지 모르지만, 불황인데다 나이를 생각하니 과감하게 결정할 수 없었죠. 내가 필요하다고 말씀해주신 부장님이 고마웠고, 인간적인 매력도 있는 분이라서, 결국 '그래, 같이 노력해보자'라고 결심했어요."

"역시 그 부서 이동이 원인이었나?"

아키요시는 그렇게 물은 후, 종이접시와 컵이 바람에 날아가겠다며 직원에게 큰 소리로 주의를 주었다. 그런 다음 말을 끊어서 미안하다고 사과하고 데쓰오에게 다음 얘기를 재촉했다.

"아뇨. 그것 때문에 자살한 건 절대 아니에요. 그런 생각은 전혀 없었어요."

데쓰오는 등을 곧게 펴고 안타까운 마음에 하늘을 올려다보았다. 산으로 둘러싸여서 거의 느끼지 못했는데, 어느새 구름의 흐름이 빨라지고 바람이 부는 것 같았다.

나지막이 큼큼거리고는 마음을 가라앉히고 다시 입을 열었다.

"그렇지만, ……그 전철에서 내릴 거라면, 그곳이 마지막 역이었던 건 분명해요."

"—전철?"

"네. ……이상한 비유지만, 모든 역에 정차하는 완행전철인 줄 알고 탔는데 실은 종점까지 멈추지 않는 특급전철이었다. —그런 느낌이었어요. 정신을 차려보니 종점이었어요. 그리고 저는 그곳이 종점인 줄도 모르고 내려버린 거예요. 되돌아가려고. ……"

36. 생生의 마약

데쓰오는 이따금 아키요시의 눈을 보았지만 기억의 무게 때문에 자꾸 시선을 떨어뜨렸다.

"캔 부문으로 이동하고 나서는 어쨌거나 대기업과 정면으로 겨뤄본들 싸움이 안 될 테니 우리만의 독자적이고 개성적인 상품을 만들어야겠다고 생각했어요. 그 결과가 이거죠." 데쓰오는 옆에 있는 이시자와 맥주 캔을 가볍게 들어올렸다. "저를 제일 많이 이해해준 사람은 곤다 씨였어요. 사내에서는 고집 세고 삐딱하다며 좋지 않은 소리를 들었지만, 사실은 프로의식 강하고 성실한 사람이라 의욕 없는 직원들에게 엄격했던 거죠."

"그렇겠지. 대화해봐도 그런 느낌이 들어."

"기획안이 통과되고는 실패의 연속이었지만, 내 일을 한다는 기쁨이 있었어요. 그렇긴 했지만 캔 업계 상황을 알수록 비관적인 기분이 들었죠. 달걀로 바위 치기 아닌가 싶고. 워낙 대세가 그랬으니까. ……부장님이 사장님과 직접 담판을 지어서 1억 엔이나 투자를 받아냈는데, 그걸 회수 못하면 모두 제 탓이었어요. 그 정도에서 끝나면 그나마 다행이지만 부장님도 책임을 져야 하는 입장이었죠. 그것만은 어떻게든 피하고 싶었습니다."

"1억 엔이라면, ……압박이 컸겠군."

"앞날을 생각하면 플라스틱 부문에도 미련이 남았어요. 소노다 같은 놈은 안온하게 회사에 남아 있는데 나는 이번 일에 실패하면 나가야 한다. 얼마나 불합리한지, ……회사에서 플라스틱 부문 직원들과 마주치는 게 우울했어요. 어느 날 드디어 사람들이 소노다의 인간성을 깨닫고 그가 잘리지 않을까, 그리고 내가 다시 플라스틱 부문으로 불려가지 않을까, ……참담한 망상이 머릿속을 빙빙 돌았죠. ……텔레비전을 틀면 저출산 고령화로 이 나라의 앞날이 캄캄하니 어쩌니 하는 얘기뿐이잖아요? 평범하게 결혼해서 집을 사고 자식을 키우는 것뿐인데 왜 이렇게 괴로워해야 하나, 내가 사는 시대를 원망하기도 했죠. 죽은 아버지와 같은 나이가 되었을 때 과연 어떤 사람일지 어릴 때부터 많이 상상했는데, ……왠지 너무 다르다 싶고, ……"

햇볕이 약해져 데쓰오의 아래 눈꺼풀 힘이 조금 빠졌다. 강에서 흘러온 서늘한 기운이 이마에 밴 땀을 차갑게 부둥켜안았다.

아키요시는 등받이에 몸을 기대고 새 담배 한 개비를 입에 문채 강가에서 느긋하게 쉬는 직원들을 바라보았다.

"하긴, ……죽을 각오로 돈을 벌어서 생활이 좀 나아져도 양극화니 뭐니 하는 소리를 들으면 기분이 별로 안 좋겠지. 오늘날의 일본은 뭘 해도 칭찬을 못 받으니 문제야. 행복해지는 게 왠지 께름칙하다고 생각할 필요는 없는데."

"네, ……그런데 그런 생각을 하는 것도 지겨웠어요. 아키요시 씨도 아시겠지만, 언제까지고 원망만 한다고 달라지는 건 없잖아요."

"데쓰오 군은 그런 푸념을 안 하니까. 지금 같은 얘기도 처음 들어."

"이 시대에 태어나서 지카도 만날 수 있었고, 리쿠도 태어났다, 그것이 내 행복이다. 그렇게 생각해야 한다고 늘 스스로를 타일렀어요. 실제로 집에 돌아가면 절로 그런 생각이 들었고."

"그래서 더더욱 좋지 않은 얘기는 안 하게 됐을까?"

"그럴지도 모르죠. ……하지만 아주 절망한 것도 아니에요. 어떤 느낌인지 설명하긴 힘들지만. 저는 이시자와 맥주에 모든 열정을 쏟았고, 기대감도 컸어요. 그러면 다시 플라스틱 부문으로 불려갈지도 모른다고. ……어느 단계에서 지카와 상의해 회사를 그만두거나 휴양을 해야 했는지, ……정말 알 수 없었어요. 어디서도 매듭이 지어지지 않았고, 하루하루가 눈이 핑핑 돌 정도로 정신없이 지나갔으니까."

"그래서 특급전철이라는 건가."

"돌이켜보면, 역시 부서 이동 때였겠죠. 그곳이 제가 내릴 마지막 역이었을 거예요. 하지만 그때는 그 앞에 어떤 종점이 기다리고 있는지 상상도 못했죠. 불가능했을 겁니다, 그쯤에서 알아차리긴."

"다들 이를 악물고 일하지만, 여차 싶을 때는 인생 어딘가의 역에서 내려 완행으로 갈아탈 마음가짐으로 사니까. ……이제부터 종점까지는 멈추지 않는다고 하면 무섭지. 아마 억지로 태워진 면도 있을 거야. 주위에 떠밀려서."

아키요시가 한탄하며 한숨을 쉬었다. 데쓰오는 기억이 희미한 장소로 조금씩 나아갔다.

"캔 부문 일은 좀처럼 잘 풀리지 않았어요. 시험 생산 단계에서 사람들에게 보여줘도 무시당했고. 이런 게 유행할 리 없다느니, 누구나 떠올릴 수 있는 평범한 아이디어인데 널리 퍼지지 않은 데는 이유가 있다느니, 이래저래. ……비판에 응하면서 발전하기도 했지만, 기분이 가라앉는 날이 많아졌죠. 나는 무의미한 일을 하고 있는 게 아닐까? 이렇게 시간과 돈을 쏟아부으면서. ─사에키와 마주치기 전부터 분명 그렇게 느꼈어요. ……불안이 심해질 때마다 눈앞이 흐려지곤 했어요. 머리에 땀이 확 솟구쳤다가 순식간에 열기가 가신 것처럼 차가워지기도 하고. 자주 있었어요, 그런 일이. ……저는 불안에서 도망치는 방법을 딱 하나 알고 있었죠. 그것만 있으면 앞일 따위 고민하지 않고, 어쨌거나 지금 이 순간만을 살아갈 수 있었어요. 살아 있다는 실감을 얻을 수 있었다고 할까. ……"

데쓰오의 눈을 들여다보는 아키요시의 관자놀이가 파르르 떨렸다. "……약이야?"

데쓰오는 그 말의 의미를 생각하느라 곧바로 대답하지 않았다. 그리고 고개를 가로저었다.

"아뇨. 하지만 비슷합니다."

"술?"

"─피로예요."

"피로?"

"피곤함이죠. ─하긴 피로는 마약과 비슷해요. 방금 얘기를 듣고 생각했어요. 저는 은연중에 몸을 혹사하는 데서 위안을 얻곤 했거든요. 불안을 느낄 여유도 없었고. ……밤에 침대에 누우면 온몸이 마비된 것처럼 꼼짝도 할 수 없었죠. 지카가 깨지 않을까 싶을 정도로 심장이 크게 뛰었고. ─그 피로감만은 의심의 여지가 없었죠. 살아 있다는 느낌이 들었어요. 한 번뿐인 인생, 한 번뿐인 삼십대를 결코 헛되이 보내고 있지 않다는. ……아키요시 씨도 말씀하셨듯이, 이렇게 지칠 때까지 일한 나는 당당히 가슴을 펴고 행복해져도 된다는 생각이 들었죠. 지금 이 시대에 남에게 자랑할 수 있는 진정한 행복은 돈도 운도 아닌 피로로 손에 넣은 것이 아닐까. 저는 행복했어요. 그리고 그만큼 지쳤습니다. 그건 행복하지 않은 사람들도 틀림없이 인정해줄 거다, 이렇게 녹초가 될 정도니 내게는 행복해질 자격이 있다고 믿고 싶은 심정이었죠. ……"

아키요시는 데쓰오의 얼굴에서 시선을 떨어뜨리더니, 안타까운 표정으로 고개를 한 번 비틀었다.

"나는, ……데쓰오 군이 지쳤다는 걸 알아챘어. 몇 번 말한 적도 있지?"

"네. 몸을 챙기라고 몇 번이나 말씀하셨죠."

"그래도 솔직히 심각하게 여기진 않았어. 보람 있고 좋은 쪽으로 피곤한 걸로 보였으니까. 역시 아빠가 되니 달라졌다고 아내랑 얘기하곤 했지. 우리는 아이가 없으니 꼭 조카가 태어난 것처럼 대견했거든."

"그때는 저 스스로도 제 상태를 잘 몰랐어요. 피곤했지만, 마음속 한구석으로는 좀더 일할 수 있다고 믿었고. ……실제로 사람들이 제 노동시간을 봤다면 동정하기보다 아마 좀 당황할 테죠. 더 바쁜 사람도 얼마든지 있다. 자살할 정도는 아니지 않나? —그렇지만 저는 역시 지쳐 있었어요."

데쓰오는 뜨뜻미지근해진 맥주를 쏟아버리고 캔을 한동안 손에 쥐고 바라보았다.

"이케하타 씨는 재미있는 분이라 가끔 엉뚱한 소리를 해요. 처음에는 이게 뭐지? 싶었는데 찬찬히 듣다보면 굉장히 중요한 얘기더라고요. 분인 얘기처럼. —지난번에도 결혼 피로연披露宴은 신랑신부에게 '피로연疲勞宴'이나 마찬가지라고 일차원적인 농담을 하더라고요. 피곤하다는 뜻의 그 피로요."

"오, ……그러네. 나도 별 대단한 피로연은 아니었지만, 준비니 뭐니 피곤했던 것만은 확실히 기억해."

"제아무리 행복해도 피곤하다. 그것만은 부정할 수 없다. 이케하타 씨는 그렇게 말했어요." 데쓰오는 이케하타처럼 발음이 새지 않도록 주의하며 말했다. "그리고 피로는 피로연의 맥주 같다는 것이 이어지는 설명이었죠."

"잇따라 잔이 채워진다는 뜻인가?"

"맞아요. 많은 사람이 신랑에게 맥주를 따라주러 오죠. 직장 상사와 동료, 친척, 친구. ……처음에는 잔을 깨끗이 비우고 다음 잔을 받아요. 한 잔쯤은 거뜬히 마시죠. 두번째 사람이 와도 역시나 잔을 비워요. 하지만 그렇게 세 잔, 네 잔 거듭되면 기쁘면서도 피로워지죠. 절반만 마신 채 다음 잔을 받아요. 어질어질해지죠. 다 마시길 기다렸다 또다시 따라줍니다. 이제는 3분의 1밖에 못 마셔요. 거기에 다시 따라주려 하죠. 힘이 넘쳐서 급기야 흘러넘치고 맙니다. 그때가 행복의 절정인 거죠. ……"

아키요시가 데쓰오의 손에 들린 빈 캔을 응시했다.

"인간은 분인마다 지쳐가요. 그런데 몸은 당연히 하나뿐이죠. 피로가 따라지는 잔이 하나인 겁니다. 회사에서는 이 정도쯤 견딜 수 있다고 생각해도, 사실 잔에는 집에서의 피로가 아직 반쯤 남아 있을지 몰라요. 그러면 흘러넘쳐버리죠."

"그렇지만 피로는 양 말고 질의 문제도 있지 않아? 나도 오늘 같은 경우 몹시 피곤하지만 즐거운 피로니까 말이야. 일하면서 쌓이는 것과는 다르지."

"저도 그렇게 생각했어요. 그런데 정신적으로는 달라도 육체적으로는 역시 같은 피로로 봐야 한다더군요. 우울함을 이기려고 마라톤에 도전하거나 등산을 하거나 해외여행을 갔다가 증상이 더 악화돼버린 사람이 은근히 많은 모양이에요. 스스로 힘을 북돋우려는 의도였는데, 오히려 피곤해져서 간신히 버티고 있던 체력까지 다 써버린다고."

아키요시가 뭔가를 떠올린 듯 턱을 쳐들었다.

"데쓰오 군도 죽기 전에 가족여행을 다녀왔잖아, 발리로."

"갔었죠. 그래서, ……알죠. 저는 그 여행에서 피로의 잔을 비운 줄 알았어요. 그런데 실제로는 더 부어서 흘러넘쳤는지도 모릅니다. ─울어젖히는 아이를 달래고, 놀이방에 데려다주고, 데려오고, 재우고, ……다른 사람들 눈치를 보며 비행기에 태우고, 혹시 물에 빠지지 않을까 걱정하며 수영장에 가고, ……아무리 행복해도 모두 피로에 가산되어버리죠. ─이케하타 씨는 요즘 점점 늦어지는 추세인 결혼과 내 집 마련, 이사나 출산 같은 인생의 '행복한 일'이 한창 일할 시기인 삼십대에 집중되어 있다는 사실과 삼십대에 자살자가 많은 현상의 인과관계를 조사하고 있대요. 나쁜 요소는 어디에도 보이지 않는다, 그렇지만 그것이 역시 사람을 황폐하게 만든다고."

"난 아무래도 질적인 차이가 좀 있을 것 같은데. ……하긴, 한정된 시간과 에너지를 어디에 쓰느냐로 본다면, 다양한 자기가 몸을 쟁탈하려 드는 것도 이해가 되긴 해. ……"

아키요시가 팔짱을 끼고 생각에 잠긴 사이 데쓰오는 한동안 침묵했다. 광대뼈와 우뚝 선 콧날이 햇볕에 그을려 불그레해졌다. 이윽고 데쓰오가 다시 입을 열었다.

"─제가 비둘기를 차 죽인 사에키를 나무란 것도 그런 시기였어요."

데쓰오는 자신이 자살하기 일주일 전, 사에키가 주차장에서 자기에게 어떤 이야기를 했는지 아키요시에게 처음으로 들려주었다. 아키요시뿐 아니라 누군가에게 그 이야기를 하는 것은 처음이었다. 아키요시는 담배를 입에 물고 가게 창고에서 종이상자를 정리할 때와 같은 표정으로 땅이 꺼질 듯 무거운 그 이야기에 귀기울였다. 누구에게도 털어놓지 못한 채 자기 시체와 함께 불타버린 기억이 처음으로 바깥공기를 접하면서 데쓰오는 조금이나마 속이 후련해지는 느낌이었다. 그리고 자살이라는 최후를 맞은 사에키에게 지금까지와는 달리 애처로움을 느꼈다.

이야기가 일단락되자 아키요시가 허공을 향해 길게 담배연기를 내뿜었다. 그리고 한순간 예리하게 스쳐가는 듯한 통증을 얼굴을 찡그리며 참아낸 후, 반발하듯 씁쓸하게 웃었다.

"인간의 행복이 '번식'뿐이라면 우리처럼 아이가 안 생기는 부부는 어떻게 되는 거지? 살아봐야 별 볼일 없나?"

데쓰오는 곧바로 의심의 여지 없는 자기 생각을 표하기 위해 단호하게 고개를 저었다.

"물론 내 유전자가 여기서 끝이라고 생각하면 솔직히 씁쓸하긴 해. 우리 집사람도 그런 이야기를 들으면 울겠지. 저출산 시대다보니 요즘은 '낳자, 늘리자' 풍조인데, 그런 말에도 꽤 상처를 받아. 하지만, ……행복은 그것만이 아니야. 물건을 팔고, 직원들을 보살피고, 나름대로 세상에 조금 도움을 주고. 물론 내가 아니라도 누구나 할 수 있는 일이지만, 다른 사람이 하면 또 조금 다르잖아? 유전자가 남지 않더라도 뭔가는 남을 거야. 나머지 시간에는 좋아하는 음악을 듣고, 가끔 술 한잔 하고, 리쿠랑 놀고, ……그거면 충분해."

웬일로 노기를 드러내는 아키요시의 모습에 데쓰오는 가슴이 아팠다. 사에키를 대하던 분인의 흔적이 아키요시에게까지 스며들려 했다. 지금 그는 아키요시를 위해, 자기가 직접 대했을 때보다 사에키에게 훨씬 철저하게 반발하고 있었다.

아키요시는 싫증난 듯, "내 얘긴 됐어. 다음에 하자고. ……오늘은 데쓰오 군 얘기를 들어야지"라고 말했다.

데쓰오는 뜸들이지 않고 말을 이었다.

"저는 사에키의 존재를 거부했어요. 그런데 ……캔이 발매되어도 어찌된 영문인지 일에 대한 허무함은 사라지지 않았죠. 좋은 보고가 올라오는데도 왠지 모르게. ……이상하게 만사에 무감각해졌어요. 눈으로 보는 것, 귀로 듣는 것, 손으로 만지는 것, 모든 것이 도무지 나 자신의 감정과 이어지질 않았고요. ……"

"피로의 부작용이었을까?"

"……죽기 며칠 전 리쿠가 식탁을 마구 어지른 적이 있어요. 저는 화를 내지 않았죠. 웃으면서 치웠지만, 어느새 무표정해져 버렸어요. 뒤에서는 사에키가 줄곧 소리 죽여 웃고 있었죠. ……전 그런 인간의 생각에 물들어가는 걸 참을 수 없었어요. 사에키에게 닿았던 손으로 절대 지카나 리쿠를 만지고 싶지 않았어요. 절대로. 무슨 수를 써서든 제 안에서 그놈의 존재를 소멸시키고 싶었죠. 전에 말씀하셨죠? 사에키의 고향집을 찾아갔을 때, 혹시 놈과 마주쳤으면 어떻게 됐겠느냐고. 죽였을지도 모른다고."

"그랬지."

"저는 사에키를 죽이고 싶다는 생각은 하지 않았어요. 그렇지만 내 세계에서 사라져주길 바랐죠. 과거에서도 현재에서도 미래에서도! 그놈의 말에 휘말리고, 그놈의 존재에 물들어가는 나! 그런 내가 신물날 정도로 혐오스러웠어요. 어떻게든 사라지게 하고 싶었어요. ……그렇지만 방법을 몰랐습니다."

데쓰오의 기억이 떠밀리듯 그날의 회사 옥상으로 옮겨갔다. 눈이 부시도록 맑게 갠 파란 하늘이 애처로운 듯 그를 내려다보고 있었다.

"저는 회사 옥상에서 누군가의 그림자에 쫓기고 있었어요. — 그게 사에키인 줄로만 알았어요. 그래서 살해당했다고 생각했죠. 사에키의 말, 사에키라는 존재, 내가 사는 세계를 파리떼가 몰려드는 썩은 장소로 바꿔버리는 그 남자! 그런데, ……아니었어요."

아키요시가 말없이 고개를 끄덕였다.

"리쿠였습니다. 저를 죽인 건, 아들을 위해 살고 싶다고 진심으로 원하던 나였어요. 그런 내가 삶의 의미를 부정하는 나를 없애버리려고 한 겁니다. 죽이고 싶었던 게 아니에요. 단지 없애고 싶었을 뿐이에요. 그렇지만 없애는 방법은, ……아무도 모르잖아

요. 주문 같은 걸 외워서 사라진다면 제일 좋겠죠. 하지만 그럴
수 없으니 궁지에 몰리고, 다른 방법은 점점 더 알 수 없어져서
마지막에는 자기를 통째로 죽여버리죠. ─저를 자살하게 만든 건
너무나 그릇된 생각이었습니다. '나는 나다'라는 생각, '나라는
인간은 단 하나다'라는 생각이었죠. 만약 제가 분인이라는 사고
방식을 가졌더라면 지카와의 분인, 리쿠와의 분인, 아키요시 씨
와의 분인을 발판 삼아 흔들림 없이 살아가면서 그 하나의 싫은
분인만 지워버리면 됐을 거예요! 그런데 개인은 나뉠 수 없는 하
나의 인간이라는 불합리한 생각을 굳게 믿었던 겁니다. 대체 누
가 그런 걸! 그런 식으로 본다면, 사에키라는 존재의 영향은 나
전체의 문제가 되고 맙니다. 그런 나를 부정하려면 자신을 통째
로 부정하는 수밖에 없어요! 선한 자기도, 좋아하는 자기도 경계
없이 전부 지워버려야 하죠! 구별할 수 없으니까! 저는 행복했어
요. 동시에 지치고 혼란스러웠죠. 몇 개나 있는 나의 이미지에서
단 하나만 지우면 되는데, 나 자신을 육체와 함께 깡그리 소멸시
키려 했죠. 하지만 다들 그렇게 살아가잖습니까! 나는 나다. 진정
한 나는 하나뿐이다. 내 안에 또다른 내가 있다니 오싹하다. 잘못
된 얘기다. ─그래서 다들 이렇게 괴로워하는 거라고요! 극히 일
부분인 나만 부정하면 끝날 일인데, 자신의 전부를 상처 입히려
고 손목을 긋고, 목을 매고, 건물에서 뛰어내리고! 무작정 필사
적으로 자신의 전부를 비난하고, 자기 자체를 없애려 들죠! 자살

478

하는 사람은 죽고 싶어서 죽는다. ―그건 거짓말이에요! 저는 마지막 순간까지 죽고 싶다는 생각이 없었어요. 그렇게 생각할 것 같은 나를 마침내 옥상에서 떨어뜨렸을 때, 정말 간절히 생각했어요. '살고 싶다!'고. ……살고 싶다. 그것이 제가 이 세상에 남긴 마지막 말이었습니다."

데쓰오는 마음속 생각을 모조리 쏟아냈다. 깊숙이 숨어 있던 말까지 끄집어내서 괴롭게 얼굴을 찡그리는가 하면, 웃기도 하고, 억울한 듯이 이를 악물고, 이따금 슬픔에 눈물을 글썽거렸다. 매가 날개를 펼친 모양의 양쪽 눈썹이 총에 맞은 것처럼 몇 번이나 몸부림쳤지만, 마지막에는 어떻게든 다시 날아오르려고 끄트머리까지 힘을 가득 채웠다.

아키요시는 불을 붙이지 않은 담배 한 개비를 손에 든 채 미동도 없이 데쓰오의 이야기를 들었다. 그리고 이야기가 끝나자 살며시 고개를 끄덕이고, 시선을 마주치는 대신 데쓰오의 어깨에 손을 얹었다.

머리 위 커다란 구름 그림자가 긴 침묵을 스쳐지나갔다.

흥분이 가라앉자, 데쓰오는 대화를 마무리하기 위해 다시 살짝 웃어 보였다.

아키요시가 그런 데쓰오를 바라보며 말했다.

"그래도 난 역시 자네가 걱정돼. 얘기는 잘 알겠지만, 없앤다는 생각은 잘못된 거 아닐까?"

데쓰오는 답하지 않고 다음 말을 기다렸다.

"데쓰오 군은 사에키에게 살해당한 것도 아니고, 사에키와의 분인에게 살해당한 것도 아니야. 그냥 사라지고 싶었던, 다른 정상적인 분인에게 살해당했다는 얘기잖아? 그런 잘못된 자기를 용서할 수 없어서 없애버리고 싶었다."

"네, ……"

"그런데 말이지, 사에키 같은 인간에게 반발하면서도 왠지 모르게 공감해버렸다면 그것 역시 데쓰오 군이 가지고 있는 어떤 요인 때문일 거야. 단순히 나쁜 거라면 고쳐가면 되겠지만, 열심히 살아가려는 태도가 그런 결과를 불러왔다면 앞으로 사는 동안 언제 또 그런 분인이 생겨날지 모르지. 설령 행복하다 해도. 그러니 그때마다 이런 나를 없애버리자고 생각하는 건 위험해."

데쓰오는 사에키가 마지막에 한 "나는 네 아버지야"라는 한마디를 떠올렸다. 아버지의 요절을 의식하면서 삶에 최선을 다하려 했던 나. 가족에게 어엿한 가장이 되고 싶었던 나. 그러면서 너무 무리하다가 사에키 같은 존재에게 과민하게 반응한 것일까? 그 남자는 그 말을 하려 했던 것일까? ……

"자네 설명과는 다른 얘기지만, 마지막 순간은 알 수 없어. 궁지에 몰린 사에키와의 분인이 악에 받쳐 반대로 자기를 없애려 드는 분인을 없애려 했을지도 모르고."

"……"

"지켜보면 되지 않을까? 나의 싫은 모습이 드러날 때, 다른 정상적인 나를 통해 가만히 지켜봐주면. 없애려 해도 역시 깊은 곳에서 여러 가지가 뒤엉켜 있을 거야, 아마. 또 절망적인 분인이 생기고, 그것이 제멋대로 내달리려 할 때는 나와 함께 있는 지금의 자네가 그런 생각 말라고 팔을 움켜쥐고 끌어당기면 돼. 그럴 수만 있다면 괜찮아. 앞으로 무슨 일이 일어나도."

데쓰오는 아키요시의 느긋하고 대범한 다정함에 새삼 감동받았다. 그리고 고독한 자문자답으로는 도저히 넘어설 수 없었던 마지막 산을 가까스로 넘어선 기분이 들었다.

분인끼리 서로 지켜본다. ―분명 그래야 한다고 느꼈다.

"아키요시 씨 말이 맞아요. 얘기 들어주셔서 정말 고맙습니다."

"아니야, 괜히 잘난 척하는 표현을 써버렸는데, 나도 공부가 됐어."

아키요시가 미소지으며 그렇게 말하더니 물었다.

"지카에게는 얘기했나?"

"대강은요. 표현에 조심하긴 했지만."

"자기 때문에 데쓰오 군이 죽은 게 아닐까 자책해왔으니. ……지금 얘기는 자칫하면 가족에게 상처를 줄지도 모르겠군."

"지카나 리쿠 때문이라고는 조금도 생각하지 않아요. ……그래도 이해는 됩니다. 리쿠에게 얘기해야 할지 말지는 훨씬 어려운 문제고. ……"

데쓰오가 사람들이 모여 있는 강가로 시선을 던졌다.

리쿠는 저보다 나이 많은 아이들과 함께 물팔매 놀이를 하고 있었다. 아직은 던지는 게 고작이라 수면에서 튀기는커녕 1, 2미터 앞에 풍당 빠질 뿐이었다. 데쓰오는 안쓰러운 마음에 무심코 몸을 내밀었다.

"내가 아빠를 너무 독점하면 미안하니 가서 봐줘."

"그러네요. 혹시라도 강에 들어가면 위험할 테고."

"앞으로 어떡할 거야? 정규직으로 일해주면 월급을 좀더 줄 수 있지만, ……우리 가게에 두기는 아까워. 도지마 제관으로 돌아갈 수는 없나?"

"그뒤에 안자이 부장님이 오라고는 했는데, ……그럴 마음은 없어요. 실은 하고 싶은 일도 좀 있고."

"오호, 뭔데?"

"환생자 모임에서 알게 된 IT 업계 사람에게 제안을 받았어요. 망설이던 중인데, 오늘 얘기를 계기로 떠오른 것도 좀 있고. 아까 유전자가 아니어도 뭔가 남는다는 아키요시 씨 얘기도 걸려서요. 가능하다면 그때까지는 아르바이트를 계속하게 해주시면 고맙겠습니다."

"그야 상관없어. 우리한테도 도움이 되니까. ─그나저나 무슨 일인데?"

막 설명하려는데 하얀 모자를 쓴 리쿠가 지카의 재촉에 이쪽을 돌아보았다.

"나중에 듣지. 그만 가봐." 아키요시가 손짓했다.

데쓰오는 돌멩이가 발에 차이는 강가를 뛰어 리쿠에게로 향했다.

"아빠, 물팔매 할 수 있어?"

리쿠가 등을 뒤로 젖히고 깊이 눌러쓴 모자 차양 아래서 데쓰오를 올려다보았다.

"물론이지! 아빠 특기야."

데쓰오는 허리에 손을 얹고 장난스럽게 말한 후, 리쿠 앞에 웅크려 앉아 적당한 돌멩이를 찾았다.

"넙적하고 평평한 게 좋은 거야. 너무 무겁지 않고. 앗, 뜨거워라! 엄청 뜨겁네, 돌멩이가."

데쓰오는 리쿠에게 돌멩이 세 개를 골라주고, 자기도 적당해 보이는 돌멩이를 하나 주워 이리저리 쥐어보았다.

평소 야구를 즐기는 듯한 초등학생이 옆에서 오른쪽 팔꿈치를 쭉 뺐다 휘돌리며 사이드스로로 돌멩이를 던졌다. 강물 위에 투명한 아이가 뛰어가듯 잇따라 파문이 퍼졌다.

"우아! 한 번, ……두 번, ……세 번, 넷, 다섯, 여섯, ……일곱 번인가?"

"아냐, 여섯 번이야!"

"마지막 넷, 다섯, 여섯이 엄청 빨랐지!"

아이들이 흥분했다.

"은근히 부담되네."

데쓰오가 웃으며 어깨를 돌렸다. 리쿠가 옆에서 올려다보았다. 돌멩이를 쥐는 방법을 알려주고 "준비됐지?" 하며 먼저 시범을 보였다. 세 손가락으로 끼고, 상체를 살짝 옆으로 기울여 힘껏 던졌다.

돌멩이는 수면을 강하게 때리고 커다란 물보라를 일으키며 튀었다. "우아!" 하는 리쿠의 함성이 들렸다. 그러나 돌멩이는 기대를 저버리고 작은 포물선을 한 번 그렸을 뿐, 두번째에 물위로 떨어짐과 동시에 강바닥으로 가라앉아버렸다.

"와아, 리쿠 아빠는 한 번밖에 안 튀었어!"

데쓰오는 난처함에 쓴웃음을 지으며 리쿠를 바라보았다. 리쿠는 돌멩이 세 개를 쥔 채 마치 자기 일처럼 부끄러워하는 표정을 짓고 있었다.

이상하네, 하고 고개를 갸웃거리며 다시 하나를 집어들었다. 강물은 아무 일도 없었다는 듯 방금 전의 파문을 깨끗이 삼켜버렸다.

10장
–
꿈같은
한때

37. 재출발

'—살고 싶다!'

데쓰오는 옥상에서 뛰어내리는 순간 마지막으로 이 세상에 남겼던 마음으로 인생을 재개하기로 결심했다. 전진해야 한다. 그러기 위해서는 자신을 다시 일으켜 미래로 이어질 만한 일을 해야 했다.

사에키는 죽었지만 데쓰오 안에는 여전히 사에키와의 분인이 남아 있었다. 그것을 곧바로 없애버리기는 역시나 쉽지 않았다. 그는 당분간 시간이 필요하다고 뼈저리게 느꼈다. 그리고 언젠가는 망각으로 흐릿해져갈 그 분인을 아키요시 말대로 가만히 지켜보기로 했다.

와카나 강 바비큐 파티 이후, 그는 아키요시와의 분인으로 살아가며 새삼스레 새로운 기쁨을 찾고 있었다. 아키요시 앞에서는 동생 같은 기분이 들었다. 친형이 있다면 나이들면서 관계가 복잡해졌겠지만, 마치 어린 시절 이웃집 친구 '형'을 따랐던 것과 같은 친근감을 느꼈다.

한편으로는 라데크와의 관계도 소중히 간직하고 싶었다. 라데크는 늘 특유의 '다정하고 올바른 정신'으로 삶의 복잡한 양상을 좀더 잘 보이는 곳에서 좀더 깊은 곳까지 새로이 바라보게 해주었다. 그가 더듬더듬 했던 생각이 어떤 세계로 펼쳐질 수 있는지 일깨워주었다. 데쓰오는 지금껏 살면서 그런 종류의 지적 흥분을 전혀 알지 못했다. 그런데 처음으로 지성이라는 것에 동경을 품었다. 더구나 라데크는 별로 친하지도 않았던 고독한 노파를 구하러 치솟는 불길 속에 뛰어든 남자였다.

불과 며칠 전 그 라데크에게서 '조심하세요'라는 제목의 걱정스러운 이메일을 받았다.

라데크는 간단한 근황 보고에 이어 최근 유럽에서 많이 발생하는 환생자를 노린 습격사건에 대해 썼다. 전부터 비방이나 협박 같은 것은 있었지만 직접적인 폭력행위가 공공연히 발생한 것은 최근이라고 한다. 폴란드는 비교적 잠잠해졌지만 그도 위협을 느낀 적이 있다고 쓰여 있었다.

환생자 습격사건은 극우주의자들의 이민배척운동과 비슷하게 유럽 각국의 실업문제가 배경에 깔려 있다는 것이 라데크의 견해였다. 한 번 죽었던 인간에게 왜 일자리를 뺏겨야 하는가? 일본에서는 아직 눈에 띄는 사건이 없었지만, 데쓰오도 부디 조심하라며 거듭 다짐을 두었다.

환생자의 존재로 이 사회가 받는 압박은 상당히 큽니다.

인간은 본래 죽음을 한 번밖에 경험하지 못한다. 한 번만 살 수 있다. 이 세상의 가치관은 모두 이런 단순한 조건 위에 성립되어 있습니다.

만약 인간이 두 번 죽게 되면 모든 체계와 가치관을 처음부터 다시 만들어야 합니다. 그런데 환생자는 그렇지 못한 상태에서 사회로 복귀하려 하고 있어요.

인간은 죽음이라는 경험을 생의 세계로 들여오면 안 되는 거겠죠. 원하든 원치 않든 환생자는 특권적인 존재입니다.

죽음은 생 안에 있는 사사롭지만 소중한 것들을 질식시켜버립니다. 환생자는 살아 있는 사람에게 침묵을 강요합니다. 그러니 사死 앞에 선 생生은 변변찮고 허술한 것이 되겠죠.

죽음보다 큰일을 경험할 수 없다는 것은 살아 있는 인간의 비극입니다.

데쓰오는 손꼽아 헤아리면서 약지를 반쯤 구부리다가 말고 생각했다.

넉 달이 되어가고 있었다. 삼 년간 죽었다 되살아난 후로 넉
달.……

죽은 자가 되살아난다는 최초의 충격을 사회는 꽤 다기차게
삼켰다. 어쨌거나 일상은 시간을 물처럼 마시며 그 위화감을 희
석해갔다. 평소에는 모두가 이 세상에 그런 터무니없는 변화가
일어났다는 사실을 잊고 지냈다. 그러다 갑자기 어떤 계기로 지
독한 감기 같은 오한에 휩싸이며 섬뜩해지는 것이다.

환생자의 모임에도 망상적인 비난이 담긴 편지가 많이 왔다.
개중에는 한눈에 환생자임을 알아볼 수 있게 해야 한다며 손수
만든 붉은 문장紋章을 대량으로 보내온 사람도 있었다. 한편 환
생자는 아무 목적 없이 그저 되살아난 것뿐 아니냐며, 그 무의미에
기묘한 분노를 드러내는 사람도 있었다.

환생자의 모임에 들어오는 상담 건수는 계속 증가했지만 보도
는 줄어갔다. 받아들이는 쪽의 반응이 시들해지기도 했지만, 환
생자 본인이나 가족도 전보다 더 존재를 감추려 들었다.

라데크는 불길한 충고를 덧붙인 그 이메일을 이렇게 마무리지
었다.

쓰치야 씨가 환생 후 줄곧 해온 생각은 이 세상의 큰 고민에 치유를
가져다줄 중요한 발견이라고 믿습니다. 이케하타 씨는 쓰치야 씨가
'프로그' 스태프로 일해주길 바란다고 하더군요. 나는 찬성입니다. 처
음 소개할 때부터 그런 생각을 한 건 아닙니다. 그러나 지금은 쓰치야

씨가 꼭 관여해야 할 일이라고 생각합니다. 동시에 쓰치야 씨를 위해서라도 이케하타 씨 같은 사람이 한동안 더 곁에 있어야 합니다.

9월 중순에 접어들었는데도 여름 더위는 끝내는 방법을 잊어버린 것처럼 계속 이어졌다.

데쓰오는 복잡한 시부야 역 주위에서 쓸데없는 땀을 흠뻑 흘린 후에야 겨우 246번 국도를 뒤덮은, 거대한 문어처럼 생긴 육교로 올라가기 시작했다. 굉음을 내며 쏜살같이 달려가는 대형 트럭 여러 대의 진동이 계단으로 전해졌다.

곤다 부녀에게 생일선물로 받은 남색 폴로셔츠를 입고 있었다. 올여름에는 이 옷 신세를 꽤 많이 져서 자주 빠느라 색도 조금 바랬다.

이날 데쓰오는 환생자 모임에서 알게 된 기노시타가 새로 설립한 회사를 방문하기로 약속이 잡혀 있었다. 성실하고 부지런한 기노시타는 그후에도 실제 말투와 꼭 닮은 짤막한 이메일을 자주 보냈는데, 그러던 중 마치 술이나 한잔 하자고 청하는 듯한 가벼운 말투로 같이 일해보지 않겠느냐고 제안했다.

데쓰오에게는 한 가지 생각이 있었다. 혼자서는 도저히 무리지만 '식사회.com'을 성공시킨 기노시타와 함께라면 가능할지 모른다. 그 얘기를 하러 가는 길이었다.

시부야로 가기 전, 요쓰야에 있는 '프로그' 사무실에 들러서 이케하타와 한 시간쯤 면담을 하고 왔다.

이케하타는 '프로그'에서 일해줄 수 있겠느냐며 직접 의향을 타진해왔다. 처음에는 상근이 아니고 한 달에 몇 번 정도라도 좋다, 물론 급료는 주겠다고 했다.

"라데크 말대로 한동안 쓰치야 씨의 경과를 지켜보고 싶기도 하고요."

일단 답변을 보류했지만 이케하타와의 분인이 필요하다는 자각은 하고 있었다. 그와 만난 이후로 지금까지 그저 애매하게만 느껴졌던 것들이 신기할 정도로 정리되는 느낌이었다. 은근히 익살스러운 그의 인품도 마음에 들었다. 이제 익숙해졌지만, 오늘도 당연하다는 듯 바짓자락을 접어올린 맨발이었다. 그리고 예의 고흐의 구두 그림. ⋯⋯

라데크의 이메일 얘기를 하자 그는 데쓰오가 걱정하는 환생자에 대한 사회의 반감에 관해 의견을 밝혔다.

"조금 빗나간 얘기인지 몰라도, '죽은 사람의 마음'도 문제가 되겠죠. 살아 있는 인간은 죽은 인간이 무슨 생각을 할지 온갖 상상을 통해 말하잖습니까. 그런데 나중에 '전부 엉터리'라고 한다면 대꾸할 말이 없을 테니까요."

"환생한 노르웨이의 스키 선수가 자신의 전기 작가를 명예훼손으로 고소했었죠."

"맞아요. 누군가가 환생하면 불리해질 사람도 있겠죠. 위험한 얘기지만, 입막음하고 싶은 사람도 있을 테고."

"저는 죽은 사람의 마음을 남겨진 사람들이 얘기하는 것 자체는 부정할 수 없다고 생각합니다. 상상으로 메우지 않으면 앞으로 나아갈 수 없기도 하고요."

"나도 '죽은 사람의 마음'에 대해 모두가 입을 다물어야 한다고 생각하지는 않아요. 다만 얘기할 자격의 유무는 있어야죠. 이 사람이라면 죽은 그 사람에 대해 얘기해도 된다. 아마 그 사람 안에 죽은 사람과의 분인이 어느 정도냐에 달린 문제일 테고요."

계단을 오르는데 숨이 찼다. 옆으로 비켜 걸음을 멈춘 데쓰오는 교차로를 내려다보았다. 신호에 따라 질서정연하게 꼬리를 물고 달리는 자동차들은 보닛이나 지붕 가장자리 등으로 제각기 햇빛을 강하게 반사시켰다. 멀리서 재촉하는 듯한 경적이 길게 울렸다.

기노시타의 사무실은 신축 빌딩 4층으로, 층 전체가 잘게 나뉘어 IT 벤처기업 여러 곳이 들어와 있었다.

"덥네요. 아직은 좀 휑하지만 조만간 자리가 잡힐 겁니다. ─ 아, 이 친구는 같이 일할 야나기사와 군."

오랜만에 만난 기노시타는 갈색 피부가 얼마간 옅어져 있었다. 야나기사와라는 청년은 마른 체격으로, 티셔츠와 반바지 차림에 샌들을 신고 있었다. 데쓰오도 자기소개를 했다.

본론으로 들어가기 전 기노시타가 페트병 생수를 건네주며 "환생자들이랑 연락해요?"라고 물었다.

"네, 몇 명쯤은. ─기노시타 씨는요?"

"전혀. 쓰치야 씨가 다예요."

"그렇군요. 어, ……그 사람은?"

데쓰오가 넌지시 암시하듯 눈짓했다. 기노시타는 미간을 찡그린 후 "아─, 그 여자?"라며 소리를 높였다.

"네. 미안합니다, 개인적인 걸 물어서."

"전혀요. 한동안 만났는데, 어느 날부터 문자 답장이 없더라고요. 지금은 완전히 '어장 밖'으로 나온 상태죠. 뭐 이대로 끝난 거 아닐까요."

기노시타가 어깨를 으쓱하더니 하얀 이를 드러냈다. 데쓰오는 참 시원시원하다 싶어 반쯤은 감탄했고 반쯤은 어이가 없었다.

기노시타가 하던 일을 정리하는 듯 컴퓨터를 만지작거리며 "그런데 할 얘기가 있다고 하셨죠?"라고 물었다. 데쓰오는 단도직입적으로 말문을 열었다.

"인간이 죽어도 소멸되지 않을 방법을 생각하고 있어요. 기노시타 씨라면 가능하지 않을까 합니다. 같은 환생자니 분명 이해하실 것 같았어요."

38. 죽은 자의 거처

기노시타는 데쓰오의 말에 난처한 듯 굳은 미소를 지었다.

"어? ……혹시 시체 냉동보존 같은 건가요?"

데쓰오는 생각지도 못한 오해에 "아, 아뇨"라며 황급히 고개를 저었다.

"그럼 뭐지, ……그게 아니면, 음? 설마 그 금테 안경네 신흥종교에 들어갔어요?"

"설마요."

"그렇겠죠."

"미안합니다, 표현이 서툴러서. 저는 인간이 죽고 몸이 없어지는 건 어쩔 수 없다고 생각해요. 그렇다고 영혼의 불멸을 믿는 것도 아닙니다. 다만, 그 사람의 존재 자체가 몸과 함께 없어져버리는 건 아무래도 섭섭해서요."

기노시타가 혀로 볼 안쪽을 훑으며 데쓰오를 바라보았다. 데쓰오는 설명 순서를 다시 한번 머릿속으로 정리했다.

"저는 환생을 계기로 생사관이 바뀌었어요."

"그야 저도 마찬가지예요. 죽었는데 여전히 생명이 있다니, 왠지 게임 같잖아요?"

"그런 점도 있지만, 뭐라고 할까, 인간의 생사를 그 사람이 있는 경우와 없는 경우로 나누어 근본적으로 다시 생각해봤죠. —

예를 들어 기노시타 씨라는 사람이 있어요. 지금 이 세계에 존재하죠."

"그렇죠."

"이렇게 만날 수 있고, 만지면 체온도 느껴집니다. —그렇다면 죽는다는 건 어떤 의미인가? 가장 확실한 건 이 세상 어디에도 존재하지 않게 되는 겁니다. 사라지고 없어지는 것. 당연한 얘기지만."

"뭐, 그렇죠."

"그렇다면 인간은 죽으면 처음부터 없었던, 태어나기 이전 상태로 되돌아가는 것인가? 무가 되는가?"

기노시타가 입속에서 굴리던 혀를 멈추고 이 초쯤 생각한 후, "그렇겠죠?"라고 대꾸했다.

"저는 아니라고 생각합니다. 뭔가가 이 세상에 남죠. 소멸하지 않고 계속 존재해요. 물론 유골이나 머리카락 같은 몸의 일부도 남지만 그게 다는 아니죠. 그밖에 남는 것을 다섯 가지로 나눠 정리해봤어요."

데쓰오는 가방을 열고 집에서 정리해온 문서를 꺼내 기노시타에게 건넸다. 기노시타는 또다시 혀로 뺨을 부풀렸다.

"거기 적혀 있듯이, '기억' '기록' '유품' '유전자', 그리고 '영향'입니다."

기노시타는 그 분류를 한번 힐끗 보더니, 이런 생각을 다 했느

496

냐는 듯 의외라는 표정으로 고개를 들었다. 데쓰오는 다소 무례한 그 반응에서도 밉지 않은 느낌을 받았다.

"저를 예로 들어 설명하자면, '기억'은 제가 죽은 후에도 어머니나 아내, 친구들 안에 내내 남아 있었어요. 저 자신이 소멸해도 제 표정이나 목소리는 그들의 뇌리에서 사라지지 않죠."

"한동안은 그렇겠죠."

"네, 적어도 한동안은. ―두번째는 '기록'입니다. 뇌가 아니라 미디어에 남겨진 기억이죠. 사진이나 동영상, 음성, 블로그에 쓴 글, SNS로 주고받은 대화 등."

"아하―" 기노시타가 이제야 알겠다는 듯 입을 벌렸다. "사후에 라이프로그*를 어떻게 처리하느냐는 문제인가요?"

"그렇게 표현할 수도 있지만, 그 의미를 다시 생각해보고 싶었어요. 그래야 어떤 보존법이 적당한지 검토할 수 있을 테니까."

"역시 통조림회사에 다닌 분답군요." 기노시타가 웃었다. "그럼, 세번째 '유품'은?"

"신변의 생활용품뿐 아니라, 집, 자주 묵던 숙소, 확대 해석해서 그 사람을 추억하게 해주는 것은 전부 포함시킬 생각이에요."

"흠, 기억을 환기하는 것은 무엇이든 이 카테고리에 넣자는 거군요."

---

* 개인의 생활이나 일상을 디지털 공간에 저장하는 것.

"그렇습니다, 네. 네번째 '유전자'는 자식이 있는 경우 해당되겠죠."

"네."

"다섯번째는 '영향'입니다. 정치인이나 가수처럼 크지는 않더라도, 대수롭지 않은 말 한마디나 사소한 친절, 견실한 직업, 하루하루의 장 보기, ……그런 사사로운 것들도 내가 존재했던 영향으로 이 세상에 남을 겁니다. 내가 죽어도 그 영향이 바로 사라지진 않아요. 내가 한 말, 행동, ……좋든 나쁘든 말이죠. '식사회.com'에서 만나 사귀게 된 사람들 중 기노시타 씨가 죽은 뒤 결혼해서 아이를 낳은 사람도 있겠죠? 여러 사람의 그런 영향이 쌓이고 쌓여 이 세상이 움직인다. 그렇게 생각합니다. ―이 다섯 가지가 제가 생각한, 인간이 사후에도 이 세상에 남기는 것이에요."

데쓰오는 전제 설명이 길어서 기노시타가 따분해진 건 아닐지 걱정스러웠다. 기노시타가 손에 든 자료를 노려보며 "그게 다일까요? ……아, 편지는? 아니야, 그건 기록이지. 유품이 될 수도 있고. ……" 하며 한동안 중얼거렸다. "―뭐, 아무튼 알겠어요. 그래서?"

"이 다섯 가지는 살아 있는 동안은 몰라도, 죽어버리면 어느새 흩어지고 사라져버리죠. 환생해서 여러 번 그런 느낌을 받았어요. 그래서 그것을 보존하는 장소를 만들어야겠다고 생각했죠.

생전에는 뿔뿔이 흩어진 채 관리해도 좋지만, 사후에는 누가 대신 한곳에 모아둬야 하지 않을까 하고. 그 사람이 그리워질 때는 바로 인터넷상에서 만나볼 수 있도록. 그렇게 하면 내가 이 세상에서 사라지는—가까운 누군가가 이 세상에서 사라지는 슬픔을 조금은 달랠 수 있을지도 모르죠."

"뭐 그럴 테죠. 한 사람이 일생 동안 남기는 라이프로그가 엄청난 양으로 쌓여가고 있으니 보존, 관리의 문제가 앞으로 중요해질 텐데, ……좀전에 말한 다섯 가지 중 실제로는 무엇을 남길 수 있을까요?"

그렇게 말하면서 기노시타는 옆에 있던 종이에 사람 형태를 그리고, 주위에 데쓰오가 말한 '기억' '기록' '유품' '유전자' '영향'이라는 항목을 써나갔다. 수재가 곧잘 그렇듯 악필이었다. 그리고 진지한 표정으로 한동안 펜 끝을 이리저리 굴렸다.

반에서 공부 잘하는 친구에게 모르는 문제를 배울 때처럼 고요한 시간이었다.

잠시 후 기노시타가 "아—, 알았다"라며 '기억' '기록' '유품'에서 사람 쪽으로 화살표를 그리고, 반대로 사람에서 '유전자' '영향' 쪽으로 화살표를 그리더니 바깥쪽까지 관통시켰다.

"이 다섯 가지 중에서도 기억과 기록과 유품은 죽은 사람에게 가까이 다가가는 거예요. 반대로 유전자와 영향은 그 사람에게서 멀어지는 거고요. —그렇죠?"

데쓰오는 바람을 가르듯 앞질러간 그 말에 당황했다. 그리고 간신히 뒤쫓아가며 그 의미를 생각했다.

유전자와 영향은 자신에게서 멀어진다. —분명 그랬다. 반대로 기억과 기록과 유품은 자신을 향한다. —역시 맞는 말이었다.

벡터의 방향은 전혀 생각하지 못했기에, 데쓰오는 보조선 하나로 난해한 도형 문제를 시원하게 풀어낸 반 친구를 바라보는 듯한 찬탄의 눈빛으로 기노시타를 보았다.

"그 말이 맞아요, 네."

"그렇죠? 유전자와 영향은 본인에게서 멀어질수록 가치가 생겨요. 그렇지만 기억이나 기록이나 유품은 본인과 가까워질수록 가치가 생기죠. 그렇죠? 아—, 그래, ……아, 그래서, ……아하, 알았다. 흠, 아주 재밌네요. 그러니까 유전자와 영향은 고려하지 않아도 된다는 거죠? 보존해봐야 소용없다. 잇따라 변화하도록 최대한 멀리 보내야 하니까. 변화시키지 않고, 사라져버린 본인에게 최대한 접근시켜야 하는 기억과 기록과 유품. 이 세 가지의 보존을 생각해봐야 한단 얘기네요? 아하—, 알겠어요. 그렇지."

기노시타는 중간 과정을 대폭 생략하며 혼자 말하고 혼자 납득했다. 데쓰오는 마지막에 웃음이 터졌지만 결론적으로는 그가 생각한 그대로였다. 기노시타에게 건넨 종이의 둘째 장부터는 바로 그 기억과 기록, 유품의 보존에 대해 좀더 에두른 표현으로 설명해놓았다. 기노시타가 컴퓨터를 열고 키보드를 두드리며 말을 이었다.

"기억은 직접 남길 수 없잖아요? 뇌스캔 같은 건 아직 공상으로 남아 있고."

"네. 남겨진 사람의 기억 속에서 고인은 조금씩 사라져버려요. 그리고 그 사람마저 세상을 떠나면 완전히 사라져버리죠. 그건 그대로 좋다고 봅니다. 자기가 사랑하는 사람이 사라져버린 세상에 언제까지나 존재하길 원하는 사람은 아무도 없잖아요. 중요한 건 사랑하는 사람이 살아 있는 동안이죠. 그때까지는 내 존재를 완전히 소멸시키고 싶지 않다. 반대로 남겨진 사람도 사랑하는 사람을 소멸시키고 싶진 않을 테고요."

"흐음, ……그래도 라이프로그는 라이프로그일 뿐이잖아요? 그 사람 본인은 아니에요. —아무튼 기억은 직접 남길 수 없다. 그럼 유품은 어떻게 하죠?"

"유품은 살아남은 사람들이 각자 수중에 보관하는 거죠, 기본적으로는. 친척들에게 나눠준 물건도 있을 테니 공유할 순 없을 테고, 옛날에 살았던 집처럼 언제 사라져버릴지 모르는 것들도 있어요. 그러니 의뢰에 따라 사진이나 동영상 촬영, 보존 요청을 받아들이면 될 것 같아요. 누군가가 죽어서 슬퍼할 때는 직접 그런 일을 할 마음이 안 생길 테니까."

"장례업자 같군요." 기노시타가 어이없다는 듯 피식 웃었다. "뭐, 그래도 이해는 가요. 유품도 결국 기록의 카테고리에 들어간다는 얘기죠. 그러니 인터넷으로 보고, 아, 이 사람은 이 스웨터를 자주 입었었지 하는 추억을 떠올린단 거죠?"

"네. 사진 검색 기능 같은 걸 붙일 수 있을까요?"

"태그를 달면 간단해요. 페이지에 옷장 같은 걸 만들어서 입던 옷이나 신발을 버추얼하게 꺼낼 수 있게 해도 좋겠군요. 특정한 날, 특정한 때 입었던 티셔츠라거나."

"그렇죠! 그 사람만의 페이지, 방 같은 느낌이네요?"

"맞아요. 아니, 뭐 예를 들면 그렇단 거죠."

데쓰오는 곧바로 아이디어가 나온 것에 흥분했다. 하긴 사후의 거처라는 의미에서는 그런 연출이 필요할까? 그리고 자신이 처음에 세운 간단한 구상과 비교해 어느 쪽이 더 나을지 생각했다.

"이메일에 썼듯이, 저는 역시 분인이라는 사고방식이 중요하다고 봅니다."

"아―, 그거요."

"사랑하는 사람이 죽으면 슬프죠. 물론 그 사람이 가여운 면도 있고요. 하지만 그와 동시에 더이상 그 사람과 함께할 때의 나로 살아갈 수 없다는 점도 크다고 봐요. ―저는 아버지를 일찍 여의었는데, 어느 날 아버지와 함께 찍은 어머니의 사진을 보고 무척 놀랐어요. 어머니의 그런 표정은 한 번도 본 적이 없었거든요. 거기 찍힌 것은 아버지와 함께하는 어머니의 분인이었죠. 그리고 아버지가 세상을 뜨고 나서 어머니는 두 번 다시 그런 자신으로 살 수 없게 된 거고요. ……저 역시 지금의 아내나 아이가 죽는다면, 두 사람과 함께할 때의 나로는 더이상 살 수 없을 거예요. 아내를 상대로 딱히 웃기진 않아도 이상하게 재미있었던 일을 가볍게 얘기하는 나, 이상한 표정을 지어서 아들을 웃기는 나, —저는 그런 내가 더없이 좋고, 가능한 한 인생에서 그런 나로 살고 싶어요. 사랑하는 사람의 죽음이 정말로 슬픈 건 앞으로의 인생에서는 그런 일이 불가능하다고 깨달았을 때가 아닐까요. 그래서 고인에 대한 추억에 잠기는 것은 최소한 그 사람과의 분인의 흔적이라도 느껴보려는 것이라고 생각해요."

"묘지나 불단에 말을 거는 것도 죽은 사람과의 분인이 되어보는 건가요. 흐음, 하긴."

기노시타는 정서적으로 전혀 동요를 보이지 않으면서도 데쓰오가 하려는 말을 잘 이해했다. 자기가 물에 빠져 죽은 얘기를 할 때도 그런 말투였다.

"남겨진 사람이 고인과의 분인으로 살 수 있도록 그 존재를 보존하는 겁니다."

"그럼, 보는 사람별로 기록을 편집해 분인을 커스터마이즈하는 것이 좋겠군요. 예를 들어 제가 죽어서 쓰치야 씨가 제 페이지에 접속한다. 그런데 제가 부모님과 함께 찍은 사진을 봐야 의미가 없을 테니, 환생자의 모임 총회에서 찍은 사진이나 쓰치야 씨와 관계있는 내 사진만 편집할 수 있게 해두면 그것 또한 쓰치야 씨에 대한 나의 분인이 되는 셈이죠. ─그렇죠?"

"아아, 그렇네요. ⋯⋯그런 생각은 못해봤어요."

"그리고 공개 범위 설정도. 당연히 필요하겠죠."

기노시타는 그렇게 말하면서 빠르게 컴퓨터에 메모해나갔다. 키보드 두드리는 소리가 확실히 중얼거린 말보다 많았다.

"보존 자격은 본인과 유족이 되나. ⋯⋯무의미한 계명 값이나 제사 비용을 이쪽으로 돌리면 괜찮을 것 같은데. 그런 쪽 액수가 상당하잖아요? 보존 기간에 따라 요금 설정을 달리한다거나. ⋯⋯"

거의 혼잣말처럼 떠들던 기노시타의 손이 멈췄다. 그러더니 고개를 갸웃거리며 물었다.

"사진이나 동영상을 올릴 수 있는 건 관리자뿐인가요? 쓰치야 씨가 죽었다고 치면, 부인이 그 페이지를 관리하겠죠?"

"네."

"그래서 부인이 쓰치야 씨 사진을 그 페이지에 올린다. 그런데 예를 들어 쓰치야 씨의 옛 친구들도 쓰치야 씨 사진을 갖고 있잖아요?"

"아, 네. 그렇죠. 조금은."

"그것도 올릴 수 있게 하고요?"

"⋯⋯그렇죠, 네." 데쓰오가 애매하게 대답했다.

"그러면 이런 일이 생겨요. 역시 한 예인데, 쓰치야 씨에게 외도 상대가 있다고 가정하고, 그 사람이 가진 사진도 올릴 수 있는가?"

"아니, 안 되죠, 그건. 외도 상대 같은 건 없지만."

"예를 들면 그렇다는 거죠. ―관리자에게 허락받은 사람만 올릴 수 있다?"

"그렇게 해야겠군요."

"그럼, 외도 상대가 쓰치야 씨 사진이나 유품을 갖고 있을 경우, 그 사람은 아내분과 별도로 페이지를 만들 수 있나요? 여러 사람이 쓰치야 씨와의 분인으로 페이지를 만들 가능성이 있다. 쓰치야 씨 부인이 만드는 페이지와 외도 상대가 만드는 페이지에는 전혀 다른 표정의 쓰치야 씨가 존재한다. 그것이 이름 검색이나 안면인증 검색 등으로 이어진다면."

데쓰오는 무의식중에 콧등을 긁었다. 생각지도 못했지만 실제로 일어날 수 있는 일이었다.

"그런 문제가 있겠네요. ……사후에 고인의 존재를 누가 관리하느냐."

데쓰오는 여기 오기 전 이케하타와 생각해본 '얘기할 자격의 유무'를 순간적으로 떠올렸다. 어머니와 아내에게는 각자 나에 대해 얘기할 자격이 있었다. 그러나 두 사람은 내 유골을 별개의 묘에 넣어두었다. 그 두 개의 묘는 '쓰치야 데쓰오'라는 개인의 묘가 아니라 '데쓰오'와 '뎃짱'이라는 각각의 분인의 묘일지도 모른다. 이 서비스도 그렇게 되어버리는 걸까?

"유명인은 실제로 그럴 겁니다. 누구든 마찬가지인데, 프레디 머큐리도 공식 홈페이지가 있는 한편 팬이 맘대로 찍은 사진도 있고, ……"

"그렇군요. 초상권도 개인이 아니라 분인 단위다? 뭐, 큰 상관은 없으려나요."

"상관없는지는 모르겠지만, ……"

기노시타가 의자에 엉덩이를 살짝 걸치고 앉아 다시 한동안 키보드를 두드렸다. 속도가 엄청나서, 뿔뿔이 흩어진 키들을 자루에 집어넣고 마구 뒤적거리는 듯한 소리가 났다. 마지막으로 탁하고 기분좋게 한 번 치더니 알았다는 듯이 고개를 끄덕였다.

"음, 뭐 일단 해보죠. 재미있을 것 같은데요. 쓰치야 씨 말대로 젊은 환생자만 생각해낼 수 있는 거네요."

닷새 후 기노시타는 자기 자신의 사후 페이지를 만든 근사한 디자인 시안을 보내왔다. 서버 문제 등 해결 과제가 많지만 일단 이미지를 공유하고 싶다고 했다.

파카, 젓가락, 칫솔, 자동차, 대학교 테니스부 합숙, 초등학교 입학식, ……다양한 사진이 연대별로 정리되어 있고, 자신과 관련된 분인을 편집하는 기능을 비롯해 그날 의논했던 내용이 거의 망라되어 있었다. 흰색을 기조로 한 산뜻한 디자인이라 '죽음'의 무거운 분위기가 감쪽같이 배제되었다. 방 이미지는 사용되지 않았다. 기노시타가 직접 만든 듯한데, 데쓰오는 그 뛰어난 감각에 감탄했다.

데쓰오는 아이디어의 실현 가능성에 가슴이 설레었다. 여러모로 궁리한 기획이지만 IT는 완전히 미지의 세계여서 말해봤자 비웃음이나 사고 끝나는 건 아닌지 걱정했었다.

기노시타는 나아가 데쓰오의 근무 형태와 월급도 언급했다. 데쓰오는 '프로그'에 계속 협력할 생각이었지만 이쪽 일을 중심으로 삼고 싶었다.

'도쿄로 이사 오면 어때요?' 기노시타는 단도직입적으로 그렇게 물었다.

미래의 밝은 빛이 보이기 시작했다.

데쓰오는 메일로 온 디자인 시안을 오랫동안 바라보았다. 테니스복을 입고 동아리 친구들과 함께 익살스러운 표정을 짓고 있는, 그가 모르는 기노시타. ……

너무 잘 만든 탓일까? 거기 보이는 사람이 정말로 이 세상에 없는 사람처럼 느껴져서 데쓰오는 황급히 그 불길한 생각을 머릿속에서 쫓아냈다.

39. 행복의 감촉

데쓰오는 자살을 둘러싼 경위를 지카에게도 자세히 이야기했다. 그러나 자책감으로 괴로워해온 지카를 위해, 가족과의 분인이 사에키와의 분인을 없애려 했다는 표현은 쓰지 않았다. 대신 삶에 대한 자신의 의지가 사에키를 만난 후 공허한 생각에 빠진 자신을 부정하려 했다고 설명했다. 분인이라는 사고방식 자체에는 지카도 나름대로 생각하는 바가 있는 듯했지만 말을 아꼈다. 데쓰오는 또한 자신이 몹시 지쳐 있었던 건 사실이라고 말하며, 저항감을 느끼면서도 이렇게 설명했다.

"이케하타 씨는 살인사건에서 문제가 되는 '책임능력의 유무'를 자살자의 경우에도 생각해봐야 한다고 했어. 저질러버린 일의 '책임'을 과연 물을 수 있는 상태였는지. 흔히 말하는 '심신상실 상태'는 아니었는지."

객관적으로는 그렇게 해석될지도 모른다. 그러나 최후의 순간, 말 그대로 고작 한 줌밖에 안 되는 '공백' 속에서 사에키와의 분인을 없애고 싶다는 소망이 자기 자신을 죽이는 행위로 잘못 연결돼버린 것을 데쓰오는 지금도 생각하고 있었다. 아니면 아키요시의 말대로 그 반대였을까?

그 순간 자신을 엄습했던 눈부실 정도의 불가항력. 내가 완전히 무력해지고, 그렇기에 더더욱 완전히 면죄받을 것 같던 압도

508

적인 공백. ─정말로 어쩔 수 없었던 걸까? 내가 아닌 다른 인간이었다면 견뎌낼 수 있지 않았을까? 자청해서 자살을 선택한 것이 아니다. 하지만 그렇다면 나는 왜 자살의 선택을 받은 걸까?

멀리 갈 것도 없이 지카는 데쓰오가 죽은 후 절망의 구렁텅이에 빠져 있으면서도 사에키의 말에 흔들리지 않았다. 또 최종적으로 데쓰오를 받아들이고, 다시 함께 새로운 삶을 시작하고 싶다고 말해주었다. 그런 사실은 아무리 감사해도 부족했다.

데쓰오는 아키요시의 가게를 그만두고 기노시타와 함께 도쿄에서 일하고 싶다는 뜻을 지카에게 전했다. '프로그' 자살대책 NPO 법인도 가능한 한 도울 생각이고, 이케하타도 부담 가지지 않는 범위에서 일해도 된다고 이해해주었다. 그동안 어머니가 건네준 통장의 돈으로 버텨왔지만, 그렇게 되면 집 대출금도 그럭저럭 갚아나갈 수 있을 것 같았다.

지카는 데쓰오의 결단에 찬성했다. "뎃짱이 보람을 느낄 수 있는 일을 하면 좋겠어. 나도 그런 자기를 응원하고 싶고"라고 꽤 오랫동안 보지 못했던 밝은 표정으로 말했다.

기노시타에게 제안하기 전 지카에게 그 아이디어를 상의했을 때, 그녀는 솔직하게 자기 생각을 밝혔다.

"죽고 나서 바로 사진이나 소지품을 꺼내볼 수는 없을 거야. 괴로울 게 뻔하니까. 시간이 좀 지나면 그리워질지 몰라도."

데쓰오는 대꾸할 말이 없었다.

이케하타는 데쓰오와의 상담에서, '애도 작업'이라는 심리학 용어를 알려주었다.

"소중한 사람이 세상을 뜬 후 그 슬픔을 넘어서기 위한 과정이죠. 죽음을 사실로 받아들이고, 고인을 추억하는 것을 '기쁨'으로 느끼기까지의 과정. 저는 역시 시간을 자기편으로 만드는 게 최고라고 생각해요. 어제까지 당연하게 기능하던 분인이 갑자기 더는 살 수 없게 되는 거니까. '애도 작업'은 고인과의 분인 기능을 서서히 저하시켜가는 것이기도 합니다. 그밖의 분인을 발판 삼아 살아갈 수 있도록요."

자살이라는 사인은 틀림없이 지카의 '애도 작업'을 몹시 복잡하게 만들었을 것이다. 남편의 소지품을 모두 종이상자에 집어넣고 삼 년에 걸쳐 가까스로 그 분인을 휴면시켜왔다. 그런데 데쓰오가 되살아나 그것을 흔들어 깨우려 한 것이다.

만약 되살아나지 않았다면, '뎃짱'에 대한 지카의 분인은 계속 잠든 채 자연스럽게 소멸되었을까. 아니면 언젠가 그 종이상자를 열어봤을 때 다시 눈을 떴을까. 자살이 아니라 사고사였다면? 시간이 필요하다는 점은 다를 바 없겠지만. ……

사이트 시안을 본 지카는 디자인에 마음이 끌린 듯했다.

"심플하고 예쁘다. ……기노시타 씨, 대단한데."

"좀 가벼워 보이는 인상이었는데, 일할 때는 완전히 딴사람이 돼. 이렇게 고급스러운 디자인이 나올 줄은 몰랐어."

"사진도 그래. 그냥 단순한 젓가락인데 사용했던 사람의 손이 보이는 것 같아."

"아하." 그 말을 듣고서야 데쓰오는 왜 사이트 속 사진들이 특별해 보이는지 깨달았다. "배경이 없어서인가. 아니, 이걸 썼던 사람이 없어서?"

"젓가락의 영정사진 같아."

"그렇네. 영정도 배경을 없애버리잖아. 그래서 죽은 뒤 바로 볼 수 있는 거겠지. 이미 이 세상에 없는 사람이란 걸 아니까. ……배경이 없어서 누구에게나 자기와의 분인으로 보이는 걸까? ……"

데쓰오는 채 정리가 안 된 생각을 소리내어 더듬어갔다. 지카가 그 모습을 보며 미소지었다.

"응?"

"아니, 뎃짱이 요 몇 달 사이 많이 변했구나 싶어서."

"그래?"

"응. 지금은 여러 가지 것을 보고 있는 느낌이야."

"그런가? ……생각이 많았으니까. 다른 사람과의 만남도 있었고. ―아무튼 아까 얘기로 돌아가서, 시간이 조금 지나 추억에 잠기고 싶을 때 이런 페이지를 볼 수 있으면 좋지 않을까 해. 물론, ……사람에 따라 끝까지 볼 수 없는 경우도 있겠지만."

"말은 그렇게 했지만, 원하는 사람이 원할 때 부탁하는 거니까 좋을 것 같은데? 직접 만들 기력은 없어도 이렇게 예쁘게 해준다면 기쁠 것 같아. 상조회사랑 비슷하네."

"기노시타 씨도 그렇게 말했어. 역시 장의 업체로 영업을 가야 하나. 장례식 플랜에 넣어달라고. ……하긴 생전에 본인이 준비해둬야 하는 건지도 몰라. 뭘 보존하고 뭘 보존하지 않을지, 사후의 자기 존재까지 고려해서."

"중요하지. 그랬으면 뎃짱도 나한테 '유유의 낙원' 같은 건 들키지 않았을 텐데."

당황한 데쓰오는 미간을 과장되게 찡그리며 씁쓸한 웃음을 지었다.

"그런 건 기억 안 해도 돼!"

"그것만은 못 잊어, 평생."

데쓰오는 장난스럽게 하얀 이를 드러낸 지카의 머리를 양손으로 누르며 "잊어라, 잊어라, 잊어라, ……"라고 주문을 외웠다. 지카는 눈을 감더니 "안 잊는다, 안 잊는다, 안 잊는다, ……"라고 같이 주문을 외웠다. 둘 다 웃음을 터뜨렸지만, 실은 양쪽 다 알 수 없는, 어쩔 수 없는 일이었다. 과연 무엇이 계속 기억으로 남을까. ……

지카는 더없이 자연스러운 일처럼 "이 집하고도 이제 이별이네"라고 말했다.

"아니야, 통근할 거야. 도쿄까지."

"편도 두 시간은 걸리잖아. 그럼 하루 네 시간씩이나? 그럴 바엔 좀더 가까운 데로 이사하고 그만큼 집에서 보내는 시간을 늘리는 게 좋지."

데쓰오는 입을 열려다 "어어"라고 대꾸했다. 지카는 더욱 긍정적으로 새로운 인생을 생각하고 있었다. 그는 그런 그녀에게 감동받았다. 그러자 이 집에 대한 집착이 메마른 딱지처럼 떨어져나가는 느낌이 들었다. 아직은 좀 민감하지만, 이미 아물어가는 상처 같았다.

"그러네, ……지카 일은?"

"다른 일을 찾아볼게. 만주 파는 일이 딱히 삶의 보람은 아니니까."

지카는 시원시원하게 대답했다.

"그래, ……고마워, 그렇게 말해줘서. 우리가 만난 곳이라 좀 서운하긴 하지만."

"첫눈에 반했지, 나한테?"

데쓰오가 웃으면서 고개를 저었다. "아니야. 만주로 고백받은 거지."

"와아―. 또 그 소리. 과거를 멋대로 바꾸려 든다니까."

대수롭지 않은 한마디였지만 그 말이 데쓰오의 가슴을 강하게 울렸다. 지카는 미소를 지우지 않았다.

"오래 살지 않으면 끝까지 못 우길걸. 뎃짱이 또 먼저 죽으면,

내 맘대로 리쿠한테 얘기할 거야."

"그건 곤란하지. 오래 살아야겠다. ……"

"새로운 곳으로 이사해서, 심기일전하자."

"응, ……그래야지. 나 스스로는 자살이라는 사실을 받아들인 것 같아. 두 번 다시 되풀이하지 않기 위해서. 그리고 이번에는 '프로그'를 통해 다른 사람들에게 도움을 주고 싶어. ─그렇지만 가족, 특히 리쿠를 생각하면, ……솔직히 없었던 일로 하고 싶은 마음도 있어. 이해하긴 아직 힘들 것 같고, 그런 어두운 그림자를 짊어지게 하고 싶진 않으니까. ……아버지로서 존경받고 싶기도 하고."

"그래도 돼. 둘이서 함께 잊어가자."

데쓰오는 고개를 끄덕였다. "그러기 위해서라도 집에 있는 시간을 늘려서 즐거운 추억을 많이 만들어야겠지. ─어디서 살까? 이 집 값이 떨어져서 빚이 많이 남을 텐데."

"근검절약. 차도 팔자."

"어?"

"도쿄로 이사 가면 필요 없잖아? 뎃짱도 못 몰 테고."

"조만간 몰 수 있을 것 같은데, ……지카는? 계속 차를 안 가지고 다니던데, 무슨 일 있었어?"

"원래 운전을 좋아하진 않았어."

"그랬나? ……하긴, 필요 없을 수도 있겠다. 시세보다 싸게

514

나온 집을 찾아야겠네. 이 동네도 좋았는데."

생활수준은 지금보다 상당히 떨어지겠지만 어떻게든 먹고살 수 있을 것 같았다. 게다가 지카도 이해해준다.

데쓰오는 비관하지 않았다. 현재의 분인 구성에도 자신이 있었다. 어떤 분인으로 살든 신선한 기쁨을 느꼈다. 매일 밤 세 식구가 내 천 자로 나란히 누워서 잤고, 잠든 숨소리를 등뒤로 들으며 머리맡 스탠드 불빛 아래서 『고흐의 편지』를 읽었다. 그런 생활은 첫번째 인생에서는 상상할 수 없었다. 활자를 눈으로 좇는 것이 이루 말할 수 없이 즐거웠다. 이따금 진짜 내가 맞나 의심스럽기까지 했다.

그림에도 흥미가 생겼다. 심지어 서양 명화에! 데쓰오는 『고흐의 편지』를 읽고 렘브란트의 그림조차 제대로 몰랐던 것이 부끄러워졌다. 사실은 테오를 그린 것이라는 예의 초상화가 선뜻 이해된 걸 보면 의외로 자신에게 그림 보는 눈이 있는 기분도 들었다.

이런 제멋대로의 확신에 대한 가장 설득력 있는 증거는 리쿠였다. 그 기상천외한, 복숭아투성이의 세계! ─평범한 아이가 그런 그림을 그릴까? 어쩌다 한번 내켜서 그려본 게 아니다. 스케치북 세 권이 꽉 차도록 여전히 그리고 있다. 그 양만으로도 분명 뭔가 의미가 있었다.

그림 자체도 점점 나아졌다. 나는 기껏해야 조금 그림 보는 눈이 있는 정도인지 모른다. 그 재능이 아들에게 유전되어 꽃피는 건 아닐까? 어쩌면 리쿠는 천재일지도 모른다. ……

지카는 그런 데쓰오를 '아들 바보'라며 어이없어했고, 스스로도 그렇게 생각했지만, 그래도 웃어넘기다가 재능의 싹을 놓쳐버리는 것은 부모로서 해서는 안 될 일이었다. 어디서 본격적으로 기초 수업을 받게 해야 할까? 그런 학원은 분명 도쿄 쪽이 좋을 것이다. 미술관도 많다. 나중에 돌이켜보면 이번 이사가 리쿠의 일생에 결정적 전환점이 될지도 모른다.

데쓰오는 미즈오를 떠나기 전에 꼭 한 번 옆 동네에 있는 레저 시설인 '필드 애슬레틱'에 리쿠를 데려가고 싶었다. 미즈오의 회사에 취직하고 아직 지카도 만나지 못했을 무렵부터 그는 장차 자신에게 아이가 생기고 그 아이가 아들이라면 반드시 거기 데려가겠다는 성급한 상상을 했었다.

데쓰오는 지난번 죽음으로 자기가 영원히 죽은 상태라면 무엇이 '아쉬움'으로 남을지 혼란스러운 시제時制로 자주 생각하곤 했다. 리쿠에게 해주고 싶은 것은 이루 말할 수 없이 많았다. 그러나 이 필드 애슬레틱은 굳이 말하자면 그 자신의 꿈이었다.

리쿠는 데쓰오의 제안이 별로 내키지 않는 눈치였지만, 지카가 홈페이지를 보여주며 잘 구슬리자 생각을 바꾸었다. 아이답게 곧바로 눈빛을 반짝이지 않는 점은 데쓰오의 어린 시절과 비슷했다. 꼭 싫다는 건 아니다. 실은 별 확실한 감정 없이, 아마 겁이 나서 어떻게 표현해야 할지 모르는 것이다.

데쓰오는 무엇인지 알 수 없는 그런 성격까지 유전된 것이 미안한 한편 아들이 더더욱 사랑스럽게 느껴졌다. 그것 때문에 어떤 고민을 떠안고 어떤 손해를 보는지 누구보다 데쓰오 자신이 잘 알고 있었다. 이런 때는 조금 억지로라도 데려가는 편이 좋다. 막상 가보면 기뻐하고, 언제까지나 그 추억을 잊지 않을 것이다.

안개가 끼고 햇살이 부드러워서 반팔이 좋을지 얇은 긴팔을 입어야 할지 조금 망설여지는 주말 날씨였다.

요즘은 이런 곳의 인기가 별로인지 사람들의 발길이 뜸해 그만큼 맘껏 즐길 수 있을 것 같았다. 입장료를 지불하자 총 사십 곳의 애슬레틱 시설을 표시한 지도와 두툼한 스탬프 용지를 건네주었다. 나이 제한이 있어서 미취학 아동은 절반만 통과해도 출구에서 기념품을 받을 수 있다고 했다. 리쿠는 여전히 별로 내키지 않는 표정이었지만 입장표를 확인하는 '누나'가 "파이팅!" 하고 말해주자 갑자기 씩 웃는 바람에 데쓰오와 지카는 얼굴을 마주보았다.

통나무로 만들어놓은 애슬레틱마다 각각 번호와 이름이 붙어 있었다. 옆으로 뉜 통나무를 이어놓은 '1. 외나무다리', 그루터기가 징검돌 모양으로 늘어선 '2. 스카이콩콩', 놀이방에도 있는

'3. 매달려 건너기', 밧줄 그물망을 올라가는 '4. 거미집 언덕'.
⋯⋯난이도가 차츰 높아졌고 리쿠도 몸을 움직일수록 점점 흥분
했다. 데쓰오와 지카도 같이 움직이다보니 동심이 되살아났다.

"방금 아빠가 도와줬는데, 도장 찍어도 돼?"

"괜찮아, 그냥 찍자."

"하나, 둘, 셋, 넷, ⋯⋯여덟. 여덟 개째다!"

"와—, 대단하네."

"아, 잠깐만! ⋯⋯아빠, 이건 초등학생부터 하는 거였어."

"어, 정말이네. 우리 리쿠가 잘했네."

"혼나?"

"왜? 괜찮아."

"'진짜 혼자서 했느냐'고 물어보지 않을까?"

"안 물어봐. 물어봐도 아빠가 말 안 할 테니 걱정 마."

"진짜? ⋯⋯그치만 혼자 하면 위험하다고 혼내지 않을까?"

"안 혼내. 엄마랑 아빠가 옆에 있잖아."

데쓰오는 웃으며 걱정스러운 듯 올려다보는 아이의 얼굴을 양
손으로 감싸쥐듯 문질렀다. 리쿠는 그제야 마음이 놓이는지 산
길을 뛰어가기 시작했다.

절반 이상을 끝내고, 이번에는 '27. 힘 테스트'였다.

"'밧줄을 잡아당겨 도르래 아래 있는 것을 끌어올려봐요. 무엇

인지 알 수 있을까요?'"

리쿠가 반바지를 끌어내리듯이 잡아당기며 소리내어 설명서를 읽었다.

"리쿠, 그러면 안 돼. 엉덩이 보이잖아."

지카가 주의를 주자 리쿠는 재미있어하며 일부러 엉덩이 골이 보일 때까지 바지를 끌어내렸다.

"어머나! 원숭이들이 친구인 줄 알고 몰려오겠다."

"리쿠, 이리 와. 셋이 같이 끌어올리자!"

데쓰오가 도리이*처럼 생긴 도르래 대에 달린 굵은 밧줄을 들어올렸다. 도르래 아래는 통나무로 만든 수수께끼의 물체가 찌부러진 것처럼 놓여 있었다. 혼자서도 들어올릴 수 있을지 가볍게 당겨봤다. 비스듬히 당겨지며 도르래가 살짝 돌았지만 상당히 무거웠다. 이걸 초등학생 힘으로 들어올릴 수 있을까?

"어, 아빠, 혼자 하면 안 돼!" 리쿠가 허둥지둥 달려들었다.

"미안, 미안. 자, 우리 가족 셋이 힘을 합치자."

지카도 가담해 제각기 밧줄을 잡았다. "하나, 둘, 셋!"

밧줄에 매달린 통나무가 서서히 올라왔다. 삼각형이었다. 뭐지? 리쿠가 발이 미끄러져 엉덩방아를 찧을 뻔했다.

"어이쿠, 위험해. 괜찮니?"

---

* 신사 입구에 세운 기둥 문.

한 손으로 안으며 붙들어주자, 리쿠는 금세 자세를 바로잡고 다시 매달리듯 밧줄을 끌어당겼다. 지카도 힘을 조절하며 거들었다. 들어올린 삼각형 밑으로 사각형이 따라 올라왔다. 데쓰오는 곧 그것이 무엇인지 알았다.

'집인가. ……지붕이 있고, 벽이 있고. 그런데 이렇게 무겁다니, 그래봐야 아이들 놀이터인데, 아이러니하군.'

데쓰오는 혼자 쓸쓸하게 웃었다. 리쿠는 이따금 소리내어 기합을 넣으며 밧줄을 계속 잡아당겼다. 꼭대기까지는 아직 좀 남았다. 도르래가 삐걱거렸다. 집이 짧은 로켓처럼 허공으로 떠올랐다. 밑에는 뿜어져나오는 연기를 표현했는지 사슬이 잔뜩 매달려 있었다.

'어? 집이 아닌가? ……'

다음 순간, 리쿠가 눈이 휘둥그레져서는 소리쳤다.

"우아, 오징어다! 아빠, 오징어야!"

데쓰오는 미간을 찡그린 채 사슬 수를 셌다. 열 줄이었다! "진짜네, ……오징어구나."

세 사람 앞으로 길이 2미터는 될 것 같은 거대한 통나무 오징어가 전모를 훤히 드러냈다. 그것은 저멀리 옅은 구름에 뒤덮인 해를 배경으로 성스러울 만큼 그 위용을 자랑했다! 리쿠도 데쓰오도 지카도 어이가 없었고, 곧이어 터진 웃음을 멈출 수 없었다.

"왜 오징어지?"

"글쎄, 오징어 대명신*인가? ……됐다, 이제 내리자. 리쿠, 손이 쓸리지 않게 한 번에 확 놔야 해. 알았지? 하나, 둘, 셋!"

셋이 동시에 손을 떼자 거대한 오징어는 요란한 사슬 소리와 함께 땅울림을 일으키며 허물어져내렸다. 가로막혔던 햇빛이 쏟아지며 눈앞이 갑자기 환해졌다.

"오징어, 오징어, 오징어!"

리쿠는 이를 드러내고 웃으며 찌부러진 거대한 통나무 오징어를 향해 달려갔다. 데쓰오의 양팔에는 그 무게가 열기로 변해 남아 있었다. 그는 그것이 행복의 감촉처럼 느껴졌다. 지금 이 순간 온몸으로 맛보는 감각. ─나는 줄곧 이것을 원해온 게 아닐까? 이 설렘, 이 기쁨, 이 피로, 이 평온함, ……

데쓰오가 그렇게 느끼는 순간 지카 역시 똑같이 행복을 느끼고 있었다.

이런 날이 다시 오리라고는 꿈도 꾸지 못했다.

현실일까? 리쿠가 데쓰오의 손을 이끌고 다음 기구로 향했다. 데쓰오가 옆을 스치며 "재밌지!"라고 말을 건넸다. 그녀는 고개를 끄덕이고 잰걸음으로 두 사람 뒤를 쫓았다.

---

* 신의 이름 뒤에 붙이는 칭호.

리쿠는 가뿐하게 균형을 잡으며 통나무 출렁다리를 달려갔다. 야무지게 혼자서. 데쓰오가 뒤따라갔다. 골인 지점에서 두 사람이 돌아서서 기다리고 있었다.

지카는 불안정한 발밑을 번디디며 앞으로 나아갔다. 사슬 난간을 움켜쥐었다가 손을 떨쳐내려는 순간, 갑자기 누가 잠가버린 것처럼 몸이 더이상 움직이지 않았다.

"엄마, 빨리, 빨리, 빠알리. 아이참, 무서워?"

"왜 그래, 지카? ……지카?"

데쓰오의 표정에서 웃음기가 사라지고, 이변을 알아챈 듯 순식간에 얼굴이 굳었다.

"지카!"

통나무 출렁다리가 흔들렸다. 사슬 소리가 요란하게 울려퍼지고, 데쓰오가 달려왔다. 데쓰오는 살아 있다. 이렇게 확실하게 살아 있다. ―이름을 부르며 그에게 달려가고 싶었다. 이런 자신에게서 벗어나고 싶었다. 골인 지점에 리쿠가 걱정스러운 듯 우뚝 서 있었다. 그 모습이 어린 시절 엄마를 기다리던 자신의 모습과 겹쳐졌다. 눈앞으로 손이 뻗어온 순간, 지카는 크게 휘청거리며 그대로 쓰러지고 말았다.

40. 비밀

리쿠가 잠든 깊은 밤, 지카는 데쓰오에게 사실은 오늘처럼 갑자기 몸이 움직이지 않을 때가 있다고 털어놓았다. 통나무 출렁다리 위에서 끌어안겼을 때, 그녀는 현기증이 났을 뿐이라고만 했다. 그러나 데쓰오는 이변을 알아챘다.

맨 처음 증상이 나타난 것은 데쓰오가 죽고 석 달쯤 지난 무렵이었고, 최근 일 년은 증상이 없어 완치된 줄 알았다. 그런데 그가 환생한 후 재발해서 요즘 그 빈도가 좀 높아졌다고 했다.

"병……이야?"

어떤 상태인지 잘 이해되지 않았다. 데쓰오는 애써 심각한 표정을 짓지 않으려는 지카의 모습에 오히려 걱정이 깊어졌다.

"몸 어디가 나쁜 건 아니고, 정신적인 문제 같아. 병원에도 가봤거든."

"어떤 느낌이야? 의식은?"

"의식은 있어."

"아프다거나, 괴롭다거나, ……"

"괴롭다고 해야 할까, ……움직이지 못해서 답답해. 숨쉬기 힘든 느낌. 갑자기 깊은 함정으로 뚝 떨어져버린 것 같고. 그러다 아무도 못 알아채서 영영 나올 수 없게 돼버릴 것 같아. 그래서 불안해져. ……"

"큰일인걸."

데쓰오는 지카에게서 눈을 떼지 않은 채 망연히 중얼거렸다.

"그래서 운전도 못하는 거야?"

"사고날까봐 무서워서."

지카는 역시나 미소를 잃지 않았다.

"그렇게 중요한 얘기를, ……여태 왜 안 했어?"

"언젠가 할 생각이었는데, ……뎃짱이 안정을 찾기 전에는 무서워서 도저히 할 수 없었어."

데쓰오는 할말을 잃었다.

그는 자기 잘못이라고 생각했다. 자살로 지카에게 준 상처를 결코 가볍게 여기진 않았다. 그러나 살아 돌아옴으로써 그녀의 마음이 치유되고 있다고 마음속 한구석으로 믿었다. 그런 자기중심적인 생각에 그녀의 몸이 필사적으로 호소하려 한 게 아닐까? —기다리라고. 리쿠의 손을 잡고 기쁨에 겨워 뛰어가는 그를 향해. 하필 그때였던 건 그래서가 아닐까. ……

"자살을 없었던 일로 하고 싶다는 말은 지카 마음을 생각하면 할 수 없는 건데. 내 문제로 머리가 꽉 차서, ……미안해."

"아니야. 나도 같은 마음이야. 이젠 없었던 일로 하고 싶어. 뎃짱을 만나 결혼하고, 리쿠가 태어나고, 내내 행복하게 살다가 지금이 되었다. 그게 좋아. 그렇게 생각하고 싶어. 뎃짱이 어렵게 돌아와줬잖아. ……이제부터 시작이다 하는 시기에 미안해, 나야말로."

"왜 사과해? 나야말로 아무리 고개를 숙여도 부족한데."

"뎃짱 잘못이 아니야. 자살에 대해서도 분명하게 설명해줬고, 우리가 싫어져서 남겨두고 떠난 게 아니라는 것도 알았으니까. —다행이야. ……나야말로 냉정한 마음으로 사과해야 한다고 생각했어. 제일 가엾은 건 역시 뎃짱이니까. ……미안해."

"왜?"

데쓰오는 지카가 왜 사과해야 하는지 이해할 수 없었다. 사과하지 않는 것이 괴로운 듯한 모습이었다. 뭔가 말하려는 눈치였다. 몸이 움직이지 않게 된 것 이상의 뭔가를.

"오늘 하루, ……정말 즐거웠어."

지카가 천천히 입을 열었다. 데쓰오는 살며시 웃었다.

"……응. 즐거웠지."

"행복을 느꼈어. 파랑새가 날아와 어깨에 내려앉은 것 같더라. —데려가줘서 정말 고마워."

"나야말로 같이 가줘서 고맙지. ……나도 마찬가지야. 환생해서 오늘처럼 행복을 느낀 적은 없었어. 파랑새가 내게는 그 오징어가 되겠지. 평생 못 잊을 거야."

"뎃짱이 자살하기 전에도 난 그렇게 느꼈거든. 지금 정말 행복하다고. ……그래서 무서워졌는지도 몰라. 느닷없이 다시 끝나버릴지도 모르니까. 파랑새가 언제 날아가버릴지 모르니까.

······"

"이젠 끝나지 않아, 이제는."

데쓰오가 힘주어 말했다.

지카는 입술을 깨물고 몸을 움츠린 채 고개를 저었다.

"슬픔도 외로움도, ······탁해진 느낌이었어. 왠지 얼얼하게, 몸을 아프게 하는 독 같은 것이 섞여 있는 느낌. 아프기만 한 건 아니고, 웃음이 터질 것 같기도 해. 우스운 건 하나도 없는데. 엄마 같은 웃음. ······"

"장모님?"

데쓰오는 살갗을 벗겨낼 기세로 자기 팔뚝을 움켜쥐고서 지카를 바라보았다.

"난 엄마를 경멸하지만, 나의 싫은 부분을 전부 엄마의 교육 탓으로 돌리고 싶진 않아. 엄마를 닮은 것도 아니야! 내 인생이니까. 난 앞으로 평생 엄마를 볼 생각이 없어. 리쿠를 만나게 해주고 싶지도 않고. 할머니라고 부르게 하고 싶지 않아."

"무슨 일 있었어, 내 자살 때문에?"

"······아니야, 됐어. ······미안해."

"난 그래도 지카랑 장모님 사이가 잘 풀리면 좋겠는데."

"뎃짱, 그건 무리야. 내가 아무리 노력해도 상대에게 그럴 마음이 없으니까."

"그래도 부모 자식 사이잖아. 난 물론 잘 모르지만. ······장모님도 앞으로 더 연로해지실 테고."

"알아. 입장이 역전돼서 이제는 내가 부모님을 보살펴야 한다는 것도, ⋯⋯실은 알아. 내가 어른스러워져야 하지만, 그걸 인정하기조차 싫은 거야, 엄마한테는. 그러니 이젠 됐어. 무리야. ⋯⋯뎃짱한테는 말 안 했지만, 우리 엄마는 어린 나에게 입에 담기조차 부끄러운 일을 많이 했어. 아버지도 몰라. 내가 비슷한 나이가 되고 보니 어떻게 어린애한테 그렇게 심한 짓을 할 수 있었는지, ⋯⋯도무지 이해가 안 가고, 기분 나쁘고, 서글퍼."

데쓰오는 지카의 그런 험악한 표정을 처음 보았다. 그래서 그녀와 어머니의 과거가 상상보다 훨씬 심각하다는 걸 짐작할 수 있었다. 그는 그런 중요한 사실을 모른 채 죽고 말았다. 사에키가 말한 지카의 '비밀'이 이것이었을까? 그자는 심지어 지카와 자기가 '같은 종류의 인간'이라고 말했다. 대체 뭐가 '같다'는 거지?

"난 뎃짱이 끙끙거리며 고민하지 않고 할 수 있는 일을 열심히 해나가는 점이 무척 좋았어. 처음 만났을 때부터 이런 삶도 있구나 하는 생각에 격려를 받았고, 많은 용기를 얻었지. 나도 본받아서 그렇게 살고 싶었어. 동경했던 부분도 있었고. ⋯⋯그런데 그런 뎃짱이 갑자기 아무 말도 없이 자살해서, ⋯⋯알 수 없어졌지. ⋯⋯난 뎃짱에게서 아주 좋은 영향을 받았어. 그렇지만 뎃짱은 반대였을지도 몰라. 내 안의 어두운 그늘 때문에 궁지에 몰렸

을 거라 생각하면 너무 미안했어. …… 그래서 이젠 없었던 일로
하고 싶다고 말해줘서 기뻤어. 안심이 돼. 나도 앞으로 나아가고
싶어. 그런데 몸은 왜 말을 안 듣는 걸까?"

"어두운 그늘 같은 건 없어. 지카 안에 그런 건 없다고. 내 자살
과 장모님과의 관계를 연결시키면 안 돼. 움직이지 못하게 된 것
도 마찬가지야."

데쓰오가 끌어안으려 했지만 지카는 거부했다.

"있어! 뎃짱이 그걸 아는 걸 원치 않아. 뎃짱 앞에서는 그냥 밝
은 인간이고 싶어. 그렇지만 있단 말이야! ……"

다음날 가랑비가 내리는 오전에 데쓰오는 지카를 데리고 평소
다니는 병원을 찾았다.

의사의 설명을 귀로 직접 듣고 싶었다. 의사는 지카가 한 말과
똑같이 증상을 설명한 뒤 향후에 대해 이렇게 말했다.

"근본적으로 개선하는 특효약은 없습니다. 상담으로 효과를
보는 경우도 있지만 오히려 증상을 악화시킬 위험성도 있어요.
연 단위의 시간이 필요하다고 생각해주십시오. 가족이 지금의
상황을 받아들이는 것이 중요합니다."

되도록 집에 있어주면 좋겠다던 지카의 말은 단지 리쿠를 위
해서만은 아니었는지도 모른다.

집으로 돌아온 데쓰오는 아키요시의 가게로 출근하는 길에 이

케하타에게 전화를 걸어 지카 일을 상의했다. 이케하타는 끝까지 조용히 얘기를 듣고 나서 입을 열었다.

"전환장애라는 증상이군요. 제가 만나는 자살자 유족 중에도 그런 경우가 있어요. 증상은 조금씩 다르지만. 그분은 양손 손끝이 아프다고 하시더군요. ……음, 그런 식으로 몸에 나타나는 경우는 좋아지기까지 시간이 꽤 걸려요. 쓰치야 씨보다 오히려 어려운 상황일 수도 있습니다. 곁에 있어주는 게 가장 좋아요."

"물론 그럴 생각이지만, 직접 한번 만나봐주실 수 있을까요? 분인 얘기 같은 걸 이케하타 씨가 해주면 도움될 것 같은데."

"그건 상관없지만, 바로 효과가 나타난다는 기대는 하지 마세요. 그렇게 압박하면 부인도 괴로울 테니까."

"네, ……느긋하게 생각하란 뜻이죠."

"그래요. 이해해주셔야 해요."

데쓰오는 가게 주차장으로 접어들 때쯤 걸음을 멈췄다.

"어제 아내와 얘기하다 한 가지 깨달은 게 있어요. ─죽기 전 저는 항상 미소가 끊이지 않는 아내의 밝은 성격을 좋아한다고 믿었죠. 그런데 아니었어요. 설령 마음 깊은 곳에 어두운 그늘을 품고 있어도, 긍정적으로 밝게 살아가려 하는 그녀에게 끌렸던 겁니다. 눈치채지 못했지만, 틀림없이 그랬어요. 처음에 역 매장에서 만주 하나를 덤으로 주면서 지었던 그녀의 미소를 잊을 수 없었을 때부터. ……우리는 늘 밝았어요. 하지만 같이 있어야 한다고 느낀 건 둘 다 고독해서예요. 그걸 이제야 깨달았어요! 아내 안의 어두운 그늘이 무엇인지 확실하게는 모릅니다. 장모님과의 일인 것 같지만. 저는 그걸 이해하기 위해 환생한 것 같아요. 그러니 지금은 아내에게 힘이 되고 도움이 돼주고 싶습니다."

우산의 그늘이 가랑비뿐 아니라 주위의 시선에서도 데쓰오를 지켜주었다. 이케하타가 따뜻한 투로 말했다.

"그렇게 해주세요. 그게 중요합니다."

"네."

"'프로그' 일은 잠깐 연기하죠. 갑자기 너무 바빠지면 안 좋을 테니까."

"그러네요, 지금은 좀."

어젯밤부터 했던 생각을 이케하타가 먼저 말해줘서 데쓰오는 마음이 조금 편해졌다. 이사도 서두르면 안 될 것 같았다. —사실 지금은 더 근본적인 이유로, 그 전망조차 불투명해진 터였다.

요 며칠 기노시타에게 몇 차례 전화를 걸었지만 전혀 응답이 없었다.

사이트 디자인 시안을 받은 것까지는 좋았는데, 그후 프로젝트 이름을 고안해 이메일을 여러 통 보냈는데도 답이 없었다.

데쓰오는 새로운 서비스의 이름을 '이웃'이라는 의미의 '네이버neighbor'로 지으면 어떨까 생각하고 있었다. '저세상'처럼 있지도 않은 머나먼 장소로 죽은 사람을 쫓아버리는 게 아니라, 지금 사는 이 세상 바로 이웃에서 언제든 만날 수 있다고 보는 것이다. 죽은 사람이 되는 게 아니라, 살아 있는 인간 옆에 있는 존재가 된다. 네이버가 된다. 그런 생각은 죽어가는 사람에게, 그리고 그 유족들에게 위안이 되지 않을까.

처음에 데쓰오는 아이디어가 마음에 들지 않아서 기노시타가 답이 없는 줄 알았다. 그래서 두번째 이메일에는 거리낌없는 솔직한 의견을 듣고 싶다고 최대한 허심탄회하게 썼다. 그런데도 감감무소식이었다.

그러는 중 늘 참조 메일을 보냈던 야나기사와가 실은 요즘 기노시타가 회사에 나오지 않는다고 연락해왔다. 스폰서와의 미팅도 갑자기 취소되어 곤란해졌다는 것이다.

데쓰오는 여우에 홀린 기분이었다. 어떻게 된 일일까? 결국은 첫인상처럼 무책임한 사람이었던 걸까? 그러나 같이 일하기 시작한 후로 그는 연신 기노시타에게 감탄했었다. 아니면 내가 파트너로서 가망이 없어 보였을까? 그러면 그렇다고 한마디쯤 해주었으면 싶었다. 혹시 아이디어만 가로채서 도망쳤나? 아니면 흥미를 잃어버렸나? ……

그날 데쓰오는 놀이방에서 리쿠를 데려와, 지카가 올 때까지 거실에서 또 '그림 그리는 모습'을 바라보고 있었다.

텔레비전 소리가 낮게 흘러나왔다. 무심히 흘려듣던 뉴스 프로그램에서 진행자가 갑자기 그가 잘 아는 이름을 말했다. 리모컨을 찾을 겨를도 없이 그는 텔레비전으로 득달같이 달려들어 음량을 높였다.

……자, 다음은 조금 걱정스러운 뉴스입니다. 이 년 전 교토 상가 화재에서 주인집 노인을 구하려다 사망한 후 올해 환생해 화제가 되었던 폴란드인 라도스와프 타타르체크 씨가 귀국 후 바르샤바에서 행방불명된 사실이 가족의 실종신고로 밝혀졌습니다. ……

데쓰오는 텔레비전에 손을 얹은 채 전율했다.

그 뉴스는 최근 소식이 끊긴 기노시타와 순식간에 연결되면서 지금 환생자들에게 벌어지고 있는 일을 기묘한 확신과 함께 추측하게 만들었다.

11장

–

공백을
채워라

41. 사라져가는 생명

"혹시 환생자들이 다시 사라지기 시작한 건 아닐까요?"

데쓰오의 질문에 환생자의 모임 대표 오타는 한동안 대답을 망설였다. 통화에 집중하기 위해서인지 수화기 너머에서 텔레비전 소리가 낮춰졌다.

"총회 때 소모임 토론에서 신흥종교 교주 같은 사람과 언쟁을 벌였던 여자분 있잖습니까, 도중에 나가버렸던 분. 기노시타 씨가 그분과 친했는데, 갑자기 소식이 끊겼다고 했어요. 그때는 별생각이 없었는데 이번에는 기노시타 씨와 연락이 안 돼서 이상했죠. 그랬는데 라도스와프 씨까지. ……그분은 이메일을 보내면 바로 답장을 보내쳤는데 최근 두 통에는 답장이 없었어요. 그래서 걱정하던 참이라. ……그 세 사람이 갑자기 자취를 감춰버린 건 단순한 우연일까요? 그밖에도 연락이 안 되는 환생자가 더 있지 않을까요?"

오타가 낮은 소리로 기침한 후 입을 열었다.

"실은 부대표와 연락이 안 됩니다."

"아, ……"

"라도스와프 씨가 행방불명이라는 보도가 나온 뒤로 회원 가족들의 문의가 쇄도했어요. 전체 규모는 모르겠지만, ……아무래도 환생자 상당수가 이미 사라져버린 것 같아요."

"이미, ……사라져버려요?"

데쓰오는 거의 무의식으로 나온 듯한 오타의 그 표현에 충격을 받았다. 애매하고 칙칙한 불안의 베일이 걷히자 가슴속에 손쓸 수 없을 정도로 퍼져 있는 시커먼 공포를 직시해야 했다.

지나친 생각이라고 몇 번이나 스스로를 타일렀다. 우연히 같은 시기에 기노시타와 라데크가 연락이 끊긴 것뿐이다. 전화를 받은 오타는 묘한 억측에 의아해하며 '딱히 들은 얘기는 없는데요. ……' 하고 내 어리석음을 비웃겠지. 그러면 체면을 구길지언정 '그렇군요'라고 가슴을 쓸어내리면 끝일 터였다. 틀림없이 그럴 것이다. 데쓰오는 그런 상상에 매달렸다.

그러나 기노시타와 라데크는 눈앞에 없을 뿐 아니라 이 세상 어디에도 없다고 오타가 말했다. 데쓰오는 제대로 실감하지도 못한 채 무시무시한 초조함에 휩싸여 부들부들 떨었다. 그리고 이런 생각을 했다. 이번에는 내가 소멸할지도 모른다. 휴대전화를 움켜쥔 채, 마지막 순간조차 자각하지 못하고!

데쓰오는 뭔가 놓친 게 없는지 닥치는 대로 생각을 더듬다 얼마 전 라데크가 보내온 이메일 내용을 떠올렸다.

"그러고 보니 라데크 씨가 저에게 유럽에서 환생자 배척운동이 일어나고 있으니 일본에서도 조심하라는 이메일을 보내왔어요. 무슨 사건에 휘말린 건 아닐까요? 납치당했거나 살해당했거나, ……그래서, ……"

기세 좋게 말을 꺼냈지만 데쓰오는 자기의 억측에 공허함을 느꼈다. 오타의 침묵에서도 그런 기색이 느껴졌다.

"제가 파악하는 한 그런 쪽은 아닌 것 같습니다. 애당초 저희는 이유도 모른 채 갑자기 살아 돌아왔으니까, ……무슨 일이 일어나도 이상하진 않아요. 아무튼 바로 실태 조사를 시작하겠습니다. 무슨 조건 같은 게 있는지. 라도스와프 씨나 기노시타 씨가 쓰치야 씨보다 먼저 환생했죠? 순서가 있을지도 몰라요. 나이나 성별, ……언젠가 환생자 전원이 사라지는 건지, 아니면 예외가 있는 건지. 저 자신의 문제이기도 하니까 당장 조사에 들어가겠습니다."

"제가 할 수 있는 일이 있으면 말씀해주세요. 무슨 일이든 돕겠습니다."

전화를 끊은 데쓰오는 "죽었는데도 여전히 생명이 있다니, 왠지 게임 같잖아요"라던 기노시타의 말을 떠올렸다. 그 기노시타는 이번이야말로 정말 게임오버를 맞은 걸까?

라데크는 예의 경고성 이메일에 이어 또 한 통을 보내왔다. 열흘쯤 전 일인데, 결과적으로 그것이 마지막 이메일이 되었다.

……나는 귀국 후에도 일본에서 쓰치야 씨가 내준 '숙제'를 줄곧 생각해봤습니다.

쓰치야 씨가 말했죠. 인생에서는 같은 일이 그렇게 몇 번씩 일어날 리 없다. 언제나 한 번만 일어난다. 그 한 번에 무엇을 하느냐, 그것이 그 사람을 뜻하는 게 아니냐고.

결론부터 말하면 내 생각은 역시 다릅니다. 우리가 시시각각 경험하는 인생이 모두 우리의 인간성에 대한 시련이라는 사고방식은 너무 가혹하게 느껴집니다. 인간이 시험당한다는 발상은 악마적입니다.

죽음은 물론 '단 한 번 일어나는' 일이겠지요. 그런데 나는 그것이 꼭 잘 들지만은 않는 가위처럼 느껴집니다. 우리의 인생은 한줄기 리본입니다. 죽음이 몇 번이나 자르려다 말고 마지막 어딘가에서 그 리본을 자르겠죠. 그 단면만 보고 리본 전체를 묘사할 수 있다고 말하는 사람이 있습니다. 그러나 나는 그럴 수 없어요. 어디서 잘렸는가, 잘리고 나서는 어떤 모습인가, 생물로서의 인간은 완전히 무력합니다.

그런데도 쓰치야 씨, 난 생각했어요. 내가 죽은 후 내가 사랑하던 사람들이 이것이 바로 라데크였다고 기억을 떠올릴 수 있는 한순간이 있다면, 그것을 다행으로 여기자고요. 나는 그들이 그 한 가지를 골라준 것에 감사합니다. 나는 그런 인간으로 그들의 마음속에 남는 것이 기쁩니다. 그것이 내가 죽은 후의 행복이겠죠.

이메일에는 친척들이 모여 라데크의 환생을 축하해주는 파티 사진이 첨부되어 있었다. 큼지막한 만두처럼 생긴 음식과 건더기가 가득 들어간 수프, 붉은색 비트, 걸쭉한 갈색 소스를 뿌린 돼지고기 로스트 등 소박하지만 일본에서는 거의 볼 수 없는 먹음직스러운 가정식이 식탁에 차려져 있었다.

라데크는 귀 위에만 머리칼이 남은, 자신과 쏙 빼닮은 아버지와 밤색 머리칼에 눈꼬리가 부드럽게 처진 어머니 사이에서 하얀 이를 드러내며 웃고 있었다. 그것은 데쓰오가 한 번도 본 적 없는 표정이었고, 부모와의 사이에서 만들어진 행복한 분인의 얼굴이 틀림없었다.

라데크는 정말로 이미 소멸해버렸을까? 이 세상 어디를 찾아봐도 없을까? 전혀 모르는 사이 모르는 곳에서 사라졌다! 나는 라데크가 사라진 후에도 한동안 그가 있다고 믿으며 살아왔다. 이제는 만날 수 없다. 이메일도 오지 않는다. 목소리도 들을 수 없고, 그 큼지막한 손을 맞잡을 수도 없다. ……없다, 없다, 없다, ……라데크는 존재하지 않는다. 단지 추억과 사진과 이메일과 너무나 큰 영향만을 남겨둔 채. 그에게는 아이도 없었다.

데쓰오는 이메일을 다시 읽었다. 그리고 비탄에 겨우면서도 이 사람은 이런 인간이었다고 확신했다. 나를 절망의 구렁텅이에서 구원해준 사람이었다. 크고 힘있는, 올바른 정신 그 자체였다.

다음날, 오타가 곧바로 전화해서 상황을 알려주었다. 소멸된 환생자는 확인한 바로는 스무 명이 조금 넘는다고 했다. 전체적으로 보면 여전히 일부지만 시간이 지나면서 늘고 있으니 앞으로는 틀림없이 더 확대될 것이다. 소멸된 사람들끼리 관계는 없고, 지금으로서는 공통점도 보이지 않는다. 최종적으로 모두 두번째 죽음을 맞이한 건지는 알 수 없지만 가능성은 높을 거라고 했다.

"시체를 봤다는 사람은 없어요. 유족 몇 분이서 판에 박은 듯 똑같이 말씀하셨습니다. 같이 있다가 잠깐 딴 데를 보는 사이 사라져버렸다고."

이것이 오타와의 마지막 연락이 되었다.

데쓰오는 사라져버린 환생자들의 첫번째 사인이 마음에 걸려 다음날 아침 점심 저녁 세 차례에 걸쳐 그에게 전화를 걸었지만 모두 연결되지 않았다. 다음날도 그 다음날도 마찬가지였고, 그에게서 연락이 오지도 않았다. 마지막으로 전화를 걸었을 때는 신호음 너머에 오타가 아직 존재한다는 느낌조차 들지 않았다.

데쓰오는 공포로 어떤 생각도 할 수 없게 되었다. 모두 소멸해간다. 나도 예외는 아닐 것이다. 우왕좌왕하며 필사적으로 시간을 응시하고 귀를 기울였다. 지금이 다음 순간으로 끊어지지 않고 이어진다. 그러나 어떤 한 걸음에서 그것이 별안간 무너져버리는 것이다.

빠져나가는 무슨 수가 없을까? 살아남을 수 있는 방법은? 아직 모두가 소멸한 건 아니다. 어쩌면 나만은 죽음을 피할 수 있을지도 모른다. 그러나 시간이 없었다. 마지막 순간이 지금일지도 모른다. 오늘 저녁에는 이미 이 세상에 존재하지 않을지도 모른다. 밤에 잠자리에 들어 눈을 감으면 그대로 아침을 맞지 못하고 사라져버릴지도 모른다. 잠이 깬 지카는 어떻게 생각할까? 리쿠는? 간신히 아빠를 받아들이기 시작했는데! 울면서 이리저리 찾아다닐까? 갑자기 다시 사라진 아빠를. 가엾게도! ……

지카는 데쓰오에게서 심상찮은 기색을 느꼈다. 그러나 자신의 병과 라데크의 행방불명이 동시에 발각된 탓이라고 여겼다. 그러다 차츰 데쓰오가 걱정한다기보다 뭔가를 두려워하고 있음을 알아차렸다. 밤에도 잠을 못 이루는 것 같았다. 무슨 다른 이유가 있는 건 아닐까?

돌발적인 불행의 예감이 다시 그녀를 괴롭히기 시작했다. 그러다 인터넷 뉴스에서 이런 제목을 접했을 때, 그녀는 시커먼 어둠 속으로 끌려들어가는 느낌이었다.

실종? 소멸? 전국적으로 행방불명 환생자 다수 발생해 ……

기사에서도 확실한 결론은 나오지 않았다. 그러나 행방불명자 수는 확인된 것만 서른두 명에 이른다고 했다.

"뎃짱, 이거, ……"

지카는 퇴근 후 놀이방으로 리쿠를 데리러 가기 전 데쓰오에게 휴대전화 화면을 보여주었다.

데쓰오는 기사를 한차례 훑어본 후, 휴대전화를 돌려주고 뺨에 흐릿한 미소를 머금었다.

"괜찮아."

"괜찮다니 무슨 뜻이야? 뎃짱은 괜찮은 거야?"

데쓰오는 입술을 깨물고 미소를 잃지 않으려고 애쓰며 지카의 팔을 어루만졌다.

"괜찮아. 지금 무슨 방법이 없을까 생각중이야."

"생각하다니, ……뎃짱도 사라지는 거야?"

"……"

"뎃짱!"

데쓰오의 미소는 금이 가듯 변하며 가까스로 뺨에 머물러 있었다. 그는 떨리는 손을 숨기듯 그녀의 팔에서 손을 뗐다. 지카가 곧바로 그 손을 붙잡았다.

"미안해. ……앞으로 계속 곁에 있겠다는 약속을 못 지킬지도 모르겠어."

"어떻게, 그런." 지카가 데쓰오의 손을 흔들었다. "그럼, 어떡해야 해? 응, ……응?"

데쓰오는 공허한 눈빛으로 이내 힘없이 바닥에 주저앉고 말았다. 지카도 따라 앉았다.

"……이제부터 시작인데! 아아, 나는 왜 자살 같은 걸 했을까! 바보야, 정말로. 너무 어리석어! ……그렇게 어리석을 수가. ……그날로 돌아가고 싶어. 돌아가서 자살하는 나를 말리고 싶어! 목덜미를 움켜쥐고 옥상 바닥에 넘어뜨려서! 그러면 지카도 리쿠도 슬퍼하지 않았을 텐데. ……아, 역시 되살아나서 자살을 없었던 일로 만들겠다는 건 너무 뻔뻔했어. ……"

지카는 자기 머리칼을 쥐어뜯듯 움켜쥐고 데쓰오에게 다가왔다. 어떻게 해야 좋을지 알 수 없었다. 지금 만지고 있는 이 몸이 사라져버린다? 이 온기도 피부의 감촉도 울툭불툭한 뼈도 팽팽한 근육도 모두 사라지고 없어져버린다! ……

지카는 절대 뺏길 수 없다는 듯이 정신없이 데쓰오의 팔에 매달렸다.

"아무튼, ……해야 할 일을 하는 수밖에 없어. 시간이 별로 없을 것 같으니까."

데쓰오가 공포심을 떨쳐내듯 얼굴을 들었다. 지카는 데쓰오의 어깨에 두 눈을 묻은 채 그저 고개만 저었다.

"고향집에도 한번 가보고 싶어. 어머니랑 할머니 얼굴도 봐둬야지. ……그리고 또 뭐가 있을까? 기노시타 씨가 사라져버렸지만, 그 일을 계속할 수 없을까? ……사람들에게 작별 인사를 하고, ……그렇지, 장인 장모님도 만나봐야지."

"됐어. 우리 부모님은. ……"

"아냐, 아무래도 인사는 드려야지. ―오늘밤은 어때? 갑작스럽게 말해서 미안하지만, 내가 언제 어떻게 될지 모르잖아."

데쓰오는 살며시 어깨를 떼어낸 후, 여전히 아래를 보고 있는 지카의 뺨을 닦아주었다. 지카는 고개를 저었다.

"그것 말고도, ……해야 할 일이 훨씬 많잖아."

"내 부탁이야, 지카. ……부탁해."

데쓰오가 진지한 눈빛으로 말했다. 사라지기 전에 지카와 엄마를 화해시켜주고 싶다는 마음은 기뻤다. 그러나 결코 쉽지 않다는 건 그녀가 누구보다 뼈저리게 알고 있었다.

"오늘은 좀, ……" 입을 열자 데쓰오가 얼굴을 붉히며 말을 가로막았다.

"시간이 없다니까, 지카! 살아 있는 동안 남편으로서 할 수 있는 일을 하게 해줘. 부탁이야. 이러는 중에도 내가 사라져버릴지 몰라. 그게 언제일지 모른다고. 지금 이런 말을 하는 중에 사라진다면, 지카도 틀림없이 후회할 거야. 그러니 부탁이야. 제발 부탁이니 지금 바로 처갓집에 전화해. 오늘 리쿠를 데려가고 싶어. ……부탁이야."

데쓰오가 몸을 세게 흔들어도 지카는 한동안 머뭇거렸다. 이윽고 바닥에 떨어져 있던 휴대전화를 집어들더니, 단축번호 0을 눌렀다. 그다음에는 엄지가 진창 속에서 빠져나오려 하듯 자연스럽고 빠르게 움직였다.

전철과 버스를 갈아타고서 고향집에 도착한 것은 저녁 일곱시가 넘어서였다.

지카는 아직 어두워지지 않은 아파트 아래 언제나처럼 그 소녀가 서 있는 광경을 보고 표정이 굳었다. 초등학교 2학년, 흰색 티셔츠에 분홍색 물방울무늬 치마를 입고 있었다. 가슴에는 굵은 매직으로 이렇게 쓰여 있었다.

'나는 세상에서 가장 마음이 더러운 아이입니다.'

소녀는 슬픔이 아닌 수치심을 견뎌내고 있었다. 누가 본다면 틀림없이 야유할 것이다. 정말 그런 아이라고 생각해버릴 것이다. 죽고 싶다는 생각이 머릿속을 스쳤다. 아파트 옥상에서 뛰어내려 이 자리에 쓰러져 있다면 다들 이해해주지 않을까? 모든 걸 한순간에. 최고로 처참한 시체가 되고 싶었다. 그러나 그것은 실은 죽고 싶은 것과는 달랐을지도 모른다. 단지 자신의 안과 밖이 뒤집혀 상처받은 내면이 외면으로 드러나기만 하면 그만이었다. 그 상태로 이 자리에 누워 있고 싶었다. ……

데쓰오는 리쿠를 안은 채 그 아이를 보지 못하고 그냥 지나쳤다. 그래서 다행이었다. 알려지고 싶지 않았다. 데쓰오에게는 비밀이었다. 고향집을 찾을 때마다 기억은 어린 시절의 그녀 자신을 생생하게 눈앞에 떠올렸다. 다른 사람 눈에는 이렇게 보였겠지 싶은 그 모습으로.

옆 동에 사는, 아이가 많은 집 엄마가 지나가다 흠칫 놀란 듯 말을 걸었다.

"무슨 일이니? ……누가 이렇게 심한 짓을?"

"……"

"아이들에게 괴롭힘을 당했니? 아줌마한테 말해. 누가 그랬어?"

"……제가요."

"네가? 네 손으로 이런 말을 썼다고? 아니지? 괜찮으니까 사실대로 말해. 아줌마가 혼내줄게. 누가 그랬어?"

지카는 초등학교 2학년인 자신을 감싸주고 싶었다.

'말 못해요, 이애는. 이렇게 한 사람은 엄마예요. 이상한 사람이에요. 그렇지만 이애는 차마 그런 말을 할 수 없어요.'

자신이 끌어안아줘야 했다. 그 아이를 데리고 같이 엄마에게 가야 했다. 지카는 처음으로 그렇게 생각했다. 소녀는 그후 이십년이 넘도록 이 자리에 불안하게 서 있었던 것이다. 지카는 누군가가 그날의 자신을 데리러 와주길 남몰래 줄곧 기다려왔다는 것을 깨달았다. 그래서 역 매장에 처음 데쓰오가 나타났을 때, 무의식적으로 마침내 와줬다고 느꼈던 게 아닐까? 그러나 사실은

그녀가 과거의 자신을 애정으로 끌어안아야 했는지 모른다. 이
제는 끝내고 싶었다. 그게 오늘인지도 모른다. 오늘은 이 아이가
꿈도 꾸지 못했던 미래의 '신랑'도 곁에 있으니까. 오늘이야말로
이 아이는 웃을 수 있을지 모른다. ……

"지카?"

또 몸이 굳어버린 줄 알았는지 데쓰오가 걱정스러워하며 가까
이 뛰어왔다. 리쿠도 등을 곧게 펴고 바라보고 있었다.

"아니, 아니야. 괜찮아."

데쓰오는 단 일 초도 아까운 남은 시간을 그녀를 위해 쓰려고
했다. 분명 소리지르고 싶을 만큼 무서울 텐데, 이렇게 굳세고
다정하게. 그런 배려가 부모와의 대면을 앞둔 우울을 지탱해주
었다.

리쿠를 안은 데쓰오의 팔이 걷어붙인 소매 밖으로 드러나 마
음이 든든했다. 푸릇푸릇 굵은 혈관이 불룩하고 햇볕에 탄 근육
위로 내달린다. 그는 오른손잡이면서도 언제나 왼팔로 리쿠의
엉덩이를 받치고 목에 매달리게 했다.

직각으로 굽은 그 팔꿈치가 지카의 마음을 사로잡았다. 그것
은 그의 생명 자체, 그의 사랑 자체의 징표처럼 보였다.

42. 말하지 않을 수 없었다

느닷없는 방문에 지카의 부모는 당혹감을 감추지 못했다. 데쓰오는 현관에서 고개를 숙이며 오랫동안 인사 못 드려 죄송하다고 사과하고, 오는 길에 사온 복숭아 봉지를 어머니에게 건넸다.

아버지가 "들어오게"라고 권하며 슬리퍼를 바닥에 툭 떨어뜨렸다. 그것이 의도한 것 이상으로 거칠게 흐트러져버린 탓에 약간 당황한 아버지를 지카는 안타까운 심정으로 바라보았다. 아버지는 전화를 받은 후 혼란스러워하는 엄마의 하소연을 족히 한 시간은 들어줬을 것이다. 그 마음에 붉게 남은 엄마 말의 잇자국이 지카의 눈에 생생히 들여다보였다.

아버지는 엄마의 감정을 자기 자신의 감정으로 착각함으로써 가까스로 마음의 평온을 유지했다. 그러나 그 감정에 충실했을 뿐인 행위가 옆에서 보기에 너무 심한 듯할 때는 지금처럼 허둥지둥 변명하는 듯한 표정을 지어 보이곤 했다. 아니야, 이건 내 본심이 아니야, 라고.

데쓰오는 딱히 신경쓰는 기색 없이 "고맙습니다. 실례하겠습니다"라며 슬리퍼를 신었다. 데쓰오는 무슨 말을 하려는 걸까? 엄마와의 관계가 극적으로 바뀌는 건 지카 자신도 기대하지 않았다. 오히려 내가 그런 징조만이라도 보여줘 데쓰오를 안심시켜야 하지 않을까?

"—리쿠, 인사해야지."

할아버지 할머니를 물끄러미 바라보던 리쿠는 데쓰오가 재촉하자 "안녕하세요"라고 말했다. 낯을 가리는 리쿠가 웬일로 또 박또박한 말투로 인사했다.

데쓰오의 자살을 계기로 친할머니는 물론 외갓집과도 관계가 끊겨서 리쿠는 '할아버지' '할머니'의 존재를 모르고 자랐다. 오늘도 오는 길에 "엄마의 엄마랑 엄마의 아빠야?"라고 몇 번이나 되물으며 머릿속을 정리하려 애썼다.

"많이 컸구나. 기억 안 나지, 할머니?"

지카의 어머니가 그렇게 말하며 리쿠를 한동안 내려다보았다.

지카는 엄마의 그런 자애로운 눈길을 난생처음 보는 기분이었다. 자식과 손자는 역시 다른 걸까. 아니면 자식에게도? 그러나 그 변화를 믿고자 하는 마음을 경계가 몇 겹씩 재빨리 가로막아 더이상 앞으로 나아갈 수 없게 만들었다.

거실에는 둥그런 형광등이 급하게 차려낸 식탁을 공허하게 비추고 있었다. 된장국과 낫토, 말린 전갱이, 사과와 양배추 샐러드. ……집에서 주먹밥을 만들어 리쿠의 배를 미리 채워두길 잘했다. 지카와 데쓰오도 내친김에 같이 집어먹어서 식사는 괜찮다고 미리 얘기해뒀다. 그런데도 막상 와보니 저녁을 차리고 기다렸다는 엄마 말에 데쓰오가 "힘들게 차려주셨으니 잘 먹겠습니다. 배가 고팠거든요"라고 응하며 웃었다.

삼 년 만에 친정을 찾은 지카는 이 집의 어둠을 새삼 다시 의식했다. 그녀에게는 어린 시절 이 식탁에서 웃은 기억이 없었다. 정말로 그랬는지, 아니면 웃었는데 잊어버렸는지. 엄마의 미간은 누가 실로 꿰매놓은 것처럼 늘 찌푸려져 있었다. 다채롭지 못한 식단은 엄마의 그런 마음을 고스란히 반영했다.

"우리는 건강에 안 좋은 음식은 절대 안 먹어요. 고기는 안 먹지. 뱃속을 오염시키잖아. 장 안쪽을 담뱃진처럼 시커멓게 만들거든."

칠 년 전 데쓰오가 처음 여기 왔을 때도 엄마는 똑같은 말을 했다. 그리고 데쓰오는 그때도 엄마의 생각을 존중하기 위해 건성으로 동의하는 게 아니라 대범하게 맞장구쳤다. 지카는 그 모습에서 이루 말할 수 없는 성실함과 포용력을 느꼈다.

그때와 다름없이 데쓰오는 대화가 부족한 식탁에서 혼자 왕성하고 기분좋게 밥을 먹었다. 이렇게 맛없고 변변찮은 요리를 이 사람은 어쩜 이렇게 맛있게 먹을 수 있을까? 무리하는 기색도 없어서 오히려 맛을 모르는 사람인가 의아해질 정도였다. 입으로 옮기는 젓가락 끝에 붙은 밥알이 하얗게 빛나 보였다. 지카는 자기도 같은 걸 먹고 있나 싶어서 무심코 밥그릇을 확인했다.

그녀가 데쓰오와의 결혼을 진지하게 생각하기 시작한 것은 그 모습 때문인지 모른다. 처음 만났을 때도 시식용 매실 만주와 단팥묵을 한입에 먹어버린 그에게 왠지 모르게 마음이 끌렸다.

이 사람과 매일 같이 밥을 먹으면 즐겁겠다는 느낌이 들었다. 그리고 그 예감은 적중했다. 뭘 만들어도 기뻐해주었다. 그래서 더더욱 맛있고 보기도 좋은 요리를 궁리하고 싶어졌다. 약간의 잔손질과 정성 덕분에 잘 풀릴 때도 있고 실패할 때도 있었다. "좀 미묘한데?" 하며 얼굴을 마주보고 쓴웃음을 짓는 것도 즐거웠다.

그녀는 엄마의 요리가 맛있다고 생각한 적이 단 한 번도 없었다. 맛있게 보인 적도 없었다. 그러나 그렇게 말해도 그녀 역시 그 요리를 먹고 자라난 것이다.

데쓰오가 따뜻한 배려심으로 맛없는 걸 참고 엄마의 요리를 먹어줬다 해도 그녀는 그를 사랑했을 것이다. 그러나 어딘가 미안한 마음이 드는 것은 어쩔 수 없다. 그런데 데쓰오가 너무나 아무렇지 않은 표정으로 뭐든 잘 먹어주자 그녀는 자신의 존재 자체가 받아들여진 듯한 안도감이 들었다.

이 사람이라면 나의 어떤 부분도 과하게 놀라거나 심각하게 여기지 않고 감싸줄지 모른다. 묘하게 민감한 혀 때문에 상대의 결점에 몹시 까다로운 사람도 있다. 그렇지만 그는 신경도 쓰지 않고 웃어넘겨줄지 모른다. ……

그리고 그가 사라진 후 그녀가 만든 음식을 그토록 맛있게 먹어주는 사람은 아무도 없었다.

상황을 살피는 엄마와 눈이 마주치자 데쓰오는 무슨 말을 하려다 말고 반찬부터 삼킨 뒤, 그제야 "정말 맛있네요"라고 말했다.

"밥 더 줄까?"

"아, 네, 그럼 조금만요. 고맙습니다."

잘 먹는 모습에 부모님도 살아 돌아와 이곳을 찾아온 사람이 틀림없는 데쓰오라고 인정하고 조금은 긴장이 풀린 듯했다.

반대로 지카는 불현듯 이것이 남편과의 마지막 식사가 아닐까 하는 불길한 예감에 휩싸였다.

그게 아니라 나는 이미 환상의 세계에 와 있는 건 아닐까? 삼 년간의 슬픔 끝에 데쓰오가 처음 이 집에 와서 나를 구해준 그날로 흘러들어와 헤매고 있는 건 아닐까? 죽은 사람이 되살아나다니, 있을 수 없는 일이다. 이 모든 게 꿈속에서 일어난 일은 아닐까? 나는 지금 도무지 어디인지 기억할 수 없는 장소에 평온하게 잠들어 있다. 그곳에서 자살한 남편이 다시 살아나 줄곧 미워하던 부모님과 함께 밥을 먹어주는 꿈을 꾸고 있다. 리쿠도 옆에 있다. 그렇다면 이대로 영원히 깨어나고 싶지 않았다. 현실로 돌아가봐야 괴로울 뿐이다.

더 덜어준 밥까지 깨끗이 비운 후, 데쓰오는 화장실에 갔다.

리쿠는 지카가 깎아준 복숭아를 먹으며 고요해진 식탁을 살피고 있었다.

데쓰오가 한동안 돌아오지 않았다. 지카는 젓가락을 내려놓고 문득 뭔가를 알아챈 것처럼 복도 문으로 시선을 돌렸다. 인기척이 없었다. 허둥지둥 의자에서 일어나, 놀라는 부모님을 곁눈질로 보며 화장실로 향했다.

노크한 뒤 대답도 기다리지 않고 문을 열었다. 아무도 없었다.

'뎃짱! 어디 있어?'

뒷걸음치며 주위를 둘러보자, 어두운 현관 앞에 사람 그림자가 보였다. 데쓰오였다.

"깜짝이야, ……거기서 뭐해?"

"응, ……생각 좀 정리하느라고. 어떻게 말해야 할지."

데쓰오는 마음을 굳힌 듯 지카와 함께 거실로 돌아갔다. 부모님은 무슨 일인지 궁금한 듯 두 사람을 바라보았다.

식탁에 앉자마자 데쓰오가 입을 열었다.

"―오랫동안 찾아뵙지 못한 점, 다시 한번 사과드립니다. 환생 후 저 자신도 너무 놀라 경황이 없다보니 시간이 많이 지나고 말았습니다. 귀한 따님과 결혼시켜주셨는데 이런 일이 생겨서, ……그저 죄송스러운 마음뿐입니다. 지카에게 너무나 큰 심적 고통을 주고 말았습니다. 고생도 시켰습니다. 장인어른과 장모님도 무척 불쾌하셨을 겁니다. ……정말로 면목없습니다."

데쓰오가 식탁 밑에서 양 무릎을 힘껏 움켜잡으며 고개를 깊이 숙였다. 그대로 움직이지 않았다. 지카는 평소와 다른 그 모습에 당황하는 리쿠에게 힐끗 눈길을 던졌다. 그리고 다시 데쓰오와 부모님에게로 시선을 돌렸다.

아버지는 말이 없었다. 역시 평소 같았지만, 지카는 일 초라도 빨리 데스오를 용서해줘야 하는 이 순간 뭘 하나 싶어 차가운 분노를 느꼈다.

엄마를 바라보았다. 그리고 그 표정에 숨을 집어삼켰다. ―웃고 있었다! 웃음을 터뜨리지도, 몸을 흔들지도 않고, 그냥 조용히 소리 없는 미소를 머금고 있었다.

지카는 조금 전 리쿠를 맞아주던 엄마의 눈을 떠올렸다. 삼 년이라는 시간이―나이가 엄마를 변하게 했을까? 지카는 남편의 진실된 마지막 사과에 엄마가 무자비한 말을 퍼붓는다면 이번이야말로 완전히 연을 끊을 작정이었다. 그런데 엄마는 웬일로 온화하게 데쓰오를 바라보고 있었다. 만약 엄마가 이제 그만 모든 것을 없었던 일로 하고 싶다고, 데쓰오뿐 아니라 나에게도 말한다면? 너무 뻔뻔하다. 그러나 설령 그렇더라도 정말로 그런 마음을 먹었다면, 아무 말 없이 고개를 끄덕여줘야 하지 않을까?

지카는 동요하고 있었다. 그러나 그것은 금방이라도 기쁨으로 바뀔 징조 같은 것이기도 했다. 엄마는 딸을 한 번도 돌아보지 않은 채 천천히 입을 열었다.

"고개 들게. 그렇게까지 사과할 것 없어."

데쓰오는 다시 한번 깊숙이 고개를 숙였다. 생각지 못한 장모의 관대함에, 얼굴을 든 데쓰오의 눈가가 미세하게 떨렸다.

"우리는 자네가 자살했을 때도 딱히 깊이 생각하지 않았어."

지카의 얼굴빛이 변했다. '자살'이라는 말이 말릴 새 없이 데쓰오의 귀에 들어가고, 리쿠의 귀에도 들어갔다.

"역시나 싫었지. 자네 잘못이 아니야. 우리 애 잘못이야. 자네도 이애랑 결혼 안 했으면 자살하지 않았겠지? 그렇다면 자네는 희생자야. 다른 사람과 결혼했으면 지금쯤 틀림없이 행복했을 텐데. 사과해야 할 쪽은 오히려 부모인 우리인지도 모르지. 책임감을 느껴. 미안하네."

무시무시한 충격이 지카의 몸을 훑고 지나갔다. 뇌리에 현실보다 앞서 엄마의 뺨을 있는 힘껏 때리는 자기 모습이 떠올랐다. 그러려고 했다. 인생에서 처음이자 마지막으로 딱 한 번만 엄마를 때리려고 했다. 그걸로 끝이었다. 이런 상황에서 해도 되는 말이 있고 안 되는 말이 있다. 나는 어쩌자고 이런 인간에게서 태어나 버렸을까? 모든 원인을 따지면, 결국 이 사람 때문인데!

그러나 시야에 들어온 데쓰오의 모습에 그녀는 숨이 멎을 것 같았다.

데쓰오는 똑바로 앞을 바라보고 소리도 없이 오열하기 시작했다. 아버지와 엄마는 놀라움을 감추지 않았다. 데쓰오가 팔을 곧게 옆으로 뻗어 눈물을 훔치고, 두툼한 손으로 얼굴을 쥐어뜯듯 위아래로 닦아내더니, 듬직한 미소를 지으며 말했다.

"아닙니다, 장모님. 전혀 아니에요. 지카 때문이 아니에요, 정말로! 지카는, ……지카는 착한 사람입니다. 착한 인간이에요. 아주 착한 인간이에요. 제 인생에서 만나온 사람들 중에서도 가장 착한 인간이었어요. 저는 지카와 결혼해서 이루 말할 수 없이 행복했습니다. 지금도 푹 빠져 있어요. 정말로 좋아합니다. 다른 사람과의 결혼은 상상도 할 수 없어요. 지카에게는 오로지 감사한 마음뿐입니다. 지카를 낳고 키워주신 장인어른과 장모님에게도 깊이 감사하고 있습니다. 저는, ……저는 부디 그런 제 마음을 알아주셨으면 합니다. 이건 뭐랄까, 저의 진심입니다. 지카는 정말로 착한 인간입니다. 저는 늘 그렇게 느꼈어요. ……"

데쓰오는 금방이라도 눈물로 사그라질 듯한 미소의 불씨를 몇 번이나 지켜냈다. 지카는 양손으로 입과 코를 감싸며 눈머리를 힘껏 눌렀다. 그래도 두 눈이 흐릿해져서 몇 번을 깜박여도 맑아지지 않았다. 그렇게 흘리고 싶어도 흘릴 수 없었던 눈물을 지금은 도무지 멈출 수가 없었다.

그것은 그녀가 인생에서 단 한 번만이라도 좋으니 누군가가 말해주길 간절히 꿈꿔온 말이었다. 그것을 지금에야 비로소 깨달았다. 그러나 남편을 자살하게 만들어버린 후, 그녀는 그런 희망을 스스로에게 절대 용납하지 않았다. 어떻게 '착한 인간'이라는 말을 들을 자격이 있는가? 결국 나는 엄마가 말하는 그런 인간일지 모른다며 괴로워했다.

아버지는 뭔가로 얻어맞은 듯이 데쓰오를 응시하고 있었다. 엄마는 미소가 움츠러들었다 다시 일그러지며 커졌다 하며 좀처럼 안정된 표정을 찾지 못했다.

데쓰오는 오늘밤 이 말을 하고 싶었던 걸까? 그러나 그 말투나 표정에는 미리 준비한 것과는 다른 순간적인, 멈추려야 멈출 수 없는 마음이 깃들어 있었다.

지카는 자신이 오늘밤을 절대 잊지 못할 것임을 이미 알고 있었다. 설령 꿈이라도 상관없다. 그것은 데쓰오라는 사람과 결혼 하지 않았다면 절대로 꾸지 못할 꿈이었다. 데쓰오가 이 세상에 존재하며 그녀를 만나지 않았다면 꾸지 못할 꿈이었다. 그렇다면 그것을 어떻게 현실이라고 부르지 않을 수 있겠는가? 이런 현실 이 있는 한—데쓰오가 마지막에 이토록 열심히 엄마와 나를 화해 시키려고 노력하는 이상 배반해서는 안 된다고 생각했다.

잠시 후 그들은 버스 시각에 맞춰 집을 나섰다. 부모님이 아파 트 아래까지 배웅하러 나왔다. 지카는 표정을 부드럽게 풀었다. 아직은 어색했지만, 부모님 사이에서 그 소녀가 살며시 웃는 모 습이 보였다.

그날 밤부터 지카는 매일 밤 데쓰오의 손을 잡고 잤다. 조금 이라도 이변이 있으면 눈을 뜰 수 있도록 서로 단단히 깍지를 꼈 다. 데쓰오는 그 감촉과 더불어 존재했다. 사라져버릴 순간에도 이 손으로 이 세상에 꽉 붙들어둘 작정이었다.

평소에는 침대 한가운데를 차지하던 리쿠도 "오늘부터는 아빠를 샌드위치처럼 끼고 자자!"라는 지카의 제안에 "좋아"라고 순순히 응했다. 아직 아무 말도 해주지 않았는데도, 리쿠는 부모 사이에 뭔가가 있다는 것을 민감하게 알아챘다.

"리쿠, 아빠는 험하게 자니까 꾹 눌러줘야 해."

"응, 내가 누를게."

리쿠가 그렇게 말하며 데쓰오의 몸으로 달려들었다.

"아야야, 프로레슬링이 아니야. 그렇게 위에 올라탈 건 없어."

데쓰오가 웃으며 일부러 조금 거칠게 리쿠를 획 밀쳐냈다. 리쿠는 침대 위에서 한 번 튕기더니 재미있었는지 이번에는 더욱 힘차게 달려들었다. 땀을 흘릴 때까지 그렇게 한동안 흥분이 가라앉지 않았다.

불을 끄고, 데쓰오는 두 사람의 존재를 양 옆구리에 느끼며 자신의 소멸에 관해 생각했다.

눈을 감고 가슴에 손을 얹고 심장박동에 귀를 기울였다. 몸속에서 시곗바늘이 시시각각 돌아갔다. 초침 하나하나 사이의 정적은 너무나도 깊고 캄캄한 골짜기 같았다.

그 바닥으로 끝없이 떨어져내릴 듯한 순간마다 아슬아슬하게 다음 초침 소리가 울렸다. 그런 연속적인 긴장에 숨결이 거칠어졌다.

'……죽고 싶지 않아, 죽고 싶지 않다고, ……무서워, ……아, 죽고 싶지 않은데, ……젠장, 난 왜 자살 따위를 한 거지! 그

때 옥상에서 뛰어내리지만 않았으면! 그 한순간만 없었던 일로
할 수 있다면! 그러면 나는 앞으로 몇십 년이나 이렇게 지카와
리쿠와 손잡고 함께 잠들 수 있을 텐데! 리쿠가 커가는 모습을
지켜보고 싶어. 초등학생이 됐을 때. 고등학생이 됐을 때. ……
그날 하루만 없애버릴 수 있다면! ……왜 그랬을까! 대체 왜,
……'

데쓰오는 혼자 이를 악물고서 몸부림칠 듯한 심정을 참아냈
다. 지카와 맞잡은 손에 자연스럽게 힘이 들어갔다.

자신의 죽음 이후를 생각했다. 그게 무엇일지 이미 알고 있었
다. 지난 삼 년간이 앞으로 영원히 계속되는 것이다. 삼 년이라
는 시간의 의식조차 없이, 까맣지도 새하얗지도 않고, 마음이 편
하지도 불편하지도 않고, 여하튼 아무것도 아닌 그것이 죽음의
시간이었다. 무인지 뭔지도 모르고, 시간이 흐르는지조차 알 수
없던 그 삼 년간. 그것이 앞으로 몇십 년, 몇백 년, 몇천, 몇만, 몇
억 년이나 계속된다! 기억과 기록, 유품은 한동안 남는다. 나라
는 인간과 연결되어 있는 그것들은 '쓰치야 데쓰오라는 인간이
있었다'는 사실의 주위를 덧없이 떠다니리라. 다른 한편, 기노시
타의 말처럼 유전자와 영향은 한없이 멀어진다. 텅 비어버린 고
유명사와 무관하게.

'—어디까지 이어질까? 언젠가 리쿠가 결혼해 아이를 낳고,
나아가 그 아이가 다시 아이를 낳는다. ……그 몸안에는 내 유전

자도 전해진다. ……어디까지? ……영향을 주는 방식은? 이 사회에서 내 삶의 어떤 요소가 영향을 미친다. 이시자와 맥주를 그 캔으로 마신 사람, ……중학생 때 나한테 얻어맞고 오컬트 얘기도 사람을 가려가며 해야 한다는 걸 깨달은 녀석, ……나를 위해 어머니가 열심히 일해서 돌아갔던 그 작은 공장, ……어디까지 퍼져나갈까? ……그 머나먼 저편에 진정한 소멸이 있다. 내 존재의 흔적이, 모든 것이 사라져버린 무. ……이 지구 또한 광대한 우주의 까마득한 시간의 흐름 속에서는 한낱 찰나에 불과하지 않은가. 언젠가는 소멸한다. 모두 소멸한다! 나만이 아니다. 처음에는 지구도 없었다. 아니, 지구가 아닌 다른 무엇이었을까, 티끌이거나, ……지구로 존재한 시간보다 그 전후 존재하지 않았던 시간이 훨씬 더 길다. 아, 나도 마찬가지다! 지금 존재하는 이 상태는 기나긴 시간 속 한순간의 기적 같은 것이다. 애당초 무의 상태가 기본이고, 예외적으로 지금이 존재하는 것이다. 그러니 또다시 그 무로, 기본의 상태로 돌아가는 걸까. ……모든 존재가 생겨나고, 마지막에는 사라져가는 무로. ……'

데쓰오는 어둠 속에서 끝없이 상상력을 부풀렸다. 방충망으로 가을의 기미를 머금은 밤바람이 소리 없이 흘러들었다. 그 바람이 얇은 이불 밖으로 나온 그의 발을 서늘하게 어루만졌다.

그는 서서히 평온이 도래하는 느낌을 받았다. 공포를 극복하려면 어디선가 죽음을 긍정적으로 받아들여야 한다. 절대적으로 부정할 대상으로서의 죽음에, 결국 어쩔 도리 없이 잡아먹히고 삼켜지는 공포를 그는 견뎌낼 수 없었다.

죽음이 무시무시한 표정을 짓는 것을 바라지 않았다. 막상 얼굴을 마주하면 의외로 다정하고 온화한 표정을 지어주길 바랐다. 생에서 떨어져나온 나를 마지막에 흔쾌히 내줄 수 있게.

그러나 만약 죽음에서 그런 평온을 인정할 수 있다면, 사람은 왜 스스로 죽음을 선택해선 안 되는 걸까? 자살로 그 평온을 원하는 것은 악일까?

데쓰오는 깜짝 놀라며 파란 하늘 아래 리쿠가 달려오던 그날 옥상의 광경을 떠올렸다. 나는 그 마지막 순간의 공백에 무엇을 느꼈을까? 그저 그 평온을 원했던 것은 아닐까? ⋯⋯

데쓰오는 눈을 질끈 감았다. 그 생각에 저항하듯 '살고 싶다, 좀더 살고 싶다'고 마음속으로 염원하던 중 그의 의식은 반짝반짝 빛나며 조금씩 잠으로 허물어져내렸다.

43. '공백을 채워라.'

환생자의 소멸이 전 세계적으로 확인되고, 속도도 점점 빨라졌다.

기적의 물살이 물러나고, 세계의 시스템 에러가 복원되었다.

목줄에 매인 채 행방을 알 수 없던 일상이 조금씩 제자리를 찾아가기 시작했다.

데쓰오는 하다못해 순서만이라도 알고 싶었다. 나의 소멸 시기는 언제일까? 고개를 쭉 빼고 자기도 모르는 사이 길게 늘어선 줄을 확인하듯, 그는 몇 번이나 환생자 목록을 노려보며 환생일과 소멸일의 관계를 파악해보려 했다. 그리고 그때마다 아무것도 알아낼 수 없는 갑갑함에 조바심이 나서 결국은 자료를 거칠게 밀쳐버렸다.

─정신을 차리자 거실의 텔레비전 소리가 들렸다. 저녁을 먹은 뒤 리쿠는 지카의 무릎 위에서 개그 프로그램을 보며 웃고 있었다.

아홉시부터 시작하는 특별방송 광고가 나오고, 예의 교통사고로 죽었던 센다이 소녀가 나왔다. 환생 직후의 영상인가 했는데 아주 최근 영상 같았다. 부모와 나란히 가슴에 걸고 있던 수정 목걸이가 사라지고 없었다.

……사실은 아무것도 못 봤어요. 거짓말해서 죄송해요.

울면서 사과하고 있었다. "어어, ……" 하는 객석의 술렁임. 화면 아래서 '기적의 소녀'의 충격 고백에 들썩이는 스튜디오!라는 글씨가 춤을 추었다.

데쓰오는 환생자의 모임 연회에서 혼자 자기 쪽을 바라보던 소녀의 모습을 떠올렸다.

아마도 '사후세계'니 뭐니 다 꾸며낸 얘기였다고 고백한 거겠지. 어린 마음이지만 그녀 역시 소멸을 각오하고 있다. 그래서 '거짓말'을 한 채로 이 세상에서 사라지고 싶지 않았던 것이다. 데쓰오는 인간이 빛으로 찬란한 천국이나 소름끼치는 지옥을 날조하지 않더라도 정직하게 죽고 싶어한다는 데 감동받았다. 환생 후 처음으로 그를 위로해주었던 그녀의 순수함이 지금 그를 다시 마지막으로 위로해주려 했다.

리쿠의 옆얼굴을 바라보았다. 리쿠의 얼굴은 그 프로그램의 광고 영상에 무방비하게 드러나 있었다.

"자, 리쿠. 벌써 아홉시니까 그만 자야지."

지카가 텔레비전을 끄고 리쿠의 등을 뒤에서 탁 두드렸다. 리쿠가 "아!"라며 불만스러운 듯이 돌아보더니 리모컨으로 다시 텔레비전을 켰다.

"이제 그만. 내일 놀이방 가야지."

지카가 다시 텔레비전을 껐다. 리쿠는 지카의 무릎에서 일어나 높이 치켜든 리모컨을 가로채려 했다.

"안 돼. 아홉시까지 보기로 약속했지?"

지카가 타이르듯이 말해도 리쿠는 지카 팔을 때리며 떼썼다.

"어허, 리쿠. 엄마를 때리면 안 되지?"

데쓰오가 옆에서 말을 건넸다. 하지만 리쿠는 모른 척하고 몇 번이나 잇따라 지카를 때렸다.

"그만해."

데쓰오가 의자에서 일어나 엄한 표정으로 말했다. 리쿠는 움찔하며 이쪽을 올려다보더니 입술을 떨며 울기 시작했다. 그리고 또다시 지카를 때렸다. 데쓰오가 리쿠의 몸을 낚아채듯 들어 올려 바닥에 내려놓았다.

"엄마랑 약속했지? 그럼 지켜야지."

리쿠는 입을 쩍 벌리고 침까지 흘려가며 흐느껴 울었다. 목이 터져라 울어대는 모습에 데쓰오는 가슴이 아팠다. 죽음은 다음 순간 찾아올지도 모른다. 그렇게 된다면 리쿠가 마지막으로 보고 영원히 기억할 아빠는 이렇게 엄한 표정일까?

데쓰오의 속마음을 헤아렸는지 지카가 끼어들어 "졸려서 그러지. 그만 자자. 아빠랑 화해하고. 안녕히 주무시라고 인사해야지"라고 웃으며 말했다. 그런 지카를 리쿠가 또다시 소리날 정도로 세게 때렸다.

"그만하랬지!"

데쓰오는 결국 큰소리를 내고 말았다. 그도 '화해'하고 싶었다. 아들과 이렇게 헤어지고 싶지 않았다. 그러나 두 사람을 이대로 이 세상에 남겨두고 갈 수는 없었다. 만약 내가 사라진다면 지카 혼자 리쿠를 키워야 한다. 병까지 끌어안고서. 그런 상상이 데쓰오를 견딜 수 없는 기분에 젖어들게 했다.

데쓰오는 바닥에 무릎을 꿇고 리쿠의 어깨를 세게 움켜잡았다.

"리쿠, 엄마가 틀린 말을 했니? 네가 옳다고 생각하면 제대로 설명해봐. 친구들이든 놀이방 선생님이든 누구든 자기 마음대로 안 된다고 때리는 건 아주 못된 짓이야. 넌 남자잖아? 엄마에게 잘해줘야지. 엄마를 소중히 여겨야지. 그렇지? 때려서 미안하다고 엄마한테 사과해."

리쿠가 빠져나가려고 거세게 몸부림쳤지만 데쓰오는 완고하게 팔을 풀어주지 않았다.

"놔! 아파! 싫어!"

리쿠가 새빨갛게 붓고 증오가 가득한 눈으로 데쓰오를 노려보았다. 데쓰오는 갑자기 힘을 쭉 빼며 조용히 손을 내려놓았다. 그러나 시선은 피하지 않았다. 리쿠의 눈썹은 이제 막 하늘을 날 수 있게 된 새끼 매 같았다.

"꼭 그렇게 때리고 싶으면 아빠 얼굴을 때려. 난 너한테 맞은 걸 잊지 않을 테니까. 너도 평생 잊지 마."

데쓰오가 나지막한 목소리로 말했다. 리쿠는 놀란 것 같았지만 정말로 데쓰오를 때리려고도, 그렇다고 지카에게 사과하지도 않았다. 그대로 삼십 분 동안 눈을 비비며 울고 서 있는 리쿠를 데쓰오는 책상다리를 하고 앉아 바라보았다. 팔짱을 끼고 두 사람을 내려다보던 지카도 소파에 앉아 그 과정을 지켜보았다. 야단치는 방법이 잘못되었나 싶은 생각이 들었다. 그러나 지카는 아무 말도 하지 않았다.

"이제 됐어. 오늘은 그만 자. 잘 생각해보고 네가 잘못했다고 생각하면 엄마한테 사과해. 아빠는 널 믿어."

데쓰오가 일어서며 지카를 재촉했다. 지카가 손을 내밀자 리쿠는 얌전하게 붙잡고 걸음을 디뎠다. 거실을 나가는 순간 리쿠가 이쪽을 돌아보았다. 데쓰오는 미소를 건넬 뻔했지만, 표정은 서글프게 굳은 채였다.

혼자 남은 데쓰오는 리쿠의 몸이 남긴 여운이 아직 있는 두 손으로 얼굴을 감싸고 울었다. 힘이 세졌다는 생각이 들었다. 앞으로도 쑥쑥 커갈 것이다. 십 년쯤 지나면 심한 충돌도 생기겠지. 열네 살의 리쿠라. 그때면 나는 마흔여섯 살이 될 것이다. 어떤 아버지가 되어 있을까? 아아, 마흔여섯 살! 나는 그런 경험을 하지 못한 채 소멸하는 걸까? 그것이 너무나 억울했다. 이 어린 여운과 함께 내 육체가 사라져버린다. 리쿠는 괜찮을까? 두 사람의 생활은 어떻게 될까?

'……리쿠도 뭔가 눈치채고 스트레스를 받고 있을지 모른다. 그러니 그렇게까지 화낼 필요는 없지 않았을까? 내일 아침 잠이 깼을 때 아빠가 사라지고 없으면 리쿠는 속이 시원할까? 라데크 씨는 죽은 사람은 생전에 인상적이었던 일로 상징될 수밖에 없다고 말했다. "그것은 역시 무엇을 했느냐보다 했던 일 중 무엇이 두드러졌느냐의 문제죠"라고. 내 경우에는 조금 전 지었던 무서

운 표정만 떠오를까? 애슬레틱에서 함께 통나무 오징어를 들어 올렸을 때의 얼굴이 아니고?'

현관 초인종이 울린 것 같았다. 잠시 기다리니 다시 울렸다. '이 시간에 누구지?'

문을 열어보니 곤다가 방금 전까지 일하고 온 듯 작업복 차림으로 서 있었다.

"어쩐 일이세요? 일단 들어오시죠."

데쓰오의 권유에 곤다는 "아니야, 옷도 이렇고, 금방 갈 거야"라며 사양하더니 한동안 머뭇거렸다. 그러고는 "라디오에서 듣고 달려왔어"라고 말했다.

"괜찮은 거지, 뎃짱은?"

격려하는 듯한, 격려받고 싶은 듯한 말투였다. 왠지 모르게 곤다도 이제 나이를 먹었구나 하는 느낌이 들었다. 도지마 제관에 처음 입사한 무렵에는 이 '고집 세고 삐딱한' 명물 공장장이 손가락 두 개를 사용해 누구도 범접할 수 없는 태도로 혼자 담배를 피우는 모습에서 다른 부서 사람인데도 박력을 느끼곤 했는데.

이 회사는 저 사람이 지키고 있다는 선배의 귀띔을 데쓰오는 어제 일처럼 생생히 기억하고 있었다. 그런데 지금 마주하는 곤다의 얼굴에서는 인생의 내리막길에서 점점 빨라지려는 발걸음을 무력하게 견뎌내는 듯한 괴로움이 배어나왔다. 거기에 박차를 가한 것은 신뢰하며 함께 일에 매진했던 젊은 직원의 자살이었다.

그 또한 자신이 남긴 '영향'이라고 데쓰오는 생각했다. 그래서 미안한 마음이 들었다.

"곤다 씨에게는 여러모로 신세를 많이 졌어요. 함께 이시자와 맥주 캔을 만든 것은 제 인생의 긍지였어요. 그것이 큰 성공을 거둔 걸 안 것만으로도 되살아난 보람이 있었죠. 저는 만족합니다. 그러니 부디 자책하지 마세요. 덕분에 늘 많은 공부가 됐으니, 앞으로도 변함없이 일을 계속해주세요."

먼저 죽는다는 의식 때문인지 곤다를 타이르는 말이 나왔다. 나이는 적지만 먼저 이 세상에서 사라진다는 생각에 자연스럽게 그런 말투가 나오는 걸까.

곤다는 무슨 말을 하려고 입을 열다가 어쩔 줄 모르겠다는 눈빛을 띠었다.

"무슨 방법이 있겠지? 자네는 아이디어맨이잖아, ……"

"일단 최선은 다해볼 생각이에요."

"뎃짱, 난 자네가 좋아. 되살아난 후로 더 좋아졌어. 여러모로 배운 건 오히려 나야. 배짱이 두둑해, 자네는."

"아이짱한테 또 놀러오라고 전해주세요."

"암, 물론이지. 그러지 말라고 해도 놀러올 거야, 그애는."

침실에서 나온 지카가 곤다에게 인사했다. 곤다도 걱정스러운 듯 고개를 숙였다.

리쿠는 잠든 모양이었다. 데쓰오는 지금은 평온해졌을 리쿠의 얼굴을 상상하고 문득 한 가지 생각이 떠올랐다.

"곤다 씨, 부탁이 있는데요."

곤다가 놀란 듯이 대꾸했다.

"뭔데? 내가 할 수 있는 일이라면 뭐든 얘기해."

"통조림 캔 하나 만들어주실 수 있을까요?"

"캔? 무슨 캔?"

"내용물은 내일이라도 가지고 갈게요. 제가 못 가면, ……아내가 가지고 갈 겁니다."

"큰 거야?"

"아뇨, 작은 거예요. 이시자와 맥주 캔에 들어갈 정도로요. 날것은 아니고요."

"음, ……좋아, 내게 맡겨. 가져오면 내가 어떻게든 책임지고 만들어줄게."

그 이상은 곤다도 묻지 않았다. 그럼으로써 데쓰오의 부탁이라면 뭐든 들어줄 마음이라는 뜻을 전하려 했다.

헤어질 때 데쓰오가 악수하려고 하자, 곤다는 가볍게 손만 들었다.

"아냐, 손도 지저분하고 왠지 작별 인사처럼 느껴지니 그만두지. 내일 또 보자고."

거실로 돌아오자 지카가 시원한 우롱차 두 잔을 따라서 탁자로 들고 왔다.

"리쿠는? 잠들었어?"

"잠들었어."

"사과 안 해?"

"응. 그대로 잠들었어." 지카가 씁쓸하게 웃었다. "날 때린 건 처음이야."

"텔레비전 때문만은 아닐 거야, 아마. ……그렇게 심하게 말하지 말 걸 그랬나. 내일 아침에는 괜찮을까? 어머니가 오실 무렵에는 기분이 풀리면 다행일 텐데. 센코 호수 소풍을 무척 기대했잖아. 이대로 헤어지고 싶진 않은데."

"괜찮을 거야, 분명히. 뎃짱도 아무렇지 않은 것 같은데 뭘. 좀 더 시간이 있을 거야."

데쓰오는 지카와 마주앉아 메마른 목을 축였다. 이것이 이 차의 맛이었구나 하며 새삼스레 음미했다. 이것을 맛있다고 느끼며 마셔왔다. 이 향과 이 맛을. 찻물에 젖은 얼음이 윤기를 내며 빛났다.

컵을 내려놓은 데쓰오는 한동안 텔레비전 옆에 있는 리쿠의 사진을 바라보았다. 이쪽을 향해 미소지으며 뛰어올 것 같았다. 순간 데쓰오는 회사 옥상의 파란 하늘을 본 듯한 느낌에 눈이 휘둥그레졌다. 심장박동이 한순간 빨라졌다가 다시 가라앉았다.

그는 지카의 얼굴을 바라보았다.

"환생한 뒤 여기서 부부 회의를 자주 했지. 리쿠가 조용히 잠들고 나면."

"응. ……많은 얘기를 나눴지."

"실은 리쿠에게도 해줘야 할 얘기였어. 내 외아들이니까."

지카는 데쓰오의 진의를 헤아리기 힘든 기색으로 "아직은 무리야"라고만 했다.

"아직은, ……물론이지. 내가 다시 사라져버리면 어떻게 설명할 거야?"

"……몰라, 그런 건."

"처음 죽음은 사고였다고 했지?"

"그래."

"난 리쿠가 어른이 될 때까지 그대로 둬도 될 것 같아. 내 어린 시절을 돌이켜봐도 아버지가 어떻게 죽었는지가 무척 마음에 걸렸거든. ……나도 언젠가 자살하지 않을까, 리쿠가 그런 불안을 품고 성장하는 건 원치 않아. 훨씬 쾌활하게 컸으면 해. 사실을 모르면 학교 친구에게도 아무렇지 않게 공장에서 사고로 죽었다고 말할 수 있어. 하지만 알아버리면, 고민하다 솔직하게 말하거나 거짓말하거나 둘 중 하나야. 너무 가엾잖아, 그건."

"걱정 마. 내가 계속 거짓말할 테니까. 그러면 리쿠에게는 거짓말하면 안 된다고 보통 엄마들처럼 가르칠 수 있을 테니까. —

아빠는 사고로 죽었다. 그렇게 말할게. 그러니 만에 하나 무슨 일이 생기더라도 걱정할 거 없어."

지카가 데쓰오를 위해 약속하듯 말했다.

"난 그걸 거짓말이라고 할 순 없다고 봐. 거짓말은 마지막까지 거짓말로 남으니까 거짓말인 거야. 언젠가 진상을 말해준다면 그건 임시 거짓말이 아닐까. 상대를 진실에서 지켜주기 위한."

데쓰오는 이해하기 위해 다음 말을 기다리고 있는 지카에게 말했다.

"언젠가 리쿠도 진상을 알고 싶어할 때가 오겠지. 뭔가 숨기고 있다는 걸 알아채고, 뭔가 채워지지 않는 게 있다고 고민할지도 몰라. 그날을 대비해서 내가 직접 리쿠에게 설명하고 싶어. 나는 자살했다. 하지만 절대 리쿠나 지카를 남겨두고 떠날 마음은 없었다. 살고 싶었다. 오로지 그 마음뿐이었다고. ……"

"녹음해둘래?"

"비디오로 남길 생각이야."

"지금 할까?"

"응. 시간이 없으니까. 카메라 가져와서 여기 놓고 돌릴 테니까 내 얘기를 들어줘. 지카에게 얘기하는 모습을 남겨두고 싶어. 난 지카와의 분인으로 나의 죽음을 얘기하고 싶어. 가족과 함께 있을 때의 내가 이런 인간이었다는 걸 먼 훗날 리쿠에게도 보여주고 싶어. 그때의 나는 거짓말하는 게 아니야. 다른 어느 때보다 애정을 갖고 얘기할 수 있어. 미래의 리쿠가 그런 나와의 대화에 함께해주면 좋겠어."

"……응."

"아까 곤다 씨와 얘기하던 중에 문득 떠올랐어. 그걸 USB 메모리에 저장해서 통조림 캔에 넣어 보존할 생각이야. ―언젠가 리쿠가 충분히 커서 진상을 견딜 수 있게 됐을 때 전해줬으면 해. 스스로 그 캔을 따서 '공백을 채우라'고."

지카는 눈물이 흘러넘치는 두 눈으로 데쓰오를 바라보았다. 그리고 자기도 강하게 버텨내려는 듯 입술에 힘을 주며 고개를 두어 번 힘껏 끄덕였다.

데쓰오가 비디오카메라를 들고 와서 두 사람이 찍힐 만한 위치에 세팅했다.

"아침까지 시간이 허락하는 한 오래 얘기하고 싶어."

"응, ……" 지카가 고개를 끄덕이더니 "잠깐만" 하고는 몇 번 눈을 깜박이며 표정을 가다듬었다.

"응. ―벌써 틀었어? 어디서부터 시작하지?"

데쓰오가 자세를 바로잡았다. 차분한 미소를 머금고 기억을 더듬어 끌어당겼다.

"음, 그래, ……환생 후의 상황이 간신히 정리된 게 병원에 다녀온 뒤니까, 그 대기실 얘기로 시작할까. ……소파에서 죽은 아

버지 생각을 했어. 리쿠의 할아버지 되는 분. 문진표를 쓰다가
내가 아버지가 돌아가셨을 때와 같은 나이라는 걸 알았어. —서
른여섯 살."

44. 이제는 밤으로 돌아갈 수 없다

데쓰오는 커튼 밖이 부옇게 밝아올 때까지 지카와 얘기를 나눴
다. 중간부터는 이미 카메라가 돌아가는 것도 의식하지 않았다.

통조림 캔에 밀봉할 자살 얘기 외에도, 리쿠가 언제든 볼 수
있게 다른 많은 얘기를 했다. 어린 시절의 추억, 히가시카와의
가족 이야기, 학교에서 어떤 과목을 잘했는지, 좋아하는 음식은
뭐였는지, 유도 시간에 너무 열심히 하다가 입술에 부상을 당했
던 이야기—그 흉터의 클로즈업—, 취업 활동 때의 고생담, 지카
와 사귀고 결혼하기까지, 집 구하기, 리쿠의 탄생. ……갓 태어
난 리쿠에게 매일 한밤중에 한 시간씩 우유를 먹인 이야기, 목욕
은 항상 자기 몫이었다는 이야기, 기저귀 갈기, 첫 예방접종, 이
유식, 기기 연습, 놀이방 입학식, ……

지카와 둘이 얘기하다보니 "맞아, 맞아" 하고 맞장구치게 되
는 일이 꽤 많이 떠올랐다. 지금에 와서 "그렇게 생각했어?"라며
놀라기도 했다.

아침 여덟시 반이면 히가시미카와에서 어머니가 오기로 되어 있어서, 말이 드문드문 끊기기 시작할 즈음 일단 정리하고 잠깐 눈을 붙이기로 했다.

리쿠는 침대 한가운데 곤히 잠들어 있었다. 지카는 어떤지 알 수 없었지만 말을 건네지는 않았다. 지카와 얘기를 나눈 시간이 정말 좋았지만, 도중에 앞으로도 계속 살아갈 수 있는 그녀가 몇 번이나 몹시 부러웠다. 그 표정도 찍혔을지 모른다.

데쓰오는 한숨도 못 자고 어둠 속 흰 천장을 바라보며 생각했다. 잠이 전혀 오지 않았다.

이런저런 기억을 떠올린 탓인지 환생 후 처음 병원 대기실에서 들었던 퀸의 〈Save Me〉가 머릿속에 계속 맴돌았다. 무척 좋아하는 곡인데, 뇌가 그 노래를 재생하는 사이 죽을지도 모른다고 생각하니 느낌이 묘했다. 단순히 록음악일 뿐인데. 영원한 소멸을 앞에 두고 내 머리가 할 일은 좀 다른 것이 아닐까?

데쓰오는 기노시타와 계획하던 사이트 이름을 생각하며 save라는 영어 단어에 '보존한다'는 의미가 있음을 떠올렸다. 그러고 보니 중간까지 진행한 게임 데이터를 '세이브한다'는 표현도 있었다. 그것이 머릿속에서 되풀이되는 'Save me! Save me! ……'라는 가사에 숨어들었다. '날 구해줘'가 아니라 '날 보존해 줘'라고. 무가 되고 싶지 않았다. 누구라도 좋으니 이 상태 그대로 이 세상에 보존해주길 바랐다. ……

죽음의 순간 내 존재가 모조리 소멸하는 것은 아니다. 분명 그렇게 생각해왔다. 죽음은 무로 향하는 프로세스다. 기노시타와 둘이 짚어본 다섯 가지—'기억' '기록' '유품' '유전자' '영향'. 적어도 이것들은 당분간은 남는다. 그러나 뭔가를 느끼고 생각하는 것은 불가능해진다. 절대로 손이 닿지 않는 그 한순간을 향해 상상력이 숨막힐 듯한 점근선漸近線을 끊임없이 그려갔다.

소멸의 순간—생의 끝이자 죽음의 시작. 내가 더는 나로 존재하지 않게 되는 경계. 있는 것과 없는 것의 이음매. ……

누구도 알 턱이 없을 테지만 인터넷상에는 환생자의 두번째 죽음에는 첫번째 죽음과 똑같은 고통이 따른다는 소문이 퍼지고 있었다. 익사한 사람은 질식감에 괴로워하다 기절하고, 화재로 죽은 사람은 뜨거운 열기에 몸부림친다고. 내 경우는 콘크리트 지면에 전신이 격돌하는 충격을 느낄까? 그러나 그 고통 자체는 그다지 두렵지 않았다. 처음 죽을 때도 느끼지 못했다는 기분이 들었다.

공포가 지속되는 데도 일종의 집중력이 필요한 듯했다. 데쓰오는 오랜 긴장 상태를 넘어 다소 멍해져 있었다. 그 와중에도 남겨질 사람들이 끊임없이 마음에 걸렸다.

데쓰오는 어머니 생각을 했다. 정말로 가엾은 인생이라고 절절히 생각했다. 남편을 돌연사로 잃고, 외아들은 자살하고, 살아 돌아온 기쁨도 잠시, 또다시 그 슬픔을 맛보아야 한다. 늙은 어머니의 울음소리를 상상하면 어찌된 영문인지 알 리도 없는 어린 시절의 어머니 울음소리가 들렸다. 양손을 눈에 대고 입을 크게 벌리고 우는 것이 어린아이의 모습이었다. 꿈이 뒤섞이기 시작한 걸까? 어머니에게는 이 끔찍한 불효를 사죄하고 싶은 마음만 가득했다.

할머니도 매일 밤 불단 앞에 앉아 향을 피울 것이다.

지카와 리쿠도 물론 가엾고 또 미안했다. 그러나 지금은 구체적인 장래에 대한 걱정이 그 이상으로 마음을 차지하고 있었다.

경제적으로 확실하게 남겨줄 수 있는 것은 이 집뿐이다.

데쓰오는 기노시타의 업무를 이어받은 직원에게 연락해서 '네이버'가 잘되면 자기 아이디어에 대한 대가를 지불해줬으면 한다는 뜻을 전했다.

신규 사업에서는 착상보다 그것을 실현시키는 과정이 훨씬 중요하다는 것은 데쓰오가 누구보다 잘 알고 있었다. 일단 일은 계획대로 계속해나갈 예정이라고 들었다. 성공에 대한 전망이 불확실한 가운데 그들은 시간과 노력, 게다가 자금까지 쏟아부으려 한다. 혼자 몸이라면 내 몫을 요구하기보다 오히려 지원해주고 싶은 심정이었다.

그러나 지카와 리쿠의 장래를 위해서 얻을 수 있는 것은 무엇이든 얻어둬야 했다. 마땅히 권리를 주장해야 했다.

그 요구는 의외로 흔쾌히 받아들여졌다.

그들의 답변은 이랬다. 아무래도 기노시타는 연락이 끊긴 예의 '미인'과 접촉해보려던 중 꽤 이른 시점에 환생자의 소멸을 알아챈 듯하다. 그래서 앞으로의 계획을 자필로 상세하게 쓴 유서 비슷한 문서를 남겼다. 거기에 데쓰오의 배당 비율도 구체적으로 지시했다고 한다. 메일 말미에는 언제 소멸할지 모르는 데쓰오의 상황을 걱정하는 직원의 마음도 엿보였다.

　데쓰오는 생각지도 못한 기노시타의 조치에 감동하고 감사했다. 연락이 끊겼을 때 아이디어만 들고 도망친 건 아닌가 했던 자신이 한심스러웠다.

　그러나 직원의 추측은 순서가 반대가 되어야 하지 않을까 싶었다.

　기노시타는 인터넷 어딘가에서 환생자의 소멸에 대해 먼저 알았고, 그래서 그 '미인'의 안부가 걱정됐던 게 아닐까? 이러니저러니 해도 기노시타는 진심으로 그녀를 좋아했던 것이다. 데쓰오는 '파라디'에서의 그날 밤 테니스코트 옆에서 엿본 광경을 떠올렸다. 그 두 사람은 환생한 지 불과 몇 개월 사이 만나고, 맺어지고, 소멸했다. 마치 그것이야말로 두 사람이 환생한 목적이었던 것처럼. 그리고 이제 그날 밤 두 사람의 관계는 내 머릿속에만 존재한다. 그 기억도 머지않아 무로 돌아갈 테지만.

　데쓰오는 기노시타라는 사람을 좀더 잘 알고 싶었다. 함께 일했다면 틀림없이 훨씬 좋아졌을 것이다. 살게 해주고 싶었다. 나도 아직 더 살고 싶다. 그리고 그 사이트 디자인은 단순한 시안이 아니라 기노시타가 정말로 자신의 사후 거처로 만든 것이 아닐까 하는 생각이 불현듯 머릿속을 스쳤다.

'……'네이버'가 성공한다는 보장은 어디에도 없다. 아직은 뜬구름 잡는 소리다. ……지카는 역내 선물매장에서 계속 일하며 리쿠를 키울 수 있을까? 이직하려 해도 지금처럼 운전조차 못하는 몸 상태로는 쉽지 않겠지. 리쿠도 나처럼 고등학교 때부터 아르바이트를 시작할까? 장학금을 받아 어찌어찌 대학까지는 가려나? ……젠장! 살 수만 있다면 무슨 일이든 할 텐데. 아, 나만 예외가 될 수는 없을까? 나만 소멸을 면하고 하다못해 앞으로 십 년, 아니, 오 년이라도 이 세상에 머물 수 있다면!'

데쓰오는 사후에도 지속되는 자기 존재에 관해 생각했다. 모든 것이 소멸해버리기 전에 어떻게든 자신을 미디어에 기록해 지카와 리쿠의 기억 속에 남기려고 노력했다.

그래서 적어도 늦지는 않았구나 싶었다. 설령 이 의식이 소멸해 미래에 아무런 자유가 없다 해도 나는 리쿠와 지카 곁에 계속 남을 수 있다. 내면에 존재할 수 있다. 그 미미한 안도감이 그의 피로감에 약간의 평온을 가져다주었다.

그러나 데쓰오는 문득 자신이 완전히 잘못 생각했을지도 모른다는 의구심에 휩싸였다.

지카든 리쿠든, 앞으로 살날이 얼마나 많이 남았는가? 지카는 아직 서른세 살이다. 리쿠는 네 살. 돈도 못 벌고, 불러도 대답조차 해줄 수 없는 자신이 언제까지나 함께하고 싶다고 바라는 게 과연 가당키나 한 걸까? ―분명 죄스러운 바람일 것이다.

지카는 그런 몸으로 아이를 키우며 살아가야 한다.

누군가가 곁에 있어줘야 한다. 지카는 그 누군가에게 깊이 사랑받아야 한다. 절대 고독하게 지내선 안 된다. 나는 왜 가장 먼저 그런 생각을 하지 못했을까?

커튼 발치에 쌓여가는 빛이 이제는 밤으로 돌아갈 수 없다고 알려주었다.

'지카에게는 살아 있는 새로운 남편이, 리쿠에게는 아빠가 필요하다. 그러면 둘 다 내 자살 같은 것으로 괴로워할 필요도 없다. ―나는 리쿠 안에 이토록 확실하게 나와의 분인을 만들어버렸다. 지금 리쿠는 그 분인을 삶의 기쁨으로 느끼기 시작했다. 그래놓고 나는 또다시 자취를 감추려 한다! 이번이야말로 영원히. ……리쿠는 죽은 아빠와의 분인을 어떻게 감당할까? 그런데 언제까지나 보존해달라며 그런 동영상이나 찍다니. 사실 나 같은 건 최대한 빨리 잊어야 하지 않을까? 잊게 해줘야 하지 않을까? 만약 지카가 누군가와 다시 사랑에 빠져 재혼하고 싶어졌을 때 리쿠가 내 존재에 얽매여 새아빠에게 반발한다면, ……그건 최악이다. 안 된다, ……물론 리쿠가 나를 기억해주길 바란다. 이렇게나 사랑하니까! 하지만 죽은 인간이 살아 있는 인간을 압박해선 안 된다. 인간은 언젠가는 죽을 생명으로, 최대한 자유롭게 살아가야 한다. 그렇다면 죽은 사람이 앞장서서 무가 되어줘야 하지 않을까? 완벽한 소멸까지 쓸데없이 시간을 끌어선 안 된다. 그것이야말로 계속 살아갈 인간에 대한 마지막 사랑이 아닐까? ……'

여덟시로 알람을 맞춰놨지만, 리쿠가 깨우는 바람에 지카는 일곱시 반부터 시작한 어린이용 히어로 시리즈 프로그램을 같이 보고 있었다. 아침식사로 토스트와 달걀프라이를 차려주고 "리쿠, 엄마한테 할말 없니?"라며 얼굴을 들여다보자, 리쿠는 손톱을 깨물며 "엄마를 때려서 미안해"라고 사과했다.

"그래, 착해라." 지카가 머리를 쓰다듬으며 "아빠랑도 화해해야지"라고 말했다.

데쓰오도 일어났지만, 어젯밤 촬영한 영상을 USB 메모리에 저장하고 정리하느라 가만히 놔뒀다.

여덟시 반쯤 지카가 화장을 하려고 세면대로 가니, 옷을 챙겨 입은 데쓰오가 거울 앞에서 자기 모습을 가만히 바라보고 있었다. 지카가 말을 건넬까 말까 머뭇거리는데 데쓰오가 먼저 알아채고 돌아보았다.

"어쩐지, ……난 괜찮을 것 같다는 생각이 들어."

그가 웃으며 중얼거리듯 말했다. 지카는 그 갑작스러운 말에 순간적으로 반응이 늦어졌다.

"아침까지 이런저런 생각을 했어. 이대로 사라져버릴지 모른다는 생각만 했는데, 보다시피 아직은 아무렇지도 않잖아. 기노시타 씨나 라데크 씨의 환생과 복사複死 시기를 보면 진즉에 내순서가 왔어도 전혀 이상하지 않거든. 으음, ······설명을 잘 못하겠지만, 오늘 아침에는 기분이 굉장히 좋아. 내 안의 나쁜 것들이 모조리 빠져나간 것 같아."

"뎃짱은 괜찮을 거야, 틀림없이."

지카도 그제야 미소지었다. 아닌 게 아니라 거의 잠을 못 잤을 텐데도 왠지 생기 넘치는 얼굴이었다.

"리쿠는?"

"아침 먹고 또 그림 그려. 요즘에는 안 그리더니."

"또 복숭아?"

"응."

"아무래도 천재인 것 같단 말이야."

"또 그런다."

"안 그래? 복숭아잖아. 잘은 모르겠지만 뭔가 느껴져."

지카가 고개를 살짝 갸웃거렸다.

"요즘에는 그림보다 이야기를 지어내는 데 더 빠진 것 같아."

"그래? 그럼 화가라기보다, 으음, ······소설가 쪽인가?"

"그럴지도 모르지."

지카가 웃었다. 데쓰오는 거울을 보며 빗질을 시작한 지카 뒤에서 말했다.

"난 괜찮을 거야. 그래도 만에 하나 무슨 일이 생기면, ……지카는 언제든 재혼해도 돼. 내가 허락할 일이 아닐지 모르지만, 아무튼 내 마음은 그래."

지카가 거울 너머로 데쓰오의 얼굴을 바라보았다. 그리고 멈춰버린 손을 다시 움직이기 시작하며 "처음에는 나한테 다른 사람이 생긴 줄로 오해하고 안절부절못했으면서"라며 살며시 뺨을 풀었다.

"그때는 제정신이 아니었잖아. 하지만 지카는 아직 젊고."

"젊어?"

"젊지. ……하긴 지금 이런 말을 해봤자 의미 없겠지만, 그때가 오면 내 말을 떠올려줘. 미리 축복을 빌어줄게."

"고마워. ……하지만 뎃짱을 만났으니 이젠 됐어. 딱히 연애를 좋아하는 편도 아니고. 리쿠도 있고."

데쓰오가 곤란한 표정으로 지카를 바라보았다. 고민 끝에 꼭 해야 한다고 결심하고 입 밖에 낸 말이라는 것이 느껴졌다. 이 사람은 늘 이렇게 나를 먼저 생각해주었다고 지카는 생각했다.

"그 말은 기억할게. 잊지 않을 테니까 걱정 마. ―반대여도 마찬가지야. 내가 먼저 죽으면, 뎃짱도 재혼해."

지카는 이렇게 말한 뒤, 데쓰오를 끌어안고 긴 입맞춤을 했다.

데쓰오의 어머니는 도착한 후 지카와 함께 소풍 도시락을 만들었다.

뭐든 좋으니 둘이 같이 만든 음식을 먹고 싶다는 것이 데쓰오가 쑥스러워하며 밝힌 요구사항이었다.

지카는 시어머니와의 삼 년 만의 재회를 앞두고 긴장했다. 그러나 현관에서 순간적으로 "아, 제가 들게요"라며 품에 든 짐을 건네받음으로써 금세 거리감을 극복할 수 있었다. 오늘 같은 날 언제까지고 그런 감정에 얽매여 있을 수는 없다. 그로 인해 데쓰오의 기분이 상하는 걸 두 사람 다 원치 않았다.

"아—, 고맙다. 이것저것 챙기다보니 무거워졌지 뭐니."

게이코는 데쓰오를 찬찬히 살펴보고 팔을 만져보았다.

"다부지구나. 이렇게 큰 몸이 어떻게 사라질 수 있을까?"

데쓰오는 마지막에 두어 번 팔뚝을 찰싹 때리는 어머니를 보고 웃었다.

"나도 왠지 괜찮을 것 같아요. 와달라고 심각하게 전화해서 미안해요."

"오늘 아침에도 불단에 합장하고 네 아버지한테 간절히 부탁했어. 어렵게 살아 돌아왔으니 최소한 당신보다 두 배 정도 더 살 때까지는 가만두라고."

"두 배면 일흔두 살? 그래도 젊어. ……할머니는?"

"집에. 너더러 또 놀러오라더라. 참깨두부 만들어 보내셨어."

"어, 그래요? 그것도 먹고 싶었는데. 좋네."

부엌에 둘이 나란히 서서 도시락을 만드는 모습을 데쓰오는 기쁜 마음으로 묵묵히 바라보았다.

리쿠는 또 스케치북에 매달렸지만, 이따금 부엌으로 달려가 갓 만든 반찬을 집어먹고 싶어했다. 데쓰오 옆은 그냥 휙 지나쳤다. 지카는 은근히 신경쓰였지만, 오히려 데쓰오가 리쿠에게 전혀 말을 걸지 않는 것이 의아했다. 또 거절당할까봐서? 그렇진 않을 텐데.

그러는 중 현관에 손님이 와서 데쓰오가 나갔다.

"아키요시 씨랑 사모님과 같이 오셨는데 잠깐 근처에서 차 한잔 하고 올게."

"응, 천천히 다녀와. 아직 시간 좀 걸리니까."

리쿠에게 들려주고 싶지 않아서겠지. 리쿠는 리쿠대로 알아챘는지 크레용을 손에 쥔 채 거실을 나서는 데쓰오의 등을 바라보았다.

3단 찬합에 음식을 채워넣은 후, 지카는 시어머니를 쉬게 하고 뒷정리를 했다. 데쓰오가 좀처럼 돌아오지 않자 걱정하는 시어머니에게 지카는 자기 자신의 불안을 가라앉히듯 말했다.

"무슨 일 있으면 아키요시 씨가 바로 연락할 거예요."

게이코는 여전히 불안한 기색이었다. 설거지가 끝나고 조용해지자 게이코가 앞치마를 푸는 지카에게 말했다.

"아가, ……미안하다."

안절부절못한 것이 데쓰오에 대한 걱정 때문만은 아니었다는 것을 지카는 그제야 알아차렸다. 그래서 다음 말을 머뭇거리는 시어머니에게 말했다.

"저야말로 사과드리고 싶었어요. 제가 먼저 말했어야 하는데. 죄송했습니다."

두 사람 다 더는 말이 없었다.

지카는 아무래도 걱정돼서 데쓰오의 휴대전화로 연락했다.

응답이 없는 채로 신호가 끊겼다. 지카는 불길한 예감에 휩싸였다. 그날, 무슨 일이 생겼는지 까맣게 모른 채 매장에서 데쓰오의 휴대전화로 전화를 걸던 기억이 몸안에서 진동했다. 두번째 신호도, 그뒤의 무음도 끊이지 않았다. 세번째. ……또다시 몸이 굳어버릴 듯한 기미를 느꼈다. 환생자는 시선을 잠깐 돌린 사이 순식간에 사라졌다고 했다. 데쓰오는 지금도 여전히 존재할까? 이 신호음 너머에? 네번째. 지카의 얼굴에서 핏기가 가셨다.

"아가, ……"

시어머니가 깜짝 놀라며 말한 순간, 신호가 끊기고 침묵이 이어졌다.

"여보세요!"

"……여보세요?"

"뎃짱?"

"미안, 오 분이면 들어가."

"응, ……알았어. 준비 다 됐어."

"그래? 나도 금방 들어가."

"응, 기다릴게."

지카는 전화를 끊고 집을 향해 걸어오는 데쓰오의 모습을 떠올렸다. 그리고 분명히 징조를 느꼈는데도 몸이 움직이는 것을 깨닫고 놀랐다.

리쿠는 창문으로 비쳐드는 햇살 아래 묵묵히 계속 그림을 그렸다. 오늘만은 날씨가 좋길 바랐는데 그 소망이 이뤄졌는지 가을 하늘답게 화창했다.

데쓰오가 '괜찮다'고 한 말은 단순한 배려는 아니지 않을까? 그녀는 문득 그런 생각이 들었다. 환생자만 알 수 있는 어떤 예감을 피부로 느낀 게 아닐까? 데쓰오는 정말 이대로 '괜찮을'지 모른다. 금방 굳어버릴 것 같던 그녀의 몸이 신기하게 움직였다. 일기예보에서는 분명 흐릴 거라고 했는데 날씨가 이렇게 맑다. 너무나 사사롭고 가능성이 희박한 확신 같은 것이지만, 실은 물러나는 기적의 썰물이 군데군데 남겨둔 고별 선물이 아닐까?

죽은 사람이 되살아나는 기적. 그것이 완전히 종식된 후에도 왠지 데쓰오만은 파도에 떠밀려온 유목처럼 덩그러니 여기 머무

를지도 모른다. 오늘 하루가 아무 일 없이 끝날 것이다. 데쓰오
는 맥빠진 표정으로 내일도, 내일모레도 살아 있을 것이다. 그러
나 훗날 돌이켜보면 아무 일도 없었다는 그 사실로 인해 그날 분
명히 두번째 기적이 일어났다는 걸 알게 되겠지. 그래서 어떤 대
상을 향한 감사의 마음이 한없이 넘쳐흐르겠지. 오늘이 바로 그
런 날이 아닐까?

"리쿠, 나갈 준비하자."

지카가 청바지를 입은 조그만 엉덩이를 두드렸다.

"조금만 더."

"얼마나 더?"

"여기만 칠하면 끝나."

지카가 옆에 웅크려 앉아 리쿠가 색칠하는 멋진 복숭아 그림
을 들여다보았다.

"있지, 리쿠. 왜 항상 복숭아만 그리니?"

처음으로 리쿠에게 직접 이유를 물어보았다.

"비밀이야."

"왜? 얘기해줘, 엄마한테만 몰래."

리쿠는 아래를 내려다보며 복숭아만 계속 칠했다. 그리고 약
간 비어져나온 부분을 언젠가 데쓰오가 가르쳐준 대로 고치면서
말했다.

"아빠가 좋아하니까."

"뭐?"

지카는 무심코 되물었다.

"아빠가 좋아해서 복숭아를 그리는 거야?"

"응."

"그럼, ……복숭아 말고 딴 것도 돼? 아빠가 사과를 그리라고
하면?"

"아빠는 사과가 아니라 복숭아를 좋아해. 내가 복숭아를 그리
면 좋아해. 맨날 복숭아만 사오잖아."

지카는 바닥에 엎드려 도화지를 덮고 있는 리쿠를 바라보았다.

"그렇지. 사과가 아니라 복숭아를 좋아하지."

"응, 복숭아야."

"아빠가 보면 틀림없이 좋아할 거야."

지카가 웃으면서 리쿠의 머리를 쓰다듬었다. 리쿠는 몸을 일
으켜 그림 전체를 살펴보더니, 완성도에 만족했는지 그제야 눈
이 부신 듯 얼굴을 들었다.

45. 영원과 순간

데쓰오는 환생자의 소멸에 대한 보도를 접하고 달려온 아키요
시 부부와 집 근처 오래된 커피숍에서 한 시간가량 이야기를 나

났다. 자기도 언제 사라질지 모른다고 하자 두 사람은 한동안 입을 열지 못했다.

시간이 없어서 곧바로 지카의 병에 대해서도 털어놓았다. 그 얘기에도 놀랐지만, 아키요시는 뭔가 짚이는 게 있는지 "아아, ……" 하는 소리를 흘렸다.

"지카는 앞으로도 도움이 필요해요. 아키요시 씨, 부디 두 사람을 지켜봐주세요. 가끔 아빠 대신 리쿠와 놀아주세요. 부탁드립니다. 그건 저의 꿈이었어요. 저 대신 그 꿈을 이뤄주세요. 리쿠도 아키요시 씨를 잘 따르니까. 이런 부탁을 할 수 있는 사람은 아키요시 씨뿐이에요."

"물론이지. 리쿠는 친조카나 마찬가지야."

"고맙습니다. 저나 지카나 외동이라 친척이 없어서 그런 말씀은 정말 든든해요."

데쓰오는 이 말도 했구나 생각했다. 그리고 한 가지 더 이야기해야 한다는 생각에 말을 이었다.

"그리고 제가 죽고 지카가 누군가를 만나 재혼할 생각을 한다면 적극적으로 권해주세요. 지카가 행복해지길 바라니까요."

아키요시는 말없이 고개를 몇 번이나 끄덕이더니 "알았어"라고 말했다.

데쓰오는 두 사람에게 오늘 처음 웃는 얼굴을 보였다.

"혹시 몰라 이런저런 이야기를 했지만, 앞으로 장수할지도 모르죠."

"분명 그럴 거야. 그런데 데쓰오 군이 살아 있는데 지카짱이 다른 사람을 만나 이혼하고 재혼하고 싶어하면 어째? 흠, …… 일단은 생각을 바꾸라고 말해야 할까."

아키요시가 씩 웃으며 데쓰오의 얼굴을 보았다.

"그때는, 네, ……그래주세요."

데쓰오가 씁쓸하게 웃으며 고개를 숙였다.

그런 농담을 들어서 기뻤다. 그리고 이 사람들을 만날 수 있어서 행운이라고 안심했다.

아키요시가 자기 차에 도시락과 돗자리를 싣고 센코 호수까지 데려다주었다. 돌아갈 때도 데리러 오겠다고 했다.

"아―. 여기 참 좋구나."

데쓰오의 어머니는 발밑에 갑자기 펼쳐진 호수를 보고 회상에 잠긴 듯 저멀리 시선을 던지며 우두커니 서 있었다.

바다나 강에 익숙한 소년 시절을 보낸 데쓰오도 처음 이곳에 섰을 때 어머니처럼 눈앞의 광경에 매료되었다. 밀려오는 파도도 흘러내리는 물살도 없이 그저 가득차서 찰랑거리기만 하는 물. 사람이 발을 들여놓을 수 없다는 이유만으로 이 일대에는 시간의 미수微睡 같은 커다란 안식이 있었다.

바람이 없어 잔잔한 수면이 파란 하늘을 비추며 찬란히 빛났다.

이제 곧 사라질지 모르는 인간에게도 자연은 이토록 한없이 아름답구나, 데쓰오는 생각했다. 끊임없이 변해가는 그 모습을 뇌로 기억해본들 그리 오래 보존할 수 없는데. 그런 건 개의치 않는 걸까. ⋯⋯

데쓰오는 환생 후 버스 안에서 보았던 검은 새를 찾아보았다. 호수 수면에 펼쳐지던 거대한 지퍼 같은 물결. 그것이 묘하게 신비스러워 보였다. 그때 환시처럼 나타났던 기적의 세계. 그 개구부는 완전히 닫혀버린 걸까? 그 새는 어디로 날아가버렸을까? 한동안 일대를 둘러봤지만, 그 모습은 찾지 못했다.

호숫가의 드넓은 잔디 위에 돗자리를 깔고 넷이서 도시락을 펼쳤다.

"날씨가 정말 좋네. 바람도 없고 따뜻하고."

지카가 머리 위를 올려다보며 말했다.

"맑아서 다행이야. 기분좋다. 사람이 많을 줄 알았는데, 생각보다 한적하네. 미즈오 사람들은 뭘 잘 모르나봐. ─자, 얼른 먹자. 배고프다."

데쓰오가 나무젓가락을 손에 들고 침묵을 쫓아내듯 말했다.

"맥주 마실래?"

"물론이지. ─어머니는?"

"그럼 마실까. 대낮부터 팔자 좋구나."

세 사람은 이시자와 맥주를 땄고, 리쿠는 종이컵에 사과주스

592

를 따라서 건배했다.

리쿠는 오전부터 데쓰오와 한 마디도 하지 않았다. 이따금 이쪽을 보는 건 데쓰오도 눈치챘지만, 눈이 마주칠 것 같으면 애매하게 지카 쪽으로 시선을 돌려버렸다.

빨리 '화해'하고 싶었다. 자신에게 웃어주는 리쿠의 모습을 다시 한번 보고 싶었다. 그러나 데쓰오는 리쿠에게 그렇게 절대 잊지 못할 자기 모습을 남기는 것이 여전히 망설여졌다. '아빠가 너무 좋아'라고 생각하게 해놓고 눈앞에서 사라져버리는 것은 너무 잔혹하지 않은가? 짧은 시간이었지만, 갓난아기일 때는 아침에 출근 전 안아주다가 현관문 너머로 크게 울어젖히는 소리를 곧잘 듣곤 했다. 소멸 전 단 한 번만이라도 더 리쿠를 안아보고 싶었다. 그러나 그렇게 자기와의 분인을 최대한 부풀려놓고 갑자기 소멸해버리면 리쿠는 얼마나 슬퍼할까?

"어머님, 된장소스 포크커틀릿이 맛있네요. 이 소스는 어떻게 만들어요?"

지카가 입가에 묻은 갈색 소스를 냅킨으로 닦으며 물었다.

"아이고, 다행이네. 간단해. 된장에 설탕, 미림, 맛술만 섞으면 끝이야."

"그래도 비율이 문제죠. 다음에 알려주세요."

"간단하다니까, 정말 간단해."

데쓰오는 탄두리치킨, 콘비프 달걀 볶음, 참깨두부, 된장소스

커틀릿 등을 입안을 비울 틈도 없이 잇따라 삼키고, 그 냄새를
콧속에 머금은 채 볼이 미어지도록 주먹밥을 욱여넣었다.

"맛있다. ……"

맥주를 마시고 숨을 한 번 내쉬었다. 어머니가 종이접시를 손
에 든 채 그 모습을 바라보았다. 데쓰오는 그 눈에 지금의 자기
뿐 아니라 과거의 무수한 얼굴이 비친다는 것을 알아챘다. 그래
서 부드러운 표정을 지었다.

"엄마, 나, 새한테 모이 주고 싶어."

"모이?"

"응, 아까 저쪽에서 줬어. 물총새가 엄청 많아."

"모이 파는 데 있던데. 저쪽에." 데쓰오가 오는 길에 본 오두
막을 손가락으로 가리켰다. "내가 사올까?"

"아냐, 됐어. 내가 다녀올게. ―리쿠도 갈래?"

"응."

어머니와 단둘이 있게 해주려는 지카의 배려였다.

데쓰오는 손을 맞잡은 채 멀어지는 두 사람의 뒷모습을 물끄
러미 바라보았다.

'―리쿠가 나를 잊지 않는다면 언젠가 USB 동영상을 보겠지.
자살했다고 죽음의 진상을 털어놓는 아버지를. 그때 리쿠는 무
슨 생각을 할까? ……'

아키요시의 차 라디오에서 또 환생자의 소멸을 보도하는 소식

이 흘러나왔다.

인간은 오직 한 번 태어나 오직 한 번 죽는 존재라는 정의로 다시금 돌아가려 하고 있다. 데쓰오는 공포심을 떨쳐내기 위해 그것이 옳다고 납득하려 했다.

죽었는데 다시 살아난다면, 사람은 언제까지고 죽은 사람에 대한 미련에서 벗어날 수 없다. 잃어버린 과거가 미래에 되살아나길 기대하게 된다. 사실 생명은 하나뿐이기에 가치 있는 것이다. 데쓰오 역시 그 하나뿐인 생명을 온 힘을 다해 살아가는 인간의 모습이 좋았다. 아름답게 느껴졌고, 자신도 그렇기를 바랐다.

언젠가는 이 환생이라는 현상 자체가 없었던 일이 되지는 않을까? 사람들의 기억도, 미디어상의 기록도 언젠가 다 사라지고 증거는 인멸되어버리는 것이다.

어쩌면 인류는 이미 몇 번 환생이라는 현상을 경험했는데, 모두가 기억 못하는 것뿐인지도 모른다. 그 완벽한 망각을 면한 몇몇 사례가 도넛 가게에서 발견된 엘비스 프레슬리나 카리브해 섬나라에서 장례식 도중 되살아난 남자의 일화처럼 전해지는 것이 아닐까? ……

데쓰오는 어머니의 얼굴을 돌아보았다.

"정말로 화창한 가을날이구나. 너랑 이렇게 같이 있을 수 있다니, 꿈만 같다."

데쓰오가 "어머니" 하며 눈부신 듯 하늘을 올려다보는 게이코를 불렀다. 그리고 시선이 확실하게 이어지자 한꺼번에 솟구치는 너무 많은 감정을 억누르며 말했다.

"날 낳아줘서 고마워요."

더는 말할 수 없었다. 어머니는 눈을 붉게 물들이고 말했다.

"내가 죽을 때, 머리맡에서 다시 한번 그렇게 말해다오. 네게 받는 효도는 그거면 충분해."

데쓰오는 고개를 숙이듯 끄덕인 후 "잠깐 저쪽 좀 보고 올게요"라며 일어났다.

어머니가 등뒤로 작아져갔다. 푸른 잔디는 밟힐 때마다 또렷한 반발력을 데쓰오의 온몸에 퍼뜨렸다.

빛의 소나기가 퍼붓듯 휘황찬란하게 반짝거리는 센코 호숫가에서 리쿠와 지카가 물총새들에 둘러싸여 있었다.

머뭇거리며 뿌린 모이가 예상외로 바로 발 밑에 떨어져서 새들이 목을 빼며 가까이 다가왔다. 리쿠는 놀라서 허겁지겁 엉덩이를 빼며 물러났다. 그러면서도 지카의 바지를 움켜쥐고, 다시 모이를 뿌릴 기회를 엿보고 있었다.

데쓰오는 더는 참을 수 없었다. 목소리가 들릴 정도로 가까워졌을 때쯤 크게 불렀다.

"리쿠!"

두 사람이 돌아보았다. 지카가 지켜보는 가운데 리쿠가 이쪽으로 달려왔다.

푸른 하늘이 거대하고 맑은 눈으로 그들을 내려다보고 있었다. 리쿠의 얼굴에 미소가 가득했다. 5월의 그 단옷날처럼, 그날 회사 옥상에서처럼. 그러나 지금은 데쓰오 역시 웃는 얼굴이었다.

세상이 일제히 눈도 못 뜰 만큼 찬란하게 빛났다. 영원이 순간과 맞부딪치며 엄청난 빛을 내뿜었다.

리쿠가 달려왔다. 품에 안길 때까지 이제 얼마 남지 않았다.

지은이 **히라노 게이치로**
1975년 아이치 현 출생. 명문 교토 대학 법학부에 재학중이던 1998년 문예지 『신조』에 권두소설로 전재된 장편 『일식』으로 제120회 아쿠타가와 상을 수상하며 데뷔했다. 장편 소설 『달』『장송』『얼굴 없는 나체들』『결괴』『던』, 소설집 『센티멘털』『방울져 떨어지는 시계들의 파문』『당신이, 없었다, 당신』『투명한 미궁』, 그외 『문명의 우울』『책을 읽는 방법』『소설 읽는 방법』 등이 있다.

옮긴이 **이영미**
아주대학교 국문과를 졸업하고, 일본 와세다 대학 대학원 문학연구과 석사과정을 수료했다. 2009년 요시다 슈이치의 『악인』과 『캐러멜팝콘』으로 일본국제교류기금이 주관하는 보라나비 저작·번역상의 첫 번역상을 수상했다. 옮긴 책으로 『공중그네』『불타버린 지도』『화차』『솔로몬의 위증』『약속된 장소에서』『라오스에 대체 뭐가 있는데요?』 등이 있다.

문학동네 세계문학
공백을 채워라

1판 1쇄 2018년 7월 5일 | 1판 3쇄 2018년 10월 17일

지은이 히라노 게이치로 | 옮긴이 이영미 | 펴낸이 염현숙
책임편집 양수현 | 편집 황문정
디자인 고은이 유현아 | 저작권 한문숙 김지영
마케팅 정민호 정진아 함유지 김혜연 박지영 | 홍보 김희숙 김상만 이천희
제작 강신은 김동욱 임현식 | 제작처 한영문화사(인쇄) 경일제책(제본)

펴낸곳 (주)문학동네
출판등록 1993년 10월 22일 제406-2003-000045호
주소 10881 경기도 파주시 회동길 210
전자우편 editor@munhak.com | 대표전화 031) 955-8888 | 팩스 031) 955-8855
문의전화 031) 955-8896(마케팅) 031) 955-2684(편집)
문학동네카페 http://cafe.naver.com/mhdn
북클럽문학동네 http://bookclubmunhak.com

ISBN 978-89-546-5199-8 03830

www.munhak.com